# THOMAS DRIMM

Didier van Cauwelaert est né à Nice en 1960. Depuis ses débuts, il cumule succès publics et prix littéraires. Il a reçu notamment le prix Del Duca en 1982 pour son premier roman, *Vingt ans et des poussières*, le prix Goncourt en 1994 pour *Un aller simple* et le Prix des lecteurs du Livre de Poche pour *La Vie interdite* en 1999. Les combats de la passion, les mystères de l'identité, l'évolution de la société et l'irruption du fantastique dans le quotidien sont au cœur de son œuvre, toujours marquée par l'humour et une grande sensibilité. Ses romans sont traduits dans le monde entier et font l'objet d'adaptations remarquées au cinéma.

*Paru dans Le Livre de Poche:*

L'APPARITION

ATTIRANCES

CHEYENNE

CLONER LE CHRIST?

CORPS ÉTRANGER

LA DEMI-PENSIONNAIRE

DOUBLE IDENTITÉ

L'ÉDUCATION D'UNE FÉE

L'ÉVANGILE DE JIMMY

LA FEMME DE NOS VIES

HORS DE MOI

LE JOURNAL INTIME D'UN ARBRE

KARINE APRÈS LA VIE

LA MAISON DES LUMIÈRES

LA NUIT DERNIÈRE AU XVᵉ SIÈCLE

LE PÈRE ADOPTÉ

LE PRINCIPE DE PAULINE

RENCONTRE SOUS X

LES TÉMOINS DE LA MARIÉE

THOMAS DRIMM

1. La fin du monde tombe un jeudi
2. La guerre des arbres commence le 13

UN ALLER SIMPLE

UN OBJET EN SOUFFRANCE

LA VIE INTERDITE

DIDIER VAN CAUWELAERT

# *Thomas Drimm*

ROMAN

ALBIN MICHEL

*À Romain,*
*dont l'énergie*
*continue d'alimenter*
*le monde de Thomas…*

# I

## LA FIN DU MONDE TOMBE UN JEUDI

« Je crois en une vie après la mort, tout simplement parce que l'énergie ne peut pas mourir ; elle circule, se transforme et ne s'arrête jamais. »

Albert EINSTEIN (1879-1955),
physicien.

# DIMANCHE

## Le cerf-volant de la mort

## 1

J'ai treize ans moins le quart, je n'ai l'air de rien, mais je suis en train de sauver la Terre. Et pas seulement en triant mes déchets.

Officiellement, je vais au collège, comme un ado normal ; j'ai des parents à problèmes, des kilos en trop et je suis nul en tout. Au moins, on ne se méfie pas de moi. Et ça tombe bien, parce que j'ai une double vie secrète : je suis super-héros à mi-temps, avec des pouvoirs incroyables et une assistante de vingt-huit ans.

Vous pensez que je délire ? Moi aussi, c'est ce que je me suis dit au début, pour essayer de me rassurer. Genre « tout ça n'est qu'un rêve ». Le problème, c'est que le vrai cauchemar, c'est la réalité. Ce qu'on croit être la réalité. Et je suis le seul à pouvoir arrêter ce cauchemar.

Tout a commencé un dimanche, à cause de XR9. C'est mon seul copain, et c'est un cerf-volant. Le plus sauvage de toute la plage, avec ses couleurs violet et rouge zébrées de bandes noires. Il file comme un éclair, se cabre au moindre coup de vent, et je sens toutes ses vibrations dans mon corps à travers les ficelles qui le relient à mes manettes de contrôle. Il est libre comme l'air, et pourtant je suis son maître. J'adore.

Ensemble, on a volé par tous les temps, par tous les nuages, bravé les tempêtes et subi le calme plat, échoués sur le sable l'un contre l'autre en attendant que ça se lève. On a même échangé nos sangs : je me suis écrit «XR9» au couteau dans la peau du poignet, et je lui ai gravé «Thomas Drimm» au sommet de la voilure. Sauf que j'ai dû scotcher mon nom, après, parce que ça faisait prise d'air et que ça le déséquilibrait. On est liés par le sang et le scotch, XR9 et moi, et tous les week-ends on est frères de vent.

Quand je vole avec lui, j'oublie tous mes problèmes. Le premier de mes problèmes, jusqu'à ce dimanche après-midi, c'était ma mère – même si elle a des circonstances atténuantes. Elle travaille comme chef de la psychologie au casino de la plage, et c'est horrible comme métier. Quand les gens gagnent le jackpot aux machines à sous, il paraît que ça leur file un choc épouvantable, alors c'est elle qui doit leur remonter le moral, les consoler d'être devenus soudain millionnaires et les aider à s'en sortir dans leur nouvelle vie. Elle qui rame en heures sup pour que j'aie de quoi manger. Du coup elle déprime à la maison, mais elle n'a pas le droit de se soigner elle-même, en tant que psychothérapeute : c'est puni par la justice si jamais on la trouve sur son divan en train de se poser des questions. Alors c'est moi qui prends. Elle dit que c'est à cause de moi qu'elle a raté sa vie. Et c'est vrai qu'il y a une

loi qui s'appelle la Protection de l'enfan.
pas d'enfants, on a le droit de divorcer.

Comme remède anti-mère, j'avais Internet, ava.
penser à autre chose et chatter avec des potes inconn.
Depuis que c'est interdit aux mineurs pour raisons de
santé, il ne me reste plus que le cerf-volant sur la plage,
le week-end, pendant que ma mère travaille au casino. La
plus belle plage du monde, disent les panneaux au-dessus
des poubelles. Sauf que je n'ai pas le droit de me baigner,
à cause du taux de mercure et des poissons morts. L'océan
est dans un tel état que, l'autre jour, il paraît qu'un sur-
feur est quand même allé s'entraîner et, lorsqu'il est sorti
de la vague, il n'y avait plus que son squelette debout sur
la planche. C'est Richard Zerbag qui raconte ça. Mais je
crois qu'il exagère un peu : c'est le chef de la sécurité. Je
n'ai pas le droit de me baigner, alors je vole.

C'est un cadeau de mon père, le cerf-volant. En me le
donnant, il avait un air très grave. Il m'a dit : « C'est un
symbole, tu verras : l'aspiration vers la liberté, l'illusion
de voler au gré du vent, et en même temps la réalité de la
corde qui nous retient sur terre. » J'avais l'impression qu'il
s'identifiait, en tant que prof de lettres ou mari de maman
– peut-être les deux. Personnellement, j'aime beaucoup
mon père. Je sais bien que je suis le seul, mais je m'en
fiche. J'ai mes raisons.

D'abord, il a un terrible secret : il boit et il fume. Sauf
que ce n'est pas un secret, parce que la chef de l'Éducation
s'en est rendu compte, alors elle l'a muté dans un collège
pourri à l'autre bout de la banlieue. On a dû le suivre, et
ma mère ne lui pardonne pas qu'on ait dégringolé comme
ça dans l'échelle sociale. C'est dire l'ambiance à la maison.

Il n'y a que mon cerf-volant qui me fasse oublier combien c'est lourd, la vie que je mène. Il me reste les études, mais comme je suis nul ça n'arrange rien.

De toute façon, avec un père qui boit, je n'ai pas d'avenir : il paraît que c'est héréditaire, et qu'on attrape l'alcoolisme dans le ventre de sa mère. Sauf qu'il s'est mis à boire après ma naissance, mais ça ne fait rien : c'est marqué dans mon dossier scolaire et, avec un truc comme ça, je n'irai jamais bien loin. C'est toujours un fils de non-buveur qui obtiendra à ma place le travail que je demande. À force d'être refusé partout, je finirai par me mettre à boire moi aussi ; je deviendrai héréditaire et comme ça tout rentrera dans l'ordre : je ne ferai plus mentir mon dossier.

Enfin bref, ce dimanche après-midi commençait comme tous les autres et on était bien, XR9 et moi, chacun à un bout des ficelles. Mais dans moins de cinq minutes, il allait m'arriver la chose la plus terrible du monde.

## 2

J'ai la plage pour moi tout seul, à cause de la pluie et du vent force 8. Je m'éclate, les bras complètement vibrants, les mains crispées sur les manettes pour garder le contrôle. À chaque bourrasque, j'ai l'impression que XR9 va m'entraîner dans les airs avec lui, et on ne nous reverra plus. Mais je garde quand même les pieds sur terre, c'est comme ça, il paraît que ça s'appelle la loi de la Pesanteur. Un enfant qui vole, c'est sûrement illégal.

À travers le brouillard de pluie qui me colle aux yeux, je devine une silhouette qui marche dans ma direction. La brume est si épaisse que je ne vois plus XR9 ; je ne le repère que grâce au sifflement suraigu par lequel il réplique au vent, et c'est lui qui a le dernier mot. La silhouette approche, en boitant dans le sable avec une canne. C'est un vieux.

— Ne joue pas au cerf-volant par un temps pareil, enfin, tu vas le déchirer !

Il a crié d'une voix aigrelette. Je lui réponds bonjour, parce que je suis poli, mais dans le sens de « Ta gueule ». Je n'aime pas ces gens qui se permettent de donner des ordres à un enfant qu'ils ne connaissent pas. D'abord je ne suis plus un enfant, je suis un préado, et il me doit le respect. C'est moi qui paierai sa retraite, un jour, s'il est encore vivant.

Néanmoins, pour avoir la paix, je réduis la voilure et j'actionne l'enrouleur qui fait descendre XR9. Mais brusquement le vent change de sens, l'aile se rabat et fonce en piqué vers le sol. Schblog! Le vieux s'écroule sous le choc. XR9 a rebondi, et se plante dans le sable à côté de sa tête.

— Monsieur, ça va?

Je m'agenouille au-dessus de lui. Il y a un trou dans son crâne, et les vaguelettes de la marée viennent diluer le filet de sang qui s'en échappe. Il a les yeux ouverts. Je le secoue, mais il ne bouge pas. Ou il fait semblant, ou il est mort.

— Monsieur! Tout va bien, c'est rien! Je m'excuse! Monsieur…

Aucune réaction. Il est tout raide et tout mou à la fois, avec une expression d'étonnement dans les sourcils au-dessus du regard fixe.

Je me relève, fouille la brume autour de nous. Personne. Je ramasse XR9, je le nettoie dans l'océan, et je cours vers le casino. C'est la cata, la mégacata, la cata cosmique. Heureusement, il n'y a pas de témoin, grâce au temps qu'il fait. Mais, d'un autre côté, je suis le seul cerf-volant de la plage, et on saura que c'est moi. Si le chef de la sécurité compare la plaie du vieux avec l'armature de XR9, on est foutus. Comme je suis mineur, ça retombera sur mon père et il sera jeté en prison. Conduite de cerf-volant en état d'alcoolisme héréditaire. Je ne peux pas lui faire ça. Il ne faut pas qu'on trouve le corps.

Je m'arrête de courir, à bout de souffle, le cœur dans la gorge. Un bruit de moteur me fait sursauter. C'est le bateau de David, là-bas derrière moi, dans le petit port à l'abri de la digue. À chaque marée haute, il part ramasser les poissons morts pour que ça fasse moins pollué. Il est fou de sortir par un temps pareil, mais il est obligé par la loi de Protection du littoral.

Je regarde XR9. Une idée complètement dingue me saute à la tête. C'est affreux, ce que je vais faire, mais je n'ai pas d'autre solution. Les larmes dans les yeux, je supplie mon seul copain de me pardonner, je déplie mon couteau et je tranche les ficelles au ras de la voilure. Puis j'enfouis XR9 dans le sable sous le ponton. Les fils enroulés dans mon blouson, je ramasse les plus gros galets que je trouve autour des poteaux de soutènement, et je retourne vers le vieux. Il est toujours mort. J'enfouis les pierres dans ses poches. Après quoi je lui attache les pieds, et je cours jusqu'au port en priant pour que les ficelles soient assez longues.

— Bonjour, Thomas ! Quoi de neuf ?

— Rien, rien. Salut, David. Pas trop galère, de sortir avec ce temps ? Je t'envoie les amarres.

— Sympa, merci.

Le visage noyé par la pluie, je lui tourne le dos. Le vent bourdonne à mes oreilles, emplit mes yeux d'embruns et de sable. Je fais semblant de peiner à défaire le nœud – en réalité j'en profite pour attacher mes ficelles de nylon à son amarre, avec des boucles assez lâches pour qu'elles glissent le long de la corde quand je l'enverrai à bord.

— OK, David ! Bonne mer !

— Tu parles. À plus, Thomas !

Il attrape le cordage, le tourne et le bloque dans un taquet, lance son moteur. Je regarde les ficelles de XR9 glisser dans l'eau. Le bateau quitte le port. Je reviens en courant vers le corps du vieux, histoire de lui adresser une prière pour le salut de son truc, je ne sais plus comment ça s'appelle – ah oui, son âme. Le genre d'hologramme invisible qui s'échappe du cadavre pour aller tenter sa chance au ciel, comme l'a expliqué ma prof de physique.

Je ne sais pas si les gens entendent encore après la mort, ou si ça coupe le son. Dans le doute, je lui souhaite bonne route. Je suis désolé de ce que je fais, par rapport aux personnes de sa famille, mais d'un autre côté, grâce à moi, ils économiseront l'enterrement. Et puis comme ça, ils garderont l'espoir de le retrouver en vie. Ils se diront que c'est une fugue.

Les ficelles se sont tendues et le corps glisse sur le sable, entre dans l'eau. Il s'enfonce, de vague en vague. Je le suis des yeux jusqu'à ce qu'il ait disparu. Je pense qu'au bout d'un moment, avec la résistance de l'eau et la loi de la Pression, le poids de son corps va couper les fils de nylon. C'est ce que j'ai appris au collège, en tout cas. Si jamais on découvre son cadavre, un jour, on croira que c'est un suicide, à cause des pierres dans les poches. Tout est bien. Enfin non, c'est l'horreur totale, je suis devenu un assassin prémédité après coup, mais je serai le seul à le savoir et puis, de toute manière, je n'avais pas d'autre solution.

Bref, je pensais que le drame était derrière moi. En réalité, il venait juste de commencer.

## 3

Le dos voûté, je suis reparti vers le casino. Quand même, je n'arrive pas à croire ce que je viens de faire. Et le pire, c'est que j'ai l'impression de n'avoir rien fait. Comme si le vieux n'était pas mort, comme si son corps n'était pas parti à la traîne d'un bateau de pêche, des cailloux dans les poches. En fait, la seule réalité qui grossit comme une boule dans ma gorge, c'est que j'ai mutilé mon cerf-volant. Mon copain à moi, mon frère de vent. Enterré sous le ponton, avec le sang du vieux. Je serai obligé de raconter qu'une bourrasque me l'a arraché des mains, et qu'il est parti dans l'espace. Peut-être que mon père voudra m'en racheter un pour mon anniversaire. Mais c'est dans trois mois, et ma mère dira qu'à treize ans je suis trop vieux.

Le moral en dessous de zéro, je contourne le grand saule qui domine la jetée, entouré de grigris que lui déposent les joueurs pour se porter chance, et je monte les marches du casino. Le physionomiste qui garde la grande porte à tambour me sourit d'un clin d'œil en ébouriffant mes cheveux trempés. Un physionomiste, c'est un type qui reconnaît les tricheurs et qui les empêche d'entrer. D'ailleurs, sur son badge, il y a marqué «Physio». Comme on écrit «Chien méchant» sur un portail. Je l'aime bien, Physio, parce qu'il a perdu la mémoire et qu'il fait semblant de se rappeler chaque personne pour garder son boulot. Alors, dans le doute, il sourit à tout le monde. C'est moins grave pour lui que le contraire. S'il laisse entrer un tricheur par erreur, le tricheur n'ira pas se plaindre à la direction.

— Salut, Physio! je lui lance comme si c'était un dimanche ordinaire, comme si je n'avais assassiné personne.

— Heureux de vous voir, il me répond comme à tout le monde.

C'est moche, ce qui lui est arrivé. C'est une maladie qui s'appelle Alzheimer, du nom de son fondateur. Les tuyaux qui ne se raccordent plus, dans le cerveau. Ça ne se soigne pas, ça s'élimine. Au dernier stade de la maladie, Physio ne se rappellera même plus qu'il est malade, alors il oubliera de le cacher, il se fera repérer et on le mettra dans une de ces fourrières à êtres humains où, si personne ne vient vous réclamer, on vous désosse pour les pièces détachées. C'est le genre de choses que m'explique mon père, le soir, avant que je m'endorme. La face cachée de la société, comme il dit. Celle qu'on ne voit qu'avec un verre dans le nez.

Je grimpe lentement le grand escalier en marbre décoré d'un gros tapis rouge où s'enfouit le sable. De chaque côté, au bout des marches, les gens s'arrêtent devant les lecteurs de puces, et ils mettent la tête dans un rayon pour connaître leur solde. C'est le plus grand progrès de la société, ça. La face visible. À treize ans, l'âge de la majorité cérébrale, chaque individu se fait implanter une puce dans le cerveau. Comme ça il se retrouve intégré dans la société. C'est obligatoire pour tout le monde, ça permet aux scanners de la police, de la banque, de l'Éducation, des agences pour l'emploi et des hôpitaux d'accéder sans perdre de temps au dossier de chacun. Et ça évite de se faire voler son argent ou sa carte bancaire, les moyens de paiement qui existaient autrefois. Si jamais un pickpocket vous coupe la tête pour utiliser votre puce, une mesure de sécurité modifie aussitôt votre numéro d'identification à seize chiffres, et votre compte est bloqué : vous ne risquez rien.

Depuis la loi sur l'Égalité des chances, le même crédit de départ est donné à chacun. On est tous égaux devant le jeu, c'est écrit dans la Constitution des États-Uniques. Les machines à sous alimentent les caisses de la Sécurité sociale et de l'Assistance pauvreté, et on doit y passer au moins huit heures par semaine, sous peine d'amende en cas de contrôle des puces. Le monde est bien fait, quoi. En tout cas il paraît qu'avant, c'était pire.

Dans trois mois, ça sera mon tour de me faire empucer. Je me réjouis, comme on dit. C'est l'un des quatre événements principaux de la vie, avec le mariage, l'insémination artificielle et les obsèques. Ça permet de faire une grande fête, et on reçoit plein de cadeaux. En fait, l'Empuçage, ça a remplacé la Communion, la Bar-mitsva et les autres cérémonies des religions d'autrefois, que mon père m'enseigne en cachette pour éviter, dit-il, que je meure idiot comme les autres. Entre nous, je ne vois pas l'avantage. De toute façon, une fois qu'on est mort, le gouvernement nous dépuce, et tout ce qu'on a gagné au jeu dans notre vie revient à la communauté, puisque la puce est recyclée comme source d'énergie pour produire du courant et faire tourner les machines. Alors, qu'on meure idiot ou pas, on a rempli notre devoir de citoyen et on va au paradis. Voilà. Il n'y a pas à se prendre la tête, surtout quand on voit mon père. Quand on voit où ça mène, la mémoire de ce qui n'existe plus. Mais bon, c'est son problème. Il a trop d'intelligence, et j'espère que ce n'est pas comme l'alcool. J'espère que ce n'est pas héréditaire.

J'ai des doutes, en fait. Quand j'ai passé comme tout le monde le test de dépistage des surdoués, au collège où il est prof, il m'a dit le lendemain un truc qui m'a plu moyen : « Je viens d'inverser l'ordre des questions, sur le logiciel d'évaluation : même si tes réponses sont justes, elles ne correspondent plus. » Un peu choqué, je lui ai demandé pourquoi il avait fait ça. Il a murmuré en détournant les yeux : « On n'est jamais trop prudent. Par les temps qui courent, c'est moins dangereux d'être con. »

Je veux bien, mais je vais quand même avoir besoin d'un minimum de finesse, là, pour annoncer à ma mère sans trop la perturber que je viens d'assassiner un vieux.

## 4

Dans la grande salle pleine de jingles et de crépite-ments, je me faufile entre les joueurs qui fixent d'un air concentré les séries d'étoiles, de bananes, de singes ou de pistolets qui se forment sous leurs yeux, en priant la machine pour qu'elle déclenche des gains.

— Maître du Jeu qui êtes aux cieux, faites que ça tombe sur les trois bombes, implore une dame en lançant les rouleaux.

Autrefois, il paraît que les gens allaient prier dans des endroits gratuits où ils ne gagnaient rien. Ça s'appelait des églises, des temples – et d'autres noms compliqués que j'ai oubliés. Les religions d'autrefois ont disparu, comme ça il n'y a plus de guerres : il n'y a plus que le hasard. Tout le monde est obligé d'y croire, et de prier pour gagner.

La prière, on nous l'apprend à l'école, c'est une énergie qui influence le sort. Ceux qui ont le plus de chance dans la vie sont donc les meilleurs, et on leur donne les postes de responsabilité dans la société. À dix-huit ans, vous passez le test d'orientation : on fait le bilan de vos gains au jeu et on calcule votre QPL, le quotient de puissance ludique. Plus il est haut, plus vous êtes un gagneur et plus vous serez chef. Ça s'appelle la ludocratie, et il paraît que c'est le meilleur système de gouvernement. La preuve : il n'y en a plus d'autre.

— Germinator, donnez-moi les trois lapins bleus ! supplie un grand monsieur au visage dur, en transpirant dans son uniforme de général à quatre étoiles.

Les rouleaux s'arrêtent sur un lapin vert et deux carottes. Il crispe les mâchoires, et appuie son front contre la machine, désespéré. Le problème des généraux, m'a expliqué ma mère, c'est qu'ils perdent leurs étoiles quand ils ont trop perdu au jeu. Normal : pour garantir la paix, on ne peut pas faire confiance à des malchanceux. Et comme le jeu est obligatoire, ils sont souvent obligés de tricher, alors on les fusille.

Il faut dire qu'on n'a plus trop besoin de généraux, depuis qu'on a gagné la Guerre Préventive. On est le seul pays qui reste sur Terre, officiellement, et même si un jour on était attaqués par des extraterrestres, ils seraient détruits tout seuls par le Bouclier d'antimatière qui protège notre espace aérien. Du coup, ça m'étonne un peu que des gens veuillent encore devenir général, mais ça s'appelle l'ambition sociale. C'est une maladie que mon père a réussi à vaincre grâce à l'alcool. D'un autre côté, je me demande ce qui est pire, le remède ou la maladie.

Je continue à traverser la grande salle du casino. Normalement, en tant que mineur sans puce, je n'ai pas le droit d'être là. Mais les hôtesses de contrôle me laissent passer avec un sourire encourageant, car ma mère n'aime pas que je vienne sur son lieu de travail, et le personnel la déteste. Comme tous les gens malheureux, d'après ce que j'ai compris de la vie, ma mère humilie les plus petits qu'elle, pour s'excuser de ramper devant les plus grands.

Cela dit, moi, ce n'est pas en tant qu'inférieur qu'elle me pourrit l'existence. Elle a honte de moi parce que je suis trop gros pour mon âge. Ça se remarque moins dans la banlieue minable où on habite, mais ici les kilos sont des signes extérieurs de pauvreté, donc de malchance, et c'est mauvais pour l'image professionnelle de ma mère. Lorsqu'on est bien dans sa peau, on reste mince et on a de la chance – c'est écrit dans la Constitution du pays, on l'apprend par cœur à l'école, et c'est pour ça qu'on paiera une amende quand on sera grand si on devient gros.

Le cœur serré, je pousse la porte « Réservé au personnel ». Je remonte le couloir, et j'entre dans le bureau marqué « Nicole Drimm, direction de l'Assistance psychologique ».

Ma mère se lève d'un bond, retirant ses doigts de la main du type assis près d'elle. Je le connais : c'est Anthony Burle, l'inspecteur de la Moralité envoyé par le ministère du Hasard. Il vient tous les mois contrôler si ma mère fait bien son travail, si elle console avec succès les gros gagnants, s'ils arrivent grâce à elle à surmonter le choc terrible d'être devenus riches d'un coup, enviés par tout le monde, et s'ils vont se montrer à la hauteur de leur destin. C'est ça, la moralité. Un gagnant qui fait la gueule ou qui se ronge les ongles à la télé, c'est mauvais pour l'image du bonheur par la chance, qui doit faire rêver toute la population.

— On frappe avant d'entrer ! glapit ma mère en me fusillant du regard.

— Nous parlions de toi, justement, grimace l'inspecteur en tournant vers moi sa face de faux-cul aux dents neuves. Ta maman m'expliquait ton problème.

Je soutiens son regard, épouvanté. Je me tourne vers ma mère. Ce n'est pas possible, elle n'a pas pu me voir noyer le cadavre : la fenêtre du bureau donne sur une cour intérieure ! J'éclate en sanglots, pitoyable, incapable de résister plus longtemps à la pression nerveuse.

— Qu'est-ce que je vous disais, soupire ma mère. Regardez dans quel état ça le met.

L'inspecteur pose une main poisseuse sur ma joue.

— Ne t'inquiète pas, mon garçon, ce n'est qu'une question d'hormones. Tu deviens un petit homme : il faut rééquilibrer ton métabolisme, c'est tout. J'ai dit à ta maman d'appeler de ma part le Dr Macrosi, c'est le plus grand des pédonutritionnistes. Moi-même, il a remis mes enfants dans la norme pondérale : à deux, ils ont perdu quarante kilos en trois semaines, dans un camp de dénutrition. Le ministère prendra ta cure en charge.

— Dis merci, s'empresse ma mère.

— Y a pas de quoi, je réponds malgré moi.

Silence de glace.

— Il a de la personnalité, ce gamin, déclare gravement Anthony Burle comme s'il parlait d'une maladie.

— C'est la surcharge pondérale, explique aussitôt ma mère. Il est mal dans sa peau, alors il agresse. Présente immédiatement tes excuses à M. Burle, Thomas !

Pour ne pas aggraver mon cas, je me retourne vers l'autre blaireau et je lui présente mes excuses.

— Enchanté, répond-il, puis il regarde ma mère en gloussant : Eh oui, moi aussi, j'ai de l'humour.

Elle le félicite. Il reboutonne sa veste et ramasse son cartable.

— Au revoir, madame Drimm, et au plaisir.

— Mes respects, monsieur l'inspecteur, et encore merci pour tout, s'incline ma mère avec un sourire suave.

Dès que la porte s'est refermée, elle me balance une baffe qui me dévisse la tête.

— Tu te rends compte du comportement que tu viens d'avoir ?

Je ravale mes larmes et je lui dis qu'elle a raison : c'est horrible, ce que j'ai fait, je suis un monstre et je n'aurais jamais dû venir au monde. Elle se radoucit immédiatement, inquiète, m'assied sur son divan en disant de sa voix professionnelle que je ne dois pas non plus exagérer ma culpabilité, sinon je vais encore prendre un kilo. Je baisse les yeux, résigné. Elle ajoute aussitôt qu'elle me pardonne pour cette fois. Je la remercie. Je me sens un petit peu mieux, du coup, sous l'effet de son pardon, même si elle n'a pas tout à fait compris que je m'accusais, en réalité, d'avoir zigouillé un vieux en maquillant sa mort en suicide.

— Je t'aime, allez, murmure-t-elle à contrecœur.

À mi-voix, je réponds :

— Y a pas de quoi.

## 5

À dix-neuf heures, on est rentrés à la maison. Dans le silence de la voiture, à l'arrière, je regardais un bout de ma mère dans le rétroviseur. Tendue, elle remâchait sa dernière consultation de l'après-midi, un très beau type qu'elle avait dû consoler parce qu'il venait de gagner, en deux minutes, quarante ans de son salaire à elle. La première fois qu'il jouait sur le Domo Alligator, et il avait aligné les trois crocodiles d'un coup. Dans le bureau d'à côté, j'avais baissé le son de la télé pour écouter. Il était en état de choc, il braillait qu'il allait racheter le groupe d'assurances où travaillait son ex-épouse, et le mettre en faillite parce qu'elle l'avait quitté pour l'assureur. Ensuite, il s'était demandé avec angoisse s'il devait ou non dire à sa maîtresse qu'il était devenu millionnaire, car il n'était pas sûr qu'elle l'aimait vraiment et il n'avait pas envie qu'elle s'accroche à lui pour son fric, maintenant qu'il pouvait se payer de plus jolies femmes.

Ma mère lui avait recommandé d'attendre un mois avant de prendre des décisions. Je sentais bien qu'elle mourait d'envie de lui faire observer qu'elle-même était une jolie femme, mais elle n'avait pas le droit à cause du secret professionnel. Alors elle lui avait simplement demandé sur quoi, là, tout de suite, elle pouvait lui apporter son aide psychologique. Il avait répondu : « Vous me conseillez une limousine à chauffeur ou une voiture de sport ? »

Quand les gagnants étaient des vieilles dames ou des types moches, elle était moins énervée en rentrant à la maison.

Un embouteillage nous ralentit, à la hauteur du stade de man-ball. C'est notre sport national. Une gigantesque roulette où les joueurs atterrissent, roulés en boule, projetés de case en case par la force centrifuge, en essayant de s'arrêter sur le numéro que le public a joué. Ça fait des morts à chaque match, et tout le monde adore – de toute façon, on n'a pas le choix. Quand j'aurai treize ans, je serai obligé d'y aller, moi aussi, une fois par mois, pour soutenir l'équipe de Nordville parce que je suis de Nordville.

— Comment peut-on perdre un cerf-volant d'un tel prix ? a-t-elle lancé brusquement en tapant sur le tableau de bord, pour se changer les idées en me faisant culpabiliser.

— Le vent était trop fort…

— C'est toi qui es trop faible. Avec ta graisse. Même pas de muscles. On dirait vraiment que tu es fier quand tu me fais honte. Un pervers narcissique, voilà ce que j'ai mis au monde ! Mais ça va changer, tout ça !

Elle s'est tue en klaxonnant, et j'ai commencé à faire semblant de dormir, pour avoir la paix. C'est là, dans les à-coups de l'embouteillage, que j'ai peu à peu changé de réalité, et que j'ai fait mon premier voyage dans ce que j'ai pris pour un rêve.

J'étais tout seul dans une espèce de ville morte, complètement envahie par les arbres qui poussaient au milieu des immeubles éventrés. C'était magnifique. Tous ces feuillages, ces milliers de verts différents qui s'entremêlaient d'une branche à l'autre, ces fleurs, ces parfums, ces chants d'oiseaux... Je n'avais jamais vu une telle beauté sauf à la télé, dans les vieux films, au temps où il restait de la nature sauvage. D'ailleurs j'entendais un bourdonnement gênant, autour de moi, comme un problème de son dans un enregistrement d'autrefois. J'ai fini par me rendre compte que c'étaient des abeilles. Cette espèce disparue qui pollinisait les fleurs pour fabriquer les fruits et légumes, autrefois, avant que tout ce qu'on mange devienne OGM par mesure de sécurité. Là, il y en avait des millions qui butinaient à tous les coins de rue.

Lentement, je marchais en enjambant les racines qui défonçaient les trottoirs, traversaient les carcasses de voitures rouillées. Il n'y avait plus aucun être humain, sauf sur d'anciennes affiches accrochées aux immeubles en ruine. Des femmes délavées par la pluie, qui se tartinaient du déodorant sous le bras; des familles déchirées par le vent qui se régalaient autour d'un yaourt dont le nom ne me disait rien... J'étais seul au monde dans la ville morte colonisée par les arbres, et pourtant j'entendais comme une voix, un murmure qui se glissait entre le vent, le bourdonnement des abeilles et le clapotis de l'eau claire qui coulait dans les caniveaux.

Brusquement, je me suis arrêté. Un grand chêne bouchait la vue, devant moi, au milieu des décombres d'une station-service.

— Vas-y, attaque ! a sifflé la voix du vent dans mes oreilles.

À ce moment-là, une espèce de liane, sortie d'une bouche d'égout, s'est enroulée autour de ma jambe droite. En se contractant sur mon mollet, elle a commencé à m'entraîner vers le caniveau, à me tirer vers le trou noir où s'engouffrait l'eau claire.

— Thomas, je te parle !

Je me suis retrouvé à l'arrière de la voiture, qui roulait sur la voie express à présent dégagée.

— Je t'ai demandé si tu avais pris ton Stopic !

Je réponds oui. C'est la pilule bleue qui commence à me faire digérer une heure avant les repas, pour éviter que je gonfle. Je la sors en douce de ma poche et je commence à la sucer discrètement, tout en essayant d'évacuer les morceaux de cauchemar qui s'accrochent dans ma tête. J'espère que je n'ai pas parlé en dormant. Pas besoin d'être fils de psy pour comprendre ce que je viens de rêver. C'est le cauchemar typique de l'assassin qui a peur de se faire choper.

Mais ce que je ne sais pas, c'est que le vrai cauchemar n'a pas encore commencé.

6

La voiture s'arrête devant chez nous, une baraque en brique et tôle. C'est la plus moche et la plus petite que l'Éducation nationale nous ait donnée comme logement de fonction, depuis que mon père est classé alcoolique. En tant que fonctionnaire, il est invirable, à cause de la loi sur la Protection de l'emploi, alors on le mute, on le déménage et on l'humilie pour le pousser au suicide, d'après lui. Jusqu'à présent, il résiste.

— Tu vas directement dans ta chambre finir tes devoirs avant de dîner, sans passer dire bonsoir à ton père.

— Bien, maman.

Elle a raison. Le dimanche soir, si je vais l'embrasser dans son bureau, il me bourre le crâne pendant une heure avec les civilisations disparues dont on n'a pas le droit de parler à l'école, puisqu'elles n'existent plus, alors ça ne sert à rien. Chinois, Gréco-Romains, Africains, Israéliens, Arabes... Moi, j'aime bien toutes ces légendes, ces histoires de guerres, d'invasions, de cataclysmes et de religions qui se tapent dessus, mais c'est vrai que ça perturbe parce que c'était quand même un monde moins ennuyeux que le nôtre, et, quand je reviens dans la réalité, je n'ai plus envie de faire mes devoirs.

Sur la pointe des pieds, je monte dans ma chambre qui est un grenier où je touche déjà le plafond – si mon père continue à boire, j'ai intérêt à arrêter de grandir, sinon je finirai voûté comme le vieux que j'ai tué sur la plage.

Ça y est : il revient. J'avais réussi à ne plus trop y penser, en me concentrant sur les problèmes de mes parents, mais, à peine refermée la porte de ma chambre, je me retrouve tout seul avec l'horreur de mon crime.

J'appuie le front contre la lucarne qui donne chez Brenda Logan. Il n'y a pas encore de lumière chez elle, ce soir. Brenda Logan, c'est mon soleil, mon coin de ciel bleu, la fenêtre où je m'évade. Brenda Logan, c'est une blonde d'enfer avec des yeux caramel, des seins à tomber et des muscles incroyables. Chaque soir, elle s'entraîne des heures à cogner dans un sac de sable qu'elle traite de salaud, pourri, fumier. C'est mon spectacle avant de me coucher, et il continue souvent quand je dors, sauf qu'au bout d'un moment, dans mes rêves, je deviens le sac de sable, alors elle arrête de me cogner et elle me serre contre elle en disant « mon amour ».

Elle a au moins le double de mon âge, et mon unique chance avec elle c'est qu'elle est seule comme moi, sans boulot, malheureuse, et qu'il y a des bouteilles d'alcool dans ses poubelles à elle aussi. Si ça ne la bousille pas trop vite, ça nous fera un point commun quand je serai grand.

Je n'oublierai jamais la fois où on s'est rencontrés, dans la rue, un jeudi, en sortant nos sacs orange. Ça faisait gling-gling dans le sien, presque aussi fort que dans le mien… On a croisé nos regards, elle a rougi, moi aussi.

On a baissé les yeux, on les a relevés en même temps, et du coup on s'est fait un sourire de complicité, comme un signe de ralliement, comme si on s'était reconnus et que le reste du monde n'existait plus. Le tri sélectif, quoi. Et puis sa poubelle a craqué, elle s'est mise à l'engueuler aussi fort que son sac de sable, alors je les ai laissés, par discrétion. Mais depuis ce jour-là, avec déjà mes kilos en trop, mon avenir alcoolique et mes notes en dessous de zéro, je me suis mis dans la tête un amour impossible. J'ai l'horizon deux fois plus bouché, quoi.

Je me laisse tomber sur le lit, à côté du vieil ours en peluche de mon enfance, que j'ai ressorti du coffre à jouets pour faire diversion. Comme ça, ma mère me croit arriéré, et elle ne passe plus son temps à chercher dans ma chambre des magazines de filles nues. Les filles nues, je les cache au fond du coffre à jouets.

Cela dit, je n'en ai rien à fiche de ces magazines. Ce n'est pas pour tromper Brenda Logan avec des inconnues qui me sourient sans savoir qui je suis. C'est juste pour grandir plus vite, m'entraîner à être un homme. Comme ça, le jour où j'oserai lui adresser la parole, elle sentira que j'ai de l'expérience avec les femmes…

Mais tout ça, c'était hier. Quand j'avais encore le cœur à rêver. Maintenant c'est fini. Je suis un assassin.

La tête sur l'oreiller, je ferme les yeux pour revoir la scène de la plage, chercher les indices qui permettraient de remonter jusqu'à moi. Tant qu'à penser à mon crime, puisque je ne peux pas faire autrement, autant penser utile.

Je ne trouve rien. J'ai beau fouiller dans tous les recoins mes souvenirs de cet après-midi, je ne vois pas quelle preuve j'aurais pu laisser contre moi. À six heures et demie, avant de repartir avec ma mère, j'ai fait un saut jusqu'au port, pour assister au retour de David. Je l'ai aidé à amarrer son bateau de pêche, et j'ai récupéré discrètement, avec mon couteau, le bout des ficelles du cerf-volant qui, comme prévu, s'étaient dénouées des pieds du vieux à cause du poids du corps et de la résistance de l'eau. Si on le retrouve, avec ses galets dans les poches, il n'y aura plus aucun doute : c'est un suicide. Maintenant que je ne risque plus rien, je peux culpabiliser tranquille.

Les mains jointes, les yeux au plafond, je rassemble ce qu'on m'a appris à l'école en instruction civique, et je commence à prier de toutes mes forces à mi-voix, pour que le Créateur m'entende mais pas mes parents.

— Maître du Jeu qui êtes aux cieux, rien ne va plus ! dis-je en traçant sur ma figure mon signe de Roue. Je m'accuse d'avoir tué un vieux sans le faire exprès, comme vous avez vu tout à l'heure, alors merci de l'accueillir au Grand Tapis vert du Paradis, pour qu'il tente sa chance à la Roulette du Destin, et qu'il tire un bon numéro pour se réincarner mieux.

— N'importe quoi !

Je sursaute. J'ai entendu une voix. *Sa* voix. La voix aigrelette avec laquelle le vieux m'avait agressé à propos de mon cerf-volant. Je deviens fou, ou quoi ? Dans les romans interdits que mon père me passe en cachette, on raconte des histoires comme ça où les assassins entendent la voix de leur victime, à cause du remords et des fantômes. Mais les fantômes, dans la vie, ça n'existe pas.

— Eh si. La preuve.

Je plonge la tête sous le sommier. Rien, à part le piège à souris et le bout de fromage.

— Mais qu'est-ce que tu cherches sous ton lit ? Tu vois bien que je suis là !

Je me redresse d'un bond. On se calme. J'hallucine, c'est tout. Il n'y a personne, dans cette chambre, à part moi et mon ours en peluche. Dans un réflexe venu de l'enfance, je serre dans mes poings l'ancien copain de mes nuits d'orage.

— Arrête de me comprimer comme ça ! Tu m'as tué une fois, ça suffit !

Je lâche d'un coup la peluche, dévisage avec horreur le vieil ours miteux qui me fixe de son regard en plastique noir.

— C'est moi, oui. On se réincarne où on peut.

La bouche ouverte, je sens mon visage se pétrifier. Je ne rêve pas : je vois bouger à un mètre de moi les lèvres en poils marron et blanc.

— Re-bonjour, Thomas Drimm.

— Vous connaissez mon nom ?

— N'aie pas peur, je ne vais pas aller trouver la police. Ça restera entre nous. Tout ce que je te demande, c'est de continuer à penser à moi, d'accord ?

Je lève la main et je balbutie « Je le jure », comme à la télé. J'ajoute vivement :

— Ne me faites pas de mal, monsieur ! Je m'excuse de ce qui vous est arrivé, je l'ai pas fait exprès !

— Et qu'est-ce que ça change, crétin ?

J'avale ma salive en serrant les dents. Il faut que je sois raisonnable. Il faut que je me répète que je suis en train de faire une hallucination morbide, comme me l'a expliqué ma mère, l'an dernier, quand j'ai cru la voir allongée sur son bureau par-dessous M. Burle, du ministère du Hasard, qui venait contrôler sa moralité. Elle m'a dit : « C'est hormonal, c'est tout. Tu es un préado, un préobèse, tu as le comportement qui se détraque, tu entends des voix et tu as des visions. Voilà. On appelle ça une hallucination morbide. C'est clair ? »

D'un ton froid, en observant le plafond, je déclare solennellement :

— Maître du Jeu qui êtes aux cieux, c'est pas ma faute si j'ai tué ce vieux, mais je regrette qu'il soit mort.

— Moi aussi, je te signale : j'avais plein de choses à faire, je n'ai pas du tout fini mes travaux ! Bon, l'essentiel, c'est que tu m'entendes. Et puis il faut quand même que je te dise merci.

Je sursaute, dévisage à nouveau la peluche à la gueule tordue.

— Merci ? Merci de quoi ?

— Je t'expliquerai plus tard. Dans l'immédiat, prends ton couteau et découds-moi le coin des lèvres. Déjà que je n'ai pas l'habitude de loger dans un corps en mousse synthétique, ça m'épuise d'articuler avec deux millimètres de bouche.

Je plonge mes yeux dans les billes de plastique noir inexpressives, et je réplique :

— Vous êtes une hallucination morbide, compris ?

— Si ça peut te rassurer.

— Comment vous pouvez parler, d'abord ? Vous n'avez pas de cordes vocales !

— Je ne te parle pas avec des cordes vocales, gamin, je m'adresse à ton cerveau par télépathie ! Mais tu n'es pas assez évolué pour entendre directement les pensées : il faut que tu voies des mots sortir d'une bouche. Alors je suis obligé d'en passer par là. De te faire une traduction simultanée, de refabriquer ma voix humaine en la greffant sur un support réel. Et ce n'est pas une partie de plaisir, crois-moi !

— Mais je vous ai rien demandé !

— Et moi, je t'ai demandé de me défoncer le crâne avec ton cerf-volant ?

— C'était un accident !

— Justement : un accident, ça se répare ! Tu es responsable : il faut que tu m'aides, tu n'as pas le choix. Et découds-moi ces maudites lèvres !

— Criez pas comme ça : y a mes parents, en bas !

— C'est toi qui cries, gamin. Moi, je suis une hallucination morbide, non ? Donc tu es le seul à m'entendre.

— Mais je veux pas vous entendre ! Vous allez sortir de cet ours, oui ?

— Hors de question.

— C'est ce qu'on va voir !

Je l'attrape par une patte arrière, et je l'envoie valdinguer contre le mur.

— Aïe !

Il a hurlé. Je me précipite, affolé, je le prends dans mes bras. Il a perdu un œil.

— Monsieur, ça va ?

— Non mais c'est ça, retue-moi à titre posthume ! Ah, j'ai tiré le gros lot, moi ! Quelle andouille ! Renfonce-moi mon œil !

À quatre pattes, je cherche la bille de plastique noir qui a roulé sous ma chaise. Je la reclipse dans son logement.

— Merci. Ce n'est pas que j'aie besoin de ce truc pour te voir, mais ça me gêne que tu louches en me regardant. Couteau !

Le souffle court, les doigts tremblants, je déplie mon canif et je tranche les fils pour agrandir le sourire de l'ours.

— À la bonne heure ! Tu m'entends mieux, comme ça ?

En retenant mes larmes, je lui dis que je l'entendais déjà très bien.

— Ah, ne pleure pas, je t'en prie ! Ça brouille les transmissions, je n'arriverai plus à me faire capter !

— Mais comment ça se fait ?

— Comment ça se fait que tu me captes ? Parce que tu penses à moi et que tu te sens coupable. Ne change rien, c'est parfait : j'ai plein de choses à te dire, extrêmement urgentes et d'une importance vitale. Et tu es le seul à qui mon âme puisse s'adresser : personne d'autre ne sait que je suis mort.

L'estomac noué, je lui demande s'il a des proches à prévenir.

— Ah non, surtout pas ! Si tu voyais ma famille... Restons entre nous. Bien. Première chose : quel est ton niveau ?

— Mon niveau ?

— En sciences, en maths, en biologie, en physique... Tu es bon ou pas ?

— Non.

L'ours en peluche pousse une sorte de soupir qui fait pffrrtt.

— C'est bien ma chance. Me faire trucider par un

nul. Tant pis, on se débrouillera avec les moyens du bord. Prends une feuille.

— Pour quoi faire?

— J'ai des calculs à te dicter. J'avais une formule en tête au moment où tu m'as tué, et j'ai peur d'oublier. On n'a pas de super-pouvoirs quand on est mort, je te signale. Première révélation. La seule chose qui change, c'est qu'on n'a plus de rhumatismes. Note!

— Mais pourquoi moi?

— Tu as déjà vu un ours prendre des notes? Je te répète que mes pensées font bouger ces lèvres en peluche pour que tu fixes ton attention sur quelque chose, mais c'est très fatigant pour moi. Je ne vais pas me crever en plus à remuer pour rien des pattes sans doigts qui ne peuvent pas tenir un stylo. Note! Sept multiplié par dix puissance douze…

— Attendez, vous allez trop vite!

— Je n'ai pas l'éternité devant moi, gamin! Du moins, je n'en sais rien. Mon état présent peut très bien n'être que transitoire. Peut-être que mon esprit va se dissoudre d'un moment à l'autre.

— C'est vrai? dis-je avec une montée d'espoir.

— Rassieds-moi sur ton lit, je suis ridicule dans cette posture.

Il n'a pas tort. Posé en biais contre la plinthe, une patte arrière repliée et le nœud papillon de travers, il a l'air d'une publicité pour assouplissant. Je le soulève par les épaules, lui cale le dos contre un coussin.

— Merci. Reprends ton stylo, ça se bouscule dans mes pensées. Donc, si j'ai une intensité de sept fois dix puissance douze protons par cycle…

— À table! crie ma mère.

— Et ça y est, la famille! soupire l'ours. M'énerve… Bon, va manger, et remonte vite.

Je pose mon stylo, la main tremblante, me dirige vers la porte. Avant de sortir, je glisse un œil en arrière. La tête de l'ours a pivoté pour me suivre du regard.

— Je m'excuse, monsieur, mais…

— On dit: «Je vous prie de m'excuser.»

— Pardon. Mais vous êtes qui, exactement?

— Dorénavant, je suis ton ange gardien. J'ai besoin de toi, alors je te protège. Va manger, tu vas te faire engueuler.

— Non, je veux dire… Vous étiez qui, dans la vie?

— Thomas, je t'ai appelé! crie ma mère.

— Allez hop! ordonne l'ours. Lave tes mains, à table, et dépêche-toi de revenir. Toi et moi, on a une planète à sauver.

## 7

Comme un automate, je descends les escaliers, la tête remplie des phrases de l'ours. Je rate une marche.

— Fais attention, enfin! gueule ma mère en sortant de la cuisine avec la soupière. À quoi tu rêves, encore?

Je demande pardon, et j'entre derrière elle dans la salle à manger qui sert de chambre à mon père, entre les heures de repas. Son oreiller, sa couverture et ses livres sont cachés sous le canapé, si jamais on reçoit de la visite. Là, un morceau de pain dans la bouche, il tourne le dos à la télé où parle un ministre.

— Bonsoir, mon grand, tu t'es bien amusé?

— Chut, lui dit ma mère en désignant l'écran, comme s'il avait coupé la parole au ministre.

Je m'assieds entre eux, et on mange la soupe comme tous les soirs en regardant le Journal Obligatoire de 20 heures. Leurs puces cérébrales enregistrent les fréquences propres à chaque chaîne, et, en cas de contrôle d'audience, s'ils n'ont pas regardé National Info, ils sont condamnés à une réduction du temps de présence devant les émissions de loisirs. C'est la loi sur l'Instruction civique. Comme ça tout le monde est au courant de tout, on sait de quoi parler et on pense la même chose : ça évite les malentendus. Les mineurs non encore empucés, comme moi, ne sont pas obligés de suivre l'actu, mais ma mère préfère que je m'entraîne, déjà que je suis du genre rêveur, pour ne pas être largué le jour où j'entrerai en vie active.

— La lutte contre la dépression nerveuse, poursuit Boris Vigor en gros plan sur fond bleu, demeure plus que jamais la priorité numéro un du gouvernement. Trois dépressifs nerveux qui tentaient de casser le moral de leurs collègues de travail ont été arrêtés ce matin, et seront reprogrammés conformément à la loi sur la Sécurité des personnes.

Boris Vigor, c'est le héros national. Le plus grand joueur de man-ball, et le ministre de l'Énergie. Un cerveau de génie dans un corps d'athlète. Il fait fantasmer toutes les filles, et tous les garçons rêvent d'être lui, sauf moi qui le trouve aussi sexy qu'une porte de frigo, mais c'est parce que je suis en échec scolaire, trop gros et nul en sport : il incarne tout ce qui me gonfle. Alors je me tais, je pense à autre chose quand il parle et j'applaudis avec les autres, pour avoir la paix.

— Tous ceux qui, suicidaires potentiels ou pervers déviants, se révèlent inaptes au bonheur et refusent de saisir leur chance, continue le ministre, seront immédiatement retirés de la circulation, mis hors d'état de nuire et soignés dans les centres de Retraitement, pour leur salut personnel et dans l'intérêt général. Santé, prospérité, bien-être !

— Santé, prospérité, bien-être! répète ma mère avant d'enfourner une cuillerée de soupe.

— Connard, marmonne mon père.

Elle le fusille des yeux et me dit de manger pendant que c'est chaud. Je fixe mon père dans la fumée du potage. Il a les lèvres rentrées, le regard rétréci derrière les lunettes rondes, l'index sur le bouton d'arrêt de la télécommande.

— Dernière minute, enchaîne la présentatrice en montrant son oreillette. Nous venons d'apprendre la disparition d'un très grand savant, le professeur Léonard Pictone, de l'Académie des sciences.

Une photo apparaît sur l'écran. Je lâche ma cuillère qui tombe dans la soupe.

— Mais attention, enfin! s'écrie ma mère. Une chemise toute propre!

— Âgé de quatre-vingt-neuf ans, docteur en physique nucléaire, celui qui fut le créateur de nos puces cérébrales et l'inventeur du Bouclier d'antimatière a quitté son domicile à quatorze heures pour une courte promenade sur la plage de Ludiland, la station balnéaire de Nordville. Depuis, sa famille est sans nouvelles. Nous partageons son inquiétude et l'espoir de retrouver au plus vite l'immense savant…

— L'immense salaud, oui, grommelle mon père. Collabo du pouvoir, inventeur du système qui nous contrôle le cerveau!

— Ta soupe refroidit, lui dit ma mère.

— J'ai lu ses Mémoires, moi: je sais de quoi je parle! Heureusement qu'on l'a censuré, son livre!

— Les recherches se poursuivent activement, continue la journaliste, et les autorités n'excluent pour l'instant

aucune hypothèse : amnésie, perte du sens de l'orientation, enlèvement ou noyade accidentelle. Rappelons que
le vent souffle actuellement en tempête sur la côte de
Ludiland, avec des vagues extrêmement dangereuses… Si
vous rencontrez Léonard Pictone, ou si vous détenez le
moindre renseignement permettant de le retrouver, vous
devez immédiatement appeler ce numéro.

Les chiffres s'inscrivent sur la photo où le professeur
fait la gueule, avec dix ans de moins que tout à l'heure
sur la plage. Du bout de ma cuillère, je note vivement
le numéro dans le restant de soupe figé au fond de mon
assiette. Un savant. J'ai tué le plus grand savant du pays.

La photo disparaît de l'écran.

— Ainsi se termine ce journal, sourit la présentatrice
en gonflant les seins. Heureuse soirée à tous, et rendez-vous pour…

La télé s'éteint.

— Attends le générique, enfin ! glapit ma mère.

— Alors, Thomas, enchaîne mon père, comment s'est
passé ton dimanche ?

Je fais semblant d'avaler mon verre d'eau de travers,
pour avoir une raison de parler faux, et je réponds que ça
va, rien de spécial.

— XR9 a bien volé ?

J'acquiesce en toussant.

— Terminé, ces jeux de gamin, tranche ma mère. Il
faut qu'il travaille sa musculation.

— Et tu crois qu'avec un vent pareil, elle n'a pas travaillé ? riposte-t-il.

— Une bourrasque lui a emporté son cerf-volant.

Un silence mortel s'installe autour de la table. Mon

père me dévisage, consterné. Malheureux pour moi et gêné devant elle. Je vois le prix de XR9 passer dans ses yeux.

— C'est une bonne chose qu'il l'ait perdu, décide ma mère en se resservant une assiette de soupe. Ça marque la fin de son enfance : place aux choses sérieuses.

— C'est quoi, les choses sérieuses ? grommelle mon père.

— Je comptais l'inscrire dans un club de fitness…

— Tu rêves, Nicole ? On n'a pas les moyens, c'est abrutissant et c'est malsain.

— … mais ce n'est plus d'actualité, enchaîne-t-elle. Grâce à l'inspecteur du ministère du Hasard, j'ai pu avoir un rendez-vous avec le Dr Macrosi.

La cuillère de mon père se crispe au-dessus de l'assiette à soupe. Ma mère tourne vers moi un regard où brille, pour la première fois, une sorte de fierté. Et encore, elle ne sait pas qui j'héberge dans mon ours en peluche.

Elle avale une cuillerée de soupe, s'essuie la bouche, puis déclare d'un ton solennel en fixant mon père :

— Je t'annonce une excellente nouvelle. Ton fils va être admis dans un camp de dénutrition où on lui fera un nouveau corps, tout mince, tout beau et tous frais payés. C'est une chance inespérée.

— Il n'en est pas question, réplique lentement mon père entre ses lèvres serrées.

— Je te rappelle que ton salaire est la moitié du mien : c'est moi qui exerce l'autorité parentale.

Il baisse le nez vers son assiette. C'est la loi sur la Protection de l'enfance : il n'a rien à dire. Un grand élan d'amour et de tristesse mouille mes yeux, mais il ne le voit pas ; il regarde les grumeaux en légumes de synthèse qui flottent dans la soupe en sachet. Je demande :

— Je pars quand ?

— Aux vacances d'été, j'espère, dit-elle. Le Dr Macrosi décidera après t'avoir examiné, j'attends que son secrétariat me fixe le rendez-vous. Mais avec la recommandation de M. Burle, tu auras une place, ne t'en fais pas.

Je ne m'en fais pas. Du moins pas pour ça. Je pense au fantôme du savant qui m'attend là-haut dans mon ours, soi-disant pour me faire sauver la planète, et je suis plutôt rassuré de me tirer de ce cauchemar. Mais c'est loin, l'été. Dans l'immédiat, il va falloir que j'apprivoise ce professeur Pictone. Pas question de me laisser pourrir la vie par un inconnu : j'ai déjà ma mère, ça me suffit. Et puis qu'est-ce qu'il vient me bassiner avec ses calculs, moi qui attrape des boutons devant la plus petite racine carrée ! Je ne vais pas devenir le secrétaire d'un mort, non ? Maintenant que je connais son nom, je vais le rapporter à sa famille. Et s'il raconte que je l'ai tué, ça sera la parole d'un ours en peluche contre celle d'un être humain. Voilà. Les fantômes, ça n'existe pas, et moi je suis reconnu officiellement. Je relève de la loi sur la Protection de l'enfance. Je suis une espèce protégée ; lui non.

Je me lève pour débarrasser, ramasse les assiettes en laissant la mienne sur le dessus. À la cuisine, je recopie sur un bout de papier le numéro de téléphone que j'ai noté dans ma soupe. Je trouve que je réagis plutôt bien à la situation. Je n'ai pas peur ; je me prends juste la tête pour trouver des solutions. J'ai l'impression d'avoir mûri d'un coup, d'être devenu un homme. C'est peut-être le fait d'avoir tué quelqu'un.

Je reviens au salon avec le gâteau de céréales et les yaourts maigres. Depuis que mes parents se sont alignés sur mon régime, les repas sont de plus en plus sinistres. Je n'ai pas perdu un gramme : c'est eux qui maigrissent à vue d'œil. Il est vraiment temps que je parte.

Mon père vide sa bière, repose son verre, le regard trouble, et me sourit avec un air vaguement sadique :

— Tu sais ce que Jésus fait le plus souvent, dans les Évangiles ?

— Pas à table, dit ma mère.

Je me creuse pour trouver la devinette. Je propose, par rapport à ce que je subis du côté maternel :

— Il pardonne à ceux qui l'ont offensé ?

— Non, il fait des exorcismes. Il ordonne aux démons de sortir du corps des gens…

— Jésus n'a jamais existé, Dieu merci ! coupe ma mère. Tu veux du gâteau, Robert ?

— Non, je n'en veux pas, mais ça n'empêche pas ton gâteau d'exister. C'est comme pour Jésus.

— Je crois en un seul Dieu qui est le Hasard, récite ma mère, et donc ton soi-disant fils de Dieu, même s'il a existé, n'est que le fruit du Hasard.

— Arrête de parler comme une machine ! Jésus est venu sur terre pour libérer l'homme de sa mauvaise image de Dieu.

— Alors c'était un pervers déviant, comme tous les personnages de légende ! s'énerve-t-elle. Nous avons été créés par le Hasard et nous lui rendons grâce en jouant. Mange ton yaourt, Thomas.

— En jouant, nous rendons grâce au Diable, réplique-t-il. Le dieu du jeu, le «Mammon» de la Bible, c'est le Diable!

— Comment peux-tu dire des horreurs pareilles devant ton fils? s'indigne-t-elle en faisant le signe de Roue. Ne l'écoute pas, Thomas. Nous vénérons la Roulette, car elle est le symbole de la Terre qui tourne pour nous apporter les bienfaits cycliques de la Bille qui choisit le bon numéro! Un point c'est tout!

— Thomas, si tu fais la somme de tous les nombres inscrits dans les cases de la roulette, tu arrives à 666. Le Chiffre de la Bête, la Marque du Diable!

— Mais arrête, Robert! Le Diable, c'est la malchance, c'est tout, et ça n'existe pas! Le Hasard nous donne à tous le même capital de chance au départ : à chacun de le faire travailler!

— Hasard mon cul, riposte mon père. Jésus est venu prouver aux hommes qu'ils sont sur Terre par amour et non par hasard!

— Fiche-nous la paix avec ces légendes! Tu trouves qu'on n'a pas assez d'ennuis comme ça? Et arrête de boire devant ton fils!

— Ça me gêne pas, maman.

— On t'a demandé ton avis? me jette-t-elle avec hargne, comme chaque fois que je défends sa victime. Mange ton yaourt, si tu veux dissoudre tes graisses.

Mon père vide son verre, le repose et prend appui sur ses bras pour se relever, en soupirant :

— *Ite, missa est.*

Je lui demande ce que ça veut dire.

— Qu'il va se coucher, traduit-elle.

— Obéis à ta mère, mais n'écoute jamais ses réponses. Ça veut dire : « Allez en paix, la messe est dite. »

— C'est du latin ?

— Ça suffit ! lance ma mère. Si jamais il y a des micros…

— Et qui penses-tu intéresser, ma pauvre Nicole ?

— Je protège l'avenir de notre fils contre les risques que tu lui fais courir !

— Quels risques ? L'intelligence, la culture, l'esprit critique ?

— La perversion suicidaire de ton esprit ! Ton refus de te faire soigner !

— Je suis insoignable ! Ça n'a jamais marché sur moi, le lavage de cerveau ! Je reste sale et fier de l'être ! Pour vivre heureux, vivons incultes ? Je dis non ! Vivre heureux, je m'en fous !

— Et faire notre malheur, tu préfères ? Tu veux être arrêté comme dépressif nerveux ?

— Allez vous coucher, j'ai sommeil.

Il fait trois pas en titubant, tombe à genoux et sort de sous le canapé son oreiller et sa couette. La porte claque. Ma mère est allée pleurer dans sa chambre.

Je n'aime pas trop quand on parle de Dieu : ça finit toujours comme ça. C'est d'ailleurs la raison pour laquelle le gouvernement a supprimé les religions. Mais ça laisse quand même des traces, surtout chez nous. Le problème de mon père, c'est qu'il sait trop de choses, parce qu'il a fait partie du Comité national de censure. Et pour interdire un nouveau livre, non seulement il faut le lire, mais il faut avoir lu aussi tous les autres livres déjà interdits, pour savoir s'il tombe sous le coup de l'interdiction. Ça fait beaucoup de culture, et pas grand monde avec qui la partager. Depuis qu'on l'a viré du Comité pour cause d'alcool, il ne censure plus, mais il se souvient. Alors il me fait profiter. Il me dit : «Tu es le trop-plein de ma culture. Mon déversoir.» Je ne comprends pas tout, mais j'éponge. Sinon, il se noierait.

Tout à coup, je me dis que le vieux savant qui s'est installé dans mon ours en peluche, c'est peut-être une chance pour mon père. Peut-être qu'enfin il aura quelqu'un à qui parler – quelqu'un de son niveau. Et du coup il arrêtera de boire.

Je mords mes lèvres pour maîtriser l'excitation. Sauver la planète, je ne vois pas trop l'intérêt, dans l'état où elle est, mais sauver mon père, ça serait génial. Cela dit, pour qu'il ait une chance d'entendre la voix du professeur Pictone, il faudrait d'abord que je lui avoue que je suis devenu un meurtrier.

Bon. Je vais commencer par faire la vaisselle.

## 8

Je passe un temps fou à laver les assiettes et à mettre en ordre la cuisine. Exprès. Quand je pense à ce qui m'attend là-haut dans ma chambre, j'ai vraiment envie que tout soit rangé et que ça brille. Peut-être que le professeur Pictone se sera endormi, d'ici là. Si j'avais été seul avec mon père, avant le dîner, j'aurais pu lui demander si les morts ont besoin de sommeil. Mais là, quand il installe son oreiller et sa couette, ça veut dire qu'il va sortir aussi d'une minute à l'autre sa bouteille d'eau-de-vie, et ce n'est plus la peine d'essayer de lui parler. L'eau-de-vie, comme il dit, c'est son extincteur.

Quand je sors de la cuisine, il y a encore de la lumière sous la porte de ma mère. Je vais glisser un œil dans le trou de la serrure. Elle est assise, les coudes sur sa coiffeuse, et elle contrôle ses rides dans son miroir numérique. Une Prédiglace, ça s'appelle. Deux caméras au niveau des yeux, un logiciel de correction/projection, et ça vous donne la tête que vous aurez dans le nombre d'années que vous tapez sur le clavier.

Ça marche pour le poids, aussi. Vous saisissez ce que

vous avez mangé, ce que vous faites comme sport, et ça vous montre vos kilos à venir. Je ne vous raconte pas ma tête quand je me suis vu dans dix ans, obèse complet. Quant à mon père, s'il se regarde dans la Prédiglace après avoir écrit ce qu'il boit, il voit un squelette. Mais bon, ça fait trois ans que la machine lui dit qu'il sera mort dans un mois; ça me laisse un peu d'espoir.

— Saloperie de vie de merde! grince-t-elle dans le miroir. Je perds tout mon capital jeunesse avec ce môme!

Elle se lève d'un coup, et elle éteint la lumière.

Il est onze heures moins vingt lorsque je monte l'escalier, sur la pointe des pieds. Je suis un peu plus optimiste depuis que j'ai regardé ma mère vieillir à vue d'œil dans son reflet futur, à mesure qu'elle s'inquiétait de ses rides actuelles. Je me dis que le corps dans lequel on se trouve, fatalement, ça déteint. En tant qu'ado, par exemple, j'ai beaucoup moins besoin de sommeil que lorsque j'étais enfant. Les vieux aussi, ça dort peu. Mais quand on est dans un ours, tout change. Les ours, ça hiberne.

J'entrebâille ma porte en évitant de la faire grincer. Le savant m'accueille aussitôt en glapissant, les pattes croisées:

— Mais qu'est-ce que tu fiches, enfin? J'ai douze mille idées qui se bousculent, moi! Prends des notes, vite!

Visiblement, l'hibernation, ce n'est pas son truc. J'ouvre en douce mon coffre à jouets, sors la tablette de chocolat que je cache sous mes magazines de filles nues, et je lui en propose un carré.

— Avec quoi veux-tu que je digère, andouille? Il a un estomac, ton ours en peluche?

Sans répondre, je le tourne vers le mur et je commence à me déshabiller. Essayons de faire aimable.

— Vous êtes le professeur Léonard Pictone, alors? dis-je d'une voix respectueuse.

— *Léo*, pas Léonard! Il n'y a que ma femme qui m'appelle Léonard. Ils ont parlé de moi à la télé?

— Ben oui.

Je boutonne mon pyjama et j'ajoute, pour l'amadouer dans le genre flatteur :

— Enchanté.

— Il n'y a plus de quoi, bougonne-t-il, accablé. Ils ont retrouvé mon corps?

— Non, non.

— Ah bon, soupire-t-il vivement. J'ai eu peur.

Son ton de soulagement me fait plaisir. Même s'il s'inquiétait à tort, vu comme je me suis débrouillé pour qu'on ne puisse pas remonter jusqu'à moi, sa réaction m'enlève un poids. J'avale mon carré de chocolat.

— C'est gentil de vous faire du souci pour moi.

— Ce n'est pas à toi que je pense. Tant qu'ils n'ont pas retrouvé mon corps, j'existe.

Je sursaute. Pendant quelques secondes, je retourne sa phrase dans ma tête, puis j'articule lentement :

— Ça veut dire que j'entends votre fantôme parce qu'on vous croit vivant? Quand les gens sauront que vous êtes mort, ça vous tuera pour de bon. C'est ça?

— Ne rêve pas. Tu ne vas pas te débarrasser de moi aussi facilement, gamin : on a du travail. Ouvre ton cahier.

Brusquement je l'empoigne, et je le couche sur mon bureau en lui écrasant le ventre.

— Qu'est-ce qui te prend ? Lâche-moi !

Je rassemble mes souvenirs de l'Évangile planqué dans le faux plafond des toilettes, que mon père m'a fait lire en cachette l'été dernier. En roulant des yeux terribles, je lance à la manière du P'tit Jésus :

— Démon, je t'ordonne de sortir de cet ours !

— Mais tu perds la tête ? Ça n'existe pas, les démons ! Je suis un mort normal !

— Je t'ordonne de libérer ce jouet et de retourner d'où tu viens !

— Arrête ces enfantillages ! Une fois qu'un esprit est sorti de son cadavre, il ne peut pas y retourner, voyons !

— Eh ben sortez de cet ours, et allez hanter votre maison !

J'appuie sur le ventre en mousse de toutes mes forces, en le malaxant pour expulser le squatteur. Il se tortille.

— Mais arrête… Ça me chatouille !

Je le lâche, surpris.

— Ça vous chatouille ?

Il se redresse tout seul.

— Évidemment, ça me chatouille ! Mon esprit a créé des connexions avec les molécules de peluche : tu pétris mon ventre, alors ça me chatouille. C'est logique ! Ça marche dans les deux sens, l'information, je te signale ! J'agis sur la matière, donc je subis son influence.

Il se met à quatre pattes, et entreprend une série de pompes. Je le regarde, sidéré.

— Qu'est-ce que vous faites ?

— Des assouplissements. Si je suis appelé à rester dans ce corps d'accueil, il faut bien que j'apprenne à l'utiliser pour devenir autonome.

Il roule sur le côté, puis se relève. Moulinant des pattes avant, il part en tanguant vers le bord de la table.

— Je marche! s'émerveille-t-il. Bon, ce n'est pas encore très coordonné, d'accord… La mémoire des rhumatismes. Et puis, franchement, déclencher des réactions motrices dans des particules de mousse… Les nerfs et les muscles, c'est quand même plus pratique – en tout cas c'est mieux conçu.

— Mais… comment vous faites?

— Techniquement? Je fabrique mon image en train de marcher, je la projette, et l'information se communique par ondes électromagnétiques aux molécules des pattes, comme si ton ours était manœuvré à distance. Sauf que la télécommande, c'est moi. Je me téléguide de l'intérieur, si tu veux. Ça s'appelle le pouvoir de l'esprit sur la matière.

Arrivé au bord de la table, il prend son élan, déclare fièrement qu'il lui suffit de visualiser son atterrissage pour le réussir, et il saute dans le vide. Je le regarde s'écraser.

— Ça va, professeur?

— Non, grommelle-t-il, la truffe dans le tapis.

— La prochaine fois, vous visualiserez un parachute.

Il essaie de se relever, renonce et reste en appui sur ce qui lui sert de coude.

— Bon, j'en étais où? Ah oui. Note: il faut donc une intensité de sept fois dix puissance douze protons par cycle, dégageant une énergie de soixante-dix milliards d'électronvolts.

— Pour faire quoi?

— Un canon à protons. J'étais en train de le mettre au point quand tu m'as tué: on va le construire ensemble.

— Un canon ? Mais ça va pas ? Je vais pas devenir fabricant d'armes !

— Ce n'est pas une arme : c'est le moyen de sauver l'humanité.

— Mais elle est déjà sauvée, professeur ! On a le Bouclier !

— Justement. Il faut le détruire, et tu vas m'aider.

J'avale ma salive, consterné. Cet ours est fou. D'un autre côté, c'est normal : quand on meurt, ça doit être comme quand on rêve. On se fabrique des histoires et on ne sait plus ce qui est vrai ou pas. Lentement, d'une voix sympathique, je lui rappelle la réalité : lorsque les autres pays du monde ont menacé de nous attaquer, Oswald Narkos I$^{er}$, le grand-père de notre Président actuel, a décidé de déclarer la Guerre Préventive sans prévenir. Il a fait tirer des missiles nucléaires dans tous les sens, et puis tout de suite après il a branché le Bouclier d'antimatière au-dessus du territoire. C'est comme une cloche à fromage qui nous protège. On est devenus les États-Uniques, et depuis on est tranquilles. Vu que le reste du monde est rayé de la carte, on ne risque plus rien : même si des survivants éventuels s'amusaient à nous envoyer un missile, il serait détruit par le Bouclier.

— Propagande, ronchonne l'ours. La vérité est bien différente. Et bien plus terrible.

— Mais c'est vous qui l'avez inventé, le Bouclier d'antimatière !

— Je me suis fait avoir, comme les autres, et c'est le remords de ma vie. Maintenant, à toi de jouer. Ou tu venges ma mémoire en sauvant l'humanité, ou tu te contentes d'aller maigrir dans un centre de dénutrition en attendant la fin du monde. Choisis.

Je fixe l'ours en peluche, sans répondre.

— Note, enchaîne-t-il : projet de collisionneur d'électrons et de positrons à 1 téraélectronvolt…

— J'ai trop sommeil, on verra demain.

— Pas question, Thomas ! Demain c'est lundi, tu es au collège, et je ne vais pas rester à mariner toute la journée dans mes calculs. Je n'ai pas de temps à perdre.

— Moi non plus.

Je l'attrape par une patte, je le fourre dans le placard sur ma pile de tee-shirts, et je ferme la porte.

— Thomas ! Je t'interdis ! Tu entends ? Tu as des devoirs envers moi ! Et envers l'humanité ! Le temps presse ! Je n'ai pas le mode d'emploi de l'au-delà : imagine que demain j'aie tout oublié de ce que je sais… Si on ne construit pas le canon à protons pour détruire le Bouclier d'antimatière, l'espèce humaine est condamnée par gnouf, gnouf, barf…

J'ai rouvert le placard, collé un bout de sparadrap sur ses lèvres, et j'ai refermé à clé. Que je passe au moins une nuit tranquille. Je me glisse dans mon lit et j'éteins la lumière.

Les minutes s'écoulent, le sommeil ne vient pas. L'idée du fantôme qui se débat dans sa prison de peluche me serre l'estomac. Ce ne sont pas les pschouf-pschouf contre le panneau d'aggloméré qui m'inquiètent. Il peut tambouriner tant qu'il veut avec ses petites pattes en mousse ; je n'ai qu'à mettre mon oreiller sur la tête pour supprimer le bruit, et il ne réussira jamais à ouvrir la porte de l'intérieur. Mais justement, c'est ce qui m'angoisse. S'il a trouvé le moyen d'animer une peluche pour entrer en contact avec moi, ça peut aussi marcher à l'envers. Je veux dire : son esprit peut très bien laisser tomber l'ours pour venir s'incarner dans mon oreiller, et me pourrir la tête en faisant parler les plumes.

Je rallume ma lampe, et je cours ouvrir le placard.

— Aïe ! crie l'ours quand je décolle le sparadrap.

Sa douleur me rassure. Si ça lui fait mal quand j'arrache les poils, c'est la preuve qu'il est encore totalement intégré à la peluche.

— Je vous propose un marché, professeur. Vous avez besoin de parler, et moi j'ai besoin de dormir. Alors on va faire les deux.

— Et comment tu vas noter en dormant, crétin ?

— Non mais tu arrêtes de m'insulter, vieux truc en mousse ? Moi je dors, et toi je te donne un jVox : tu parles dedans et, demain, si t'as oublié ce que t'as dit, tu te rééécoutes. C'est tout.

— Et comment veux-tu que ma voix s'enregistre sur un appareil comme ça ?

— Débrouille-toi ! Tu es bien arrivé à faire parler un ours.

— Mais je n'ai pas de temps à…

Je le bâillonne d'une main, je prends de l'autre mon enregistreur, et je vais les enfermer tous les deux dans l'armoire à pharmacie de la salle de bains, au bout du couloir, comme ça je n'entendrai pas le son.

Je suis sur le point de me recoucher, lorsque je me ravise soudain. Si je veux régler le problème pour de bon, c'est maintenant ou jamais. Je redescends l'escalier, lentement, sans un bruit. Je vais coller une oreille contre la porte du salon, puis contre celle de la chambre. Apparemment, les parents dorment.

Je me glisse dans le bureau de mon père, un ancien placard à balai où le balai est toujours là, d'ailleurs, entre l'ordinateur et l'imprimante. Je referme la porte, et je m'assieds dans son fauteuil de lecture, le vieux rocking-chair qui grinçait de page en page au temps où l'on avait le droit de lire. La gorge serrée, je compose le numéro donné tout à l'heure par la présentatrice du journal. Tant pis si je réveille la famille du mort : demain, avec le collège, je n'aurai pas le temps de téléphoner.

— Service des personnes disparues, j'écoute.

Je raccroche. Ce n'est pas son domicile : je suis tombé chez les flics. Pas question de leur raconter mon histoire. Je lance une recherche sur l'annuaire électronique, pour trouver l'adresse du savant qui parasite mon ours. Rien. Aucun Pictone. Il est sur liste rouge, comme tous les gens célèbres, j'aurais dû m'en douter. Tant pis : il me reste la solution d'envoyer ma peluche par la poste à l'Académie des sciences. Qu'ils se débrouillent. Et s'ils croient que c'est une blague et qu'ils flanquent leur collègue à la poubelle, ça sera leur problème.

Je commence à recopier les coordonnées de son administration, lorsque je m'arrête soudain, un pincement au ventre. Je n'ai pas le droit de faire ça. Je ne peux pas me débarrasser du professeur à l'aveuglette. J'ai une dette envers lui, il a raison. La seule solution, c'est celle qui m'est venue en premier : le rendre à sa famille, pour qu'elle soit rassurée et qu'elle s'occupe de lui. Parce qu'il l'a dit lui-même : dès que les siens sauront qu'il est mort, ils pourront capter son esprit. Comme ça ils n'auront qu'à noter ses calculs et lui fabriquer son canon : ça les regarde. Mais si jamais ils menacent de me dénoncer à la police comme assassin, moi je menace de les dénoncer comme terroristes qui veulent faire un trou dans le Bouclier d'antimatière. Voilà.

Ça va beaucoup mieux, tout à coup. Grâce à cette idée de chantage, je me sens de nouveau en règle avec ma conscience. Le seul problème, c'est de retrouver la maison du professeur. Il doit habiter Ludiland, en toute logique, pas très loin de la plage et du casino, vu qu'il était sorti se promener à pied, et qu'à son âge on ne court pas le marathon. Mais la perspective de faire du porte-à-porte avec mon ours, en demandant aux gens s'ils sont de la famille, ne me fait pas vraiment sauter au plafond.

Et soudain, c'est l'illumination. Un livre ! Pictone a écrit un livre ! Et mon père dit qu'il l'a censuré : il doit avoir sa fiche quelque part. Je clique sur les dossiers confidentiels « Robert Drimm ». L'écran me demande le mot de passe. Aïe. À tout hasard, je saisis mon prénom. Rien. Le nom de mon cerf-volant. Rien non plus. Ma date de naissance. Bingo ! Je réclame la liste des bouquins censurés, sélectionne le classement par noms d'auteur, et j'entre Pictone Léo.

La page consacrée à ma victime s'ouvre aussitôt. Bien vu : son adresse est marquée entre ses diplômes et ses maladies. *114, avenue du Président-Narkos-III, Ludiland.* Par curiosité, je fais défiler la fiche de lecture. Et ce que je découvre me glace le cœur.

## 9

Sujet du livre : *Inventeur de la puce cérébrale et du Bouclier d'antimatière, Léo Pictone a voulu mettre en garde le public contre les effets pervers de ses inventions, tout en accusant Boris Vigor, ministre de l'Énergie, de les lui avoir volées.*

Raisons objectives de la censure : *Diffamation, paranoïa, divulgation de secrets d'État, atteinte à l'ordre public, à la sécurité nationale et au bien-être de la population.*

Raisons officielles : *Gâtisme.*

Décision du Comité : *Interdiction totale de publication et de conservation du livre. Absence de poursuites judiciaires pour éviter toute publicité. Afin de l'inciter au silence, l'auteur sera décoré de la Grande roue du Mérite scientifique, avec retraite augmentée et garantie d'obsèques nationales.*

J'éteins l'ordinateur, mal à l'aise, et je regagne ma chambre sans faire de bruit. J'ai un nouveau sentiment dans la tête, à présent, et ça ne m'arrange pas du tout. Je crois que c'est une espèce de solidarité. On a fait taire Léo Pictone dans son intérêt parce qu'il disait la vérité ; on veut m'exiler pour mon bien dans un camp de dénutrition parce que je suis trop gros. C'est marrant comme on peut se ressembler, aux deux extrémités de la société. Je suis pauvre, il est riche ; je suis jeune, il est vieux ; je suis vivant, il est mort – et pourtant je m'identifie à lui.

Dans l'armoire à pharmacie de la salle de bains, entre l'aspirine et le sirop pour la toux, je le retrouve coincé dans la position où je l'ai laissé tout à l'heure, le jVox entre les pattes. Je chuchote :

— Alors ?

— Je n'y arrive pas, soupire-t-il. Ma voix ne s'imprime pas.

Je le regarde, embêté. Il a raison : le voyant rouge de l'enregistrement automatique s'est allumé quand j'ai murmuré «Alors ?», et il s'est éteint quand il m'a répondu. C'est un peu normal, en fait. J'entends ses paroles parce que je pense au professeur Pictone en tant que remords, mais l'appareil, lui, n'en a rien à fiche.

— Je suis vraiment tout seul, dit-il.

J'ouvre la bouche pour protester, par politesse, et puis je vois soudain une chose qui me noue les mots dans la gorge. Une larme est en train de couler de son œil en plastique, et sinue dans les poils où elle se laisse absorber.

— Comment vous faites ?

— Comment je fais quoi ?

— Pour fabriquer du liquide. Y en a pas, dans la peluche.

— J'ai fait pipi ? s'effraie-t-il.

— Non, vous pleurez.

Il détourne la tête, avec dans son museau poilu une expression de détresse, un mélange d'impuissance et de dignité. Je répète, un peu plus gentiment :

— Comment vous faites ?

— Je ne sais pas, Thomas. C'est le sentiment de tristesse qui a dû matérialiser une larme, en cassant des molécules d'hydrogène pour que tu aies pitié de moi. Quelle saloperie, la mort ! Quelle humiliation… Jamais de mon vivant je n'aurais permis qu'un gamin me voie pleurer. Allez, sauve-toi, ferme cette porte et va te coucher.

— Si vraiment c'est important pour vous, allez, je veux bien prendre quelques notes…

— Je n'ai plus envie ! Va dormir, j'ai dit ! Et arrête d'avoir pitié de moi : ça m'écœure !

J'obéis. Pour lui remonter le moral, sans la moindre pitié et avec même un brin de sadisme, je prends un bout de papier-toilette et lui conseille, en essuyant ses larmes venues de nulle part, de faire un bon gros dodo comme un gentil nounours bien sage.

Hystérique, il m'envoie un coup de patte dans l'œil. En réflexe, je l'attrape par l'oreille et le jette dans la cuvette. Un quart de seconde, j'hésite à tirer la chasse. Puis je le ressors, confus, lui demande pardon. J'ajoute que je lui mettrai du parfum, demain matin, avant d'aller le ramener chez lui.

— Chez moi ? Non mais ça va pas ? J'ai passé ma vie à tenter d'échapper à cette famille d'imbéciles ; je ne vais pas passer ma mort à bêtifier dans le parc à jouets de mes petits-enfants !

— Arrêtez d'être égoïste ! Il faut bien les rassurer…

— Et les rassurer sur quoi ? Tu crois qu'ils vont trouver ça rassurant, pépé recyclé en peluche-balai de chiottes ? En plus je les ai ruinés, avec mes recherches, mais ils ne savent pas encore à quel point. Je préfère ne pas être là quand on ouvrira ma succession : comme héritage, ils n'ont que des dettes.

— De toute façon, vous êtes mon ours : c'est moi qui décide ce que je vais faire de vous.

— Tu ne décides rien du tout ! Tu es mineur, et je suis ton ange gardien !

En guise de réponse, je l'essore au-dessus du bac à douche. Puis je l'accroche avec une pince à linge sur le fil où pendent mes chaussettes, et je regagne ma chambre en lui souhaitant un bon séchage.

Je tombe de fatigue, en fait.

Je n'ai envie que d'une chose : m'éteindre comme une lumière pour oublier tout ce qui s'est passé depuis cet après-midi. Le drame, le remords, les conséquences… Dormir. Fermer les yeux comme on tire la chasse d'eau.

Évidemment, à l'époque, j'ignorais encore ce qui se passait pendant mon sommeil. Je ne pouvais pas savoir comment, ni où ni pourquoi je partais en voyage hors de mon corps, chaque nuit. Je ne me doutais pas que ces rêves qui ne me laissaient d'autres souvenirs, le matin, qu'un vague malaise et une faim de loup, étaient en réalité un poison mortel…

## 10

*Ministère du Hasard, 23 h 30*

Dans la grande salle bleu ciel du troisième sous-sol, le ministre de l'Énergie vient d'arriver, cheveux roux en bataille, blouson ouvert sur ses pectoraux frémissants. La cellule de crise est réunie depuis déjà une heure, mais Boris Vigor avait son entraînement pour le championnat du lendemain, et il n'a appris la disparition de Léo Pictone qu'à la sortie du vestiaire.

— Alors, quoi de neuf? lance-t-il de son ton dynamique en s'asseyant à la table ovale, au milieu des conseillers qui se sont levés à son entrée, dans un élan spontané où se mêlent la servilité politique et la ferveur supportrice.

Le ministre du Hasard, un long chauve raide et pointu comme un cure-dent, répond d'un air constipé que la puce de Léo Pictone a cessé d'émettre.

— Il est mort, alors! se réjouit le ministre de l'Énergie.

— S'il était mort, Boris, la puce émettrait le signal de mort.

— Ah! zut, c'est vrai.

Les conseillers baissent les yeux, pudiques. Malgré les doses massives de dopage intellectuel auxquelles on soumet le ministre de l'Énergie pour qu'il fasse illusion, il révèle sa nature d'abruti dès qu'il prononce une phrase sans la lire sur un prompteur. Mais c'est le héros national, et les gens ne le voient parler qu'à la télé, où il dit soigneusement ce qu'on lui écrit, alors ce n'est pas trop grave. Dans les matchs de man-ball, quand il roule en boule de chiffre en chiffre jusqu'à la case gagnante, il est si concentré en gros plan qu'on le croit génial. L'intelligence du jeu.

Le ministre du Hasard détourne de son collègue un regard amer. Lui, on ne l'applaudit pas dans la rue ; il serait complètement transparent s'il n'était le troisième personnage de l'État – et même, tout ministre qu'il est, il a beau s'habiller toujours pareil, on ne le reconnaît jamais.

— Nous pensons, articule-t-il avec lenteur, que Léo Pictone a trouvé un moyen de neutraliser sa puce.

— Comment c'est possible ? s'étonne Boris Vigor, qui s'est approprié l'invention du professeur sans jamais très bien la comprendre.

Un conseiller scientifique lève la main pour demander la parole. On la lui donne.

— Six minutes après la mort cérébrale, monsieur le ministre, notre puce se trouve en rupture d'alimentation neuroélectrique, et le signal d'alerte se déclenche sur les capteurs du Service de dépuçage. Grâce à quoi on localise le cadavre, et les dépuceurs n'ont plus qu'à aller prélever la puce du défunt pour l'intégrer dans un convertisseur d'énergie.

— Pourquoi six minutes ? s'interroge Boris Vigor qui n'a pas écouté la suite.

— Parce que l'activité électrique du cerveau ne cesse pas immédiatement après l'arrêt cardiaque, monsieur le ministre.

— Ah oui, bien sûr. Et qu'est-ce qui se passe, alors, six minutes après ?

Docile, le conseiller répète ce qu'il a dit précédemment, tandis que le ministre du Hasard, les yeux au plafond, passe une soucoupe de cacahuètes à ses voisins. Boris Vigor arrête d'écouter pour réfléchir, perplexe, fronce les sourcils, demande :

— Mais s'il est mort, pourquoi sa puce n'a pas émis le signal de mort ?

— Deux hypothèses : l'extraction ou la pression.

Tous les regards se posent sur le jeune homme aux yeux verts qui vient de parler, debout au coin de la fausse fenêtre. Olivier Nox est le PDG de Nox-Noctis, l'entreprise qui fabrique, implante et récupère les puces cérébrales. On ne sait pas grand-chose de lui, sinon que c'est un ami de la famille présidentielle, que son influence est très grande, qu'il n'apparaît jamais à la télé et que sa demi-sœur, Lily Noctis, qu'on voit dans tous les magazines *people*, a été élue pour la troisième fois la Femme d'affaires la plus sexy de l'année.

— Précisez, monsieur Nox.

— Ou bien Léo Pictone a réussi à extraire la puce de sa boîte crânienne sans déclencher le signal d'effraction, c'est-à-dire en trouvant le moyen de brouiller sa fréquence pour neutraliser nos systèmes de surveillance. Ou bien il est mort, et son cadavre a été immergé en profondeur pendant les six minutes qui ont suivi son décès.

— Pourquoi ? sursaute Vigor.

— Parce que seule la pression de l'eau sur la boîte crânienne peut empêcher la puce de diffuser le signal d'alerte.

— Hmm, hmm, ponctue le ministre de l'Énergie en interceptant la soucoupe de cacahuètes.

— C'est pourquoi, rappelle Olivier Nox, nous avons interdit la baignade, les sports nautiques, et rendu obligatoire le port du gilet de sauvetage pour tous les marins.

— Mais bourquoi chix minutes ? insiste Boris Vigor, la bouche pleine.

Sans daigner se répéter, Olivier Nox poursuit à l'intention des autres :

— Si Pictone s'était simplement noyé accidentellement en tombant à l'eau, les fréquences de panique cérébrale auraient été captées par nos détecteurs. Donc, de deux choses l'une. Ou c'est un suicide avec préméditation : une balle dans la tête à bord d'un bateau, et un bloc de ciment attaché à la cheville. Ou on l'a tué par surprise, et son assassin a aussitôt jeté son corps lesté au fond de la mer.

On entend les conseillers déglutir dans le silence.

— Ou ? relance le ministre de l'Énergie qui attend la suite.

— Je n'ai pas d'autre hypothèse, lui rappelle Olivier Nox. Dans les deux cas, il s'agit d'un acte mûrement réfléchi, destiné à nous empêcher de récupérer sa puce.

— Ce qui signifie ? lance avec raideur le ministre du Hasard.

— Ce qui signifie que vous avez un problème, messieurs. Je vous rappelle que Léo Pictone s'était mis en tête de percer le Bouclier d'antimatière, pour détruire notre civilisation en prétendant la sauver.

— C'est parce qu'il était gâteux, minimise Vigor. Normal, à son âge. S'il est mort, on est tranquilles.

— Je vous rappelle également, continue Olivier Nox avec une patience infinie, que tant qu'on n'a pas retiré la puce du cerveau de Pictone, son âme est libre.

— Libre ? s'effraie Boris Vigor.

— Et son projet continue. S'il réussit à entrer en contact avec un vivant, à lui transmettre son obsession et ses connaissances... C'est la fin de notre monde.

Le silence est tombé comme un couvercle sur la table de réunion.

— Draguez la mer ! ordonne brusquement Jack Hermak, le ministre de la Sécurité, un petit nabot à moustache qu'on n'a pas encore entendu, trop occupé à écouter dans son oreillette les rapports de ses services de police. Cherchez le corps du vieillard, le long des côtes de Ludiland et au large, en fonction des courants.

— Parfait ! commente Boris Vigor, en abattant sur la table une main puissante qui fait jaillir de la carafe une gerbe d'orangeade. Pour ce qui me concerne, en tant que ministre de l'Énergie...

Il s'interrompt, à court d'idées, cherchant machinalement autour de lui l'écran d'un prompteur.

— Oui ? l'encourage le ministre du Hasard, avec un sourire doucereux.

— ... Il est minuit moins vingt, achève Boris.

— En effet. L'heure est grave.

— N'exagérons pas, réplique-t-il. Jusqu'à présent, tout va bien. On se fait peur avec des «si», c'est tout. Cela dit, si je ne file pas me coucher, là, demain je vais perdre le match.

— Oh non! protestent d'une seule voix les conseillers qui ont parié sur lui.

— Je m'en voudrais de perturber votre forme physique, mon cher Boris, reprend doucement Olivier Nox, mais nous soupçonnons que le «contact» a déjà eu lieu.

— Pschououh, soupire le ministre de l'Énergie en gonflant les joues dans ses mains, coudes sur la table.

— La situation est en effet préoccupante, traduit le ministre de la Sécurité. À 22 h 40, quelqu'un a appelé le Service des personnes disparues – le numéro spécial donné aux infos à l'intention de ceux qui auraient rencontré Pictone.

— Eh ben voilà une piste! se réjouit Vigor.

— L'appel venait de chez Robert Drimm, un ancien membre du Comité de censure, exclu pour alcoolisme. Une des seules personnes du pays à avoir lu les Mémoires interdits où Pictone jetait les bases de ses travaux actuels.

— S'il est alcoolique, ça va, dédramatise Vigor en tapotant sa montre. Ce n'est pas trop grave. Et qu'a-t-il dit, au téléphone?

— Il a raccroché avant de parler, répond Olivier Nox. Ou on l'a contraint à le faire.

— Qui ça, «on»?

— Si Pictone est mort comme nous le supposons, continue Olivier Nox, il a peut-être choisi d'entrer en contact spirituel avec un homme qui le connaissait par ses Mémoires – lequel a tenté de nous en avertir.

— Ho ? Vous ne voulez quand même pas nous faire croire que ce Robert Drimm a vu le fantôme du professeur ? rigole soudain Boris, dans un éclair de compréhension qui surprend tout le monde. Allons, allons, soyons sérieux, un peu ! Ça n'existe pas, les fantômes.

— Ça n'existait plus, depuis le système de récupération des puces.

Un silence de plomb ponctue la phrase d'Olivier Nox. Dix secondes plus tard, Boris Vigor déclare que, cette fois-ci, il faut vraiment qu'il y aille. Les conseillers accompagnent sa sortie en pointant leur pouce à la verticale, deux doigts de l'autre main croisés sous la table, afin de lui souhaiter bonne chance pour le match.

— Allez, ne vous en faites pas, toute cette histoire sera oubliée très vite, promet le ministre de l'Énergie à ses collègues, avant de quitter la salle de réunion.

— Vivement qu'il perde un match et qu'on le dégomme, celui-là, marmonne le ministre de la Sécurité en se tournant vers son voisin de gauche.

— Hélas, je suis un gestionnaire, pas un déclencheur, lui répond le ministre du Hasard avec un soupir de regret. Bien, messieurs. Je vous remercie pour votre attention, vos suggestions et la discrétion avec laquelle vous ne manquerez pas d'étouffer cette affaire. Dans l'immédiat, que décidons-nous ?

— Vous nettoyez, laisse tomber Olivier Nox.

Il rafle une poignée de cacahuètes, et sort en leur souhaitant bonne nuit.

Dans l'ascenseur, le chef d'entreprise appuie sur le bouton du rez-de-chaussée, se retourne vers la glace et recoiffe avec soin ses longues mèches noires.

— Tu as remarqué que je ne les ai pas mis directement sur ta piste, murmure-t-il en fixant le miroir au-dessus de son reflet.

Je sursaute, ce qui fait trembler l'image.

— Vous me voyez ?

— Je te sens, Thomas Drimm. Tu es en train de dormir, et ton esprit est venu jusqu'à moi comme d'habitude.

— Mais pourquoi ?

— Tu poses toujours la même question. Et, quand tu te réveilleras tout à l'heure, tu auras tout oublié de ce que tu es en train de vivre. Mais patience : bientôt je te rencontrerai en chair et en os, et tu découvriras le combat auquel tu es destiné. Dors bien, Thomas Drimm. Et prends des forces.

Il appuie trois fois sur le bouton 6. L'ascenseur disparaît. Je me retrouve dans le noir, et je ne sais pas qui je suis. Je ne sais pas comment je connais ces gens, leur nom, leur histoire, leurs pensées. Je m'appelle Thomas Drimm, c'est tout ce que je sais – du moins c'est le nom que me donne le seul homme qui perçoit ma présence. Mais qui suis-je ? S'il ne me disait pas que je suis en train de dormir, je croirais que je suis mort. Et rien ne me prouve qu'il dit la vérité.

# LUNDI

## Comment virer son ange gardien

## 11

— Au secours, Thomas!

Je me réveille en sursaut. Apparemment, le cauchemar continue. J'espérais que cette histoire de fantôme en peluche ne passerait pas la nuit, mais il fait jour dans ma chambre, je ne dors plus, et j'entends distinctement la voix du vieux que j'ai tué.

— Au secours!

Jaillissant de mon lit, je bondis jusqu'à la salle de bains, où je découvre l'ours en train de gigoter en hurlant, pendu par l'oreille au fil de séchage, son corps beige couvert de taches rouges.

— Décroche-moi et lave-moi à l'eau de Javel, vite! Je suis allergique!

— À quoi?

— À moi! À la texture de ta saloperie de jouet! Je me suis scanné pendant la nuit: je suis composé à quarante pour cent de phtalates!

— Qu'est-ce que c'est?

— Des produits chimiques ajoutés à la mousse synthétique pour l'assouplir et la désodoriser. L'horreur! Ça modifie l'ADN des cellules du sperme et ça rend stérile!

Là, j'ai plutôt envie de me marrer. Je lui rappelle qu'à son âge, il ne va quand même pas nous faire des oursons.

— Je parle pour toi, crétin!

Je retire aussitôt ma main de son oreille, hésitant à ôter la pince à linge.

— Décroche-moi, enfin! Ça fait douze ans que tu touches ton ours, ce n'est pas un contact de plus qui te rendra le zizi radioactif.

— Mais y a pas d'étiquette: comment vous pouvez connaître votre composition?

— Je n'en sais rien! Peut-être que ça progresse, un mort. Je ne demandais rien, j'attendais que tu aies fini de dormir pour qu'on se mette au travail, et tout à coup ma conscience s'est transportée à l'intérieur des molécules de l'ours. J'identifiais chaque atome, chaque particule! C'est infernal! Depuis que je sais de quoi je suis fait, je suis en autoallergie totale!

— Et c'est quoi, ces plaques rouges?

— Je ne sais pas! Une réaction chimique, je suppose. J'ai dû causer un bouleversement des atomes au niveau des colorants, quand je les ai identifiés…

— Vous auriez pu faire gaffe! C'est un souvenir, cet ours…

— Et moi c'est mon présent, maintenant, je te signale! C'est moi qui suis concerné par le problème!

— Mais elles sont horribles, ces plaques rouges!

— C'est psychosomatique, c'est tout. Tu peux me toucher: ça n'a rien de contagieux.

J'hésite un instant, puis je le détache du bout des doigts et je le ramène dans ma chambre.

— Thomas, tu es réveillé ? Dépêche-toi !

Ma mère. Ça manquait, ça. Je dis à l'ours que je dois prendre mon petit déjeuner.

— Mais tu ne vas pas me laisser dans cet état ? En plus je suis bourré d'agents ignifuges toxiques et de retardateurs de flamme, pour ta sécurité en cas d'incendie : c'est ta faute ! C'est à toi qu'on a acheté ce jouet, tu es responsable !

— J'avais rien demandé !

— Maintenant que j'ai vu dans quoi j'ai pris corps, je ne peux plus rester à l'intérieur de cet ours ! Ça me gratte !

— Eh ben changez de jouet. Tiens, allez dans celui-là.

Je désigne le Boris Vigor que maman m'a offert pour mon cinquième anniversaire : la figurine du héros national, en costume-cravate de ministre sous sa tenue de manball.

— Cette cochonnerie en latex ? Tu rigoles ? C'est plein d'organo-étains qui attaquent le système immunitaire, qui entravent la croissance et favorisent l'obésité !

— Vous êtes sûr ?

— Faut croire, dit-il un ton en dessous, étonné lui-même. Voilà que j'arrive à scanner les autres jouets à distance, maintenant… Oh là là !

— Qu'est-ce qu'il y a ?

Il fixe le Boris Vigor hypersouple, que je tords toujours dans les positions les plus humiliantes pour me venger de la perfection physique de ce taré.

— Il est pire que moi, celui-là ! Cinquante pour cent

d'alkylphénol éthoxylate, le plus terrible des perturbateurs endocriniens.

— Ton petit déjeuner ! crie ma mère. Dépêche-toi !

— Bon, faut que j'y aille, professeur. On verra ça tout à l'heure.

— Mais tu ne vas pas me laisser comme ça ? glapit-il en labourant sa vieille fourrure avec ses pattes. Ça me gratte de plus en plus, c'est insupportable ! Mes ondes de pensée ont fusionné avec ces molécules, ça me contamine, je m'empoisonne !

Fatigué, je lui rappelle qu'il est déjà mort, et que donc il ne risque rien.

— Bien sûr que si ! Mon esprit est totalement perturbé par cette prise de conscience ! À cause de toi je suis prisonnier d'une structure qui attaque mon intégrité mentale !

— Et qu'est-ce que j'y peux ?

— Thomas, tu vas être en retard, il est moins dix !

— J'arrive, maman !

J'ouvre la lucarne, je déplace ma table et je couche l'ours dans un rayon de soleil.

— Détendez-vous, je reviens tout de suite.

— Me détendre ? Tu veux que je bronze, en plus ? Enlève-moi de ce soleil, abruti ! Le rayonnement UV rend les phtalates encore plus nocifs, tu trouves que je ne suis pas assez mal comme ça ?

D'un revers de main, je le flanque à l'ombre et je descends à la cuisine. Il m'énerve, cet ours ! Si ça se trouve, il invente tous ces trucs. Peut-être que la mort, ça multiplie ce qu'on était. De son vivant, ça devait être un parano total, et en plus il devenait gâteux, c'est marqué dans la fiche de lecture de mon père.

Quoi qu'il en soit, il est urgent de le calmer. Si je le fourre dans mon sac pour aller le rendre à sa famille entre deux cours, il faut qu'il se tienne tranquille. Manquerait plus que je me fasse gauler par la prof de physique avec une peluche en pleine crise d'urticaire. Déjà que je trimbale ce genre de jouet à mon âge, si en plus il se gratte, on croira que c'est un ours à piles et que j'ai voulu faire marrer la classe. Comme si ma moyenne avait besoin de ça.

Je trouve mon père assis devant son café, l'air glauque et le col de travers. Ma mère est déjà prête, impeccablement maquillée dans son tailleur à carreaux gris, les traits tendus.

— Je file tout de suite, j'ai un problème, c'est ton père qui te conduit au collège.

Elle finit sa tasse, la repose, attrape son sac et quitte la cuisine.

— Son gagnant d'hier après-midi a tenté de se suicider, me glisse mon père avec un sourire en coin. Trop de chance, quand on n'est pas préparé, c'est insupportable. Je ne sais pas ce que ta mère lui a donné comme conseil de psychologie, mais, si jamais il claque, on dira que c'est sa faute à elle.

Je regarde sa main trembler autour de la biscotte qui se brise. Comme on travaille au même collège, il m'emmène en voiture tous les matins, sauf le lundi où il n'a pas de cours. C'est le jour où il corrige les copies à la maison. Alors, pour tenir le coup devant la nullité de ses élèves, il boit trois fois plus que d'habitude le dimanche soir.

— T'es en état de conduire, papa ?

— Aucun problème, bonhomme, j'ai pris ce qu'il faut.

Il désigne le tuba et le masque de plongée posés sur la toile cirée, et il rajoute du whisky dans son café. Je bois une gorgée de mon infusion de céréales bio, puis je demande, l'air de rien :

— Dis, papa, tu peux me prêter ton rasoir ?

Il sursaute, et me dévisage avec une surprise qui devient de la bienveillance.

— Je veux bien, mon grand, mais c'est un peu tôt, non ? Je peux te garantir que tu n'as pas encore de moustache.

Je baisse les yeux en rougissant.

— Mais si ça te fait plaisir, vas-y.

J'avale une biscotte en me levant, cours à la salle de bains des parents, puis grimpe jusqu'à ma chambre.

— Mais qu'est-ce que tu fais ? Arrête ! proteste l'ours en se tortillant sous la vibration du rasoir.

— Vous êtes allergique à vos poils : je vous rase !

Il se calme aussitôt, mais un claquement métallique suivi d'une étincelle interrompt le bourdonnement de l'engin. Je le secoue, ouvre la grille pour retirer les bouts de peluche, essaie de le rallumer. Rien. Et le professeur ne bouge plus. Dans un curieux mélange de crainte et de soulagement, je me dis que je l'ai tué une deuxième fois.

## 12

— Tu es vraiment débile, soupire Léo Pictone en fixant la zone dépoilée sur son ventre. De quoi j'ai l'air, maintenant?

Je serre les dents, je vais prendre ma douche et je reviens préparer mes affaires.

— Tu ne comptes pas me laisser seul ici toute la journée?

Sans répondre, je le coince entre le cahier de maths et le classeur de physique. Je le tasse pour refermer le rabat jusqu'au bouton-pression, et je quitte la chambre, mon sac à l'épaule.

Quand j'arrive en bas, mon père est en train de vider le biobag violet des ordures végétales dans le réservoir de sa voiture, une Trashette 200 toute minable qui roule aux fruits et légumes. Il s'installe au volant, actionne le mixeur qui envoie le jus de fermentation dans le carburateur. Avant de démarrer, il enfile ses gants, pour éviter que les capteurs du volant ne détectent l'alcool dans la sueur de ses paumes. Puis il met sur les yeux son masque de plongée plein de buée, et embouche son tuba. Sans quoi les lecteurs de pupille – installés dans le rétroviseur – et les analyseurs de souffle – planqués dans les ouïes de ventilation – déclencheraient le coupe-circuit destiné à empêcher la conduite en état d'ivresse.

La voiture démarre. C'est fatigant, les mesures de sécurité, mais avec un peu d'intelligence on les contourne.

La Trashette se lance sur la chaussée en tremblant sous les ratés, dans un nuage vert qui sent la banane pourrie. Évidemment, c'est moins classe que la Colza 800 de sa femme, le modèle réservé aux fonctionnaires du Hasard. La poubelle à moteur de mon père, plus ou moins puante suivant ce qu'on a mangé dans la semaine, me donne mal au cœur à chaque trajet, mais ma mère n'aime pas que je prenne le métro, à cause des vols. Depuis la crise de natalité, dans notre banlieue de pauvres, les rares bébés en circulation sont rapidement kidnappés et revendus aux quartiers riches ; l'offre est très inférieure à la demande en ce qui concerne les petits garçons, et le marché s'est étendu jusqu'aux préados. Une fois que je serai empucé, je ne craindrai plus grand-chose grâce à ma traçabilité, mais d'ici là je dois limiter les transports en commun. Cela dit, je trouve ma mère optimiste. Qui pourrait avoir envie d'un fils comme moi, avec mon poids et mes notes en classe ?

— Tu as l'air bizarre ce matin, Thomas.

J'évite le regard de mon père. Il a ôté le masque embué qui le faisait rouler en zigzag sur la chaussée défoncée. Une fois que la voiture est lancée, on ne risque plus rien, sur ce genre de modèle : les capteurs antialcooliques cessent de fonctionner, afin de réduire la consommation d'énergie ordurière. En revanche, sur la Colza 800, le moteur se coupe tout seul si le conducteur boit la moindre goutte d'alcool en conduisant. Résultat : le nombre d'accidents dus aux mesures de protection contre la boisson, d'après mon père, est deux fois supérieur à celui causé autrefois par l'ivresse.

— Tu as un problème, mon grand ?

— Non, non, ça va, papa. Je pensais à ce professeur qui a disparu, hier.

— Léo Pictone ? Bon débarras.

— C'est agréable, commente l'ours dans mon sac.

— C'est vraiment lui qui a inventé les puces du cerveau ?

— Oui. Au départ, l'idée était de permettre aux hôpitaux d'avoir accès tout de suite au dossier médical des malades et des blessés inconscients. Pictone a mis au point un tube en verre de la taille d'un grain de riz, implanté dans le bras, contenant une puce électronique, un émetteur-récepteur et une antenne. Très vite, le gouvernement a compris l'usage qu'on pouvait en faire. Le ministère de l'Énergie a nationalisé la découverte…

— Volé ! rectifie l'ours.

— … et il a donné la licence d'exploitation à Nox-Noctis, avec l'autorisation d'implanter la puce directement dans le cerveau. Le ministère du Hasard en a fait l'organe de gestion des gains et pertes au jeu. Et le ministère de la Sécurité s'en sert comme moyen de surveillance des citoyens suspects.

— Mais c'est un gentil ou un méchant, alors, Léo Pictone ?

— Un naïf au départ, un salaud par voie de conséquence. Chaque fois qu'on croit agir pour le bien de l'humanité, on fait son malheur.

— Et quand on se bourre la gueule en critiquant les autres, on sauve peut-être le monde ? ricane l'ours. Tu es gâté, avec un père pareil, mon pauvre Thomas. Ouvre ton sac, j'étouffe au milieu de ces cahiers !

— Pictone, dans sa jeunesse, était ce qu'on appelle un « transhumaniste ». Il pensait que l'homme et la machine devaient s'interpénétrer pour améliorer l'évolution. Mais les religions se sont opposées à l'Empuçage, alors le gouvernement a supprimé les religions.

On roule au pas sous l'autoroute. Tous les feux sont en panne, ce matin, et l'éclairage dans les tunnels clignote de façon bizarre. Aux informations, le ministre de l'Énergie explique que c'est la faute des dépressifs nerveux qui envoient des mauvaises ondes, mais plus on les arrête et plus il y a de pannes.

Je demande pourquoi les religions étaient contre les puces.

— La « Marque de la Bête ». Le Signe du Diable, si tu préfères. Ce sont les chrétiens qui ont lancé les premiers l'offensive, à cause d'une prophétie dans l'Apocalypse de saint Jean. « La Bête obligera tous les hommes, petits et grands, riches et pauvres, libres et esclaves, à recevoir une marque sur la main droite ou sur le front, afin que nul ne puisse acheter ou vendre s'il ne possède cette marque, qui est le nom de la Bête et le chiffre de son nom. »

— Le chiffre ?

— 666, le chiffre qui figure sur tous les codes-barres : un 6 au début, un au milieu, un à la fin. 666, la somme de tous les chiffres inscrits dans les cases de la roulette. 666, la victoire du Nombre sur l'Esprit.

— Alors, c'est le Diable qui a gagné?

Mon père soupire en arrêtant la voiture devant le collège.

— Oublie tout ça, va. Apprends tes leçons, fais bien tes devoirs et deviens un bon joueur, sinon tu finiras comme moi. À ce soir, bonhomme.

Il me gratte les cheveux, déverrouille ma portière. Je regarde s'éloigner la Trashette dans son nuage de banane-laitue. Puis j'ouvre mon sac, demande à l'ours s'il est d'accord avec ce qu'a dit mon père. Je le secoue, étonné de son silence. Il pousse un long soupir.

— C'est un homme bien, dit-il gravement. Il est foutu.

— Pourquoi vous dites ça?

— Parce que j'étais comme lui. Sauf qu'au lieu de l'alcool, je me défonçais à la physique quantique.

— Mais c'est vrai, ce qu'il a dit par rapport au Diable?

L'ours détourne les yeux. Les pattes croisées, il se rencogne au fond du sac.

— Ne crains rien, Thomas. Tant que je suis avec toi, tu ne risques rien. Cela dit, pour l'instant… moins tu en sais, mieux c'est.

— Mais il n'existe pas, le Diable, si?

— De toute façon, je suis ton ange gardien. Même si le Diable existe, il ne peut rien contre toi.

— Salut, Thomas, on est vachement en retard!

Je referme d'un coup mon sac, et salue de la main Jennifer qui galope vers le collège. C'est la seule qui soit sympa avec moi, dans ma classe, parce qu'elle est encore plus grosse que moi.

Je me lance derrière elle pour la rattraper, et on court le cent mètres côte à côte en agitant nos bourrelets, sourires au vent, comme si la vie était belle et qu'on se dépêchait pour quelque chose de chouette.

## 13

*Ministère de la Sécurité, 10 h 15*

Dans la salle de contrôle 408, le ministre de la Sécurité et son collègue de l'Énergie regardent, sur un écran géant, des centaines de points lumineux en mouvement.

— Fermez la fenêtre.

Le technicien presse une touche sur son clavier. La fenêtre où tournait en 3D le visage de Robert Drimm, surmonté de son numéro d'identification à seize chiffres, se résorbe à l'intérieur d'un des points lumineux.

— Visualisez le collège de son fils Thomas, ordonne le ministre de la Sécurité.

Une autre image apparaît, sur laquelle le technicien enclenche le zoom avant : un bâtiment délabré entre des pylônes et des arbres morts.

— Ce n'est pas le père qui aurait eu le contact, alors, c'est l'enfant ? s'inquiète Boris Vigor.

— À vous de conclure, messieurs, répond Olivier Nox en liaison satellite sur un vidéophone. Si vous n'aviez pas négligé la surveillance du professeur Pictone, vous n'auriez pas besoin de vous poser la question.

— On va être fixés très vite, dit le ministre de la Sécurité.

Il consulte la fiche de renseignements apparue en incrustation, après que le technicien a tapé *Drimm Thomas*, et il poursuit :

— Le lundi à 10 heures, l'enfant a cours de physique avec une dénommée Brott Judith.

— Branchez-vous sur la fréquence de cette femme, conseille Olivier Nox.

— En tant que ministre de l'Énergie, soupire Boris Vigor, ça me fatigue, cette perte de temps… C'est quand même incroyable qu'on ne puisse pas empucer les enfants pour les contrôler directement ! On irait plus vite, monsieur Nox.

— Jusqu'à l'âge de treize ans, lui rappelle le fabricant officiel des puces cérébrales, la croissance et le développement du système neuronal ne permettent pas une connexion satisfaisante avec le cerveau.

— Et on ne peut pas l'accélérer, cette croissance ?

— Déjà qu'il n'y a quasiment plus d'enfants, grince le ministre de la Sécurité, je ne trouve pas très opportun de tenter sur eux ce genre d'expériences.

— Et vous n'avez toujours pas retrouvé le corps de Pictone ? lui lance Boris, vexé.

— La tempête continue d'empêcher les recherches sous-marines, réplique son collègue, les yeux rivés sur l'écran.

Un des points lumineux se met à clignoter, au premier étage du collège.

— Fréquence repérée, annonce la voix synthétique de l'ordinateur central. Brott Judith, cinquante-neuf ans, célibataire, enseigne les sciences physiques depuis trente-quatre ans, carrière bloquée dans un collège niveau moins 3 pour dépression nerveuse chronique depuis la mort de son chat.

— Dois-je passer en pilotage manuel? demande le technicien.

— Non, dit Olivier Nox. On va programmer la vision subjective.

— Je ne suis pas qualifié, déplore le technicien.

— Je sais. Ma demi-sœur arrive pour débloquer la fonction. Envoyez-moi un rapport complet sur l'enfant: son comportement, ses fréquentations, ses propos. Je vous laisse: j'ai du travail.

L'image d'Olivier Nox disparaît de l'écran du vidéo-phone.

— C'est quand même pénible qu'on ne puisse pas accéder nous-mêmes à toutes les fonctions du système, se plaint le ministre de l'Énergie.

Le ministre de la Sécurité lui répond que, d'un autre côté, ça évite un surcroît de travail dans la gestion des renseignements obtenus. Si on se mettait à visionner tout ce que voient les gens, on n'aurait plus une minute à soi.

Boris Vigor se lève pour faire quelques assouplisse-ments. Son hôte lui demande s'il est content de son entraînement d'hier soir. Le visage du champion s'éclaire, le temps de donner ses chronos et ses scores, puis il rede-vient sombre. Ce n'est pas tellement l'histoire du profes-seur Pictone qui l'affecte; c'est un problème qui regarde le ministère de la Sécurité, pas le sien. Mais chaque fois qu'on parle d'enfants, ses blessures se rouvrent et il n'a plus goût à rien. Heureusement, il lui reste ses responsabilités. L'illusion d'être utile à quelque chose. Depuis que sa fille unique est morte, il continue de gagner des matchs et de servir son pays, mais le cœur n'y est plus et sa vie n'a plus de sens.

Comment je sais tout ça? On dirait que j'entre malgré moi dans les sentiments des gens, comme si j'étais eux de l'intérieur, quelques secondes. Et puis je repars, zappé de l'un à l'autre.

La porte de la salle coulisse, et Lily Noctis fait son entrée, dans une minijupe noire en cuir moulant. La salive s'assèche immédiatement dans la bouche des trois hommes, qui lui disent bonjour d'un air soigneusement dégagé. La jeune femme, sans répondre, marche jusqu'au pupitre de commande. Elle se pose d'une fesse sur le siège que lui a libéré le technicien, et elle commence à pianoter à une vitesse effrayante sur le clavier translucide.

Le visage maigrichon de Judith Brott apparaît en 3D à gauche de l'écran. La directrice générale de Nox-Noctis confirme la cible, déverrouille par un code secret la télécommande optique, et sélectionne, parmi les fonctions disponibles, le programme de vision subjective. Aussitôt la puce cérébrale de la prof de physique intercepte les informations transmises par sa rétine, et la salle de cours apparaît sur l'écran central.

L'image est de qualité moyenne : le visage des élèves est un peu déformé par les lunettes de l'enseignante, et les verres ne sont pas très propres. Lily Noctis opère les corrections nécessaires, monte le volume et se rejette en arrière, avec un sourire froid sur ses lèvres rouge sang.

— Alors, demande la voix sèche de la prof, qui parmi vous connaît les travaux de Léo Pictone ?

Les deux ministres se rapprochent de l'écran. Le regard de Judith Brott balaie sa classe de physique. Sa puce cérébrale, qui agit comme une caméra interne, restitue son champ de vision dans un long traveling. Les élèves restent immobiles, silencieux.

— Lequel d'entre eux est Thomas Drimm ? se renseigne le ministre de la Sécurité.

J'attends la réponse avec anxiété. J'ai hâte de savoir à quoi je ressemble. Au quatrième rang, coudes sur la table et front dans les mains, un gros ado en sweat trop petit est endormi dans une attitude de réflexion. J'espère que ce n'est pas moi.

— Alors, s'impatiente Boris Vigor, c'est lequel, Thomas Drimm ?

— Attendez que la prof s'adresse à lui, réplique Lily Noctis en se relevant. La technique peut répondre à tous vos désirs, messieurs, mais gardez-vous quand même un peu de suspense, non ? Sinon la vie serait triste. Bonne journée.

Boris Vigor et son collègue de la Sécurité suivent des yeux la belle silhouette noire, en regrettant que leur puce cérébrale ne possède pas une fonction de déshabillage virtuel.

Dans un chuintement métallique, la porte coulissante se referme derrière Lily Noctis. Et les deux ministres reviennent, à contrecœur, vers l'écran où tressaute une classe interrogée en voix off par une vieille fille myope.

— Tu te doutes de ce qui va t'arriver, n'est-ce pas,

Thomas ? me sourit Lily Noctis dans l'ascenseur, en fixant le miroir.

Je serais bien resté dans la salle de contrôle avec les ministres, pour observer sur l'écran la suite des événements, mais Lily Noctis m'a emporté avec elle comme si j'étais son ombre. Elle ajoute en concentrant son regard vert dans un angle du miroir :

— Dommage pour toi que tu ne te souviennes jamais des voyages que tu fais quand tu rêves.

Elle appuie trois fois sur le bouton 6, et l'ascenseur disparaît.

## 14

— Drimm, répétez ce que je viens de dire!

Je me réveille d'un bond. C'est galère, ces absences que j'ai tout le temps, cette manie de m'endormir sans m'en rendre compte. Ma mère dit que c'est à cause de ma préobésité. La graisse, d'après elle, ça fait somnifère.

— En hommage à ma disparition, me souffle l'ours en peluche dans mon sac, elle a dit qu'elle allait parler de ma découverte principale : l'antimatière.

Je me lève en récitant d'une traite :

— En hommage à la disparition du professeur Pictone, on va parler de sa découverte principale, l'antimatière.

Mlle Brott hoche la tête, lèvres pincées, et reprend son cours de physique.

— C'est faux, enchaîne l'ours. Je n'ai pas découvert l'antimatière : j'ai trouvé le moyen de la fabriquer et de la stocker sous vide, en la faisant tourner dans un anneau entouré d'aimants, c'est tout. Explique-lui.

— Restez tranquille, dis-je en donnant un coup de pied dans mon sac.

— Ce que j'ai découvert, c'est le pictonium : l'anti-matière indifférenciée qui prend spontanément, par mutation photonique, les caractéristiques inverses de la particule qu'elle rencontre.

— Mais taisez-vous : on n'est pas tout seuls !

Mlle Brott se tourne vers moi, l'air crispée.

— Thomas Drimm, au lieu de vous agiter, arti-cule-t-elle dans un sourire sadique, expliquez-nous plutôt ce qu'est l'antimatière.

Je lui rends son sourire, en affrontant son regard de vieille petite fille momifiée. Déjà qu'elle m'a dans le nez, ça va être ma fête.

— C'est le contraire de la matière, mademoiselle.

— C'est-à-dire ?

— Ça n'existe pas.

Un soupir agacé filtre entre ses lèvres pâles.

— Indépendamment de l'actualité du professeur Pic-tone, je vous rappelle que l'antimatière est une matière au programme. Vous devriez connaître sa définition.

— E = 1,5 × 10⁻¹⁰ joule, souffle mon ours en peluche. Soit 0,94 gigaélectronvolt : c'est l'énergie nécessaire pour produire une antiparticule dans un milieu composé de matière.

Je répète la formule, consciencieusement.

— Ne dites pas n'importe quoi ! jette Mlle Brott avec un coup de règle sur son bureau. Quand on ne sait pas, on se tait.

— Quelle mauvaise foi ! s'indigne l'ours. Bon, explique-lui de façon plus simple. Soit E l'énergie au repos de la particule, *m* sa masse et *c* la vitesse de la

lumière dans le vide. À partir de la formule d'Einstein
$E = mc^2$, je pose $m = 1,6 \times 10^{-27}$...

— Attendez, vous allez trop vite!

Mlle Brott, en train d'écrire au tableau la lettre H, se
retourne vers moi dans un mouvement d'impatience:

— Non, je ne vais pas trop vite! La faute est à celui
qui ne suit pas, Thomas Drimm! Pour vous faire comprendre, je prends l'exemple de l'hydrogène. Qui peut me
dire ce qu'est l'antihydrogène?

— Un positron, souffle la voix dans mon sac, c'est-
à-dire un électron chargé positivement qui tourne
autour d'un antiproton. Dis-le à cette gourdasse, qu'elle
apprenne au moins quelque chose.

Je balance un nouveau coup de pied pour qu'il se taise.
Le sac tombe dans l'allée et s'ouvre, libérant une patte
en peluche comprimée entre les cahiers. Un rire éclate,
un deuxième. Je redresse aussitôt le sac, je renfonce la
patte de l'ours et je referme le bouton-pression. Mais la
classe entière s'esclaffe en me montrant du doigt, sauf
Jennifer qui me regarde d'un air navré. On est les deux
seuls à venir d'ailleurs, à avoir connu des écoles meilleures
dans des quartiers plus riches, avant que nos familles
dégringolent dans l'échelle sociale. On est les deux seuls
à pouvoir comparer. Les autres, ils sont nés ici, et ils ne
quitteront jamais ce collège. De redoublement en redoublement, ils rateront toujours leur examen de sortie,
comme ça ils n'encombreront pas la société, et ils finiront
profs dans les mêmes salles de classe, pour torturer à leur
tour des élèves qui suivront le même destin. Enfin, c'est
ce que me raconte mon père. Mais, dans les moments où

je deviens la risée de ces tocards, je ne suis plus tout à fait sûr qu'il exagère.

— Je constate que, pour monsieur Thomas Drimm, les animaux en peluche sont un champ d'investigation plus intéressant que l'antimatière, pérore la vieille taupe en prenant la classe à témoin. Trois heures de colle.

Je serre les genoux contre mon sac, avec des envies de meurtre.

— Rouvre-moi, j'étouffe!

— Ta gueule, dis-je entre mes dents, en accentuant la pression de mes mollets.

— Donc, poursuit Mlle Brott, la grande invention de Léo Pictone, c'est le Bouclier d'antimatière qui protège le territoire national de toute attaque aérienne. Imaginons que l'ennemi nous lance une bombe à hydrogène : lorsque les molécules de cet hydrogène rencontrent l'antihydrogène satellisé dans le Bouclier, la collision se produit entre la matière et son contraire, le missile se désintègre et nous sommes sauvés.

— N'importe quoi, soupire l'ours à travers la toile du sac. Vous seriez tous morts. Un gramme d'antimatière qui entre en collision avec un gramme de matière correspondante, Thomas, c'est une explosion mille fois plus forte que la fission nucléaire. C'est *l'autre* effet théorique de leur rencontre que j'ai développé. Lorsqu'un antiproton et un proton se rapprochent, ou ils s'annulent et ça explose, ou ils dévient leur trajectoire. Et cette trajectoire, j'ai réussi à l'inverser, grâce au pictonium.

— Y a-t-il des questions ? s'informe Mlle Brott.

— Non, mais il y a des réponses. Puisqu'elle veut me rendre hommage, dis-lui que le principe de mon Bouclier était de renvoyer le missile d'où il vient, point final. Mais tout ça n'est que de la propagande. Il n'y a jamais eu de guerre, et nous n'avons jamais détruit le reste du monde en détournant des missiles, puisqu'on ne nous en a jamais envoyé.

Face à une telle énormité, je m'insurge, entre mes dents :

— Vous êtes gâteux, d'accord, mais calmez-vous ! Heureusement qu'on n'est pas en cours d'histoire…

— Mon Bouclier sert à autre chose, Thomas, c'est ce que j'essaie de te dire depuis hier.

— Mais fermez-la ! J'en ai marre de me faire remarquer !

— L'ennemi contre lequel le Bouclier est censé nous protéger, gamin, ce n'est pas le monde extérieur, c'est le monde *invisible*. Ce que le Bouclier dévie, ce ne sont pas des missiles, mais des *ondes* !

— Thomas Drimm, debout ! lance Mlle Brott. Au lieu de parler tout seul, répétez ce que je viens de dire !

— Une ânerie, répond l'ours. Balance-lui la vraie formule : $Ph = Pn \times 10^{45}$ bax !

Je balance. La prof blêmit.

— Non seulement vous n'écoutez pas, mais vous inventez des formules et des unités de mesure ! Dehors ! Filez chez le CPE ! Ça vous apprendra à dire n'importe quoi.

Je ramasse mes affaires et fonce hors de la salle.

— Vous êtes content de vous ? dis-je en donnant un coup de sac dans le mur.

— C'est honteux de confier des élèves à des nullités pareilles !

— Ça s'appelle la carte scolaire : on donne les plus nuls aux moins bons ! À cause de vous, je vais me ramasser encore un zéro, et je serai viré dans un collège encore pire ! Voilà !

— Ne t'inquiète pas : je suis là.

— Plus pour longtemps !

En passant sous le préau, je vois le conseiller principal d'éducation attaché sur sa chaise par trois autres élèves renvoyés de leur classe, qui le bâillonnent et commencent à le peindre en vert. J'accélère jusqu'à la grille du collège, que le concierge ne ferme plus pour éviter qu'on la défonce, et je traverse en direction de la station de métro.

— Thomas ? Où vas-tu ?

— Chez vous.

— Tu ne vas pas recommencer, non ? s'énerve l'ours. Vu ce que je viens d'entendre, l'état des mentalités et le niveau intellectuel de mes contemporains sont encore pires que je ne l'imaginais. Il est temps que nous rétablissions la vérité, toi et moi !

— On n'a rien à faire ensemble ! Vous n'êtes plus de mon âge !

— Qu'est-ce que ça veut dire ?

— Vous avez vu la tête des copains, quand vous êtes sorti de mon sac ? De quoi j'ai l'air, maintenant ? D'un débile accro à son doudou.

— Tu n'avais qu'à me laisser dans ta chambre, et travailler avec moi à ton retour…

— Je ne travaillerai jamais avec vous, c'est clair ? Vous n'existez pas, je ne comprends rien à ce que vous dites, et je me suis ramassé trois heures de colle à cause de vous. Alors maintenant, ça suffit !

Et, tandis que je descends l'escalier du métro, j'enfonce mes oreillettes pour noyer la voix du vieux dans une musique de jeunes.

## 15

Arrivé à la station Président-Narkos-III, je retire mes oreillettes, la tête plombée par les chanteuses à la mode que je me force à aimer pour avoir l'air de mon âge. Surpris, j'entends pleurer au fond de mon sac. J'ouvre le rabat, consterné d'avance.

— Garde-moi avec toi, Thomas, je t'en supplie, chevrote le vieux dans sa peluche, en tournant vers moi son regard en plastique.

Je serre les dents pour ne pas me laisser émouvoir. Je n'ai plus les moyens de m'attendrir, moi. Il ajoute :

— Tu es le seul à pouvoir sauver l'humanité.

— Pas la peine de me flatter. J'en ai rien à secouer, de l'humanité.

— Tu as tort. Il y a un problème terrible avec mes puces, Thomas. J'en ai la confirmation depuis que je suis mort.

— Mais jamais vous reposez en paix, un peu, non ?

Il secoue la tête au ras du sac, dans le couloir du métro.

— Écoute-moi bien : les cellules du cerveau entrent en connexion avec la puce, on le savait ; elles échangent

constamment des informations par ondes électromagnétiques. Tu me suis? Leurs mémoires s'interpénètrent…
Mais il y a pire.

— Quoi, encore?

— L'âme, Thomas. L'esprit, ce qui reste de nous
lorsqu'on est mort. Quand on recycle la puce dans les
convertisseurs d'énergie, on bloque l'âme. Au lieu de se
disperser pour rejoindre le monde spirituel, et continuer
la loi de l'évolution en se réincarnant, l'âme reste en *activité énergétique* sur Terre, pour fabriquer du courant, du
carburant, de l'antimatière…

— Eh bien tant mieux : elle sert à quelque chose.

— Tu ne comprends pas! Il n'y a pas que l'énergie qui
est recyclée. Tout ce qui a composé un être humain, son
projet, ses émotions, sa mémoire, demeure prisonnier de
la matière, parce que le fonctionnement électromagnétique du cerveau continue! C'est comme s'il n'y avait plus
de morts sur Terre : uniquement des comateux en survie
artificielle.

— Vous expliquerez ça à votre veuve.

— Mais elle s'en fout! Elle ne me croit pas.

— Moi non plus, je vous crois pas. Vous inventez
n'importe quoi pour rester dans mon ours. Eh ben vous
avez gagné : gardez-le, je vous le donne.

— Mais tu es bouché, ou quoi? Je ne vais pas passer
mon éternité dans cette peluche toxique! Le principe
même de la vie, c'est l'échange! L'échange entre les
espèces, entre le visible et l'invisible, entre les morts et
les vivants! Or il n'y a plus d'échange, plus de communication possible. Je suis probablement le seul fantôme
sur Terre, aujourd'hui, Thomas, la seule âme capable de

s'exprimer! Grâce à toi! Si on avait récupéré ma puce, je n'aurais jamais pu entrer en contact avec toi, je n'aurais jamais pu évoluer…

— Eh ben montez au ciel, allez évoluer, et fichez-moi la paix!

— Je ne peux pas! Même si la puce échappe au convertisseur d'énergie, le Bouclier d'antimatière marche dans les deux sens, Thomas! Il empêche les âmes de quitter l'attraction terrestre, comme il empêche les désincarnés de l'au-delà de nous aider en se réincarnant.

Je pousse un soupir accablé en remontant à la surface. Je me retrouve sur une longue avenue propre, où les grands arbres entourent des maisons de rêve. J'essaie de me repérer, tandis qu'il continue d'agiter ses pattes, véhément.

— S'il n'y a plus de réincarnation, il n'y a plus de naissances, il n'y a plus d'évolution, il n'y a plus de projet! Et c'est une catastrophe des deux côtés: si l'au-delà n'est plus nourri par le retour des âmes, il perd son énergie et sa raison d'être! Tu comprends?

— Très bien: allez le nourrir! dis-je en le renfonçant dans le sac pour éviter que les passants le voient s'agiter.

— Tu le fais exprès? Je te répète pour la énième fois que je ne peux pas quitter votre monde, à cause du Bouclier d'antimatière! C'est ça, le drame de mon invention! Dès qu'un photon approche, le pictonium crée aussitôt un antiphoton qui le repousse! Or ce sont les photons qui véhiculent notre conscience après la mort! Si tu ne m'aides pas à détruire le Bouclier pour libérer les âmes prisonnières de leurs puces, Thomas, l'espèce humaine va disparaître!

— Je vois pas en quoi ça me concerne.

— Tu es un être humain, non ?

— Je suis un ado. Débrouillez-vous avec les adultes. Allez, salut.

Je suis arrivé devant le 114, avenue du Président-Narkos-III. Une belle maison en verre et bois blond.

— C'est cool, chez vous. À côté de chez moi, y a pas photo : vous serez cent fois mieux.

— Ne m'abandonne pas, Thomas, tu es le seul à pouvoir faire éclater la vérité ! Révéler au monde tout ce que je découvre ! Il faut absolument que tu sois mon porte-parole !

— Personne m'écouterait, de toute façon.

— Et ma femme, tu crois qu'elle va t'écouter ? Tu penses vraiment qu'elle va me reconnaître ?

J'hésite à sonner. Dans la porte d'entrée est découpée une grande fente en argent pour recevoir le courrier.

— Déjà de mon vivant, elle ne me prenait pas au sérieux !

— C'est votre problème. Bonne chance.

J'aplatis sa tête et la glisse dans la fente. Ça coince. Je force.

— Arrête ! hurle-t-il en se débattant. Au voleur !

— Mais ta gueule ! Je te vole pas : je te rends !

Des passants me regardent, surpris, m'échiner à faire entrer mon jouet dans la boîte à lettres. Je leur souris, naturel, comme si je faisais ça tous les jours. J'ai réussi à introduire une oreille et la moitié du crâne, lorsque la porte s'ouvre d'un coup. L'ours me reste dans les mains.

— Qu'est-ce qui se passe ?

Une grande vieille à cheveux bleus me dévisage, crispée

sur une canne, l'air mauvais, robe gris foncé et pantoufles à carreaux. Je me compose un visage rassurant de premier de la classe.

— Bonjour, madame, enchanté, vous êtes madame Pictone?

Elle acquiesce, d'un mouvement méfiant.

— Pardon de vous déranger, mais je vous ramène votre mari.

— Léonard? s'exclame-t-elle aussitôt en lâchant sa canne. Où est-il?

Elle cherche autour d'elle, partagée entre l'espoir et l'angoisse.

— Le voici.

Elle revient vers moi, baisse les yeux. Je lui tends la peluche. Elle ouvre la bouche, le menton tremblant, déforme ses lèvres dans un rictus de haine.

— Et tu as le front de faire une plaisanterie pareille? Sale petit morveux!

— C'est pas une plaisanterie, madame, je vous jure! Dites-lui, professeur.

Je monte l'ours devant le visage de sa veuve. Silence. Je le secoue, pour l'inciter à confirmer son identité.

— Mais dites-lui qui vous êtes, allez! Y a pas de raison qu'elle vous entende pas: c'est quand même votre femme!

Les lèvres en peluche restent closes, et le regard de plastique parfaitement neutre.

— Décampe ou j'appelle la police, voyou!

— Mais gardez-le, au moins! dis-je en lui tendant l'ours, et j'ajoute, pitoyable: C'est un cadeau.

Blong! Elle nous a claqué la porte au nez.

— Je t'avais dit qu'elle ne te croirait pas, triomphe

l'autre. En plus, tu as vu sa tronche. J'ai passé toute ma vie à tenter d'échapper à ce dragon, je ne vais pas retomber sous sa coupe à titre posthume! C'est toi que j'ai choisi, gamin, en connaissance de cause. Et tu ne pourras pas te débarrasser de moi.

Une colère énorme se déclenche alors dans ma poitrine. Je tourne le dos à la maison et traverse l'avenue.

— À la bonne heure, se réjouit l'ours, la tête en bas. On rentre chez toi, et on se remet au travail.

— *Je* rentre chez moi; toi, tu t'arrêtes ici.

Les doigts crispés dans la mousse de sa patte arrière, je fonce droit sur les poubelles.

— Thomas… Tu n'es pas sérieux?

— Repose en paix.

Je soulève le couvercle d'un container, je le balance à l'intérieur, et je continue mon chemin.

matière ; comme ça il se sent moins seul. Et, en voulant les délivrer, il se fait croire qu'il est encore utile. Je pense que j'ai choisi la meilleure solution, allez, pour le repos de son âme. Sinon il aurait continué à me pourrir la vie au lieu de faire son deuil.

Je redescends dans le métro, la conscience tranquille mais le cœur gros. Je ne m'attendais pas à ça, je ne pensais pas que j'aurais de la peine. C'est fou comme on s'habitue vite aux choses. Mon sac n'a plus l'air de rien, sans le professeur Pictone. J'imagine ma chambre, mon placard, le fil de séchage dans ma douche… D'un coup son absence me pèse. Je ne pense pas que je le regrette personnellement, c'était vraiment un boulet, mais je sais ce qui me manque. J'avais un secret, quelque chose rien qu'à moi qui me rendait différent des autres et important à mes yeux. Maintenant mon secret va finir incinéré à la décharge publique, et je ne serai plus qu'un ado ordinaire, avec ses problèmes de famille, ses galères à l'école et ses kilos en trop. Je me sens tout creux. Orphelin. Comme si j'avais perdu une partie de moi-même.

Arrivé à la station du collège, j'hésite à repartir dans l'autre sens, et puis je remonte à la surface. Ce qui est fait est fait. Ma réalité n'est peut-être pas très marrante, mais il faut qu'elle redevienne réelle, sinon je me sentirai encore moins intégré qu'avant. Une peluche est une peluche, un mort est un mort, les ours ne parlent pas, et la vie continue. Dans trois mois, je me ferai empucer comme tout le monde, je gagnerai au jeu pour prouver que je suis intelligent et digne de vivre. Et je stockerai plein d'énergie dans ma puce en influençant mentalement les machines à sous, comme ça j'alimenterai mon

## 16

— Thomas, ne m'abandonne pas! hurle de moins en moins fort la voix du professeur Pictone, étouffée par le coffrage en plastique. Salaud!

Je sais. Mais je n'ai pas le choix, et c'est un service à lui rendre. Les molécules chimiques de la peluche l'ont rendu complètement taré; quand elle sera broyée dans la benne à ordures, son esprit sera libéré de la matière qui le contamine. Et voilà. Parce que toute son histoire de puces qui empêchent les morts d'être des fantômes normaux, ce n'est qu'une projection de sa propre situation. En tant que fils de psy, on ne me la fait pas.

Finalement c'est comme moi, avec mon problème de poids. Je me sens un fardeau pour ma mère, vu qu'elle aurait le droit de divorcer si je n'existais pas; elle me l'a assez répété. Alors, inconsciemment, je grossis pour lui renvoyer l'image qu'elle a de moi. Culpabilité pondérale, ça s'appelle. Et Léo Pictone, c'est pareil, dans un autre genre : il se sent de plus en plus incorporé dans l'ours dont il a squatté les molécules, alors il se raconte que tous les morts du monde sont eux aussi prisonniers de la pays en énergie après mon décès, pour mériter d'avoir vécu. Voilà. C'est la morale qu'on m'apprend depuis que je suis né. Je n'ai pas d'autre repère, je n'ai pas d'autre choix possible, à part me révolter comme mon père en devenant une épave.

Autant faire le mort, si je veux m'intégrer dans le monde des vivants.

Cours de maths, cours de chance, cours de chômage… L'après-midi est passé mollement, entre les racines qui me mettent la tête au carré, les travaux pratiques de pensée positive où je m'endors devant la machine à sous que je suis censé influencer, et les leçons de civisme qui nous préparent à l'avenir, en nous apprenant à ne rien faire sans déranger personne.

Je pense au professeur Pictone dans sa poubelle. Machinalement, j'attends qu'il se manifeste d'une manière différente, une fois que l'ours en peluche sera détruit. Je regarde mon stylo, mon taille-crayon, mon cahier, mes chaussures, en espérant vaguement qu'ils vont se mettre à parler. Je guette des manifestations bizarres sur mon clavier d'ordinateur, sur l'écran du générateur aléatoire qui me sort des nombres au hasard… Rien. En me débarrassant du fantôme de ce vieux râleur, j'espérais un peu de soulagement. Je n'ai que de la tristesse. Une tristesse amère et creuse que je n'ai jamais éprouvée. Peut-être la sienne.

À la fin du dernier cours, je me dis qu'on a déjà dû écrabouiller la peluche dans une décharge : Léo Pictone était si bien connecté à ses molécules qu'il n'a pas pu se déconnecter. Il ne reste plus rien de son âme. Et c'est ça, le vide que je ressens en moi.

Ni mon père ni ma mère ne m'attendent devant le collège. C'est bizarre, mais je préfère. Autant rester encore un peu seul avec le souvenir du vieux que j'ai tué deux fois. Je me dis que ça va être dur de garder cette histoire pour moi. Mais personne ne me croira, sauf mon père, et s'il en parle on prendra son délire pour un effet de l'alcool – mieux vaut le laisser tranquille.

La nuit est tombée quand je ressors du métro. Deux voitures noires clignotent devant la maison. Des Palmobiles ultra-rapides, réservées aux forces de l'ordre, les seules qui ont le droit de rouler à l'huile de palme.

Je m'approche lentement de la fenêtre, un pincement au ventre. Je vois mon père gesticuler dans le salon, et trois policiers prendre des notes. L'un d'eux se tourne dans ma direction. Je continue mon chemin sur le trottoir, comme si j'habitais ailleurs.

Le crâne en feu, je traverse, marche vers le vieil immeuble moderne pas terminé qui tombe déjà en ruine. Je me cache derrière un pilier, où un cadre de vélo sans roues est retenu par une chaîne à cadenas, et je fixe notre maison dans la lueur des gyrophares.

Si la police débarque chez nous, c'est sûrement à cause du professeur Pictone. Je suis découvert. On m'a vu le tuer avec mon cerf-volant, et me débarrasser de son corps. Ou alors c'est le Service des personnes disparues qui a enregistré notre numéro, hier soir, avant que je raccroche, et les policiers soupçonnent mon père. Dans tous les cas, il ne faut pas que je me montre, sinon il est cuit. Je ne sais pas assez bien mentir, il me défendra et, en tant que

parent responsable de mes actes pour cause d'alcool héréditaire, on l'arrêtera.

— Tu cherches quelqu'un ?

Je sursaute, me retourne d'une pièce. Elle est devant
moi, sortie du hall. La femme d'en face. La femme de ma
lucarne. La femme de mes rêves. Habillée d'un jogging
baggy, ses cheveux blonds cachés sous une casquette à
l'envers, une roue de vélo à la main. Elle se désintéresse
aussitôt de moi en regardant le pilier où le cadre en titane,
marqué BRENDA LOGAN, gît sur le flanc au milieu de sa
chaîne cadenassée. Ses doigts se crispent sur sa chambre
à air.

— Les salauds, ils m'ont piqué l'autre roue ! Tu les as
vus ?

Je fais non de la tête. Je lui demanderais bien pourquoi,
tant qu'à monter une roue dans son appartement, elle
n'a pas monté aussi la deuxième, ou même carrément le
vélo entier, mais les mots ont reculé tout au fond de ma
gorge, inaccessibles, tellement je la trouve belle. En plus,
vue de près, elle a des cernes, quelques rides au coin des
yeux et deux petits plis de chaque côté de la bouche. Elle
est normale, quoi. Vivante. Pas comme les filles nues des
magazines qui n'existent que sur photos, tellement elles
sont retouchées, tirées, gonflées, avec leurs faux seins et
leurs sourires en silicone. Brenda Logan ne sourit pas,
elle. On sent qu'elle en a pris plein la gueule dans la vie,
ça l'a marquée et c'est beau.

— Je te connais ? demande-t-elle en me fixant, soupçonneuse.

Je me sens rougir jusqu'aux orteils. Moi je la connais
par cœur, à force de la mater par ma lucarne et de rêver

d'elle. C'est horrible de la rencontrer dans un moment pareil, sans m'être préparé. Je n'ai même pas mon sweat noir, celui qui dissimule mes bourrelets. En plus, elle doit me soupçonner d'être complice du vol de sa roue : partis comme ça, on n'a aucun avenir.

— Qu'est-ce qu'ils font là, ces connards ? grogne-t-elle en regardant les voitures de police sur le trottoir d'en face.

Soudain notre porte s'ouvre, et les trois flics sortent en entraînant mon père, menottes aux poings. Je me rétrécis de toutes mes forces derrière le pilier.

— Mais foutez-moi la paix, crie-t-il, je vous dis que c'est une erreur ! J'attends mon fils d'une minute à l'autre : s'il ne trouve personne en rentrant du collège, qu'est-ce qu'il fera ?

Je me précipite pour empêcher qu'on l'arrête. La main de Brenda me stoppe, crispée sur mon épaule. Je me retourne vers elle. Elle fait non de la tête. Je la regarde, pris dans le plus grand dilemme de ma vie : abandonner mon père ou me faire arrêter à sa place.

## 17

Le plus costaud des flics fourre mon père à l'arrière de sa voiture. Le deuxième se met au volant en faisant signe au troisième, qui retourne chez nous et referme la porte dans son dos. La voiture démarre en trombe. À travers les rideaux mal tirés, je vois le policier s'installer au salon, sur le canapé-lit – sans doute pour attendre mon retour.

Je ferme les yeux et j'appuie le front contre le pilier.

— C'est toi, son fils ? demande Brenda Logan d'une voix plus douce.

Je ne réponds pas, les doigts crispés sur la courroie de mon sac, les lèvres serrées, concentré sur ma respiration pour retenir mes larmes.

— Viens.

Elle prend ma main et je me laisse faire. On entre dans son immeuble, on contourne son ascenseur cassé, on monte son escalier. Je la suis, comme un robot. Elle *m'invite chez elle*. Il est en train de m'arriver la plus belle chose du monde, en même temps que je vis la pire des catastrophes.

— Je m'appelle Brenda Logan, dit-elle en ouvrant sa porte.

— Je sais.

Elle se retourne en haussant un sourcil. Je précise que je l'ai vu marqué sur ce qui reste de son vélo, et que moi c'est Thomas Drimm, comme mon nom l'indique sur mon sac.

— Tu veux boire quelque chose?

— Non, ça va, merci.

On entre dans un désordre pas possible, avec des fringues, des haltères, des boîtes de peinture, des tableaux pas finis, un mois de vaisselle sale, un tatami de judo et, dans la chambre au lit défait, le punching-ball rouge que je vois de ma lucarne. Il y a aussi, pendu à une porte, un kangourou en éponge encore plus râpé que mon ours. Le genre de fourre-tout à fermeture éclair pour glisser son pyjama quand on est petit. Ce souvenir d'enfance me donne un coup d'intimité, mais l'émotion est aussitôt chassée par l'angoisse que le professeur Pictone vienne se réincarner dans le doudou de Brenda.

— Qu'est-ce qu'il a fait, ton père?

— Rien. C'est une erreur.

— C'est toujours une erreur, dit-elle sur un ton d'expérience, en posant sa roue de vélo. Assieds-toi.

Je cherche une place libre. Elle retire d'un pouf une toile qui représente un rond entouré de ronds. Je ne savais pas qu'elle était peintre. Je lui dis que c'est très beau.

— C'est le cancer du foie. J'étais médecin.

Ça, je suis au courant. J'étais à ma lucarne le jour où des types en uniforme sont venus lui dévisser sa plaque, sur la façade de l'immeuble. Dans le quartier, on dit qu'elle n'a plus le droit de soigner les gens, parce qu'elle refusait de dénoncer à la Sécurité sociale ses patients dépressifs nerveux. Infraction à la loi contre le Secret médical. C'est sans doute pour ça qu'elle n'aime pas la police.

— Si ton père n'a rien à se reprocher, c'est peut-être toi qui as fait une bêtise, non ?

Il y a tellement de gentillesse dans sa voix, tout à coup, presque même de l'espoir, que je sens les larmes revenir à l'assaut de mes yeux.

— Je ne sais pas, madame.

— Appelle-moi Brenda. Tu ne sais pas si tu as fait une bêtise, ou tu ne sais pas si c'est à cause de ça qu'ils ont arrêté ton père ?

Je détourne le regard. De tout mon cœur je voudrais lui dire la vérité, le cerf-volant, la mort du vieux et l'ours en peluche, mais je ne veux pas qu'elle ait d'ennuis à cause de moi. Je réponds simplement que mon père est prof de lettres, alors il boit. Le raccourci n'a pas l'air de la surprendre. Elle pose une main sur mes cheveux. Pas dans le genre apitoyé ; dans le genre solidaire. Elle s'identifie.

— Ça fait longtemps que tu habites en face ?

— Un an et demi.

— Je ne t'ai jamais vu.

J'écarte les bras, désolé, comme si c'était ma faute. Ça me fait un peu de peine qu'elle ait oublié le soir où on a sorti en même temps nos poubelles d'alcool qui faisaient gling-gling, avec le regard qu'on a échangé, le sourire qui disait qu'on se comprenait sans rien dire, mais bon. Je me suis fait des films, une fois de plus. Elle ajoute :

— Remarque, je ne vois jamais personne.

Elle se baisse pour ramasser un soutien-gorge qui traîne et le cache sous un coussin, tandis que je fais semblant de regarder ailleurs. C'est dommage que je sois trop jeune pour lui faire la cour. C'est surtout dommage de me dire que le jour où j'aurai l'âge, elle ne m'aura pas attendu.

— Qu'est-ce que tu vas faire, Thomas?

Je me secoue, remets de l'ordre dans mes pensées. Je dis que je ne sais pas.

— Tu as une mère?

Je réponds oui, et elle prend ça pour une bonne nouvelle.

— Elle rentre à quelle heure?

— Ça dépend.

— Tu veux attendre ici? Comme ça tu ne seras pas seul avec le flic.

— Merci, Brenda.

Son prénom est un régal dans ma bouche. Pourvu que ma mère rentre le plus tard possible. Avec le parfum de Brenda Logan dans le nez et son image devant les yeux, j'arrive presque à oublier tout le reste. Par galanterie, je lui désigne quand même la roue posée dans l'entrée.

— Mais vous alliez sortir, non?

— Je partais à vélo parce que j'étais en retard. Là, maintenant, il n'y a plus d'urgence. De toute façon, j'aurais raté le casting.

— Le casting?

— Je suis top model, depuis qu'on m'a radiée de l'Ordre des médecins. Enfin, j'essaie. Je débute à l'âge où les filles prennent leur retraite. À vingt-huit ans, dans ce métier, tu n'existes plus, mais je m'accroche.

Elle va se servir un whisky. Je pense à mon père, dans

sa voiture de police. J'espère qu'ils ne vont pas le garder longtemps. La dernière fois qu'on l'a arrêté, c'était pour avoir traversé un passage piéton en état d'ivresse. La conductrice qui l'avait percuté avait porté plainte pour sa carrosserie endommagée, et lorsqu'il était revenu à la maison, le lendemain matin, il tremblait comme un marteau-piqueur à cause du manque d'alcool.

— Tout ce que j'ai décroché, jusqu'à présent, poursuit Brenda en jetant un coup d'œil dans la rue, c'est un contrat pour les pieds qui puent. Tu as dû me voir, à la télévision. La jambe gauche.

— Ah oui! dis-je pour lui faire plaisir.

— Tu m'as reconnue?

— Bien sûr.

Elle vide son verre, le sourire en coin.

— Ne mens pas: ils m'ont coupée au-dessus du genou. Je me déchausse, je fais pschtt-pschtt avec Sensor, le déodorant qui capture les odeurs au lieu de les masquer, et un Toug me fait le baise-pied.

— Un Toug?

— Un mec en costume-cravate, genre bureau, normal, sérieux. Dans la vie, tu as trois types d'hommes: les Tougs, les Trocs et les Trèms.

Je hoche la tête, pour avoir l'air au courant, en tant qu'homme. Elle précise:

— Les Tout-Gris, les Trop-Cons et les Très-Mariés. C'est pour ça que je vis seule.

Je détourne les yeux pour cacher ma joie. Je ne sais pas pourquoi, mais cette fille dégage une espèce d'énergie qui rend tout possible, moins lourd et pas si grave.

— Aujourd'hui, reprend-elle, c'était un casting pour

les cheveux sales, qui deviennent magnifiques en trois secondes grâce au shampoing sec Hydrex. Comment tu trouves ?

Elle arrache sa casquette, secoue ses mèches emmêlées, ternes et moches. Je lui dis qu'en effet, ce n'est pas plus mal qu'on lui ait piqué sa roue de vélo. Elle reste un instant immobile à me fixer, puis me tend sa paume pour que j'y claque la mienne.

— C'est rare qu'un homme me dise la vérité. Merci, Thomas Drimm.

Je réponds qu'il n'y a pas de quoi, mais je suis quand même assez bluffé par ma franchise, moi qui devant ma mère, par exemple, ne dis jamais ce que je pense. C'est sans doute pour ça, d'ailleurs. J'ai voulu marquer la différence. En tout cas, ça vaut le coup d'être sincère : c'est la première fois qu'une fille m'appelle « un homme ».

— Je m'étais lavée à l'unilatéral, pourtant, insiste-t-elle en plongeant la tête en avant. À droite mon shampoing de la semaine dernière, à gauche l'Hydrex de ce matin, pour préparer le test comparatif. Tu vois une différence ?

Je touche ses cheveux, les respire, lui dis que je préfère son odeur naturelle. Elle se redresse un peu brusquement, et va s'accouder à la fenêtre, l'air fermée. J'ai peut-être dit un truc qu'il ne fallait pas. Ce n'est pas évident, les femmes, sans mode d'emploi.

Je marche dans la pièce, en cherchant comment réparer ma gaffe inconnue. Et soudain je me fige. Un tableau en cours est posé contre un mur. Je le reconnais, sans le connaître. J'ai un incroyable sentiment de déjà-vu. Et ça me cause un choc encore plus fort que l'arrestation de mon père.

## 18

La toile représente une ville morte, complètement envahie par les arbres qui poussent au milieu des immeubles éventrés. Les racines défoncent les trottoirs, traversent les carcasses de voitures rouillées. Des affiches arrachées pendent aux façades des ruines. Un grand chêne se déploie à l'intérieur d'une station-service, avec des pompes descellées par le tronc et des pneus passés comme des bagues autour des branches. C'est très beau, très calme et complètement flippant. En même temps, j'ai l'impression de vivre ce spectacle *de l'intérieur*, d'être à la fois les arbres et les murs, la peinture et la toile… J'ai même l'impression que je me regarde en train de regarder le tableau, mais que je me vois de moins en moins.

Soudain, comme si le tableau s'animait, une espèce de liane sort d'une bouche d'égout, s'enroule autour de ma jambe droite. Et elle m'entraîne vers le caniveau où s'engouffre une eau claire qui se colore peu à peu en rouge…

Je recule d'un bond, renverse une chaise. Brenda se retourne.

— Ça va?

Je dis oui, et que le tableau est très beau. J'ai le cœur qui bat à cent à l'heure, mais j'essaie de ne rien montrer. Je me souviens à présent d'avoir vécu ce moment, hier après-midi, dans la voiture de ma mère, quand j'étais obsédé par la mort du vieux sur la plage. Peut-être que chaque fois que j'ai un choc violent, comme là avec l'arrestation de mon père, ça me déclenche ce genre d'hallucination.

Mais comment j'ai pu me retrouver la veille, même en cauchemar, dans le décor d'un tableau que je n'ai découvert qu'aujourd'hui? Est-ce qu'à force d'être obsédé par Brenda, je viens lui tenir compagnie quand je rêve?

— Vous l'avez peint quand, ce tableau?

— Je l'ai commencé hier.

Un coup de froid me glace la nuque. La bouche sèche, je m'informe:

— À quelle heure?

Elle me dévisage en haussant les sourcils, puis laisse tomber:

— Si on te demande le métier que tu veux faire plus tard, ne réponds pas «critique d'art».

Je continue de la fixer. Elle doit croire que je suis vexé, alors elle ajoute en souriant:

— De toute façon, je suis nulle en peinture. Ça me passe les nerfs, c'est tout.

Puis elle se penche à la fenêtre et enchaîne:

— Dis donc, ce n'est pas ta mère, ça?

Une boule d'angoisse dans la gorge, je suis son regard. En effet, la Colza 800 vient de s'arrêter devant la maison. Ma mère sort lentement, referme sa portière en fixant la voiture de police à cheval sur le trottoir. Dans un mouvement nerveux, elle cherche autour d'elle. La rue est déserte, dans le clignotement des réverbères qui grésillent, s'éteignent, se rallument. Le pas raide, le dos crispé, elle marche vers notre porte en sortant ses clés.

— Vas-y, dit Brenda en me poussant vers le palier. Officiellement, tu viens d'arriver de l'école, t'es au courant de rien et tout va bien. Si ça se passe mal, accroche une chaussette à la lucarne.

Déstabilisé, je lui demande : « Quelle lucarne ? », sur un ton innocent qui sonne parfaitement faux.

— Celle qui donne sur ma chambre, et par laquelle tu me regardes la nuit.

Je m'entends répondre : « Ah bon ? », mortifié. Elle me dévisage avec un air très sérieux, presque solennel.

— Tu te rappelles les trois types de mecs dont je t'ai parlé ?

J'acquiesce, récite d'une traite pour montrer que j'ai bien suivi :

— Les Tougs, les Trocs et les Trèms.

— Y a une quatrième catégorie d'hommes, Thomas, dont apparemment tu fais déjà partie, malgré ton jeune âge. Les Jteups.

— Ah, dis-je avec espoir. Ça veut dire ?

— « J'te prends pour une conne. » Allez, dégage, se marre-t-elle en me poussant dans l'escalier.

Je descends les marches, sur un nuage, le cœur tordu, la tête en feu et la bouche sèche. Alors c'est ça, l'amour. Cette espèce de truc qui ressemble à un début de grippe, quand on se dit qu'on va morfler un max mais que d'un autre côté ça permet de sécher l'école. Cette envie de sauter au plafond et de rentrer sous terre. Cette sensation d'avoir la honte écrite sur le front, et d'être en même temps le plus fier du monde.

Je sors en balançant mon sac à bout de bras, je me remets de mes émotions en traversant la rue, et je me compose un visage de tous les jours pour sonner à ma porte.

Ma mère ouvre, l'air chiffonnée, me fixe avec un regard glacial. J'attends une baffe et des cris, mais ses lèvres se fendent d'un sourire éclatant. Elle me prend dans ses bras, tout en s'écriant d'une voix joyeuse :

— Bonsoir, mon chéri, tu m'as manqué, tu vas bien, pas trop fatigué ? Alors, comment s'est passée ta journée ?

Et elle me colle sur les joues deux bises sonores, d'habitude réservées à l'Arbre de Noël du personnel, au casino, quand elle me donne mon cadeau devant tout le monde. Le policier est apparu dans le couloir, derrière elle. Je lui dis bonjour monsieur d'un air surpris, m'efforçant d'être aussi crédible dans l'étonnement que naturel face au numéro inédit de maman gâteau auquel j'ai droit à cause de lui.

— Dis-moi, Thomas, mon poussin, ça ne serait pas toi par hasard qui aurais appelé le Service des personnes disparues, cette nuit ?

Les mots tournent dans ma tête, mêlés au sourire de Brenda et à l'image de mon père menotté entre les deux flics. Je ne sais pas ce qu'il leur a déclaré, mais si je réponds « non » alors qu'il a nié lui aussi, ils concluront qu'il a menti, que ma mère ment ou que je viens de mentir. Autant dire la vérité.

— Oui, pourquoi ?

Un immense soulagement se lit dans le regard maternel.

— C'est à moi de te poser cette question, jeune homme, intervient gentiment le policier avec un large sourire de Jteup.

— Ben, ils ont donné le numéro à la télé, si jamais on voyait le professeur Machin, là.

— Et tu l'as vu?

— Il m'a semblé, oui.

— Quand ça?

— Avant de téléphoner.

— Où ça?

J'improvise, sur un ton d'évidence :

— Par la fenêtre.

— Tu l'as vu la nuit dernière ici même, dans ta rue?

— Voilà.

— Et tu as téléphoné directement à la police au lieu de nous réveiller, mon chéri, s'extasie vivement ma mère.

Elle enchaîne, en prenant à témoin le policier qui ne sourit plus du tout :

— Quelle chance nous avons que notre fils ait un sens civique aussi développé que sa délicatesse…

— Et qu'est-ce qu'un savant comme le professeur Pictone venait faire dans cette banlieue où il ne connaît personne?

Je sens comme un éboulement dans ma gorge. Là, c'est la bourde. L'énorme gaffe que je n'ai pas vue venir. Les policiers savent sûrement que mon père a travaillé au Comité de censure, qu'il est la seule personne au monde à avoir lu le livre de Léo Pictone. Et donc ils vont conclure que si Pictone est venu dans notre rue, c'était exprès, pour rencontrer son lecteur et lui confier des secrets.

— Mais bon, dis-je en affichant la désolation modeste avec laquelle je rapporte habituellement mes bulletins scolaires, y a une voiture qui est passée avec la famille du vieux monsieur. Ils l'ont fait monter à l'arrière en l'appelant «Albert», alors j'ai compris que je m'étais trompé de vieux, et j'ai raccroché.

J'ajoute, comme un vrai super-Jteup :

— Je m'excuse de vous avoir dérangé pour rien.

— *Je vous prie de m'excuser*, corrige la voix du professeur Pictone.

Je me retourne d'une pièce, abasourdi. Un grand type sévère, en costume gris foncé et cravate gris clair, se dresse sur le seuil. Dans sa main droite, il tient mon ours en peluche.

## 19

— C'est ici qu'habite un nommé Drimm Thomas?

Un silence de mort s'installe tandis que ma mère et le flic dévisagent le nouveau venu.

— Mais c'est ton ours, Thomas! s'exclame-t-elle pour remettre de l'ambiance.

— Évidemment que c'est son ours, ronchonne le Tout-Gris. Il y a son nom cousu sur l'étiquette.

Je rassemble toutes mes forces pour m'écrier sur un ton convaincant:

— Oh merci, monsieur, je l'avais perdu! Où vous l'avez retrouvé?

— Quel faux-cul, ricane l'ours.

Je regarde les autres, affolé. Heureusement, je suis toujours le seul à l'entendre parler.

— Et quel maladroit, enchaîne-t-il. Pour mentir, il ne suffit pas d'avoir de l'imagination, gamin, il faut de la rigueur! Par où tu l'as vue, la famille qui récupérait ton prétendu Albert pendant que tu téléphonais dans le bureau de ton père? Y a une fenêtre?

J'ouvre la bouche, effondré, tandis que le Toug fait

passer l'ours dans son autre main, pour sortir une carte plastifiée qu'il nous brandit sous le nez :

— SSTS, Service de surveillance du tri sélectif. On nous a signalé la présence de cet article en peluche illégalement déposé dans un container jaune réservé aux plastiques recyclables. C'est toi qui l'as jeté ?

Je réponds que vraiment, ça alors, c'est incroyable, pour me laisser le temps de réfléchir avec rigueur au mensonge que je vais faire ou pas. Si jamais une caméra de contrôle m'a pris en flagrant délit et que je nie, on ne va plus croire ce que j'ai dit avant.

— Tu m'as perdu dans le métro, un enfant a dû me ramasser, et ses parents m'ont jeté dans le premier container qu'ils ont trouvé à la surface, me souffle à toute allure la voix agacée de Léo Pictone. Sinon ça voudra dire que tu te trouvais devant chez moi, ils iront questionner ma veuve et ce n'est pas comme ça que tu sortiras ton père de prison.

— Je répète ma question, petit : c'est toi qui l'as jeté ?

— Ne t'inquiète pas pour la caméra de contrôle, poursuit l'ours : elle est braquée sur la fenêtre de mon laboratoire au deuxième étage, pas sur les poubelles d'en face.

Docile, je répercute au surveillant des ordures la version donnée par ma victime. Et puis soudain je me rends compte, avec une panique redoublée, que cette fois l'ours a directement capté ce que je pensais. *Il lit dans mon cerveau !*

— Il n'y a pas de mérite, commente-t-il. Vu ton activité mentale, je ne risque pas le surmenage.

— Bien, conclut le Toug en saisissant ma déposition sur son clavier de poche. Comme l'auteur de l'infraction à la loi sur le Tri sélectif n'est pas identifié, c'est à vous d'acquitter l'amende sur-le-champ, pour complicité passive par négligence coupable. Si vous souhaitez déposer un recours, je transmets le jouet au Service des litiges, qui relèvera les empreintes sur la peluche et lancera une recherche en...

— Non, non, c'est bon, s'empresse ma mère en tirant ses cheveux en arrière.

Et elle offre sa tête au responsable des poubelles, qui pointe vers sa puce cérébrale un miniscanner pour encaisser l'amende.

— Trois cents ludors au débit différé de vingt-quatre heures, annonce-t-il en vérifiant l'opération sur son écran.

Il me restitue l'ours en me recommandant de faire attention la prochaine fois, et s'en va sans dire au revoir.

— Bien, ponctue ma mère qui tourne vers le flic son visage d'innocente persécutée. Je pense que tout est réglé, à présent : mon mari peut revenir à la maison.

— Vous serez informée de la durée de sa garde à vue, répond-il. En attendant, je vous conseille de surveiller votre enfant.

Il nous observe tour à tour, avec un petit air qui se croit perspicace. Son regard rétrécit tandis qu'il poursuit d'un ton doucereux :

— Il est un peu vieux pour emmener son nounours au collège, vous ne trouvez pas ? Vous êtes sûre qu'il ne couve pas une dépression nerveuse ?

— Non, non, s'empresse ma mère, je vous assure : il est très gai, très équilibré, plein d'énergie et d'enthousiasme...

— Ça va pour cette fois, coupe-t-il. Je ne ferai pas de rapport, mais qu'il se tienne à carreau ! C'est clair ?

Elle lui promet que je serai à la hauteur de sa confiance, lui souhaite une excellente soirée, fait coucou de la main tandis qu'il monte dans la voiture à gyrophare, referme la porte, et m'envoie une baffe terrible qui me dévisse la tête.

— Mais tu es devenu fou, ou quoi ? Tu alertes la police pour rien, tu vas au collège avec un jouet de bébé que tu perds, tu fais mettre ton père en prison et tu me coûtes trois cents ludors ! Tu crois que je n'ai pas assez de soucis comme ça, avec le gagnant d'hier qui s'est jeté sous une voiture à peine sorti de mon bureau ? S'il meurt, c'est ma faute ! Comment tu veux que je t'élève, si je perds mon emploi ?

Je lui répondrais bien que je n'ai plus qu'à me suicider moi aussi, pour régler le problème, mais je sens que ce n'est pas trop le moment de faire de l'humour.

— Monte dans ta chambre sans dîner ! Demain matin tu as rendez-vous avec le Dr Macrosi, il t'enverra maigrir dans un camp à l'autre bout du pays, et je serai débarrassée de toi, ça t'apprendra !

Je me dirige vers l'escalier, la tête basse.

— Confisqué ! ajoute-t-elle en m'arrachant des mains le professeur Pictone.

Et puis elle change d'avis en fronçant le nez, me le balance au visage.

— Lave-le, d'abord, c'est une infection ! Et je t'interdis de le jeter, même dans un container bleu : c'est un cadeau de ta pauvre grand-mère, au cas où tu l'aurais oublié.

Sa voix s'est brisée sur les derniers mots. Je monte les marches. Non, je n'ai pas oublié. Question caractère, elle était encore pire, sa mère. Quand elle est morte, ils ont recyclé sa puce dans le transformateur du centre commercial, au bout de la rue, et mon père dit qu'elle est toujours en surtension : ça disjoncte chaque fois qu'on y va.

— Tu pourrais peut-être penser à autre chose, non ? s'énerve l'ours. Tu crois que c'est le moment d'aller faire les courses ? Et cette histoire de t'envoyer dans un camp de maigrissage, pas question ! Tu as d'autres priorités. Et tiens-moi droit ! Je me sens mal. Quelle plaie, ta mère ! Elle ne pouvait pas se taire, non ? Je n'avais pas conscience de sentir la poubelle, et maintenant j'ai des haut-le-cœur ! Mets-moi du parfum.

J'entre dans ma chambre, je le laisse tomber et je me jette sur mon lit. Le nez au creux de l'oreiller, je cherche à remettre de l'ordre dans ma tête. Peut-être que j'ai tout faux. J'ai voulu me débarrasser du professeur Pictone alors que, si ça se trouve, c'est mon seul allié.

— Quand même ! triomphe-t-il. Tu mesures enfin l'énergie que tu gaspilles en essayant de virer ton ange gardien ! Je peux t'éviter la cure dans un camp, Thomas, mais ça sera donnant-donnant. Ta liberté contre notre collaboration. Pleine et entière. D'accord ?

— Et mon père, il va rester en prison ?

— Je ne lis pas dans l'avenir, Thomas. Pas encore, en tout cas – tu as vu comme j'ai déjà progressé depuis hier. Mourir, c'est comme une naissance, mais en accéléré. On fait ses premiers pas, on assimile, on apprend à communiquer, et on développe ses facultés mentales en fonction des problèmes rencontrés. Je manque d'éléments de comparaison, mais je trouve que je me débrouille assez bien, moi, pour un fantôme de vingt-quatre heures.

— Vous pouvez m'aider à faire libérer mon père?

L'ours demeure silencieux. Dans le regard fixe de ses billes de plastique, je vois le reflet de ma lampe de chevet. Je répète d'une voix ferme :

— Vous pouvez m'aider à faire libérer mon père?

Il croise ses pattes, et répond avec une lenteur appuyée qui sent l'arnaque :

— Je connais des gens qui le peuvent. Mais c'est à toi de les contacter.

— C'est qui, ces gens?

— Un groupe d'amis scientifiques haut placés, que je devais retrouver après-demain dans un congrès à Sudville. Si tu leur communiques les informations que je te donne, à propos du Bouclier d'antimatière, et que tu les persuades de construire un canon à protons pour le détruire, alors je te dirai comment les obliger à t'aider pour ton père. Allez, maintenant, tu me parfumes !

Je me relève, l'attrape par une patte et l'emmène dans la salle de bains, où je lui vaporise une giclée de désodorisant.

— Arrête ! hurle-t-il.

Au milieu d'une quinte de toux, il me décrit les molécules de parabène qui l'attaquent comme un bombardement de roquettes. Finalement, il préfère sentir la poubelle.

— Mais pendant que tu y es, fais-moi des mains.

— Pardon?

— Découpe-moi des doigts dans ces maudites pattes qui ne me servent à rien. Comme ça je serai autonome du haut : je ne serai pas obligé de t'embêter chaque fois que je veux faire quelque chose.

Avec un retour d'optimisme, je prends mes ciseaux à ongles et commence à faire du charcutage dans les moignons en peluche.

— Ça vous fait pas mal ?

— Quand on est mort, Thomas, on ne souffre plus que moralement. Et là, tu me fais du bien : ça va sacrément me simplifier la vie quotidienne.

Je repense au kangourou de Brenda Logan. Je me demande comment elle réagirait, si c'était elle qui avait tué Pictone et qui se retrouvait avec une peluche hantée. Vu la violence et la rancune qu'elle évacue dans son punching-ball, elle se servirait sûrement d'un fantôme à domicile pour régler ses comptes avec les Tougs, les Trocs, les Trèms et les Jteups. Jusqu'à présent, je n'ai vu que les inconvénients de ma cohabitation forcée avec Pictone, mais ça va changer. Pas question de laisser mon père croupir en prison à cause de moi. Seulement, pour satisfaire mon ours en échange de son aide, il me faut une complicité chez les adultes. Une alliée.

— Stop ! Ça ferait six !

— Oh pardon, dis-je en retirant vivement les ciseaux qui allaient lui donner un doigt en trop.

— Arrête de penser à cette fille, Thomas, elle te perturbe.

— Quelle fille ? dis-je avec hostilité, pour éviter de rougir.

— La blonde d'en face.

— Je peux rien faire, tout seul. Vos antimatières, déjà que j'y comprends rien, comment vous voulez que j'explique ? Elle, c'est une scientifique : elle est médecin ! Ça fera sérieux si elle parle à vos collègues. Vous me direz ce que je dois lui dire, elle leur dira et ils la croiront. Elle est jolie, en plus.

Il reste silencieux un moment, tout en regardant ses nouveaux doigts qu'il s'efforce de plier, l'un après l'autre.

— Nous en discuterons demain, décide-t-il en se grattant la truffe avec l'index.

J'hésite à lui parler des tableaux de Brenda, de la Ville des Arbres qu'elle a peinte juste au moment où je m'y trouvais en rêve. Quelque chose me dit qu'il vaut mieux cloisonner, tenir le professeur à l'écart de ce phénomène, et je m'empresse de penser à autre chose pour respecter ma vie privée.

Il enchaîne, préoccupé :

— C'est étonnant, les automatismes qui reviennent après la mort. Dès qu'on dispose d'un doigt, on retrouve le réflexe de se curer le nez. Même si l'on n'a pas de narines. Philosophiquement, c'est un beau sujet de méditation – enfin, je n'insiste pas. Quand je vois ton niveau en sciences, je m'en voudrais de t'encombrer la cervelle avec de la philosophie.

Je lui réplique que, philosophiquement, je peux très bien aller chercher une perceuse et lui creuser des trous dans la truffe, pour qu'il inaugure ses doigts. Il éclate de rire. C'est la première fois. Ça paraît le surprendre encore plus que moi, et il s'arrête tout de suite.

— À présent, gamin, tu ferais bien de dormir. Tu as une rude journée qui t'attend, demain.

Il saute du lavabo, et se dirige vers ma chambre d'un pas tanguant, assurant son équilibre en planant des bras, dans un mouvement qui me rappelle mon cerf-volant. Il se retourne soudain.

— Pendant qu'on y est, si tu me prêtais des chaussures?

— Je veux pas être vexant, mais je fais du 39.

— Tes chaussures de quand tu étais bébé, andouille. Je vois dans ta tête que ta maman les a gardées.

Je chasse la vision du carton à souvenirs que ma mère planque dans sa chambre, avec ma tétine, une mèche de mes cheveux et mes premiers souliers. C'est le cercueil de ma petite enfance. Tout ce qui lui reste du temps où elle était fière de moi, avant que je parle et que je sois gros. Je n'aime pas que le professeur se serve dans mon passé, comme si j'étais une vitrine. C'est quand même très agaçant de se sentir transparent du cerveau. Il va falloir que j'apprenne à dissimuler mes pensées – ou que je fasse semblant de penser à autre chose qu'à ce que j'ai en tête. Tiens, on va faire un test.

— Non, merci, Thomas, je préfère que tu dormes, à présent.

Ça marche! J'ai pensé à mon cahier de notes ouvert devant l'ours qui me dicte ses formules de physique. Si je peux lui mentir mentalement, je suis sauvé.

— Tu auras encore besoin d'entraînement, garçon, ricane-t-il. N'oublie pas que je progresse beaucoup plus vite que toi à mon contact. Tu iras me chercher tes souliers de bébé, demain matin. Et tu me feras une petite liposuccion.

— Une quoi?

— Tu m'enlèveras un peu de rembourrage dans le ventre : je n'aime pas cette impression d'avoir du bide quand je regarde mes pieds.

— Vous voulez peut-être un zizi, aussi?

Il me considère, perplexe.

— Nous verrons plus tard, glisse-t-il d'un ton bougon.

Et il détourne la tête. Je ne sais pas si c'est de la pudeur ou de la nostalgie.

Une explosion retentit, au-dehors. Une autre. Je vais ouvrir ma lucarne et m'accoude, pour regarder le feu d'artifice. C'est le début des réjouissances, au stade, avant le championnat de man-ball. Brenda Logan est à sa fenêtre, en train de fumer une cigarette. Elle est maquillée, vêtue d'une robe rouge comme pour aller danser. Elle me sourit, dessine dans l'air un point d'interrogation pour savoir comment s'est passé mon retour à la maison. J'écarte les bras, incertain. Elle ferme son poing pour me donner courage, et un éclair de joie monte de mon ventre, comme un feu d'artifice intérieur.

— Au lit! commande l'ours. Et au travail. Il y a une protéine dans ton corps qui s'appelle l'ubiquitine. Elle a le pouvoir de dissoudre les graisses si tu l'informes, par une image mentale, que ce sont des ennemies. Tout communique, dans ton organisme: tu as le moyen d'envoyer n'importe quelle information par tes neurotransmetteurs, et même de reprogrammer des fonctions en activant les chaînes d'acides aminés.

— Et comment je fais?

— Si tu veux éviter le camp de maigrissage, prononce après moi, avec toute la conviction dont tu es capable: «Ubiquitine, je t'envoie un signal d'alarme pour que tu te reproduises en urgence, afin d'éliminer les agents pathogènes dissimulés dans les graisses que j'ai stockées.» Prononce et visualise.

Il me redit trois fois sa formule magique. Sans illusions, je la répète, docile, avec une conviction qui sonne juste.

— Voilà, se réjouit-il. Maintenant tu t'endors, et tu laisses agir ton corps. Tu es en train de te dire que c'est du pipeau, je sais, mais ça n'a aucune importance : l'information a été transmise à tes protéines, par les vibrations de ta voix et de ton imagerie mentale. Même si tu n'y crois pas, le travail est déjà commencé. Fais de beaux rêves.

Il est dix-neuf heures quinze, mais je ne discute pas. Quitte à se coucher sans manger, autant abréger le supplice. J'éteins la lumière et je ferme les yeux, m'efforçant de ne penser à rien afin de garder Brenda pour moi.

## 20

*Ministère de l'Énergie, 19 h 20*

Dans ses appartements privés, au milieu de ses trophées, les dizaines de coupes et de roues en argent qui racontent dans le désordre sa carrière de victoires, Boris Vigor se prépare pour le match de ce soir. Roulé en boule sur la moquette, il s'imagine rebondissant de case en case jusqu'au numéro gagnant.

— Puis-je vous dire un mot, monsieur le ministre ?

Boris se déroule d'un coup et saute sur ses pieds. Lily Noctis est devant lui, moulée dans une robe du soir en paracétamyl. Un dérivé textile de l'aspirine. Quand ses amoureux couvrent son corps de baisers, la robe se dissout peu à peu, comme un cachet effervescent. Elle apprécie tellement ce fantasme vestimentaire qu'elle s'habille ainsi deux ou trois soirs par semaine, même si elle n'a pas d'amoureux. L'inconvénient, c'est quand il pleut.

— Comment êtes-vous entrée ? s'étonne le ministre.

— Les gardes du corps n'ont pas de secrets pour moi, Boris. Je vous dérange ?

— Jamais.

— Tant mieux.

Il rougit. Il n'a plus touché une femme depuis que sa fille est morte. Ce n'est pas l'envie qui lui manque, mais il n'a jamais su aimer les gens qu'en se sacrifiant pour eux. Le trait qu'il a tiré sur sa vie de séducteur, il a l'impression que c'est un trait d'union lancé vers son enfant. La petite Iris avait neuf ans et demi quand elle s'est tuée en tombant d'un chêne. Boris a fait raser la forêt autour de leur maison, à sa mémoire, et pourtant il aimait tant les arbres. En fait, les arbres lui manquent plus que les femmes.

— Comment va votre épouse? demande Lily en s'asseyant au creux d'un canapé onctueux comme un nuage.

— Toujours pareil, répond Boris.

Il préfère éviter le sujet. Mme Vigor, depuis le drame, s'est fait mettre en cure de sommeil, pour trouver le temps moins long en attendant la mort qui lui rendra sa fille.

— J'ai parié cent mille ludors sur votre victoire de ce soir, annonce la vice-présidente de Nox-Noctis, en étendant les bras sur le dossier du canapé.

— C'est sympa de votre part, répond le ministre, empêtré dans son corps au milieu de la moquette.

— Je m'en voudrais de vous déconcentrer, Boris, mais j'ai quelque chose d'important à vous dire. Asseyez-vous.

Boris se pose sur un fauteuil en verre dépoli, à trois mètres cinquante de la femme d'affaires.

— Boris, j'ai besoin de vous. J'ai des nouvelles du professeur Pictone.

Le ministre se relève aussitôt, soulagé d'un poids énorme.

— Bravo! La Sécurité a retrouvé son corps?

— Ce n'est pas aussi simple.

— Mais il est mort ou il est vivant ?

— C'est tout le problème. Nous avons une solution pour déjouer le complot qu'il prépare, mais cette solution est liée à vous.

— À moi ? Ah bon ?

— Allez jouer, je vous attends ici et je vous expliquerai.

— On ne va pas s'en prendre au petit Thomas Drimm ? s'inquiète le ministre.

— Ça dépendra de vous, justement.

— De moi ?

— Il se trouve que ce jeune garçon, pour des raisons qui nous échappent encore, est le dépositaire du savoir et des secrets de Léo Pictone – vous avez pu le constater tout à l'heure, pendant son cours de physique : il a énoncé des formules se rapportant à des travaux non publiés de Pictone. Ni ce savoir ni ces secrets ne peuvent tomber dans des oreilles inadéquates.

— Qu'est-ce qu'on va faire ?

J'attends la suite, très perturbé, comme si j'étais concerné. Mais ce Thomas Drimm qui possède du savoir et des secrets, quel rapport avec moi, avec ce voyeur invisible qui flotte au-dessus de leur conversation, qui capte leurs pensées en même temps que leurs paroles, mais qui n'a pas les moyens de se faire entendre ?

— Qu'est-ce qu'on va faire ? répète le ministre avec une angoisse croissante.

Lily mouille son doigt, touche l'extrémité de sa manche moulante. Deux centimètres carrés de tissu disparaissent dans un chuintement, découvrant sa montre en argent.

Elle effleure le long cadran rectangulaire, qui s'ouvre en deux pour dégager un clavier aux touches miniatures. Lily Noctis retire délicatement l'une des épingles qui maintiennent ses longs cheveux noirs en chignon, et, avec la pointe, pique une des touches centrales. Sur l'écran géant qui tapisse le mur du fond, l'image du stade disparaît, pour laisser la place à un miroir de salle de bains où une petite dame maigrelette se brosse les dents.

— C'est quelle chaîne? s'étonne Boris.

— Le canal de Mlle Brott, la prof de physique de Thomas. Vous ne la reconnaissez pas?

— Ah oui, ment Boris dont la mémoire est exclusivement réservée à sa fille. Qu'est-ce qu'elle fait là?

— Elle se rince la bouche. Je me suis mise sur la fréquence de sa puce et j'ai activé la vision subjective, comme ce matin. Mais savez-vous ce qui se passe si j'inverse la fréquence?

— Non. Les applications de mon invention, vous savez…

— L'invention de Léo Pictone, corrige-t-elle doucement. Vous n'avez fait que la nationaliser, et nous l'avons mise en production, mon demi-frère et moi. Un peu améliorée, aussi, c'est vrai. J'inverse donc la fréquence, et voyez le résultat.

L'aiguille enfonce sur le clavier une dizaine de touches, qui émettent à chaque fois un léger signal sonore, assez harmonieux. Mlle Brott crache son dentifrice, vérifie dans la glace la propreté de ses dents, ouvre des yeux ronds et se fige. Quatre filets de sang coulent de ses narines et de ses yeux. Elle s'écroule et son miroir vide disparaît de l'écran.

— On peut faire ça avec les puces ? s'inquiète Boris Vigor. On peut tuer une femme à distance ?

— Entre autres, répond Lily Noctis d'une voix neutre. J'aurais pu la faire éternuer, éclater de rire ou grimper aux rideaux, mais il était plus urgent de s'assurer de son silence. Elle était la seule à avoir entendu Pictone s'exprimer par la bouche de Thomas Drimm. Elle n'avait pas tout compris, mais elle allait convoquer les parents de l'élève.

— On peut faire ça avec les puces ! répète Boris d'un air effaré, en prenant sa tête à deux mains comme s'il voulait l'arracher de ses épaules. Mais pourquoi on ne me l'a pas dit ? Je suis le ministre de l'Énergie, quand même !

— Justement : chacun à sa place. Ces applications concernent les ministères de la Santé et de la Sécurité, c'est tout. Ils en usent avec sagesse et parcimonie, pour le bien général et dans l'intérêt supérieur de la Nation. Mais Léo Pictone connaît bien entendu ces applications. L'usage qu'il souhaite en faire, avec la complicité de Thomas Drimm, menace directement votre gouvernement et la Nation tout entière.

— Mais ce n'est qu'un gamin !

— En tant que préobèse mal noté au collège, fils d'un alcoolique et d'une psy qui le traumatise, il a décidé de se venger sur la société en général.

— Mais ce n'est qu'un gamin ! insiste le ministre.

— C'est dire l'adulte qu'il deviendra, si nous le laissons vivre.

— Attendez, s'affole soudain Boris, vous m'embrouillez la tête, là, et j'ai un match !

Lily Noctis fait revenir sur l'écran, d'un coup d'aiguille, l'image du stade où la foule s'impatiente.

— Allez-y, sourit-elle. C'était juste pour vous préparer psychologiquement à sa rencontre. Nous avons de bonnes raisons de penser que ce soir, à l'issue du match, Thomas Drimm entrera en contact avec vous, pour amorcer un chantage. Écoutez-le attentivement, et entrez dans son jeu. Le ministre de la Sécurité est d'accord avec moi : ou nous éliminons ce gamin, ou nous le manipulons grâce à vous, pour reprendre le contrôle posthume du professeur Pictone.

— Je n'écoute plus, là : je fais le vide.

Les paupières closes, Boris fléchit les jambes, étire les bras, enchaîne avec des rotations du buste. Ce qu'il vient d'entendre l'affecte profondément, mais il s'efforce de penser à quelque chose d'encore plus triste – sa fille – pour redevenir neutre face à l'effort qui l'attend.

Quant à moi, si je suis bien ce Thomas Drimm, je devrais me sentir en danger, mais c'est comme si je n'avais pas accès à mes propres sentiments.

Boris Vigor se redresse, claque deux fois dans ses mains. Son directeur de cabinet ouvre la porte aussitôt, entre et l'informe que sa voiture l'attend.

— Je vais gagner ! affirme le ministre à Lily Noctis.

— Si c'est le cas, répond-elle d'une voix caressante, vous me retrouverez ici après le match, et nous fêterons votre victoire. Je vous regarde.

Elle allonge ses jambes sur le canapé, en se tournant vers l'écran où les milliers de spectateurs sous pression commencent à scander le nom de Boris Vigor.

— J'arrive, leur répond l'intéressé.

Et il quitte le salon, en évitant de regarder les longues jambes bronzées de Lily Noctis reposant sur l'accoudoir du canapé blanc.

Dès qu'il est sorti, elle pianote du bout de l'aiguille sur le clavier de sa montre. Le stade de man-ball, sur l'écran mural, cède la place à une nuée grise et noire parcourue de parasites.

— Vous êtes là, mes chéris ?

Elle monte le son. Au bout de quelques instants, une rumeur aiguë se mêle aux crachotements des parasites. Des zébrures parcourent l'écran, les points blancs s'intensifient sur le fond noir, des silhouettes se forment dans la neige électrique. Une petite main apparaît. Une autre. Un visage se dessine, happé aussitôt par une masse informe qui recompose des contours : un nouveau visage, un autre, encore un autre ; une grappe de petits visages changeants qui essaient de se rendre reconnaissables. Le regard fixe de Lily Noctis s'assombrit, se durcit dans le reflet des parasites.

— J'appelle Iris Vigor, neuf ans et demi, pro-nonce-t-elle lentement d'une voix creusée.

La grappe humaine se résorbe dans un magma gémis-sant, d'où émergent peu à peu les traits indistincts d'une petite fille avec des couettes.

— C'est moi, c'est moi ! Iris Vigor, c'est moi !

La voix de synthèse, irrégulière, métallique, essaie d'imiter les inflexions d'une petite fille joyeuse.

— Regarde, papa, comme je suis haut dans l'arbre…

— Ça va, ça va, coupe Lily, agacée. Inutile de te fati-guer : ton père ne t'entendra jamais. Aucun être vivant ne peut t'entendre, à part moi.

— Au secours, madame, je suis toute seule !

— Je m'en fous, tu ne m'intéresses pas. Concentre-toi sur ma pensée : je t'envoie une fréquence vibratoire sur laquelle tu vas te brancher, et tu trouveras quelqu'un à qui parler. Raconte-lui tes malheurs, dis-lui tout ce que tu as sur le cœur et passe-lui ta souffrance : ça lui fera du bien et tu te sentiras beaucoup mieux, après. Concentre-toi : voici la fréquence.

Les parasites s'interrompent sur l'écran, comme figés dans la glace ; leur silence se charge d'une intensité qui diminue un instant l'éclairage de la pièce.

— Merci, madame ! s'écrie dans le vide de la télévision la voix parfaitement claire de la petite morte.

— Mademoiselle, rectifie Lily Noctis en s'étirant langoureusement.

— Et nous ? Et nous ? implore un chœur dissonant de cris enfantins.

— Vos gueules, répond Lily en éteignant l'écran.

Après quelques secondes de silence, elle fixe le plafond en demandant :

— Ça va toujours, Thomas ? Eh oui, tu viens de voir le sort qui t'attend quand tu seras mort. Désagréable, n'est-ce pas, l'au-delà des moins de treize ans ?... Tu conclus de mes paroles qu'il te reste moins de trois mois à vivre, et tu as peut-être raison. Je m'étonne que le choc ne t'ait pas réveillé en sursaut. Tu es courageux, Thomas Drimm. Ou alors tu aimes ça. Toi qui es un garçon si bien, tu es attiré par les forces du Mal, et tu te demandes pourquoi. Bientôt tu comprendras. J'ai hâte que tu viennes te mesurer à moi en chair et en os, jeune homme...

Elle s'étire avec un soupir de bien-être, en travers du canapé. Puis elle reprend son épingle à cheveux, la pointe vers le clavier de sa montre.

— À très vite, Thomas Drimm.

Et elle pique trois fois la touche 6.

## 21

— Thomas, réveille-toi!

J'ouvre un œil. L'ours me secoue l'épaule. Je rêve, ou il est de plus en plus costaud? On dirait qu'il prend des forces chaque fois que je dors.

— Je t'en supplie, réveille-toi!

Je me soulève sur un coude. Il fait encore nuit.

— Quelle heure il est?

— Dix-neuf heures quarante. Debout!

— Ça va pas? J'ai dormi que vingt minutes!

— Ne me laisse pas tout seul, je t'en prie, c'est épouvantable!

Je soupire, la tête lourde, pleine de bribes de cauchemars.

— Qu'est-ce qu'y a, encore?

— Serre-moi dans tes bras, s'il te plaît…

Je l'appuie contre mon cœur, désarçonné. Je me demande ce qui lui prend d'inverser les rôles. Une peluche, ça sert à consoler son propriétaire, pas le contraire!

— Qu'est-ce qui vous arrive, Léo?

C'est la première fois que je l'appelle par son prénom, et ça m'attendrit d'une façon bizarre. Ou alors c'est parce que je ne console jamais personne. Personne n'a jamais eu besoin de moi, en fait – à part mon père, peut-être, mais il est trop intelligent pour que je puisse le consoler avec ce que je suis.

— Les enfants, Thomas !

— Quels enfants ?

Sa vieille voix écrase les mots dans mon pyjama :

— Des milliers d'enfants… Comme un raz-de-marée d'enfants qui a déferlé sur moi pendant que tu dormais… Piratant mes ondes, s'accrochant à ma mémoire, vampirisant mon énergie en m'appelant au secours… Tous les moins de treize ans qui n'avaient pas de puce quand ils sont morts, toutes les âmes libres, les petites âmes errantes, livrées à elles-mêmes, qui ne peuvent plus ni quitter la Terre ni être aidées par leurs ancêtres dans l'au-delà, à cause du Bouclier d'antimatière… Et elles ne peuvent pas non plus être perçues par les vivants de leur famille, dont les puces contiennent du pictonium qui repousse leurs photons – les particules qui leur permettent de s'exprimer… Tu te rappelles ?

— Non.

— Mais fais un effort, enfin ! s'énerve-t-il, en appui sur mon torse, les pattes tendues. Comment j'ai réussi à te hanter, toi ? En accordant ma fréquence vibratoire à la tienne. D'accord ? Pour qu'on soit sur la même longueur d'onde. C'est un effet électromagnétique banal : l'attraction des contraires ! Le plus attire le moins, ta culpabilité déclenche ma compassion, ton ignorance appelle mon savoir, ta vulnérabilité suscite ma protection… Et ça marche entre nous comme ça a marché pendant des millénaires, parce que tu n'as pas de puce et qu'on n'a pas converti la mienne en source d'énergie.

— Attendez... Vous voulez dire que si je meurs aujourd'hui, je ne pourrai pas communiquer avec mon père à cause de sa puce?

— Voilà.

— Mais ma grand-mère qui s'est tuée à moto l'an dernier, et qu'on a recyclée à l'hypermarché dans l'électricité du rayon surgelés... Elle pourrait me pourrir la mort?

— Plus ou moins. Une puce recyclée prive l'âme de tout pouvoir d'expression individuelle. Elle ne produit plus de pensée : que de l'énergie. N'empêche que ton âme à toi resterait probablement bloquée dans les parages du rayon surgelés, parce qu'elle serait attirée par l'énergie vibratoire de ta mémé. La famille, ça reste la famille, même quand on sait à quoi s'en tenir.

— C'est horrible!

— C'est l'enfer, Thomas. L'enfer des enfants. Ce que l'Église d'autrefois appelait les limbes... Tous ces petits apprentis fantômes coincés pour rien près des frigos, des radiateurs, des télés, des lampadaires qui ne peuvent pas leur répondre. Et leur pauvre énergie brouillonne vient perturber les appareils, c'est tout ce qu'elle arrive à faire. Ils voudraient tellement libérer leurs parents prisonniers des machines... Mais c'est impossible. Causer des pannes, c'est la seule façon dont les gamins de l'invisible peuvent signaler leur présence...

— Et c'est à cause de vous, alors? À cause du Bouclier d'antimatière qui les empêche d'aller au ciel?

— C'est bien pour ça que tu dois m'aider à le détruire.

Je dévisage ma peluche, soudain soupçonneux :

— Hé ! C'est pas un coup fourré, votre histoire d'enfants, pour m'obliger à vous aider ?

— Non, Thomas, je te le jure ! Tu sens bien que mon émotion est sincère ! Tu sens bien que je suis complètement dépassé par le phénomène !

— Et pourquoi je les entends pas, moi, les enfants morts ?

— Tant que tu es en vie, tu ne peux être hanté que par quelqu'un qui t'importe. Quelqu'un que tu as connu, que tu aimes, que tu détestes… ou dont tu te reproches la mort, comme en ce qui me concerne. Mais moi, les enfants ont détecté ma présence dans leur champ vibratoire, et ils ont fondu sur moi comme un banc de requins. Je suis le premier fantôme adulte qui arrive à les capter ! Ils sont tous là à réclamer mon aide, à demander que je transmette des messages, que je remplisse des missions d'amour ou de vengeance… C'est insupportable, Thomas !

— Écoutez, chacun ses problèmes. Moi j'ai les vivants sur le dos : débrouillez-vous avec les morts. Je me lève à sept heures, demain : faut que je dorme.

— Non, surtout pas ! Lorsque nos pensées à tous deux fusionnent, ça repousse les mômes, mais dès que tu interromps notre échange, ils reviennent ! C'est abominable, l'effet que ça me fait, tu ne peux pas te rendre compte : ils m'écartèlent, ils me déchiquettent la conscience ! J'ai besoin de toi !

Exaspéré, je m'assieds brusquement dans mon lit, faisant tomber Pictone à la renverse.

— Bon, y en a marre ! Vous êtes un fantôme adulte,

vous l'avez dit vous-même : je ne vais pas faire le papy-sitter vingt-quatre heures sur vingt-quatre parce que vous avez peur des enfants !

— Allons au match.

— Au match ?

— J'ai un message à transmettre, Thomas, qui nous concerne toi et moi, et qui permettra peut-être de faire libérer ton père.

— C'est vrai ?

J'ai bondi sur mes pieds. Avec des fêlures dans la voix, il m'explique que, dans la mêlée des âmes d'enfants qui s'accrochaient à lui, une seule avait réussi à s'exprimer avec cohérence et clarté : Iris Vigor, la fille du ministre de l'Énergie. Son message était bizarre mais précis : elle voulait que son père plante un gland pour faire pousser un chêne en signe de pardon. Et pour elle, apparemment, c'était urgent.

Je marque un temps d'hésitation, les mains sur la veste de pyjama que je déboutonne.

— Vous voulez qu'on aille dire à Boris Vigor d'arrêter son match pour planter un gland ?

Dès qu'il a parlé de chêne, je me suis revu dans la Ville des Arbres, sur le tableau de Brenda. Mais j'ai chassé la vision pour rester concentré. Il enchaîne :

— Écoute, on improvisera. La petite m'a dit qu'elle me parlerait en sa présence : je te traduirai et tu lui répéteras. Vigor ne s'est jamais remis de la mort de sa fille ; s'il a la preuve que tu es en relation avec elle, il exaucera tes moindres désirs. Pour lui, faire libérer ton père ne posera aucun problème.

Je sens une montée d'enthousiasme qui s'arrête net.

— Mais c'est votre ennemi, Vigor ! Il vous a volé votre invention.

— C'est excellent pour nous, Thomas : je fais partie de ses remords.

— Ça veut dire qu'il vous entendra, comme moi ?

— On verra. En tout cas, tu seras en position de force. Habille-toi, vite !

— Mais comment on va sortir ? Ma mère a fermé la porte et branché l'alarme : je ne connais pas le code.

— On va faire le mur.

Il désigne la lucarne. J'ouvre la bouche pour protester, et je reste immobile, la mâchoire pendante. Incrédule, je fixe mon ventre qui pointe à peine, entre les boutons défaits du pyjama. C'est une illusion d'optique, ou j'ai dégonflé ? Vingt minutes de sommeil après avoir parlé à des protéines, ça suffirait pour maigrir ?

— Surtout que tu n'as pas dîné, répond l'ours. En étant puni, tu as évité les saloperies d'édulcorants chimiques dont te bourre ta mère, et qui incitent ton organisme à développer des graisses naturelles en guise d'anticorps.

— Comment ça ?

— Pour fonctionner, ton cerveau a besoin de sucre. Si tu ne manges que des sucrettes, il ne reçoit pas d'information « sucre », donc il en fabrique pour compenser : plus tu es au régime, plus tu grossis. Plus tu fais marcher ton cerveau, plus tu deviens obèse. C'est pourquoi le gouvernement se méfie des gros. Allez viens, on sera de retour avant minuit, et je t'indiquerai un truc encore plus efficace, pour dormir en perdant quatre cents grammes à l'heure.

## 22

L'ours agrippé à mon dos avec ses petits doigts tout neufs, je descends le long de la gouttière. Des craquements inquiétants s'échappent de la conduite et des colliers de fixation. J'ai beau avoir un peu maigri, je suis encore trop lourd pour faire ce genre d'acrobaties, moi, et je ne sais pas comment je vais remonter tout à l'heure. Il faudra que j'emprunte une échelle chez un voisin.

Je me dirige vers la station de métro, doublé par les derniers retardataires qui agitent le fanion de l'équipe qu'ils soutiennent. La Nordville Star, celle de Boris Vigor, est nettement majoritaire, et je contourne un cadavre à qui les supporters ont fait manger son fanion du Sudville Club. Les incidents sont fréquents, les jours de match, mais c'est une soupape de sécurité, comme dit mon père, alors le gouvernement laisse faire. Les assassinats de supporters sont beaucoup moins dangereux pour la société que les dépressions nerveuses.

La camionnette bleu ciel est déjà sur place, et je me retourne pour regarder le dépuceur, dans sa combinaison turquoise, approcher du crâne du supporter l'appareil de récupération, un outil à mi-chemin entre la seringue et la perceuse. Fschhtt, blop, gling! La puce aspirée atterrit dans une capsule en verre, direction l'usine de Recyclage et le CDE, le Centre de distribution des énergies. C'est ce qu'on apprend en instruction civique.

Je demande à l'ours, en le décrochant de mon dos pour le glisser dans mon blouson:

— Vous l'avez vue, son âme?

— Y avait rien à voir, élude-t-il d'un ton sombre. Marche plus vite.

Deux coups de klaxon me font tourner la tête. Un coupé Arachide GTO s'arrête le long du trottoir.

— Tu vas au match?

Mon cœur se noue. Un double nœud. Brenda Logan me sourit, le coude à la portière passager, assise à côté d'un Troc qui lui tient le genou comme si c'était son levier de vitesses. Je réponds avec un brin de froideur que oui, en effet, je vais au match.

— On t'emmène?

— Accepte, ordonne Pictone planqué dans mon blouson. Si on arrive à temps, on essaiera de parler à Vigor avant le match.

Brenda est déjà descendue, bascule son dossier pour que je me glisse à l'arrière.

— Merci, Brenda. Bonsoir, monsieur.

Le Troc me glisse un regard mauvais.

— C'est mon voisin d'en face, lui explique-t-elle en se rasseyant. Thomas, je te présente Harold, le directeur de casting des pieds qui puent.

— Enchanté, dis-je en rendant son clin d'œil à Brenda.

— Sauf que c'est Arnold, mon prénom, riposte le Troc.

Je lui dis que je suis enchanté quand même, et qu'il est très serviable. Il démarre un peu brusquement, en reprenant possession du genou de sa passagère. Brenda dissimule à peine un mouvement de recul. Je suis rassuré de voir qu'apparemment, elle n'est pas amoureuse de ce blondasse à la carrure de crétin. C'est juste pour le travail et la voiture.

— Je ne savais pas que tu aimais le man-ball, me dit Brenda.

— Moi non plus. Enfin, toi non plus, je ne savais pas.

— J'ai deux billets première catégorie, me précise Arnold d'un ton agressif.

On dirait qu'il veut marquer son territoire, en présence d'un rival. J'adore. C'est très flatteur de rendre jaloux un vieux de trente ans.

— Alors c'est ça, ta Brenda, constate l'ours en glissant la truffe hors de mon blouson. Un peu vulgaire, non ?

Je remonte d'un coup la fermeture éclair.

— Aïe ! crie-t-il.

J'ai dû lui coincer des poils. Je m'en fiche. Personne n'a le droit d'insulter Brenda.

— Après le match, lui déclare le Troc, j'ai réservé une table chez Nardi, c'est interdit aux mineurs, faudra qu'il se débrouille tout seul pour rentrer chez lui, ton voisin, parce que j'ai réservé pour deux.

— J'avais compris, lui dit Brenda.

— Et est-ce qu'il a un billet, au moins ?

— Dis-lui que tu as gagné au concours de ton collège

une place dans la tribune de l'Académie des sciences, me suggère l'ours.

Je m'abstiens, pour éviter d'alimenter la jalousie d'Arnold.

— Quoi qu'il en soit, il faut qu'on se débarrasse de lui, reprend Léo Pictone.

Là, je suis plutôt d'accord. Mais je ne vois pas comment.

À l'approche du stade, un embouteillage énorme recouvre sous les klaxons la clameur des supporters.

— Fais-moi tomber discrètement sur le sol, conseille Pictone.

J'écarte le bas du blouson. Il descend le long de ma jambe gauche, et rampe entre les sièges avant.

— On va manquer le début, ronchonne Arnold. Tu aurais pu être prête plus tôt, reproche-t-il à Brenda.

— Mais je peux encore rentrer chez moi, répond-elle sèchement.

— Ce n'est pas ce que j'ai voulu dire…

— Alors ne dis rien.

Le moteur s'arrête d'un coup. Je n'ai pas bien vu, mais je pense que Pictone a débranché un truc sous le volant.

— Qu'est-ce qui se passe ? s'informe Brenda.

— Je comprends pas, dit Arnold en essayant vainement de redémarrer. Elle sort de révision.

— Tu veux que j'aille regarder le moteur ?

— Non, non, elle est sous garantie ! Seul le réseau Arachide a le droit d'y toucher, sinon je perds la garantie. Hé ! c'est quoi, ça ?

— Un ours en peluche, répond Brenda en regardant le

savant à plat ventre qui s'est figé entre leurs sièges, sur le chemin du retour. Il est sous garantie, lui aussi?

— C'est à moi, dis-je en me penchant pour le ramasser vivement. Il est tombé de mon blouson.

— Il sera sage, au moins, pendant le match? ironise Arnold, et il perd son humour aussitôt pour insulter les voitures bloquées derrière nous qui le klaxonnent.

— Appelle Arachide-Assistance, décide Brenda. On pousse ta caisse contre le trottoir, tu les attends, tu me donnes les billets pour qu'on les fasse valider, et on laisse le tien à l'accueil. Viens, Thomas.

— Oui mais, proteste le Troc.

On est déjà dehors, Brenda et moi, arc-boutés contre les ailes arrière, et il tourne ses roues vers le caniveau tout en donnant au téléphone son numéro d'assisté. On l'abandonne de bon cœur et on part vers le stade, le pas léger, doublant les autos qui marinent au ralenti dans leur odeur de friture.

— C'est bien tombé, cette panne, me dit Brenda. J'en pouvais plus de ce type.

— C'est un vrai Troc, dis-je pour confirmer.

— Doublé d'un Jteup. Je vois que tu as retenu la leçon. J'aurais jamais dû accepter de sortir avec lui. Mais quand t'en as marre de dire non, tu finis par dire oui pour avoir la paix, et les problèmes commencent. Je me fais avoir à chaque fois. Des nouvelles de ton père?

— Non.

— C'est un cadeau de lui, cet ours?

— Non.

— Et ta mère, elle te laisse sortir seul?

Ça bouillonne dans ma tête. J'hésite à saisir l'occasion de lui parler du professeur Pictone.

— Non, Thomas, je t'interdis! Je ne sens pas du tout cette fille.

Mais de quoi il se mêle, le plantigrade? Qu'il arrête de lire dans mes pensées quand je suis avec une femme! Brenda s'immobilise soudain, me prend le poignet.

— Dis donc, Thomas Drimm, maintenant qu'on a largué le Troc, on n'est pas du tout obligés d'aller à son match. Je t'offre un verre? ajoute-t-elle en désignant un bar tranquille déserté par les supporters.

Le dilemme me serre l'estomac. Je sors le professeur de mon blouson.

— Thomas, rappelle-toi notre accord! C'est le sort de ton père qui est en jeu! Laisse tomber cette fille et demande à parler à Vigor!

— Wah! s'exclame Brenda en me prenant des mains l'ours en peluche. Il a les lèvres qui remuent toutes seules, c'est marrant… Tiens, ça ne marche plus. Tu as un problème de piles?

Je ne sais pas quoi répondre. Que ce soit pour dire la vérité ou la cacher, les mots se refusent.

— T'es spécial, toi. Tu t'entraînes pour un numéro de ventriloque à l'envers?

Complètement paumé, je la fixe en haussant les sourcils. Elle précise:

— Oui, un ventriloque, normalement, il articule avec la bouche fermée, pour faire croire que c'est son ours qui parle.

— Ben nous, c'est le contraire.

Ma phrase a jailli sans prévenir. Je me sens aussitôt

libéré, soulagé, normal. J'ai choisi le camp de mon espèce. J'ai choisi le camp des vivants.

— Le contraire de quoi ? demande Brenda.

— Thomas, je t'interdis de me trahir ! crie l'ours.

— C'est vous qui vous êtes trahi, fallait fermer vot'gueule, c'est tout !

Je le reprends brusquement des mains de Brenda, à qui je précise que voilà : le ventriloque, en fait, c'est lui ; moi je dis ce qu'il me fait dire.

Elle se gratte le coin du nez.

— Génial. Et il dit quoi ?

— Il est très technique : vous comprendrez mieux que moi. C'est le professeur Léo Pictone, de l'Académie des sciences.

— Très honorée, dit-elle en lui serrant la patte. Vous savez que tout le monde est très inquiet de votre disparition, professeur.

— Je suis sérieux, Brenda.

— Moi aussi, me répond-elle. Le kangourou que tu as vu chez moi, quand j'étais petite, j'avais décidé que c'était le Prince Charmant qui attendait que je sois une femme pour reprendre sa vraie forme. Toi, c'est quand même plus original. Alors comme ça, tu rêves d'être un grand scientifique ?

— Je rêve qu'on me foute la paix, mais j'ai pas le choix ! dis-je avec violence, à deux doigts de craquer. Pictone s'est fait piquer son invention par Boris Vigor, alors faut que je le chope avant son match pour lui dire qu'on a retrouvé sa fille !

Elle sursaute.

— La petite Iris ? Mais elle est morte il y a trois ans.

— Justement! Comme ça il fera innocenter mon père.

Elle me regarde avec une grande perplexité, m'ébouriffe les cheveux. Les gens courent autour de nous, se demandent s'ils ont des places à vendre, nous bousculent. Elle m'assied sur un banc, s'installe à côté de moi.

— Vous me croyez pas, hein?

— Je te comprends, Thomas Drimm. C'est terrible ce qui t'arrive, avec ton père. Écoute, si tu veux qu'on te laisse approcher Boris Vigor, tu as un excellent moyen: ton ours.

— Je sais.

— Mais ne lui dis pas: «C'est le savant à qui vous avez piqué son invention.» Psychologiquement, ça me paraît pas terrible. Tu la connaissais, Iris?

— Non.

— Il y a eu plein de reportages sur elle, au moment du drame. Le portrait craché de son père: jolie, débile, athlétique. Vous auriez le même âge, aujourd'hui. Tu n'as qu'à dire que c'était son ours à elle. Que vous aviez échangé vos jouets. Fétichiste comme il est, Vigor sera tellement heureux de le récupérer qu'il graciera ton père.

— N'importe quoi, grince Pictone entre ses lèvres serrées. N'écoute pas cette gourdasse! On a élaboré une stratégie, toi et moi; tu dois t'y tenir.

— Donne-le-moi, dit-elle en ôtant son foulard, je vais le féminiser un peu.

Elle me reprend le professeur, lui noue son foulard en jupette. Puis elle sort un tube de rouge à lèvres. Léo Pictone se laisse maquiller, pétrifié.

— On peut y aller, maintenant: il est crédible en jouet de fille, dit-elle en contemplant son œuvre.

Et on repart au pas de course vers le stade. La main dans la sienne et la peluche sous le bras, j'évite de croiser le regard du vieux savant devenu Léa l'oursonne.

## 23

Dans les dernières minutes avant le coup d'envoi, lorsque toutes les places assises sont occupées, on vend aux pauvres l'espace autour. Les guichets sont pris d'assaut par des grappes d'hystériques prêts à s'entretuer pour un coin de marche ou un bout de grillage où s'écraser le nez. Je comprends mieux à présent la tête de mon père, au petit déjeuner, quand il a assisté la veille à son match mensuel obligatoire.

Brenda fonce droit vers le comptoir « Invitations VIP », derrière lequel un gorille désœuvré grignote les peaux autour de ses ongles.

— Bonjour, dit-elle avec une autorité tranquille, je suis l'attachée ministérielle de Boris Vigor. Cet enfant vient de m'apporter un objet ayant appartenu à sa fille Iris. Je dois le lui remettre immédiatement : c'est son porte-bonheur.

Le gorille s'est redressé, dans une attitude de menace ou de respect, je ne sais pas trop. À moins que ça soit de la séduction.

— Ce serait avec plaisir, mademoiselle, mais monsieur le ministre est déjà sur le tapis.

Une clameur immense ponctue sa phrase, relayée par l'hymne national.

— Bon, décrète Brenda, on le verra après le match. Vous pouvez lui faire porter un mot au vestiaire ?

— Absolument, mademoiselle.

— Vous êtes un amour.

Elle sort un carnet de son sac, arrache une feuille qu'elle noircit d'une écriture rapide et pointue. J'écarte mon blouson pour jeter un coup d'œil à Léo Pictone. Pattes croisées, il boude. Le contrôle de la situation lui échappe, et ça ne me déplaît pas vraiment. J'avais mille fois raison de vouloir engager Brenda comme assistante : c'est le genre de fille pour qui tous les obstacles deviennent des tremplins.

— Je ne pensais pas assister au match, reprend-elle à l'intention du guichetier, mais bon : raison d'État. Il reste des places dans la tribune du gouvernement ?

— Hélas non.

— Tant pis, validez ces deux billets.

— Et Arnold ? fais-je malgré moi.

— C'était Harold, non ?

— Je crois pas.

— Tu vois, dit-elle, on l'a déjà oublié.

On franchit les barrières de contrôle, les portiques de sécurité, puis le sas du bureau de vote où ils nous échangent nos billets contre deux boîtiers noirs. Brenda configure le sien avec sa puce, en l'appuyant contre sa tempe. Je ne sais pas quoi faire du mien.

— C'est ton premier match ? demande-t-elle.

J'acquiesce. Elle m'explique : en tant que moins de treize ans, j'ai le droit de vote, mais si je gagne, je ne gagne rien. Je glisse le boîtier dans ma poche intérieure, à droite de l'ours, et on escalade les gradins qui tremblent sous le martèlement des spectateurs.

Dans un concert d'acclamations et de sifflets, les deux équipes défilent à tour de rôle, en haut du stade, sur le tapis vert d'où part la rampe de lancement. Les tribunes en demi-cercle surplombent une roulette de casino, si grande qu'on distingue les numéros des cases jusqu'au dernier gradin où se trouvent nos sièges.

— Première catégorie, tu parles, marmonne Brenda. On a bien fait de le larguer, ce radin d'Arnold.

J'opine. La musique des équipes s'arrête. Les joueurs se figent, au garde-à-vous dans leurs combinaisons rembourrées, derrière leurs capitaines.

— Bo-ris Vi-gor ! scande la foule en tapant des pieds.

Le capitaine des blancs à étoiles bleues s'avance au bord du vide, ôte son casque intégral pour saluer sous les bravos. Puis c'est le tour du vert à pois jaunes, qui se décasque au milieu des sifflets, reçoit une tomate pourrie tirée par un lance-tomate, essuie son visage, et remet son casque.

— Faites vos jeux ! hurle une voix dans les haut-parleurs.

La roulette géante se met à tourner, tandis que les milliers d'accros autour de nous entrent des chiffres dans leur boîtier, avec une excitation avide. Brenda me glisse que si on trouve le bon numéro, on gagne de quoi perdre pendant six mois.

— Zéro ? propose-t-elle.

— D'accord.

On mise en même temps. Vu que mon vote sera blanc, autant jouer la même chose qu'elle. Ça serait trop bête que je gagne tout seul pour rien.

Roulement de tambour, de plus en plus fort, puis silence soudain.

— Rien ne va plus! ordonnent les haut-parleurs.

Tout le monde pose son boîtier, fixe l'écran qui domine le stade. Au bout de quelques secondes, il affiche « 31 », le numéro qui a été le plus joué. Les majoritaires braillent leur joie.

Le premier vert à pois jaunes s'engage sur la rampe de lancement. À une vitesse vertigineuse, il atterrit dans le cylindre où, recroquevillé en boule, il rebondit de case en case, pour finir étalé de tout son long, à cheval sur le 2 et le 25. Quand la roulette s'immobilise, on évacue son corps sous les quolibets de la foule.

Brenda m'explique les règles : la roulette tournera jusqu'à l'élimination des hommes-billes. Plus la case où finit le joueur est proche du numéro plébiscité par la foule, plus son équipe marque de points. En cas d'égalité, c'est le dernier vivant qui gagne.

— Faites vos jeux!

On mise la même chose, pour ne pas se fatiguer. Cette fois, c'est le 27 qui s'affiche.

— Quand tu réfléchis, dit Brenda, c'est une parfaite illustration de la société dans laquelle on vit. Le hasard, que la foule a l'illusion de choisir en votant, devient la vérité qui décide du sort de chacun.

Je ne réponds rien, parce que ma gorge se noue : on croirait entendre mon père. Un blanc étoilé s'est lancé sur la rampe, et réussit à se fixer sur le 11, à trois cases du 27. Ça rapporte quarante points à la Nordville Star. Ovation.

Et ça continue comme ça pendant une heure, jusqu'à l'élimination des morts et des blessés qui ne laisse plus en jeu que Boris Vigor (210 points) et trois verts à pois jaunes (340 points). Le suspense a l'air de fasciner tout le monde. Même Brenda s'y est laissé prendre, à la longue. Je la laisse s'exciter sur son boîtier, se concentrer comme les autres pour que Boris atterrisse dans la case gagnante. Moi, je savoure ce moment à côté d'elle, cuisse contre cuisse, même si elle m'a oublié et même si je m'inquiète pour la suite.

En fait, Vigor n'est pas du tout en forme. Il a raté presque toutes ses entrées de roulette, il s'est blessé au genou malgré son rembourrage, et Léo Pictone, debout sur mes cuisses, les doigts crispés sur les pans de mon blouson, donne des coups de pied nerveux dans mon ventre à chaque ratage du champion.

— Manquerait plus qu'il se tue, cet abruti ! râle-t-il.

Je lui mets la main sur la bouche, par réflexe, et je me retrouve avec le rouge à lèvres de Brenda en forme de cœur au milieu de ma paume. C'est peut-être égoïste, pardon papa, mais je suis brusquement le plus heureux du monde, malgré les circonstances, et je fais semblant de bâiller toutes les trois minutes pour embrasser en douce ma voisine au creux de ma main.

— Tu t'ennuies vraiment, toi, constate-t-elle du coin de l'œil.

Et je confirme, par pudeur.

L'ambiance a carrément changé depuis un moment. La consternation a envahi les tribunes. Vigor boite de plus en plus bas à chaque retour vers la rampe de lancement, voûté, ramolli. Le capitaine du Sudville Club n'est plus dans la course depuis trois coups, mais il a terminé KO sur la case gagnante, et la Nordville Star est menée 950 à 610. Les points obtenus augmentant à chaque élimination, d'après ce que j'ai compris, Vigor pourrait encore remonter, mais il finit à douze cases du bon numéro, les bras en croix. Il ne bouge plus. On l'évacue sur une civière.

Je murmure à l'oreille de l'ours, catastrophé :

— Il est mort ?

— Je n'en sais rien ! Qu'est-ce que tu veux que je capte, dans cette marée humaine ? Ce n'est plus un inconscient collectif, c'est un bouillon de bêtise ! Et ça commence à déteindre : je ne me reconnais plus !

Je pense à mon père, quelque part dans une prison de la ville. Les brancardiers emportent vers l'infirmerie la civière du ministre, et mon dernier espoir disparaît à vue d'œil.

## 24

— Vi-gor! Vi-gor! scande la foule pour que le champion revienne à lui.

Son dernier adversaire valide est en train de se positionner au sommet de la rampe de lancement, lorsqu'un voyant orange s'allume sur le tableau de marquage, à côté du nom de Vigor. S'il était mort, me dit Brenda, la lumière serait rouge. Là, ça veut dire que le ministre abandonne.

Des cris de fureur emplissent le stade. Apparemment, très peu de gens ont parié sur la victoire des verts à pois jaunes. Le rescapé du Sudville Club ôte son casque, monte sur le podium pour recevoir sa coupe et tombe à genoux, une balle dans le crâne. Les forces de l'ordre envahissent les gradins pour repérer le tireur.

— Viens, dit Brenda en m'attrapant la main.

Elle se faufile dans la meute qui essaie de se frayer un chemin vers les sorties. C'est là qu'on voit l'avantage de s'entraîner à la boxe. Les gens ne se méfient pas d'une femme encombrée d'un préado ; elle dégage la route à coups de poing, et je l'aide de mon mieux par des croche-pattes.

En moins d'un quart d'heure, on est sortis de l'enceinte où d'immenses filets anti-émeutes sont tombés sur les supporters, pour leur permettre de se massacrer sur place en évitant les débordements. Sinon, ça fait trop de plaintes chez les riverains. C'est la technique de la marmite, mise au point par le ministère de la Sécurité : quand ça bout, on met le couvercle.

Brenda m'explique tout ça tandis qu'elle m'entraîne au pas de course jusqu'au comptoir VIP. Son admirateur l'accueille par un sourire navré.

— Comment va-t-il ? s'inquiète-t-elle.

— On voit qu'il n'avait pas son porte-bonheur, répond le guichetier sans se mouiller. Monsieur le ministre a eu votre mot, il a dit de vous donner un badge Platinium, il vous rejoint dans sa voiture, dès que possible, sur le parking 7.

Brenda le remercie, empoche le badge magnétique et, dès qu'on est hors de sa vue, elle pousse un cri de joie, coude replié, poing fermé :

— Ouaih !

Je suis épaté de voir que mon problème lui tient autant à cœur. J'abaisse ma fermeture éclair, et tire Pictone par l'oreille pour le prendre à témoin de notre réussite.

— Je ne le sens pas, grommelle-t-il. J'ai peur d'un piège. Écoute-moi bien.

Je pousse un soupir agacé en suivant Brenda, qui a pris la direction des parkings et franchit les différents contrôles avec son badge.

— Je t'ai parlé des fantômes d'enfants, mais ce n'est

pas tout… Il y a eu autre chose, dans ce quart d'heure d'horreur que j'ai subi pendant que tu dormais. Déjà, la première nuit après ma mort, quand je me branchais sur toi, j'avais l'impression que tu n'étais pas tout le temps là… Comme si tu étais aspiré à distance par quelqu'un qui travaille sur toi… Méfie-toi de Brenda.

Je referme mon blouson pour qu'il se taise. Ce n'est pas le moment de me prendre la tête avec ses vacheries de vieux jaloux. Soupçonner Brenda, c'est aussi ridicule que si je l'accusais lui de m'avoir dénoncé aux flics. Mais à quoi bon discuter. Si je suis connecté à distance avec Brenda, ça s'appelle l'amour, et ça il ne peut pas comprendre.

J'accélère pour la rejoindre, dans une allée grillagée longeant les portails des parkings VIP. Elle s'arrête devant l'accès numéro 7, appuie son badge contre le lecteur. Le portail s'ouvre sur un immense espace clos éclairé en jaune, occupé par une seule voiture, au fond. Une limousine noire d'au moins douze mètres, une Olive Pression II réservée aux membres du gouvernement. La plus belle voiture du monde, à part l'Olive Première Pression du Président Narkos.

Dix soldats en armes nous accueillent, vérifient le badge Platinium et nous accompagnent jusqu'à la limousine, garée devant la porte de vestiaire marquée « Monsieur le Ministre ».

Le chauffeur descend nous ouvrir la portière arrière, et on se retrouve à l'intérieur d'un salon en cuir avec minibar, écrans, bureau et salle de gym.

— Monsieur le ministre vous prie d'excuser son retard : il finit de recevoir des soins. Le bar est à votre disposition.

La portière se referme dans un soupir. Le chauffeur regagne son volant, et remonte la glace noire qui l'isole de notre salon.

— Je t'adore ! s'écrie Brenda en écrasant un gros bisou sur ma joue. C'est à tomber, une bagnole pareille ! Tu vois, le luxe, on s'en passe très bien, mais on a tort. Champagne !

Elle sort la bouteille du seau en argent, la débouche, remplit deux coupes. J'extrais Léo Pictone de mon blouson, et l'installe sur la banquette en vache blanche. Les pattes raides et l'air guindé, il rabat d'un geste machinal sa jupe retroussée, oubliant apparemment qu'il n'y a rien à cacher.

— Donc, reprend-il de sa voix crispée, tandis que Brenda égalise le niveau de la mousse dans les coupes, je te disais que je sens un piège. Une part de moi trouve indispensable et cohérent d'entrer en contact avec Vigor par l'intermédiaire de sa fille, mais une autre part se méfie… C'est trop facile, tout ça, trop bien arrangé, ça tombe trop bien… C'est cousu de fil noir.

— À vous ! dis-je en lui tendant la coupe que m'a donnée Brenda.

Il me dévisage, inexpressif, sans la prendre. Le regard de Brenda va de lui à moi.

— Allez, professeur Pictone, vous voyez bien que Brenda est de notre côté, et qu'on a absolument besoin d'elle. Vous êtes de l'Académie des sciences, elle est médecin : vous pouvez trinquer ensemble. C'est plus la peine de faire semblant d'être juste une peluche.

— Bois un coup, va, me dit Brenda en choquant sa coupe contre celle que je tiens. D'habitude, c'est quand on est bourré qu'on a des visions, mais puisque tu fais tout à l'envers, ça ne peut te faire que du bien.

Je lui rappelle que c'est de l'alcool, son truc, et que je suis mineur.

— Qu'est-ce que tu risques? Ton père est déjà en prison.

— Justement.

Elle se mord les lèvres, gênée. J'en profite pour lancer l'argument massue :

— Écoutez, Brenda, si vous n'essayez pas de me croire, vous n'entendrez jamais sa voix. Il a des choses hyper-importantes à vous dire. Et quand je fais le traducteur, j'en oublie la moitié.

— OK.

Elle vide sa coupe d'une traite, la pose, prend la mienne et ajoute, en trinquant avec la truffe de l'académicien :

— À votre santé, professeur. Remarquez, dans votre état, au point de vue santé, vous craignez quoi? Les mites?

La portière s'ouvre. Boris Vigor, en manteau bleu, s'engouffre dans la limousine et s'affale sur la banquette par-dessus l'ours.

— Désolé de vous avoir fait attendre, jeune homme. Vous êtes Thomas Drimm?

— Le piège! hurle Pictone sous le manteau bleu. J'avais raison : c'est un piège! Comment il connaît ton nom? Sauve-toi!

## 25

Je me tourne vers Brenda, paumé. La coupe de champagne à la main, elle dévore des yeux le colosse roux aux traits creusés entre les pansements. Il oriente la tête vers elle, le regard vide, un sourcil en l'air.

— Brenda Logan, articule-t-elle avec effort, comme si elle se souvenait mal de son nom. Je suis flattée, monsieur le ministre. Pardon d'avoir forcé les barrages d'une manière un peu cavalière pour parvenir jusqu'à vous…

— Où est-il ? attaque Vigor en se détournant d'elle, ses yeux dans les miens. Où est le professeur Pictone ?

— Ne lui dis rien ! s'époumone le savant sous les fesses du ministre.

— Je sais que vous êtes en rapport avec lui, et vous serez arrêté sur-le-champ pour complicité d'enlèvement, comme votre père, si vous refusez de me répondre.

— Monsieur le ministre, intervient Brenda, il ne faut pas oublier que c'est un gamin et qu'il a tendance à fabuler. Moi-même, il m'a raconté que Léo Pictone était dans son ours en peluche.

— Où ça ? s'étonne Vigor.

Elle lui signale respectueusement qu'il est assis dessus. Le ministre fait un saut de côté sur la banquette, découvre la peluche avec un haut-le-cœur.

— À quoi rime cette comédie? Je vous préviens: je n'ai pas d'humour, je n'ai pas le temps et ce n'est pas le jour. Au ministère! lance-t-il en pressant le bouton d'un interphone.

La voiture démarre sans un bruit, sans une vibration. Brenda me dévisage, tétanisée, se demandant ce qu'elle doit faire. Le portail en acier s'ouvre devant nous, six motards nous encadrent, et un bataillon de gardes mobiles déplace à toute allure les barrières de l'autoroute fermée aux usagers.

— Thomas Drimm est en état d'arrestation? demande lentement Brenda d'une voix dangereuse.

Je la sens qui bande déjà ses muscles, et je lui fais signe d'attendre. Concentré sur la peluche, Vigor est en train de la retourner sous toutes les coutures, comme s'il cherchait un document, une puce ou une clé USB.

— Arrête de me tripoter, andouille!

Avec un cri de stupeur, le ministre lâche l'ours, et se retourne vers moi:

— Il... il parle!

— Ho? Vous l'entendez?

— Évidemment, il m'entend: il m'a escroqué! Tu es bien placé pour savoir que le remords, Thomas, c'est très conducteur.

— Où est Pictone? rugit Vigor en me saisissant aux épaules. Il est caché quelque part, il manœuvre cet ours à distance!

— Lâche cet enfant et écoute-moi, crétin. Je suis

décédé, en résidence secondaire dans cette peluche, à titre provisoire, mais j'ai un message urgent à te transmettre de la part de ta fille.

Vigor est devenu blême, rencogné contre sa portière. Brenda me tire doucement par le bras, livide elle aussi, me demande si c'est vraiment Pictone qui téléguide ce jouet. Mot à mot, je lui répète ce que vient de dire le savant au ministre.

— Un message de ma fille? articule péniblement Boris. De ma fille Iris?

— Évidemment. Tu en as d'autres? Bon, je cite: «Papa, en signe de pardon, il faut que tu plantes un gland pour faire pousser un chêne.» Ça te dit quelque chose?

Vigor tombe à genoux sur la moquette, attrape l'ours à foulard-jupe et rouge à lèvres, l'étreint contre son cœur:

— Mon, amour, c'est toi, c'est vraiment toi?

— Je l'crois pas, murmure Brenda.

Moi, j'aime bien. C'est reposant de voir un adulte en conversation avec ma peluche. Ça m'enlève un sacré poids de partager un peu ce boulet, de faire la passe à quelqu'un de compétent.

— Tu m'entends, mon bébé? insiste le ministre. Tu me parles?

— Ne m'étouffe pas, dit Pictone, si tu veux que je capte! Attends… elle dit qu'elle est haut dans l'arbre, et que tu n'es pas là, et qu'elle est toute seule.

— Je suis là! Je suis là, ma chérie, avec toi, parle-moi!

— Viens, mon papa, lance une petite voix de fille échappée de la peluche. Viens vite!

— Je viens! s'empresse le ministre. Mais où?

— Viens me rejoindre!

— Il se passe quoi ? s'informe Brenda.

Essayant de retrouver mon sang-froid, je lui explique que c'est Iris qui occupe mon ours, à présent, à la place de Pictone – ou alors ils se partagent la mousse en colocataires.

— Viens me rejoindre, répète la voix de l'enfant.

Les yeux figés dans le regard en billes de plastique, Boris Vigor balbutie :

— Tu veux… tu veux que je meure ?

— Elle n'a pas dit ça, intervient la voix du vieux. Il y a plus urgent, Boris : mon Bouclier d'antimatière. Tu te rappelles que lorsque j'ai découvert le pictonium…

— Je m'en fous ! crie Vigor. Je veux Iris ! Elle est partie ? Rends-la-moi !

Il secoue l'ours, violemment, comme si sa fille cachée dans un repli de la peluche allait tomber sur le sol.

— Mais arrête de m'agiter comme ça, abruti ! C'est fragile, l'énergie vibratoire d'une enfant ! Elle n'est plus là, tu entends bien : je ne la capte plus.

Vigor s'immobilise.

— Dis-lui qu'elle me manque trop, Léo. Je ne peux plus vivre sans elle…

— Tu parles comme ça va la consoler ! Thomas est peut-être nul, mais il est plus doué que toi avec les morts, je te signale !

Vigor se tourne soudain vers moi. Je lui souris vaguement, d'un air modeste.

— Et toi, tu l'entends, la voix de ma fille ?

— Non, monsieur le ministre. Enfin, oui, quand elle sort de mon ours. Mais il faudrait d'abord me rendre mon père.

— Ton père ?

— Robert Drimm, précise le professeur, que la Sécurité a fait arrêter pour obtenir des renseignements sur moi. Ne feins pas de l'ignorer : tu connaissais le nom de Thomas, tu savais qu'il allait te contacter. C'est Nox-Noctis qui est derrière tout ça : je le vois dans tes pensées.

Vigor secoue la tête, l'enfouit entre ses mains. Un silence tendu s'installe dans le salon roulant. De toutes mes forces, j'essaie de faire taire la voix intérieure qui me répète que ce ministre n'est qu'une marionnette, qu'il n'a aucun moyen de pression sur la police, et que je ne reverrai pas mon père.

— Pour en revenir au Bouclier d'antimatière, Boris, reprend l'ours, il faut que tu sois conscient que l'effet du pictonium sur…

— Stop ! hurle le ministre de l'Énergie en relevant soudain la tête.

Il presse une touche sur l'interphone. La limousine freine sec. Les deux motards qui nous suivent nous évitent de justesse.

— Descendez ! ordonne Boris Vigor. J'ai besoin d'être seul.

Brenda et moi regardons le paysage, inquiets. L'autoroute fermée à la circulation enjambe une banlieue encore plus glauque que la nôtre, sans station de métro ni rien. Brenda lui demande fermement s'il aurait l'amabilité de faire un crochet par la B45 de Nordville-Nord.

— Descendez, j'ai dit. Je garde l'ours ! décide-t-il en fourrant Pictone dans la poche de son manteau.

— Hé ! il est à moi !

J'ai parlé dans un cri du cœur que je regrette aussitôt, mais le ministre me regarde avec des larmes dans les yeux.

— Tu me le prêtes ? demande-t-il d'une petite voix. Tu auras ce que tu veux en échange, mais si ma fille revient parler dedans, je dois…

— Non mais vous disjonctez, là, tous les deux ! s'indigne Pictone en sortant de la poche du ministre. Je n'appartiens à personne, moi ! Je me suis incarné dans cette peluche pour la survie du genre humain, je suis le seul maître à bord et personne n'y touchera ! Boris, si tu veux qu'on reprenne cette conversation avec Iris, tu n'as pas le choix : tu nous ramènes illico chez nous, tu rentres au ministère te remettre de tes émotions, tu fais libérer le père de Thomas, et demain tu nous contactes. C'est clair ? Le mieux est de passer par Mlle Logan. Je préfère qu'on n'ait pas dans les pattes la mère de Thomas, qui est encore plus pénible que ma veuve.

Boris Vigor avale sa salive, passe les mains dans ses cheveux, acquiesce, donne au chauffeur mon adresse qu'il connaît par cœur. Ce qui confirme les soupçons de Pictone, mais aussi le pouvoir de son chantage. Mon espoir est revenu, d'un coup.

Vigor demande à Brenda ses coordonnées. Sans un mot, elle sort son portable, sélectionne l'appli Contacts, le colle contre celui du ministre pour que leurs téléphones échangent leurs numéros. Lorsque le baiser des portables s'interrompt, j'en profite pour plaquer le mien contre celui de Brenda. Elle me regarde faire comme si c'était une chose banale, mais pour moi la mettre en mémoire est comme une espèce de serment.

La limousine quitte l'autoroute, et s'arrête dix minutes

plus tard au coin de notre rue. Je remercie le ministre par avance pour mon père. Il ne répond pas, l'air prostré.

— Sois confiant, Boris, lui glisse l'ours en m'escaladant pour réintégrer mon blouson. Tout ce que tu fais de bien, tu le fais pour ta fille. Et elle en ressent les effets, crois-moi.

— Mais pourquoi elle ne me parle pas directement dans un jouet à elle ? lance-t-il soudain.

— À cause de ta puce, qui brouille les transmissions avec l'au-delà. Et Iris n'a pas assez d'énergie pour agir sur la matière, comme je le fais. Les enfants morts sont livrés à eux-mêmes : ils ne peuvent pas recevoir l'aide des âmes ancestrales, bloquées dans les plans supérieurs par le Bouclier d'antimatière, ni des trépassés récents qui sont prisonniers de l'usage qu'on fait de leur puce. Seul un esprit autonome comme le mien peut capter les signaux qu'envoie Iris.

— Mais je l'ai entendue, tout à l'heure !

— C'est moi qui imitais sa voix.

— Quoi ?

— Je reproduis les fréquences qu'elle émet pour que tu la reconnaisses, rien de plus. Tu ne peux pas te passer de mon intermédiaire, Boris. À demain. Je te dicterai les conditions précises de notre accord. Mais sache d'emblée qu'il faudra que tu t'engages à détruire le Bouclier, si tu veux reprendre ta conversation avec Iris.

Le ministre empoigne soudain mon blouson pour attirer la truffe de Pictone contre son nez.

— Et qu'est-ce qui me prouve que c'est vraiment elle ? Si tu as imité sa voix, tu as pu inventer le reste ! Le chêne où elle grimpait, tous les journalistes en ont parlé ! Il n'y a aucun mérite ! Tu m'as roulé dans la farine, salaud ! Tu n'es même pas Pictone !

Je proteste, affolé :

— Mais si, monsieur le ministre, je vous le jure, j'ai des preuves…

— C'est toi qui as monté ce coup tordu ! crie-t-il en me repoussant. Tout ça pour que je fasse libérer ton père !

Brenda s'interpose :

— Un enfant prêt à tout par amour pour son papa, vous devez comprendre, monsieur le ministre, non ?

Il la dévisage, mâchoire tremblante, baisse les yeux.

— Barrez-vous ! dit-il d'une voix sourde.

Il presse une touche qui ouvre la portière opposée, articule sans nous regarder :

— Si la justice l'innocente, son père sera libéré, sinon il purgera sa peine. C'est tout ce que je peux vous promettre. Dehors !

— Je me permets juste de vous rappeler, lui glisse Brenda avec une douceur menaçante, que je suis témoin de ce qui vient de se passer. L'immunité ministérielle ne couvre pas l'agression sur un moins de treize ans, si ? En tant que médecin, j'irai témoigner demain après-midi devant la Commission de protection de l'enfance. Sauf si M. Drimm rentre chez lui avant 14 heures.

Boris la toise avec une stupéfaction qui, brusquement, devient presque admirative.

— Nous dirons que je n'ai rien entendu, mademoiselle.

— Et moi j'aurai tout oublié, à partir de 14 heures. Aussi bien sur vos violences pédophiles que sur les déclarations posthumes du professeur Pictone. Ça vaut bien la libération d'un innocent inoffensif, non ?

— Foutez le camp, dit-il entre ses dents.

Elle me pousse à l'extérieur. Au milieu des motards au garde-à-vous, je sors en disant merci monsieur le ministre, bonne soirée et à bientôt.

J'agite machinalement la main, sur le trottoir, en regardant disparaître la limousine. Puis je me tourne vers Brenda Logan qui me fixe, les poings sur les hanches, le regard bizarrement glacial.

— Heureusement que tu étais là, dis-je pour détendre l'atmosphère. Hein, professeur ? Qu'est-ce qu'on a bien fait de l'engager !

Les deux mains de Brenda s'abattent sur mes épaules.

— Thomas Drimm, j'ai oublié de te dire une chose, quand on s'est rencontrés. J'aime bien les contes de fées et les délires de mômes, mais je suis une rationaliste obtuse. Tu sais ce que c'est ?

— Non.

— Ça veut dire que le paranormal n'existe pas, et que, lorsque j'ai l'impression que si, je fais en sorte que non. Pour moi une peluche est une peluche, un mort est un mort, et un ministre est un pourri sérieux, matérialiste et fiable. Sinon, déjà que ma vie c'est n'importe quoi, autant me jeter par la fenêtre.

— Mais, Brenda, j'étais comme toi jusqu'à hier soir…

— Tais-toi !

Elle arrache la jupe de Pictone, qu'elle se renoue en foulard tandis qu'elle enchaîne :

— Ça ne me dérange pas qu'un ours dialogue sans le son avec un ministre en faisant l'acrobate, à condition que j'aie deux bouteilles de whisky dans le nez, ce qui n'est pas le cas. Moralité : tu rentres chez toi, je ne t'ai jamais rencontré et je déménage demain.

— Mais tu viens de dire à Vigor que tu as entendu le professeur…

— J'ai dit n'importe quoi pour sauver ton père, espèce de Troc ! Et maintenant c'est moi qui vais me faire arrêter pour déviance, merci !

Effondré, je la regarde traverser la rue.

— Je t'avais prévenu, soupire Pictone dans l'échancrure du blouson, tout en essuyant son rouge à lèvres sur mon sweat. Je sentais venir le coup, avec cette fille. Mais tu vas voir : l'avantage d'un chagrin d'amour, c'est que ça résorbe les graisses. Conjugué à l'action de l'ubiquitine que tu as programmée tout à l'heure, ça sera parfait pour ta consultation chez le Dr Macrosi. Maintenant, en ce qui concerne ton père, j'espère que la stratégie pitoyable de ta Brenda n'a pas torpillé la mienne…

Sans répondre, je me dirige vers la gouttière que j'escalade comme un rien. Je jette l'ours au pied du coffre à jouets, et je me couche, la rage au ventre, en espérant que mon chagrin d'amour sera tellement efficace qu'il me résorbera tout entier, et que demain matin, sous cette couette, il ne restera plus rien de moi.

# MARDI

## L'amour n'est pas de l'antimatière

# 26

*Ministère de l'Énergie, minuit trente*

Boris Vigor est revenu dans ses appartements privés, le dos voûté, la jambe raide. Il s'arrête au seuil du salon. La silhouette allongée sur le canapé blanc, face à la télévision éteinte, n'a plus rien à voir avec les courbes fluides de Lily Noctis.

— Qu'est-ce que vous faites là ?

Olivier Nox renverse la tête sur l'accoudoir et lui sourit :

— Je la remplace. Varions les plaisirs. Avec ma demi-sœur, vous éprouvez le désir censuré par la culpabilité. Avec moi, c'est le sentiment d'infériorité face à une intelligence qui vous fascine. Maso comme vous êtes, vous adorez ce genre de complexes, non ?

— J'ai perdu, articule-t-il dans un effort de dignité, pitoyable. J'ai perdu le premier match de ma vie.

Il s'effondre dans un fauteuil, enchaîne d'une voix atone :

— Et je m'en fous. Plus rien n'a d'importance.

Olivier Nox se redresse lentement avec un soupir, croise les jambes et pique un fruit confit dans la corbeille devant lui.

— C'est la vie, cher Boris.

— J'ai parlé avec un ours en peluche.

— Je sais.

Le ministre se relève d'un bond.

— Comment, vous savez ? Je suis sous surveillance ?

— Non, j'ai suivi la scène à travers vos yeux.

— Vous auriez pu me prévenir.

— Vous auriez été moins naturel.

— En tout cas, j'ai failli me faire avoir, vous avez vu ! C'était un traquenard.

— À quel point de vue ?

— Vous avez manqué le début, ou quoi ? Ce Thomas Drimm a des complices, sans doute des gens de sa famille avec un émetteur à distance. Pour que je libère son père, il a essayé de me faire croire que Pictone était dans son ours avec ma fille !

— Ce n'est pas un traquenard, Boris, c'est la vérité. Et pour vous, c'est une piste à suivre.

Le ministre blêmit.

— Attendez… Vous ne pensez quand même pas que j'ai eu un *vrai* contact avec Iris ?

— Si, bien sûr. Elle vous a appelé au secours par le seul moyen à sa disposition. Et maintenant vous devez lui répondre. Mais sans tomber sous la coupe de Pictone.

Boris Vigor se mord un ongle, dépassé par la vitesse avec laquelle son cerveau doit traiter des informations contradictoires.

— Alors, conclut-il au bout d'un moment sur un ton très grave, je dois planter un gland.

— Ah.

— Pour faire pousser un chêne.

L'homme d'affaires plonge la main dans sa poche et, comme si la situation était prévue d'avance, il en sort un gland. Il le tend au ministre qui, sans marquer de surprise, l'enfouit profondément dans une jardinière entre deux plants de jasmin, le visage en prière.

Olivier Nox le laisse se recueillir un instant, puis referme la fenêtre en lançant d'un ton narquois :

— Et maintenant ? Vous attendez que l'arbre pousse ?

— Je demande pardon à la forêt que j'ai rasée. Si vraiment c'est la volonté d'Iris, je lui obéis.

Nox prend une longue inspiration, les doigts en pyramide devant son nez.

— C'est bien. Vous avez accompli sa dernière volonté sur Terre : place à la suite.

— La suite ?

La respiration de Nox se fait plus profonde. L'air de la grande pièce devient aussitôt irrespirable. Boris voudrait rouvrir la fenêtre, mais il ne peut pas, comme hypnotisé par la voix caressante.

— Elle vous a demandé autre chose, non, il me semble ? Elle vous a demandé de la rejoindre...

Le ministre plisse le visage, détourne les yeux, va s'asseoir au milieu du grand canapé blanc. Sur la pointe de la voix, l'autre enchaîne :

— J'ai une proposition à vous faire, Boris. Le seul moyen de retrouver votre fille dans l'au-delà, c'est que vous décédiez en gardant votre puce dans le cerveau. Comme l'a fait le professeur Pictone.

Boris marque un temps. Assez vite, la stupeur cède la place aux scrupules.

— C'est impossible, répond-il avec un haussement d'épaules. Un membre du gouvernement doit donner l'exemple, à plus forte raison le ministre de l'Énergie. Avec tout ce que j'ai gagné au jeu, ma puce a un capital énergétique de 75 000 yods : elle fera marcher à elle seule une centrale thermique. Je n'ai pas le droit d'en priver la société.

— Et votre petite Iris continuera de vous appeler en vain au secours.

— Que puis-je faire d'autre ? soupire Vigor en écartant les doigts, coudes aux genoux.

— Si ma proposition vous intéresse, je m'engage à faire mourir un autre gagneur à 75 000 yods, et à présenter sa puce comme la vôtre.

— Ça m'avance à quoi ?

— À vous retrouver dans la situation d'errance des fantômes de moins de treize ans. À vivre dans le même monde paraterrestre que votre fille, pour continuer à l'élever dans l'au-delà.

— Et en échange, vous me demandez quoi ?

Nox joint les mains sous son nez, avec une lueur intense dans ses yeux froids.

— C'est fou comme les lumières s'allument à l'approche de la nuit… L'intelligence vous vient par surprise, Boris, au moment où vous décidez de vous sacrifier.

Le ministre se relève dans un mouvement nerveux.

— Qu'est-ce que j'ai à sacrifier ? Je m'en fous de gagner encore, je m'en fous de la célébrité, de la richesse, du pouvoir… Ce qui compte, c'est retrouver ma fille, c'est tout. Mais un salaud d'affairiste comme vous, il ne fait rien pour rien.

Olivier Nox ricane paisiblement en rejetant ses longues mèches noires en arrière.

— Exact. Je veux savoir où est caché le cadavre de Pictone, afin de le dépucer et de mettre ce vieux revenant hors d'état de nuire.

— Et vous n'avez pas les moyens de le savoir tout seul, puissant comme vous êtes ?

Olivier Nox allonge son sourire. Ses yeux verts brillent d'un éclat fixe.

— Ce n'est pas une question de puissance, Boris, mais d'éthique. Je me dois de respecter la règle du jeu, sinon où serait le plaisir ? Et la règle du jeu est claire : pas d'ingérence directe dans votre passé, votre présent ni votre futur. Uniquement des suggestions, que vous choisissez ou non d'accepter.

— Et si je vous envoyais au diable ?

— Ce serait un retour à l'expéditeur, mais le moment n'est pas encore venu. Vous avez le choix, Boris : ou mourir dépucé comme une grande personne, avec pour seul avenir la fierté de faire tourner des machines avec votre énergie captive, ou bien trépasser en conservant votre puce, c'est-à-dire l'intégrité et l'autonomie de votre âme, libre d'aller où elle veut pour me rapporter des informations.

— Et pourquoi elle ferait ça, mon âme ?

— Parce que si elle ne me donne pas satisfaction, je pourrai à tout moment exhumer votre corps, et vous reprendre votre liberté en recyclant votre puce. Ma confiance en l'être humain, mort ou vif, est extrêmement réduite.

— Et si je choisis de vivre? lance Boris sur un ton provocateur, dans un sursaut d'orgueil.

Nox reprend un fruit confit.

— Je m'incline. Mais à quoi bon jouer les prolongations, alors que votre fille vous attend? Vous avez vraiment envie qu'elle continue de souffrir à cause de votre absence? Vous préférez persister à faire semblant d'être bien dans votre peau, dynamique, insouciant, symbole vivant de valeurs mensongères? Si je vous abandonne à votre conscience, après ce que vous avez appris et ressenti cette nuit, vous craquerez en vingt-quatre heures. Là, je suis à votre disposition pour vous éviter le suicide inscrit dans votre sensibilité et votre destin, mais ma proposition n'est valable que trente secondes.

Boris Vigor regarde l'heure, machinalement, et se met à marcher de long en large dans l'immense salon beige et blanc.

— Si je comprends bien, vous proposez de me tuer pour mon bien?

— Pour le bien de votre fille, surtout.

— Et qu'est-ce qui me le prouve?

Olivier Nox avale sa salive, et reprend avec une désolation charmeuse:

— Je m'en voudrais d'insister, Boris, mais ne croyez pas que l'au-delà des enfants soit une colonie de vacances… Ils sont épouvantables entre eux, livrés à leurs pulsions sans garde-fous ni repères ; ils se dévorent les uns les autres en espérant qu'un surcroît d'énergie leur permettra de communiquer enfin avec les vivants. Votre fille est une toute petite âme fragile qu'ils auront tôt fait de cannibaliser, maintenant qu'on s'intéresse à elle, si vous n'allez pas la défendre. Assumez vos devoirs de père, Boris.

Le ministre se dandine au milieu d'un tapis et baisse la tête. Sa décision est prise, mais il gagne du temps.

— Vous pensez que je ferai un bon mort ? demande-t-il timidement.

— On reste le même de l'autre côté, Boris. Regardez cet épuisant Pictone, avec son caractère de pitbull hypocondriaque. Vous trouvez qu'il a changé ?

Boris Vigor s'arrête devant un miroir, et se dévisage comme on regarde une maison d'enfance qu'on va quitter pour toujours.

— Vous n'avez perdu qu'un seul match dans votre carrière, Boris. Vous serez un gagneur dans l'au-delà, j'en suis persuadé, sinon je ne vous y enverrais pas en mission… Alors ?

Vigor s'arrache au miroir, se retourne vers le jeune homme en noir et l'observe, comme s'il cherchait à présent son reflet dans les yeux vert émeraude.

— Je ne voudrais pas vous presser, mais il vous reste six secondes. C'est oui ou c'est non ?

Le ministre glisse un doigt dans son col, gêné par la transpiration.

— C'est oui, mais…

Il se creuse désespérément la cervelle. Il lui semble qu'il oublie quelque chose.

— Et ma femme ? lance-t-il soudain.

— On la débranchera, rassure Olivier Nox.

Boris hoche la tête, la mine encore chiffonnée.

— Et vous allez me tuer comment ? On ne doit pas croire à un suicide : je ne veux pas laisser le souvenir d'un lâche. Mais il ne faut pas non plus que ça fasse trop mal…

— Vous préférez un accord en mi ou un accord en ré ?

— C'est-à-dire ?

— La crise cardiaque ou la commotion cérébrale ? Puisque vous avez le choix.

— Je n'y connais rien, moi. Faites au mieux.

— Je vous laisse deviner, alors.

Olivier Nox retrousse sa manche, ouvre en deux le cadran de sa montre, ôte son épingle de cravate et, de la pointe acérée, pianote un accord délicat sur six notes. Le ministre monte la main vers son crâne.

— Perdu, murmure Olivier Nox. La crise cardiaque est toujours moins perturbante pour l'âme.

Boris Vigor s'effondre sur le tapis, roulé en boule. Olivier Nox se penche sur le cadavre avec un sourire apaisant.

— N'oubliez pas les termes de notre contrat, monsieur le ministre. Livrez-moi la puce de Pictone, et je vous rends votre fille. Mais si vous essayez de me doubler, j'ai le moyen de vous la reprendre à tout jamais. Et vous serez encore plus seul que de votre vivant.

Il se redresse, va jusqu'à la table basse pour choisir un nouveau fruit confit. La bouche pleine, il se tourne vers un coin de la pièce où il perçoit ma présence.

— Ça va, Thomas Drimm ? Je te sens perturbé. Perturbé par le fait de ne pas être davantage perturbé. Je me trompe ? Eh oui, on s'habitue à tout, mon grand. Tu es en formation permanente, quand tu dors. Tu es attiré vers moi, vers le spectacle du Mal ; tu remontes vers la source pour apprendre à nager dans les eaux noires. Tout ce que tu intègres sans t'en souvenir, pour l'instant, te prépare à ton insu pour nos futurs combats. J'ai hâte. Et toi aussi, je le sens. Allez, rentre chez toi.

La pointe de son épingle de cravate pique trois fois la sixième touche, sur le clavier de sa montre. Les trois notes identiques me renvoient dans la nuit. Sans émotion, sans contrôle, sans but… Comme une feuille morte arrachée de son arbre.

L'image me contient tout entier, aussitôt : je deviens la feuille morte, les nervures, la sève asséchée, les bords dentelés, roussis, craquelés… J'ai l'impression d'être chaque parcelle qui se détache au gré du vent et des obstacles, et pourtant je reste *aussi* à l'intérieur de la feuille et je continue mon voyage. Un voyage à l'envers, on dirait. Un retour en arrière. Mes bords déchiquetés se reconstituent, mes trous se referment, ma sève circule à nouveau… De jaune roux, je me sens redevenir peu à peu d'un vert tendre. Et soudain je me retrouve attaché à la branche du chêne dont je suis tombé.

Un balai géant me rajoute des couleurs. C'est un pinceau. La main qui le tient hésite, se retire, va chercher sur la palette une autre nuance de vert, revient m'embellir en me donnant de la profondeur. À mesure que ma couleur s'intensifie, mon regard devient plus net.

Brenda est en train de me peindre. De me redonner vie. Elle est si belle, avec son tee-shirt déchiré plein de peinture, ses yeux concentrés, ses seins qui tressautent à chaque mouvement du pinceau… Pourquoi fait-elle de moi une feuille, sur le chêne qu'elle est en train d'achever ? Peut-être qu'elle m'a chassé de son esprit, qu'elle s'absorbe dans autre chose pour ne plus penser à moi, et que je reviens malgré elle dans sa création végétale.

Plus elle me retouche et plus j'ai envie d'elle. Envie de redevenir «un homme», comme elle m'a appelé hier soir. Envie de la convaincre, de l'attirer, de lui plaire… Mais pour ça, il faut que je reprenne mon apparence. En mieux. Il faut que je devienne beau, mince et musclé, en avance sur mon âge. Il faut que j'utilise mon chagrin d'amour – la déception, la colère, la brûlure que je lui dois…

Ubiquitine. La protéine qui fait maigrir, a dit le professeur. Je me retrouve instantanément dans une sorte de conduit, où circulent des boules de feu et des liquides. Les nervures de ma feuille sont devenues les méandres d'un fleuve souterrain qui se transforme en volcan. Je comprends que j'ai réintégré mon corps de Thomas Drimm, que je suis *à l'intérieur de mes organes*.

U-bi-qui-tine ! U-bi-qui-tine ! Je prononce les quatre syllabes comme une formule magique. Aussitôt un commando de choux-fleurs violets se rassemble devant moi. Je m'entends ordonner : «Tuez les graisses ! Brûlez, brûlez !» Mon armée part au combat, se lance à l'assaut des lipides, les encercle, les neutralise, les absorbe… Un combat de gargouillis, un carnage de couleurs, une guerre d'embuscade et d'encerclement des poches de résistance… «Tuez-les tous ! Réduisez l'ennemi !»

Plus l'ennemi se réduit, plus mes combattants se reproduisent. Soudain retentit la sonnerie du cessez-le-feu.

Alors ils s'absorbent mutuellement dans une embras-
sade généralisée qui répand la paix, la joie et l'harmonie
par-dessous la sonnerie stridente. Il n'y a plus qu'un fleuve
calme aux mille bras accueillants d'où j'émerge à regret.

Alors ils s'absorbent totalement dans une emphase
ade généralisée qui répand la crise, la joie et l'harmonie
par dessous la surface... Il y a plus qu'un Dieu in l'Inde
... mille bras accueillant à bras ouverts à l'...

## 27

À tâtons, ma main éteint le réveil. La chaleur d'un rayon de soleil me caresse le visage. Je me sens bien. Tout dégagé, tout léger, tout libre. Je me dis que tout ce que j'ai vécu, depuis la tempête où j'ai perdu mon cerf-volant, toute cette folie furieuse n'est qu'un long cauchemar dont je me réveille enfin.

J'ouvre un œil. L'ours est assis contre le coffre à jouets, sa place habituelle, immobile et de travers. Je souris et je referme les paupières. Tout va bien. Ma couette est chaude, et le sommeil me réclame encore un petit peu. Je sens la bonne odeur du café au lait qui monte de la cuisine. Je me dis que mon père est à la maison, que ma mère n'a aucun souci dans son travail, que je ne suis qu'un préado normal avec un problème de poids, une voisine canon qui ne sait pas que j'existe et des jouets désaffectés pour faire semblant, de temps en temps, d'être encore un peu un enfant. Je me rendormirais bien, mais, quand je pense à Brenda, ça me donne terriblement faim.

Je m'étire, me lève et vais ouvrir le store de ma lucarne. En fait, il pleut. Le soleil, c'était le spot de l'étagère qui était resté allumé. Ça ne sent pas non plus le café au lait, finalement : juste la bouillie de céréales édulcorée qui est censée me donner des forces en me coupant l'appétit. J'entends ma mère s'énerver en bas au téléphone avec son avocat, pour savoir dans quelle prison on a inscrit mon père.

— Je ne quitte pas, non. Thomas, enchaîne-t-elle en criant, lève-toi, c'est l'heure ! J'ai prévenu le collège que tu avais rendez-vous ce matin avec le Dr Macrosi, et ça tombe bien : ta prof de physique est absente. Dépêche-toi ! Oui, maître, je suis là, reprend-elle plus bas. Autre chose : ma responsabilité professionnelle est-elle engagée, dans le cas d'une tentative de suicide chez le gagnant d'un jackpot ?

L'estomac noué, je me tourne lentement vers l'ours en peluche inanimé. Il lève un doigt vers son front.

— Salut, gamin. Bienvenue dans la réalité.

Je ronchonne :

— Ça va, hein.

— Bien fondu ?

Je baisse les yeux, sursaute. Je remonte ma veste de pyjama, abasourdi. Mes bourrelets ont disparu. Mon ventre est plat. Tout plat. Quasiment creux.

— Comment vous avez fait ?

— Je n'ai rien fait, gamin. C'est toi qui développes tes pouvoirs sur l'infiniment petit. Tu as mobilisé tes protéines, transformé ton chagrin d'amour en arme de combat, et tu as brûlé tes graisses en représailles.

Je laisse retomber mon pyjama, partagé entre le bonheur fou et l'angoisse raisonnable.

— Mais… elles ne vont pas revenir, les graisses ?

— Bien sûr que si. Seulement, maintenant, tu connais ta puissance de feu. Elles aussi. Alors tu peux négocier. Parler aux aliments que tu ingurgites, les apprivoiser, les présenter aux cellules de ton corps pour éviter les conflits qui font grossir. Qu'est-ce que tu regardes ?

Je me suis arrêté devant le Boris Vigor en latex, pendu par un pied à l'étagère, la tête en bas. Dans un réflexe bizarre, comme une forme de respect, je lui prends le cou entre deux doigts et l'assieds sur ses fesses.

— Fourre-moi cet abruti dans le placard, marmonne Pictone. Il ne faut pas compter dessus. Je me suis branché sur lui : échec complet. Il ne nous a pas crus, et il a déjà oublié les menaces ridicules de ta Brenda. Personne ne peut rien contre lui ; il le sait bien.

Je regarde la figurine du ministre, mal à l'aise. J'ai l'impression que le professeur se trompe, ou qu'il me cache quelque chose.

— Tu commences à évoluer, Thomas, constate-t-il sur un ton de tristesse. Ta pensée est de plus en plus claire… Bientôt, tu n'auras plus besoin de moi.

Il s'interrompt un instant, comme s'il tendait l'oreille à mon cerveau. Il acquiesce :

— C'est vrai, tu as raison : j'ai un problème avec Boris, indépendamment de ce qu'il projette. En fait, il ne projette plus rien. Quand je le visualise, il ne répond pas. Au niveau vibratoire, ça sonne dans le vide.

Saisi d'une angoisse soudaine, je désigne le jouet en costume-cravate sous son équipement de man-ball :

— Ne me dites pas qu'il est mort… et qu'il s'est réincarné là-dedans !

L'ours en peluche soutient mon regard sans répondre. Je saisis la figurine, je la secoue, demande malgré moi :

— Monsieur le ministre, vous êtes là ?

— Tu as un message, dit Léo Pictone.

Je me tourne vers mon portable qui clignote sur l'étagère. En reconnaissant le numéro, mon cœur s'emballe. J'affiche le texto :

*Viens chez moi dès que tu peux. Urgent.*
*Brenda.*

— Thomas, descends ! crie ma mère. J'ai besoin de toi.

Je crispe les doigts, agacé qu'on vienne saccager l'émotion qui a jailli de mon écran. Brenda Logan veut me voir. Brenda Logan m'a pardonné. Brenda Logan m'appelle au secours. C'est dingue, la vitesse avec laquelle le fond du gouffre se transforme en tapis volant.

— Bon, débarrasse-toi de ce Dr Macrosi et passons aux choses sérieuses, dit l'ours.

Je lui rends son regard, pensif. Puis je vais prendre le rouleau de sparadrap dans la salle de bains, j'attrape l'académicien et je le fixe sur mon ventre.

— Qu'est-ce que tu fais ?

— Un faux bide. Ma mère ne croira jamais que j'ai maigri tout seul. Je vous enlèverai discrètement en me déshabillant, je dirai au médecin que ma mère me voit gros parce qu'elle a des angoisses de psy, et qu'il ne faut pas la contrarier. À elle, je dirai qu'il m'a donné un truc miracle pour maigrir en restant chez moi, au lieu d'aller dans un camp.

— Et tu crois que ça suffira ? grogne-t-il, la truffe contre mon absence de bourrelets.

— Évitez de bouger, dis-je en enfilant mon sweat par-dessus le dos du professeur. J'arrive, maman !

Je la trouve à la cuisine, adossée au frigo. Elle écarte un instant le téléphone de son oreille pour me dire qu'elle attend du neuf au sujet de mon père, et qu'il faut passer d'urgence à la teinturerie récupérer son tailleur beige : elle vient de faire une tache sur son blazer à cause de ma bouillie de céréales.

— J'y vais, maman, pas de problème.

— Et dépêche : il faut qu'on soit partis dans un quart d'heure. Non, non, maître, je ne quitte pas, enchaîne-t-elle vivement dans son portable.

Je fonce à l'extérieur, traverse la rue, m'engouffre dans la cage d'escalier de l'immeuble neuf qui tombe en ruine. On dira qu'il y avait la queue à la teinturerie. La porte s'ouvre trois secondes après mon coup de sonnette.

— Merci d'être venu ! dit Brenda en me serrant dans ses bras.

Je rentre le ventre – enfin, l'ours – pour cacher mon secret. La gorge contre ses seins, je me rappelle soudain mon rêve de tout à l'heure, quand j'étais une feuille et que je la regardais me peindre.

— Thomas… Il m'arrive une chose incroyable.

Brenda m'écarte de son corps, le regard fébrile. Je la dévisage en affichant un air protecteur.

— Qu'est-ce qui se passe ?

J'ai dû parler fort, pour couvrir la musique sinistre qui s'échappe de la télé.

— Boris Vigor, articule-t-elle dans un effort.

— Oui ? Il t'a contactée ? dis-je avec espoir. Il a pu faire quelque chose pour mon père ?

Au lieu de répondre, elle se tourne vers la télé, où la façade d'un ministère est remplacée par la tête lugubre d'une présentatrice qui récite :

— Les réactions se multiplient, depuis l'annonce officielle du drame, il y a quelques minutes. Le ministre de l'Énergie, Boris Vigor, est décédé cette nuit des suites des blessures reçues lors du championnat de man-ball à Nordville.

Je me tourne vers Brenda, catastrophé. Elle attrape la commande, éteint la télé. Je balbutie :

— C'est pas possible !

— Il y a pire.

Elle se tourne vers son vieux sac-éponge en forme de kangourou.

— Ah non ! gémit l'ours contre mon ventre.

— Je te demande pardon, Thomas, fait Brenda en se laissant tomber dans un fauteuil. Je ne t'ai pas pris au sérieux… Pour moi, un fantôme dans une peluche, c'était juste impossible… Mais ce matin, pendant que je finissais ce tableau…

Elle désigne la toile retournée contre le mur. Puis son doigt revient lentement vers le kangourou.

— Brandon s'est mis à bouger. À parler… Enfin, des sons incompréhensibles, des borborygmes… et puis plus rien.

Je vais examiner l'animal en éponge qui paraît totalement inerte.

— J'ai rêvé, tu crois ? demande-t-elle d'un ton paumé. Dis-moi que c'est une hallucination. Ou alors… Quand tu es venu hier, tu as installé un truc téléguidé comme sur ton ours, pour me faire une blague. Hein, c'est ça ?

Elle a l'air d'y croire encore moins que moi, mais avec un visage tellement suppliant que je réponds d'une moue vague, pour ménager le choc. Elle me tourne le dos, allume une cigarette. Si elle se fait prendre, avec un mineur à proximité, c'est dix ans de prison. Un petit frisson me remonte le moral. C'est bon de sentir qu'elle a confiance en moi.

— Vigor s'est bien infiltré dans le kangourou, confirme Léo Pictone sous mon sweat-shirt. Mais il n'a pas le niveau suffisant pour animer intelligemment la matière. Parvenir à échanger des informations motrices avec des molécules synthétiques, ça demande un degré d'évolution très supérieur au sien. Et un travail incroyable, j'en sais quelque chose.

Je demande, perturbé :

— Mais qu'est-ce qu'il fait ici ? Pourquoi il n'est pas venu chez moi ?

Croyant que je m'adresse à elle, Brenda tourne vers moi un regard tendu.

— Ne me parle pas, répond l'ours. J'essaie d'entrer en connexion avec Boris.

Mes yeux se posent sur la toile contre le mur. Sans demander l'autorisation à Brenda, je la retourne, et mon sang se fige.

— Je n'arrivais pas à dormir, dit-elle sur un ton de justification.

Elle a peint un grand chêne dont les branches, convergeant vers la droite, essaient de retenir une petite fille qui tombe de la cime. D'accord, j'ai compris. La même force

impérieuse qui a conduit l'âme de Pictone à se glisser
dans mon ours, parce que j'étais son meurtrier, a poussé le
ministre à s'introduire dans un kangourou à proximité de
la femme qui peignait la mort de sa fille.

— OK, raisonnons par l'absurde! me lance Brenda,
soudain agressive. S'il n'y a pas de trucage, pourquoi j'aurais entendu la voix de Vigor, ce matin, et pas celle de
Pictone, hier soir?

Je lui donne la réponse. Elle ne connaissait pas Pictone; il n'y avait entre eux aucun lien d'émotion.

— Et toi, c'était quoi ton lien avec Pictone?

— Ne lui dis rien! barrit l'ours.

J'improvise:

— La prof de physique l'a fait venir en cours, un
jour, pour qu'on lui pose des questions. Les autres
se moquaient de lui parce qu'il était tout vieux et tout
gâteux, alors il m'a fait pitié et on a sympathisé.

— Pas très flatteur, mais crédible, commente l'intéressé.

— Résultat, conclut Brenda, il meurt et il te choisit... Mais c'est n'importe quoi, Thomas, réfléchis deux
minutes! crie-t-elle soudain. J'ai perdu tous les gens que
j'aimais, moi! Si ça marchait comme ça, la mort, y aurait
toute ma famille dans ce kangourou, et pas un connard de
ministre à qui j'ai dit trois mots!

Je baisse les yeux. Ça me fait mal de ne pas pouvoir
lui dire la vérité. J'ai honte de trahir sa confiance. C'est
injuste et, si ça se trouve, c'est idiot. Peut-être qu'elle
m'aimerait quand même, si elle apprenait que j'ai tué un
homme. Peut-être même qu'elle m'aimerait davantage.
On ne sait jamais, avec les femmes.

— Ce n'est pas ta cote d'amour qui est en jeu, ron-chonne Pictone, c'est ma sécurité. Si quelqu'un apprend où se trouve mon cadavre et qu'on me dépuce, tout est fini, Thomas, tu le sais.

— Et s'il m'a parlé, poursuit Brenda d'un air buté en désignant son kangourou, pourquoi maintenant il ne dit plus rien ? Pourquoi il ne bouge plus ?

J'écarte les bras pour lui expliquer, fataliste. C'est toute la différence entre un physicien de l'Académie des sciences, même tout vieux, et un champion de man-ball abruti par la vie dorée des ministères. L'un a trouvé aus-sitôt le mode d'emploi de la matière inerte ; l'autre s'est désagrégé dans un milieu inconnu, sous l'action de molé-cules hostiles qui l'ont rejeté comme un corps étranger.

— Et pourquoi ça tomberait sur moi ? proteste-t-elle, véhémente. J'ai pas assez de merdes comme ça dans ma vie ?

Je compatis, lèvres closes. Je ne pense pas que le ministre ait choisi de lui-même ce kangourou pour der-nière demeure. C'est l'émotion de Brenda qui l'a aspiré malgré lui, alors que, logiquement, sa volonté posthume de m'aider pour mon père aurait dû l'orienter vers mon Boris Vigor en latex. Se réincarner dans un jouet à son image, ça doit quand même être plus simple. Question d'ego. D'un autre côté, c'est vrai qu'on lui avait demandé, au cas où il aurait du neuf pour mon père, de contacter plutôt Brenda. L'espoir renaît d'un coup.

— Ne t'emballe pas, Thomas, dit le professeur scotché sous mon sweat. Si Boris est mort dans la nuit et que son âme est en libre circulation, c'est qu'on ne l'a pas encore dépucé. Et ça, franchement, c'est bizarre.

— Pourquoi?

— Sa puce cumule 75 000 yods : il a fêté son record le mois dernier. C'est une énergie colossale que le gouvernement ne peut pas laisser perdre.

— Peut-être qu'ils attendent pour lui faire un Dépuçage national.

— Je n'ai pas d'infos, dit Pictone. Tout ce que je sais, à l'heure actuelle, c'est que l'esprit de Boris est englué dans les molécules de ce kangourou. Et qu'une puce qu'on laisse dans un cerveau mort perd mille yods à l'heure.

— Tu es en téléconférence avec ta peluche? s'informe Brenda en se servant un verre de whisky. Ça marche à distance, maintenant, vous deux?

J'hésite à lui confier que mon interlocuteur est scotché à la place de mes bourrelets. Ça lui ferait trop de miracles pour aujourd'hui. Elle avale une gorgée, ferme les yeux un instant avec une grimace, puis enchaîne :

— Écoute, mon petit Thomas, je t'ai dit que j'étais rationaliste, mais je ne suis pas non plus débile. J'ai vu remuer à jeun ton ours et mon kangourou, et j'ai même cru entendre parler Brandon. OK. J'assume. Il y a une seule explication possible : les pouvoirs inconnus du cerveau. La télékinésie, faire bouger des trucs à distance par la force de la pensée, ça s'est déjà fait en laboratoire. Une histoire d'ondes cérébrales électromagnétiques qui peuvent influencer la matière. C'est avéré, mais non-scientifique, puisque ça ne marche pas à tous les coups…

Je la laisse divaguer : ça lui fait du bien d'aller sur un terrain connu.

— Donc, c'est nous-mêmes qui créons ce phénomène,

à notre insu. Ensuite, notre inconscient nous persuade que c'est un fantôme qui parle. Mais, en fait, c'est nous qui programmons un objet pour nous faire croire que c'est un mort réincarné, dans le but de combler nos manques et d'apaiser nos angoisses. Tu me suis ?

Je n'écoute pas. Je viens de me dire que Pictone, comme Boris Vigor, perd mille yods à l'heure depuis que sa puce se décharge dans son cadavre, et je m'inquiète des conséquences.

— Ne t'en fais pas pour moi, me rassure-t-il en captant ma pensée. Ce qu'on perd, c'est de l'énergie recyclable en machine, pas de l'intelligence ni de la mémoire. J'en suis la preuve vivante, si je puis dire, après quarante heures de mort. Mais tu as raison : il faut qu'on réanime l'âme de ce crétin de Vigor, sans perdre de temps. Qu'on l'aide à délivrer son message, s'il en a un.

Je regarde Brenda vider son verre et retourner s'asseoir sur un pouf, le plus loin possible de son kangourou. Brenda, Brandon… Elle devait se sentir bien seule, quand elle était petite, pour s'inventer ce genre de Prince Charmant. Moi, je n'ai jamais donné de nom à mon ours. Ce n'était qu'un élément de déco. Pour rêver, j'avais mon père.

— Comment ça se déprogramme, un kangourou ? s'interroge Brenda, qui a repris le dessus grâce au whisky. Si je le passais en machine à 30, sur « textiles délicats » ?

Avant même d'entendre la réponse de Pictone, je proteste :

— Surtout pas ! On a besoin de Boris. Mets-le près de sa fille devant le tableau : ça le maintiendra en veille.

Elle se redresse, crispée.

— Thomas, tu as écouté ce que je t'ai dit? Il n'y a pas de Boris Vigor dans ce kangourou! C'est *nous* qui créons ces manifestations!

— Bien sûr: tu as pensé à Boris, tu as peint sa fille, et il est là parce que ton cerveau l'a fait venir. On est bien d'accord.

Elle s'entoure les épaules de ses bras, comme si elle avait soudain froid. Ça ne lui plaît pas trop que je détourne son explication rationnelle. Ou alors c'est ce qu'elle attendait. Les femmes, d'après mon père, quand elles disent non ça veut dire oui.

— Tu fais quelque chose, aujourd'hui, Brenda?

— Plusieurs castings qui ne déboucheront sur rien, oui, pourquoi?

— Écoute, j'ai une idée. De toute façon, on a le même problème de cerveau, toi et moi: on est obligés de le régler ensemble. Tu me fais confiance?

Elle a une moue en coin qui signifie clairement: «Est-ce que j'ai le choix?»

— Là, faut que je file chez mon nutritionniste, mais je vais m'arranger pour revenir très vite. Je t'appelle.

Je m'approche d'elle. Elle est tellement touchante, affalée de travers sur son pouf, les doigts joints entre les genoux, pas maquillée, avec ses yeux de nuit blanche. Je pose les mains sur ses épaules dans un geste de protection masculine.

— Courage, Brenda. Je suis là. Je veux dire: j'existe.

— OK. Je te signale tout de même que si tu existais ailleurs, ma vie serait plus calme.

Je prends ça comme un compliment, et je détale à toute allure.

De retour à la maison, je trouve ma mère en train de se noircir les paupières. Elle m'annonce, d'un ton triomphant, que mon père est tiré d'affaire : elle vient de faire intervenir le ministère du Hasard, en la personne de M. Burle. Son « contact », comme elle dit en détournant les yeux de mon reflet dans la glace. M. Burle lui a confirmé que la garde à vue s'achevait, et qu'il avait obtenu qu'on transfère son mari en cellule de dégrisement au ministère du Bien-Être. Une cure de désintoxication gratuite et obligatoire pour les innocents interpellés en état d'ivresse.

Je sens une tension contre mon ventre. L'ours n'y croit pas vraiment, et moi non plus. Il est urgent d'agir, mais une chose après l'autre.

— Il a failli me faire mourir d'angoisse, dit ma mère en redessinant sa ligne de sourcils. Plus jamais ça, je te préviens ! Je lui mettrai les points sur les i, quand il rentrera.

— Il rentre quand ?

— En principe, ils le désintoxiquent pendant vingt-quatre heures : qu'il en profite ! Ses perversions narcissiques d'autodestructeur, je vais y mettre un terme, moi, une fois pour toutes ! Heureusement, j'ai une bonne nouvelle : mon gagnant de dimanche est sorti du coma. Et mon tailleur ?

J'ai du mal à saisir l'enchaînement.

— La teinturerie ! s'énerve-t-elle. Mon tailleur beige !

J'improvise :

— Il n'est pas prêt.

— Mais je n'ai rien d'autre à me mettre, Thomas ! Je

ne peux pas me présenter devant le Dr Macrosi avec une tache !

— C'est moi son malade, non ?

Elle me dévisage, sidérée. La première fois de ma vie que je la remets à sa place. Faudra qu'elle s'y habitue : c'est un effet secondaire de mes nouveaux pouvoirs.

— Allez, vite, maman ! Je vais être en retard.

Je lui tends les clés de sa voiture. Elle les prend sans rien dire, range son maquillage, attrape son blazer taché et m'emboîte le pas, déstabilisée.

Personnellement, je trouve ça assez super de devenir un homme. Ça ne compense pas l'absence de mon père, mais j'ai l'impression de le venger.

## 28

*Ministère de la Sécurité, 9 h 30*

Dans une cellule ronde au sixième sous-sol, Robert Drimm est attaché debout sur un plateau métallique qui pivote d'un écran à l'autre, au rythme de ses pensées. Un casque à électrodes recueille, par l'intermédiaire de sa puce, les images mentales, les peurs, les fantasmes, les cauchemars que son cerveau lui projette en 3D sur six écrans plasma. Des pinces l'empêchent de fermer les paupières pour échapper au spectacle de ses angoisses. Il crie, mais sa voix cassée n'arrive plus à couvrir les appels lancinants de l'enfant qui répète sur les écrans : « Au secours, papa, ne m'abandonne pas ! »

— Ça s'appelle une séance de Tor-Peur, dit Olivier Nox. La torture par la peur.

Bras croisés, appuyé d'une épaule aux barreaux de la cellule, il commente la scène avec la voix précise et détachée d'un guide touristique.

— C'est une autotorture qui évite les bourreaux, les agressions physiques, les cicatrices… Très propre et parfaitement efficace. Le sujet craque en général au bout d'une heure, et nous dit tout ce que nous voulons apprendre. Sauf quand il ne sait rien, comme ton père. Ça fait quinze heures qu'il marine dans ses angoisses, et son cœur ne tiendra plus longtemps.

Le jeune homme tourne entre ses doigts une longue mèche noire, dilate en souriant son regard vert.

— Tu remarqueras, Thomas Drimm, que ce qui est en train de le tuer… c'est toi.

D'un écran à l'autre, un petit gros court à perdre haleine derrière les barbelés d'un camp. On comprime ses bourrelets dans un étau d'acier. On l'enferme dans une chambre à gaz avec une serviette autour de la taille. On l'affame, attaché sur une chaise, devant un énorme steak qui pourrit à vue d'œil. Maintenu par deux soldats en blouse blanche, il se débat tandis qu'une énorme seringue aspire sa graisse, puis ses yeux, ses dents, son cerveau…

— Dépêche-toi de venir le délivrer, Thomas. Ou les peurs que tu lui inspires auront raison de lui.

## 29

Je me réveille en sursaut. Je suis allongé en slip sur la table d'auscultation du Dr Macrosi, dans une lumière infrarouge baignée d'une musique douce. Mon ours, caché sous mes vêtements entassés sur une chaise, me demande d'une voix inquiète à quoi j'ai rêvé. Il ajoute qu'on attend depuis dix minutes que le nutritionniste vienne m'examiner. J'ai apparemment sombré dans un cauchemar où, dit-il, je criais : « Papa ! »

Je referme les yeux. Des bribes d'images et de sons s'entrechoquent dans ma tête. Je me souviens d'une immense peur. La mienne ou celle de mon père, je ne sais plus…

La porte s'ouvre, et un bronzé dynamique aux cheveux bouclés entre en enfilant des gants de latex.

— Alors, jeune homme, comment va la vie, quel est ton prénom ?

Je me redresse sur un coude.

— Thomas, docteur.

— C'est bien. Mais dis-moi, le traitement anti-graisse que t'a fait suivre ta maman a très bien marché, c'est formidable ! Tu es content ?

Il oriente sur mon visage la lampe articulée, abaisse ma mâchoire, tire ma langue, palpe mon ventre, puis déclare en se perchant d'une fesse sur un tabouret à vis :

— Seulement il n'y a pas de quoi se réjouir, mon garçon. Au contraire. Tu as vu la projection masse musculaire/masse graisseuse qu'a donnée la Prédiglace. Plus vite on perd du poids, et plus vite on en reprend : c'est mathématique. Il te faut donc un suivi médical en internat diététique, dans une ambiance conviviale avec des jeunes de ton âge souffrant du même problème. C'est juste au moment de la puberté qu'on peut vraiment éradiquer la tendance au surpoids : ensuite c'est trop tard.

Il tapote mon ventre plat, baisse mon slip et inspecte mes couilles comme un vigneron vérifie la maturité des grains de raisin.

— Une fois adulte, poursuit-il de sa voix satisfaite en remontant le slip, il ne te reste que les Obèses anonymes. Ces réunions où vous êtes assis en rond autour de vos problèmes : « Bonjour, je m'appelle Thomas, je fais cent trente kilos et j'ai arrêté le sucre depuis six mois. » On t'applaudit, ça te flatte, mais ça ne résout rien. Heureusement que tu as le privilège d'être admis en camp de dénutrition avant l'âge fatidique. Remercie tes parents : c'est un traitement cher, ils devront faire de gros sacrifices, alors il faudra que tu sois à la hauteur. Promis ? Allez, rhabilletoi, conclut-il en retirant un gant, ta maman nous attend pour remplir le dossier.

— Lucy Wahl, Caroline Carter, Frank Sorano, lance la peluche sous mon tas de vêtements. Donne-lui ces noms.

J'obéis, sans me poser de questions. Le Dr Macrosi se

pétrifie, l'index en latex de son gant droit démesurément étiré entre le pouce et le majeur de sa main gauche.

— Trois enfants qui sont morts à cause de lui, précise l'ours. Anorexie et suicide. Je les ai avec moi, en ce moment. Il y a aussi Nancy Lamond, douze ans et demi : elle me dit qu'il l'a convaincue qu'elle était obèse parce que son père lui avait fait des attouchements sexuels. Elle avait tellement honte qu'elle s'est jetée sous un bus. Transmets.

Je transmets. Le gant en extension s'arrache soudain dans un claquement.

— Qui… qui t'a dit ça ? balbutie le Dr Macrosi.

Pictone se tait. De toute manière, j'en sais assez : à moi de jouer.

— Vous voulez que je raconte tout ça à la police, docteur ? Non ? Bon. Alors voilà le programme. Vous allez dire à ma mère que je ne vais plus dans votre camp. Et vous me donnez une ordonnance où vous me confiez au Dr Brenda Logan, qui aura tout le pouvoir sur mon contrôle médical. Voilà. C'est elle qui décidera quand je pars, où et combien de temps. Elle aura le droit de me faire des dispenses de collège, aussi, pour ma santé. Écrivez.

Blême, il sort un carnet de sa blouse, et prend des notes. Sa voix n'a plus rien à voir avec les modulations dynamiques de tout à l'heure.

— Je ne comprends pas… Tu veux que je te donne ce Dr Logan comme coach diététique ?

— Exact.

— Mais… C'est ta mère qui t'a parlé de ces enfants ?

— Ça ne vous regarde pas. Vous lui recommandez le

Dr Logan, c'est tout. Vous lui dites qu'elle est meilleure que vous – en plus on est voisins, ça sera pratique.

Son stylo s'immobilise.

— Logan… Ce n'est tout de même pas cette généraliste que nous avons radiée, au conseil de l'Ordre ?

— Si, si, parce qu'elle refusait de trahir ses clients dépressifs. Déradiez-la.

— Quoi ? Mais enfin tu plaisantes ?

— J'ai l'air ? C'est elle ou c'est vous. Et vous, si je vous dénonce, avec les preuves que j'ai, c'est la prison à vie.

Il me fixe. Son beau visage aux rides de soleil est devenu un masque de trouille et de haine.

— Petit salaud, articule-t-il entre ses dents. Qu'est-ce qui me prouve que tu ne me dénonceras pas quand même ?

— J'en ai rien à foutre de vous, docteur. Ce qui m'intéresse, c'est Brenda. On est OK ?

Il hoche la tête, les lèvres serrées entre ses dents, recommence à écrire dans son carnet. Je suis doué, quand même. Le professeur Pictone me le confirme.

— Utilise son abonnement de taxi, ajoute-t-il. Envoie une voiture chercher Brenda, comme ça il la présentera à ta mère et te confiera à elle tout de suite. Il y a une chose très importante que tu dois faire avec elle, le plus vite possible, par rapport à ton père.

Je donne mes nouveaux ordres au nutritionniste, en prenant mon portable. Avec un soupir entre chaque chiffre, il me dicte son numéro d'abonné. Je commande un taxi à ses frais, puis je l'invite à aller m'attendre dans son bureau pendant que je me rhabille.

Dès qu'il est sorti, j'appelle Brenda pour lui annoncer

la bonne nouvelle. Agitée, elle me répond que le kangourou s'est remis à bouger, devant le tableau de sa fille. Toutes les trente secondes, il prononce «Iris».

— Excellent, conclut Pictone, on a réussi à le maintenir. Maintenant qu'il est stabilisé dans la matière, on a le temps de se consacrer au reste.

— Thomas, je deviens dingue…

— Je suis là, Brenda, dis-je avec une voix virile. Je t'envoie un taxi et je m'occupe de tout. À partir de maintenant, on peut se voir sans se cacher : tu es ma coach officielle.

— C'est ça, la solution du problème ? dit-elle d'un ton sceptique.

— Fais-moi confiance : je contrôle la situation.

J'ai l'air si sûr de moi que je finis par y croire. Le professeur intervient :

— Qu'elle mette Boris au congélateur avant de venir.

— Au congélateur ? Pourquoi ?

— Parce que je n'ai pas confiance. Je t'expliquerai.

## 30

Mon sweat flottant sur mon ventre plat, mon ours caché dans mon blouson roulé en boule, j'entre dans la belle pièce lumineuse où le Dr Macrosi se morfond sur son fauteuil en cuir, les traits creusés, entouré de ses diplômes et des photos dédicacées par les stars qui lui doivent leur ligne.

— C'est bon : allez chercher ma mère.

Son regard assassin se plante dans mes yeux.

— Elle est au courant de tout, n'est-ce pas ? C'est elle qui te manipule !

Poliment, je fais remarquer au nutritionniste qu'au lieu d'affamer les autres, il aurait intérêt à nourrir ses cellules grises. Ma pauvre mère est victime comme lui de mes agissements diaboliques, et s'il lui dit un seul mot sur le chantage auquel je le soumets, il est cuit. Même chose s'il s'avise de recommencer à persécuter des enfants soi-disant pour leur bien. Mes ordres sont clairs : dorénavant, il ne leur prescrira plus que du vrai sucre, de l'amour et des exercices de concentration sur leur ubiquitine. Sinon, je le cafte à la police avec toutes les preuves qu'il faut, et ça lui fera deux mille ans de prison, avec une peine de sûreté d'un siècle.

— Tu connais l'ubiquitine ? s'effraie-t-il, comme si je claironnais sur les toits un secret de magicien.

— La preuve que ça marche, dis-je en montrant mon ventre plat. Mais ça ne coûte rien aux patients, alors vous ne leur en parlez pas, et vous faites du pognon avec vos traitements qui les bousillent.

— J'ai un taux de réussite de quatre-vingt-treize pour cent ! crache-t-il dans un sursaut.

— Les sept pour cent, c'est ceux qui meurent gros. Et les autres, c'est ceux qui meurent d'avoir maigri.

— Mais tu es un monstre ! s'exclame-t-il.

Sous l'horreur que je lui inspire, il y a comme une sorte de respect, et je ne déteste pas. Je me redresse en gonflant les épaules.

— Un vrai monstre, ouais. T'as intérêt à t'en souvenir, charlatan. Allez hop, ma mère !

D'un coup d'ongle sur son interphone, il commande à sa secrétaire, sans me quitter des yeux :

— Mme Drimm !

Vingt secondes après, la chef de la psychologie du casino de Ludiland entre par la porte qui donne sur la salle d'attente, tout aimable et anxieuse. Son sourire se fige devant ma silhouette. Je soulève mon sweat, pour lui confirmer qu'elle n'hallucine pas.

— Mais docteur, bredouille-t-elle, c'est un miracle…

— Il est très fort, oui, dis-je sans fausse modestie, tandis que l'autre bronzé se liquéfie derrière sa table en verre. Et en plus, comme c'est un nouveau traitement, c'est gratuit. Mais il faut que je sois sous contrôle individuel, parce que je risque de reprendre du poids deux fois plus vite. Il va t'expliquer.

Muette de surprise, ma mère obéit au geste brutal du médecin qui l'invite à s'asseoir. Et il lui expose la situation, dans une tension extrême. Il est parfait : il n'oublie rien, il est crédible et persuasif. J'adore. Un ours maître chanteur, c'est quand même la chose la plus pratique du monde.

Au fait, le professeur Pictone est bien silencieux, depuis tout à l'heure. Je me répète ce qu'il m'a dit ce matin : « Tu commences à évoluer, Thomas. Ta pensée est de plus en plus claire… Bientôt, tu n'auras plus besoin de moi. » L'écho de ces paroles m'emplit d'une fierté qui se transforme en nostalgie. Ça ne va pas très bien, brusquement. Quand je vois ce que je suis en train de faire, je ne me reconnais plus. J'ai mûri aussi vite que j'ai fondu : moralement, j'ai du mal à suivre. Tout à coup j'aimerais tellement être encore un enfant. Au temps où je n'avais pas à prendre les choses en main, où mon rôle était juste d'écouter mon père me raconter ses histoires de civilisations disparues… Les guerres de religion, les débats politiques, les conflits sociaux, les Droits de l'homme… Tous ces contes de fées qui se passaient si mal, mais qui mettaient de l'espoir, de la violence et du rêve à la place du calme plat qui nous fait vivre en paix comme des bûches.

Je me ressaisis. Tandis que le Dr Macrosi remplit mon ordonnance en recopiant les consignes que je lui ai données, j'observe les réactions de ma mère. Tout va trop vite pour elle aussi. Son mari en prison, son fils qui retrouve en moins d'une heure un poids normal : elle n'a plus de victimes sous la main, plus de torts à redresser pour oublier ses propres malheurs. Son visage passe sans arrêt du sourire incrédule à l'angoisse raisonnée. Le miracle, ce n'est pas plus simple à gérer que les drames. Je lui prends la main, avec un bon sourire. Je suis soutien de famille, à présent. La chaleur de mon regard fait briller une larme dans son œil gauche.

— Autre chose ? me glisse froidement le nutritionniste en pliant sa prescription dans une enveloppe.

Je fais oui de la tête, avec une lenteur sadique. Tant pis pour les patients qui s'entassent dans la salle d'attente : j'ai décidé de prolonger ma consultation jusqu'à l'arrivée de Brenda. Sans faire cas des raclements de gorge de ma mère, je me fais délivrer une deuxième ordonnance avec les aliments que je désire manger, puis un certificat donnant au Dr Brenda Logan l'autorisation médicale de m'emmener où elle veut pour raison de santé, avec la permission d'utiliser gratuitement, quand on voudra, l'abonnement de taxi au nom de Macrosi.

— Quoi d'autre ? fait-il sur un ton mécanique.

Ma mère n'en revient pas de son dévouement envers ses patients. Avec un air de groupie aux abois, elle le qualifie de bienfaiteur de l'humanité. Je confirme, en narguant du haut de ma reconnaissance le maigrisseur de la jet-set. Au point de servilité où je l'ai réduit, je pourrais lui demander sa maison et son avion privé, il me les délivrerait sur ordonnance.

— En plus, dis-je à ma mère, il t'offre une consultation gratuite et un traitement d'Oméga 5 anti-âge.

Je montre la publicité encadrée sur le mur.

— Mais… mais pourquoi ? se défend-elle.

— Il fait toujours ça pour les nouveaux clients.

Le nutritionniste se relève, les mâchoires serrées, et désigne la porte latérale à ma mère. Elle s'empresse de passer dans la salle d'examen en le remerciant. Macrosi me fusille du regard avant de refermer le battant dans son dos.

— Je me débrouille pas mal, hein ? dis-je à l'ours qui est resté immobile dans mon blouson roulé sur mes genoux, comme une saucisse dans un hot-dog.

— Ravi que tu sois content de toi, marmonne-t-il. Moi je réfléchis, pendant que tu arnaques. La mort accidentelle de Boris, je n'y crois pas. On l'a tué parce qu'il voulait nous aider.

— Hein ? Mais qui ça ?

— Ceux qui ont arrêté ton père. Ceux qui veulent récupérer ma puce pour me mettre hors d'état de nuire.

— Nox-Noctis ?

Il sort brusquement la tête du blouson.

— Tu lis dans mes pensées, maintenant ?

— Non, c'est vous qui en avez parlé hier.

— Écoute, j'ai peur d'une chose, c'est qu'ils utilisent contre nous l'âme de Boris. C'est pour ça qu'ils ne l'ont pas dépucé. L'avantage…

Il s'interrompt, la truffe aux aguets.

— L'avantage ?

— C'est qu'il va nous mener jusqu'à eux, en échange de sa fille.

— Vous êtes sûr ?

— Je suis sûr d'une seule chose, c'est que le temps presse. Il nous reste vingt-quatre heures pour sauver ton père et détruire le Bouclier d'antimatière.

— Pourquoi vingt-quatre heures ?

— La météo.

Je lui demande d'être plus clair.

— Tu n'as pas entendu la météo, dans la voiture de ta mère ? La tempête sera finie, demain, et les recherches au large de Ludiland reprendront. On retrouvera mon corps, on le dépucera… Je serai définitivement mort et tu seras seul.

Le cœur serré, je pose une main sur la tête de l'ours, et le caresse malgré moi.

— C'est bon, murmure-t-il d'une voix soudain paisible.

Mes doigts s'immobilisent. C'est la première fois que je le sens se détendre.

— Je m'y suis habitué, à cette cochonnerie de peluche, dit-il tout bas. Il ne faut pas… Je n'ai pas envie de mourir davantage, Thomas. Pas envie de quitter ce corps d'accueil… Et pourtant, je dois bien suivre la loi de l'évolution…

Je reprends ma caresse. Il repousse ma main d'une patte agacée, se redresse.

— Ce n'est pas le moment de se laisser aller ! Dès que Brenda arrive, tu l'emmènes à la banque !

— Où ça ?

— Digibanque d'investissement des États-Uniques, place Léonard-Pictone. Oui, je sais, ne te moque pas : c'est ma femme qui a choisi cette agence à l'autre bout de la ville. Crier mon nom sous forme de destination à un chauffeur de taxi, c'est le dernier plaisir qui lui reste.

Il ajoute d'une voix déterminée :

— Dans mon coffre, vous trouverez ce qu'il faut pour libérer ton père et résoudre nos problèmes.

Un mélange épuisant d'espoir et de méfiance s'empare de moi à nouveau. J'essaie d'en savoir plus, mais il répond qu'il cesse la communication : il a besoin de s'économiser, dit-il, de refaire son plein d'énergie pour ce qui nous attend.

Je le remmaillote dans mon blouson. Je reste quelques minutes à réfléchir dans le silence à tous ces rebondissements. Puis Macrosi et ma mère reviennent de la salle d'examen. Elle paraît assombrie, et il semble avoir repris du poil de la bête. La crainte qu'il lui ait raconté mon chantage me noue soudain l'estomac. Mais non, il se contente de me dire, sur un ton d'inquiétude, que ma mère se fait beaucoup de souci pour moi à cause de ma conduite incohérente : son métabolisme en est gravement perturbé, et pour elle le meilleur des traitements anti-âge serait que je me comporte en préadulte.

Je soutiens son regard en acquiesçant d'un air de défi. S'il croit que la culpabilité va me rendre inoffensif, il s'illusionne grave.

La porte de la salle d'attente se rouvre et Brenda fait son entrée. Je me lève, impressionné. Elle est venue en tailleur-jupe très classe, avec un maquillage sérieux, des boucles d'oreilles et les cheveux tordus en chignon de mère de famille. Il n'y a que les baskets qui clochent. Mais c'est vrai qu'elle est top model au détail : quand ses pieds tournent dans un spot de pub, elle oublie le reste du corps. Et inversement.

— Je suis le Dr Logan, enchantée.

Elle serre la main de ma mère, puis celle du nutritionniste, puis la mienne, avec un sourire à la fois glam et très pro.

— Alors c'est toi, mon nouveau patient ? poursuit-elle, les yeux légèrement vitreux. Je suis ton coach personnel, tu peux m'appeler Brenda.

— Moi, c'est Thomas. Bonjour, Brenda. Je suis très honoré.

On est parfaits, dans notre numéro de Jteups. Je surveille quand même la réaction maternelle. Visiblement, elle n'a pas reconnu la voisine d'en face. Elle déteste tellement la banlieue de pauvres où on est obligés de vivre qu'elle fait l'impasse sur tout, le décor comme les gens.

— On se fait la bise ? me propose Brenda.

J'accepte. Elle en profite pour me glisser à l'oreille :

— Superbe, ta liposuccion. Mais je te préférais moins beau.

Elle se détache, demande pardon pour le rouge à lèvres qu'elle m'a mis, et le tartine sur mes joues pour me donner bonne mine. Je la laisse faire, partagé entre l'exaltation et le dépit. C'est fou le pouvoir d'une phrase. « Je te préférais moins beau. » Soyons positif, allez : ça veut dire que non seulement elle me trouve beau, mais qu'elle m'aimait déjà avant.

— Vous avez un bon contact avec les adolescents, constate ma mère, amère. D'habitude, il est très sauvage.

— Je l'emmène faire du shopping, répond Brenda comme je le lui ai demandé au téléphone. C'est un bon moyen de faire connaissance. Et puis son nouveau rapport au corps est très important sur le plan du choix vestimentaire, dans l'objectif de sa stabilisation pondérale.

Le nutritionniste hausse un sourcil devant ce discours. Je lui rappelle d'un coup d'œil froid qu'il a intérêt à s'écraser. Il s'écrase.

— Mais… et le collège ? s'inquiète ma mère.

— Je gère, rassure Brenda. Quand il saura se nourrir, il pourra assimiler. En attendant, ce n'est pas la peine qu'on le gave.

Ma mère hoche la tête, soulagée du poids de décider à l'aveuglette ce qui est bon pour moi. Comme ça, elle peut se consacrer au reste. Aux choses importantes.

— Je suis à mon bureau au casino, s'il y a quoi que ce soit, dit-elle en donnant sa carte de visite à ma coach. Thomas, je t'appellerai quand ton père sera de retour. Sois sage. Et ne dépense pas trop.

— Ne t'inquiète pas, maman, c'est pris en charge, dis-je en désignant le Dr Macrosi.

Le nutritionniste nous souhaite bonne journée, en ouvrant sa porte avec une puissance disproportionnée.

Pendant que la secrétaire fait remplir à ma mère le formulaire de non-remboursement pour soins gratuits, je dévale l'escalier de marbre avec Brenda. Un peu troublé par son attitude décalée, l'aisance paisible avec laquelle elle s'est coulée dans le rôle que je lui fais jouer, je demande si tout va bien.

— Impeccable.

— Et le kangourou ?

— Super.

En fait, elle a dû finir la bouteille de whisky. À la différence de mon père, l'alcool a l'air de lui rendre les réalités moins graves. Un sublime taxi Tournesol 2-litres nous attend dans la rue.

— Je suis comment, déguisée en Toug ? enchaîne-t-elle d'un ton léger en refermant sa portière.

— Attends, on va demander à un Trèm.

Autant m'aligner sur son humeur. Je dégage le professeur saucissonné dans mon blouson roulé en boule, lui précise qu'il y a quatre types d'hommes : les Tout-Gris, les Trop-Cons, les Très-Mariés et les J'te-prends-pour-une-conne.

— Comment vous trouvez Brenda, Léo ?

Il ne répond pas. Je le secoue, étonné, le pince, tire sur ses lèvres décousues qui restent inertes et molles.

— Que se passe-t-il ? demande Brenda en battant des cils, d'une voix mondaine assortie à son tailleur. Problème de batterie ? Il s'est déchargé ?

Je ne réponds pas, mon ours vide entre les mains. Je suis en train de me dire, effondré, qu'ils ont découvert plus tôt que prévu le cadavre de Léo Pictone, et qu'ils viennent de capturer son âme en recyclant sa puce.

## 31

— Où allons-nous? demande le chauffeur de taxi.

Lentement, je repose sur mes genoux ce qui n'est plus qu'une peluche ordinaire. Le chauffeur demande à nouveau, avec une amabilité à pourboire, quelle est notre destination. Je réponds, la voix nouée :

— Place Léonard-Pictone.

La Tournesol 2-litres démarre dans un nuage de silence.

— Il avait déjà une place à son nom, avant d'être mort? La classe, apprécie Brenda. Pourquoi tu m'emmènes là-bas?

— C'est lui qui a dit…

— Ah bon? J'ai pas vu. Il parle sans bouger les lèvres, maintenant?

C'est fou comme les femmes s'habituent vite à une situation exceptionnelle. Ce qui étonne Brenda, à présent, c'est qu'une peluche puisse prononcer une phrase avec la bouche immobile. Cela dit, c'est sans doute moins une question de féminité que de whisky. Avec ménagement, je lui chuchote à l'oreille que Pictone ne répond plus.

— C'est une bonne ou une mauvaise nouvelle?

— Il voulait nous emmener à sa banque, pour nous ouvrir son coffre.

— Et merde, laisse-t-elle échapper. Donne.

Elle me prend l'ours des mains, et entreprend de lui faire la respiration artificielle.

— Allez… Bouge! Reviens! C'est pas sympa…

Dans son rétro, le chauffeur lui jette un regard solidaire.

— Ça tombe souvent en panne, les nounours, dit-il sur un ton concerné. Trop d'électronique, ça tue l'électronique. Enfin, c'est déjà une chance d'avoir un enfant. Ma femme et moi, on est restés seuls avec les jouets qu'on avait achetés d'avance.

Brenda ne fait pas de commentaires. Elle a l'air coincée qu'on me prenne pour son fils. Moi aussi, de mon côté, j'aimerais mieux passer pour son petit copain. Mais j'ai d'autres soucis en tête, là. Si les flics ont retrouvé le corps de Pictone, ils vont faire le lien avec ma mère qui travaille au casino d'à côté. Tout le mal que je me suis donné pour qu'on pense à un suicide, ça va se retourner contre moi. J'ai appelé le Service des personnes disparues au sujet du professeur, et ensuite j'ai dit à la police que je m'étais trompé en croyant l'avoir reconnu. On va découvrir qu'il a été tué par un cerf-volant, juste le jour où j'ai déclaré que j'avais perdu le mien : ça sent vraiment le roussi.

Je sursaute. L'ours vient de froncer la mousse de son front. Je croise le regard de Brenda. Elle a vu, elle aussi. Elle serre mes doigts avec force. Apparemment, elle est aussi rassurée que moi.

— Il se foutait de nous? me glisse-t-elle à mi-voix.

— Non, il se rechargeait.

Après avoir tourné un moment dans un quartier d'immeubles murés qui attendent leur permis de démolition, le taxi s'arrête sur une petite place moche. Des tentes de SDF entourent la statue de Pictone où sèche du linge.

— Vous pouvez nous attendre? dis-je au chauffeur.

Je descends ouvrir la porte de Brenda qui s'est endormie. Elle sort du taxi en regardant le paysage d'un air perplexe. Puis elle se rappelle le but du voyage, et son visage s'éclaire tandis que je lui prends la main pour traverser.

Coincée entre un charcutier bio et une agence immobilière, la Digibanque d'investissement des États-Uniques est un petit cube de béton entièrement automatisé. Depuis la dernière crise bancaire, le gouvernement a supprimé les banquiers pour que ça aille mieux, et chacun gère ses comptes à domicile. Normalement, on ne peut entrer dans les salles des coffres que si on est client et qu'on présente sa puce devant le scanner. Mais, en cas de panne, il y a un boîtier à l'ancienne où l'on peut taper son code de secours.

— Y 213 B 12 24, dit l'ours.

La porte coulissante s'ouvre en nous disant bonjour monsieur Pictone. Il nous pilote jusqu'à la chambre forte, où un autre code ouvre le sas blindé. On se retrouve dans une grande salle en acier parfumée aux fruits de la passion. Le coffre 1432 est un peu haut pour moi: c'est Brenda qui manœuvre la molette des chiffres que je lui donne sous la dictée du professeur. Le battant s'entrebâille dans un clic. Sur l'étagère, il y a un Monnayor pour transférer ses placements sur le compte courant de sa puce, des dossiers dans un sac d'hypermarché en bioplastique, et un écrin de cuir rouge que Brenda ouvre immédiatement.

— Wah ! s'exclame-t-elle en découvrant le contenu.

— Les quatre-vingts ans de ma femme, soupire l'ours. C'est dans un mois. Je voulais que ce soit une vraie surprise, alors je lui ai fait monter en cachette huit diamants sur ce bracelet de famille. Ça m'a coûté mon assurance vie, mais je pensais que ça lui ferait tellement plaisir. Évidemment, à présent que je suis mort…

Il écarte les pattes, désabusé.

— J'ai toujours cru qu'elle partirait avant moi, avec tous les cancers qu'elle a eus… Alors je voulais lui organiser une fête inoubliable, pour garder d'elle au moins un beau souvenir. La grande fête que je n'avais jamais eu le temps de nous offrir, tellement j'ai travaillé dans ma vie…

Il observe une minute de silence à sa propre mémoire, puis enchaîne :

— Le Monnayor, c'est ce que j'avais mis de côté pour construire mon canon à protons. Dis au Dr Logan de se virer le montant.

— Tout ?

— Tout.

Je donne à Brenda la bonne nouvelle. Sans un merci, comme s'il s'agissait d'un dédommagement normal, elle ventouse l'électrode sur son crâne, au niveau de sa puce, et met le Monnayor sous tension pour effectuer le transfert de fonds. Je demande au professeur, avec un brin de méfiance, s'il veut qu'on s'en serve pour faire libérer mon père. Parce que la corruption, c'est assez dangereux : souvent les corrompus encaissent le pot-de-vin et ne font rien.

Les chiffres défilent sur l'écran digital, puis s'immobilisent dans un bip.

— Huit cents ludors! s'exclame Brenda, éblouie.

— C'est impossible! sursaute l'ours. Il y en avait quatre mille!

— J'étais à moins trois mille deux, explique-t-elle. Première fois depuis trois ans que je ne suis plus dans le rouge! Merci, Léo.

Elle lui pose une bise sur la truffe. Sans faire de commentaires, il se tourne vers moi, et m'invite d'un ton sec à consulter les dossiers qui sont restés dans le coffre. Je vide le sac d'hypermarché sur l'une des petites tables en acier disposées dans la salle. On s'assied autour, et je propose à Brenda de feuilleter à ma place les pages de calculs et de conclusions scientifiques. Vu mon niveau, il vaut mieux qu'elle se mette au courant toute seule.

— C'est effrayant, murmure-t-elle au bout d'un moment.

— Ça parle de quoi?

Elle relève les yeux, me prend les mains d'un air égaré.

— Qu'est-ce qu'il attend de toi exactement, Thomas?

L'ours demeure silencieux, assis sur la table entre nous. Je réponds pour lui, de mémoire:

— Il veut qu'on aille demain dans un congrès, à Sudville, pour convaincre ses collègues de fabriquer un canon à protons. C'est un machin pour détruire le Bouclier d'antimatière.

— Mais, attends, s'ils le détruisent…

Brenda s'interrompt, angoissée, reprend la lecture du rapport scientifique. Les minutes passent dans le bourdonnement léger de l'air conditionné. Avec un claquement de langue, elle referme brusquement le dossier, et se lève pour faire les cent pas.

— C'est dément, Thomas ! Jusqu'à ce matin, je croyais que l'au-delà n'existait pas, et maintenant il faudrait que je t'aide à sauver les morts ?

Je précise :

— Surtout les enfants… Comme la fille de Vigor.

— Attends, je récapitule. Ce que je viens de lire, là, sous forme de mécanique quantique et de physique ondulatoire, tu sais ce que ça prétend prouver ? En plus de notre puce recyclée en énergie quand on meurt, on aurait tous une âme, une sorte de satellite de nous-mêmes, avec nos souvenirs et nos émotions, qui se retrouverait bloqué sur Terre par le Bouclier d'antimatière.

— C'est ce qu'il m'a dit, oui, en gros.

— Lequel Bouclier ne servirait pas à nous protéger des missiles tirés par des nations ennemies qui n'existent plus, mais à empêcher l'exode des morts vers le Paradis.

— Voilà.

— Parce que, d'après ton Pictone, ce qui alimente le pays en énergie renouvelable, ça n'est pas ce qu'on nous raconte. Ça ne serait pas la puissance que toute une vie de travail mental et de gains au jeu a donnée à notre puce : ça serait la souffrance, la force de colère, la vibration de refus qui émanent des âmes emprisonnées dans le monde matériel.

— Ça, il ne m'a pas tout expliqué, mais faut dire que j'ai pas non plus un niveau terrible…

— La souffrance humaine comme source d'énergie… Attends, mais c'est monstrueux ! Et là, scientifiquement, sur la mesure et la conversion des ondes psychiques, si je me réfère à mes cours de fac, je n'ai rien à dire. Ça tient debout, ce que j'ai lu, Thomas! C'est monstrueux, mais ça tient debout!

— Donc, il a raison?

— Je n'ai pas dit ça! On peut très bien calculer juste et penser faux. Raisonner bien et agir mal. Je vois une seule chose, moi, là, par rapport à toi. De son vivant, Pictone avait décidé de détruire sa propre invention, pour libérer les âmes prisonnières des machines qui recyclent nos puces. Et maintenant, il veut que tu prennes la relève. Que tu sabotes à sa place le Bouclier d'antimatière, au péril de ta vie.

— C'est ça.

— Et pourquoi tu ferais ça pour lui? lance-t-elle dans un sursaut. C'est même pas quelqu'un de ta famille!

Une immense détresse me plombe de l'intérieur.

— C'est bon, vas-y, soupire l'ours. Dis-lui.

Le cœur au bord des lèvres, j'avoue tout à Brenda. Mon cerf-volant, ma rencontre sur la plage avec Léo Pictone, le coup de vent, mon crime involontaire et mes efforts pour le dissimuler en suicide. Elle me considère avec un mélange de stupeur, de consternation et de respect. Je m'attendais à ce qu'elle m'engueule ou qu'elle me plaigne, mais c'est bien autre chose. On dirait qu'elle s'identifie à moi. Dans l'enchaînement de mes actes comme dans leurs conséquences.

— Il te fait le coup du chantage affectif, c'est ça? Il te laisse le choix entre le remords et la soumission. Ils sont vraiment dégueulasses, les mecs…

— C'est pas pour le défendre, mais il n'a plus que moi.

Elle s'insurge, l'air vraiment indignée :

— Mais tu es un enfant, Thomas !

Je me redresse, la moue virile et le menton en avant :

— Non, je suis un ado ! Je suis assez grand pour décider ce que je veux faire ou pas !

Je marque un temps, en voyant qu'elle me toise avec une méfiance nouvelle. Apparemment, vu ce que les hommes lui ont fait subir avant moi, je n'ai pas intérêt à trop jouer les machos. J'ajoute d'une voix plus douce :

— Mais je peux rien faire sans toi, Brenda.

Elle tourne vers l'ours un regard où brille soudain une lueur différente.

— Et pourquoi tu ne l'échangerais pas ?

— Pardon ?

— La police te soupçonne, Thomas. Ils ont arrêté ton père pour le faire parler, ou pour avoir un moyen de pression sur toi. C'est clair. Ça veut dire qu'ils savent ce que mijote ton petit copain. Ils savent qu'il est mort et que tu le planques dans ton ours. Qu'est-ce qui est le plus important, à tes yeux ? Devenir un terroriste pour accomplir les dernières volontés d'une peluche, ou faire libérer ton papa ? Ils veulent Pictone : donne-le-leur.

L'ours bondit soudain de la table, et entreprend de courir vers la porte sur ses pattes malhabiles. Brenda se baisse, l'attrape par le collet. Il mouline, impuissant, à un mètre du sol.

— Dis-lui de me lâcher, Thomas !

— Ça marchera pas, Brenda ! J'ai bien vu, quand j'ai voulu aller le rendre à sa veuve ! Il se tait, il ne bouge plus, il fait semblant d'être une peluche normale : personne me croira !

Pictone tourne la tête vers moi et déclare, brusquement calmé, sur un ton de froideur digne :

— C'est une question d'enjeu, gamin ! Ne t'inquiète pas : s'il s'agit de sauver ton père, je parlerai sous la torture.

Je le dévisage, abasourdi. Il a cessé de gigoter, entre les doigts de Brenda. Sentant un revirement, elle le repose sur la table.

— Ta voisine a raison, Thomas : il faut que je me sacrifie, c'est la seule solution.

Je proteste, par politesse. Il repousse mon objection d'un coup de patte, enchaîne :

— On va passer un accord. Si vous partez demain au congrès de Sudville transmettre mes travaux à mes collègues et les convaincre de détruire le Bouclier, j'accepte de me constituer prisonnier en échange de ton père.

Bouleversé, j'interroge Brenda du regard.

— Qu'est-ce qu'il a dit ?

Je lui rapporte la proposition de Léo. Une grande perplexité s'installe sur son visage.

— Et tu crois que tu peux lui faire confiance ?

Je rassemble mes souvenirs et mes émotions ; tout le bilan des deux jours passés avec mon ours hanté. Je réponds oui, gravement. Brenda objecte :

— Mais ça changera quoi, si on détruit son Bouclier ? Tu crois que ça foutra par terre cette société de merde ? Tu crois que ça suffira pour renverser le gouvernement, faire la révolution et revenir trente ans en arrière, au temps où on vivait sans puces dans un monde libre ? C'est la vie qu'il faudrait changer, Thomas, pas la mort !

— C'est déjà un début…

Elle secoue la tête en passant la main dans mes cheveux. Elle dit, avec beaucoup plus de douceur :

— J'ai rien à perdre, moi, personnellement. Mais toi, c'est ton avenir que tu joues.

Dans un cri du cœur, je réponds :

— J'en avais pas, avant de te connaître. Là, toi plus moi, on peut devenir les plus forts du monde.

Elle me fixe, à la fois touchée et pas dupe. Les illusions, visiblement, c'est pas son truc.

— Allons-y, soupire-t-elle. Au moins, on aura essayé quelque chose.

Elle me lance l'ours. Je le range dans le sac d'hypermarché au milieu de ses dossiers. Elle remet le Monnayor vide sur l'étagère métallique, hésite devant le bracelet de diamants. Avec un haussement d'épaules, elle fourre l'écrin dans notre butin, referme le battant, et on quitte la salle des coffres.

## 32

En sortant de la banque, on découvre que le taxi n'est plus là. Brenda le désigne, à trois cents mètres, en double file au coin de la rue. La police a dû le faire circuler, pour raison de sécurité. Pendant qu'on marche vers le carrefour, je réfléchis à la proposition de l'ours. Bien sûr, l'idée de l'échanger contre mon père est tentante. Mais, s'il faut vraiment détruire le Bouclier d'antimatière pour sauver le monde, comment vais-je convaincre ses collègues scientifiques, s'il n'est plus là pour me souffler ?

Je suis brusquement propulsé en avant, tandis que Brenda pousse un cri. Je roule sur le trottoir, me relève aussitôt. Deux types détalent devant moi ; le plus grand tient le sac d'hypermarché. Brenda se lance à leur poursuite. Une douleur dans le pied stoppe mon élan. J'ai dû me fouler la cheville. Atterré, je regarde Brenda courser les voleurs, avec une vitesse hallucinante. Au coin du boulevard, elle en chope un, le tire violemment par l'épaule. L'homme s'écroule dans le caniveau, lâchant le sac. Son complice se jette sur Brenda par-derrière, la ceinture et, de son autre main, tente de lui briser le cou.

Éjecté par la chute du sac, Pictone se faufile à quatre pattes entre leurs jambes. Je boite vers eux aussi vite que je peux. Au moment où je les rejoins, il s'escrime à dénouer avec ses gros doigts les lacets de l'agresseur. Le deuxième type se relève, sort un couteau à cran d'arrêt.

Affolé, j'appelle au secours le flic d'en face. Il me fait non de la tête, en désignant le galon jaune sur son uniforme : il n'a le droit de s'occuper que de la circulation. Face à la lame pointée vers son ventre, Brenda s'arc-boute et recule, entraînant l'homme qui l'étrangle par-derrière. Il marche sur ses lacets, perd l'équilibre, se rattrape en resserrant son étreinte. Elle en profite pour se retourner brusquement, juste au moment où l'autre avançait le bras. La lame entre dans le dos de son complice. Une exclamation de surprise jaillit de ses lèvres, puis un flot de sang. Il lâche prise, glisse sur le sol. L'autre s'enfuit sans demander son reste.

— Font chier ! marmonne Brenda en ramassant l'ours qu'elle remet sans douceur dans le sac, et elle m'entraîne vivement jusqu'au taxi.

Je me retourne vers le flic qui parle dans son portable. Il doit sans doute appeler le Service du dépuçage. Ça, il a le droit, vu que le cadavre gêne la circulation des piétons. Enfin, manière de parler : le trottoir est désert. Les rares passants ont rebroussé chemin dès qu'ils ont vu l'agression, pour ne pas être témoins. Si on vit dans un monde sécurisé, c'est aussi que personne n'ose plus porter plainte – du coup, ça fait baisser les chiffres de la délinquance, alors qu'elle n'arrête pas d'augmenter.

— Ça va ? me demande Brenda à l'arrière du taxi, en me voyant masser ma cheville.

Je hoche la tête. Je sens la douleur diminuer sous mes doigts.

— Et toi ?

— J'ai eu pire.

Le chauffeur replie son journal, ôte ses oreillettes d'où s'échappe un vieux technorap. Il nous demande où nous allons à présent. Brenda donne son adresse, ajoute en me fixant du coin de l'œil :

— Je ne sais pas si tu es courageux ou insensible, mais tu tiens bien le coup.

J'ai envie de lui répondre dans le genre viril qu'il n'y a que le premier mort qui coûte, mais elle enchaîne :

— Ils voulaient le bracelet ou l'ours ?

Sa question me fait frémir. Le cœur battant, je lui demande si, à son avis, c'étaient des types de la police secrète. Pictone répond le premier :

— Je n'ai pas eu le temps de me concentrer sur eux – juste sur leurs lacets. Ça pouvait être aussi bien de simples braqueurs qui guettaient notre sortie de la banque. Mais, dans le doute, si tu veux m'échanger contre ton père, on a intérêt à me livrer très vite.

— J'ai un feeling bizarre, dit Brenda.

Moi aussi. De plus en plus, j'ai l'impression que Pictone essaie de me doubler – en tout cas il a une idée derrière la tête. Cette obsession d'aller se jeter dans la gueule du loup, je me demande si c'est vraiment de l'altruisme par rapport à mon père.

— Évidemment ! se défend-il.

J'ai oublié qu'il captait mes pensées. Il précise que si j'ai une meilleure solution pour sortir mon père de prison, il est preneur.

— J'en ai une.

— Une quoi ? demande Brenda.

Je ne réponds pas. L'ours se tait lui aussi, pour examiner l'idée dans ma tête.

— Ça peut marcher, admet-il.

On est montés chez Brenda, on a sorti son kangourou du congélateur et on l'a réchauffé au micro-ondes. Puis j'ai procédé à l'interrogatoire. Rien. Ou Boris Vigor refusait de parler, ou il en était incapable. C'était peut-être le choc thermique.

— Au contraire, a dit Pictone. Dans un micro-ondes, les cellules changent de polarité cent milliards de fois par seconde : ç'aurait dû aider Boris à booster les échanges entre les photons de sa conscience et les molécules du kangourou. Non, le problème est ailleurs.

Pendant que Brenda utilisait le micro-ondes pour se faire un café, il a récapitulé la situation :

— Après sa mort, cet abruti s'est retrouvé attiré ici malgré lui, parce que ta voisine peignait sa fille. D'accord ? Et du coup il a voulu se matérialiser dans un animal synthétique – comme moi. De son vivant, déjà, tout ce qu'il savait faire, c'était me piquer mes idées. Mais le résultat est pathétique : il n'arrive à bredouiller qu'un seul mot et il est incapable du moindre mouvement. Il lui faut donc une réincarnation plus en rapport avec lui.

Je demande brusquement :

— Mais vous, quel rapport vous aviez avec mon ours ? Pourquoi ça a marché aussi bien, entre vous ?

— Parce qu'il était vide. C'était un vieux jouet, un

nid à poussière. Tu n'éprouvais plus rien pour lui : il était libre. Le kangourou, lui, est encore hanté par tout l'amour, la frustration, la solitude de Brenda. Son rêve de petite fille, ce Prince Charmant projeté dans un fourre-tout en éponge... C'est un objet trop chargé, affectivement, incompatible avec les vibrations négatives de Vigor. Transfère-le.

— Où ça ?

— Dans son effigie. Le Boris Vigor miniature qui est dans ta chambre. Cette horreur en latex avec qui personne n'a jamais créé de lien. Ça l'aidera à faire ses connexions, à somatiser dans son apparence physique.

— Et comment je fais, pour le transférer ?

— Je t'expliquerai.

J'ai proposé à Brenda de venir chez moi. Elle a dit non. Elle n'allait pas très bien. Peut-être le fait qu'on s'acharne sur le kangourou de son enfance, du congélateur au micro-ondes... Elle a grommelé :

— Même pas midi, et je suis déjà cuite. Je vieillis, moi.

Elle a avalé une poignée de cachets, puis m'a regardé de travers.

— Il faut que j'arrête de me prendre la tête avec tes histoires, Thomas. Si ça se trouve, tu as tout inventé. Moi je t'écoute, je te crois et du coup j'hallucine. J'en ai marre qu'on se foute de moi !

J'ai poussé un soupir. C'était fatigant de toujours revenir en arrière, avec elle. Les effets dopants du whisky étaient retombés, et son mauvais côté refaisait surface. C'était peut-être le contrecoup de la bagarre, aussi. Sa violence naturelle et précise, face aux braqueurs, m'avait fait froid dans le dos. L'agression avait dû réveiller dans son passé des trucs bien glauques, qui à présent lui bouchaient la vue.

D'un ton compréhensif, avec une déception marquée mais sans rancune, j'ai dit :

— Excuse-moi, Brenda. Je vais me débrouiller tout seul. Tu me prêtes le kangourou ? Je te le vide, et je reviens te le déposer sur le paillasson. Bonne journée.

Elle m'a regardé ranger Vigor et Pictone au milieu des paperasses, dans le sac d'hypermarché. Ses yeux sont tombés sur l'écrin du bracelet de diamants. J'ai croisé son regard. L'air de rien, j'ai sorti l'écrin et je l'ai posé sur l'évier en disant :

— Pour le dérangement.

Et j'ai quitté l'appartement en tirant la porte derrière moi.

## 33

J'étais en train de glisser ma clé dans la serrure quand j'ai entendu des pas. Je ne me suis pas retourné, confiant. J'ai vu l'écrin du bracelet de diamants atterrir violemment dans le sac d'hypermarché, entre l'ours et le kangourou. La main de Brenda a terminé son geste en coup de poing sur mon épaule. Elle a dit entre ses dents, d'un air fataliste et vaincu :

— Tu m'emmerdes.

Et c'étaient les trois plus belles syllabes du monde. Ça voulait dire qu'elle n'y pouvait rien : malgré mes inconvénients et les soucis que je lui causais, j'étais irrésistible.

— Pourquoi je fais tout ça pour toi, Thomas, tu le sais ? Parce que j'ai rien ni personne d'intéressant dans ma vie, c'est tout. Alors c'est pas la peine de te la péter.

J'ai hoché la tête. Je comprenais sa pudeur. J'ai dit que moi aussi, si j'avais eu quelqu'un d'autre, je ne lui aurais rien demandé. Au moins, les choses étaient claires.

Je lui ai ouvert la porte :

— Après toi.

C'était la première fois que je ramenais une femme à la

maison. J'étais très ému, mais je la jouais naturel, limite désinvolte et malpoli, pour qu'elle se sente à l'aise.

— Enlève tes chaussures, sinon ma mère va encore me gaver.

Elle ôte ses baskets, demande si elle a le droit de garder ses chaussettes ou si elle doit s'envelopper les pieds dans des sacs-poubelles. Je décide de prendre son agressivité pour de la connivence, et je la fais asseoir sur le canapé du salon – le lit de mon père. Un coup de cafard, brusquement, me gâche l'émotion de ses belles jambes nues croisées sur le tissu taché de vin. Je lui demande si je peux lui offrir quelque chose, mais elle a déjà débouché la bouteille planquée derrière le coussin. Le son familier du glouglou dans le verre me fait monter les larmes aux yeux.

— À la santé de ton père, dit-elle d'un ton sobre. À son retour.

J'acquiesce en quittant le salon. Le bruit des marches me permet de renifler sans honte, de ravaler le chagrin à coups d'espoir. J'attrape le Boris Vigor miniature assis sur l'étagère de ma chambre, et je descends le plus vite possible rejoindre Brenda, poser la figurine en latex contre son kangourou.

— Faut pas que je boive avec les cachets, soupire-t-elle.

Elle finit son verre, ferme les yeux et laisse aller sa tête en arrière, là où le coussin est encore creusé par la tête de mon père. Je rebouche le vin pour qu'il ne le trouve pas trop oxydé à son retour, et je regarde avec un peu de consternation les quatre personnages alignés sur le canapé. La femme de ma vie qui se cuite aux cachets anti-cuite, l'ours de mon enfance colonisé par un savant hystérique, et le ministre en exil dans un kangourou qu'il faut maintenant transvaser dans le pantin d'à côté. Un immense coup de fatigue me donne envie de tout laisser tomber.

— Ne fais pas ta crise d'adolescence, ronchonne Pictone. Tu auras tout le temps, après. Allez, au boulot.

— Et je fais comment ?

— Débrouille-toi. Fais comme la nuit dernière, quand tu as mobilisé tes protéines pour attaquer tes graisses. Ce que tu as accompli à l'intérieur de ton corps, tu peux le réussir à l'extérieur. C'est la même chose. Laisse faire ton instinct. Projette-toi et visualise.

Je pousse un long soupir, et j'essaie de me brancher sur le kangourou de Brenda, d'entrer par la pensée à l'intérieur du sac en éponge. Je rassemble dans ma tête mes souvenirs de Boris vivant. Je les imagine tourbillonnant dans les molécules de Brandon comme dans ces boules de verre qui neigent quand on les retourne. Et puis je me concentre pour que toutes ces boules n'en fassent plus qu'une. Alors je ferme les yeux comme si je refermais les mâchoires d'une pelleteuse, j'arrache mentalement la boule de conscience du kangourou, et je vais la déposer à l'intérieur de la figurine en latex. Je relâche mes paupières, en ordonnant aux souvenirs en boule de se multiplier à nouveau, pour fusionner avec les composants du caoutchouc.

— Thomas, ça va ?

Je suis tombé par terre. Brenda, complètement angoissée, est penchée sur moi, me secoue. Je réponds que ça va. Je me relève.

— Excellent, dit l'ours. Tu commences à contrôler ton pouvoir.

— I... ris, murmure le Vigor en modèle réduit.

— Je l'entends! s'écrie Brenda. C'est la même voix, c'est lui!

Je me tourne vers elle. Elle se mord le poing, entre la panique et le soulagement. Je lui désigne son kangourou:

— Tu peux le reprendre, c'est bon. J'ai fini le déménagement.

Sur la défensive, elle regarde Pictone manœuvrer les bras de Vigor. Il lui fait faire des assouplissements pour l'aider à s'intégrer dans la structure caoutchoutée, à coordonner ses mouvements, tout en le questionnant:

— Comment tu es mort, Boris?

— Le... cœur..., articulent difficilement les lèvres en latex figées dans un sourire sportif.

— On ne t'a pas assassiné?

— N... non.

— Et ta puce?

— Et la t... tienne? s'informe lentement l'ex-ministre de l'Énergie, comme si chaque syllabe demandait un effort surhumain. Elle... est où?

— Tu es en mission, c'est ça? En mission posthume? J'avais raison, enchaîne l'ours en me prenant à témoin, c'est Olivier Nox qui est derrière tout ça. Les vivants ont perdu le contrôle de mon âme: ils ont envoyé un mort pour me faire parler. Logique. C'est pour ça qu'ils ne l'ont pas dépucé.

— Où est... ma fille? bredouille le jouet.

Je lui lance en réponse:

— Où est mon père?

Plus rien ne bouge dans le sourire niais de la face peinte.

— Réponds, commande Pictone, si tu veux revoir la petite.

— Je… ne suis pas… un traître, articule le modèle réduit.

L'ours saute à pattes jointes sur la table basse, allume l'écran mural, presse trois fois la touche 6 de la télécommande. Des parasites grésillent sur le canal inexploité.

— Papa! appelle une petite voix au milieu du bruit blanc.

Brenda attrape ma main, blême, m'interroge du regard. Je lui confirme que j'ai entendu la même chose qu'elle. C'est merveilleux de partager ça, d'être connectés ensemble. Les doigts dans les siens, j'en oublie la gravité de la situation, les problèmes qui nous entourent, les crimes… C'est fou comme la mort, c'est soluble dans l'amour.

— Iris! crie le ministre caoutchouté. Viens!

— J'peux pas…! gémit la voix mangée par les parasites. Viens, toi… Au secours!

Le jouet essaie de se lever, retombe.

— Fais-moi passer dans la télé, Pictone! supplie-t-il.

— Je n'en ai pas les moyens, lui réplique-t-il. Et ça servirait à quoi? Vous n'auriez pas plus de relations que deux grumeaux dans une purée. Non, vous ne pourrez vraiment vous retrouver que dans les plans supérieurs, les plans spirituels, dès que tu m'auras aidé à détruire le Bouclier qui vous retient sur Terre… Nox t'a menti, pour t'expédier dans l'au-delà. Vivant ou mort, tu ne peux rien pour ta fille, sauf si tu te rallies à ma cause. Il t'a missionné comme envoyé spécial; deviens notre agent double.

— Qu'est-ce que je lui dis, alors… pour ton cadavre ? Il est où ?

L'ours m'interroge de son regard en plastique. Soudain, j'ai l'illumination. Je m'écrie :

— Un requin l'a mangé ! On l'a pêché, on l'a découpé en rillettes, on l'a mis en boîte… Le temps qu'ils ouvrent toutes les conserves de requin du pays, ça nous fait gagner quelques jours…

Emballé par mon idée, j'ajoute que je vais aller tout de suite rapporter le ministre au ministère, et il transmettra l'info en échange de la libération de mon père.

Les deux jouets se consultent en silence.

— Tu es vraiment fêlé, me dit Brenda.

Je la remercie du compliment, et je prends mon portable pour commander un taxi. La sonnerie de la porte retentit. Brenda se fige, prête à planquer nos morts sous le canapé. Nouveau coup de sonnette. Je vais glisser un œil à travers les rideaux. C'est Jennifer, ma copine de collège. Elle sait que j'avais rendez-vous chez le Dr Macrosi, ce matin : elle est venue aux nouvelles.

— Débarrasse-t'en, dit Brenda, et tu préviens les gens du ministère.

— Surtout pas ! objecte l'ours. On va les prendre par surprise, toi et moi. Ton nom nous ouvrira toutes les portes.

Sans même traduire ses propos à Brenda, je les récuse :

— J'emmène Brenda et Boris, c'est tout. Vous, vous restez planqué ici.

— Pas question. Ça bouscule mes plans, mais l'occasion est trop belle. Je pensais vous envoyer saboter le Bouclier d'antimatière au niveau du générateur de Sudville… Mais là, autant que j'agisse directement sur la lentille émettrice qui se trouve sur le toit du ministère de l'Énergie. Il suffit d'envoyer un jet de protons dans les antiprotons satellisés, pour neutraliser tout le Bouclier par réaction en chaîne !

— Mais vous n'aurez jamais le temps ! Ils savent que vous êtes Pictone : ils vont vous arrêter tout de suite !

— Vigor leur a dit que j'étais un ours en peluche, pas un kangourou en éponge. Tu n'as qu'à me glisser à l'intérieur de Brandon. On va leur refaire le coup du cheval de Troie.

Pendant le silence qui suit, Brenda me demande ce qu'il a dit. Je lui répète, le plus fidèlement possible. Je précise que le cheval de Troie, c'est une histoire de civilisation disparue que m'a racontée mon père. Une astuce des guerriers grecs pour entrer discrètement dans une ville ennemie, cachés à l'intérieur d'un gigantesque cheval à roulettes. Elle me scrute, l'air brusquement soupçonneuse.

— Thomas… tu es sûr que c'est vraiment le professeur Pictone qui te parle ?

Je fronce les sourcils. Ça veut dire quoi, ça ? Jennifer s'impatiente, le doigt sur la sonnette. Elle a dû me voir à l'intérieur ; elle va croire que je ne veux pas lui ouvrir. J'entrebâille la fenêtre, je lance :

— J'arrive, une minute !

Je referme et je me retourne vers Brenda. Je demande ce qui lui prend. Elle ne va quand même pas se remettre à douter qu'un fantôme puisse parler dans un jouet ? Elle n'arrête pas de le constater ! Et elle l'a dit elle-même : un phénomène qui se reproduit à chaque fois, il devient scientifique !

— On voit des lèvres bouger, Thomas, d'accord, mais on entend ce qu'on veut entendre ! C'est tout. Moi je suis émue par la fille de Vigor, alors tout ce que je crois entendre me parle d'elle. Et toi tu es obsédé par ton père, par ton attrait pour les sciences et tes fantasmes sur moi… Alors tes hallucinations auditives sont le produit de tout ça. On ne reçoit pas d'infos, en fait ; on les projette.

— Elle est pénible, soupire le physicien en peluche.

— Très, confirme le ministre en caoutchouc.

Dominant moi aussi mon agacement, je rappelle à Brenda que je n'ai pas pu inventer le numéro de compte pour accéder au coffre du professeur. Elle examine un instant la preuve, et, sans répondre, se ressert un verre de vin.

J'en profite pour filer ouvrir la porte de la maison, avec mon air le plus normal.

— Salut, Jennifer, c'est sympa d'être passée, mais j'ai plein de boulot. Tu n'es pas en cours ?

Elle commence à répondre que Mlle Brott est absente, et brusquement elle se pétrifie. Son regard abasourdi me parcourt des pieds à la tête. C'est vrai que j'ai perdu dix kilos, depuis hier. Ses yeux s'emplissent de larmes, qu'elle essaie d'arrêter en souriant avec des hochements de tête. Elle est contente pour moi, ça se voit, mais désormais c'est la seule grosse de la classe.

Maladroitement, je lui dis que ça n'empêche rien : on reste copains.

— Il est cher ?

— Quoi donc ?

— Le Dr Macrosi. Je pourrais avoir un rendez-vous, tu crois? Je ferai des heures sup.

Je la regarde, apitoyé. Son père était concessionnaire Colza à Ludiland, avant, mais on l'a surpris en train de fumer à proximité d'un apprenti de dix-sept ans, alors on l'a viré. Depuis, il est devenu simple mécano dans le seul garage qui a voulu de lui, près de notre collège. Sa femme, qui était trop habituée au luxe, n'a pas supporté sa nouvelle vie, et elle s'est tuée l'an dernier. Je pense que c'est là que Jennifer s'est mise à grossir. Entre les heures de cours, elle est laveuse de voitures pour aider son père à payer les dommages et intérêts: ils doivent six mille ludors au ministère de la Protection de l'enfance, parce que le suicide des mères est interdit par la loi.

— Tu as deux minutes ou je te dérange?

J'hésite. Mais elle a l'air si seule que je la laisse entrer. Elle aperçoit Brenda dans le salon, dit «Bonjour madame», puis se retourne vers moi, interrogative. Boudin comme elle est, ça m'ennuie pour elle de lui présenter la femme que j'aime. D'un autre côté, vue par Jennifer, Brenda n'est peut-être pas terrible non plus. La ligne est belle, mais la carrosserie ne date pas d'hier et on sent bien que le moteur a des ratés.

— Jennifer, Brenda. Brenda, Jennifer.

— Bonjour, se disent les filles avec une amabilité méfiante.

Le regard de Jennifer tombe sur l'ours en peluche, le kangourou en éponge et le Vigor en latex.

— Vous… étiez en train de jouer? demande-t-elle, étonnée.

Évidemment, je ne vais pas lui dire qu'elle nous

dérange en pleine cellule de crise. Je lui réponds ce qui me passe par la tête : Brenda est antiquaire, et je vends mes vieux jouets. Jennifer marque un temps de réflexion, puis me demande :

— Je pourrai prendre un rendez-vous de ta part ?

J'essaie de suivre son raisonnement. Elle doit penser que je vends mes jouets pour rembourser à ma mère une partie des honoraires du Dr Macrosi. Dans un réflexe de protection, je lui réponds vivement que ce charlatan n'est pour rien dans ma nouvelle silhouette. C'est l'ubiquitine qui a tout fait. Une protéine qu'on a tous dans notre corps, et qu'il suffit de réveiller.

— Tu me la réveilleras ? murmure-t-elle doucement.

Il y a tant de naturel, de tristesse et de confiance dans sa voix que je ne peux pas lui dire non. Le regard de Brenda croise le mien. Elle ramasse ses affaires, nous dit avec la brutalité qui lui sert de cache-gentillesse qu'elle va fumer sur le trottoir.

— Ce n'est peut-être pas vraiment le moment idéal pour un cours de diététique, laisse tomber l'ours avec raideur. Vire-la : il faut qu'on continue à briefer Boris pour qu'il soit crédible quand il fera son rapport à Nox.

J'ignore sa réflexion. Jennifer n'est pas une priorité, je sais bien. Ses kilos peuvent attendre, pas mon père. Mais pourquoi ai-je la certitude que je dois passer par cette étape, *d'abord* ? Pourquoi cette impression que toute ma vie est devenue comme un jeu vidéo, où je risque de tout perdre si je n'affronte pas dans l'ordre les épreuves qui se présentent ?

— Ferme les yeux, Jennifer. Je vais voir ce que je peux faire.

## 34

*Ministère du Hasard, midi trente*

En entrant dans la salle de contrôle des jeux, Lily Noctis demande au claviste de permanence quel est son prénom. Rouge d'émotion, le fonctionnaire jaillit de son siège, et balbutie la réponse comme s'il s'agissait d'une épreuve de concours. Sans écouter, elle lui demande de se connecter au casino de Ludiland. Il se rassoit pour effectuer l'opération, puis elle l'invite d'un coup d'ongle sur l'épaule à lui céder la place.

Moulée dans un imper noir ultra-strict, à peine fendu sur le côté, la femme d'affaires s'installe sur le siège pivotant. Tandis que le contrôleur se concentre sur le porte-jarretelles apparu par la fente de l'imper, la codirigeante du groupe Nox-Noctis passe en revue, sur les moniteurs, les machines à sous de la grande salle. La caméra en mode panoramique s'arrête sur les joueurs, tandis qu'apparaît sur le coin droit de l'écran la puissance énergétique capitalisée par leur puce.

Après quelques instants, le choix de Lily Noctis se fixe

sur un beau quadragénaire à 1 500 yods, dont la bio s'affiche dans une fenêtre à gauche de l'image. Sous-chef du tri sélectif au ministère de l'Insémination artificielle, il est en train de reperdre ce qu'il a gagné depuis trois heures. Elle promène sa langue sur sa lèvre supérieure, tandis que ses doigts parcourent le clavier pour afficher les références de la machine sur laquelle il joue.

Prévenu de l'arrivée impromptue de Lily Noctis, le ministre du Hasard surgit dans la salle de contrôle, le visage creusé par l'inquiétude. Lui aussi est vêtu en grand deuil, pour l'hommage qui sera rendu par le gouvernement à Boris Vigor, lors de la cérémonie de Dépuçage national prévue dans une demi-heure.

— Que se passe-t-il ? s'informe-t-il en découvrant au bas de l'écran les coordonnées du casino près duquel habitait Léo Pictone. Il y a du neuf ?

— Il va y en avoir, répond Lily Noctis sans lui accorder le moindre regard.

Elle clique sur le menu sélection, entre un code secret, puis désactive le mode aléatoire.

— Que faites-vous ? s'alarme le ministre du Hasard.

— Vous le voyez.

Les circuits électroniques de la machine à sous apparaissent dans une fenêtre. Elle les étudie un instant, presse une touche pour consulter le compteur des mises et celui des gains. Après quoi elle entre une programmation, l'ajuste et la valide.

Au même instant, sur l'image centrale, le joueur sélectionné lance les rouleaux, l'œil morne, résigné à sa malchance du jour. Cinq 7 rouges s'alignent en tremblotant, pendant que s'allument dans une musique pimpante les spots clignotants du super-jackpot.

— C'est parfaitement illégal! s'indigne le ministre. Nous avions déjà atteint le quota mensuel des GNA! Les gains non-aléatoires doivent rester dans la fourchette des probabilités, sinon où allons-nous? Cette inflation est très dangereuse! On ne plaisante pas avec l'équilibre de la balance des paiements, vous l'ignorez? Nous devons tous respecter la loi! Le hasard, ce n'est pas un jeu!

— Mais la loi, c'est moi, coupe-t-elle d'un ton sec. Si vous voulez conserver la confiance du Président, tenez-vous tranquille. Au fait, vous êtes remanié.

— Pardon?

— Vous serez nommé demain au ministère des Espaces verts. Bravo pour votre promotion. Le Président a souhaité que je vous remplace.

Le ministre crispe les mâchoires, resserre son nœud de cravate et, d'un ton de malédiction, lui souhaite bien du plaisir.

Dès qu'il a tourné les talons, Lily Noctis pianote, sur un autre clavier, un ordre de mission avec effet immédiat pour Anthony Burle, inspecteur de la Moralité des gagnants. Destination: casino de Ludiland. Elle expédie le mail avec un sourire en coin, puis suggère au contrôleur de permanence d'aller lui chercher un café. Le jeune homme, flatté de cet honneur, se presse hors de la salle. Sur le seuil, il se retourne et questionne d'un ton anxieux:

— Court sucré ou long sans sucre?

— À votre avis? répond-elle d'un air suave.

Il rougit à nouveau et s'éclipse. Elle se renverse en arrière dans son siège articulé, croise les jambes en tapotant les doigts devant sa bouche. Le regard au plafond, elle cherche ma présence, se concentre sur mes vibrations, définit mon point de vue.

— Alors, Thomas ? Tu n'es pas venu d'une façon habituelle, dis-moi… Tu ne dors pas, là, tu es en état modifié de conscience… En pleine transe. C'est bien. Tu progresses. Tu commences à exercer ton pouvoir, sans aucun moyen hélas de le contrôler…

Une froideur désagréable engourdit mes pensées. Elle ajoute :

— C'est pour cet après-midi, n'est-ce pas, notre première vraie rencontre ? C'est bien. J'ai hâte. Ton plan est intéressant, mais tu vas devoir le modifier encore.

Elle désigne d'un doigt désinvolte, sur l'écran, le joueur émerveillé que le personnel du casino entoure avec ferveur et sollicitude.

— Il vient de monter à 68 000 yods, dit-elle en montrant le score de sa puce. Ça fera l'affaire. C'est décidément son jour de chance : il va recevoir l'hommage de tout le gouvernement. Quel honneur d'avoir possédé une puce qui sera recyclée sous l'identité de Boris Vigor…

Elle humecte ses lèvres, se rapproche de l'écran, poursuit :

— De quoi le fait-on mourir ? De joie, tiens, c'est une belle fin. Son cœur n'aura pas supporté le choc. On va attendre l'arrivée de ta mère. Ils sont allés la prévenir : elle descend tout de suite. Tu te rends compte ? Le plus gros jackpotteur de l'histoire des casinos, et ça tombe sur elle ! Quelle émotion pour ta maman ! D'autant plus que d'ici trois minutes, il va lui claquer dans les doigts.

Le décor se contracte. Une force de refus brouille ma vision.

— Ah, c'est bien! se réjouit-elle. Tu résistes. On voit que tu as bien travaillé ton pouvoir mental, aujourd'hui... Donc, tu veux que j'épargne ce joueur? Tu as raison, dans un sens: ça ne sert plus à rien de le sacrifier, puisque vous avez retourné Boris. N'est-ce pas? Si cet imbécile est passé de votre côté, nous le retirons du jeu. Il sera dépucé, tant pis pour lui. Et tant pis pour sa fille... Mais tu m'obliges à gracier un condamné, Thomas. Et tu connais la loi du Hasard: pour chaque victime épargnée, il faut qu'une autre périsse. Tu as voulu que je laisse vivre un tocard inconnu; libre à toi. Mais du coup tu risques de perdre un être cher.

Elle pousse un soupir fataliste, éteint l'écran.

— Que veux-tu, j'ai programmé un décès au casino de ta mère; je ne peux pas désactiver le sort. J'ai bien peur que tu ne sois pas content. Et que tu regrettes ton choix.

Elle se tait un instant, le regard dans le vide, sourit aux images qui passent devant ses yeux.

— De toute manière, reprend-elle, le processus que tu as enclenché est en marche. Grâce à toi, joli jeune homme, l'humanité n'a plus que deux jours devant elle. La fin du monde tombe un jeudi.

## 35

— Thomas! Thomas!

L'image est brouillée devant mes yeux. Je suis dans le canapé, deux femmes penchées sur moi. Des mains me secouent.

— Ça fait combien de temps qu'il n'a pas mangé? Il est trop maigre, il n'a plus d'énergie!

La voix de Jennifer achève de me faire revenir à moi. J'étais entré par la pensée dans son corps. J'étais une cellule comme les autres, j'en croisais des milliers en cherchant à repérer les ubiquitines. Je les appelais à se rebeller contre les graisses, à utiliser toutes les forces en présence dans la conscience de Jennifer – y compris sa jalousie envers moi, son dépit de me voir soudain si différent d'elle – pour brûler ses kilos en trop. Comme je m'étais servi de mon chagrin d'amour, quand Brenda m'avait rayé de sa vie…

Et puis je me suis fait attaquer. Les anticorps, ces commandos contre l'immigration clandestine, m'ont cerné, coincé, absorbé… C'était moi l'ennemi, pour eux, et pas les cellules de graisse. C'était moi l'envahisseur, c'était moi qui étais rejeté, qu'il fallait éliminer pour la sécurité intérieure. Je me défendais comme je pouvais, j'argumentais, je répétais mes bonnes intentions, mais je n'étais là qu'à moitié… Une autre part de moi-même était occupée ailleurs, travaillait sur autre chose… Je ne sais plus sur quoi, mais c'était important. Il y avait un danger, une menace immédiate…

Je n'en peux plus. À quoi ça rime, d'être tiraillé sans fin entre tous ces cauchemars ?

On me glisse une barre de céréales dans la main droite, et mon portable dans la gauche. J'engloutis la première en regardant le deuxième clignoter.

— Ton téléphone vibrait quand je suis rentrée, dit Brenda. Tu as un message.

Je me demande combien de temps j'ai passé dans le corps de Jennifer – l'équivalent d'une ou deux cigarettes de Brenda ? Jennifer ne se souvient de rien, si ce n'est que j'ai essayé de l'hypnotiser et que c'est moi qui me suis endormi. En tout cas, à vue de nez, elle n'a pas perdu un gramme. Elle est résignée, elle minimise mon échec ; de toute manière, elle n'y croyait pas. Elle dit que son père a raison : c'est glandulaire, il n'y a rien à faire. Elle sera obèse, et voilà. Pour laver les voitures, ce n'est pas grave, ajoute-t-elle, c'est même apprécié par les clients. Les rondeurs, quand ça frotte, c'est mieux que les rouleaux du Lavomatic.

Elle me fait la bise, serre la main de Brenda, et retourne gagner sa vie à coups de pourboires sur le parking du casino. L'été dernier, ma mère l'a pistonnée auprès de la direction des ressources humaines, par charité intéressée : en échange, l'entretien de sa Colza 800 est gratuit.

Je raconte ça à Brenda, pour meubler le silence un peu glauque qui a suivi le départ de Jennifer.

— Pauvre fille, murmure Brenda. Ne sois pas moche avec elle.

— Mais j'essayais de l'aider, moi, c'est tout!

— Elle est amoureuse de toi, tu le sens bien. À toi de décider ce qui est le moins cruel : faire semblant de ne rien voir, ou lui laisser de faux espoirs.

Je hoche la tête en finissant la barre énergétique. Je crois que je vais mettre les femmes entre parenthèses, tant que je n'ai pas réglé le problème de mon père.

— Il serait temps, marmonne l'ours. Tu te disperses, Thomas! Allez, au ministère, vite!

— Ho! Je peux souffler deux minutes, oui?

Je reprends mon portable, j'écoute ma boîte vocale. C'est ma mère. Elle a sa voix de catastrophe; il faut que je la rappelle tout de suite. Avec un soupir d'épuisement, j'obéis.

— Oui, Thomas, je ne peux pas te parler! répond-elle en décrochant. Où es-tu?

— À la maison. Je fais des exercices avec le Dr Logan.

— Qu'elle t'emmène tout de suite au casino, il m'arrive une chose extraordinaire : je passe à la télé, regarde National Info! Là, c'est juste une réaction à chaud en direct, mais du coup ils me consacrent un portrait qui sera diffusé ce soir, ils me veulent en famille. Dépêche-toi, on tourne dans une heure! Et pas un mot sur ton père, surtout! Si on te demande, il est en voyage pédagogique avec sa classe, compris? Je te quitte; c'est à moi.

J'ai mis le haut-parleur en regardant Brenda. Ça me soulage un peu qu'elle partage ma consternation. Avec un grattouillis dans mes cheveux, elle me glisse :

— Elle n'est pas méchante, mais c'est vraiment un monstre.

Elle attrape la télécommande, va sur National Info. Ma mère, sourire d'émotion et cheveux pétrifiés de laque, s'émerveille de nous présenter l'heureux gagnant du plus gros super-jackpot de tous les temps, ici même au casino de Ludiland où elle exerce ses fonctions de psychologue.

L'interview s'arrête au milieu de sa phrase, pour un retour sur le plateau du JT où la présentatrice, d'un air de fin du monde, annonce que la cérémonie du Dépuçage national de Boris Vigor vient de commencer, en direct de la Maison-Mère, siège de la présidence des États-Uniques.

Une musique funèbre lance les images. Brenda, l'ours et moi, nous nous tournons d'un même mouvement vers mon Vigor en caoutchouc. Penché en avant au bord du canapé, il fixe de son regard peint l'écran où un zoom avant découvre avec lenteur son cercueil en verre blindé.

— … En présence de Son Excellence le fils du Président Narkos et du gouvernement au grand complet, se rengorge la voix off de la présentatrice, tandis qu'une autre caméra passe en revue les visages officiels. Sans parler du double vide, politique et sportif, que laisse derrière lui un tel héros national, on peut le dire, l'émotion est palpable.

Sur le canapé, la figurine de Boris tressaille lorsque le maître-dépuceur, en redingote turquoise, s'approche avec une lenteur solennelle du cadavre tiré à quatre épingles. La seringue à perceuse se pose contre le crâne de l'ancien ministre.

— Mais…, bredouille l'intéressé par sa bouche en latex, on… m'avait promis… Non! Iris… mon bébé…

Fschhtt, blop, gling! Gros plan de la puce du héros national qui brille sous les projecteurs, aspirée au fond d'une capsule en verre. Mon Boris miniature tombe en avant sur le tapis, délesté de son âme.

— Adieu, mon vieil ennemi, grommelle Léo Pictone.

Il me commente l'événement, dans un mélange de tristesse impuissante et de rébellion amère. Lorsque la puce en veille est retirée du cerveau mort, la rupture entre le corps et l'esprit est consommée. Et une nouvelle existence commence pour l'âme, que le Bouclier empêche de rejoindre les plans supérieurs : une détention à perpétuité dans les fonctions énergétiques qu'elle va remplir au service de la collectivité.

— Nox a dû comprendre que j'avais gagné Boris à ma cause. Il a modifié ses plans, Thomas ; nous devrons faire de même.

Un joueur de la Nordville Star s'avance d'un pas cérémonieux, pour recueillir dans une coupe en or capitonnée la puce de son capitaine. Puis il part en courant au son des grandes orgues, entouré d'un cordon de sécurité armé jusqu'aux dents.

— … Également au second rang des officiels, poursuit la voix de la journaliste, on reconnaît Olivier Nox, PDG de Nox-Noctis, la firme qui fabrique et commercialise nos puces cérébrales. On imagine son chagrin mais aussi sa fierté, face aux 75 000 yods atteints par la puce du défunt ministre de l'Énergie, qui fut aussi le joueur de man-ball qui totalisa le plus grand nombre de victoires.

Une autre caméra suit le joueur de l'équipe de Nordville qui traverse la cour d'honneur au pas gymnastique en portant, comme autrefois la Flamme olympique dans les légendes de mon père, la puce du héros vers son lieu de recyclage.

— Une puce qui selon nos sources, ajoute la journaliste, va être implantée à présent dans l'alimentation d'une lentille émettrice du Bouclier d'antimatière, située sur le toit du ministère de l'Énergie. Quel plus bel hommage, en effet, que de permettre à l'âme d'un créateur de survivre au cœur même de sa création ?

— « Sa » création, soupire l'ours, désabusé. La postérité qui rend justice, tu parles ! En tout cas, enchaîne-t-il avec encore plus de dépit, ce n'est pas le jour d'aller là-bas pour faire mon sabotage. Bon, rejoignons ta mère, en attendant. Je sens qu'il y a un autre problème, au casino. Toi aussi, non ?

Je fais oui de la tête, sans bien arriver à démêler toutes ces émotions qui me ballottent le cœur. Je me tourne vers Brenda. Elle vient d'éteindre la télé. Elle observe la dépouille caoutchoutée de Boris Vigor sur le tapis, puis elle lève vers moi un regard tout humide. J'ai l'impression que c'est la première fois qu'elle montre une vraie fragilité, sans avoir peur qu'on s'en serve contre elle.

— Je peux le garder ? demande-t-elle en montrant le jouet inerte.

Touché par sa réaction, j'acquiesce. Elle le ramasse avec précaution, et lui jure d'un ton farouche qu'elle ne laissera jamais tomber sa petite Iris. Puis elle le glisse dans le kangourou, et me lance :

— On y va ?

— Allez hop ! répond l'ours.

Au moment de plonger à son tour dans le sac fétiche de Brenda, il se tourne vers moi en levant une patte arrière, pour me montrer l'usure de la peluche sous la voûte plantaire.

— Va chercher tes souliers de bébé. Si je dois encore intervenir en urgence pour vous sauver la vie, comme tout à l'heure, j'ai besoin d'un minimum de stabilité.

Sans discuter, je l'emporte sous le bras dans la chambre de ma mère. De sous le lit, je tire le carton où elle enferme ses souvenirs de mon enfance. Tandis que j'enfile à l'ours mes premières chaussures, il s'empare du stylo de collection coincé entre la timbale et la tétine. Concentré sur le vieil accessoire en corne, il prononce lentement :

— C'est le premier cadeau que t'a fait ton père, le jour où il a renoncé à écrire. Mais ta mère te l'a confisqué, de peur que tu te blesses avec la plume.

Sa voix devient de plus en plus rauque.

— Il me parle, cet objet. Alors je lui réponds. Regarde…

Sidéré, je vois deux excroissances en corne se former au bout du stylo, entre les pattes de Pictone.

— Une coupelle pour recevoir les ondes d'en haut, dit-il, et une serpe qui te coupera des mauvaises influences.

On dirait mes initiales. Un T et un D utilisant la même barre verticale.

— Ce sont tes initiales, oui, mais c'est bien plus. Un jour, tu en feras ton arme d'expression. Tu écriras ton histoire avec cette plume, et tu découvriras ton vrai pouvoir sur les êtres et les choses. Mais l'heure n'est pas venue, enchaîne-t-il en remettant brusquement le stylo parmi les souvenirs. En route !

## 36

Un gigantesque embouteillage bloquait les abords du casino. La police refoulait les curieux, ne laissant passer que les véhicules de presse avec une accréditation. J'ai dit au taxi de nous déposer devant la plage.

Brenda a suivi mon regard. Anxieux, je fixais la dune sous le ponton.

— C'est là que tu as… ?

J'ai hoché la tête dans ses points de suspension. La tempête avait sévèrement remué le sable, à l'endroit où j'avais enterré XR9. Heureusement, la plage était déserte, tous les curieux s'étant massés autour du casino pour essayer d'apercevoir le gagnant du super-jackpot. J'ai demandé à Brenda de faire le guet, et je suis allé vérifier la tombe de mon cerf-volant.

Après cinq minutes de fouille, j'ai dû me rendre à l'évidence : il avait disparu. Ou une vague l'avait emporté, ou quelqu'un l'avait déterré. Si la preuve de mon crime était tombée entre les mains de la police, j'étais foutu. N'importe quelle analyse d'ADN prouverait que le sang sur l'armature était celui du professeur Pictone.

L'angoisse au ventre et l'air dégagé, je suis revenu vers Brenda. J'ai préféré lui dire que tout allait bien pour la ménager, mais, dans le sac-éponge qu'elle portait en bandoulière, l'ours avait déjà capté l'info.

— Ne t'inquiète pas, a-t-il dit à travers les fibres synthétiques du kangourou. Je ne sens pas de négatif.

Et sa voix sonnait tellement faux que ses paroles rassurantes ont redoublé mon angoisse.

— Qu'est-ce qui se passe, Léo ?

— Mais rien ! Et ça ne te regarde pas ! J'ai le droit d'avoir des états d'âme, non ? Si tu crois que ça m'amuse de revenir sur les lieux de ma mort ! Ma dernière promenade, mes dernières pensées en chair et en os, avant de me retrouver dans cette saleté de peluche…

— C'est pas la peine de vous insulter !

— Arrête de parler à mon sac, m'a conseillé Brenda. On n'est pas tout seuls.

Contenue par des barrières de sécurité, la foule prenait d'assaut les marches du casino. Brenda m'a frayé un chemin en disant que j'étais attendu par l'équipe de télé. Ce qui n'était pas forcément très malin, parce que du coup les gens ont cru que j'étais le fils du gagnant, alors ils m'ont sauté dessus pour me raconter leurs dettes, leurs maladies, leurs familles à charge et les huissiers qui allaient les jeter à la rue. Brenda leur a expliqué à coups de poing que j'étais juste le rejeton de la psy du casino, en dessous du seuil de pauvreté comme eux, alors ils ont arrêté de m'arracher les vêtements et la police a pu nous laisser entrer sans émeute.

— Tu as vu ta chemise ? s'est écriée ma mère. Tu ne vas pas faire l'émission dans cet état !

— Au contraire ! s'est réjoui le réalisateur. Ça fera vécu. Mais il a le temps d'aller jouer : on ne le tournera pas avant deux heures. On reprend l'interview du gagnant, madame Drimm. Si vous pouvez nous le chauffer un peu mieux, qu'on refasse pas douze prises à chaque question !

En guise de réponse, ma mère a demandé un raccord coiffure.

— Mais vous serez *off* !

— Non. Le gagnant exige que je sois devant la caméra avec lui : il dit que ça le sécurise.

— Mais faut refaire les éclairages, alors !

— Eh bien refaites ! Sinon il refuse d'être filmé.

Le réalisateur est retourné voir son équipe en gonflant les joues. Ma mère a serré les doigts sur ma nuque, avec un sourire d'enthousiasme exténué. C'était son jour de gloire. Peut-être la seule fois de son existence où elle aurait le monde à ses pieds, parce qu'elle avait la main sur une vedette. Elle comptait bien en profiter, mais il y avait autre chose dans son regard. Une sorte de lueur égarée, derrière les apparences du triomphe. Elle a vérifié que personne ne nous écoutait, et elle a entraîné Brenda à l'écart.

— Docteur, il m'arrive une énorme tuile. Au moment le plus important de ma vie, naturellement. Vous voyez le monsieur très chic, là-bas, qui parle avec la productrice ?

— Le Toug à tronche de Troc ? a traduit Brenda.

J'ai confirmé.

— C'est M. Burle, l'inspecteur de la Moralité envoyé par le ministère du Hasard. Il est crucial pour ma carrière : tout mon avenir se joue sur la façon dont je gère le super-jackpot d'aujourd'hui. La moindre bavure psychologique, le plus petit incident avec les médias, et je peux dire adieu à ma promotion.

— Et votre mari, vous avez des nouvelles ? a coupé Brenda sur un ton d'agacement, moins habituée que moi à voir le monde tourner autour du nombril de ma mère.

— Oui, tout va bien de son côté, ce n'est pas le problème. Il m'est arrivé un drame affreux, juste au moment du super-jackpot. Un suicide. J'ai fait mettre la personne dans la chambre froide, je crois bien qu'elle est morte, mais il ne faut absolument pas que ça s'ébruite auprès des journalistes ! Ça ne vous ennuie pas d'aller constater le décès, et de conclure à l'accident ? Vous gardez le certificat pour vous, bien sûr, mais vous l'antidatez d'une heure. Ça me couvrira en cas de besoin : on verra que j'ai appelé un médecin tout de suite, mais que j'ai évité le scandale. Je peux compter sur vous ?

— Vous êtes gonflée, dans le genre.

— Je n'ai pas le choix, docteur. Pensez à mon fils ! Si je suis arrêtée pour dissimulation de suicide, ça voudra dire que je n'ai pas su guérir, dénoncer ni même diagnostiquer une dépression nerveuse dans le personnel ! Je serai arrêtée sur-le-champ pour infraction à la loi sur les Ressources humaines, et le petit n'aura plus personne !

Je contemplais ma mère, impressionné. Voilà qu'elle vivait, deux jours plus tard, ce que j'avais enduré avec le cadavre du professeur Pictone. Et elle réagissait comme moi. Par le mensonge, la destruction de preuves, l'impro-visation catastrophe… À chaque initiative, elle aggravait son cas pour protéger les siens. J'avais vraiment de qui tenir. Ça me rassurait autant que ça me faisait peur. Pour la première fois de ma vie, je m'identifiais à elle. Ce n'était pas le moment, bien sûr, mais j'aurais tellement voulu lui raconter, là, tout de suite, mon homicide involontaire. Enfin on aurait pu se comprendre. Échanger quelque chose.

— Madame Drimm! a glapi l'inspecteur de la Moralité. Le gagnant vous demande!

— J'arrive, monsieur Burle! Montre la chambre froide au docteur, Thomas, a-t-elle enchaîné trois tons plus bas. Mais ne regarde pas la personne, ça te ferait de la peine.

— C'est qui? ai-je demandé, l'estomac brusquement serré.

J'ai senti les ongles de Brenda se refermer sur mon épaule, et je me suis tourné vers elle. Dans ses yeux, j'ai vu qu'elle pensait à Jennifer.

## 37

— Allez, vite! dit ma mère en pressant le poignet de Brenda. Je compte sur vous, mais faites-moi confiance : je ne suis pas une ingrate. Vous pouvez demander à Thomas. En remontant de la chambre froide, venez me donner des nouvelles, discrètement, si je ne suis pas en tournage.

On la regarde filer vers son bureau, sur ses hauts talons qui mettent en valeur ses jambes spaghettis. Brusquement je bondis derrière elle, et je la rattrape dans le couloir du personnel.

— C'est qui, maman?

Elle a regardé autour d'elle, anxieuse, s'est penchée sur mon oreille :

— Le physionomiste. Ça devait arriver, j'aurais dû le dénoncer à la direction dès qu'il a commencé à perdre la tête, mais il te promenait quand tu étais petit, qu'est-ce que tu veux... Mon bon cœur me perdra.

Machinalement, elle s'est mise à gratter une tache sur ma chemise.

— Son Alzheimer s'était beaucoup aggravé, depuis quelques jours. Il y a eu des plaintes, et les agents du

Retraitement sont venus aux nouvelles. Manque de chance, sa mémoire a fonctionné, cette fois-ci : dès qu'il a reconnu leur camionnette, il est monté sur le toit et il s'est jeté dans la cour. J'ai raconté aux retraiteurs qu'il n'était pas venu travailler aujourd'hui, ils sont repartis, et voilà. Allez, va le montrer au Dr Logan, mais promets-moi de ne pas le regarder : le premier mort qu'on voit dans sa vie, ça crée toujours une image récurrente pathogène.

J'aurais pu la rassurer en lui disant que ça ne serait pas le premier, mais j'avais trop de peine pour mon vieux pote Physio. D'un autre côté, il était mort entier. Sa pire angoisse, c'était qu'on le désosse pour les pièces détachées, au centre de Retraitement. Un œil par-ci, un rein par-là... Il me disait : « Je suis tellement détraqué de partout, je ne voudrais pas qu'on arnaque des gens avec mes organes. »

Le plus discrètement possible, j'emmène Brenda dans les sous-sols du casino. Un croupier monte la garde devant la chambre froide. On se présente nos condoléances pour Physio, et il laisse entrer le médecin parmi les jambons suspendus et les caisses de soda.

— Je retourne à mon poste, me dit-il avec autant de chagrin que de fermeté. Il t'aimait beaucoup, tu sais. Tout le personnel est d'accord avec ta mère, pour une fois : c'est un accident du travail. Faut qu'on respecte sa mémoire, même s'il n'en avait plus.

Je regarde mon vieux pote, de loin, étendu sur un congélateur. Il est tombé du toit la tête la première, et on ne le reconnaît plus qu'à son costume. C'est alors qu'il me vient une idée complètement dingue. Mais je crois bien que c'est la seule solution.

— Tu es aussi tordu que naïf, me dit Pictone dans le

sac de Brenda, quand elle ressort de la chambre froide. Ça ne marchera jamais.

Je lui réponds qu'on n'a pas le choix : les explorations sous-marines vont reprendre, maintenant que la tempête est finie. Ce qu'il faut, c'est que la police abandonne les recherches.

— C'est quoi, ton idée ? me demande Brenda avec méfiance.

Je lui explique que Physio était presque aussi vieux que le professeur Pictone, avec la même taille et pas plus de cheveux : ça peut le faire.

— Attends, tu veux rouler la police et le gouvernement en leur refilant le mauvais cadavre ? Mais tu es complètement ouf !

— Remarque, réfléchit l'ours dans son sac-kangourou, l'idée n'est pas si débile qu'on pourrait croire. Six minutes après la mort, la puce cesse d'émettre le code d'identification. Si les dépuceurs ne se sont pas dérangés en recevant le signal du décès de ton Physio, c'est que son potentiel énergétique n'a rien d'excitant. Ils attendent qu'on les appelle pour facturer le déplacement...

— Ils vont comparer l'ADN, Thomas ! Et quel rapport entre la puce d'un physionomiste Alzheimer et celle d'un génie de la science ?

— Justement, poursuit le génie. On est proches de zéro yod, lui comme moi. Je suis un objecteur de hasard, j'ai toujours refusé de toucher aux machines à sous, et lui était interdit de jeu, en tant que physionomiste. Au niveau énergétique, le yodmètre peut tout à fait confondre nos deux puces : ce n'est pas l'intelligence ni la concentration qui se recyclent en source d'énergie, c'est l'appât du gain. La cupidité, la rage et la joie de vaincre, la puissance de l'ego… Non, ce qu'il faudrait, c'est que ma veuve identifie le corps. Ça éviterait l'analyse ADN. Mais là, on a un problème.

— Thomas, lance le croupier dans l'escalier, ta mère te demande pour le tournage.

On remonte. Je me laisse maquiller, coiffer, briefer par des assistants qui me disent ce que je dois dire, de quelle manière et en combien de temps.

— Et surtout, sois naturel. Spontané.

En deux prises, ils ont ce qu'ils veulent. J'explique à la caméra que je suis fier de ma mère, que j'ai de la chance d'être élevé par une psychologue qui se dépense autant pour le moral de ses gagnants que pour celui de son fils : grâce à elle je suis équilibré, travailleur, bien dans ma peau, et je remercie le casino qui la rend si heureuse de faire le métier le plus utile du monde.

— À ce soir, mon chéri, dit ma mère en nous raccompagnant. Je suis fière de toi, moi aussi. Je rentrerai dès que possible, suis bien les conseils diététiques du Dr Logan : il ne faut surtout pas que tu reprennes un gramme, beau comme tu es. M. Burle m'a fait plein de compliments. C'est grâce à lui, ce miracle.

Après un coup d'œil au blaireau de la Moralité qui a l'air d'attendre sa récompense, elle retient Brenda sur le seuil de la salle des jeux. Elle lui demande avec une angoisse discrète :

— Et… pour notre problème ?

— On s'en occupe, répond Brenda.

Le long de la plage, on s'est dirigés en silence vers l'avenue du Président-Narkos-III. On était en train de refaire à l'envers la dernière promenade du professeur Pictone, avant que mon cerf-volant lui troue le crâne, et j'imaginais l'effet que ça pouvait lui faire. À quel moment se résigne-t-on à être mort ? Et le pauvre Physio, dans toute sa confusion mentale, a-t-il réalisé qu'il n'est plus de ce monde ? Ou bien son âme continue-t-elle à détailler pour rien les clients qui entrent au casino ? Déjà, au temps où il avait toute sa mémoire, ça ne servait plus à grand-chose, un physionomiste, avec tous les systèmes de contrôle des puces qui permettent d'identifier en deux secondes les tricheurs et les interdits de jeu. Mais on le gardait pour le décor. Le respect des traditions.

Je finis par poser au professeur la question qui me pèse sur la conscience. Si jamais notre plan fonctionne, si les flics prennent la puce de Physio pour la sienne, qu'est-ce qu'ils en feront ?

— Ils la déclareront civilement non-recyclable, répond-il. Comme celle des grands criminels, des grands penseurs et des mauvais citoyens. Et ils convertiront son énergie vitale en arme de dissuasion massive, contre les manifestations d'antipucistes.

Je hoche la tête, le cœur lourd. Il confirme ce que me disait mon père. Dans les États du Sud, il y a paraît-il des rebelles qui se charcutent le cerveau pour se dépucer de leur vivant : du coup ils deviennent fous, alors on les bombarde à coups d'esprits déviants. Les rebelles tuent les rebelles : c'est la morale officielle du ministère de la Sécurité. Je suis désolé pour Physio que sa pauvre énergie autodestructrice soit récupérée à des fins guerrières par les marchands d'âmes, mais on n'a pas le choix.

— Salut, Thomas !

Je sursaute. C'est David, le pêcheur que j'ai utilisé à son insu pour expédier au large le corps de Pictone, attaché à son bateau par les ficelles de mon cerf-volant.

— Tu vas être content ! se réjouit-il en se dirigeant vers son gros pick-up plein de poissons morts, de bidons, de branchages et de sacs bio mal dégradés. Regarde ce que j'ai trouvé en nettoyant la plage !

Il fouille son chargement de détritus, et me brandit sous le nez avec fierté la chose que je regrette et redoute le plus au monde – XR9. Mon cerf-volant mutilé.

— Ta mère m'a dit que tu l'avais perdu. Tu vois, il ne faut jamais désespérer : les vagues te l'ont ramené. Une petite réparation, et il redeviendra le roi de la plage.

— Merci, David, dis-je en m'efforçant de paraître soulagé.

Et puis une espèce de lame de fond me remonte dans la gorge, et les larmes jaillissent de mes yeux. C'est trop. Trop d'émotions, trop de souvenirs, trop de chocs. Je n'en peux plus de jouer le jeu, de donner le change, de chercher des solutions pour arranger tout le monde… Je craque.

— T'inquiète, dit David avec une bourrade sympa. Je sais bien que t'es pas très manuel. Je vais te le réparer moi, allez. Il sera tout neuf.

Sans réagir, je le regarde monter dans son pick-up, qui s'éloigne avec l'arme du crime. Après tout, chez lui ou ailleurs… Si on doit la trouver, on la trouvera. Le sang de ma victime était toujours visible sur l'armature, mais il y a encore autre chose qui me tracasse. Autre chose que je n'avais pas remarqué avant-hier, ou qu'on a rajouté depuis. À la jointure des ailes, j'ai vu une pastille de métal. Comme une espèce de micro.

— C'est un système de téléguidage, dit l'ours d'une voix nouée. Ma mort n'était pas un accident, Thomas. Quelqu'un a équipé ton cerf-volant pour modifier sa trajectoire. Quelqu'un a voulu que je sois tué par toi.

## 38

Durant le kilomètre et demi qui nous séparait de sa maison, le professeur Pictone a ressassé la nouvelle version de notre rencontre, telle qu'elle se dessinait quand on emboîtait les indices. Ce n'était pas un hasard s'il était venu sur la plage, avant-hier, pendant que je manœuvrais mon cerf-volant tout seul dans la tempête. Quelqu'un lui avait téléphoné, dix minutes avant, pour lui fixer rendez-vous sur le ponton près duquel je jouais.

— Qui ça?

— L'un des rebelles qui soutient mon projet de destruction du Bouclier – enfin, c'est ce que j'ai cru. Il m'a donné le mot de passe, il parlait en langage codé : je ne me suis pas méfié. Mais il n'y avait personne, au rendez-vous, tu as bien vu. Il n'y avait que toi.

— Mais qui aurait trafiqué mon cerf-volant?

— Je ne sais pas. Quelqu'un a fait en sorte qu'il s'abatte sur mon crâne, c'est tout.

— Enfin, c'est dingue! Pourquoi on aurait voulu que je vous tue? Pourquoi moi?

— Je ne sais pas, Thomas! Et pourquoi je n'ai pas eu

cette information plus tôt ? Oui d'accord, se répond-il, un peu moins véhément. Ça aurait changé la nature de nos rapports. C'est pénible, ce libre arbitre ! Ça empoisonne la vie, et ça continue avec la mort !

— Pourquoi vous dites ça ? Pourquoi ça aurait changé nos rapports ?

— Si j'avais su que tu n'étais pour rien dans ma mort, crétin, je t'aurais empêché de culpabiliser ! Du moins je n'aurais pas tiré profit de ta culpabilité : je ne me serais jamais manifesté dans cet ours pour t'obliger à m'aider.

Je pousse un soupir d'épuisement. Je ne sais plus à quoi me raccrocher, moi. Si ceux qui veulent m'empêcher d'aider Pictone sont ceux qui ont provoqué notre rencontre, ça devient l'enfer ! Où sont les bons, où sont les méchants ? Si les ennemis se révèlent des alliés, on se met à douter de ses alliés, c'est normal. Même Brenda paraît bizarre, tout à coup. Elle nous laisse discuter, elle marche dix pas en arrière, collée à son portable où elle parle à un Troc en lui disant qu'elle veut bien recommencer avec lui, à condition qu'il lui rende un petit service. J'ai un mal fou à ne pas tendre l'oreille, à rester concentré sur l'ours qui me pourrit la tête avec ses hypothèses.

— Tu avais raison, Thomas, soupire-t-il.

— Raison de quoi ?

— Si nous sommes manipulés dès le début, toi et moi, il n'y a qu'un seul recours possible. Manipuler à notre tour.

Ça y est, on arrive devant chez lui. Il va falloir encore parlementer avec sa veuve, expliquer, mentir, essayer de convaincre... Si seulement je pouvais redevenir un préado normal, avec pour seuls problèmes des profs, des parents qui se disputent et des kilos en trop. Je ne connaissais pas mon bonheur. Tout ce que je voudrais, aujourd'hui, c'est qu'on me rende mes galères d'avant.

Je n'arrête pas de penser au stylo de mon père où Pictone a fait pousser mes initiales, tout à l'heure. Pourquoi a-t-il fait ça? Pour me préparer à être orphelin? Pour que je reprenne le flambeau – un flambeau qui n'a jamais rien allumé? L'image du vieux stylo entre les pattes en peluche grandit devant mes yeux, devient comme une espèce de lance, d'étendard…

— Vas-y, sonne! s'impatiente l'ours. Qu'est-ce que tu attends?

Je tourne brusquement les talons. J'en ai marre. Je laisse tomber. J'arrête. Qu'est-ce qui compte, pour moi? La libération de mon père. Le seul qui ait fait quelque chose pour lui, jusqu'à présent, c'est Anthony Burle. Son intervention l'a fait passer de garde à vue en cellule de dégrisement. Même s'il est sympa avec ma mère pour coucher avec elle – ou parce que c'est déjà fait –, il est le seul espoir de papa. Le seul qui soit fiable. Il ne faut plus que je me trompe dans le choix de mes alliés.

Je passe devant Brenda qui me retient par le bras, l'air tendue.

— Je viens d'appeler un ex, qui est attaché de presse au ministère du Bien-Être. Le copain de ta mère a menti: ton père n'a jamais été transféré dans leurs unités anti-alcooliques. Il est toujours en garde à vue au ministère de la Sécurité, à la Division 6.

— La Division 6? s'écrie Pictone. Mais c'est horrible! C'est la section d'autotorture mentale! J'y ai passé vingt-quatre heures, quand mon éditeur a dénoncé mon livre au Comité de censure. Il faut le sortir de là tout de suite, Thomas ! Il est impossible de résister deux jours : ou on craque, ou on meurt.

Je regarde l'ours, je regarde Brenda, et je fais demi-tour au pas de charge, animé d'une rage absolue. La grande porte en bois laqué s'ouvre au troisième coup de sonnette. En me reconnaissant, Mme Pictone a un haut-le-cœur.

— Encore toi ! Décampe ou j'appelle la police !

— C'est pas le moment de m'énerver, OK ?

— Vous devriez l'écouter, madame, intervient Brenda avec beaucoup plus de diplomatie.

— Ce gamin ? Ah non, ça suffit comme ça ! Hier, il a essayé de me vendre ce jouet en peluche en disant qu'il était à mon mari !

— C'est fou ce qu'elle peut déformer les propos, soupire l'ours. Moi aussi, elle me comprenait toujours de travers.

Brenda allonge son sourire, et affronte avec une douceur persuasive le regard mauvais de la grande vieille à cheveux bleus.

— Je suis médecin, madame Pictone, et je vous confirme que ce jouet en peluche est effectivement la réincarnation de votre époux. Pour des raisons un peu longues à vous expliquer, il nous a choisis pour être ses exécuteurs testamentaires. Il a un mois d'avance, mais il a voulu absolument qu'on vous apporte son cadeau. Joyeux anniversaire.

Et elle lui tend l'écrin en cuir rouge. Mme Pictone l'ouvre, abasourdie.

— On… on dirait…

— Votre bracelet de famille, confirme Brenda.

— Mais ce n'est pas possible : il est au coffre !

— Votre mari nous l'a ouvert.

— Et... et ces diamants... ?

— Il voulait vous faire la surprise.

Les mains tremblantes, le regard halluciné, elle fixe l'ours que je lui dépose dans les bras comme un bébé. Il lève une patte :

— Bonjour, Edna. Je ne te demande pas si je te manque.

— Léonard ! crie-t-elle.

Elle tombe évanouie.

— Vous avez vu ? s'exclame son mari, incrédule. Elle m'a entendu !

— Rien de tel qu'un bijou, marmonne Brenda, pour rétablir la communication dans les couples.

## 39

On ramasse la veuve Pictone, on l'installe dans un fauteuil de son salon, et on attend qu'elle revienne à elle. Impatiente, Brenda prend une carafe en cristal sur un plateau, boit une gorgée afin de vérifier si c'est bien du whisky, et lui fourre le nez dans le goulot. La vieille dame ouvre un œil. Assis sur son genou droit, son défunt lui tient la main entre ses pattes. Psychologiquement, il lui a passé au poignet son bracelet d'anniversaire. Le scintillement des diamants la fait reculer d'un coup dans son fauteuil.

— Ce n'était pas un rêve ? s'effraie-t-elle.

— Si, ma chérie, lui répond l'ours en peluche d'une voix rassurante. Pour moi, en tout cas, c'est un rêve qui se réalise : j'ai tellement prié pour que tu entendes enfin ma voix…

Je trouve qu'il en fait des tonnes, mais bon, il a raison. Et puis je le préfère hypocrite qu'hypocondriaque. Ce qui compte, c'est l'efficacité.

— Mais comment est-ce possible ? bredouille-t-elle.

— Je suis mort, Edna, mais je vais bien, grâce à ce

garçon. Tu t'es assez moquée de mes travaux en physique quantique, de ma théorie sur la conscience qui crée notre enveloppe charnelle et lui survit – eh bien tu vois : j'avais raison. Il n'empêche que j'ai besoin de toi, Edna. Je suis en danger. Je t'ai pourri la vie, je sais bien, mais tu es la seule à pouvoir me sauver la mort.

Il s'interrompt, regarde les yeux de la vieille dame s'emplir de larmes. Avec effort, elle avale sa salive et se tourne vers moi en secouant la tête :

— Ce n'est pas Léonard. Je ne le reconnais pas… Il est… il est trop gentil.

— La mort, ça remet les choses en place, Edna. Je te demande pardon pour tout le mal qu'on s'est fait, pour toutes ces disputes inutiles, pour toutes mes critiques sur ta cuisine et ces maniaqueries qui m'agaçaient tellement… Tu me pompais l'air, c'est vrai, mais ça me manque. L'enfer conjugal, c'est toujours mieux que le purgatoire en solo.

La vieille dame cherche à tâtons un mouchoir dans sa manche. Il ajoute :

— Ça va, tu me reconnais mieux, là ?

Elle secoue la tête en reniflant. Elle hésite puis, dominant un genre de répulsion, elle pose la main sur la fourrure de l'ours à cheval sur son genou droit.

— Moi aussi ça me manque, Léonard. Un tel silence… Jamais je ne pourrai vivre seule.

— Il y a les enfants, répond-il sans conviction.

— Justement. Ils vont me mettre dans une maison de retraite. La villa est à eux, maintenant.

— Non, non, rassure-toi : je l'ai vendue en viager.

Pour financer mes recherches. Un viager sur nos deux têtes : personne ne te mettra à la rue.

— Et si on parlait de mon problème ? dis-je pour abréger les roucoulades.

L'ours et la vieille dame continuent de se fixer, comme si je n'existais plus.

— Je n'ai pas l'intention de te survivre, insiste-t-elle avec fermeté. La vie sans toi, ça ne signifie rien. Emmène-moi, Léonard...

— Pas tout de suite, Nounou, répond-il d'un air embarrassé. Mais je te promets qu'on aura une seconde chance, toi et moi, dans l'au-delà... si tu fais ce que je te dis.

Et il lui explique avec le maximum de délicatesse la nécessité de laisser sa dépouille au fond de la mer, et donc de fournir aux autorités une autre puce que la sienne, afin de lui laisser le temps de détruire le Bouclier d'anti-matière.

— Tu ne vas pas recommencer, non ? s'indigne Nounou.

Il lui réplique que c'est la seule solution pour, le jour venu, l'emmener en voyage de noces au Paradis.

— Tu te moques de moi ?

— Mais non, Nounou ! Le Bouclier bloque les âmes sur Terre, je te l'ai dit cent fois ! Et si on me dépuce, je ne pourrai plus te parler. Écoute, on a une chance folle : un homme de mon âge vient de mourir à deux pas d'ici, le visage en bouillie et sans aucune famille. Il suffit que tu dises que c'est moi.

Elle garde le silence, sourcils froncés. Quelque chose la

chiffonne. Sûrement le coup du Bouclier, la perspective de voir son époux devenir un terroriste à titre posthume.

— Léonard! articule-t-elle avec une lenteur offusquée. J'ai bien entendu : tu me demandes de reconnaître un corps qui n'est pas le tien? Et de l'inhumer dans le caveau de mes parents!

— Les cadavres n'ont pas d'importance, Edna. Quand tu ouvres un courrier, tu jettes l'enveloppe. C'est la lettre qui importe.

— Mais c'est un sacrilège!

— Non, c'est une preuve d'amour! réplique-t-il d'un ton agacé. Si tu veux que je t'emmène avec moi refaire notre vie dans l'au-delà, il faut que tu empêches la police de trouver mon vrai corps! Un point c'est tout!

— Ah non, je te reconnais bien, finalement! grince-t-elle. Tu n'as pas changé, tu es bien toujours le même égoïste, sans aucune considération pour ce qu'éprouvent les autres…

— Mais tu m'emmerdes, Edna! s'écrie-t-il en lui cognant le genou gauche. Arrête de ressasser le passé : j'ai une demande précise, et le temps presse! Maintenant, si tu préfères rester seule sur la Terre comme aux cieux, avec tes principes ridicules et ton qu'en-dira-t-on, libre à toi, je m'en fiche!

Avant qu'il ne torpille notre cause, je me dépêche de préciser à sa veuve que, si elle refuse de coopérer, je vais me retrouver orphelin. Elle me toise froidement, comme si je perturbais leur intimité.

— Mais tu es qui, toi, à la fin? me jette-t-elle au visage.

Pris de court, j'évite de répondre : « L'assassin de votre mari. »

— C'est mon propriétaire, déclare l'ours. Il s'appelle Thomas Drimm, et il m'a offert spontanément l'asile politique dans sa peluche. Résultat, il a mis en péril la vie de son père qui, pendant que tu ergotes sur ton caveau de famille, se fait torturer par le ministère de la Sécurité à cause de moi !

La vieille dame soutient le regard des billes de plastique, puis me dévisage en biais, avant de se tourner vers Brenda qui lui tend un verre de whisky. Elle y trempe ses lèvres, le lui rend, laisse tomber d'une voix acide :

— Et vous, docteur, quel est votre rôle dans cette histoire ?

— Le même que vous, madame, sourit Brenda. Victime consentante de l'union sacrée de ces deux olibrius.

Les lèvres de la veuve cessent de trembler, et ses traits se détendent un instant, avant de se durcir à nouveau dans une moue guerrière.

— Donnez-moi ma canne, lui ordonne-t-elle tandis qu'elle s'arrache brusquement du fauteuil, faisant tomber sans égard son mari sur le tapis.

## 40

La Colline Bleue, siège du pouvoir politique, dresse ses grands arbres au-dessus du Centre d'affaires de Nordville. Les douze ministères peints couleur ciel entourent la Maison-Mère, résidence du Président, une sorte de pâtisserie à colonnades turquoise surmontée d'un dôme en or avec un drapeau sur le paratonnerre.

Le taxi s'est arrêté devant le poste de contrôle central. Brenda est sortie avec son plus beau sourire, modèle spécial-guichetier.

— Thomas Drimm, dit-elle.

Le visage impénétrable, l'officier de sécurité la scanne du regard en demandant avec qui nous avons rendez-vous.

— Je ne sais pas. Dites Thomas Drimm, de la part du professeur Pictone, et vous verrez qui répond le premier.

Sans la quitter des yeux, l'officier pianote sur un clavier.

— Vous êtes ?

— Le médecin personnel de M. Drimm, et j'assure sa protection rapprochée.

Il lui désigne le lecteur de puce, sous l'auvent en plexiglas. Brenda incline la tête vers le faisceau, et son identité apparaît sur l'ordinateur.

— Vous êtes en majoration de retard pour une contra-vention de classe 3, lui rappelle-t-il en désignant l'écran. Défaut d'éclairage sur un vélo.

— J'ai porté plainte pour vol des phares.

— Ça ne suspend pas le paiement. Le nouveau ministre de l'Énergie attend M. Thomas Drimm, enchaîne-t-il en lisant sur un autre écran la réponse à la demande de rendez-vous. Cinquième ministère à votre gauche.

Brenda secoue la tête avec trois petits claquements de langue, réplique :

— M. Drimm préfère que l'entretien ait lieu au minis-tère de la Sécurité, Division 6.

Je retiens ma respiration. Pictone m'a conseillé de jouer cartes sur table : effet de surprise et rapport de force. Je suis traqué, manipulé ; je le sais, je le montre et je reprends l'avantage. Brenda est d'accord avec cette stratégie. Je n'ai plus qu'à être à la hauteur du bluff.

L'officier transmet la requête sur son clavier. Un haus-sement de son sourcil gauche ponctue la réponse qui s'affiche dix secondes plus tard sur l'écran.

— Ce sera le dixième ministère à droite, puis à gauche, puis au centre. Place de la Guerre Préventive. Mais M. Drimm est attendu seul, mademoiselle. La Garde minis-térielle le prend en charge dès le franchissement des grilles.

Brenda guette ma réaction, le visage tendu. Je la rassure d'une moue opérationnelle : j'assume. Elle se retourne vers le guichet :

— Alors annoncez-moi à Paul Benz, ministère du Bien-Être.

Un sourire narquois s'installe sur les lèvres de l'officier, tandis que ses doigts communiquent la demande de Brenda.

— M. Benz est toujours en charge des Soirées hologrammes ? s'informe-t-il après quelques secondes, avec un regard en coin.

— Demandez-lui.

L'officier désigne l'écran où vient d'apparaître une demi-ligne.

— Il est ravi de vous recevoir, répond-il d'un petit air à sous-entendus.

Une jeep électrique avec trois soldats s'arrête sans bruit devant la grille qui coulisse, tandis que les crève-pneus s'enfoncent dans le sol. Je sors du taxi, avec le professeur Pictone accroupi au fond de son sac d'hypermarché. Je demande à Brenda :

— C'est quoi, une Soirée hologramme ?

Elle hausse les épaules, et se penche à mon oreille :

— Tu crois que je paye mon loyer en tournant une pub du pied gauche tous les six mois ? Je t'aide comme je peux, Thomas. Suivant comment ça tourne, tu auras peut-être besoin de mes relations, alors je les réactive… OK ? En cas de problème à la Division 6, tu demandes qu'on appelle Paul Benz, qui se porte caution pour toi. Il a l'oreille du Président.

— L'oreille et la queue, marmonne l'ours.

Je donne un coup de genou dans son sac. J'ai bien compris, je ne suis pas débile, mais je n'ai pas envie d'entendre. Ma mère aussi est obligée de faire des trucs avec l'inspecteur de la Moralité, si elle veut garder son job. Mais je pensais que Brenda était au-dessus de tout ça. Je ne la juge pas ; je suis triste, c'est tout. D'un autre côté, c'était peut-être le moyen pour elle d'infiltrer le gouvernement, en tant que révolutionnaire. D'après mon père, le seul espoir de réussir un jour un coup d'État, c'est de passer par les soirées privées du Président.

Je monte dans ma jeep, Brenda dans la sienne, chacun se souhaite bon courage avec les yeux, et on part dans des directions opposées. Les sentiments très variables qu'elle m'inspire, du beau fixe à l'orage en passant par le brouillard total, aèrent un peu mon trac. On devrait toujours être amoureux quand on risque sa vie. Et inversement. Ça donne du recul.

La jeep s'arrête devant le bloc en verre fumé du ministère de la Sécurité. On me confisque mon portable et mes lacets de baskets. Puis on me fait passer sous un portique pour voir si je suis un ado piégé – ça se faisait, autrefois, m'a raconté mon père, pendant les guerres de religion. Et on glisse le sac contenant le professeur Pictone dans un tunnel à rayons X. Je regarde l'image sur l'écran de contrôle. Machinalement, je m'étonne qu'il n'ait pas de squelette ni de cerveau. Vu le degré d'autonomie et de communication auquel il est parvenu, c'est difficile de croire qu'il est toujours en mousse.

— Reste concentré, Thomas, murmure-t-il entre ses lèvres jointes, quand le tapis roulant l'extrait du tunnel de contrôle. La partie va être serrée.

Je reprends le sac. C'est vrai que s'ils ne m'ont pas confisqué mon ours, au même titre que mes lacets ou mon portable, c'est qu'ils savent très bien ce qu'il contient. Je suis beaucoup moins sûr de mon avantage, tout à coup.

Une hôtesse géante avec une démarche de robot vient me chercher, me fait traverser un grand hall de marbre vide jusqu'à un ascenseur où nous entrons. Elle appuie sur – 6. Je lui souris, pour me faire une alliée. Elle reste de marbre, assortie à son hall.

Dix secondes plus tard, les portes de l'ascenseur s'ouvrent dans une lumière glauque, genre aquarium. Un jeune homme très beau avec de longs cheveux noirs et des yeux verts se tient au centre de la pièce ronde, les mains dans le dos. Il est vêtu d'un costume noir à liseré vert boutonné jusqu'au cou. Il me tend la main. Sa voix est chaude mais sa paume est glacée.

— Bonjour Thomas Drimm. Ravi qu'on se rencontre enfin.

Je fronce les sourcils. Je ne le reconnais pas, et pourtant j'ai comme un sentiment de déjà-vu. En rejetant la tête en arrière, comme pour ne rien perdre de ma réaction, il se présente :

— Olivier Nox. Je suis le nouveau ministre de l'Énergie.

## 41

L'ascenseur se referme, réexpédiant l'hôtesse à la surface. Un bruit de talons ferrés me fait tourner la tête.
Raide et pressé, un petit nerveux à moustache fond sur
moi, l'air insignifiant. Sans me dire bonjour, il écarte les
bords de mon sac d'hypermarché, avise l'ours en peluche.
Il consulte du regard le jeune homme aux yeux verts, qui
rejette ses longues mèches en arrière et me glisse d'une
voix douce :

— Thomas Drimm, je te présente Jack Hermak, le
ministre de la Sécurité. Il pense que tu as beaucoup de
choses à nous dire.

Avec un sang-froid qui m'impressionne, je réponds
sèchement :

— Je veux voir mon père, d'abord.

Les deux types échangent une œillade amusée qui
me glace. Olivier Nox nous fait signe de le suivre dans
un large couloir où il nous ouvre une porte capitonnée,
comme s'il était chez lui. L'autre a l'air de filer doux, ce
qui paraît bizarre quand on sait combien son ministère de
la Sécurité terrorise le pays.

On entre dans une salle de cinéma aux profonds canapés de cuir noir. Ils m'invitent à m'asseoir entre eux. Le nouveau ministre de l'Énergie manœuvre une télécommande. La lumière s'éteint, l'écran s'éclaire et le film commence.

Les doigts crispés sur les accoudoirs, je mords mes lèvres pour ne pas leur crier d'arrêter. Sur l'écran, je me vois tout gros et tout paniqué, en train de courir comme un malade dans un champ de barbelés. Il y a des miradors, des projecteurs, des soldats qui pointent des mitraillettes… Fondu enchaîné sur une chambre à gaz où l'on m'enferme, une serviette autour de la taille. Puis une gigantesque seringue entre dans mon ventre et aspire ma graisse, mes yeux, mes dents… C'est horrible, c'est complètement horrible ! Comment ils ont filmé ce truc ?

— Il s'agit d'images mentales, Thomas, me dit Olivier Nox sur un ton rassurant.

— Ton père qui se fait un film, ricane le ministre de la Sécurité. Tu vois : tu as le premier rôle.

Je disparais brusquement de l'écran, remplacé par mon père. Il est en train de se débattre, au milieu d'une centaine de livres qui s'ouvrent comme des mâchoires, les pages hérissées de lettres pointues, et qui lui arrachent un bras, le dévorent…

Je ferme les yeux. Lorsque je les rouvre, le film est terminé, la salle se rallume.

— Nos peurs intimes fabriquent généralement des fictions sans queue ni tête, commente le ministre de la Sécurité en lissant sa moustache. Mais là, avec ton père, on se régale. J'ai déjà organisé trois projections privées : c'est un vrai succès.

L'écran coulisse vers le plafond, découvrant une baie vitrée. Mon père est enchaîné de l'autre côté, dans une cellule ronde. Sa tête pend sur le côté, le crâne recouvert d'un casque à électrodes.

— Il va bien, pour l'instant, dit le ministre de l'Énergie avec douceur. Il récupère, après tous ces rêves agités… Alors, Thomas, qu'as-tu à nous dire ?

Le nain de la Sécurité sort brusquement l'ours de mon sac, le brandit sous mon nez.

— Tu sais qui est à l'intérieur de ce jouet ?

Je serre les poings en affrontant son regard, et je rassemble toute ma colère pour répondre :

— C'est pas mon problème, je veux pas le savoir. Prenez-le, et rendez-moi mon père.

— Hélas, soupire Olivier Nox en joignant les doigts devant son nez, ta monnaie d'échange ne vaut plus grand-chose, Thomas. Nous avons retrouvé le corps du professeur Pictone. Sa veuve vient de l'identifier. Dès que nous aurons retiré sa puce, nous contrôlerons son âme, et ton ours en peluche sera désaffecté.

Une pression de son pouce sur la télécommande fait redescendre l'écran. Une seconde pression affiche l'image d'une pièce carrelée. Sur une table métallique repose le corps de Physio. Mme Pictone l'a vêtu d'un costume de son mari, à peu près identique à celui qu'il portait quand je l'ai tué. La grosse seringue foreuse pénètre dans le crâne défoncé, aspire et dépose la puce dans un appareil à cadran – sans doute un yodmètre. L'aiguille quitte à peine le zéro.

— Si peu d'énergie récupérable dans un tel cerveau, soupire Olivier Nox. C'est vraiment du gâchis. Tu vois,

Thomas, l'activité négative de la pensée ne produit rien qui vaille. Le bilan final de l'intelligence de ton père sera aussi navrant, j'en ai bien peur.

La puce de Physio est glissée dans un fusil d'assaut, comme une vulgaire cartouche, et l'écran s'éteint.

— Voilà comment finissent les savants dévoyés qui mettent la paix sociale en péril, conclut le ministre de la Sécurité.

Et il brandit la peluche sous mon nez, l'agite frénétiquement :

— Tu peux constater : il n'y a plus personne à bord ! Que de la mousse et des poils ! Fini, de jouer au garde-fantôme !

Je fixe l'ours qui, en effet, demeure d'une immobilité totale. Ou Pictone tient à la perfection son rôle de dépucé, ou il y a un problème. Après coup, je n'en reviens pas que mon stratagème ait pu tromper si facilement deux ministres aussi retors. Ils ne sont quand même pas en train de me jouer la comédie ?

Jack Hermak se lève, va ouvrir une petite trappe dissimulée dans le mur en moquette. Avant que j'aie pu faire le moindre geste, il jette la peluche dans un vide-ordures. Le bruit du broyeur me déchire le cœur. Au prix d'un effort surhumain, je réussis à retenir aussi bien mes larmes que mon envie de meurtre.

— Paix à sa mousse, laisse tomber Olivier Nox. À présent, Thomas, nous aimerions que tu nous dises la vérité. Toute la vérité sur la relation spirituelle que tu as eue avec feu le professeur Pictone.

— Tu as le choix, enchaîne l'autre nabot. Ou tu nous

parles de ton plein gré, ou on t'inflige une séance de Tor-Peur comme à ton cher papa.

— Ton cher papa que tu as fait souffrir pour rien, puisque tu l'as privé de tes confidences, et qu'il a donc été incapable de nous avouer quoi que ce soit.

J'avale ma salive. J'étais sûr qu'ils me laisseraient repartir avec mon ours, dès qu'ils penseraient en avoir expulsé Pictone. Si je me suis trompé à ce point, la suite de notre plan pour libérer mon père ne vaut pas grand-chose, mais je n'ai pas d'autre solution.

Je hoche la tête, et je prends mon courage à deux mains pour passer aux aveux.

## 42

— Nous t'écoutons, Thomas Drimm, dit le ministre de l'Énergie en se laissant aller contre son dossier.

Je compte jusqu'à dix pour ménager le suspense, et surtout pour ne pas donner l'impression que je récite une leçon. Et je me lance :

— Voilà. Je jouais sur la plage de Ludiland, dimanche, quand mon cerf-volant a tué par accident un vieux monsieur. Comme déjà mon père avait des problèmes avec la loi contre l'Alcoolisme, j'ai eu peur que ça aggrave son cas parce que je suis mineur, et que ça fasse perdre à ma mère son travail au casino, alors j'ai appelé au secours Physio.

— Qui ça ? demande le ministre de la Sécurité.

— Un physionomiste qui m'aime bien depuis que je suis né, parce qu'il n'a pas de famille, alors il a caché le corps dans la chambre froide du casino, sans rien dire à ma mère. Mais, manque de bol, le fantôme du professeur Pictone est venu me hanter dans mon ours, comme vous l'avez dit, et puis j'ai vu aux infos que c'était un savant célèbre, alors j'ai appelé la police, mais au dernier moment j'ai eu peur, je me suis défilé, et je suis allé voir sa veuve qui est très gentille et qui a dit qu'elle dirait que c'était un accident.

Les deux ministres échangent un regard neutre. Je ne sais pas si la salle est équipée d'un détecteur de mensonges, mais ils ont l'air de gober cette version light. Moi-même, je suis à deux doigts d'y croire.

— Et ce Physio, relance paisiblement Olivier Nox, je suppose qu'il peut confirmer ta déposition.

Sans me troubler, vu que le professeur et Brenda m'ont fait répéter toutes les phases possibles de l'interrogatoire, je réponds d'un air penaud :

— Oui, mais il s'est enfui, quand j'ai amené Mme Pictone au casino. Je pense qu'il a eu peur d'être arrêté comme complice.

— Nous le retrouverons, dit le ministre de la Sécurité en arrangeant le pli de son pantalon.

Avec une vraie détresse de Jteup, je le supplie :

— Ne lui faites pas de mal : il voulait juste me protéger…

— C'est bon, soupire Olivier Nox en se levant. Pour moi, l'affaire est close.

— Qu'est-ce qu'on fait de lui ? s'informe le nain en me désignant d'un coup de pouce.

L'autre lisse en arrière ses longs cheveux noirs, tout en s'étirant voluptueusement.

— En ce qui me concerne, Jack, sur le plan de l'Énergie, le problème est réglé. Je vous laisse seul juge de ce qui relève ou non de la Sécurité. Nous nous voyons tout à l'heure à la Maison-Mère, je crois, pour la soirée en mémoire de mon prédécesseur.

— Absolument, Olivier. Merci de votre collaboration.

— Elle vous sera toujours acquise.

Et le jeune homme aux yeux verts quitte le bureau sans un regard pour moi. Comme si je n'existais plus. Comme si ma condamnation à mort allait de soi.

Je me tourne vers la trappe dans le mur en moquette, et je tends désespérément l'oreille, j'appelle Pictone de toute ma force mentale. Rien. Le choc du broyeur a dû écrabouiller sa conscience. Sans lui, je suis perdu. Je n'ai plus de moyen de pression, je n'ai plus de monnaie d'échange, je n'ai plus personne pour me guider. L'autre salaud de la Sécurité va décider de supprimer les témoins, c'est couru d'avance. Ni mon père ni Brenda ne me survivront. Vide-ordures pour tout le monde. Et moi, je me retrouverai dans l'enfer des mineurs sans puce, comme la petite Iris, bloqué entre la mort et l'au-delà…

M'efforçant de cacher ma panique, je joue ma dernière carte. Celle que Léo m'avait préparée en cas de problème. Le bluff ultime.

— Je vous signale, monsieur le ministre, que j'ai la preuve que mon cerf-volant a été trafiqué. La mort du professeur Pictone, ce n'est pas un accident, c'est un assassinat téléguidé. On a voulu me faire porter le chapeau !

Sa face de crabe s'éclaire d'un sourire intéressé.

— Ah tiens ! Et pourquoi ?

— Je ne sais pas. Mais c'est un complot du gouvernement !

Il se gratte l'oreille, pensif.

— Toi alors… Tu ne manques pas d'imagination, dis-moi. C'est le fait d'avoir une maman psy qui te rend parano ?

— Je ne suis pas parano, je suis prudent. Le cerf-volant est en lieu sûr. Si on n'est pas libérés tout de suite, mon père et moi, notre avocat sortira toutes les preuves en direct à la télé!

— Ouh là! j'ai peur, se moque le ministre. Tu vas réussir une vraie petite révolution, dis-moi. Grâce à toi, la télévision d'État va se dresser contre le gouvernement! C'est un scoop, ça! Tu vas peut-être faire descendre le peuple dans la rue, aussi, comme autrefois? Remarque, c'était le bon temps, ça me rajeunirait… Une vraie bonne émeute à écraser, comme quand j'avais vingt ans… Mais c'est fini, tout ça, mon petit Thomas.

La bouche en cœur, il pose un doigt au centre de mon genou gauche.

— Une impulsion sur un bouton, et les gens sont contents, ils pensent à autre chose et tout va bien. Et si ça ne va pas mieux, une autre impulsion et hop! ils meurent. Si j'avais voulu éliminer le professeur Pictone d'une manière accidentelle, mon petit lapin, j'aurais fait envoyer un signal dans sa puce, c'est tout. Accident vasculaire, anévrisme, infarctus… J'ai le choix. Pas besoin de trafiquer ton cerf-volant.

Il se lève en claquant dans ses mains.

— Bon, j'aime bien discuter avec toi, ça me distrait, mais j'ai une soirée; il faut que je me prépare. Autre chose? Une dernière volonté, avant que je maquille ton exécution en accident d'avion? C'est vrai: pourquoi faire simple?

Il se fout carrément de ma gueule. C'est un vrai pervers, ce type. Et le pire, c'est que plus il déconne, plus j'angoisse.

Je suis à court d'idées, soudain. Et puis je repense à

Brenda. En dernier ressort, je déclare que Paul Benz
attend mon appel, au ministère du Bien-Être. Le nabot
laisse échapper un hoquet de surprise. Il me dévisage d'un
air réprobateur :

— Tu es un peu jeune, non ? Si tu étais mon fils, tu
prendrais une beigne. Il est vraiment temps que tu oublies
cette histoire, mon garçon. Allez, viens, que je te rende
ton père.

Ses doigts se referment sur mon épaule. Décontenancé,
je le laisse m'entraîner hors de la salle de projection. C'est
un piège, forcément. Il va nous laisser partir et on nous
tirera dans le dos. Ou un truc encore plus tordu.

Je n'ai pas le choix. Gringalet comme il est, il ne me
reste plus qu'à lui flanquer un coup de boule et m'enfuir. Au point où j'en suis, autant risquer le tout pour le
tout... Je commence à calculer mon angle de frappe, mais
il sort un bip de sa poche, appuie dessus.

Deux policiers en uniforme, jaillis de nulle part, me
chopent sous les bras, et me font entrer dans la cellule
collée à la salle de projection. Je ne résiste même pas. Ils
m'attachent par les poignets en face de mon père, qui
marmonne dans son sommeil. Les lèvres étirées dans son
sourire fielleux, Jack Hermak vient me caresser les cheveux.

— Ce n'est pas de la Tor-Peur, ne t'inquiète pas, c'est
du déstockage. On va vous effacer la mémoire récente : ça
prendra cinq minutes. On vous rajeunit de trois jours, et
on vous dépose à une station de métro. Seul effet secondaire : la gueule de bois. De toute façon, chez toi, c'est
héréditaire. Tu vois, il ne faut pas diaboliser le gouvernement : nous préservons la vie des citoyens, chaque fois que

c'est possible. Allez, bonhomme, je suis content de t'avoir connu, mais fais-toi oublier.

Il sort de la cellule. Les deux flics installent sur mon crâne le même casque à électrodes que celui de mon père, le mettent sous tension. Un son suraigu me vrille les tempes, aussitôt remplacé par une musique planante. Sans savoir si je dois lâcher prise ou me cramponner à mes souvenirs, je me sens fondre peu à peu comme un cachet d'aspirine.

## 43

L'image se forme, se brouille, se reforme. Deux yeux verts me fixent. Les yeux d'Olivier Nox, mais avec de longs cils, un visage de femme et un parfum incroyable. Crêpe à l'orange et chocolat chaud. Elle recule d'un pas, me dévisage avec un sourire absolument craquant. Entre ses doigts, elle tient le casque à électrodes qu'elle m'a retiré, et dont elle intervertit les branchements sans regarder, avec une précision impressionnante.

— Bonjour, Thomas. Je m'appelle Lily Noctis. Tu as rencontré mon demi-frère, je crois. Je suis la nouvelle ministre du Hasard, et je ne suis pas du tout d'accord avec lui. Ni avec le reste du gouvernement, d'ailleurs. Alors tu vas faire semblant d'avoir oublié tout ce qui s'est passé depuis dimanche, mais je compte sur ta mémoire, sur ton soutien et ta confiance. D'accord ?

Elle replace le casque sur ma tête, solennellement, comme si c'était une couronne. Je dis d'accord. Mes souvenirs ont l'air de répondre présent, mais j'ai du mal à me concentrer sur le passé. Je suis incapable de détacher mon regard de ses yeux, de son corps, de ses gestes.

Même dans les magazines de filles nues, je n'ai jamais rencontré une femme aussi sexy. Pardon, Brenda, mais il n'y a pas photo.

— Pas trop serré, ça va? reprend-elle en glissant un doigt entre mon poignet gauche et la menotte. Je vais appeler les gardes et, quand ils te détacheront, tu simuleras l'amnésie. Mais ne dis rien à ton papa, surtout. Lui, il a tout oublié pour de bon, et c'est mieux: il n'aurait pas supporté le choc, sinon. Imite-le, c'est tout, pour être crédible. D'accord?

Je me tourne vers mon père. Le corps en biais au bout des menottes, il a toujours le casque sur le crâne et il continue de dormir.

— Il y a un paquet pour toi à l'accueil, me chuchote-t-elle dans le creux de l'oreille, en me remettant une mèche à sa place. Tu ne m'as jamais vue, promis? Mais on se reverra. Et surtout méfie-toi de mon frère.

Elle hésite un instant, retrousse ma manche droite, plante un ongle rouge dans mon avant-bras, et trace sur ma peau une série de chiffres.

— Tu pourras toujours me joindre, en cas d'extrême urgence. N'écoute que ton instinct, et va au bout de ta mission, Thomas. Toi seul peux sauver le monde.

Cinq minutes après son départ, j'ai toujours son parfum dans le nez. Et la sensation délicieuse de son numéro griffé dans ma chair, sous la manche qu'elle a redescendue.

Les policiers de tout à l'heure entrent avec des brancardiers, allument les néons. Je murmure des trucs inaudibles à la manière de mon père, en faisant semblant de dormir.

Ils nous détachent, nous allongent sur les civières, nous enlèvent les casques, nous évacuent sans douceur.

À la sortie de l'ascenseur, un type du contrôle glisse mon portable dans ma poche, remet les lacets de mes baskets. Entre mes paupières soulevées d'un millimètre, je vois l'hôtesse d'accueil s'approcher de ma civière, un paquet-cadeau sous le bras. Elle dit quelque chose à l'oreille d'un policier, qui paraît surpris mais hoche la tête. Elle dépose le paquet sur mon ventre et retourne à son comptoir. C'est léger, ça ballotte et ça parle.

— Surtout ne m'ouvre pas : attends d'être en lieu sûr.

La voix chuchotante de Pictone me file un coup de bonheur hallucinant. Je ne sais pas dans quel état je vais le trouver, après le broyeur, mais tant pis : ça se recoud. Je suis tellement heureux qu'il ait survécu encore une fois. Et que Lily Noctis ait eu l'idée de me le rendre. Cette femme est magique. Magique !

Les brancardiers sortent dans la nuit, glissent nos civières dans une ambulance. La résidence du Président est tout illuminée. Avec un pincement au cœur, je songe à Brenda qui est peut-être en train de faire je ne sais quoi, dans sa « soirée hologramme ». Mais, presque aussitôt, Lily Noctis revient prendre toute la place dans mes pensées.

L'ambulance démarre et se dirige vers les grilles de sortie de la Colline Bleue, en croisant dans les grandes allées obliques un embouteillage de limousines toutes plus longues les unes que les autres, qui se dirigent vers la présidence.

— Où je suis ? gémit mon père.

Une boule dans la gorge, je réponds que je ne sais pas,

mais que je suis là. Et je lui prends la main tandis qu'il se rendort.

— On n'est pas dans la merde, soupire le paquet-cadeau sur ma civière.

Je fais semblant de ne pas avoir entendu, pour rester encore un peu dans le souvenir moelleux de Lily Noctis.

— C'est de ça que je parle, précise-t-il.

L'ambulance stoppe brutalement. Les portes se rouvrent, les brancardiers sortent nos civières, et les basculent comme des brouettes. On se retrouve sur le trottoir d'un quartier de bureaux désert, devant une entrée de métro. L'ambulance est déjà repartie.

Je me redresse, j'essaie de relever mon père qui marmonne des vers en latin comme dans ses plus beaux soirs de cuite. Pas le courage de le traîner dans le métro. Je sors mon portable, commande un taxi sur l'abonnement du Dr Macrosi, et, en attendant qu'il arrive, j'ouvre le paquet-cadeau pour faire le point sur la situation.

— Je ne comprends plus rien, attaque l'ours tandis que je le déballe. Nox et Noctis sont associés, ils s'étaient servis de Vigor pour voler mes brevets, et maintenant ils seraient adversaires? Ils s'affronteraient sur ton dos? Nox téléguide ton cerf-volant pour que tu me tues, et Noctis me sort du broyeur pour te faire un cadeau. C'est n'importe quoi. Ils se fichent de nous, Thomas, mais quel est le but, et quel est l'enjeu?

— Lily Noctis, en tout cas, c'est une vraie alliée.

— Tu peux me répéter ça en face?

J'ai un peu de mal, vu qu'il est en trois morceaux : une oreille, une patte et le reste. Une mousse jaunâtre, sèche et moisie, s'échappe des plaies.

— Ce n'est rien, me rassure-t-il. En revanche, je suis désolé pour tes souliers de bébé. Je me suis roulé en boule, je me suis déchaussé illico et je les ai balancés pour bloquer le broyeur. Non, sois sérieux, Thomas : Lily Noctis est la femme d'affaires la plus redoutable du monde.

— Eh ben peut-être qu'elle a changé! Ou qu'elle a décidé de trahir son frère pour faire des affaires avec nous!

— Quelles affaires?

— J'sais pas… Elle veut que je sauve le monde. Elle dit que je suis le seul à pouvoir.

— Quand c'est moi qui te le dis, j'ai moins de succès. Évidemment, si je tortille du cul, moi, ce n'est pas un argument.

Je le renferme dans son paquet-cadeau, et j'aide mon père à monter dans le taxi qui s'est arrêté devant la station.

— Tu parlais à qui? bredouille-t-il.

— À personne, papa.

— Toi aussi…, crache-t-il dans un haut-le-cœur. Ils écoutent rien, ils s'en foutent… *Margaritas ante porcos…* Des perles à des cochons!

Je ne sais pas quel genre de fréquences le ministre de la Sécurité lui a balancé dans le casque pour imiter une cuite, mais ça le fait bien. Ma mère n'y verra que du feu. Je referme la portière avec un coup de déprime gigantesque. Je suis épuisé. Épuisé de mentir, de me battre pour les combats des autres, de confondre les bons et les méchants, de m'emballer pour des gens qui me mènent en bateau… Marre d'être un héros.

Quand on arrive devant chez nous, aucune lumière n'est allumée. Chez Brenda non plus. La voiture de ma mère n'est pas là. Elle doit fêter son show télévisé avec son Burle. Mais allez-y, ne vous gênez pas, éclatez-vous avec vos Trocs et vos Jteups! Moi je suis là, tout va bien, pas de problème : j'assure la permanence, je m'occupe des alcoolos et des amputés du broyeur!

— *C'est la lu... tte fina-le!* braille mon père en levant le poing dans la direction du taxi qui s'éloigne. *Groupons-nous, et demain...*

Quand il attaque ses chansons du Moyen Âge, j'ai envie de le cogner. Mais qu'est-ce qui me prend? Je ne sais pas pourquoi je dis un truc pareil. Pourquoi j'ai ce genre de réaction... Ça doit être ça, la gueule de bois. Ce sale pourri de la Sécurité m'avait prévenu. Mais ce n'est pas le Bouclier d'antimatière que j'ai envie de faire péter, moi, c'est la Colline Bleue! Tous ces ministres, toutes ces magouilles, toutes ces pétasses!

— Arrête de penser à Lily Noctis! barrit l'ours à travers le papier. Je n'aime pas l'influence qu'elle a sur toi!

— Mais vous n'aimez rien, espèce de jaloux! Dès qu'une femme veut m'aider, ça devient le diable! Quand c'est pas Brenda qui prend, c'est Lily! Mais arrêtez de me gonfler, OK? On n'est pas mariés!

— Quoi qu'il en soit, demain il faut que j'aille au congrès de Sudville.

— Bon voyage! dis-je en donnant dans le paquet-cadeau un coup de pied géant qui l'expédie par-dessus une clôture.

Puis j'assieds mon père contre le mur de la maison, bien en vue dans la lumière du réverbère. Sa femme le trouvera toute seule en rentrant, et comme ça, pour une fois, je n'aurai pas d'explications à fournir.

Voilà. J'ouvre la porte, je referme à clé, et je fonce dans le salon finir sa bouteille de vin. Tant qu'à être bourré, autant que ça soit pour quelque chose.

## 44

*Maison-Mère, résidence du Président des États-Uniques,
23 heures*

Dans la grande salle de bal tournoient une cinquantaine de filles en double exemplaire. Le jeu consiste à
deviner lesquelles sont des hologrammes et lesquelles
sont réelles. Les candidats entrent l'un après l'autre, sans
avoir eu le temps de repérer leur proie, et ils disposent de
trente secondes pour faire le bon choix. Ils n'ont pas droit
à l'erreur : s'ils enlacent le vide, ils ont perdu et ils rentrent
chez eux. S'ils attrapent une fille réelle, ils ont le droit de
la consommer au premier étage, et le service de presse lui
double son cachet de danseuse.

Brenda n'a pas de chance, jusqu'à présent : le fils du
Président, les ministres et les journalistes invités n'ont
peloté que son hologramme.

C'est au tour d'Olivier Nox d'entrer dans la salle de
bal. Il s'arrête devant la photo géante de Boris Vigor, à qui
la soirée est dédiée. Boris qui gagnait toujours, mais ne
consommait jamais, depuis la mort de sa fille : il reversait

son gain à la communauté. Son successeur au ministère de l'Énergie s'incline devant le poster barré d'un bandeau noir, fait le signe de Roue, puis se lance sur la piste.

La valse funèbre, les corps de femmes à demi dénudés sous les voiles de soie et les jeux de lumière me ballottent du désir à l'écœurement. Je suis là, invisible et voyeur, hors d'atteinte et prisonnier, incapable de regarder ailleurs, obligé d'assister avec une excitation morbide à ce que je redoute de voir.

Contournant soigneusement une dizaine de danseuses, Olivier Nox se dirige d'un air magnétique, sans l'ombre d'une hésitation, vers l'une des deux Brenda. La virtuelle ou la bonne ? Ses mains se referment sur les rondeurs de ses hanches, et il l'entraîne vers l'escalier sous les applaudissements du maître de maison.

Sanglé par une ceinture de sécurité sur son trône, surmonté à droite d'une potence de perfusion et à gauche d'une bonbonne d'oxygène, Oswald Narkos III, Président à vie des États-Uniques, assiste seul au spectacle. Gâteux depuis trois ans, il salive entre sa minerve et le tube de son respirateur. Il ne sort plus de son palais, mais il assure la pérennité de l'État.

— C'est bien que tu découvres toutes ces réalités, Thomas, dit Olivier Nox.

Le jeune homme aux yeux verts a offert Brenda au ministre de la Sécurité, puis s'est planté devant le grand miroir de l'escalier d'où part mon champ de vision.

— C'est ta première nuit alcoolisée, n'est-ce pas ? Je suis fier de toi. Ça donne à ton sommeil une qualité particulière, une vibration qui te permet d'entendre des choses importantes. Des choses qui vont nouer entre nous, au fond de ton inconscient, des liens définitifs. Cette fois tu es prêt, Thomas Drimm. J'entame la dernière phase de ton initiation.

Il pousse un soupir de bien-être, en se décalant de son reflet pour mieux me dévisager.

— C'était si bon de te rencontrer en chair et en os, tout à l'heure. Tu ne m'as pas déçu. Tu es à la hauteur de tous les espoirs que j'ai mis en toi depuis ta naissance. Vois-tu, le Mal a besoin du Bien pour se régénérer, sinon c'est le déclin, le désenchantement, la routine… Regarde ce monde pourri, autour de nous. C'est devenu sans aucun intérêt, bien trop facile à gouverner. Je m'ennuie. Plus d'opposition, plus de folie, plus de foi, plus de gratuité, plus de rêves… Tu vas nous remettre tout ça d'aplomb, mon garçon, n'est-ce pas ?

Il pose son doigt sur le miroir, dessine le contour de mon visage dans une caresse de buée.

— Tu es l'Élu. Mon Élu. J'avais besoin d'un adversaire, Thomas, pour me renforcer. Comme l'énergie du Christ se réactive face à la menace de l'Antéchrist, le Diable a besoin d'un Antédiable pour stimuler son pouvoir. Privées des Forces de la Lumière, les Puissances de la Nuit finissent par s'éteindre… Et ce serait dommage.

Il sort de sa poche un foulard noir bordé de vert, essuie le miroir comme pour améliorer ma vision.

— Ton destin sera passionnant, tu sais. Le grand dilemme de ta vie n'aura jamais de fin : dois-tu me combattre, au risque de toujours me renforcer, ou alors te rallier au Mal pour que le Bien triomphe ?

Il remonte ses longs cheveux, les noue en catogan.

— Tu m'as vraiment pris pour une truffe, avec la puce

de ton Physio. Mais c'était un plaisir de te voir mentir aussi bien. Un plaisir très nourrissant, pour moi.

Soudain ses traits se brouillent et son visage se recompose autour de ses yeux verts.

— Pour moi aussi, précise la voix de Lily Noctis.

— Pour nous deux, reprend celle d'Olivier Nox.

Incrédule, je regarde le demi-frère et la demi-sœur prendre tour à tour l'apparence de l'autre.

— Homme et femme, yin et yang, disent-ils en chœur dans un même corps qui change à vue, qui passe en un instant d'un sexe à l'autre. Tu comprendras plus tard que c'est le secret du véritable pouvoir.

— En tout cas de notre pouvoir sur toi, dit-elle.

— Mais nous sommes totalement dépendants de ce pouvoir, dit-il.

— Nous avons besoin que tu nous aimes et que tu nous haïsses.

— Et nous continuerons de travailler dans ce but tes rêves et ta réalité.

— À très bientôt, donc, cher Thomas. Il te reste un jour pour sauver le monde…

## MERCREDI

Je sauve le monde ou je le détruis ?

## 45

Il pleut des cordes, et j'ai envie de me pendre. Une telle tristesse m'est tombée dessus, au réveil... Pourtant tout va bien. Tout me sourit, comme on dit. J'ai fait des rêves érotiques super avec Lily Noctis et, en me levant, j'ai trouvé sur mon portable dix-huit textos de Brenda me demandant courage, pardon, si tout se passe bien, si j'ai récupéré mon père, ce qu'est devenu Pictone, comment elle peut nous aider, pourquoi je ne lui réponds pas, de quelle manière elle doit me dire qu'elle est folle d'inquiétude, combien ça la gonfle de se prendre la tête pour un Jteup de même pas treize ans, et à quoi ça rime de faire le mort alors que le ministre de la Sécurité lui a certifié cette nuit qu'il nous avait libérés, mon père et moi, et qu'en rentrant elle a vu de la lumière à ma fenêtre.

Si ce n'est pas de l'amour, c'est bien imité. Et sous ma porte, j'avais un mot de ma mère.

*Mon chéri,*
*Ton papa est de retour! Je l'ai trouvé devant la porte, ils l'ont relâché, je pense qu'il a un peu trop arrosé la fin du*

*cauchemar, c'est normal. Il ne se souvient de rien, mais je suis tellement rassurée... Laisse-nous dormir un peu, si tu peux, pour nous remettre de nos émotions. Et nous lui ferons la surprise de ta métamorphose : il ne va pas en revenir, de ce régime miracle !*

*Ta maman qui t'aime.*

J'en conclus qu'elle était bourrée, quand elle est rentrée. Pas grave. En plus, si elle s'en veut de l'avoir trompé, ça va la rendre humaine. Il est sept heures du matin. Je descends aux nouvelles, sur la pointe des pieds.

Étonné, je découvre mon père dans la chambre, en travers du lit, ronflant comme un bébé. C'est elle qui s'est couchée sur le canapé du salon, pliée en deux sous le plaid, les bras serrés autour d'elle, pleurant dans un demi-sommeil. Ça me contrarie, mais d'un autre côté ça me réconforte de voir que l'amour c'est compliqué pour les adultes aussi.

J'enfile mon blouson et je sors discrètement dans la rue. Les poubelles sont passées. Du moins, les salauds des autres banlieues qui nous balancent par la portière leurs sacs de déchets en vrac, pour s'éviter la corvée du tri sélectif.

Je contourne les ordures étalées par les pneus, et je vais glisser un œil dans le jardin du voisin. Sous son parapluie, il est en train de presser une laitue pourrie dans un entonnoir, pour essayer de démarrer la Trashette minable qu'il a achetée pour imiter mon père. Il devait se dire que ça lui porterait bonheur, en tant que chômeur longue-durée, de rouler dans le même modèle qu'un prof de collège. Je lui dis bonjour, et je lui demande poliment s'il n'a pas vu un paquet-cadeau. Il envoie le doigt dans son dos, du côté de la niche du chien mort qui sert de cuve à compost. Je traverse avec son autorisation le potager ratatiné par les pluies acides, et je vais récupérer mon ours en morceaux, me préparant à une bordée d'injures méritées.

La boîte est vide. Une brindille trempée dans la boue a marqué sur le carton :

*Je suis chez Brenda.*

Avec un soupir, je traverse la rue et je monte sonner chez l'ex-femme de ma vie. Elle ouvre immédiatement, en petite culotte et gros pull. Elle ferme les yeux avec un air de soulagement, me serre contre elle, m'écarte aussitôt, me balance une gifle.

— Merci pour les nouvelles que tu m'as données ! Et merci pour ce que je me suis forcée à faire, cette nuit, dans le but d'obtenir ta libération qui avait déjà eu lieu !

— Je suis désolé.

— T'es pas le seul !

Elle me propulse jusqu'au professeur Pictone, accroché par un cintre à la poignée de la fenêtre. Je m'efforce de soutenir le regard de plastique. Je demande :

— Ça va ?

Il répond :

— Je sèche.

Brenda me précise avec la même froideur qu'elle l'a recousu. En effet, la patte et l'oreille ont retrouvé à peu près leur angle d'origine. L'épaule droite, en revanche, manque un peu de rembourrage. Je demande à Brenda comment il est entré.

— Il m'a appelée, *lui*.

— Appelée?

— Ma sonnette est trop haute. Et taper à une porte avec une patte en mousse, il ne risquait pas de réveiller le quartier.

Je répète, abasourdi :

— Il t'a appelée... et tu l'as entendu?

— Je l'ai entendu, oui, répond-elle, crispée.

— Mais... c'est la première fois! Comment ça se fait?

L'ours devance sa réponse :

— Elle était inquiète pour moi... *elle*.

Je la regarde sortir d'un placard une robe du soir, une écharpe noire et un tailleur de Toug, qu'elle plie avec soin dans une valise. D'un ton flottant, je lui demande où elle va.

— Nous allons au congrès de Sudville, répond l'ours. Inutile de nous accompagner : tu as autre chose à faire, et ta présence serait inutile. Un enfant, ça nous encombre-rait plus qu'autre chose.

Je les dévisage tour à tour, suffoqué. Elle ferme sa valise, enfile un jean. Mais qu'est-ce qui leur prend? Qu'est-ce que je leur ai fait? Un coup de pied dans un paquet-cadeau et les messages de mon portable que j'ai oublié de consulter, d'accord, mais j'ai des circonstances atténuantes, non? Il y a sûrement autre chose qu'ils me cachent.

— La voiture est là, dit Pictoné en jetant un regard dans la rue, par-dessus le cintre.

Brenda le décroche et lui redonne un coup de séchoir, en me remerciant pour le seul aspect positif de notre relation : la gratuité des taxis. Je monte la voix par-dessus le bruit de l'appareil, pour exiger de savoir ce qui se passe. Elle me fait signe d'aller voir le tableau posé sur le chevalet. J'y vais, et je tombe en arrêt devant le grand chêne qu'elle a peint, dans la nuit de lundi à mardi, avec Iris Vigor tombant de la plus haute branche. La petite fille a disparu, comme dévorée par les pigments de couleur. À sa place, il n'y a plus que dix centimètres carrés de toile de jute agrafée sur une planche du cadre.

Je me retourne, demande à Brenda si elle a fait une fausse manœuvre. Genre un gobelet d'acide qu'on lâche quand on se prend le pied dans le tapis.

— Ça s'est passé tout seul, Thomas, répond-elle en éteignant le sèche-cheveux. *Tout seul !* C'est un appel au secours.

— Je confirme, dit l'ours en se glissant dans le sac-kangourou, que Brenda s'accroche aussitôt à l'épaule. La petite n'a plus d'autre moyen pour se manifester que de détruire son image.

— J'ai juré à son père que je ne l'abandonnerais pas, rappelle Brenda en empoignant sa valise.

— Il nous reste vingt-quatre heures de congrès pour convaincre mes collègues physiciens de détruire le Bouclier.

— Et j'ai les arguments qu'il faut, dit Brenda sur le seuil, en se retournant vers moi.

Une boule dans la gorge, je demande :

— Lesquels ?

— Tu n'aimerais pas. Tire la porte derrière toi.

Je reste figé un moment, dans l'écho de ses talons sur

les marches. Je comprends ce qu'elle éprouve. Ce n'est pas une colère d'équipière à qui on n'a pas donné de nouvelles ; c'est une réaction de femme jalouse. Pictone a dû lui bourrer le crâne avec Lily Noctis – mais pourquoi ? Pour m'évincer, pour se retrouver seul avec elle ? Après m'avoir mis en garde successivement contre Brenda et contre Lily, on dirait que c'est de moi qu'il se méfie, à présent.

Quand j'arrive sur le trottoir, le taxi tourne déjà le coin de la rue. Je devrais être effondré, furieux – même pas. Après tout, ce ne sont pas mes affaires, ce n'est pas de mon âge et c'est voué à l'échec. Je ne sais pas ce qui est le plus désagréable dans ce que je ressens – la déception, la rancune ou le soulagement. Mais quel gâchis, quand même ! Tous ces efforts, tous ces dangers, tous ces mensonges, toute cette excitation pour rien… Je ne suis plus qu'un ado ordinaire sous la pluie, avec des rêves qui se barrent et la réalité qui reste.

Une démangeaison dans l'avant-bras me fait retrousser ma manche. Le numéro de téléphone griffé sur ma peau par Lily Noctis est encore visible. J'ai même l'impression qu'il s'est ravivé. Je rabaisse la manche. On va arrêter les illusions, d'accord ? Si déjà ça me fait aussi mal d'être largué par une top model en préretraite, qu'est-ce que ça serait avec une ministre !

Je rentre chez moi, la tête basse. Les parents sont à la cuisine. Petit déjeuner de profil. Je sens une vraie tension entre eux, mais pas la même que d'habitude.

— Tu ne remarques rien ? lui demande-t-elle d'un ton âpre, en reposant sa tasse.

— Qu'est-ce que je dois remarquer ?

— Enfin, Robert! Tu ne vois pas que ton fils n'est plus obèse?

Froidement, il répond :

— Je ne l'ai jamais vu obèse.

Et il se tourne vers moi, m'ouvre un bras. Je me serre contre lui.

— C'est le souci pour moi qui t'a fait maigrir, mon grand? Je suis désolé. Allez, ajoute-t-il en me tendant sa tartine beurrée, reprends des forces.

— Tu le fais exprès, ou quoi? lance ma mère.

Et elle sort en claquant la porte pour allumer une cigarette dans le jardinet de la cuisine. Je soutiens le regard fatigué de mon père. Je vais mieux. Au fond, ce n'est pas plus mal de retrouver ses repères.

— Papa… Faut que je te fasse une confidence.

Je n'en peux plus de cacher mon secret à l'être humain dont je me sens le plus proche – un secret qu'on lui a fait payer cher. Il détourne les yeux.

— Moi aussi, Thomas, j'ai une confidence… J'ai décidé d'arrêter l'alcool. Ça va être dur pour ta mère et toi, je le sais – mais je ne veux plus vous faire vivre ces épreuves.

— Quelles épreuves?

— Mais rien… Tout! Ma disparition, ces deux jours dont je n'ai aucun souvenir…

— C'est pas l'alcool, ça, papa!

Sa main s'abat sur la table.

— Arrête d'être mon complice, Thomas! Arrête de fermer les yeux sur ce que je suis devenu! Aide-moi à changer, merde!

Dans l'élan de mon émotion, je me dis soudain que

si j'ai pu me faire maigrir mentalement, j'aurai peut-être le pouvoir d'éliminer dans son corps le besoin d'alcool… Et notre vie redeviendra comme avant. Une vie simple et calme et banale.

C'est à ce moment-là qu'un hélicoptère s'est posé dans le terrain vague derrière la cuisine.

## 46

Je me suis précipité à la fenêtre. Quatre soldats en armes ont sauté dans la boue, couru vers la maison. Maman a rouvert brusquement la porte, est rentrée dans la cuisine en reculant, mains en l'air, poussée par le canon d'un fusil-mitrailleur. Mon père a bandé ses muscles pour se lever. Je l'ai retenu d'une main ferme.

— C'est rien, papa. C'est pour moi.

Les trois autres soldats ont pris position autour du pavillon, silencieux et rapides. En m'efforçant d'avoir l'air habitué, pour rassurer les parents, j'ai posé ma tartine en disant :

— Bonjour, madame la ministre.

Lily Noctis est entrée en baissant le canon du soldat, lui a fait signe d'aller jouer avec ses camarades, puis elle s'est tournée vers ma mère en état de choc, et lui a tendu la main avec chaleur.

— Enchantée, madame Drimm. Pardon pour cette arrivée un peu théâtrale, mais vous connaissez les services du protocole. Dès qu'ils sortent du centre-ville, pour eux c'est la jungle. Monsieur Drimm, sans doute ? Ravie.

Vous pouvez être fier de votre fils : c'est une vraie bête de scène.

Coude sur la table et tasse en main, il fixe d'un air de statue la bombe atomique en boots, pantalon de velours noir et blouson de cuir serré. Elle se retourne vers ma mère qui, elle aussi, est restée figée dans la même position.

— Je m'appelle Lily Noctis, je viens d'être nommée ministre du Hasard. Vous pouvez baisser les bras. J'ai trouvé formidable l'émission que vous avez tournée hier au casino, et j'ai de grands projets pour vous. Nous avons besoin de redonner au Jeu toute sa dimension humaine, psychologique et familiale. Si vous le permettez, j'ai choisi votre fils pour être la mascotte d'une grande campagne de sensibilisation. Puis-je vous l'emprunter ?

Mes parents m'ont regardé, bouche bée, se sont dévisagés sans un mot. Quand on est habitué à la routine et aux soucis matériels, on perd tous ses moyens lorsqu'il vous tombe dessus autre chose qu'une tuile. Moi-même, malgré tout l'entraînement que j'ai reçu depuis dimanche, ce coup du sort me laisse sans voix.

— Avec plaisir, madame la ministre, balbutie ma mère.

— Je l'emmène à la Convention nationale des casinos, je vous le rends demain matin. Mes services s'occupent de prévenir son collège. Vous-même, chère madame, je souhaite vous confier une mission nationale sur la Philosophie du Jeu. Vos conditions seront les miennes. Bonne journée.

— À votre disposition, madame la ministre, s'empresse ma mère, qui a quand même une sacrée faculté d'adaptation. Thomas, chéri, tu vas te changer ?

— Nous achèterons sur place. Allez, jeune homme, en route!

Lily Noctis me prend par le bras et m'entraîne hors de la cuisine. Je croise le regard des parents. La fierté émerveillée d'un côté, l'indignation impuissante de l'autre.

— Attendez! proteste mon père à contretemps.

— Laisse! grince ma mère entre ses dents. Tu vois bien qu'ils sont pressés.

Avec le bruit du rotor, je n'ai pas entendu la suite, mais je l'imaginais très bien. Là où elle s'extasiait sur l'espoir d'une promotion fabuleuse, il ne voyait que récupération médiatique, exploitation de mineur, merchandising humain. Moi, je sentais bien qu'il y avait autre chose dans la tête de Lily Noctis, mais je respectais le secret-défense. Et je vivais le plus beau moment de ma vie.

L'hélicoptère s'est arraché de la boue. J'ai vu ma banlieue minable s'éloigner, se confondre avec les autres, disparaître dans les nuages. Seuls restaient le parfum magique et la présence vibrante de la ministre tout contre moi.

— Pardon de cette mise en scène, Thomas, mais il y a urgence: nous allons à Sudville. Mon frère n'a pas été dupe de ton stratagème. Ils ont trouvé le véritable cadavre de Pictone, ils sont en train de le repêcher, ils vont le dépucer d'ici une heure, et ton ours ne sera plus opérationnel.

— Mais… comment vous savez tout ça?

— Le gouvernement sait tout sur tout le monde, Thomas. Souvent on laisse faire, parfois on agit.

— Nous avons localisé le taxi, madame la ministre.

— Parfait: interception, atterrissage.

L'hélicoptère amorce sa descente, sort des nuages. On est au-dessus d'une autoroute déserte où des motards ont stoppé le taxi de Brenda. Des barrages bloquent la circulation, un kilomètre en arrière. L'hélico se pose près de la voiture, tandis que deux motards entraînent Brenda qui se débat comme une forcenée. Un de nos soldats la tire pour la faire monter dans le cockpit. Elle roule des yeux terrifiés, essaie de cogner tout ce qui bouge. En me découvrant, elle arrête brusquement de lutter. Je lui souris pour la rassurer : je contrôle la situation.

— Ministère du Hasard, lui dit Lily Noctis. Je suis de votre côté, mademoiselle Logan. Moi aussi je veux changer le monde, mais j'ai les moyens de le faire. Prenez ça comme un coup d'État en douceur.

Elle saisit le sac-kangourou que lui tend l'un des motards, en sort l'ours en peluche.

— Heureuse de vous revoir, professeur. Votre corps est en train d'être repêché : il ne vous reste qu'une heure au grand maximum pour mener à bien votre mission posthume.

L'ours reste immobile un instant, puis remue les lèvres.

— Que dit-il ? me crie la ministre par-dessus le bruit de l'hélico qui redécolle.

J'approche Pictone de mon oreille pour entendre sa voix.

— C'est un piège ! Sauvez-vous ! Tout de suite !

Je le raisonne en lui désignant le sol, cent mètres plus bas.

— En voiture, professeur, vous ne seriez jamais arrivés à temps, reprend Lily Noctis d'une voix forte. Vous êtes le seul à pouvoir expliquer à vos collègues comment détruire le Bouclier. Donnez les directives à Thomas, je le ferai passer pour votre petit-fils qui transmet vos dernières volontés, et ce sera bon.

Prise de court, la peluche tourne lentement la tête vers moi, vers Brenda, vers la ministre qui lui tend un bloc-notes. Brenda s'interpose, en dardant sur Lily des yeux de rivale :

— Qu'est-ce qui nous prouve que vous êtes des nôtres ? Pourquoi vous voulez détruire le Bouclier ?

— Querelle de famille, répond la ministre en souriant. Thomas vous expliquera.

La blonde et la brune se mesurent d'un regard distant.

— Vous avez des enfants, mademoiselle Logan ? Moi non plus. Ça ne nous empêche pas de vouloir les sauver, n'est-ce pas ? Je sais que vous êtes en relation avec la petite Iris Vigor, comme moi. Ces enfants SDF dans l'au-delà, c'est insupportable. Seule la destruction du Bouclier d'anti-matière peut mettre fin à ce drame.

Brenda tourne la tête vers moi, luttant contre l'émotion dans un restant de méfiance. Pictone pose la patte sur mon genou, et hausse avec résignation ce qui lui sert d'épaules. Il attrape le bloc-notes, et se met à écrire avec une lenteur précise.

— Vu le peu de temps dont on dispose, je pense qu'il faut aller au plus simple, lui conseille Lily. Est-il possible de saboter, par exemple, la lentille émettrice de Sudville ?

Sans réagir à sa question, le savant continue d'écrire. Lorsqu'il a fini, il me tend son texte. On dirait une recette de cuisine.

*Modifier la trajectoire des protons dans l'accélérateur, afin qu'ils ne soient pas dirigés vers la lentille au lithium qui en ferait des antiprotons.*

*Pendant ce temps : dans la fenêtre de béryllium, monter l'impulsion électrique à 10 000 ampères. L'envoyer le long de l'axe de la lentille, pour qu'elle chauffe le lithium à la limite de la fusion.*

*Puis diriger les protons vers l'anneau de stockage magnétique. Les laisser s'accumuler à la place des antiprotons.*

*Porter le champ magnétique à 150 000 gauss.*

*Le faisceau de protons ainsi émis par la lentille, lorsqu'il entrera en contact avec les antiprotons satellisés dans le Bouclier, provoquera sa rupture par résonance, tandis que l'inversion de trajectoire matière/antimatière évitera le danger d'explosion.*

*Léo Pictone, ton vieux camarade des bancs de la fac à Ferville, où tu lui as chipé sa fiancée Amanda Kazall. Si tu réussis l'opération ci-dessus, je te pardonne, je te bénis et je t'embrasse.*

— C'est destiné au professeur Henry Baxter, de l'Académie des sciences comme moi.

J'abaisse la feuille de bloc-notes et je fixe l'ours, un peu sceptique. Il ajoute que je n'ai plus qu'à apprendre par cœur la recette et les références du chagrin d'amour confirmant sa provenance.

— Et ça suffira à le convaincre ?

— Ne t'inquiète pas : il sait pourquoi il faut détruire le Bouclier. Ton rôle se borne à lui dire comment.

— Nous arrivons, annonce Lily Noctis.

## 47

L'hélicoptère se pose sur le toit d'un gigantesque hôtel-casino, semblable à tous ceux qui se dressent autour. Piscines vitrées, jardins suspendus, enseignes de néon géantes… Je n'ai jamais vu un tel mélange de luxe et de monotonie. Sudville, c'est la ville des retraités riches, des lunes de miel et des congrès.

— À plus tard, dit la ministre du Hasard en nous ouvrant la porte du cockpit. Les Forces de libération comptent sur vous.

Elle serre la main de Brenda, la patte de l'ours, et m'embrasse sur la joue gauche, très près de la bouche.

Décoiffés dans le vent du rotor, Brenda et moi échangeons un regard où se mêlent l'angoisse, l'incertitude et l'exaltation. Contre ma hanche, je sens gigoter d'impatience le professeur Pictone, que Lily Noctis a invité à se planquer dans une serviette en cuir de congressiste. Les pales ralentissent et s'arrêtent, mais la ministre reste à l'intérieur de l'hélico, feuilletant un dossier.

Un comité d'accueil tout mielleux vient nous chercher, Brenda et moi, et nous emmène cinquante étages plus bas dans un auditorium plein à craquer. Un chauve solennel postillonne au micro, sous la colossale lettre A de la pancarte «XXIVᵉ congrès de l'Académie nationale des sciences».

Les hôtesses nous conduisent à nos places, au quatrième rang. Les deux seuls fauteuils libres portent, sur une feuille épinglée au niveau de l'appuie-tête, les inscriptions «Dr Logan» et «M. Pictone Junior». Impressionné, je m'assieds à la droite du minuscule vieillard étiqueté «Pr Henry Baxter». La ministre du Hasard a vraiment tout prévu.

— ... Et je tiens à saluer parmi nous la courageuse présence d'un jeune représentant de sa famille, tonne le chauve au micro. En hommage à cet immense physicien, donc, nous allons observer une minute de silence.

Mon voisin m'étreint les mains avec une ferveur tremblante, les yeux humides. Je le remercie d'un hochement de tête courageux. Pendant la minute de silence, je lui glisse à voix basse ce que mon prétendu grand-père attend de lui. Son poing s'abat sur l'accoudoir.

— Ah, l'enfoiré! s'exclame-t-il.

— Chut, font les voisins, concentrés dans leur silence en hommage à Pictone.

— Bien sûr que c'est ça, la solution! se réjouit Henry Baxter avec un peu plus de discrétion, dans le creux de mon oreille. Moi, je m'étais focalisé sur la fusion du lithium.

— C'est des choses qui arrivent, dis-je avec ma compétence de petit-fils.

— Toutes mes condoléances, mon enfant. Vraiment, tu ne pouvais pas me faire un plus grand plaisir. Mais pourquoi Léo ne m'a-t-il jamais parlé de toi?

Pour endormir ses soupçons, je lui réponds qu'en revanche on parlait beaucoup de lui, et de la façon dont il lui avait chipé sa fiancée Amanda. Avec un coup d'œil nerveux pour la vieille asperge à chignon blanc qui trône à sa gauche, il se dresse en m'attrapant le poignet.

— Viens!

Un regard d'alarme vers Brenda, et elle se lève pour nous suivre vers une sortie de secours, sous les applaudissements saluant l'arrivée sur scène du ministre de l'Énergie.

— Chers académiciens, mesdames et messieurs, lance Olivier Nox dans le micro. Le gouvernement, soucieux d'honorer la mémoire du professeur Pictone, a décidé de diffuser sa cérémonie de Dépuçage national lors de notre pause-déjeuner, afin que nous puissions partager en direct ce dernier hommage.

— Il est quelle heure? trépigne l'ours dans ma serviette.

— Onze heures moins le quart.

— Vite! s'affole-t-il.

Le professeur Baxter s'engouffre avec nous dans une voiture officielle du congrès, donne l'adresse du Centre de production d'énergie défensive dont il est le directeur.

Mon portable me signale un message. Je le consulte aussitôt, pensant que c'est Lily Noctis. Ma déception se change très vite en incrédulité. Jennifer m'a envoyé trois photos d'elle, radieuse, sous trois angles différents, avec dix kilos de moins. Elle a écrit:

*Tu es un génie, merci, je t'aime.*

— Un souci? demande Brenda.

Je referme vivement le portable, fais non de la tête en cachant ma fierté.

— Je n'en reviens pas de ce que je vais faire! chevrote le professeur Baxter en se rongeant un ongle. Depuis le temps qu'on retournait le problème dans tous les sens, avec Léo… Ça y est, l'heure a sonné! L'Histoire retiendra mon nom comme celui qui… Oh là là, quelle émotion…

— Je n'aime pas sa main qui tremble, grince la voix dans ma serviette.

— «Henry Baxter, celui qui a osé!» clame-t-il comme s'il prononçait son propre éloge funèbre.

Dix minutes plus tard, l'identification de sa puce nous ouvre les grilles d'une installation militaire souterraine, dominée par le gigantesque canon de la lentille-émettrice de Sudville. On est à la frontière sud des États-Uniques, face à la double protection d'un grillage électrique et de la lueur jaunâtre du Bouclier.

Prétextant le danger d'une fuite d'antimatière, Henry Baxter déclenche la sirène d'évacuation. Puis, dans l'unité centrale de l'accélérateur de particules, il procède à l'opération de sabotage en suivant la recette de Léo Pictone.

Le doigt en suspens au-dessus d'un bouton rouge, le petit vieux tourne soudain vers moi un regard d'angoisse.

— Ton papy t'a dit qu'en provoquant la libération spirituelle de notre pays, nous le livrons peut-être à la menace d'une attaque nucléaire?

— Il n'y en aura pas, assure l'ours dans la serviette.

Je répercute son assurance, en m'efforçant de la partager. Il ne nous ferait quand même pas courir ce risque… De toute manière, c'est trop tard pour reculer.

— Officiellement, il n'y a plus de vie ailleurs sur Terre, reprend Baxter, la main tremblante, mais nous pouvons très bien être victimes du brouillage de nos informations

satellites. Quand je te regarde, petit, je pense aux générations futures…

— Mais qu'il se grouille, enfin ! hurle l'ours. On est en
train de me dépucer, je le sens !

— Allez-y, professeur Baxter, dit Brenda avec une fermeté douce. Pensez plutôt aux milliers d'enfants morts
qui attendent de monter vers la Lumière…

— Et s'il n'y a pas de Lumière ? s'obstine le vieillard,
véhément. Si on s'était tous trompés ? Non, je ne peux…
je ne peux pas prendre la responsabilité de…

Sa main se retire soudain du clavier de commande, se
crispe sur sa poitrine. Il vacille sur ses jambes.

— À toi, Thomas ! crie l'ours. Vite !

Brenda s'agenouille au-dessus de Baxter, lui cogne les
côtes, lui masse le cœur. Elle tourne vers moi un regard
paniqué. Je la rassure d'un mouvement de paupières. J'ai
treize ans moins le quart et je suis le seul à pouvoir sauver
le monde. Si je veux. Autant je déteste qu'on me manipule, autant j'aime cette responsabilité de décider, là, tout
de suite, si je vais ou non modifier le destin. J'ai vaincu
ma graisse, j'ai fait maigrir Jennifer : je désalcooliserai
mon père et je vais libérer les morts. Parce que je le veux.

J'appuie sur le bouton rouge.

## 48

On est remontés à la surface, pour que le vieux Baxter se remette de son malaise. Là, entre les bâtiments, une immense limousine noire s'est approchée de nous au ralenti, s'est arrêtée dans un appel de phares.

En retrouvant son souffle, le physicien nous a dit de ne pas nous inquiéter : il racontera qu'il nous a pris en otages, il assumera seul les conséquences de son acte.

J'ai regardé le petit homme marcher vers le sacrifice d'un pas résolu, presque léger. Puis j'ai fixé l'énorme lentille émettrice, d'où s'échappait la légère brume jaunâtre que j'avais toujours connue entre le ciel et moi. Soudain, Brenda m'a pris la main. On a vu la brume se déliter peu à peu, le bleu du ciel prendre au-dessus de nous une densité claire, aveuglante, magnifique…

Quand j'ai sorti Pictone de sa serviette pour qu'il profite du spectacle, son corps était tout raide.

— Ne sois pas triste, Thomas, murmure-t-il avec lenteur, d'une voix très faible. Nous avons réussi. Plus encore que je ne l'espérais… On vient de retirer la puce de mon cerveau, là-bas à Nordville, je l'ai perçu, et ça ne me fait rien. Rien. Je sens que je m'éloigne… Je monte vers d'autres plans… Ils sont là, ils m'entourent, ils m'aident à m'oublier, à me détacher de la matière… La petite Iris, cet abruti de Vigor, ton vieux copain Physio… Ils sont tous là… C'est extraordinaire… C'est comme un essaim d'amitié qui m'emporte. Adieu, Thomas. Merci. Et pardon pour ce qui t'attend… N'oublie pas ton pouvoir. Tu en auras bien besoin…

— Quel pouvoir ?

Il lève les doigts vers mon visage.

— Le pouvoir absolu. Et le plus fragile aussi. Le pouvoir de l'amour.

Ses lèvres se referment, son bras retombe dans l'axe du corps. La peluche a cessé de vivre.

— Ça veut dire quoi, «pardon pour ce qui t'attend» ? s'inquiète Brenda.

— Je ne sais pas.

— J'ai envie de faire quelque chose de très symbolique, Thomas. Tu me fais confiance ?

Je la fixe et je dis oui, de tout mon cœur, comme pour m'excuser des moments où j'ai douté d'elle. Même si, en regardant la silhouette de cette belle blonde un peu abîmée qui creuse le sol avec ses doigts, c'est à Lily Noctis que je pense.

Elle me prend l'ours des mains, le couche au fond du trou. Je m'agenouille, ramène la terre par-dessus le corps en peluche. Ce que je suis en train d'enterrer, c'est à la fois mon enfance et le premier souvenir de ma vie d'homme.

Un son bizarre tourne autour de ma tête.

— Une abeille ! s'exclame Brenda. Je croyais qu'elles avaient toutes disparu.

Je me relève, fixant la frontière des États-Uniques, ce rideau d'arbres sombres qui n'est plus voilé par la brume jaunâtre du Bouclier. Une autre abeille passe près de nous. Une troisième. Un nuage de pollen me fait éternuer.

— Petit, viens vite!

Le professeur Baxter trottine vers nous, essoufflé, le regard désemparé mais le ton véhément.

— Je n'y comprends rien! J'ai tout avoué: aucune réaction. Rien! Comme si je n'existais pas! Apparemment, il n'y a que toi qui comptes... Allez, dépêche-toi! On ne fait pas attendre les ministres!

Je me redresse, je bombe le torse et je me dirige vers l'immense limousine qui stationne devant la lentille émettrice que nous avons sabotée. Une porte arrière s'ouvre toute seule. Qu'est-ce qui m'attend? Des félicitations, une décoration, un baiser? Avec une désinvolture de héros qui a su rester très simple, je me laisse tomber sur la banquette.

Mon cœur se fige tandis que mes fesses s'enfoncent dans le cuir. Ce n'est pas Lily Noctis qui m'a appelé. C'est son demi-frère.

— Bravo, Thomas. Tu ne viens pas seulement de déclencher une crise économique sans précédent, en privant ton pays du rendement énergétique des âmes. Toute l'industrie va s'arrêter, en quelques heures, mais ce n'est qu'un détail. Eh oui, ton cher professeur Pictone ignorait de quoi son invention nous protégeait *réellement*. Le plus grand secret d'État de l'histoire de l'humanité, même la mort ne pouvait y donner accès... Mais l'heure de la Révélation a sonné, grâce à toi.

Il abaisse d'une caresse de l'index une de ses vitres

noires, désigne Henry Baxter qui parle d'un air agité avec Brenda. La branche d'un chêne, au-dessus de lui, casse brutalement, s'abat sur son crâne. Je sursaute, pousse un cri. Le savant est tombé face contre terre. Brenda se jette à son chevet, le retourne, lui saisit le poignet. La vitre noire remonte. Olivier Nox prend une longue inspiration, joint les doigts sous son nez.

— Vois-tu, cher Thomas, le Bouclier d'antimatière ne servait pas seulement à retenir les âmes pour en faire une source d'énergie. Ça, c'était la conséquence, pas la cause. Non, la raison d'être du Bouclier, c'était d'empêcher l'invasion des pollens et des ondes électromagnétiques, au moyen desquels la forêt a détruit l'homme sur le restant de la planète. Demain jeudi, les arbres étrangers auront diffusé leur ordre d'attaque à toute la végétation des États-Uniques.

Ses doigts se dénouent, viennent se poser sur mes épaules. Comme s'il m'investissait d'une mission. Son regard vert me paralyse, sa voix passe de l'ironie à la menace, de la fatalité au défi.

— En voulant sauver le monde, tu as condamné l'espèce humaine. À toi de choisir, à présent, de quel côté tu vas combattre.

# II

# LA GUERRE DES ARBRES
# COMMENCE LE 13

«Les arbres communiquent entre eux, s'envoient des messages d'alerte à distance, notamment par un gaz qui s'appelle l'éthylène. Ainsi, par exemple, des peupliers attaqués par des chenilles préviennent leurs voisins, qui rendent leurs feuilles toxiques pour ces chenilles avant même leur arrivée. »

Jean-Marie PELT (1933-2015),
biologiste, botaniste.

# JEUDI

La fin du monde est annoncée avec un léger retard

# 1

— À présent, nous dit le prof d'instruction civique, vous ne risquez plus rien.

J'ajuste l'élastique au-dessus de mes oreilles, et je me retourne. La salle de cours ressemble à une école de hold-up, où nous serions en stage intensif d'apprentis braqueurs. M. Katz ôte le masque du visage de Jennifer, lui fait constater qu'il est à l'envers, le lui met dans le bon sens et enchaîne :

— Surtout, n'oubliez pas de changer tous les matins le filtre antipollen entre les deux couches de biopolyamide, sinon la protection est inefficace. Et de toute manière, vous ne devez pas dépasser le seuil d'exposition d'une heure par jour à l'extérieur. Les activités sportives et les récréations dans la cour sont suspendues jusqu'à nouvel ordre. C'est clair ?

Tout le monde dit oui, mais ça ne s'entend pas à cause du masque. L'avantage, c'est qu'on aura moins besoin de réviser : les contrôles-surprises à l'oral, c'est fini.

— Bien entendu, tout cela est une simple alerte, ajoute M. Katz d'un ton aussi faux que son regard en biais. Le danger n'est pour l'instant qu'une hypothèse, connue sous le nom de grippe V. Le virus de la grippe végétale peut très bien ne pas muter, mais nous devons tous nous protéger au nom du Principe de précaution. Qui peut nous rappeler ce qu'est le Principe de précaution ?

Jennifer lève le doigt, soulève un coin de son masque et répond :

— Quand on a peur de se faire tirer dessus, on tire le premier.

La classe rigole. Ça fait pffrrtt à travers le tissu. M. Katz pousse un soupir de retraite anticipée, s'abstient de tout commentaire et nous distribue des kits de vaccination. Ça se présente sous la forme d'un stick marqué Antipoll. Mode d'emploi : on le débouche et on se l'applique à l'intérieur du bras. Il y a une aiguille à tête chercheuse qui repère la veine, pique et désinfecte.

— Vous vous vaccinerez tout à l'heure, à l'interclasse.

Il ajoute d'un ton rassurant qu'ainsi nous pourrons respirer du pollen par inadvertance, si jamais on nous vole notre masque.

— Et vous, monsieur, reprend Jennifer, pourquoi vous n'en portez pas ? Y a un problème avec les masques ? Un effet secondaire ?

Le prof coule un regard hostile vers ma seule copine de classe. Depuis qu'elle a perdu douze kilos en deux jours, grâce à mon action sur ses cellules graisseuses, Jennifer n'est plus la même. Elle est devenue acide et cassante, comme pour faire payer aux autres l'image de boudin qu'ils lui renvoyaient depuis toujours. Ou alors c'est sa nature profonde, qu'elle a découverte en même temps que sa beauté cachée par les kilos. Quand on est moche, on fait semblant d'être gentil pour être aimé tout de même. C'est ce qu'elle m'a dit ce matin, lorsque je lui ai reproché son agressivité. Elle a ajouté : « T'as qu'à les agresser toi aussi. »

Elle pense que je fonctionne comme elle. La semaine dernière, j'étais encore un préobèse qui s'excusait d'exister, c'est vrai. Mais là, je continue à tout faire pour qu'on m'oublie. Pendant qu'elle, s'affichant en minijupe et top moulant, allume les garçons pour mieux les doucher ensuite, je flotte d'un air absent dans mes fringues trop grandes. Il faut dire que j'ai un terrible secret à protéger, sous peine de mort. Jennifer, elle, n'a que du temps perdu à rattraper.

— Vous êtes déjà vacciné, monsieur ? insiste-t-elle.

— Je suis traité directement par ma puce, réplique le prof. La fréquence des molécules de l'Antipoll est envoyée par micro-ondes pulsées au cerveau des plus de treize ans. Comme 70 % de la population, j'ai été radiovacciné pendant la nuit.

— Et qu'est-ce qui vous le prouve ? sourit Jennifer, suave. À la fin de l'année vous prenez votre retraite : ça fera faire des économies au gouvernement s'il vous laisse crever de la grippe V.

Un murmure de ricanements chuinte sous les masques. M. Katz se contente de répliquer que le ministère de la Santé ne fait aucune différence entre les citoyens face à la maladie. Le genre d'énormités qu'on a tout intérêt à déclarer quand on a plus de treize ans, vu que la puce cérébrale permet d'être espionné par le gouvernement vingt-quatre heures sur vingt-quatre. Espionné dans l'intérêt général, naturellement. Ça sera notre cas dans trois mois, à Jennifer et moi. Sauf si la fin du monde arrive d'ici là.

— Et pourquoi d'un coup on serait devenus allergiques aux arbres ? réattaque Jennifer.

Le prof d'instruction civique détourne son regard et abaisse les stores. Avec des gestes lents de vieillard avant l'âge, il fait descendre l'écran plat par-dessus le tableau où il a inscrit le problème du jour : *Comment l'homme doit-il réagir si la nature se révolte contre lui ?*

— Vous allez écouter ce que vous devez savoir, laisse-t-il tomber, neutre, et nous reprendrons ensuite le cours du programme. Il n'y a pas lieu de dramatiser la situation, ni de la prendre à la légère.

Et sa télécommande lance le clip officiel que j'ai déjà vu trois fois à la maison.

*Ministère des Espaces verts*
*Ordre de mobilisation citoyenne.*

Le drapeau des États-Uniques apparaît en flottant au ralenti sous l'intro de l'hymne national, et on se lève. C'est obligatoire, sinon c'est trois heures de colle. *L'États-Uniquaise* s'interrompt à la troisième mesure, remplacée par une musique d'angoisse. Les basses du synthé pulsent avec insistance sur les images d'une belle forêt paisible, qui soudain se colore en rouge et se met à clignoter. En haut de l'écran à droite scintillent dans un rectangle les mots « Exercice d'alerte ».

Fondu enchaîné sur le visage lugubre du ministre des Espaces verts, un chauve au crâne en pointe qui est devenu en vingt-quatre heures le personnage le plus en vue du gouvernement. Tout le monde attend de lui la solution de la crise, alors que la semaine dernière il était encore ministre du Hasard. Il n'a peut-être pas eu le temps d'étudier le dossier, en revanche il prononce son discours avec beaucoup de naturel, comme s'il n'était pas du tout en train de le lire sur un prompteur.

— Citoyennes et citoyens des États-Uniques, l'heure est grave, mais le gouvernement contrôle la situation. Tous les moyens sont mis en œuvre pour que la menace soit jugulée. Pour une raison encore inconnue, certains végétaux sont susceptibles de transmettre par leurs pollens des virus hautement toxiques. Le port systématique du masque de protection respiratoire, combiné à l'autovaccination immédiate et gratuite par Antipoll, obligatoire de zéro à treize ans, vous met à l'abri des dangers de contamination.

Sous sa cravate à rayures défilent les sous-titres de la version destinée aux collèges dans notre genre :

*Gaffe aux arbres, c'est des enfoirés de leur race !*
*Respirer sans masque, c'est le plan pourri de la mort qui tue !*
*Si tu kiffes ton pays et ta santé, antipolle-toi !*
*La grippe V ça craint : moi j'assure en vaccin !*

— Néanmoins, poursuit le ministre, tout arbre suspect dégageant un pollen allergène doit être dénoncé sur-le-champ auprès des services compétents, en appelant le numéro vert qui s'inscrit sur l'écran.

Les chiffres se mettent à scintiller en même temps que le sous-titre :

*Contre la grippe V, tu dois cafter !*

— Tout acte de non-délation face à une menace écologique sera puni d'un emprisonnement de quatre à six mois, conformément à la loi sur la Solidarité nationale, achève le ministre en pointant l'index. Santé, prospérité, bien-être !

— Santé, prospérité, bien-être ! répète notre prof, au garde-à-vous sur l'hymne national qui conclut le clip.

La lumière se rallume. Je regarde les visages autour de moi. Personne n'a écouté. Certains ont enlevé le masque de leur nez et l'ont placé sur leurs yeux, pour pouvoir mieux dormir. Les autres se sont mis de la musique dans l'oreille. Ils sont tellement habitués aux messages d'alerte dont le gouvernement nous matraque à longueur d'année, pour nous abrutir par la trouille, que ça ne leur fait plus ni chaud ni froid. Danger représenté par les obèses, les dépressifs, les non-pratiquants du tri sélectif, les alcooliques, les tabagiques, les malchanceux… Trop de peurs tuent la peur. Je suis le seul à savoir que, cette fois, le risque est réel, et que d'ici quelques jours, en dépit des masques et des vaccins, les arbres auront sans doute exterminé l'espèce humaine.

Je le sais d'autant mieux que c'est à cause de moi.

## 2

Après le sabotage que j'ai commis hier matin, au Centre de production d'antimatière de Sudville, l'hélicoptère de Lily Noctis m'a ramené au collège pour assurer ma couverture. Lily, c'est mon alliée clandestine. Depuis qu'elle compte sur moi pour déclencher la révolution, je dois dire que je trouve Brenda un peu moins sexy. Et puis, avec Jennifer qui est tombée raide amoureuse de moi parce que je l'ai fait maigrir, je suis un peu en surdose de femmes, cette semaine. Et ce n'est vraiment pas le moment.

— Tu crois qu'on va tous mourir? me demande Jennifer à travers son masque, avec une sorte de gourmandise inquiète.

Je lui réponds que je suis là. Elle prend discrètement ma main sous la table. Pour elle, ma phrase doit signifier que je ne l'abandonnerai pas en cas de fin du monde. Mais ce que j'ai voulu dire, c'est que, par tous les moyens possibles, j'arrêterai la catastrophe que j'ai déclenchée.

— Revenons à nos moutons, déclare le prof d'instruction civique. Nous avons commenté hier les Trois Commandements du Citoyen, qui sont… ?

Il balaie la classe d'un regard circulaire chargé de points de suspension. Jennifer et quelques nuls autour de moi désignent leur masque avec un air éloquent : il serait dangereux et pas vraiment utile de l'ôter pour répondre à une question dont il connaît la réponse.

— Jouer, gagner et reverser, soupire M. Katz. La plupart d'entre vous auront bientôt treize ans, la cérémonie de l'Empuçage marquera votre entrée dans le monde des citoyens actifs, et vous devrez alimenter l'énergie de votre puce cérébrale en jouant une heure par jour au casino. La volonté de gagner, le lien vibratoire avec les circuits des machines à sous, la puissance mentale décuplée par les victoires feront de vous des adultes responsables, fiers de reverser après leur mort le gain énergétique de leur puce à la collectivité. C'est clair ?

Tout le monde acquiesce, sauf moi. En détruisant hier matin le Bouclier d'antimatière au-dessus des États-Uniques, j'ai rendu sans objet le recyclage des puces. C'est la souffrance des âmes qu'on recyclait après le décès, pas simplement le gain de leur puce. J'ai libéré les morts – mais, du même coup, j'ai peut-être condamné les vivants.

Je réentends la voix narquoise d'Olivier Nox me dire que, grâce à moi, les arbres étrangers ont pu diffuser leur ordre d'attaque à toute la végétation des États-Uniques. La population n'est pas encore au courant : officiellement il n'est question que d'un éventuel virus de grippe végétale, et Lily Noctis m'a fait jurer de garder le secret, dans l'hélicoptère. Elle dit que l'effondrement de la société est la seule manière de lancer la révolution, mais si les gens apprennent que les arbres ont éliminé l'espèce humaine dans tous les autres pays et que, maintenant, c'est notre tour, la panique générale empêchera d'organiser le renversement du régime. Il faut laisser s'achever la campagne de vaccination, d'après elle, puis dévoiler progressivement la vérité à dose homéopathique.

Je ne sais plus où j'en suis. J'ai été manipulé dès le début, par mes ennemis comme par mes alliés, et je suis totalement épuisé par ces mensonges, ces stratégies, ces catastrophes qu'on m'a fait déclencher pour le bien de l'humanité. Je n'ai rien demandé, moi. J'étais tranquille dans ma petite vie minable, avec un horizon bouché et des rêves en panne, mais au moins ce n'était pas de ma faute. Et puis le professeur Pictone est entré dans mon existence, dimanche dernier. À cause de lui, en moins d'une semaine, j'ai quitté l'enfance, j'ai perdu dix kilos, je suis devenu un super-héros clandestin et j'ai vécu deux histoires d'amour. Si seulement je pouvais revenir en arrière…

Quand on m'a évacué du Centre de production d'antimatière, hier matin, la dernière chose que j'aie vue par les vitres de l'hélicoptère, c'est l'arrestation de Brenda en état de choc. Elle se cramponnait à la première victime des arbres, le vieux collègue de Léo Pictone qui nous avait aidés à saboter le Bouclier, et sur lequel une énorme branche était tombée comme par accident. Elle criait qu'elle était médecin, que cet homme avait besoin d'elle… Les soldats l'ont engouffrée dans un fourgon, et depuis je n'ai plus de nouvelles.

« Ne t'inquiète pas, m'a dit Lily Noctis. On la met au secret, c'est tout, dans son propre intérêt. Dans le tien, aussi. Je sais qu'elle ne te déplaît pas, mais tu mérites mieux, non ? Et désormais, elle ne peut plus t'aider en rien. Au contraire. Tu le sais bien, n'est-ce pas ? »

Je n'avais pas répondu. À la fois j'étais flatté que la ministre du Hasard soit jalouse de sa rivale, et je lui en voulais de cette réaction de mépris. Brenda Logan est la première femme qui a fait battre mon cœur, et je me rends compte que je l'aime encore plus depuis que je suis attiré par une autre. C'est compliqué, l'amour. Surtout quand on a le sort du monde entre ses mains, et qu'on ne sait plus à qui se fier.

— Qu'est-ce que tu en penses ? murmure Jennifer, en bombant sa poitrine qui a fondu avec le reste.

Elle m'a parlé du coin de la bouche, sans cesser de regarder M. Katz qui continue à causer tout seul. Je réponds que le cours est aussi rasoir que d'habitude.

— Je parlais de mon top, réplique-t-elle entre ses dents. Je l'ai acheté en pensant à toi.

Je lui réponds qu'il ne fallait pas. Elle hausse les épaules, vexée, et éloigne sa chaise. Je suis désolé de ma gaffe, mais d'un autre côté ça m'arrange. Je n'ai pas le droit de la mettre en danger en lui faisant des confidences. Pourtant, un peu de compassion dans l'admiration qu'elle me voue, ça m'aurait fait du bien. C'est lourd, un secret, et ça n'a d'intérêt que si on le partage avec une personne de confiance. Encore faut-il être sûr d'être cru, et de ne pas aggraver la situation en se libérant d'un poids.

Non, le seul à qui j'aurais envie d'avouer toute la vérité, c'est mon père. Mais il était dans un demi-coma, hier, quand l'hélico m'a déposé sur le terrain vague derrière la maison. Ma mère m'a dit qu'il était si inquiet pour moi qu'il s'était collé vingt patchs, pour ne pas noyer son angoisse dans le whisky. Résultat, il a fait une overdose d'anti-alcool.

Elle est très remontée contre lui ; elle dit qu'il veut inconsciemment saboter notre seule possibilité de nous élever dans la société, elle et moi. Officiellement, la ministre du Hasard m'a pris sous son aile pour que je sois la mascotte d'une campagne sur les bienfaits du jeu, et par ricochet elle a confié à ma mère, en tant que psychanalyste de casino, une mission d'étude nationale. Pour elle, c'est la chance de sa vie ; du coup elle considère plus que jamais mon père comme un boulet fatal, et c'est une crise de plus que je dois gérer. Au lieu de quoi je me retrouve au collège, anonyme au milieu d'une masse de nuls qui me prennent pour un nase, à côté de Jennifer qui tire la gueule parce que je ne fais pas assez attention à elle.

Une fatigue gigantesque me tombe sur la nuque. Au bout du compte, une bonne fin du monde, ça ne serait pas plus mal. Ça m'éviterait de devoir toujours choisir, agir pour les autres, avoir des remords et leur en vouloir…

J'appuie mes tempes contre mes poings, comme pour mieux réfléchir aux questions soulevées par le prof, et je me laisse glisser par à-coups dans le sommeil.

# 3

Autour de la longue table en verre, dans le bureau du maître du monde, les visages sont graves, livides, creusés. Seul Edgar Close, le ministre des Espaces verts, rayonne de l'importance qu'il a prise. Le dossier posé devant lui est trois fois plus épais que celui des autres, qui le regardent en biais d'un air hostile. Jack Hermak, son collègue de la Sécurité, consulte sa montre et annonce l'heure, pour redevenir un centre d'intérêt. Le Conseil des ministres aurait dû commencer depuis dix minutes, et le café refroidit dans les tasses. Deux chaises sont vides : celles du Hasard et de l'Énergie.

— Comment se porte le Président ? demande le ministre de la Santé au Vice-Président.

— Ça roule, répond d'un air sombre l'ancien jeune homme qui attend depuis vingt ans la succession de son père.

— Il a meilleure mine, ces temps-ci, flatte le ministre

des Affaires courantes, avec un brin de sadisme dans son sourire lèche-bottes. Il nous enterrera tous.

La porte s'ouvre, et le chef du Protocole annonce avec solennité :

— Son Excellence le Président Oswald Narkos III.

Tout le monde se lève d'un même élan. Le fauteuil présidentiel entre dans un bourdonnement électrique, contourne les chaises pour aller se garer en bout de table. Lily Noctis le suit, en tailleur-pantalon de cuir noir, les doigts sur le boîtier rouge à double antenne. D'habitude, c'est le chef du Protocole qui tient la commande du fauteuil roulant, mais la ministre du Hasard vient de partager le petit déjeuner du Président, qui lui a confié l'honneur de le manœuvrer pour fêter sa nomination au gouvernement.

La roue gauche heurte le pied de la table. Le Président pique du nez, retenu par la ceinture de sécurité qui le renvoie cogner contre son appuie-tête. Lily Noctis présente ses excuses en souriant : elle débute.

Le vieux paralytique flottant dans son costume gris promène un regard vide sur ses conseillers. Puis il lance de sa voix chevrotante :

— Tout va bien ?

Des sourires forcés se déploient sur les lèvres ministérielles.

— Tout va bien, papa, répond le Vice-Président avec un coup d'œil inquiet vers Lily Noctis.

Elle le rassure d'un plissement de paupières : en tant qu'amie de la famille, elle a exposé les catastrophes en cours au Président pendant son petit déjeuner, pour qu'il ait l'air au courant des affaires du pays, mais il a déjà tout oublié.

— Commençons par la crise énergétique, décide Oswald Narkos Junior, qui est chargé de l'ordre du jour. En l'absence du ministre concerné, M. Olivier Nox, qui effectue une tournée dans les principaux centres de recyclage, c'est M. Jack Hermak, ministre de la Sécurité, qui va nous transmettre son rapport.

— Je contrôle la situation, attaque le nabot à moustache, qui se maintient au niveau de ses collègues par trois coussins sous les fesses.

— Pourquoi? s'étonne le Président. Il y a un problème?

La tablée pousse une série de soupirs éloquents, assortis de hochements de tête. Le ministre de la Sécurité enchaîne de sa voix cassante, s'efforçant de ralentir son débit pour avoir une chance d'être compris:

— Comme vous n'êtes pas sans l'ignorer, Monsieur le Président...

— «Sans le savoir», corrige la ministre de la Culture, une résignée aux cheveux carrés qui essaie de justifier sa présence à la moindre occasion, sachant très bien que sa fonction est purement décorative.

— Comme vous n'êtes pas sans l'ignorer, confirme sèchement Jack Hermak en fusillant du regard la figurante, le Bouclier d'antimatière vient de subir un sabotage terroriste.

— Ah oui? commente le Président avec un étonnement poli. Qui a fait ça?

Lily Noctis descend lentement de cinq centimètres la fermeture éclair de la veste en cuir qu'elle porte à même la peau, tout en prenant la parole au titre de cofondatrice de Nox-Noctis, l'entreprise qui fabrique, implante et récupère les puces cérébrales. Elle rappelle au Président que le jeune Thomas Drimm, sous l'influence du physicien Pictone réincarné dans son ours en peluche, a provoqué la destruction du Bouclier, afin de libérer l'âme des défunts utilisée comme source d'énergie.

— L'âme, répète pensivement le Président, tandis que son regard vitreux essaie de se représenter la chose.

— Ce que nous appelons vulgairement «l'âme», intervient le ministre de la Science, c'est un ensemble de particules subatomiques, les photons, qui véhiculent la conscience de l'individu après sa mort. Lorsque la puce est retirée du cerveau, Monsieur le Président, elle retient l'âme prisonnière et nous la recyclons, dans la mesure où le Bouclier d'antimatière l'empêche de quitter le monde matériel.

— Ce qui n'est plus le cas depuis hier matin, coupe Jack Hermak. Conséquence immédiate de la destruction du Bouclier : l'énergie que nous tirons de la récupération des âmes a diminué de 80 %.

— Vous avez arrêté ce Thomas Drimm ? s'informe le secrétaire d'État à la Protection de l'enfance.

— Il est plus intéressant pour nous en liberté surveillée, répond Lily Noctis avec un regard en biais vers le nain de la Sécurité, qui confirme d'un sourire entendu. Nous détenons sa complice Brenda Logan, à toutes fins utiles.

— J'ai déjà mangé ? s'informe le Président.

Le Conseil des ministres acquiesce d'un mouvement unanime. Néanmoins le chef du Protocole, debout à l'entrée de la salle, lance à mi-voix une demande de croissants dans son oreillette.

— Toutes nos équipes techniques, précise Jack Hermak,

sont mobilisées jour et nuit pour tenter de reconstituer le Bouclier d'antimatière, afin de stopper la fuite des capitaux énergétiques, mais nous ne pouvons pas nous permettre d'attendre la fin d'une réparation hypothétique… Nous avons donc mis en œuvre le plan d'urgence prévu en pareil cas : les énergies de substitution.

Le sous-secrétaire d'État aux Libertés baisse les yeux, pudique, pour se désolidariser du projet sans exprimer d'objections qui pourraient se retourner contre lui. Jack Hermak enchaîne avec une fluidité désinvolte :

— Quatre mille détenus de nos prisons ont d'ores et déjà été plongés dans un coma artificiel, et torturés par packs de dix dans des camionnettes servant de groupes électrogènes, afin de relayer les générateurs défaillants des centres industriels.

D'un tapotement de l'index contre le majeur, façon ciseaux, le Vice-Président l'invite à abréger l'explication technique : la paupière droite du chef de l'État s'est fermée et il dort à moitié.

— Mais c'est une solution alternative qu'on ne peut pas développer durablement, accélère le ministre en haussant la voix. La souffrance des vivants s'épuise vite ; c'est une énergie beaucoup moins renouvelable que celle des morts. Et s'ils succombent à la torture, leur âme s'échappe : il n'y a plus rien à recycler. Enfin, *grosso modo*, nous avons paré au plus pressé, et la population ne se doute de rien.

Lily Noctis lève les yeux vers le lustre où se situe mon point de vue. Je sentais bien qu'elle percevait ma présence invisible ; elle me le confirme par un clin d'œil. J'ignore comment et pourquoi j'assiste à cette scène, et je m'étonne que ces gens que je ne connais quasiment pas me soient si familiers. Tout ce que je sais, en fait, c'est que je suis ce Thomas Drimm dont ils parlent : ma pensée se dilate en remords dès qu'ils évoquent la destruction du Bouclier. Les raisons de mon acte étaient justes, mais les conséquences me terrifient.

— Tout va bien, alors, conclut le Président qui a relevé sa paupière droite.

— De ce côté-là, oui, s'impatiente le ministre des Espaces verts en tapotant son dossier, agacé qu'on lui vole la vedette. Mais vous devez signer la déclaration de guerre.

Un murmure choqué de l'assemblée ponctue la brutalité d'Edgar Close. Il faut quand même observer un minimum de protocole, pensent-ils : laisser au maître du monde l'impression que les idées viennent de lui.

— Ah, commente le Président. Mais déclarer la guerre à qui ? Il n'y a plus que les États-Uniques sur Terre, non ?

Des hochements de tête s'empressent de confirmer. Les ministres sont rassurés qu'il ait conservé un minimum de souvenirs. Tant qu'ils peuvent le maintenir en état de gouverner pour retarder sa succession, ils sont contents. Ils savent très bien que le Vice-Président, une fois au pouvoir, se laissera beaucoup moins manipuler.

— Déclarer la guerre à qui ? répète Oswald Narkos III.

— Aux arbres, répond solennellement le ministre des Espaces verts. Le Bouclier d'antimatière nous protégeait de l'empoisonnement végétal qui, hélas, a fait disparaître l'espèce humaine en dehors de nos frontières.

— Mensonge ! écume soudain le Président en crispant les mains sur les accoudoirs de son fauteuil, l'un des derniers mouvements qu'il puisse encore faire. C'est mon grand-père qui a déclaré la Guerre Préventive aux puissances étrangères, c'est lui et lui seul qui les a atomisées pour protéger le monde libre contre l'invasion des fanatiques religieux !

Les ministres échangent un regard compréhensif : c'est normal que, sous l'effet de la sénilité, il prenne la version officielle des livres d'histoire pour la réalité. Avec ménagement, le Vice-Président rappelle à son papa que les arbres étrangers, eux, sont toujours vivants, et qu'ils ont réussi à infecter nos végétaux nationaux.

— Les salauds ! articule le Président entre ses mâchoires tremblantes.

— Mes experts botanistes ont calculé la vitesse de propagation de l'épidémie, enchaîne le ministre des Espaces verts. D'après les premières estimations, il semble que les végétaux communiquent entre eux par un lâcher de pollens, un signal chimique et des ondes qui ont une portée maximale de six mètres. Le temps que met l'information virale à se transmettre d'un arbre à l'autre est évalué à une trentaine de minutes.

— Quels sont les symptômes ? s'informe le ministre de la Santé.

Lily Noctis se tourne dans ma direction et je les ressens aussitôt, les symptômes : mon souffle brûle, mon cœur s'emballe, mes yeux cognent contre mes paupières. Le ministre des Espaces verts répond à son collègue, en décrivant avec des mots savants ce que je suis en train de ressentir. Il précise que les sujets contaminés meurent au bout de quelques minutes, des suites d'une infection pulmonaire foudroyante.

— En conséquence, je demande l'application de la Loi martiale et les pleins pouvoirs sur l'armée.

Le général Netter, ministre de la Paix, se dresse d'un bond dans le cliquetis de ses médailles.

— En quel honneur ? s'écrie-t-il.

— Il faut lever l'immunité des arbres, sinon la loi sur l'Écologie oblige à demander une autorisation administrative d'abattage pour chaque tronc. C'est impossible à gérer. Quant à vos troupes, général, elles sont formées pour combattre des hommes, pas des arbres. Il faut que les soldats obéissent à mes botanistes, sinon c'est la défaite assurée. Rappelez-vous ce qui s'est passé dans le reste du monde.

Les doigts se contractent sur les sous-main. Au milieu du silence, la porte s'ouvre. Un maître d'hôtel vient déposer une corbeille de croissants devant le Président, qui les regarde avec perplexité.

Sur un signe d'Edgar Close, le chef du Protocole fait monter un écran dissimulé dans le plancher. Une carte holographique s'anime, montrant le pays en 3D. Les frontières, privées de la protection du Bouclier d'antimatière, sont envahies par une marée végétale au développement spectaculaire, comme si les branches et les plantes poussaient en accéléré. L'offensive du printemps, au sens propre.

— Notre seule contre-attaque possible : le feu. En incendiant les forêts sur une largeur de sécurité de vingt kilomètres le long des frontières, nous serons à même d'enrayer l'épidémie.

— L'épidémie de quoi ? s'informe le Président.

— Le ministère des Espaces verts reçoit les pleins pouvoirs et assumera la totale responsabilité des opérations !

décide brusquement Oswald Narkos Junior. La guerre est déclarée. C'est la seule solution, papa. Tu es d'accord ?

— Tu peux finir les croissants, confirme l'intéressé.

Le Vice-Président tourne les yeux vers Lily Noctis, qui acquiesce comme pour le féliciter de son initiative. Puis elle suggère que la guerre soit immédiatement diffusée en direct vingt-quatre heures sur vingt-quatre par la chaîne d'informations nationale. Ainsi les gens paniqueront-ils en continu, et on récupérera cette peur stockée dans leurs puces comme énergie de substitution.

— On peut, concède le ministre de la Sécurité, un peu froissé de ne pas y avoir pensé le premier.

Au nom de son père qui s'est endormi, le Vice-Président adopte la suggestion à l'unanimité.

Je ne comprends pas. Lily Noctis est mon alliée. Elle m'a aidé à détruire le Bouclier d'antimatière pour libérer les âmes et, dans l'intérêt de la révolution démocratique qu'elle prépare, elle disait qu'il fallait cacher la vérité. Éviter la panique, ne pas révéler aux citoyens que les arbres avaient exterminé les humains sur le restant de la planète. C'est quoi, ce double jeu ?

Un malaise brouille ma vue, déforme l'image. Je me retrouve dans une salle de cinéma vide, en train de voir une espèce de résumé de ma vie. Un condensé de la semaine dernière, en fait : mon cerf-volant s'abat sur le crâne du professeur Pictone, je cache son cadavre, mon ours en peluche se met à parler avec sa voix pour m'obliger à continuer son œuvre – la destruction du Bouclier d'antimatière qu'il avait inventé, et dont le gouvernement avait détourné l'usage. J'aborde ma voisine Brenda Logan, en tant qu'adulte et médecin, pour qu'elle me traduise les révélations scientifiques de la peluche ; on commence à devenir complices pendant un match de man-ball, elle essaie de faire libérer mon père prisonnier de la Division 6, elle danse avec Olivier Nox pour tenter de le rallier à notre cause, elle peint sur une toile un grand chêne qui s'anime et lui tend ses branches, elle m'aide à programmer la destruction du Bouclier… Et d'autres scènes s'y mêlent, où je ne suis pas. Je ne reconnais pas mes souvenirs. Ce ne sont pas les miens, en fait : c'est sa mémoire à elle qui défile devant moi.

Je me retrouve derrière l'écran, dans une salle de torture électronique. On est en train de lui traire l'esprit, pour récupérer l'énergie de ses peurs. Mais il n'y en a pas. Un casque à électrodes autour du crâne, attachée debout sur un plateau métallique en rotation lente, Brenda lutte pour ne fournir à la machine que des souvenirs sans émotions.

— Elle est courageuse, n'est-ce pas ? commente la voix de Lily Noctis. Mais elle a tort : si ses pensées ne sont pas recyclables, on va l'éliminer. Et ce sera à cause de toi. Elle te protège, Thomas. Elle croit te protéger, du moins. Je te fais voir son supplice pour te donner envie d'aller la délivrer.

Je me retrouve dans l'obscurité, tout à coup. Seuls les yeux verts brillent au milieu du néant.

— Tu auras oublié tout le reste, à ton réveil, enchaîne la voix d'Olivier Nox. C'est la règle du jeu. Nous avons besoin d'un héros, Thomas, et c'est toi. Un héros qui déclenche les catastrophes et les aggrave à mesure qu'il les combat. Allez, retourne dans ta réalité : d'autres surprises t'attendent.

## 4

Je me redresse d'un bond. Jennifer m'a donné un coup de coude, me fait signe que ce n'est pas le moment de dormir. Autour de moi, dans la salle de classe, tous les élèves ont brandi le stick d'Antipoll.

— Appliquez sur le bras ! glapit le prof d'instruction civique. À mon commandement, appuyez, pressez !

Tout le monde s'exécute. Je regarde Jennifer, désarçonné. Je croyais qu'elle était contre.

— T'as pas entendu ce qu'il a dit ? siffle-t-elle entre ses dents. Tous ceux qui refusent la vaccination seront virés du collège. J'ai pas les moyens de rater mon avenir, moi !

Je lui laisse ses illusions. On n'aura jamais d'avenir, en sortant de ce collège : c'est un dépotoir à pauvres, à malchanceux, à rebelles. En plus, avec sa mère qui s'est tiré une balle dans la tête, elle devra payer l'amende toute sa vie, parce que le suicide des parents est puni par la loi sur la Protection de l'enfance, et que son père ne gagne pas assez.

Je regarde son pouce blanchir sur le bouton du stick

qu'elle presse en fermant les yeux. Rien ne bouge sur son visage. Apparemment, ce n'est pas douloureux.

— Thomas Drimm, lance le prof, on n'attend plus que vous.

Je positionne l'Antipoll, qui se ventouse au creux de mon bras. Mais, au moment où je vais activer l'aiguille à tête chercheuse, une espèce de poids à l'arrière du crâne m'empêche de continuer mon geste. Comme si je recevais un signal d'alerte.

— Grouille! s'angoisse Jennifer. Tu vas pas te faire virer? Tu vas pas me laisser toute seule dans cette classe de nases?

Son cri du cœur me ressaisit. Je lui souris pour la rassurer. J'ai beau la trouver un peu gluante, ça me fait tellement de bien qu'on ait besoin de moi. C'est tellement nouveau dans ma vie, depuis cinq jours. Ça m'épuise, mais je ne m'en lasse pas.

— Bien, soupire M. Katz en regagnant sa table. Votre carte de vaccination vous sera remise ce soir, à la fin des cours. Vous ne craignez plus rien.

Mon pouce commence à presser le bouton.

— Ne fais pas ça, Thomas, c'est un piège!

Je me fige. La voix du professeur Pictone. Comme un cri de détresse qui résonne dans mon crâne. Ce n'est pas possible. Le vieux savant est mort pour de bon, hier matin, dépucé, dématérialisé. J'ai senti son âme partir sous mes doigts, quitter l'ours en peluche qu'elle avait squatté dans le but de me faire achever son travail sur Terre. Dès la destruction du Bouclier, Pictone a filé au ciel pour régler ses comptes. Pourquoi reviendrait-il me mettre en garde contre un médicament? En quoi un stick de vaccination, spécialement conçu pour les moins de treize ans, pourrait-il être dangereux ?

Je me demande si Léo Pictone ne poursuit pas à titre posthume un autre projet tordu. Genre me faire mourir de la grippe V, pour que je monte chez les siens lui donner à nouveau un coup de main. Mais je n'ai pas fini ma vie, moi.

Le doigt crispé sur le poussoir, j'hésite. Un froid terrible grimpe le long de mes jambes.

— Ça y est, Drimm ? s'impatiente M. Katz. On vous dit que c'est indolore, demandez à vos camarades !

— Il-a-les-bou-leus ! entonnent les nases autour de moi.

— Foutez-lui la paix ! gueule Jennifer.

Pour calmer tout le monde, je pousse un « Aïe », et je retire vivement le stick juste avant de faire jaillir l'aiguille. Tout le monde me fixe, dans un silence goguenard. Je prends l'air honteux, et je reconnais que non, c'est vrai, ça ne fait pas mal.

— Montrez-moi, commande M. Katz en s'approchant, méfiant.

Je fais semblant de laisser tomber mon stick par maladresse. Je le ramasse et le tends au prof d'instruction civique. J'espère que l'aiguille s'est cassée et que le produit s'est barré, sinon il va se rendre compte que je ne me suis pas vacciné, et il va le faire lui-même.

Retenant mon souffle, je détourne la tête vers la fenêtre où le grand marronnier étend ses branches nues décorées de chewing-gums, chiffons, culottes et gobelets. Il est mort depuis deux ans, mais le collège n'a pas encore reçu l'autorisation d'abattage du ministère des Espaces verts, alors en attendant on le décore comme on peut, pour remplacer les feuilles. Je me dis que c'est drôle, la vie : les seuls arbres dont on ne se méfiera pas, désormais, ce sont les arbres morts.

J'ai à peine eu le temps de me faire cette réflexion qu'un craquement effroyable retentit. Le hurlement de la classe se mêle au fracas des vitres. Tandis que les murs s'effondrent autour de nous, on essaie de se précipiter vers la sortie, mais il n'y a plus de porte. Le vacarme, les cris, la poussière, le noir… Et puis le silence entre les toux, les appels, les gémissements.

Dans l'obscurité, des lueurs s'allument sous les gravats. Orange, bleues, violettes, blanches… Les portables. Je commence à distinguer les slogans lumineux sur les boîtiers : « Téléphoner tue », « Le portable donne le cancer », « Les ondes provoquent des tumeurs cérébrales »… Toutes ces menaces de mort qui deviennent des signes de vie.

— Thomas, tu es blessé ?

La voix de Jennifer est toute proche. Entre deux quintes de toux, je réponds :

— Non, je crois pas. Et toi ?

— Ça va.

— Au secours ! braille je ne sais qui.

— Silence ! glapit M. Katz d'une voix chevrotante. Pas d'affolement, c'est fini, gardez votre calme ! On va tous sortir de là sans problème, si vous restez disciplinés. À l'appel de votre nom, vous répondez « présent », et vous dites « blessé », ou « indemne », ou « je ne sais pas ». Adams !

— Mort ! répond une voix qui part d'un rire hystérique.

— Ta gueule ! J'suis vivant, m'sieur, j'suis là, présent ! J'veux sortir !

— Albertsen Éric.

— Blessé ! Au secours, j'ai mal, j'ai le bras qui saigne… !

— Du calme !

— C'est Weber, monsieur, je suis coincé !

— Une minute, Weber, je suis dans les A ! Albertsen Louise.

— J'vois pas ma sœur, m'sieur, où elle est ? Louise !

Dans la panique des cris enchevêtrés, Jennifer me supplie de la sortir de là : elle est claustro.

— J'arrive !

J'essaie de ramper dans la direction de sa voix, en vain. Mes bras sont libres, mais un poids bloque ma jambe gauche. Je ne la sens plus, je n'arrive pas à la commander.

Je me concentre pour faire revenir mes pouvoirs. Cette faculté de rentrer par l'esprit à l'intérieur de mon corps – la technique que m'a enseignée le professeur Pictone… Mais les pleurs et les appels au secours tout autour de moi m'empêchent de faire le vide.

De ma jambe libre, j'arrive à repousser les gravats.

— Cozinsky Paul. Cozinsky Paul ?

— J'suis au téléphone, m'sieur ! Oui, m'man, c'est moi ! On s'est chopé le toit sur la gueule…

— Ferme-la, Cozinsky ! Allô, vous m'entendez ? Mais qui t'es, toi ? Hein ? P'tain, mais raccroche, j'ai fait le numéro d'urgence, merde !

Dans le brouhaha des portables, M. Katz a renoncé à faire l'appel. Je dégage Jennifer, l'aide à se relever. J'essaie de tirer quelques bras autour de nous, et puis une poutre en déséquilibre s'affaisse dans une chute de tuiles.

— Viens! crie Jennifer.

On s'est tous retrouvés à l'extérieur, plus ou moins regroupés par classes. M. Katz, complètement sonné, répète que c'est un miracle, un vrai miracle. Je suis d'accord; il n'y a que des blessés légers et un mort pas trop grave: le directeur. Un aigri mal élevé qui ne se vengera plus sur nous de la nullité de son collège.

Les premières sirènes retentissent sur la rocade desservant notre banlieue glauque. Les conseillers d'éducation courent en tous sens, affolés, pour qu'on remette nos masques avant l'arrivée de la police, sinon ils auront des ennuis.

Jennifer serrée contre moi, je regarde le marronnier déraciné. Couché sur le toit défoncé par ses branches, il agite sous la brise son feuillage de chiffons et culottes, comme si de rien n'était. Que s'est-il passé? Le vent n'est pas suffisant pour expliquer sa chute. Est-ce le hasard, l'effet du pourrissement naturel – ou autre chose? La grippe végétale peut-elle se transmettre aux arbres morts? Alors on ne sera plus en sécurité nulle part, si tout ce qui est en bois se révolte. Les portes, les fenêtres, les tables, les parquets, les charpentes…

— Et ton père? s'écrie soudain Jennifer. Je le vois pas!

Je la rassure: il n'est pas venu en cours, ce matin. Il s'est mis en arrêt-désintox. Avec quelques verres dans le nez, il trouve encore le courage d'être prof de lettres pour analphabètes dans un collège sans livres, mais, là, les patchs anti-alcool lui ont pompé ses dernières forces.

Les ambulances et les flics arrivent devant les grilles. Des parents, des voisins, des curieux ont déjà envahi le site, et la confusion s'installe. Des disputes éclatent, des bagarres. Il y a ceux qui emportent leurs enfants sans rien écouter, refusant l'enquête, le contrôle médical, et ceux qui s'en prennent aux flics en exigeant des constats pour l'assurance.

Jennifer me désigne la dépanneuse jaune du garage Colza, qui vient de s'arrêter dans l'embouteillage. Son père descend de la cabine, l'aperçoit, fonce sur elle. Il la prend à bras-le-corps, la serre avec un bonheur désespéré qui me noue le cœur. Je ne suis pas habitué à ces démonstrations d'amour, moi. Depuis la mort de sa femme, M. Gramitz a tout reporté sur Jennifer qui n'en peut plus. Les débordements du mécano ne font que renforcer pour elle l'absence de sa mère; elle le traite comme un chien et il en prend son parti.

— Tu n'as rien, ma poule, ça va, tu es sûre ?

— Mais oui, soupire-t-elle, agacée. Allez, on se casse.

— Tu ne veux pas voir un médecin ?

— C'est bon, je te dis. Dépose-nous au casino.

— Tu es sûre ?

— Je gagne ma vie, je te rappelle. Avec les trois heures de cours qui viennent de sauter, je vais me faire le double des autres jours.

Il la regarde monter dans la dépanneuse, avec une tristesse résignée. Je lui dis bonjour monsieur, par solidarité. Il me gratte les cheveux, en chasse quelques gravats, demande gentiment si j'ai prévenu ma maman de la catastrophe. Il a peur qu'elle s'inquiète. Je le rassure.

Ce qui est bien avec ma mère, dans les coups durs, c'est qu'elle dédramatise comme personne quand elle n'est pas concernée.

— Ça devait arriver, avec ces préfabriqués, a-t-elle soupiré, la main sur le battant de sa porte entrouverte. J'espère qu'au moins, ils reconstruiront aux normes. De toute manière, ça n'est plus ton problème. Avec notre nouveau statut social, et la ministre du Hasard qui t'a choisi pour sa campagne de pub, tu vas intégrer un collège prestigieux réservé à l'élite. Elle me l'a promis.

J'ai glissé un œil dans son bureau. Un homme entre deux âges était allongé sur son divan. Sans doute le gagnant d'un jackpot, qu'elle aidait à surmonter l'épreuve de la fortune soudaine.

— Va faire tes devoirs, j'ai un déjeuner de travail, puis j'expédie une réunion et on rentre à la maison.

Elle m'a refermé sa porte au nez. Comme la question des devoirs ne se posait plus, j'ai rejoint Jennifer qui lavait une Arachide GTO sur le parking du casino. Je l'ai aidée à rincer, à lustrer, à forcer le pourboire quand le jeune fils à papa est venu récupérer sa voiture. Elle ne m'a pas dit merci, rien. Les dents serrées sous son masque, elle a attaqué un Chardonnay, le nouveau $4 \times 4$ bio sans fumée qui roule à l'huile de pépins de raisin.

À plusieurs reprises, je lui ai demandé si ça allait. Sans cesser de briquer la carrosserie, elle a fini par répondre :

— Pourquoi ça irait ?

— Tu as mal quelque part ?

— Fais pas semblant de t'intéresser, OK ?

J'ai posé mon éponge, énervé, je lui ai répondu que ce n'était pas la peine de me faire la gueule parce que je l'avais sauvée.

— Arrête. Tu m'as pas sauvée parce que c'est moi. Juste parce que tu es un héros. T'en as rien à fiche, de moi.

J'ai commencé à protester, et c'est là qu'elle a eu un malaise. Je l'ai vue tourner de l'œil sur le capot, piquer du nez vers l'essuie-glace.

Je la rattrape de justesse, l'allonge sur un banc. Elle est toute molle, les yeux blancs. Sans doute une chute de tension. L'angoisse de tout à l'heure, les nerfs qui se relâchent… Et puis le manque de graisse, sûrement. Depuis que je l'ai fait maigrir d'un coup en activant son ubiquitine, la protéine qui brûle les kilos en trop dans l'organisme, elle est complètement détraquée et une fois de plus c'est ma faute.

— Jennifer ?

Pas de réponse. J'ôte le masque de son nez pour qu'elle puisse mieux respirer. Ses doigts se desserrent, l'éponge tombe sur le sol. Elle s'est carrément évanouie. Il faudrait peut-être que je lui fasse un massage cardiaque, mais je ne voudrais pas qu'elle s'imagine que c'est pour lui toucher les seins.

Je ferme les yeux et, avec autant de concentration que la dernière fois, j'envoie mes pensées comme des soldats dans son corps pour nettoyer le terrain. Mais je me méfie, ce coup-ci. Pas question de me faire attaquer par ses anticorps. J'envoie juste de l'énergie, à l'aveuglette ; je ne tente pas de pénétrer les cellules pour les reprogrammer.

À peine ai-je commencé à visualiser son système veineux qu'une vision me coupe le souffle. Ce n'est plus du sang : c'est de la sève ! Les globules verts se précipitent sur moi, s'ouvrent d'un coup tels des bourgeons, lancent des lianes qui me chassent à coups de fouet.

— Thomas, ça va ?

C'est elle qui me secoue, à présent, et moi qui suis couché sur le banc. Je la dévisage, atterré. Je n'ose rien lui dire. Cette forêt intérieure qui l'a colonisée, ce n'est pas forcément la grippe V, ni un effet secondaire du vaccin. C'est peut-être juste une hallucination de ma part. Les conséquences du bourrage de crâne qu'on a subi.

Elle ramasse son éponge et réattaque le $4 \times 4$. Je vais nous chercher des biosandwichs à la cafétéria. Rupture de stock ou mesure sanitaire, je constate que la salade et les tomates ont disparu. Il ne reste plus que des jambon-beurre. Demain, en toute logique, on se méfiera du blé et il n'y aura plus de pain.

Je m'empresse d'acheter les jambon-beurre avant qu'on les retire au nom du Principe de précaution – des fois que l'herbe se mettrait à contaminer les porcs et les vaches.

Bizarrement, je n'ai pas peur. Si Jennifer me passe la grippe V, au moins je serai comme les autres. Je n'aurai plus à lutter, à me cacher, à me demander ce que je dois faire pour sauver le monde.

Je me remets à laver les carrosseries avec elle. Enchaîner des gestes machinaux, comme si la vie continuait normalement, c'est ce qu'il reste de mieux à faire quand la situation vous dépasse et qu'il n'y a plus de repères.

On travaille à l'unilatéral : chacun nettoie un côté, puis je fais l'avant, elle l'arrière, et on se partage le toit. La cadence est bonne, on s'abrutit pour ne plus penser à l'avenir et le chiffre d'affaires s'envole. Lorsque ma mère sort de réunion, on achève notre quinzième voiture.

— Ça me gêne par rapport au personnel, me glisse-t-elle à l'oreille, assez fort pour que Jennifer entende. Un fils de psychanalyste n'a pas à faire ce genre de travail.

— Ne vous inquiétez pas, dit Jennifer, il me laisse les pourboires.

— Encore heureux !

On monte dans sa Colza 800, entretenue gratuitement par M. Gramitz en échange de ce boulot pour sa fille.

La voiture longe la plage de Ludiland, le quartier chic de Nordville où habitait le professeur Pictone. Je tourne la tête pour ne pas voir les cerfs-volants qui tournoient sur la plage. C'est fini, tout ça. Je ne suis plus un enfant, j'ai tué un homme et j'ai condamné mon espèce. Ma seule manière de gagner du temps sur l'horreur qui nous attend, c'est de me brancher sur ma mère. Sur ses illusions, son ignorance, son bonheur revanchard. Je l'observe. Corsetée dans son tailleur strict, elle est devenue belle, avec sa dureté qui se fissure sous l'espoir. Ses mains pianotent d'impatience sur le volant ; elle sourit à des lendemains qui chanteront enfin la musique qu'elle aime. Ça fait du bien, l'aveuglement. Pour oublier la mort qui nous pend au nez, je me shoote à sa nouvelle joie de vivre.

Mais, dès qu'on a quitté le front de mer, les premières images d'alerte apparaissent sur les écrans digitaux fixés aux façades.

*Urgence info !*
*Ordre de mobilisation générale citoyenne.*
*Ce soir, le Journal Obligatoire de 20 h débute à 19 h.*

L'autoradio se déclenche tout seul, invitant fermement Mme Drimm à être devant sa télé dès 18 h 55, sur National Info, pour se préparer à une communication gouvernementale de la plus haute importance.

— Encore ces conneries de grippe V, marmonne Jennifer. C'est vraiment de l'intox.

— Pas de gros mots ! s'insurge ma mère. L'info, c'est sacré ! Un peu de respect pour toutes les civilisations qui ont disparu à cause de l'ignorance, de l'opacité, du silence !

On échange un regard, Jennifer et moi. Ce n'est pas la peine de discuter. On n'a qu'à attendre 19 heures, et on saura ce qu'ils veulent qu'on sache.

L'autoroute est à peu près fluide, jusqu'à la hauteur du stade de man-ball. La clameur accompagnant la montée des paris, tandis que les joueurs sont propulsés de case en case sur la roulette géante, est couverte par le son des haut-parleurs :

— Tous les spectateurs sont priés d'évacuer les tribunes en urgence et dans le calme. Le tournoi est suspendu pour cause de pollution. Des masques vous seront distribués gratuitement à la sortie. Je répète : veuillez évacuer les tribunes, toutes les explications nécessaires sur l'alerte sanitaire vous seront données lors du Journal Obligatoire de 19 heures…

— Je te dépose au garage, Jennifer, décide ma mère qui, absorbée dans ses rêves d'avenir, n'a pas prêté attention à l'annonce. Je vais voir si ton père a reçu mon filtre à huile : ça fait une éternité que je lui dis que ça urge !

Je consulte ma montre. Il lui reste moins de trois heures pour se rendre compte que son filtre à huile n'est plus d'une urgence absolue, et que l'éternité sera courte.

## 5

— Ce jeudi 13 à 11 h 28, sur proposition du Conseil des ministres et en réponse aux attaques délibérées contre la population, le Président Oswald Narkos III a déclaré la guerre aux espèces végétales. Pour enrayer définitivement la pandémie de grippe V, le gouvernement décrète la destruction totale et préventive de tout arbre, plante ou fleur qui présenterait un danger pour la santé humaine. Pleins pouvoirs ont été donnés aux Brigades vertes, unités de combat écoresponsables, pour apprécier la situation et agir en conséquence.

Les images du journal sont si terribles que la soupe se fige dans les assiettes. Aucun de nous trois n'a le cœur à manger. Tout au long des frontières d'où est partie l'épidémie, les Brigades vertes ont mis le feu aux forêts. Mais les vents ont tourné tout à coup, et les commandos incendiaires, pris à revers par les flammes, brûlent comme des pommes de pin.

— Ils nous auront tous tués avant qu'on les détruise! hurle un soldat à moitié carbonisé qu'on évacue sur une civière.

Rassurant, un général déclare que le ministère de la Paix a réagi aussitôt en remplaçant, dans la mesure du possible, ses troupes au sol par des bombardements sélectifs. Dès l'évacuation des habitants, les hélicoptères balancent sur les zones infectées défoliants, herbicides ou napalm.

Je détourne les yeux de l'écran, mais les images de déforestation sont brusquement remplacées par la tête du ministre des Espaces verts.

À la fois creusé par le poids des responsabilités et gonflé de son importance, Edgar Close annonce, en direct sur le plateau du journal, que la ceinture de feu, contrairement aux prévisions de l'armée, ne suffira pas à stopper la progression de la grippe V. Apparemment, c'est la faute aux hélicoptères, aux tanks et aux camions militaires qui, en retournant à leur base, ont favorisé la propagation des pollens toxiques avec une rapidité supérieure à celle du vent ou des insectes. L'interdiction de tout trafic aérien et routier vient d'être promulguée, mais c'est trop tard. Partout dans le pays, entre scènes de panique et témoignages de victimes, les reporters commentent l'apparition des symptômes dans les populations non encore vaccinées : retraités, chômeurs, détenus.

Le porte-parole d'une association humanitaire exige une destruction accrue des végétaux. Un écologiste réplique que c'est bien beau de vouloir raser les forêts pour sauver l'homme, mais que, sans l'oxygène fabriqué par les arbres, nous ne pourrons plus respirer. Le ministre des Espaces verts répond que ce n'est pas un problème : on trouvera une solution, mais pour l'instant on est en guerre et la seule chose qui importe, c'est la victoire. L'oxygène étant désormais rendu toxique par les arbres, tout écologiste affichant un comportement collabo envers l'agresseur végétal sera immédiatement arrêté pour atteinte au moral de la Nation.

— Connard, grince mon père entre ses dents.

— Chut! dit ma mère.

Les reportages suivants montrent des gens bétonnant en urgence leur jardin pour neutraliser le gazon et les fleurs. D'autres ont choisi de pactiser. Un petit vieux souriant déclare, parmi les géraniums de sa terrasse, que tous les végétaux ne sont pas mauvais ni ingrats, et qu'il suffit de leur rappeler qu'on les a plantés, qu'on les aime, qu'on les arrose et qu'on les soigne pour renouer le lien qui nous unit à eux. Au milieu de sa phrase, il commence à tousser et, les yeux révulsés, meurt en direct devant la caméra, tandis que le journaliste explique, derrière son masque à gaz et sa combinaison étanche, que c'est exactement le genre de comportement à éviter: il faut rester barricadé chez soi, fenêtres fermées, sans fleurs, plantes ni légumes, en attendant que les Brigades vertes aient jugulé l'épidémie.

— Propagande, ronchonne mon père.

— Et propagande de qui, de quoi? s'énerve ma mère. Tu ne vas pas nier la réalité de ce que tu vois!

— Les images, réplique-t-il en ouvrant sa dixième bière sans alcool, on leur fait dire ce qu'on veut.

— Tais-toi, j'écoute!

Un autre journaliste, en studio, interroge le médecin colonel en charge des Solutions sanitaires, qui confirme que 70 % des citoyens de plus de treize ans ont déjà été immunisés depuis vingt-quatre heures, par micro-ondes pulsées sur la fréquence de leur puce. Le gène de la grippe V a été isolé, et la vaccination cérébrale à distance permet à l'organisme de fabriquer l'antigène correspondant, avant même d'avoir subi la contamination. Pour savoir si l'on fait partie des 70 %, il suffit de scanner son crâne et de vérifier si les données XBV 212 415 figurent dans le menu Téléchargements.

Ma mère se rue sur le scanner familial, le plaque sur sa tempe, fait défiler le menu, clique et pousse un soupir de soulagement. Puis elle teste mon père et fronce les sourcils.

— Pourquoi tu es marqué « En attente de configuration » ?

— Les alcooliques ne sont pas prioritaires, grommelle-t-il.

— Mais tu portes un patch !

— Eh ben je ferai une réclamation, soupire-t-il. De toute manière, cette épidémie, c'est bidon. Ça sert à nous empêcher de penser, c'est tout. Comme le man-ball et les machines à sous.

— C'est parce que tu es catalogué comme déviant qu'on ne t'a pas vacciné, glapit-elle, pas à cause de ton problème d'alcool !

— OK, j'ai compris : je vais me remettre à boire.

— Reste à savoir si le virus va muter ou non, reprend le médecin colonel. Les plus grands botanistes analysent en continu la composition de la sève et des pollens sur un large échantillon de végétaux, ainsi que les effets sur des cobayes vaccinés qui, volontairement exposés à leurs émanations, n'ont présenté jusqu'à présent aucun symptôme. Mais nous manquons de recul. Dans le doute, mieux vaut rester chez soi et, si l'on est obligé de sortir, porter le masque respiratoire en cours de distribution générale et gratuite.

— Combien tout cela va-t-il coûter à l'État, docteur ? demande la journaliste.

— La vie humaine n'a pas de prix.

— Et les moins de treize ans, non encore empucés ?

— La campagne massive de vaccination intraveineuse dans les établissements scolaires s'est effectuée avec succès aujourd'hui, sur tout le territoire.

— Tu n'as pas d'effets secondaires ? s'inquiète mon père en me scrutant.

Je le rassure d'un air dégagé, sans préciser que je n'ai pas d'effet principal non plus, puisque je ne me suis pas injecté leur Antipoll. La seule forme de vaccination adaptée à mon cas, je sais où je dois aller la chercher, mais il faut attendre que les parents dorment.

— Nous nous rendons à présent au ministère de l'Énergie, pour une déclaration exclusive d'Olivier Nox. Monsieur le ministre, bonsoir.

Le jeune homme aux longs cheveux noirs prononce lentement avec une sérénité froide, en fixant la caméra de ses yeux sans lueur :

— En accord avec mes homologues de la Paix et des Espaces verts, qui ont levé le secret défense, je suis en mesure de vous révéler que le Bouclier d'antimatière était notre seule protection face à la contamination de la flore, qui a provoqué l'extinction de l'espèce humaine sur le restant de la planète. Les terroristes qui ont détruit notre Bouclier, hier matin, portent l'entière responsabilité du péril sans précédent que nous devons maintenant affronter.

Je baisse la tête dans mon assiette.

— En tout cas, dit mon père avec un hoquet de dérision, on est des privilégiés.

— À quel point de vue ? se raidit ma mère.

— Dans notre banlieue pourrie sans arbres et sans jardins, avec notre sol toxique où il ne pousse rien, on ne risque pas d'être contaminés. Ce sont les quartiers chics et les zones écorésidentielles qui vont trinquer. Pour une fois que c'est un avantage d'être pauvre.

— Parle pour toi, Robert ! Moi, au casino, je suis en surexposition florale ! Je ne retournerai pas travailler avant qu'ils aient détruit toutes les plates-bandes !

Elle se lève brusquement, fonce vers le vase qui trône sur la tablette du radiateur, arrache le bouquet de roses. Mon père hausse les épaules.

— Elles ne vont pas t'attaquer : elles sont fausses.

— C'est un symbole ! réplique-t-elle. On n'affiche pas dans le salon la photo de son ennemi !

Il se redresse, le regard dur.

— Tu t'es demandé pourquoi les arbres et les plantes sont devenus nos ennemis ? Qui a attaqué en premier, Nicole ? La déforestation, les pesticides, les OGM... Les végétaux ont eu beaucoup de patience, mais ils nous remplaceront sans problème.

— Tu es malade ? Tais-toi, enfin ! Tu veux te faire arrêter encore une fois, pour propos défaitistes ?

— Nous apprenons à l'instant, intervient la présentatrice en chef, que le ministère de la Sécurité a décidé jusqu'à nouvel ordre la fermeture des crèches, établissements scolaires, universités, administrations et lieux de travail. De même pour les commerces, les casinos, les stades, les centres de sport, de loisirs et de spectacles. Sauf autorisation spéciale, tous les citoyens doivent rester chez eux devant leur téléviseur, pour suivre la progression de la guerre et se conformer aux consignes des autorités sanitaires. Une page de publicité, et nous retrouvons nos envoyés spéciaux.

— On nous cloître, grince mon père d'un air entendu. Et pourquoi ?

— Pour notre bien, dit ma mère.

Il tourne vers moi ses yeux injectés par le manque d'alcool. Je soutiens son regard. Il ignore mon rôle dans la catastrophe qui frappe le pays, mais il sent que mon silence va dans son sens.

— Thomas, toi qui es intime à présent avec une ministre, tu as des choses à nous dire ?

— Ce n'est pas un jeu, s'interpose ma mère. Nous sommes en guerre : le gouvernement ne va pas se confier à un môme.

Je la laisse dire en essayant d'avaler une cuillerée de soupe froide. Sur l'écran, un couple d'heureux gagnants aux machines à sous barbote dans un spa, s'extasie devant les fleurs que leur apporte une femme de chambre, se promène dans le parc d'un hôtel de luxe et dîne aux chandelles sous les arbres. La seule chose qui n'ait pas changé dans le monde, ce soir, c'est la pub.

— Mais pourquoi les végétaux nous font ça, pourquoi ? s'insurge ma mère en plaquant les mains sur sa permanente. Pourquoi justement aujourd'hui ?

Sous-entendu : aujourd'hui où notre situation financière et sociale devait enfin s'arranger, grâce à mes relations avec la ministre du Hasard.

— C'était fatal, répond mon père. Ça nous pend au nez depuis qu'on s'est coupés de nos racines. L'arbre était là avant nous, et on s'est crus plus forts, on a cessé de vivre à son rythme pour devenir ses prédateurs. Tout a commencé à l'âge de bronze, quand l'alphabet spirituel des druides – chacune des dix-huit lettres était le nom d'un arbre – a été remplacé par l'alphabet commercial phénicien…

— Ne commence pas avec tes druides, coupe ma mère en remontant le son après la pub.

Et elle s'absorbe dans les images d'incendies de forêts, de tronçonnages et d'herbicides pulvérisés par avion. Je débarrasse la table. Si les arbres ont programmé notre disparition pour sauver la nature, au nom de quoi leur résister ? Vouloir les détruire, c'est un suicide, mais comment parlementer ? Et quel sera mon rôle ?

Je revois le demi-sourire d'Olivier Nox, dans sa limousine, juste après que j'ai détruit le Bouclier d'antimatière. « En voulant sauver le monde, Thomas, tu as condamné l'espèce humaine. À toi de choisir, à présent, de quel côté tu vas combattre. »

## 6

Au moment où je dépose la vaisselle dans l'évier, je ressens un grattement à l'intérieur du bras gauche. Je remonte ma manche. Le numéro de téléphone que Lily Noctis a inscrit sur ma peau avec son ongle, avant-hier, s'est mis à rougir, comme si les chiffres s'étaient infectés. Comment dois-je le prendre? Est-ce une mise en garde, un signe, une demande de contact?

Je monte dans ma chambre pour lui téléphoner. Le portable collé à l'oreille, je tombe sur le message d'annonce de sa boîte vocale, qui s'interrompt brusquement.

— Oui, Thomas, tu as un problème?

Troublé par sa voix en direct, aussi naturelle que si on s'était parlé cinq minutes plus tôt, je réponds en réflexe, dans le genre viril :

— Moi non, mais c'est la Terre. J'ai vu les infos.

— En quoi puis-je t'aider?

Pris de court, je lui demande si elle sait où Brenda Logan est retenue prisonnière.

— Elle est toujours aussi importante pour toi, n'est-ce pas?

Il y a de l'agacement résigné dans sa voix, et un vrai fond de jalousie. En d'autres circonstances, j'aurais été le plus heureux des préados. Là, je contourne le sujet :

— Il faudrait qu'on la libère, non ? Elle risque de parler.

— De parler de quoi ?

— De vous. Elle sait que vous menez un double jeu, dans le gouvernement. Si jamais votre demi-frère apprend que vous préparez une révolution…

— Tu pourrais me demander si ma ligne est sécurisée, non ?

— Ah oui, pardon.

— Elle l'est. Toi, en revanche, la police t'a mis sur écoute.

Je me glace aussitôt.

— Pardon. Je raccroche.

— Ne t'inquiète pas : mon téléphone brouille automatiquement toutes les conversations, leur provenance comme leur contenu.

J'avale ma salive. C'est bien son style, ça, de m'angoisser exprès pour me rassurer ensuite.

— En ce qui concerne Brenda Logan, je suis d'accord avec toi, Thomas, mais pour d'autres raisons. Il faut en effet qu'on agisse au plus vite.

— Vous m'envoyez une voiture ?

— Tu vois son appartement, de là où tu es ?

Sur la pointe des pieds, je regarde par la lucarne qui donne sur la chambre de ma voisine d'en face.

— Oui.

— Tout a l'air normal ?

Je demande pourquoi.

— Vas-y. Tu me diras s'il y a des traces d'effraction, de perquisition, de cambriolage.

— Vous pensez que la police… ?

Elle ne me laisse pas le temps d'achever ma question :

— Je pense que Brenda est responsable de ce qui vient de se déclencher dans le monde végétal. Et tu le sais.

Elle raccroche. Complètement chamboulé, je regarde la chambre éteinte de l'autre côté de la rue. Bien sûr, j'ai eu des soupçons sur Brenda. Plus que des soupçons : des preuves de sa relation secrète avec les arbres. Mais ce n'est pas elle qui a voulu que je détruise le Bouclier d'antimatière.

Quoique…

Avant même que le professeur Pictone ne se réincarne dans mon ours, il y a eu ce rêve prémonitoire. Cette cité envahie par les arbres, où une liane m'a soudain harponné pour m'entraîner dans une bouche d'égout. Cette ville fantôme ravagée par la végétation que j'ai retrouvée, le lendemain, trait pour trait, sur un tableau que peignait Brenda. Si ma voisine est en contact mental avec les esprits de la nature, est-elle la messagère, la complice ou la cause de la guerre qu'ils nous ont déclenchée ? Est-elle sous influence, ou bien exerce-t-elle un pouvoir sur les arbres à travers sa peinture ?

J'en suis là de mes réflexions lorsqu'une limousine à quatre motards tourne au coin de notre rue. Lily Noctis n'a pas perdu de temps. Je me recoiffe vivement, sors ma chemise de mon pantalon pour être à la mode, enfile une veste pour paraître plus vieux, et je fonce dans l'escalier.

J'arrive dans le hall au moment où mon père ouvre la porte. Un motard le salue.

— Monsieur Robert Drimm ?

— Oui, soupire-t-il sur un ton d'arrestation.

— Le ministère souhaite vous parler.

— Quel ministère ? demande ma mère sur ses gardes.

— Secret défense, répond le motard. Mais c'est tout de suite.

Avec un air fataliste, mon père retourne vers le salon. Il attrape ses chaussures planquées sous le canapé-lit, et noue les lacets en répondant à nos regards inquiets.

— Ne faites pas cette tête : ce n'est pas un interrogatoire, c'est une consultation.

— Une consultation de quoi ? sourcille ma mère. À part la grammaire et l'orthographe, je ne vois pas à quoi tu peux servir.

Il la fixe avec une gravité sans illusions, réplique :

— Je suppose que le gouvernement me considère comme un spécialiste des arbres, vu tous les livres de botanistes que j'ai épluchés, au temps où j'étais membre du Comité.

Il ajoute en se relevant :

— On m'avait demandé de censurer tous les ouvrages qui avaient trait à l'intelligence des végétaux. J'ai censuré, mais je me souviens.

## 7

J'ai regardé partir mon père à l'arrière de la voiture officielle, avec une vraie appréhension. Le ministère de la Sécurité a effacé de sa mémoire son dernier séjour en prison, grâce au lavage de cerveau. Mais moi, je n'ai rien oublié de ce qu'il a souffert.

Ma mère retourne se visser devant les infos, pour suivre en bonne patriote la guerre contre les arbres.

— Sous vingt-quatre heures, la vaccination totale des moins de treize ans sera achevée, lui promet le médecin colonel, graphiques à l'appui. Et les micro-ondes pulsées qui radiovaccinent nos puces cérébrales couvrent à présent 100 % du territoire national. Mais n'oubliez pas que le suivi attentif des informations non-stop, par la concentration et l'émotion solidaire qu'il induit, aide à l'activation des antigènes dans le cerveau. Santé, prospérité, bien-être!

— Santé, prospérité, bien-être, murmure ma mère au bord des larmes, tandis qu'un flash la ramène sur le front des incendies qu'on n'arrive plus à éteindre.

Je lui souhaite une bonne nuit, et je remonte dans ma chambre.

Cinq minutes plus tard, en jogging et baskets, masque antipollen sur le nez, je descends délicatement le long de la façade. C'est beaucoup plus facile pour moi, depuis que j'ai perdu mes dix kilos en trop par la méthode d'intériorisation du professeur Pictone. La gouttière et les colliers de fixation ne craquent même plus sous mon poids.

Personne dans les rues. Volets fermés, rumeur des infos : le couvre-feu s'est mis en place. Je traverse, me dirige vers le vieil immeuble moderne pas terminé qui tombe déjà en ruine. Depuis ma dernière visite, on a volé l'interphone, les boîtes aux lettres et le paillasson. C'est bon de voir que la vie continue.

Je monte l'escalier qui sert de vide-ordures, m'arrête soudain en arrivant au deuxième. La porte de Brenda est ouverte. Serrure démontée, battant forcé au pied-de-biche. Dans un sens, ça me rassure. Si c'était une effraction de la police secrète, ça serait plus propre.

Je demande : «Y a quelqu'un ? », prudent. Moins pour obtenir une réponse que pour rassurer les cambrioleurs si je les dérange : je ne suis qu'un préado inoffensif qui vient rendre visite à sa voisine. J'insiste, en déguisant mon angoisse :

— Tu es là, Brenda ? Tu as entendu les infos ?

Silence. Rassemblant la trouille apprivoisée qui me sert de courage, j'entre dans l'appartement. À première vue, ma déduction est bonne : il manque la télé, le matelas, la machine à café, le four et le siège des W.-C. Ou alors, c'est une astuce de la police secrète pour déguiser la perquisition en simple vol. Quoi qu'il en soit, ce n'est pas l'art qui les intéresse : toutes les toiles sont là.

Ému, je me retrouve devant le premier tableau qui m'a

attiré dans l'univers de Brenda. Le grand chêne qui se déploie au milieu d'une station-service, soulevant par ses racines les pompes abandonnées, portant des pneus à ses branches comme autant de bagues aux doigts.

Je m'absorbe dans le feuillage et le tronc, attendant un appel, une aspiration dans la toile... Mon regard se concentre sur la bouche d'égout d'où, la dernière fois, avait jailli une liane pour m'entraîner dans le caniveau de la station-service.

Rien ne se passe. La communication est rompue. La peinture ne veut plus de moi. Ou ce sont les arbres qui m'ont déclaré indésirable.

À tout hasard, du fond du cœur, je lance à mi-voix :

— Grand chêne peint par Brenda Logan, je te demande de bien vouloir négocier une trêve entre l'humanité et la végétation. Ne nous attaquez plus, et on arrêtera de vous faire du mal.

— Tu ne penses pas que c'est dans la réalité que tu devrais agir ?

Je sursaute. Olivier Nox est sorti de la chambre, les mains dans le dos, son demi-sourire à gauche des lèvres. Ravalant le malaise que m'a laissé notre dernière rencontre, je lui demande ce qu'il fait là. Il passe une main lente dans ses cheveux noirs qui retombent comme un rideau.

— La même chose que toi. Je suis venu chercher une réponse, du moins un sens aux questions que nous nous posons. Comme toi, je pense que la peinture de Brenda Logan est un canal de transmission, et qu'elle renforce le pouvoir des arbres. Celui-ci, ajoute-t-il en désignant le chêne de la station-service, c'est leur chef de guerre.

L'Arbre totem. Celui que tous ses congénères écoutent. Celui qui a condamné à mort l'humanité. Tu dois retrouver son emplacement sur Terre, Thomas, et aller le détruire. Grâce à ta connexion avec le professeur Pictone, toi seul en as le pouvoir.

Je recule vers la porte. Apparemment il est tout seul, mais j'ai du mal à croire que le ministre de l'Énergie se déplace sans escorte, comme un vulgaire cambrioleur. Je lui demande si c'est lui qui retient Brenda prisonnière.

— Pas pour longtemps. Au niveau énergétique, c'est une catastrophe : elle ne produit rien. Aucune peur, aucune phobie, aucune souffrance exploitable. Si tu refuses la mission que je viens de te confier, on se débarrassera d'elle comme d'une pile usagée. Même pas recyclable.

J'essaie de contenir mon élan de violence. Il se rapproche de moi. Son regard vert me fixe, me fouille et m'absorbe, comme si j'étais moi-même une énergie qu'il détourne.

Je ferme les yeux. Quand je les rouvre, il n'est plus là. Je suis étendu sur le sol, contre un mur, sans le souvenir d'être tombé. Je me relève vivement, cherche sa trace dans l'appartement vide. Je n'ai tout de même pas rêvé ?

Comme la réalité ne me répond pas, je me replante devant le tableau du grand chêne au milieu de la station-service. Je refais le vide. Et, cette fois, je reçois un message. Mais pas celui que j'attends.

— Ne tente rien tout seul : tu vas te faire avoir ! Viens me chercher, vite !

C'est la voix de Léo Pictone, à nouveau. La voix intérieure qui m'a interdit de me vacciner, tout à l'heure, au

collège. Mais ça veut dire quoi, «Viens me chercher»?
Tout ce qui reste de lui, à part son cadavre repêché dans la
mer et dépucé avant-hier, c'est le nounours que son âme
avait squatté, et qu'elle a abandonné quand on a détruit le
Bouclier d'antimatière. C'est à cela qu'il fait allusion? La
vieille peluche de mon enfance, qu'on a enterrée, Brenda
et moi, devant le Centre de production d'antimatière à
Sudville?

Peut-être que Pictone ne peut revenir sur Terre que
dans un objet qu'il a déjà hanté. Mais est-ce pour m'aider,
comme il le prétendait la dernière fois, ou pour se servir
de moi encore un coup? Il s'est vengé de ses ennemis en
déclenchant par ma faute une catastrophe nationale, et
maintenant il voudrait que je lui fasse confiance pour
réparer les dégâts qu'il m'a fait commettre?

— Au secours, Thomas! crie sa voix loin au fond de
ma tête. L'humanité est menacée d'extinction totale! Si
les vivants disparaissent, les morts ne leur survivront pas!

Qu'est-ce qu'il veut dire par là? Que c'est le fait de
penser aux défunts qui leur donne le pouvoir de nous
pomper l'air à titre posthume? Mais moi, lui, je fais tout
pour l'oublier!

— Tu peux négocier avec les arbres, Thomas, mais pas
pour le compte du Mal! Je suis le seul à pouvoir te protéger de Nox-Noctis!

Je plaque les mains sur mes oreilles pour faire cesser
ce vacarme dans mon crâne. J'en ai marre qu'il sème le
doute, à chaque fois, pour récolter la soumission. Je n'ai
plus confiance en lui. Non seulement il est invivable, mais
il n'est plus dans le coup. Il se croit beaucoup plus fort

qu'il ne l'est en réalité : il s'imagine qu'il me manipule, mais c'est un autre qui tire nos ficelles.

Ce n'est pas la faute du vent, ce n'est pas un simple coup de malchance si Léo Pictone est mort en recevant mon cerf-volant sur le crâne. J'en ai la preuve. J'ai vu le système de téléguidage qu'on avait installé à mon insu dans la voilure. Quelqu'un a voulu qu'on se rencontre de cette manière, pour déclencher toutes les catas qui ont suivi. Alors je ne vais pas remettre le couvert pour me faire avoir à nouveau par les salauds qui m'ont collé dans ses pattes.

J'écarte les mains de mes oreilles, lentement. Silence. Ça va, il a compris. Il n'insiste pas. Bon débarras : qu'il reste avec les siens ! Comme dit mon père, laissons les morts enterrer les morts. J'ai à peine le temps de savourer dix secondes de répit que mon portable se met à vibrer. C'est Jennifer. Je ne la prends pas : j'écouterai le message.

Mon regard revient sur le grand chêne de la station-service. Je ne ressens aucune violence, aucune intention de nuire dans le tableau. Dois-je croire Olivier Nox ? Cet arbre est-il un chef de guerre, ou bien un émissaire envoyé par un canal artistique pour faire la paix ?

Je le prends à témoin de mes hésitations, de mes élans contradictoires. Je lui demande conseil. Et alors, il se passe quelque chose d'incroyable. Non pas dans le tableau, mais en moi. Une sensation que je n'ai jamais éprouvée. Un grand courant d'amour calme, un sentiment d'intelligence commune, d'harmonie, de compassion. Je comprends l'arbre. Comme s'il vibrait en moi, comme si je recevais une transfusion de sève. Mais est-il en train de me réconcilier avec les siens, de plaider leur cause, ou essaie-t-il de me séduire, de m'ensorceler, pour me retourner contre les miens ?

Je l'interroge. Je lui demande d'être franc. Seul le silence de l'appartement me répond. L'absence de Brenda. Si je savais peindre, il pourrait peut-être me parler sur la toile… Mais là, je n'entends rien.

Cet arbre existe quelque part, je le sens. Olivier Nox a raison : il n'est pas que le produit de l'imagination de la peintre. Il m'appelle. Il faut que je le retrouve. Mais pas pour le détruire. Pour parlementer. Faire un pacte. Protéger son espèce et défendre la nôtre. Arrêter l'hystérie sans fin de la guerre, des attaques préventives et des représailles. Ce sera ma mission. Ma quête. Mais cette fois, personne ne m'influencera.

## 8

Je vais boire un verre d'eau dans la salle de bains, la seule pièce qui n'ait pas été dévastée. Je touche les serviettes de Brenda, respire son parfum dans le flacon, les yeux fermés. Si seulement j'avais le pouvoir de me téléporter dans sa prison, et de la ramener ici… J'aurais dû exiger de Nox la preuve de sa libération, avant de lui promettre quoi que ce soit. Mais je n'ai rien promis, en fait. Je ne suis même pas sûr de lui avoir parlé pour de bon. C'est vraiment flippant, ces rapports qui se brouillent entre le rêve et la réalité. Comme si la frontière était toujours en mouvement…

Je rouvre les yeux, rebouche le parfum de Brenda. Ce n'est pas le moment de réveiller des souvenirs qui troublent, de penser à elle au passé. En plus, l'image de Lily Noctis n'arrête pas de venir en surimpression. Je déteste cette idée qu'un nouvel amour chasse l'autre. Ce n'était pas comme ça, au début, mais maintenant j'ai le sentiment désagréable que Brenda n'a plus assez de place. Même son visage est de moins en moins précis. Lily Noctis envahit tous mes souvenirs, les étouffe comme un lierre. Un si beau lierre.

Pour revenir au présent, je prends mon portable. Le meilleur moyen d'effacer la tentation d'appeler Lily, c'est de me replonger dans du concret de mon âge. J'écoute le message de Jennifer.

— Thomas, au secours! crie-t-elle, complètement terrifiée. Mon père… Vite! Ça ne va pas du tout…

Son téléphone a coupé. Je compose aussitôt son numéro : sa messagerie me répond qu'elle est pleine. Fou d'angoisse, je me précipite hors de l'appartement. Ils habitent à cinq minutes au pas de course, mais un coup de sifflet retentit au premier croisement. Je me fige.

Trois soldats en treillis, camouflage feuillage, m'encerclent aussitôt avec mitraillette, lance-flammes et tronçonneuse. Les Brigades vertes.

— Où est ton masque antipollen? me lance la mitraillette.

Je tâte en vain mes poches de jogging, pour gagner du temps. Je l'ai oublié chez Brenda.

— Il a dû tomber. Pardon, mais là, j'ai une urgence…

— On a tous des urgences, réplique la tronçonneuse. Moi, la mienne, c'est de t'empêcher d'attraper la grippe V et de contaminer le quartier. D'où tu viens?

— D'ici.

— Tourne-moi le dos quand tu me parles! Tu as ta carte de vaccination?

— Oui, mais elle est restée au collège, et là il est fermé.

— C'est pratique, ricane le lance-flammes en sortant son portable. J'alerte le Ramassage.

— Qu'est-ce qu'on va me faire?

— Te mettre en quarantaine, pour ton bien. Si tu n'as pas la grippe, on te relâchera.

Paniqué, pris de court, je n'ai d'autre solution que de leur éternuer à la gueule. Ils reculent d'un bond en poussant des cris d'horreur. J'en profite pour reprendre ma course. Aussitôt ils se lancent à mes trousses, hurlant des sommations entre les maisons fermées, dans l'indifférence des gens calfeutrés devant leur télé.

Je les entraîne vers l'ancienne usine de cigarettes, pour les semer dans les ruines que je connais par cœur. Une rafale éclate derrière moi. Je me retourne, affolé. Le soldat à mitraillette a trébuché ; son doigt a dû appuyer tout seul sur la détente. Le type au lance-flammes se tortille sur le sol, perforé de la tête aux pieds. Celui qui tient la tronçonneuse s'arrête devant eux, consterné. Le mitrailleur tire sur lui, en réflexe, pour éviter les témoins. Un jet de feu le transforme en banane flambée.

Je m'éclipse discrètement, quittant l'usine par un mur écroulé. Avec une armée pareille, on n'est pas près de gagner la guerre.

Trois minutes plus tard, j'arrive dans le terrain vague de Jennifer. Une ambulance est sur place. Le brancardier-chef explique dans un porte-voix qu'en l'absence d'un certificat médical prouvant que le patient n'a pas la grippe V, il est impossible de le transporter à l'hôpital, à cause de la loi martiale contre la Contagion.

— Pardon, excusez-moi.

Les personnels de santé veulent m'empêcher d'approcher ; je leur réponds que je suis de la famille. Ils s'écartent, prudents, et je monte dans la caravane sans roues que Jennifer habite avec son père depuis la mort de sa mère. C'est à peine plus petit que chez nous, beaucoup plus luxueux et mieux conçu. M. Gramitz, en plus de ses talents de mécanicien carrossier, est un as de la récup : en soudant une remorque frigorifique et deux mobile-homes, il a construit à Jennifer une vraie caravane de star. D'habitude, tout est rangé comme un musée à la mémoire de Mme Gramitz, mais là, une espèce d'ouragan a mis l'intérieur sens dessus dessous.

— Merci d'être venu, se précipite Jennifer. Regarde, c'est affreux !

Elle m'entraîne dans la chambre de son père, qui se rencogne aussitôt contre la cloison en tôle, comme si on venait l'achever. C'est horrible. En caleçon et tee-shirt, il a des piqûres sur tout le corps, des cloques, des pustules et de larges marques rouges autour du cou, comme si une liane avait voulu l'étrangler.

Malgré moi, je repense à celle qui avait jailli du tableau de Brenda, l'autre jour, pour s'enrouler autour de moi et m'entraîner vers une bouche d'égout.

— C'est la grippe V, tu crois ? s'inquiète Jennifer.

Je réponds que je n'en sais rien, mais que, pour être fixé, il faut prouver que non, sans quoi son père ne sera jamais soigné.

— Et comment on peut faire ?

Je vérifie dans mes poches. Heureusement, j'ai toujours sur moi les ordonnances vierges que j'ai chipées chez le Dr Macrosi, mon ancien nutritionniste. En imitant son écriture de mégalo magouilleur, je certifie que la maladie de Gramitz Joseph n'a rien de végétal : c'est juste glandulaire. Une simple intoxication aux fruits de mer, avec allergie pas contagieuse.

Jennifer court porter la bonne nouvelle aux ambulanciers.

— Ne me laisse pas seul avec elle! me supplie soudain son père. Elle a failli me tuer!

— Mais non, monsieur Gramitz, tout va bien, dis-je pour le calmer.

— C'est elle qui m'a fait ça! hurle-t-il en essayant d'arracher ses pustules.

— Mais non, c'est juste la fièvre qui vous fait un peu délirer, c'est rien...

— Elle est devenue dingue, je te dis! insiste-t-il, les yeux hagards. Elle m'a attaqué par-derrière, elle a essayé de m'étrangler!

Il s'interrompt à l'entrée des ambulanciers, qui l'évacuent avec une vivacité brutale. Jennifer veut les suivre. Ils lui disent que l'hôpital est interdit aux mineurs, lui laissent le numéro des urgences.

Elle s'abat sur le lit, le dos secoué de sanglots silencieux. Je la console comme je peux, de loin. Je lui demande comment les symptômes sont apparus. Pour toute réponse, elle lance d'une voix curieusement détachée:

— Je peux dormir chez toi?

Je ravale ma gêne. Il faut que je réponde d'un air naturel, sinon elle va croire que je pense qu'elle saute sur l'occasion pour passer la nuit dans ma chambre. D'une part ça me gênerait, par rapport à son père, qu'elle me prête ce genre d'arrière-pensée, et d'autre part il ne faut pas que je lui en parle: ça pourrait lui donner des idées.

Elle répète sur le même ton, genre simple formalité:

— Je peux dormir chez toi?

— Oui, mais j'y suis.

— Et alors? Je ne vais pas te violer.

— Non, je veux dire: officiellement, j'y suis toujours. Je ne suis pas sorti. Alors tu me laisses rentrer par la fenêtre, et cinq minutes après tu sonnes à la porte. Ma mère t'ouvre, je descends aux nouvelles et tu nous racontes ce qui s'est passé.

Elle me regarde, inexpressive. Sur la pointe de la voix, je reprends :

— Il s'est passé quoi, au fait ?

Elle mord ses lèvres, perplexe. Et, en guise de réponse, elle me demande :

— Tu as confiance en moi, Thomas ?

— Pourquoi ?

Elle baisse les yeux.

— Parce que moi, j'sais plus. J'ai la tête vide.

Je lui dis que ça doit être un effet secondaire du vaccin. Le cerveau qui se met sur pause pour laisser le corps se bagarrer contre le virus. Elle secoue la tête.

— J'sais plus où j'en suis.

Je préfère quand elle est comme ça. Paumée, dépassée, vulnérable.

— Ne t'inquiète pas, Jennifer. Je suis là.

Et je m'en vais. En toute sincérité, je regrette de lui avoir dit oui pour ma chambre. Entre Lily Noctis qui obsède mes pensées et Brenda Logan que je dois sortir de prison, je suis déjà suffisamment dispersé. Mais je n'arrive pas à refuser mon aide à une fille. Parfois je me dis que c'est une force. Parfois j'ai peur que ça soit le plus dangereux de mes points faibles.

## 9

C'est le cinquième coup de sonnette, et ma mère n'a toujours pas ouvert. Encore essoufflé par mon ascension de la gouttière, je suis descendu voir ce qui se passait. Figée devant l'écran, elle regardait les forêts bombardées par des avions qui, de manière inexplicable, perdaient le contrôle, se percutaient ou plongeaient en piqué vers des zones urbaines où ils causaient des ravages.

Un aiguilleur du ciel expliquait que les transmissions étaient complètement brouillées, comme si les arbres arrivaient à influencer les ondes radar et les systèmes de navigation. Jusqu'à nouvel ordre, tout le trafic aérien venait d'être suspendu, y compris le largage des bombes incendiaires. Du coup, sur le compteur des décès attribués aux pollens, affiché à droite de l'écran, les chiffres tournaient moins vite. Mais il n'y avait pas forcément de relation de cause à effet : c'était peut-être juste l'activité des arbres qui diminuait avec la nuit. Autour de la présentatrice, les avis divergeaient.

— Ce qui est très net, a conclu un expert, c'est que le pollen n'est pas le seul mode de contamination. On a mesuré une activité électrique très supérieure à la normale sur les arbres en cours d'abattage, et cette activité s'observe même chez ceux qui n'ont pas encore subi de violences.

— De quoi s'agit-il, d'une forme de télépathie?

— N'exagérons pas. Un simple message d'alerte, par ondes électromagnétiques. L'influx nerveux des légumes est également touché, d'après nos mesures, notamment celui des tomates. Et on a observé sur les pommes de terre d'inquiétantes variations de potentiel.

— Mais jusqu'à présent, seuls les êtres humains semblent affectés par la grippe végétale. Et pas les animaux. Comment l'expliquez-vous?

— Demandez aux arbres. Je prends l'exemple d'une antilope qui s'attaque à un acacia. On le sait depuis longtemps : l'acacia change alors la composition de ses tanins pour empoisonner le prédateur. Et les acacias voisins reçoivent la même information, jusqu'à une distance de six mètres, puis la transmettent à leur tour. Mais il s'agit bien d'une information *adaptée* à chaque type de prédateur : ce qui tue l'antilope ne tuerait pas la girafe. C'est comme si l'arbre *scannait* l'organisme de son agresseur, pour savoir de quelle manière le neutraliser. Apparemment, le monde végétal a décidé que son plus dangereux prédateur, c'était l'homme. Et il a programmé sa disparition.

— Maman, on a sonné.

— Hein? fait-elle sans se retourner.

— On a sonné à la porte.

Elle attend que l'invité suivant ait fini sa phrase, puis me répond d'une voix atone :

— Eh ben vas-y.

J'ouvre, et je feins la surprise en découvrant Jennifer, son masque antipollen sur le front.

— C'est toi ? Qu'est-ce qui se passe ?

— Tu m'as fait peur, réplique-t-elle, tendue. J'ai cru que tu avais changé d'avis, que tu ne voulais plus que je vienne.

Je lui fais signe de parler moins fort, de patienter un instant. Je retourne dans le living. Elle entre, ferme la porte et me suit.

— Maman, le père de Jennifer a un problème, elle peut dormir ici ? Elle est vaccinée, elle a son masque, on ne risque rien.

Ma mère tourne vers nous un visage blême, creusé, marqué par la tragédie qu'elle ingurgite depuis des heures. Elle acquiesce machinalement, puis sa tête revient vers l'écran où un clip lent à musique funèbre rend hommage aux différents types de victimes : cadavres de soldats, de jardiniers taillant des haies, de paysans sur leurs tracteurs, d'amoureux dans un parc, de familles à bonsaïs, d'enfants ayant fait l'école buissonnière pour éviter la vaccination et d'automobilistes renversés par le soulèvement des routes.

— Merci de votre accueil, madame.

Silence.

— Maman, Jennifer te dit merci.

La remerciée étend le bras pour qu'on se taise. Un général de la Sécurité routière est en train de lui annoncer que, dans toutes les zones frontalières, une activité anormale des racines défonce les chaussées. Un phénomène naturel en soi, mais brusquement accéléré et amplifié d'une façon aberrante. Il déconseille formellement à tous les citoyens de prendre leur voiture.

Indépendamment de leur gravité, toutes ces informations me donnent un sérieux malaise. Je sens quelque chose de *faux* dans tous ces discours ; les militaires et les experts s'efforcent de parler juste, mais le ton est en dessous, les regards ont tendance à fuir les prompteurs. Les images des reportages sont trop nettes, trop bien cadrées, à la fois trop spectaculaires et trop *propres*, comme des images de synthèse. Mon père dirait que tout ça n'est qu'une mise en scène.

Il me manque. Sa lucidité râleuse, son humour provoc, sa culture agressive… J'ignore quel genre d'aide il est en train d'apporter dans les ministères, mais sans lui je n'ai plus d'antidote face à la peur docile de ma mère. Je la regarde un instant, scotchée à l'écran où son monde familier a basculé dans l'horreur. Une horreur déjà banalisée qui agit comme une drogue. Je rejoins ma copine de classe dans l'escalier. Vivement que j'éteigne la lumière pour faire le point.

Sur le seuil de ma chambre, Jennifer se retourne. Elle reste figée quelques secondes, les yeux dans les miens, puis elle s'écarte pour me laisser entrer, comme si c'était moi qu'elle accueillait chez elle.

— Tu me prêtes de quoi dormir ?

Je ne sais pas ce qu'elle a en tête – du moins si, j'en ai peur, mais on est terriblement mineurs, et je ne suis pas du tout branché sur elle. J'ouvre mon placard, je lui sors le plus tarte de mes pyjamas : un truc bien gore, avec des joueurs de man-ball qui s'éclatent la tronche en rebondissant comme des billes sur leur roulette géante. Et, pour éviter toute ambiguïté, je déplie le matelas pneumatique des vacances, que je commence à gonfler en lui demandant quelle face elle préfère : le requin marteau ou la pieuvre géante.

Elle ne répond pas. Elle se déchausse, s'approche de moi, pose les orteils sur le gonfleur, tout contre mon pied droit.

— Je voudrais qu'on parle, Thomas.

Je lui dis que je tombe de sommeil. Elle me tourne le dos, répond OK d'un ton déçu.

## 10

*Ministère du Hasard, 23 heures*

On introduit le visiteur dans une salle à manger où un souper aux chandelles est dressé pour deux. Il regarde autour de lui, surpris. Les dorures, les tapisseries de chasse et le mobilier ultra-moderne composent une atmosphère étrange. Il s'attendait à une réunion de travail dans une cellule de crise, pas à un dîner en tête à tête.

Lily Noctis entre par la porte du fond. En fourreau de soie noire décolleté jusqu'au nombril, les seins cachés par des feuilles de vigne en strass, elle avance comme une sirène dans ses escarpins en écailles.

— Merci d'avoir accepté mon invitation. Tout le monde me dit que vous êtes l'homme qui connaît le mieux les arbres.

Il prend la main qu'elle lui donne à baiser, y dépose brièvement ses lèvres, puis il précise qu'il y a des experts bien plus qualifiés que lui.

— Ils ont tous été recrutés par le ministère des Espaces verts, qui ne s'intéresse qu'à la guerre. Moi, ce que je veux, c'est faire la paix avec les arbres, et j'ai besoin de vous. De votre compétence assez particulière, que vous allez me prouver tout de suite.

Elle s'approche d'un globe terrestre où ne figurent que les États-Uniques, entre le bleu des océans et le vert des continents où la végétation a éliminé l'homme. Elle ouvre le globe, sort de la glace une bouteille de champagne qu'elle débouche.

— Dites-moi si je me trompe, Robert, reprend-elle en emplissant deux flûtes. Pour que l'arbre déprogramme la destruction de notre espèce, il faut revenir à l'origine de nos rapports mutuels, n'est-ce pas?

Il prend la flûte qu'elle lui tend, se racle la gorge.

— Je ne me rends pas compte, madame la ministre… Je ne suis qu'un petit prof de lettres…

— Et un grand lecteur. Et une mémoire vivante. La mémoire de tous les savoirs et de toutes les croyances que notre système politique a fait disparaître en trois générations. Votre ancien poste au Comité de censure vous donnait accès à la Bibliothèque interdite, n'est-ce pas?

— Pardon, mais quel rapport avec les émanations toxiques des arbres?

— C'est un problème de communication, sourit-elle. Les arbres nous envoient un signal. S'il déclenche en nous la maladie, c'est que notre esprit ne sait pas comment traiter l'information, alors notre corps s'efforce de la combattre. Mais nous rendre malades n'est pas le but des arbres; ce qu'il veulent, c'est restaurer le dialogue. À nous de le comprendre, de réagir, non?

— Je suis parfaitement d'accord avec vous, mais je ne vois pas en quoi, personnellement, je pourrais…

— Quand je fais allusion à votre compétence, je pense bien sûr à la mythologie. Vous êtes un puits de science, Robert Drimm. Un puits de culture. Mais personne ne vient plus boire votre eau, c'est dommage. Désaltérez-moi.

Elle tend le bras, lui effleure l'épaule, y prélève un cheveu qu'elle lui montre avant de le glisser à l'intérieur d'une bonbonnière.

— C'est vrai que la mythologie, répond-il, le souffle court, c'est le premier échange entre l'homme et son environnement. Vous avez raison.

— J'espère.

Elle suit son regard, remet en place la feuille de vigne en strass qui avait glissé de son sein gauche.

— Il faut réenchanter la forêt, Robert. Lui montrer que nous ne la considérons pas uniquement comme une matière première, un décor, une source de profit sans conscience. Et vous êtes l'homme de la situation.

Il se masse la nuque, sourcils froncés.

— Concrètement, qu'attendez-vous de moi, madame ? Que j'aille faire la lecture aux arbres ?

— Évitons les livres, cette pâte à papier fabriquée à partir d'eux-mêmes… Non, Robert, la mémoire, la voix, le toucher suffiront pour tenter l'expérience. Si vous me donnez satisfaction, ajoute-t-elle d'une voix légèrement rauque.

— À quel point de vue ? demande-t-il en dominant son trouble.

— Si vous sortez vainqueur des trois épreuves auxquelles je vais vous soumettre, vous recevrez une faveur interdite aux simples mortels. Patience.

Elle trinque en le fixant dans les yeux, puis recule jusqu'à une sorte de trône en acier dépoli où elle s'assied, jambes croisées.

— Parlez-moi de Myrrha.

Il avale sa salive, hausse un sourcil.

— Myrrha?

Il regarde les bulles dans sa flûte, la pose, et attaque sur un ton neutre :

— Myrrha était une jeune fille qui aimait son père d'un amour éperdu. Au point de vouloir s'unir à lui. Ce qu'elle fit, en se déguisant. Mais il la démasqua et, rendu fou furieux par l'horreur de son acte, il essaya de la tuer. Alors elle s'enfuit, dévorée par le remords.

— C'est un bon début, soupire voluptueusement Lily Noctis en s'étirant sur le trône en acier. Vous vous rappelez ce que son histoire a inspiré au poète Ovide?

Il ferme les yeux et murmure lentement, comme s'il regoûtait un vieux vin enfoui dans sa mémoire :

— «Ô dieux, dit Myrrha, j'ai mérité de subir un terrible supplice. Mais je ne veux souiller ni les vivants en restant en vie, ni les morts en mourant : bannissez-moi de leurs deux séjours. Par une métamorphose, faites en sorte de me soustraire et à la vie, et à la mort.»

Elle acquiesce, gravement, enroule une de ses mèches noires autour de son index.

— Et alors? fait-elle, gourmande.

— «Tandis qu'elle parle encore, la terre recouvre ses pieds dont les ongles se fendent : il en sort des racines qui s'allongent. Sa peau se transforme en écorce, ses os se changent en un bois dur où subsiste, au centre, la moelle…»

— J'adore, murmure la ministre en passant un doigt sous ses lèvres. Quel bois ?

— Le balsamier.

— Joli nom. Continuez.

— … « Elle pleure, et des gouttes tièdes coulent de l'arbre. Ses larmes sont d'un grand prix : la myrrhe que distille l'écorce conserve le nom de celle qui la donne et dont les siècles se souviendront. »

Lily Noctis mime des applaudissements silencieux.

— Eh bien voilà. Nous nous sommes compris, Robert. Il faut rappeler aux arbres leurs racines humaines. Tant de leurs ancêtres sont des bipèdes métamorphosés en végétaux…

— Pardon, mais vous pensez que si je rencontre un balsamier, il suffit de lui dire que sa résine porte le nom d'une jeune fille incestueuse pour qu'il renonce à éliminer notre espèce ?

Elle se redresse sur son trône, lui lance avec un air de défi :

— Éliminer notre espèce, c'est tuer le rêve humain qui a divinisé les arbres. Non ? Sans l'imagination des poètes, les forêts n'ont plus d'âme. C'est cette vérité qu'il convient de leur rappeler, à condition que nous en ayons gardé la mémoire.

— Madame la ministre, dois-je comprendre que c'est la mission que vous me confiez ? demande-t-il du bout des mots.

Elle marque un temps, boit une gorgée de champagne, laisse tomber en filtrant son regard :

— Appelez-moi Lily. Nous allons passer beaucoup de temps ensemble, j'ai l'impression.

Elle se lève, lui donne son bras. Il la conduit à table. Je ne l'ai jamais vu si à l'aise. Si sûr de lui, si fort, presque beau… Ma conscience invisible est partagée entre l'admiration, la jalousie et l'anxiété.

La porte s'ouvre sur deux maîtres d'hôtel apportant des plats sous cloche, suivis par un sommelier qui tient une bouteille couchée dans un panier d'argent.

— Château-narkos 2024, présente la ministre. Le millésime du siècle. Votre vin préféré, si je ne m'abuse ?

— C'est marqué dans mon dossier ? se crispe-t-il.

— Je n'ignore rien de ce qui touche aux hommes qui me plaisent, répond-elle, suave. Mais vous avez le droit de me surprendre.

— J'ai arrêté de boire.

— Je sais. Pourquoi ? Ça ne changera rien à votre dossier : de par vos antécédents, vous serez toujours classé au dernier niveau du déchet social. Ni avancement, ni augmentation, ni retraite.

Il se raidit, les lèvres pincées.

— Je pense à ma femme et à mon fils, c'est tout. Je ne veux plus leur infliger l'état dans lequel me met l'alcool.

— Comme vous voudrez. Mais si votre palais s'est fermé au plaisir, il vous reste l'odorat. Humez-moi cette merveille.

Le sommelier emplit un tiers de son verre. Robert Drimm fait tourner le liquide grenat devant ses yeux, le respire en fermant les paupières, hoche la tête.

— Il est parfait, dit-il. Tant pis.

Et il repose son verre. Le sommelier sert la ministre.

— Parlez-moi de votre fils, Robert.

Il rouvre les yeux. Elle allonge le bras, pose les doigts sur la paume de sa main. Il reste silencieux.

— Thomas est un délicieux jeune homme, l'encourage-t-elle. Tout votre portrait, malgré les apparences. Quel dommage que sa mère soit un obstacle entre vous... Ce serait bien de la changer en arbre, non ? Quelle espèce lui correspondrait le mieux ?

Il sourit, avec un petit haussement d'épaules gêné. Elle enchaîne :

— Du bois de chauffe. Non, je plaisante. Je ne lui veux aucun mal. Mais c'est triste qu'elle fasse tout pour vous séparer...

— Elle n'y arrivera jamais, dit-il avec foi.

— Mais si. C'est toujours elle qui aura l'autorité parentale – pas un fumeur alcoolique, même s'il arrête de boire et ne fume plus qu'en cachette. La société est ainsi faite, Robert. Vous serez toujours un paria, un perdant, une victime. Sauf si je vous prends sous ma protection. Mais cette protection, elle se mérite.

D'un signe de l'index, elle commande aux maîtres d'hôtel d'ôter les cloches. Une purée verdâtre est disposée au centre des assiettes.

— Confit de feuilles de laurier-rose, présente-t-elle. Le plat le plus dangereux qui soit, par les temps qui courent. En avez-vous peur, ou vous sentez-vous capable de le détoxifier ?

Il pose les coudes sur la table, joint les mains sous le menton en fixant son assiette. Et il prononce avec une lenteur solennelle :

— Esprit de la nymphe Daphné, toi qui, poursuivie par le dieu Apollon, te changeas en laurier pour éviter qu'il ne te viole, je t'en conjure, réconcilie ta substance avec nos pauvres cellules mortelles. Souviens-toi de la clémence d'Apollon, qui, beau joueur, fit de toi un symbole de victoire. Sois digne de la couronne de laurier qui honore les chefs de guerre, et rends-toi consommable.

Il prend sa fourchette et la dirige lentement vers la purée verte. Sur un signe de Lily Noctis, le maître d'hôtel retire les assiettes.

— Ne prenons pas non plus de risques inutiles, sourit-elle. J'ai trop besoin de vous pour vous perdre si vite.

Il pâlit, reprend son verre, le porte à son nez. Il le hume à plusieurs reprises, puis lance :

— Vous parliez de trois épreuves, madame la ministre. C'était la première ?

— Absolument.

Elle congédie le personnel, prend dans son minuscule sac en perles noires une vieille clé rouillée, et la pose devant lui.

— La deuxième épreuve, c'est me faire l'amour, et la troisième, c'est deviner ce qu'ouvre cette clé.

Un silence épais ponctue sa phrase. L'image autour de moi se brouille et se distord.

— Ça ne plaît pas à tout le monde, ce que je viens de vous dire, murmure-t-elle, les yeux levés vers le plafond où flotte ma conscience.

— C'est la clé d'un portail ? s'informe-t-il en faisant l'impasse sur la deuxième épreuve.

— N'allez pas trop vite, conseille-t-elle en quittant sa chaise.

Elle ondule jusqu'à lui sur ses hauts talons d'écailles, lui prend les mains. Il se lève pour lui faire face. Trois centimètres séparent leurs ventres et leurs poitrines se touchent.

— Si votre fils était là, Robert, ça vous ferait quoi ?

— Je ne comprends pas cette question, madame la ministre.

— Il est très amoureux de moi, je crois, malgré son jeune âge. Il ne faut pas se moquer des passions adolescentes. Je pense que nous devrions nous montrer raisonnables, monsieur Drimm.

Elle recule d'un pas.

— Ou alors très discrets, murmure-t-il en regagnant la distance perdue.

Elle monte les bras autour de ses épaules.

— Je ne déteste pas que vous preniez l'initiative. Cela dit, même si l'esprit de votre gamin voyageait pendant son sommeil jusqu'à nous, il aurait tout oublié au réveil de ce qu'il nous aurait vus faire. Non ?

— Ce serait souhaitable, dit-il en lui prenant la taille.

Elle dérobe sa bouche, rejette la tête en arrière :

— S'il nous entend, là, qu'avez-vous envie de lui dire ?

— Je ne sais pas… Et vous ?

— Bonne nuit, glisse-t-elle en direction du lustre.

Et, d'un claquement de doigts, elle éteint la lumière.

# VENDREDI

## L'humanité se végétalise

## 11

Une brûlure sur mon bras gauche m'a tiré du sommeil. Dans le rayon de soleil qui passe par la lucarne, je vois le numéro de Lily Noctis rougir sur ma peau. Je referme les yeux. Une espèce de nausée m'empêche de me lever, comme si j'avais encore à faire dans mon rêve, comme si je devais empêcher quelque chose... Moi qui ne garde aucun souvenir de mes cauchemars, d'habitude, j'ai l'impression que mon père en était le sujet, et qu'il courait un danger terrifiant dont il ne se rendait pas compte. Ce qui m'angoisse le plus, c'est que je le sens heureux. J'essaie de me rendormir pour le rejoindre, mais la nausée s'amplifie. Comme si le cauchemar continuait sans moi. Comme si on m'en refusait l'accès.

Je rouvre les yeux. Ça ne sert à rien de lutter. Je me redresse, étonné par mon champ de vision inhabituel. Et la mémoire me revient. Je me trouve sur le matelas pneumatique, au pied de mon lit où Jennifer s'est glissée d'emblée, hier soir, en me remerciant pour ma galanterie tandis que je finissais de lui gonfler l'accessoire de plage.

C'est la première fois qu'une fille dort dans ma

chambre. Je devrais me sentir flatté, ému ; c'est quand même une sacrée étape dans ma future vie d'homme. Mais je ne suis que mal à l'aise. Doublement mal à l'aise. La jolie allumeuse qu'elle est devenue si vite n'arrive pas à effacer, dans mon cœur, le thon sympa qu'elle était encore il y a trois jours, avant que je lui fasse perdre douze kilos par ma force mentale. Les deux Jennifer se mêlent en surimpression quand je pense à elle, mais je sais bien que l'ancienne ne reviendra pas. J'ai le sentiment d'avoir troqué une amie sûre contre une amoureuse imprévisible, dont je n'ai vraiment que faire en ce moment.

Jamais je n'aurais dû accepter qu'elle partage ma chambre. Heureusement, je suis tombé comme une masse pendant qu'elle discutait sur mon oreiller. Le rêve désagréable que j'ai fait est-il dû à sa présence ? Il ne m'en reste rien, sinon ce vague malaise dont je la rends responsable.

La couette a glissé. Elle dort sur le ventre, la respiration régulière, dans mon pyjama trop grand. Ses bras et ses jambes, bizarrement torsadés, se répandent comme des tiges qui cherchent un support, une prise.

Je me lève sans bruit, m'approche pour l'observer. Une odeur me surprend. Un parfum capiteux, très fleuri, qu'elle ne portait pas la veille. Une senteur oppressante, de plus en plus chaude et terreuse, comme si j'avançais dans une serre.

Elle tourne la tête, ouvre les paupières. Je ne me rappelais plus que ses yeux étaient si sombres. Ses lèvres s'entrouvrent, et une espèce de chuintement s'en échappe, tandis que ses bras se déplient, rampent vers moi. Debout au-dessus d'elle, je suis comme paralysé. Brusquement elle m'enserre, m'attire, me presse contre elle. Son bras gauche s'enroule sur le mien à la manière d'une vrille, pendant que le droit m'entoure le cou et m'étrangle comme une liane.

— Jennifer, arrête!

J'arrive à peine à gargouiller, ma voix couverte par le chuintement qui bulle entre ses lèvres. Les commissures laissent suinter un liquide verdâtre. Je suis sans force, sans réaction. Tétanisé, je regarde les cloques se répandre sur ma peau telles des piqûres d'ortie.

L'odeur de fleur entêtante et de terreau surchauffé s'insinue dans mes pensées, me calme et m'engourdit. Je me sens vaguement flageoler, rétrécir de l'intérieur comme si je me fanais. Tout se brouille, prend la couleur boueuse des yeux où je m'englue. Je vais mourir, mais ce n'est pas grave. Je suis juste assimilé par une autre forme de vie; je me décompose, je me recycle en nourriture qui fait du bien, et ce bien est si doux à ressentir... L'engourdissement heureux de l'insecte anesthésié, digéré de son vivant par une fleur carnivore...

— Thomas, tu dors? Oh, pardon!

La voix de mon père. L'étreinte de liane se desserre aussitôt. Ma vision se décolore, se déforme, se reprécise.

— Elle aurait pu me dire bonjour, ta copine.

Course dans l'escalier, claquement sourd. La porte de la maison. Je me redresse, péniblement. Mon père me sourit.

— Je suis désolé de vous avoir dérangés. Je ne savais pas qu'elle dormait ici. Allez, habille-toi vite, j'ai une surprise. Il m'arrive quelque chose d'extraordinaire que je veux partager avec toi.

Il est ressorti. Je titube jusqu'à la salle de bains, me

regarde dans la glace. Les zébrures rouges et les cloques ont envahi ma peau, partout où elle était en contact avec celle de Jennifer. Qu'est-ce qui lui a pris? Qu'est-ce qui lui arrive? Ce sont les mêmes marques que j'ai vues sur le corps de son père, hier soir. Les effets secondaires du vaccin, ça serait ça? Attaquer les êtres humains qu'on aime?

Je prends une douche, savonnant soigneusement les traces d'allergie qui peu à peu s'estompent. Je repense à l'avertissement de Léo Pictone, que j'ai entendu dans ma tête chez Brenda: «Ne tente rien tout seul, tu vas te faire avoir! Tu peux négocier avec les arbres, Thomas, mais pas pour le compte du Mal!» Pourquoi les arbres voudraient-ils négocier? Si la grippe végétale est mortelle et que son vaccin transforme en assassin, je ne vois pas comment ils pourraient perdre la guerre.

Quand j'arrive dans le salon, ma mère est dans la même position que la veille, tassée sur sa chaise, les coudes sur la table et les joues dans les mains. Elle ne s'est pas couchée. Les yeux rougis par les images, elle n'est plus qu'une masse d'infos sans réaction.

— Un trois cent huitième cas d'agression vient d'être signalé, annonce l'animateur sur un ton dramatique. Au ministère de la Santé, on déclare qu'il est trop tôt pour en tirer des conclusions, mais on insiste sur les consignes de prudence…

— À table! lance gaiement mon père en entrant avec le plateau du petit déjeuner.

Il dispose les tasses et les tartines autour de ma mère.

— Tu ne me demandes pas pourquoi je rentre si tard, Nicole – enfin, si tôt? En fait, la cellule de crise a duré toute la nuit.

Elle le fait taire, d'un geste qui désigne son oreille puis l'animateur qui martèle :

— …Tout mineur vacciné par Antipoll, qui présenterait des troubles du comportement et des signes d'agressivité, doit être placé immédiatement en observation à l'hôpital.

Sur l'écran, des jeunes de mon âge aux yeux exorbités, une écume verdâtre au coin des lèvres, sont arrêtés par la police, enfournés dans des cars. Je regarde mon père du coin de l'œil. Il sert le café, souriant dans le vide, totalement indifférent à ce qui se passe à la télé. Et, tout à sa nouvelle joie, il n'a visiblement pas remarqué l'état dans lequel était Jennifer quand il l'a croisée. Il doit penser qu'elle s'est enfuie par pudeur, parce qu'il nous a surpris en train de faire des choses pas de notre âge.

Quant à ma mère, luttant entre le sommeil et le flot d'infos qu'elle subit, elle n'a même pas dû enregistrer dans sa tête le passage de ma copine.

Que dois-je faire ? Dénoncer Jennifer pour son bien, pour qu'on la soigne, pour éviter qu'elle s'en prenne à d'autres personnes ?

— Dépêche-toi de manger, Thomas, dit mon père. La voiture nous attend.

Je fronce les sourcils, me tourne vers la fenêtre. Dans la rue stationne la limousine qui est venue le chercher hier soir. Le chauffeur patiente au volant, encadré par ses deux paires de motards.

— Nous ignorons s'il s'agit d'une réaction au vaccin, déclare le médecin colonel devant la caméra, ou d'une mutation du virus qui toucherait plus particulièrement les moins de treize ans…

— Pour en revenir à Nordville, mon colonel…

— Appelez-moi docteur : je m'exprime à titre privé, en marge de mon devoir de réserve.

— Pour en revenir à Nordville, docteur, vous nous disiez hors antenne qu'en dehors de ces effets secondaires sur les tout jeunes, aucun cas de grippe V proprement dite, avec infection pulmonaire fatale, n'a été détecté.

— C'est exact. Les arbres de la capitale, même ceux dénoncés par des appels anonymes, ne présentent aucun signe de contamination. Croissance, pollen, composition des feuilles, activité électrique : tout est normal. Les seuls virus V en circulation à Nordville sont les doses infinitésimales transmises par la vaccination intraveineuse. C'est probablement un simple problème de dosage, que l'organisme de nos enfants va réguler de lui-même. Mais, dans le doute, il faut éviter jusqu'à nouvel ordre tout contact physique avec eux. Et alerter les autorités sanitaires en cas de comportement suspect.

— Quels sont les symptômes ?

— Une agressivité inhabituelle, on l'a dit, une certaine confusion mentale, un regard fébrile, une salive qui se colore en vert…

Ma mère pivote brusquement vers moi.

— Ça va, Thomas ?

Je réponds avec douceur et clarté, le regard serein et la bouche parfaitement sèche :

— Tout va bien, maman, merci. Et toi ?

Rassurée, elle se rebranche sur la table ronde où vient de prendre place un balafré en treillis.

— Bonjour, mon général. Alors, où en est-on sur le front des incendies, ce matin ?

J'observe le sourire fixe de mon père, regard flottant dans son bol de café. Je lui demande si ça s'est bien passé au ministère. Il s'illumine.

— Formidable! Enfin, se reprend-il aussitôt en voyant l'expression atterrée de ma mère, la situation est grave, mais j'ai pu les convaincre en leur expliquant la seule manière de répondre aux arbres. On arrête la guerre: on ouvre le dialogue.

— Ce n'est pas ce qu'ils disent, objecte ma mère d'un ton aigre.

Elle désigne l'écran où le général commente ses revers de la nuit sur le front du déboisement: le vent a tourné encore une fois, les feux de forêt allumés par les Brigades vertes ont carbonisé un escadron, puis gagné les faubourgs de Sudville qui sont détruits à 60 %.

— Il faut continuer d'affoler les populations, explique mon père sur un ton rassurant. Pour dissuader la résistance. Vouloir s'opposer par la force à l'attaque végétale, ils ont admis que c'est un suicide. Nous ne devons plus combattre, mais tirer la leçon de notre défaite avant qu'il ne soit trop tard.

Ma mère a brandi sa télécommande comme une arme et, prenant clairement parti, monte le son pour couvrir la voix de son mari.

— Pour chaque perte humaine, braille le général, nous détruirons mille arbres!

— Vous oubliez, proteste un écolo, qu'un arbre produit chaque jour de l'oxygène pour quarante personnes.

— Propagande! Nos savants aussi savent produire de l'air pur, en transformant le gaz carbonique grâce à des bactéries génétiquement modifiées! Nous remplacerons les forêts toxiques par des arbres en résine de synthèse pour faire joli, c'est tout : ça n'empêchera pas la Terre de tourner.

— Quand tu as fini ton petit déjeuner, me glisse mon père, tu me rejoins.

— Pour aller où ? lui demande ma mère.

— Secret défense.

## 12

Il nous a préparé un pique-nique, nous a déguisés en explorateurs. Le chauffeur a chargé nos sacs à dos dans le coffre de la limousine, et on a pris la route. Les barrières qui assuraient les restrictions de circulation se levaient au passage de la voiture officielle. Les policiers nous saluaient, au garde-à-vous.

— Tu sais ce que c'est ?

Dans la paume de mon père est apparue une vieille clé rouillée.

— Devine ce qu'elle ouvre.

Je fais un signe d'ignorance.

— La Forêt interdite, prononce-t-il d'une voix solennelle.

Je regarde la clé, avec un retour de malaise. Comme un arrière-goût de mon cauchemar de tout à l'heure.

— C'est la plus belle du pays. Une forêt primaire, que les hommes n'ont jamais entretenue, exploitée ni polluée. Elle est réservée aux chasses présidentielles, et le Président ne chasse pas. Personne n'y est entré depuis cinquante ans.

Il caresse les contours de la clé avec un respect sensuel.

— C'est une forêt de collection. Un vrai musée de la nature, où même les gardiens n'ont pas le droit de pénétrer. C'est là qu'il y a les plus vieux arbres du pays. Les sages. Les porte-parole. Ceux qui pour l'instant, personnellement, n'ont rien à reprocher à l'homme. Ceux que nous devons convaincre de notre bonne foi.

Je le regarde, médusé. Comment peut-on changer autant, en une seule nuit ? Je ne le reconnais pas, et pourtant il est tel que je l'ai toujours rêvé. J'ai devant moi, enfin, mon vrai père. Ce demi-dieu à la culture enthousiaste que j'étais seul à voir, caché derrière l'épave de poivrot énervé qui lui servait de couverture. Mais ça ne me rend pas aussi heureux que ça devrait. Son exaltation a quelque chose d'artificiel qui ne lui ressemble pas. Peut-être l'effet des patchs anti-alcool.

— Comment tu as eu cette clé, papa ?

— J'ai reçu une mission, Thomas. Une mission symbolique et très importante, que je veux partager avec toi.

Ses doigts se serrent sur mon genou.

— Tu te rends compte qu'on n'a jamais eu de forêt entre nous ? Je veux dire : on n'a jamais marché dans les bois, pique-niqué, dormi à la belle étoile… On n'a que des souvenirs de merde. C'est ma faute. Qu'est-ce qu'on a fait de beau, depuis que tu es né ? Tu m'as vu me détruire de verre en verre, pour résister à ma manière à ce monde de malades… Tout ce que j'ai essayé de te transmettre, de partager avec toi, c'est cette culture inutile et dangereuse qui empêche de s'intégrer dans la société – mais ça, c'était mon choix, pas le tien. J'avais tort. J'aurais fait de toi un exclu en mémoire de moi, c'est tout. J'aurais gâché ta vie pour rien. Mais on va tout changer, Thomas. Fais-moi confiance. On va réussir à sauver le monde, et du coup on en fera *notre monde à nous*. Je suis tellement heureux, mon grand, tellement…

Il a les larmes aux yeux. Il me fait presque peur.

— C'est quoi ta mission, papa?

— Tu vas voir. Ça va être si bon de réussir enfin quelque chose ensemble.

Je hoche la tête. Ça devrait être le plus beau jour de ma vie, et le malaise ne fait que s'amplifier.

La limousine s'arrête à un nouveau contrôle. J'aperçois, de l'autre côté de l'avenue, un car de ramassage scolaire. Il ramasse des jeunes aux yeux fixes, une bave verdâtre au coin des lèvres, poussés par les mitraillettes des soldats en combinaison de protection. Jennifer est parmi eux.

Je me retourne vers mon père. Il a suivi mon regard. Il fronce les sourcils.

— C'est ta copine? Mais… elle avait l'air bien, tout à l'heure, non?

J'arrive à bredouiller un oui crédible. Il me sourit d'un air désolé, note dans un carnet le numéro du car.

— Je vérifierai qu'elle est bien soignée, dit-il. On ne me refuse plus rien, au gouvernement.

Il relève les yeux, me dévisage avec dans son air exalté une inquiétude soudaine.

— Elle t'a… elle t'a fait quelque chose, quand elle était dans ta chambre?

Je réponds non, spontanément. Autant pour la couvrir que pour le rassurer. Et me convaincre moi-même.

— Et toi, Thomas… tu n'as eu aucun symptôme, tu

es sûr ? Le vaccin ne t'a provoqué aucune réaction particulière ?

La gorge nouée, je lui avoue que je ne me suis pas vacciné contre la grippe V. Son inquiétude s'envole aussitôt.

— Tu as bien fait. Non seulement le vaccin n'est pas au point, tu as vu les effets secondaires, mais il ne fait qu'aggraver l'incompréhension – donc le danger.

— L'incompréhension ?

— On nous demande de capter une fréquence, Thomas, pas de la brouiller en ajoutant des parasites.

— Qu'est-ce que tu veux dire ?

— Les arbres nous envoient des ondes pour communiquer avec nous. C'est aussi simple que ça. Si nous refusons d'entendre et de répondre, le message nous tue.

Je répète sa dernière phrase dans ma tête. Il précise :

— Ce n'est pas le pollen qui est en cause, mais la manière dont nous le recevons. Si nous avons peur, nous créons la maladie. Tu me suis ? La maladie, Thomas, c'est une information que le corps n'a pas réussi à traiter.

— Tu veux dire que les arbres ne nous veulent pas de mal ?

— L'arbre est comme nous : son premier instinct, c'est celui de la survie. Il envoie un signal à nos cellules. Un message sous forme de virus, parce que c'est le plus efficace des moyens de transport. La seule façon de nous atteindre, depuis que nous avons perdu la faculté de télépathie. Si nous déchiffrons le message, nous évitons la maladie, qui n'est qu'une mauvaise interprétation du signal.

— Mais qu'est-ce qu'il veut nous dire, ce virus ?

Il brandit la clé des chasses présidentielles.

— Nous allons le demander. La seule vraie vaccination possible, c'est le dialogue. Toi et moi, Thomas, nous allons faire parler les arbres. Les plus vieux arbres du pays. Écouter leurs conditions, et signer l'armistice dans leur écorce, au nom de l'espèce humaine.

— Et comment on va leur répondre ? En leur envoyant nous aussi des virus ?

— Des émotions. Des images. Il suffit d'ouvrir notre cœur, d'accorder nos vibrations. Depuis qu'on sait mesurer l'activité électrique des végétaux, on a constaté qu'elle varie en fonction de l'environnement, du stress, qu'elle réagit à la musique, à la souffrance, la détresse, l'amour ou la haine des êtres vivants qui l'environnent. Des réactions immédiates, et des réactions de mémoire. Les végétaux n'oublient rien, *eux*. Ils ne connaissent pas la censure, la dictature, le renoncement.

Je l'écoute, la gorge nouée. Il a l'air tellement sûr de lui. Avec une telle confiance vengeresse. Comme si toutes ces années à souffrir de l'abrutissement des hommes l'avaient rapproché de l'intelligence des arbres. Il est devenu bien plus qu'un collabo : une espèce de mutant. Comme Jennifer. Elle, c'est pour une cause physique ; lui, pour des raisons morales. Et moi qui ai déclenché tout ça, je ne sais plus où j'en suis. Je ne sais pas si je dois prendre le parti des végétaux, ou défendre les intérêts des humains qui le méritent si peu. Il faut arrêter la guerre, bien sûr, mais pas à n'importe quel prix. Que veulent les arbres ? Nous éliminer, nous remplacer, nous modifier pour nous rapprocher d'eux ?

Un frisson froid parcourt mon dos tandis que je repense à ma copine de collège : ses odeurs de fleur tropicale, son regard d'humus, ses mouvements de vrille grimpante pour essayer de m'étrangler… J'ai peur que la métamorphose de mon père soit aussi inquiétante que la transformation de Jennifer. Si la grippe V, sous forme de virus ou de vaccin, nous pousse à attaquer nos semblables à la manière d'une plante carnivore, vouloir ouvrir le dialogue avec le monde végétal peut se révéler encore plus dangereux.

Où est le vrai piège? La logique de guerre, ou le processus de paix?

— Va me déterrer.

Je sursaute. Le revoilà, l'autre.

— Va me déterrer, répète Léo Pictone à l'arrière de mon crâne, et tu comprendras le piège.

Je fais la sourde oreille. C'est déjà assez pénible d'être pris en sandwich entre les êtres humains et les arbres; je ne vais pas en plus me remettre à servir la cause des fantômes.

— C'est pour te rendre service que je te demande d'exhumer ton ours, crétin. Moi, je suis très bien où je suis.

— Et vous êtes où? je murmure entre mes dents.

— Ça ne te regarde pas. Même si je te décrivais mon plan d'évolution actuel, tu n'y comprendrais rien, de toute manière: tu n'es pas outillé pour. Mais tu vas avoir besoin de produire un témoin, alors va chercher l'ours pour que j'y retourne.

— Un témoin de quoi?

— Tu m'as parlé, Thomas?

— Non, non, papa.

— Merci.

Le mot sonne un peu curieux dans le dialogue, mais en fait non : il est plongé dans une espèce de rêverie et il est content que je ne lui demande rien, comme ça il peut y rester.

Je le regarde du coin de l'œil. Pourquoi le sourire béat étiré sur ses lèvres me met-il aussi mal à l'aise ?

On est arrivés au centre-ville. On traverse le quartier des affaires, complètement désert. Tout le monde est enfermé chez soi, face à la télé. Un grand arbre s'abat soudain devant la limousine, écrasant les motards. Le chauffeur freine à mort, repart aussitôt en marche arrière, manquant renverser les deux autres motos qui s'écartent de justesse. Dans un crissement de pneus, il fait demi-tour et bifurque au carrefour suivant pour prendre une avenue parallèle.

— Je vous prie de m'excuser, messieurs.

Je regarde, sous la vitre de séparation, le petit haut-parleur d'où sort sa voix, aussi neutre que s'il s'accusait d'un cahot sur un ralentisseur. Je demande à mon père :

— Tu es sûr que c'est prudent d'aller en forêt ?

— Il n'y a pas de risque, répond-il sèchement. Sauf si tu te mets à avoir peur. J'ai vu tous les relevés de mesures, au ministère : aucun arbre de l'État de Nordville n'est porteur du virus de la grippe V.

— Mais le platane qui vient de nous…

— C'était un tilleul, Thomas ! Fais attention, enfin ! L'inculture et l'inattention, c'est presque aussi dangereux que la peur !

Je réplique :

— C'est pas ma faute s'il nous est tombé dessus !

— Ce n'est pas la sienne non plus. Tu as vu l'étoile rouge, sur le tronc ? À moitié sectionné, sur dénonciation, par ces crétins des Brigades vertes. Au nom de leur foutu Principe de précaution…

Non, je n'ai pas vu. Mais je hoche la tête. Si je cesse de lui faire confiance, je n'ai plus aucun point d'appui sur Terre. N'empêche que, sans vouloir être parano, je me suis déjà pris le marronnier du collège sur la tronche. Tous les arbres n'ont pas l'air forcément ravis de dialoguer avec moi.

Il prend mon visage dans ses mains, le tourne vers lui.

— Et même si on rencontre des végétaux qui ont reçu et transmettent le virus messager, tu n'as rien à craindre, avec moi. Je connais la parade. Je l'ai mise en pratique.

Il inspire longuement, ses yeux dans les miens, laisse passer quelques secondes avant de me confier :

— J'ai fait une expérience, cette nuit, au ministère. Une expérience extraordinaire.

Je détourne les yeux, repris par cette espèce de nausée à éclipses.

— J'ai demandé à être en présence d'une plante contaminée. Un laurier ramené des frontières du sud, mis en observation dans une chambre stérile. Une dizaine de personnes sont mortes d'infection pulmonaire en passant près de lui. Pas moi. J'ai refusé la peur et la méfiance, je lui ai dit : « Je te respire et je t'écoute. Si je me trouve sur ton territoire, ce n'est pas pour te le disputer : je le respecte. Et comme j'aurais les moyens de te détruire, j'ai le devoir de te protéger. La nature a fait de moi ton dominant, laurier, et donc je suis à ton service, si tu as besoin de moi. De ton côté, aide-moi à comprendre ton message. »

Le mal au cœur a diminué un peu, au fil de ses phrases, remplacé par une colère compréhensible. Jouer comme ça avec la mort, quand on est père de famille, c'est vraiment n'importe quoi. Il poursuit, indifférent à mes réactions :

— J'ai parlé à la plante comme on doit le faire avec un animal, en lui montrant des images mentales et en essayant de capter les siennes. Tu sais comment elle m'a remercié ?

— En t'offrant des fleurs ?

— En mourant. Instantanément. Pour ne plus être contagieuse, puisqu'elle avait été *entendue*. Elle avait rempli sa mission.

— Mais elle t'a dit quoi ?

— Je ne sais pas. Je n'ai pas compris. Je pense qu'en communiquant avec des formes végétales plus complexes, ce sera plus clair. C'est ton avis ?

Je le dévisage sans répondre. Il est devenu fou. Et moi aussi, sans doute, puisque je le crois.

## 13

La limousine a gravi par la face nord la Colline Bleue. On longe les ministères qui se dressent autour du palais présidentiel, puis on redescend vers la forêt cernée de murailles électrifiées. Des centaines d'hectares de jungle privée au cœur de la capitale. Un poumon végétal qui pourrait nous asphyxier d'une minute à l'autre. Je refuse de céder à la peur. Les doigts de mon père serrés sur mon genou gauche, je reste branché sur ses certitudes. Comme une batterie qui se recharge.

La voiture s'arrête devant le grand portail. Dominant ma gêne, je regarde les branches s'agiter entre les barreaux comme des bras de prisonniers. Il ne faut pas que je me laisse emporter par mon imagination. En même temps, d'après ce que je viens d'entendre, c'est le seul moyen d'entrer en contact avec le monde végétal.

On sort, on prend nos sacs à dos, on s'approche du poste de garde automatisé. Mon père glisse sa tête sous le lecteur de puce, soumet ses empreintes digitales, oculaires et vocales aux différents contrôles, tape le code d'accès qu'il a mémorisé. Puis, lentement, il introduit la vieille clé dans la serrure tachée de rouille. Rien ne se passe.

— La forêt ne s'ouvre pas, monsieur, dit un officier apparu en gros plan sur l'écran. Les détecteurs signalent une seconde présence, et seule votre visite est programmée. Le jeune homme doit vous attendre à l'extérieur.

Mon père me lance un regard navré. Pas question de le laisser seul. Je fixe la vieille serrure d'époque, projette ma conscience dans le câble relié au mécanisme de sécurité. Appuyant sur chaque syllabe comme sur les touches d'un digicode, j'articule avec une lenteur concentrée :

— Thomas Drimm.

Un bourdonnement me répond. La grande grille s'ouvre en grinçant.

— Je vous demande pardon, messieurs, s'empresse l'officier avec une angoisse proportionnelle à l'importance qu'il nous prête. L'information ne nous a pas été communiquée, mais elle a bien été transmise : il y a reconnaissance vocale.

Je prends un air modeste. Mon père m'observe un instant en fronçant les sourcils. Je cache mon trouble autant que je peux, mais c'est la première fois que ma conscience pénètre et influence une matière non vivante. Ou alors ma venue était bel et bien programmée, avant même que mon père décide de m'emmener avec lui. Je ne sais pas laquelle des deux options m'inquiète le plus. Les pouvoirs qu'a déclenchés dans mon corps l'esprit du professeur Pictone sont aussi déstabilisants, en fait, que les manipulations que je subis à l'extérieur.

Mon père lève les yeux vers le ciel sans nuage, étonné, touche le dos de sa main. Moi aussi, j'ai reçu une goutte.

Sans doute la sève qui suinte des feuilles au-dessus de nous. En guise de bienvenue – ou de mise en garde.

— Viens.

La lourde grille se referme derrière nous. On pénètre dans la forêt à l'abandon, envahis aussitôt par une odeur de pourriture chaude qui soulève l'estomac. Le bruit du vent, la rumeur des oiseaux et le craquement du bois mort, sous nos pieds, soulignent un silence de plus en plus angoissant à mesure qu'on avance dans la pénombre verte.

— Pardon, dit mon père à chaque branche qu'il écarte. Bonjour.

Il a sorti de son sac à dos une boussole et un vieux plan signalant certains arbres, cherche à se repérer dans le fouillis végétal. Je le suis, aux aguets. Revenant sans relâche sur ses pas, il tente de retrouver les anciens chemins sous les broussailles et les rejets. Il essaie des raccourcis dans les fougères géantes, escalade ou contourne les troncs morts qui faussent un peu plus ses repères. Complètement perdu, il finit par se livrer au hasard, à l'intuition, ferme les yeux comme s'il allait percevoir un appel. Un cri d'oiseau, un bruissement, un craquement le font brusquement changer de direction. Il ne regarde même plus sa boussole.

Je lui emprunte son plan. Une vingtaine de chênes millénaires sont localisés, sur plus de cent hectares. Leur date de naissance est la seule indication.

— Papa… tu sais s'il y a une station-service?

Il sursaute.

— Une station-service, ici? Tu rigoles? Tu vois bien que c'est une forêt primaire, qu'on a toujours respectée.

Avant que la révolution des Narkos ne la transforme en chasse présidentielle, il y a cinquante ans, elle était sacrée. Depuis la nuit des temps, toutes les religions en ont fait leur lieu de culte. Pourquoi tu me parles de station-service ? Si tu veux faire pipi, demande la permission aux herbes, et vas-y. Ce n'est pas un péché.

Je me détourne en baissant ma braguette, pour donner le change. Je ne sais pas pourquoi, je n'arrive pas à lui parler du tableau de Brenda, du grand chêne peint avec lequel j'ai noué cette relation bizarre. C'est avec lui que j'ai rendez-vous, je le sais. S'il ne se trouve pas dans cette forêt, est-ce une fausse piste ou une étape nécessaire ? Comme dans les jeux vidéo, il faut peut-être faire le plein de vies dans des mondes intermédiaires, avant d'affronter l'épreuve finale.

— Viens, Thomas, je crois que c'est par là.

— Tu cherches quoi ?

— Je cherche *qui*, me corrrige-t-il en guise de réponse.

Sa tête tourne en tous sens. Il émet soudain un petit grognement de plaisir, fonce à travers les fougères. Il s'arrête pile, se retourne, fronce les sourcils en voyant le chemin se refermer derrière lui. Il s'approche d'un gros épineux, lui demande :

— Vous permettez ?

Et il se balafre l'avant-bras avec un de ses piquants.

— Petit Poucet version vampire, se marre-t-il en reprenant sa marche, pressant son bras pour marquer le chemin avec son sang.

Je lui emboîte le pas, aussi épaté que gêné par son comportement. Et dire que je mettais ses excentricités sur le compte de l'alcool. En fait, l'alcool, ça le bridait.

— Tu te sens bien, ça va ?

— C'est OK, papa.

Il me prend la main, la serre très fort.

— C'est bon d'être là, tous les deux. Hein ?

J'acquiesce, en me forçant à peine. J'avais une certaine appréhension à respirer, au début, mais ça va mieux. Les feuillages enchevêtrés, les liserons entortillés autour des ronces, les jeunes pousses mêlées au bois mort créent une espèce de protection rassurante que je n'ai jamais ressentie. D'autant plus forte, semble-t-il, à mesure qu'on se perd.

— Regarde !

Il s'est arrêté devant un gros arbre à moignons, fendu par la foudre. Enthousiaste et brusque, il me pousse devant lui, fait les présentations. C'est la première fois que je le vois en position de servilité. Ça me fait un choc. On dirait ma mère devant ses patrons.

— Le hêtre du prince Richard, me dit-il d'un ton obséquieux après avoir décliné nos identités. Six cents ans. Ce n'est pas le plus vieux de la forêt, mais c'est un âge tellement exceptionnel pour un hêtre que les autres le respectent encore plus que le doyen des ifs.

— Enchanté, dis-je avec une boule dans la gorge.

— Veuillez excuser la liberté que je prends.

Il retire son sac à dos, en sort un appareil à électrodes qu'il branche à une feuille, avant de le mettre en marche. Le bourdonnement sous tension fait sauter une aiguille qui se stabilise. Un tracé régulier apparaît sur l'écran.

— Dis quelque chose, Thomas.

— Bonjour.

— Quelque chose de personnel.

— C'est quoi, un ampli ?

— Un décodeur. Il fonctionne sur le principe du galvanomètre, qui mesure l'intensité de l'activité électrique. Le tracé de l'oscillographe révèle les réactions de l'arbre à notre contact. Si tu es dans le vert : échange neutre, le bleu : état de satisfaction, le rouge : danger, le noir : attaque. Enfin, j'imagine. Et il y a plein d'autres fonctions que je ne connais pas.

Je m'approche de l'arbre, lui dis que je suis fier de le connaître, et qu'il ne fait pas son âge. L'aiguille ne bouge pas. Visiblement, il s'en fout. La flatterie, ce n'est pas son truc.

Je me retourne vers mon père :

— Ça décode ce qu'on dit, ou ce qu'il pense ?

— Je ne sais pas. Le ministère m'a fourni l'appareil sans mode d'emploi. Les services de censure l'ont saisi il y a vingt ans, quand on a arrêté l'inventeur. On ne sait plus à quoi ça sert.

— C'est idiot.

— Une dictature, Thomas, c'est fait pour empêcher les gens de penser, pas pour comprendre et utiliser ce qu'ils trouvent. Parce qu'alors il faudrait penser comme eux, et on aurait peur de se faire arrêter pour complicité. On saisit, on casse, et on oublie.

L'aiguille tressaute soudain.

— Qu'est-ce que j'ai dit ? s'étonne-t-il.

Je fais un geste d'ignorance. J'ai écouté, mais je ne vois pas ce qu'il y a de spécial dans ses râleries.

— C'est peut-être juste mon état d'esprit, réfléchit-il. Je suis en colère quand je dis ça, alors l'arbre le perçoit et l'exprime.

Le tracé marque un pic sur l'écran. Je recule d'un pas.

— L'arbre entend nos pensées ?

— N'aie pas peur : c'est un phénomène naturel. On l'a découvert en laboratoire, il y a très longtemps. Un chercheur nommé Cleve Backster, spécialiste du détecteur de mensonge, a eu l'idée de fixer des électrodes sur une plante, comme sur un suspect. Puis il a plongé l'extrémité d'une branche dans sa tasse de café brûlant. Sur le graphique, il n'y a presque pas eu de réaction. Alors il s'est dit qu'il allait augmenter l'agression : brûler carrément les feuilles. À peine a-t-il *pensé* cela, avant même de prendre une boîte d'allumettes, que le tracé a fait un bond spectaculaire. Il a reproduit l'expérience sur différentes espèces : ça marchait à tous les coups. Conclusion : les végétaux réagissent aussi fort aux images mentales qu'à la réalité qu'ils subissent. Mais il y a plus extraordinaire.

— C'est-à-dire ?

— Le même chercheur a ébouillanté des crevettes vivantes à proximité d'un philodendron, d'un platane, d'un saule… Même réaction de panique – ou de colère – sur l'oscillographe. Mais quand il faisait cuire des crevettes déjà mortes, il ne se passait rien.

— Ça veut dire que les arbres ont mal pour les crevettes ?

— Ou que la vibration de souffrance les dérange, tout simplement. Je pense que les crevettes, au fond d'eux-mêmes, ils s'en foutent. Ça ne leur sert à rien, dans leur écosystème. En revanche, les abeilles et les oiseaux, ils en ont besoin pour se reproduire. Quand la pollution humaine a commencé à les faire disparaître, je pense que l'homme a signé son arrêt de mort. Bien avant l'épidémie de grippe V, notre destruction à long terme était programmée dans l'organisme de l'arbre.

— Comment ça ?

Il effleure le tronc du hêtre, avec amitié, comme s'il lui exprimait des circonstances atténuantes. Aucune réaction de l'aiguille.

— À la différence des humains et des animaux, les végétaux ne possèdent pas de centre nerveux ni d'organes sensoriels. Pour certains chercheurs, c'est chacune de leurs cellules qui assure l'ensemble de ces fonctions ; c'est pourquoi on parle de « perception primaire ».

Il marque un temps, suit le vol d'une mouche, reprend :

— Quand un insecte prédateur devient dangereux pour sa survie, l'arbre s'emploie à trouver son point faible. Et, dans les cas extrêmes, il décide de l'éliminer bien au-delà de l'empoisonnement ponctuel. Tu sais comment il s'y prend ? Il se met à fabriquer des hormones qui vont le contaminer, détruire sa descendance ou carrément l'empêcher de se reproduire. Il sécrète de la juvabione, par exemple, qui stérilise les punaises du bois. Mais on a trouvé aussi de la progestérone et de l'œstrone, deux hormones typiques de la femme, à un dosage qui est celui de la pilule contraceptive. À quoi peuvent-elles servir, sinon à stériliser l'espèce humaine ?

Je m'éloigne de l'arbre, en réflexe. Il ajoute que c'est cette découverte qui a poussé le gouvernement à censurer tous les livres qui avaient trait à l'intelligence végétale.

— Comme si l'ignorance était une arme…, soupire-t-il. Elle ne fait que se retourner contre ceux qui l'imposent.

— Mais comment ça s'attrape, la stérilisation ?

— Chaque fois qu'on respire l'oxygène produit par un arbre, on ingère une information hormonale qui va finir par perturber notre système reproducteur... Mais les corrections génétiques et l'insémination artificielle généralisée, mises en œuvre par le ministère de la Santé depuis vingt ans, ont réussi à freiner un peu la dénatalité.

— Alors les arbres ont fabriqué la grippe V pour nous tuer plus vite?

— Chut, fait mon père à voix basse en regardant le hêtre.

Je le trouve un peu naïf. Si l'arbre perçoit nos pensées, on n'a pas besoin de faire gaffe à ce qu'on dit. D'ailleurs, l'aiguille de sa machine est restée stationnaire. Il la fixe, pensif.

— Et si cet appareil servait à...?

Il s'agenouille, bouge les curseurs, tourne les molettes qui font défiler des fréquences comme sur un vieux poste de radio.

— Servait à quoi?

— C'est énervant parfois de n'être qu'un littéraire, dit-il en manœuvrant les commandes au pif.

Je repense à Léo Pictone. S'il était là, dans son ours exhumé, il ne tarderait pas à percer les secrets de l'appareil et à utiliser toutes ses fonctions.

— Attends... Si j'introduis le code génétique du virus...

Atterré, je regarde ses doigts taper sur les vieilles touches une combinaison de lettres TGAC.

— Tu... tu le connais?

— Ils me l'ont donné, cette nuit.

— Qui, «ils»? je demande avec une brusque angoisse.

— Si j'introduis le code, reprend-il, excité, ça va peut-être détecter si l'arbre est porteur du virus…

— Ou ça va le lui filer! dis-je dans un cri.

Il se rejette brusquement en arrière, tombe assis. Il me dévisage, incrédule, effrayé par la perspective que je lui ouvre. Il se reprend aussitôt, essaie de me raisonner ou de se convaincre :

— C'est un appareil de détection, voyons, pas de programmation…

— Qu'est-ce que tu en sais? Peut-être qu'ils n'y sont pour rien, les arbres, dans la grippe V! Peut-être que c'est des humains qui la leur ont filée!

— Et qui aurait fait ça?

Je baisse les yeux. Je ne peux pas dévoiler mes soupçons, mes secrets, mes responsabilités. Je le mettrais en danger. Le lavage de cerveau a effacé de sa mémoire les séances de torture psychologique que Jack Hermak et Olivier Nox lui ont fait subir, lundi, pour qu'il révèle ma relation avec le savant réincarné dans ma peluche. S'il a survécu, c'est qu'il ignorait tout. Ça doit continuer.

— Tu dis n'importe quoi, conclut-il devant mon silence.

Soudain le décodeur se met à grésiller, fumer. Il le regarde, la bouche ouverte, immobile. Je me précipite sur l'arbre, débranche les électrodes. L'appareil crépite, lâche une gerbe d'étincelles. L'écran s'éteint, l'aiguille regagne le zéro. Prudent, je l'éloigne du hêtre.

— Excuse-moi, bredouille mon père.

Je m'entends dire :

— L'arbre ne veut pas de ce truc.

Il soutient mon regard, acquiesce.

— Tu as raison. C'est à notre cerveau qu'il faut faire confiance, pas aux machines.

Sa main ouvre à tâtons son sac à dos, prend un sandwich. Il le coupe en deux, m'en tend la moitié. On mâche un instant en silence, plongés dans nos réflexions, les yeux dans les yeux ; on mastique et on avale avec des mouvements de bouche synchronisés.

— On mâche au pas, commente-t-il pour me détendre.

— Qu'est-ce qu'on peut faire, papa, pour empêcher tout ça ? La grippe V, la stérilisation…

— Tout arrêter et revenir en arrière, s'il est encore temps.

Je revois le moment où j'ai détruit le Bouclier d'antimatière qui nous isolait du reste du monde. Je revois ma découverte de la forêt ennemie, de l'autre côté de la frontière. Je revois l'invasion des abeilles, cette espèce qu'on croyait éteinte, et qui s'était rallumée là où l'homme avait disparu.

— Mais si on n'est plus que cent millions d'habitants, papa, contre tous les milliards d'arbres qui ont pris le pouvoir sur Terre, quelle chance on a ?

— Celle-là, justement. Celle d'être une espèce menacée dont les arbres voudraient conserver quelques spécimens…

J'aimerais partager son optimisme. À mon avis, ça, c'est une idée purement humaine qui ne risque pas de germer sous leur écorce.

— Mais l'homme, pour eux, c'est comme les crevettes. Ça ne leur sert à rien.

Il se relève, désigne deux initiales à demi effacées dans un cœur gravé sur le hêtre.

— Ça leur sert à être aimés. Si l'homme retrouve l'amour de la nature, la poésie, la mythologie, l'intelligence qu'elle lui a inspirées, tout n'est pas perdu. C'est le sens de ma présence ici : renouer nos liens. Rafraîchir la mémoire des arbres. Viens !

## 14

Il a repris son sac à dos et m'entraîne. Chemin faisant, il m'explique les arbres les plus bizarres qu'on rencontre : un thuya géant dont les douze troncs sinuent à l'intérieur de ses voisins comme des tentacules de pieuvre, des cyprès chauves poussant des racines aériennes qui ressemblent à une procession de pingouins gris, un chêne rectiligne escaladé par un orme tortillard qui l'enlace dans tous les sens et de toutes les manières...

Je m'arrête, impressionné par cette espèce d'amour végétal contre nature.

— J'ai mieux ! clame mon père, l'air réjoui. Là, tu as l'image de la conquête impossible, ô combien excitante mais stérile ; je t'emmène découvrir la fusion absolue !

Je le suis à travers les fourrés. Très vite, il lâche carte et boussole pour prendre le cap d'une cime gigantesque et déplumée qui domine toutes les autres. La « fusion absolue ». Je m'attends à tout. S'arrachant aux ronces qui lacèrent sa tenue d'explorateur, il déclame du Virgile et de l'Ovide – des poètes latins, me dit-il, qui parlent de métamorphose d'humains en arbres. Ça me met assez mal à l'aise, pour les raisons qu'on imagine. Lui, non. Jennifer, les ados végétalisés, les images de génocide forestier aux frontières, il a tout oublié. Ne comptent plus que ses histoires de nymphes, de dieux lubriques et de philosophes oubliés qu'il balance en direction des branches.

— Rappelez-vous ce que disait Hegel : la pensée végétale est le modèle de la pensée humaine, qui n'est qu'arborescence ! Car «votre développement est un raisonnement vivant qui s'accomplit dans le temps d'une poussée raisonnée» ! Mesdames et messieurs les arbres, vous avez servi de modèle aux constructions de l'intelligence !

Il trébuche sur une racine et se relève, de plus en plus enflammé :

— Mais nous sommes devenus incultes, analphabètes, ignares ! Nous régressons, et vous dépérissez ! Motokiyo Zeami l'a dit, au XIV$^e$ siècle, lui qui a créé le théâtre Nô pour vous donner des représentations privées : «Lorsque dans le pays les Lettres sont cultivées, alors les fleurs de prunier brillent de plus d'éclat et leur parfum est plus doux. Mais négliger les Lettres fait se dissiper leur parfum, et leur couleur aussi se ternit !»

Il s'arrête, se tourne du nord au sud en se frappant la poitrine.

— *Mea culpa !* Mais on va tout changer ! C'est le rôle d'ambassadeur que le gouvernement des humains m'a confié ! La restauration de la culture, de la compréhension, du dialogue ! La renaissance de tout ce que vous nous avez inspiré !

Reprenant sa marche, il leur parle d'un dénommé Orphée qui joue une mélodie qui déplace les arbres, d'un Shakespeare et de sa forêt fantôme qui marche vers un certain Macbeth pour lui annoncer sa mort, puis il embraye sur les appels au meurtre d'un excité sanguinaire appelé Ronsard :

— *« Écoute, bûcheron, arrête un peu le bras !*
*Ce ne sont pas des bois que tu jettes à bas.*
*Combien de feux, de fers, de morts et de détresses*
*Mérites-tu, méchant, pour tuer nos déesses ? »*

Et il enchaîne sur la forêt de Marseille que l'empereur Jules César veut abattre, mais les haches se retournent soudain contre les soldats, parce que les arbres sont entrés en communication avec le bois des manches.

Je regarde mon père, consterné. C'est malin de leur donner des idées… Si ce qu'il appelle renouer le dialogue, rafraîchir leur mémoire, c'est remettre au goût du jour les massacres et les sortilèges que leur ont prêtés les poètes, on n'est pas près de sortir vivants de cette jungle.

— Vous êtes en guerre contre nous, aujourd'hui, et c'est normal ! C'est de la légitime défense ! Nous avons empoisonné votre sol avec nos biocarburants, toute cette agriculture polluée sans limite ni contrôle puisqu'elle n'est pas destinée à notre alimentation ! Nous vous avons attaqués de l'intérieur avec nos OGM, qui ont fait mourir à coups de gènes mutants les abeilles qui vous pollinisaient ! Nous avons voté des lois écologiques pour vous protéger alors que vous étiez déjà condamnés à mort ! Oui, nous méritons ce qui nous arrive !

Il se tait un instant, tremblant dans l'écho de ses

phrases. Il n'y a plus qu'à attendre qu'une branche nous écrase pour lui donner raison.

— Mais souvenez-vous qu'avant Jésus-Christ, les hommes se sont battus pour vous! reprend-il en obliquant vers la gauche. La Bataille des Arbres, le fameux combat entre les druides : ceux qui voulaient imposer le culte solaire d'Apollon, et ceux qui tentaient de conserver le secret de l'alphabet lunaire que vous nous aviez donné, le Beth-Luis-Nion, Bouleau-Sorbier-Frêne, qui ouvrait toutes les portes de la connaissance! L'alphabet qui fixait les résonances entre les arbres et les mois, le calendrier sacré qui donnait le pouvoir sur le Temps... Regarde! s'interrompt-il soudain.

Il me désigne avec fierté une espèce d'immense patte d'éléphant creuse, au moins trente mètres de circonférence et le double en hauteur, qui domine le voisinage en l'étouffant de ses branches.

— C'est lui! C'est l'if! La fusion absolue, c'est lui!

Il reprend son souffle, me fait admirer à gauche les ramures vert sombre, et à droite le feuillage bleuté garni de graines rouges.

— En réalité, ce sont deux arbres distincts, un mâle et une femelle, qui se sont unis avec le temps. Ils ont au moins deux mille ans, et on les appelle au singulier : l'If d'Éden. En référence au Paradis terrestre de la Genèse, ce jardin que Dieu a créé spécialement pour Adam et Ève. Entre avec moi, n'aie pas peur.

Il me pousse à l'intérieur de la cavité centrale où cinquante personnes pourraient tenir debout, et me raconte l'histoire de ces deux troncs qui se sont rapprochés en poussant, au fil des siècles, tout en se creusant. Ils ont joint leurs écorces et ont dissous ce qui les séparait, pour ne plus former qu'une seule circonférence autour d'un vide commun. Un vide où se sont abrités tous les dieux apportés par les hommes.

La voix haletante, il me raconte les fonctions successives de cette caverne vivante : autel druidique, chapelle chrétienne, temple protestant, synagogue sauvage, mosquée dissidente, sabbat de magie noire… Il en reste quelques débris d'ossements, des objets en pierre, de vagues statuettes en bois pourri, des bijoux de métal verdi, rouillé, rongé par l'humus – accessoires de religions disparues qui tombent en poussière pour nourrir les racines.

— Tu es déjà venu ici, papa ?

— En livre, uniquement. *Le Sens des arbres*, une magnifique encyclopédie du XXᵉ siècle. Je n'ai pas réussi à en sauver le moindre exemplaire : elle était jugée trop dangereuse.

Il caresse d'une main respectueuse les excroissances de l'if double où sont encore visibles de nombreux trous laissés par des clous.

— J'ai tant fantasmé sur cet arbre, à distance… Cette union sacrée du Yin et du Yang – le féminin et le masculin qui, sans perdre leur identité, leurs différences, forment un Tout pour protéger les rêves des autres…

Il se retourne, s'adosse à la paroi dans un rayon de soleil qui joue avec les feuilles en haut de la cime.

— Et toi, qu'est-ce qu'il te dit, cet if ?

Il a prononcé cette phrase d'un ton trop dégagé pour être naturel. Je ne réagis pas. Est-ce une allusion aux visions que m'a données le chêne de la station-service sur le tableau de Brenda ? Mais comment pourrait-il savoir ?

— Efforce-toi de capter ses images mentales, insiste-t-il. Dis-lui qu'il est le porte-parole de son espèce, et toi le représentant officiel du genre humain. Visualise vos rôles. Interroge sa mémoire. Demande-lui ce qu'il attend de nous.

J'acquiesce. Refuser serait suspect. Après tout, il est peut-être juste intrigué par la manière dont j'ai percé le système d'ouverture de la grille, tout à l'heure. Il se dit que si je suis connecté avec les circuits électroniques, je peux l'être aussi avec la sève. Je n'ai qu'à essayer. Si je capte quelque chose, je pourrai toujours dire que je n'entends rien, pour protéger mon secret.

Je pose mes mains sur l'intérieur du tronc, je ferme les yeux. J'essaie de réduire ma pensée à un petit pois pour l'envoyer hors de ma tête, et me glisser parmi les molécules du bois en diffusant le message. Comme je l'ai fait avec mes cellules graisseuses et celles de Jennifer.

— Tu perçois des choses?

— Rien, papa.

Et c'est la vérité. J'ai beau faire le vide, ça ne me renvoie qu'à mes problèmes.

— Mais tu en as déjà perçu?

Confirmation de l'alerte. Je lâche le tronc, glisse les mains dans mes poches avec un air entre deux. J'aimerais tant lui révéler mon pouvoir. Mais si je commence à ouvrir le robinet des confidences, je ne pourrai plus m'arrêter. Et s'il découvre que c'est moi, en détruisant le Bouclier, qui suis responsable de l'attaque végétale... Il est trop fragile, en ce moment. L'arrêt brutal de l'alcool lui fait déjà perdre les pédales ; inutile de lui apprendre qu'il est le père d'un terroriste en herbe.

Soudain m'arrive une pensée nouvelle, qui à la fois éclaire et trouble tout. Et si le gouvernement ne l'avait pas convoqué pour ses compétences, mais pour les miennes ? Dans l'appartement de Brenda, hier soir, quand Olivier Nox m'a demandé d'intervenir auprès de l'Arbre totem, il m'a trouvé fuyant. Alors, au lieu d'essayer de m'employer directement, il a pris mon père comme intermédiaire. Allez négocier avec la Forêt interdite, et emmenez donc votre fils : il a une grande sensibilité.

— Ça va, Thomas ? Tu as l'air bizarre.

— Non, non, c'est bon.

Autant le laisser dans l'ignorance de son véritable rôle. Vu l'état d'exaltation où il est, ça serait trop dur pour lui d'admettre la réalité : ce n'est pas sa culture qui le rend utile, c'est son fils.

— Tu ne sens vraiment rien, avec cet arbre ?

— Non.

Il hoche la tête, déçu, me grattouille le crâne comme pour montrer qu'il ne m'en veut pas.

— Et toi, papa, qu'est-ce qu'il te raconte ?

Il pousse un soupir d'agacement.

— Rien. Il me rappelle ce que j'ai lu sur lui, les notes que j'ai prises, c'est tout. Tu vois, finalement, l'intelligence et la culture, ça n'aide pas davantage que la bêtise. Je veux dire : on a perdu la sensibilité, Thomas. Le sixième sens. Dans le silence, on n'entend plus que nos pensées. Même la coccinelle des courges fait mieux que nous.

Je lui demande à quel point de vue, trop heureux de changer de sujet.

— Dès que la courge se sent attaquée, elle commence à se rendre toxique, et envoie le message à ses congénères jusqu'à une distance de six mètres. Longtemps, on s'est demandé pourquoi la coccinelle ne mangeait qu'un tiers de chaque plant, et tous les six mètres cinquante. C'est grâce à elle qu'on a découvert le lien télépathique de l'animal avec le végétal. Et l'humain, lui, pendant ce temps, il est où ? Devant son ordinateur, ses machines à sous, son miroir, son nombril ! La nature ne va plus se fatiguer à lui envoyer des infos : il n'entend rien ! J'en ai marre d'être humain, parfois, tu sais. Si je n'étais pas amoureux…

Il laisse sa phrase en suspens. Je le regarde, surpris. Amoureux, lui ? Première nouvelle. C'est ma mère qui va être contente. À moins que…

Je sens brusquement revenir le malaise que je me trimbale depuis le réveil.

— Oui, bon, me dit-il avec un sourire en biais, en s'appuyant sur mon épaule. De toute façon, je n'aurais pas pu te le cacher indéfiniment. Et puis, à qui en parler, sinon ?

J'avale ma salive, et je le remercie de sa confiance. Il prend une longue inspiration et avoue, en me regardant les baskets :

— J'ai rencontré quelqu'un.

Je dis ah. Il ajoute avec une moue diplomate :

— Tu sens bien qu'entre ta mère et moi, depuis ta naissance, il ne se passe plus grand-chose… Oh, tu n'y es pour rien, ça s'était détérioré bien avant, mais bon… ça n'a pas arrangé non plus. Je veux dire : les charges, les soucis… Tu me comprends.

J'acquiesce, le cœur dans les talons. Ses phrases me font rentrer sous terre.

— Tu sais ce que c'est : avec les listes d'attente, on avait rempli ton formulaire dès le jour de notre mariage. Et puis avec les délais d'insémination, les échecs, les factures, à chaque fois... Quand finalement tu es arrivé, on était contents, bien sûr, mais le contexte... Bref, coupe-t-il en refermant la parenthèse, j'ai rencontré quelqu'un.

Je réussis à demander d'un air détaché :

— Quand ça ?

— Hier soir.

J'encaisse le choc. Et soudain je comprends. J'ai peur de comprendre. Je refuse de comprendre. Mais il confirme, avec un soupir béat :

— Eh oui... La plus belle femme du pays, la mythique, l'inaccessible étoile. Comment j'ai pu lui plaire, ça, mystère... Enfin, le résultat est là. C'est le coup de foudre. Mutuel et absolu : celui qui n'existe que dans les livres. Je suis fou d'elle, Thomas. Mais je peux t'assurer d'une chose : elle t'apprécie beaucoup.

Je lui dis qu'il n'y a pas de quoi. Il sourit. Il ne perçoit rien de ma tension, de ma stupeur, du monde qui s'écroule sous mes pieds.

— Je suis heureux, Thomas, tellement heureux...

Je serre les poings et les mâchoires, j'arrive à faire face encore quelques secondes, puis soudain je lui tourne le dos et je plaque les deux mains sur l'if. Le mâle ou la femelle, je n'en sais rien, mais aidez-moi, par pitié. Aidez-moi à ne pas craquer. Lily Noctis. Il aime la femme que j'aime et elle est tombée amoureuse de lui.

— C'est la plus belle chose au monde qui pouvait m'arriver, déclare-t-il gravement en s'appuyant contre mon dos, son menton sur mon crâne.

Ses mains se collent au bois, juste au-dessus des miennes.

— Mais ça ne changera rien, pour nous trois. Je veux dire : avec toi et ta mère. Je ne vais pas divorcer, naturellement. D'abord je n'ai pas le droit, avec un fils mineur, et puis on doit être discrets, vu la position de Lily. Tu imagines les jalousies qu'elle suscite. En plus elle est comme moi : elle n'a jamais cru à la passion, aux égarements qu'on lui attribue... On est pris de court, quoi. On débute. C'est... vraiment une personne bien. Avec l'air un peu dur, comme ça, mais c'est de la pudeur. Et de l'humour, aussi. De l'intelligence, en tout cas. Et je vais te dire : qu'est-ce que ça fait du bien !...

Je corrige, ainsi qu'il le ferait pour moi dans son état normal :

— *Comme* ça fait du bien.

— Oui, appuie-t-il, croyant que je répète simplement son cri du cœur en écho. Je savais que tu comprendrais. Notre complicité, mon Thomas, c'est ce que j'ai de plus précieux dans la vie, et tout ce que je viens de te raconter n'y changera rien.

J'enfouis mes larmes dans les fibres du bois. Je ne veux plus rien entendre. Je ne veux plus vivre ça. Je n'ai plus envie de rien, de personne. C'est fini. Je n'ai plus de présent et je me fous de l'avenir, de ce que je pourrais y changer... La situation où j'ai mis le pays, c'est son problème ; qu'il se débrouille sans moi. De toute façon, c'est trop tard. Tant mieux, ras-le-bol, adieu. Que l'humanité disparaisse et qu'on n'en parle plus !

Soudain ma vue brouillée par les pleurs se déplace

en arrière, comme si les yeux me sortaient de la tête. Qu'est-ce qui m'arrive ?

Je n'ai pas perdu connaissance. Je suis toujours là. Mais une autre silhouette est plaquée à ma place, à l'intérieur du tronc géant. Un vieux maigre aux doigts crochus dans un costume d'autrefois, qui lance d'une voix déraillante en direction de la cime :

— Mon Dieu, donnez-moi la force de détruire le monde pour protéger mon pays. J'en ai les moyens, faites que j'en aie le courage...

On dirait le Président, sans son fauteuil roulant. Son grand-père, plutôt. Celui des timbres et des anciens billets de banque. Le premier des Oswald Narkos. À ses côtés se tient Olivier Nox, dans un costume démodé lui aussi, mais avec la même tête qu'aujourd'hui. Leurs deux silhouettes, de trois quarts dos, ont l'air de sortir de l'arbre comme une transpiration visuelle, une scène enregistrée par la mémoire du bois.

— Comment réagiront nos ennemis ? s'angoisse le vieillard.

Olivier Nox lui répond avec un détachement rassurant :

— Ils feront exploser nos missiles dans la stratosphère, se condamnant eux-mêmes, tandis que l'activation du Bouclier d'antimatière nous protégera des retombées.

Le Président hoche la tête un long moment, puis demande :

— Vous êtes vraiment sûr que c'est la seule chance de survie pour les Quatre-États ?

— Oui, Oswald. Il faut en finir avec les guerres de religion, le terrorisme aveugle, la surpopulation... Il faudra changer le nom, aussi.

— Le nom ?

— Marquer symboliquement la nouvelle ère, responsabiliser les survivants. Un nouveau régime, une nouvelle Constitution, un nouveau nom… Les États-Uniques, ça sonnerait bien.

Le vieillard baisse le front.

— Ai-je le droit, Nox ? Ai-je le droit ?

— Le devoir, en tout cas. Monsieur le Président, la Terre est devenue trop petite, trop asphyxiée, en péril trop imminent pour que vous hésitiez encore. Nous sommes le peuple élu, et vous êtes notre guide. Ne doutez pas de vous. Je veux dire : faites-moi confiance. Je ne suis qu'un conseiller obscur, une éminence grise, un rouage invisible de votre puissance, mais j'ai œuvré sans faillir pour que vous accédiez à la position clé, et à présent cette clé doit tourner. Elle doit ouvrir la porte d'un nouveau monde.

La vieille main décharnée se noue autour du poignet du jeune homme.

— Je sais que je ne le verrai pas longtemps, ce nouveau monde… Vous veillerez sur mon fils ?

— Bien sûr, Oswald. Mon rôle est aussi d'assurer la pérennité de votre dynastie.

Le Président recule d'un pas, le dévisage avec une profonde nostalgie.

— Vous ne changez pas. Quel est le secret de votre jeunesse, Olivier ?

— Je n'ai pas peur de la mort.

Le vieil homme arpente lentement l'intérieur de l'arbre, les bras serrés autour de son maigre corps.

— Comme je vous envie… Au moins laisserai-je à mes enfants et à mon peuple un monde exempt de dangers, de guerres, d'attentats, de racisme… Un monde imparfait, encore, mais stable. Vous sentez que Dieu est avec nous, n'est-ce pas?

— Nous sommes dans sa maison, Monsieur le Président. Vous êtes venu chercher sa réponse, et il vous l'a donnée. Mais il ne faudra plus mettre Dieu à toutes les sauces, dans le nouveau monde que vous créez. Ou du moins, il faudra changer son nom.

— Attention, Thomas!

Je sursaute. Le cri de mon père m'a fait réintégrer mon corps. Une énorme branche tombe de la cime, rebondissant sur les fourches, arrachant les rameaux, se brise en pénétrant à l'intérieur du tronc. Je suis paralysé sur mes jambes, incapable de réagir. Un choc sur le côté, je bascule.

Joue à terre, je vois les débris de la branche morte se fracasser au milieu de l'image d'autrefois. Les deux silhouettes flottent encore un instant dans la poussière soulevée, puis s'effacent.

— Thomas, ça va? Tu n'as rien?

Il est sur moi, ses cheveux dans ma figure, il m'écrase de son poids. Il me secoue.

— Thomas, réponds-moi!

Un tourbillon envahit le tronc, le mugissement du vent, le tonnerre, le craquement des branches, des trombes d'eau. Toute la douleur et la violence qui dévastent mon cœur débordent, se répandent, envahissent le monde. Je repousse l'homme qui m'étouffe, je me rue hors de l'arbre.

— Qu'est-ce qui te prend? Thomas! Je te dis que ça ne changera rien pour nous, à la maison! Attends-moi!

Je fonce sous l'orage à travers les broussailles, droit

devant. S'il y a une raison à ma survie, je trouverai la sortie tout seul. Et sinon, je crèverai une bonne fois pour toutes dans cette jungle de merde où les morts, les vivants et les arbres se sont encore foutus de ma gueule, j'en ai marre, marre, marre !

## 15

— Thomas Drimm!

La grille de la forêt s'ouvre en entendant mon cri. Hors d'haleine, inondé de sueur et de pluie, je déboule sur le parking. Une deuxième limousine est garée près de la première, plus longue d'un mètre. Elle me fait des appels de phares sous le déluge. La porte arrière s'ouvre.

J'hésite un quart de seconde, m'engouffre à l'intérieur. J'y trouve la personne au monde que j'ai le moins envie de voir, en cet instant. D'un autre côté, c'est aussi bien d'affronter le problème à chaud.

— Nous avons une urgence, Thomas.

D'un coup d'ongle sur la commande de son accoudoir, Lily Noctis referme ma portière. Je m'efforce de reprendre mon souffle et je demande, très raide :

— L'autre voiture est en panne ?

— Non, non, ton papa la prendra pour rentrer. Ce que j'ai à te dire ne le regarde pas.

Elle fait signe à son chauffeur de démarrer. À travers les vitres fumées, je vois mon père franchir la grille en courant, trempé, dépenaillé, pitoyable. Il gesticule, m'appelle, fait des zigzags ridicules pour empêcher la limousine de partir.

Je le regarde rétrécir sur la lunette arrière, puis je me retourne vers la ministre du Hasard. Je la détaille, en annulant mes émotions l'une après l'autre. Je ne vois plus qu'une femme trop maquillée, trente ans minimum, sanglée dans un imper en cuir gris qui ne la rajeunit pas.

— Sa mission s'est bien passée? demande-t-elle en croisant les jambes pour que le cuir s'écarte sur sa cuisse. Je suis contente qu'il t'ait emmené. De toi à moi, tu crois qu'il sera à la hauteur des responsabilités que je lui ai confiées?

— C'est vous qui voyez.

Elle allume l'écran devant elle. Je n'en reviens pas de mon sang-froid. Ni du sien. À quoi joue-t-elle? Elle a bien compris les sentiments que j'ai pour elle, et elle a fait en sorte que mon père éprouve les mêmes. Dans quel but? Nous dresser l'un contre l'autre, me rendre jaloux pour que je sois encore plus accro à elle, ou juste me dissuader de l'aimer sans espoir parce que je suis trop jeune – genre «c'est un service à te rendre»?

Elle ouvre un placard encastré dans la séparation chauffeur, entre le bar et le home-cinéma, en tire une grande serviette et me frictionne. Je me laisse faire, pour vérifier que je ne ressens plus rien.

— Ton papa gagne à être connu. Il a réussi l'impossible, hier soir : convaincre le gouvernement que la poésie pouvait sauver le monde. Du coup, on lui a confié un décodeur. Les résultats sont conformes à ses espoirs?

D'accord. Elle me la joue version officielle, réunion

de travail. Allons-y sur ce terrain. Ne montrons aucune émotion, restons pro.

— On a échoué, dis-je d'une voix neutre, la forêt nous a virés à coups de branches. Elle est déjà contaminée. La poésie n'a servi à rien, et votre matos non plus.

Elle esquisse une moue, dénoue la ceinture de son imper et refait le nœud.

— Ce n'est pas l'issue du combat qui importe, Thomas, c'est l'énergie que vous y mettez. Tu ne mesures pas l'exploit de ton papa : il est parvenu à faire passer la culture pour une arme de guerre. Il faut que tu fasses aussi fort que lui, à présent… J'ai une mission pour toi.

Je ne marque aucune réaction. Elle joint devant son nez ses ongles rouge sang.

— Le but, pour moi, c'est de fissurer le système. D'utiliser la révolte des arbres pour renverser les corrompus qui nous gouvernent. Et là, c'est l'occasion rêvée. Tiens, justement, ils en parlent.

Elle monte le son des infos sur l'écran. Je sursaute.

— … où va commencer le procès en comparution immédiate de la terroriste Brenda Logan, accusée d'avoir détruit le Bouclier d'antimatière. Jugée à huis clos par la Haute Cour martiale suprême, elle est poursuivie pour sabotage, trahison, atteinte à la sûreté de l'État et déclenchement volontaire d'une pandémie virale…

Lily Noctis éteint l'écran. Effondré, je lui demande ce qu'on peut faire.

— Moi, rien. Toi, tout.

— C'est-à-dire ?

— Accuse-toi. Dis que c'est toi qui as tout fait.

— Mais on ne me croira pas !

— Il y a une seule empreinte sur le bouton rouge qui a provoqué la destruction du Bouclier : la tienne. Tu diras que tu as pris Brenda comme otage pour te faire ouvrir le Centre de production d'antimatière, c'est tout.

Je balbutie :

— Mais… je suis mineur !

— Justement : avec la loi sur la Protection de l'enfance, c'est ton papa qui sera condamné à ta place. Malin, non ?

Je la fixe, partagé entre l'horreur et le soulagement. Si elle est prête à sacrifier mon père, c'est qu'elle n'éprouve rien de sérieux pour lui. Elle ajoute :

— Mais lui, je pourrai le faire acquitter pour vice de forme. J'ai mis dans ma poche ce putois de Jack Hermak. Depuis le remaniement de mardi, en plus du ministère de la Sécurité, on lui a confié la Justice et les Questions sociales.

Elle sort de son sac un tube de rouge, refait sa bouche devant l'écran qui s'est transformé en miroir. Je lui demande ce que c'est, un vice de forme.

— Une virgule en trop, une erreur de chiffre ou une signature qui manque sur l'acte de jugement.

— Et pourquoi vous ne faites pas acquitter Brenda directement, en lui ajoutant une virgule ?

Elle pousse un soupir en rebouchant son tube.

— Parce que ça prend du temps, et que ton père n'est qu'un intellectuel. Il est parfait dans un bureau, mais sur le terrain il est nul, tu as vu : il ne tient pas la distance. Brenda Logan, j'ai besoin d'elle tout de suite. Ma révolution est en marche, Thomas. J'ai recruté les meilleurs, dont tu fais partie avec elle : il est temps de passer à l'action.

Je laisse aller ma tête en arrière pour réfléchir. L'hypothèse la pire, c'est qu'elle ait dragué mon père pour que je le considère comme mon rival et que, du coup, je saute sur l'occasion qu'elle m'offre de l'éliminer. Parce que c'est bien de cela qu'il s'agit. Même en cas d'acquittement, il ne s'en relèverait pas, moralement. Juste au moment où il a refait surface, vaincu l'alcool, repris le contrôle de sa vie, il découvrirait que je suis le point de départ de la guerre végétale, et il se retrouverait en prison à ma place.

Je n'ai aucune raison de lui faire ça, si Lily Noctis est sincère, si elle me préfère à lui. Et si elle essaie de nous manipuler, comme Léo Pictone le prétendait, je ne vais pas non plus me venger de mon père parce qu'il est tombé dans le même panneau que moi.

Reste une hypothèse optimiste : elle me pousse dans mes retranchements pour que je trouve une stratégie meilleure que la sienne. À moins qu'elle n'ait appris la mission que m'a confiée Olivier Nox – détruire ce fameux Arbre totem en échange de la vie de Brenda –, et qu'elle veuille lui piquer son otage.

J'ignore quel jeu elle joue avec son demi-frère. Veut-elle vraiment sa peau, comme elle l'affirme, pour faire sa révolution démocratique ? Et c'est quoi, pour elle, une révolution démocratique – demander au peuple par un référendum s'il est content du coup d'État qu'il a suivi à la télé ?

— Alors ? relance-t-elle. Ta décision est assez urgente. Je te rappelle que Brenda est jugée en comparution immédiate : audition des témoins à partir de 15 heures, réquisitoire, plaidoirie, verdict et, si c'est la mort, exécution dans la foulée. Maintenant, je comprends très bien que tu te dégonfles. Après tout, ça n'est que ta voisine.

Froidement, je lui expose, les yeux dans les yeux, que Brenda Logan est une peintre géniale, la femme de mes rêves et mon amour impossible. Phrase après phrase, martelant mes sentiments comme sur un punching-ball, je réussis le tour de force de lui cacher ma jalousie derrière la passion que m'inspire une autre. Je fais semblant de vibrer comme avant pour Brenda et, dans le même temps, je me rends compte que c'est la vérité, mais que ça n'enlève rien à ce que j'éprouve pour Lily. J'aime deux femmes à la fois, définitivement : celle qui essaie de me piéger et celle qui est ma victime involontaire. J'aime dans chacune le contraire de l'autre, comme une qualité de plus. Je l'assume, et je leur prouverai à toutes les deux que je peux être à la hauteur de ce que je ressens. Je serai un grand amoureux, moi, dans la vie, un vrai ; pas un nullard comme mon père, un résigné du devoir conjugal qui disjoncte au premier coup de foudre.

— Donc, tu es d'accord pour t'accuser.

— Non. Il y a une autre solution.

La stratégie s'emboîte aussitôt dans ma tête, comme si toutes les pièces du puzzle étaient déjà là, en attente.

— Laquelle ? demande-t-elle en pinçant les lèvres.

— Livrer le vrai coupable : Léo Pictone.

Elle hausse les épaules, referme les pans de son imper.

— Il était déjà mort au moment des faits. Et la loi des États-Uniques ne permet pas de poursuivre un ours en peluche devant une cour martiale.

— On n'a qu'à l'interroger comme témoin.

— Il ne dira rien. De toute façon, tu es le seul à entendre sa voix. C'est un fantôme, Thomas : il n'a plus de statut légal.

Je prends ma respiration, je me cale sur la banquette et je déclare gravement :

— Je ne me suis pas bien fait comprendre, Lily : ça n'est pas négociable. Si vous voulez que j'aille innocenter Brenda, j'y vais avec le professeur Pictone. Un point c'est tout.

Elle me regarde avec un regain d'intérêt, puis elle se masse la nuque, le front barré par un pli soucieux.

— Tu es bien conscient que son esprit est monté vers les plans supérieurs, dès la destruction du Bouclier ?

— On le fera redescendre.

— Pour le convoquer au tribunal, rien que ça. Et qui lui portera sa citation à comparaître ?

— Moi.

Elle tortille une mèche en étirant un sourire en lame de rasoir.

— Remarque, j'aime bien quand tu es inflexible...

Je regarde le ciel. La tempête s'est arrêtée aussi brusquement qu'elle avait commencé. Je lui dis que, si elle est pressée de libérer Brenda, on ira plus vite en hélicoptère. Et elle m'arrêtera en chemin devant un magasin de fringues : trempé comme je suis, je vais choper un rhume et ce n'est pas le moment.

Elle m'examine en silence. Elle finit par murmurer avec, je crois, un dosage égal d'admiration et d'inquiétude, que je deviens un vrai petit homme. Je confirme en abaissant les paupières, l'air dur. Sans me quitter des yeux, elle approche de son visage sa montre-visiophone et lance en direction du haut-parleur :

— Drimm Robert.

Le cœur en travers de la gorge, je la regarde écouter la tonalité, puis s'illuminer dès que la voix de mon père lance un allô d'angoisse. *Image non disponible*, prévient l'écran en clignotant. Elle murmure d'une voix chaude :

— Oui, mon chat, pardon de ne pas t'avoir attendu, mais Thomas doit être mis en quarantaine immédiatement.

Avec un regard en biais vers moi, elle répercute la réponse paternelle :

— Il va très bien, oui, oui, je suis d'accord avec toi, il a l'air en pleine forme… Justement, Robert. Nous avons un problème avec le virus : les chiffres sont encore secret défense, mais 80 % des enfants vaccinés ont développé une grippe mutante. Ton fils est le seul de notre entourage à avoir résisté ; le ministère de la Santé veut comprendre pourquoi, et fabriquer un nouveau vaccin à partir de ses anticorps. Dans l'immédiat, on met ses cellules en culture. Ne t'inquiète de rien. Il va peut-être tous nous sauver. Sois fier de lui, je te fais un baiser d'amour, à très vite.

Elle raccroche, se tourne vers moi avec un air soulagé.

— Pas mal, ta couverture, non ? Pourquoi tu fais cette tête ? Ah oui. De toute façon, tu l'aurais appris tôt ou tard. Un coup de foudre, Thomas, c'est un coup de foudre : on n'y peut rien. J'adore les intellectuels, surtout quand ils dissimulent un tempérament de feu. Il faudra que tu sois très gentil avec ta mère. Nous lui cacherons la vérité le plus longtemps possible, et je ferai en sorte de réaliser tous ses rêves professionnels, à titre de compensation. Elle sera beaucoup plus agréable avec toi, du coup, tu verras.

Elle pousse un long soupir et pose la main sur mon genou gauche. Exactement comme l'a fait Robert Drimm dans sa voiture, tout à l'heure, quand il était encore l'homme de ma vie.

— Mon seul regret, Thomas, c'est toi… Mais on ne peut pas tout avoir, n'est-ce pas? J'ai tellement rêvé d'un fils dans ton genre…

Et elle se console avec le père. Je retire mon genou d'un mouvement sec. Je lui rappelle qu'on est en guerre et que demain on sera peut-être tous morts, alors ce n'est pas le moment de se mettre en mode drague.

Elle se rencogne contre sa portière avec un sourire amusé.

— Là, tu vois, tu es encore un petit garçon. Tu ne sais pas combien c'est excitant, justement, de ne penser qu'à l'amour en faisant la guerre. Et combien ça repousse la mort.

Je suis bien d'accord, pétasse. Sauf que je voulais être ton amoureux, pas ton confident. Mais c'est fini, tout ça. Entendre dans ta bouche que je suis encore un petit garçon, tu vois, c'est comme si toi tu étais déjà une vieille dame.

— Ça ne te choque pas, Thomas, j'espère, ce que je te dis?

En guise de réponse, je sors mon portable qui vibre dans ma poche. Inutile de regarder le nom sur l'écran.

— Ça va, mon grand? s'inquiète mon père.

— Secret défense. Embrasse maman.

Et je raccroche.

## 16

J'avais beau m'y attendre et afficher déjà complet au niveau des émotions, le choc est rude.

La région de Sudville est l'une des plus touchées. Je l'ai survolée avant-hier, et je ne reconnais rien. Les arbres sont couchés, les maisons éventrées par les troncs, les toits et les rues couverts de cendres. Tout au long de la frontière, le massif forestier n'est plus qu'un champ de bataille calciné qui fume, une succession de cratères entre des épaves de bulldozers et de chars d'assaut.

— Tu vois pourquoi il était urgent de passer à la guerre psychologique, commente Lily Noctis.

Au milieu de cette désolation, un détail me chiffonne. Nulle part je ne retrouve ces scènes qui m'ont tant marqué à la télé : les routes soulevées, crevassées, explosées par une croissance hyperaccélérée des racines. A-t-on truqué les images pour gonfler l'horreur, dramatiser encore le spectacle, booster l'audience ? En fait, tout ce que j'observe relève davantage des représailles humaines que de l'attaque végétale. Les soupçons que j'ai exprimés à mon père, tout à l'heure, reviennent en force. Et si la grippe V n'était pas due aux arbres ? Et si tout cela n'était qu'un complot, une mise en scène ? Mais dans quel but ?

L'hélicoptère du ministère se pose devant le Centre de production d'antimatière, complètement ravagé. Des soldats à combinaison isolante et masque à gaz contrôlent notre laissez-passer, nous conduisent dans un camion où ils nous donnent des équipements semblables aux leurs. Il n'y a pas ma taille. Je me détourne quand Noctis ôte son imper.

Flottant désagréablement dans ma tenue de survie baggy, je me dirige vers l'endroit où Brenda avait enterré l'ours en peluche. Difficile de se repérer, entre les arbres déracinés et les traces d'autochenilles qui ont balafré le sol. Je m'arrête au milieu du chaos végétal. Je ferme les yeux, essayant de capter la voix intérieure qui me pourrit la tête par intermittence depuis hier après-midi. Rien. Pictone attend que je le trouve tout seul. Il pourrait au moins me dire « Tu chauffes » ou « Tu refroidis ».

Noctis me regarde planter la pelle que m'ont donnée les soldats. Même pas fichue de m'aider. Avec une ironie amère, je repense en creusant aux dernières paroles de Pictone, juste avant que son âme quitte les molécules de peluche : « N'oublie pas ton pouvoir, Thomas. Tu en auras bien besoin. Le pouvoir absolu… Et le plus fragile aussi : le pouvoir de l'amour. » Brenda Logan risque la peine de mort à cause de moi, Lily Noctis a cassé mes rapports avec mon père, et Jennifer Gramitz a tenté de m'étrangler parce que je ne voulais pas d'elle. Le pouvoir de l'amour, c'est de tout foutre en l'air.

Ma pelle bute sur une patte. Je m'agenouille, dégage le

reste avec les mains. J'éprouve une émotion que je n'avais pas prévue. Comme si le fantôme qui squattait mon doudou d'autrefois était devenu tout à coup un père spirituel. Un père adoptif. Le seul en qui désormais je pourrai avoir confiance.

Mais l'ours reste immobile au fond de sa tombe. Et aucune voix ne résonne plus dans ma tête. C'était de l'hallucination auditive, voilà, c'est tout. La voix de mon espoir. Mon envie de retrouver ce lien galère mais si flatteur avec un génie de la science qui dépendait de mon bon vouloir. Je mesure à présent combien elle m'a manqué, cette présence épuisante à bord de mon vieux jouet.

— Professeur, vous êtes là? dis-je en secouant la patte en peluche.

Aucune réponse, aucun signe de vie. C'est normal. Pourquoi Pictone reviendrait-il m'aider? Je ne suis plus utile, à présent. Vu du ciel, j'ai fini ma mission. J'ai libéré les âmes prisonnières du Bouclier d'antimatière, elles ont eu ce qu'elles voulaient; pourquoi revenir se matérialiser dans un monde à feu et à sève? Que les vivants se débrouillent. Décidément, en moins de trois jours, j'aurai perdu tous mes points de repère. Toutes mes illusions.

— J'ai failli attendre.

La vieille voix râleuse m'inonde de joie. La peluche se redresse sur un coude, frotte ses yeux en plastique avec ses pattes avant. Et les lèvres au pelage terreux ondulent en articulant:

— Très seyant, cette nouvelle mode.

Il contemple ma combinaison qui bâille, mon masque

à gaz. Je le prends délicatement dans mes gants, l'exhume, le pose dans l'herbe et le brosse. Je lui demande :

— Il va bien, l'ours ?

— Il va bien, sauf qu'il se fait violer trois fois par jour aux heures des repas.

— Violer ?

— Par une taupe.

Il lève le bras, écartant sa couture latérale décousue sur une dizaine de centimètres. Un museau pointu s'en échappe, une boule de fourrure brune qui s'empresse de plonger dans le sol, retournant la terre avec ses petits doigts roses puissants comme une pelleteuse. En trois secondes, la taupe a disparu sous le monticule de terre extrait de la galerie qu'elle creuse.

— Il faudra me rembourrer, soupire l'ours.

— Ça y est, il te parle ? s'informe Lily Noctis qui s'était éloignée pour téléphoner. Qu'est-ce qu'il dit ?

— Elle ne peut pas m'entendre, Thomas, heureusement. Je suis devenu un esprit élevé, beaucoup trop élevé pour être perçu par les forces du Mal. Non, non, ne réagis pas, continue à lui jouer la comédie. Mais j'avais raison : elle te ment comme elle respire.

— Qu'est-ce qu'il dit ? s'impatiente Lily Noctis.

Je bredouille :

— Qu'il est content de revenir parmi nous.

Elle s'accroupit dans l'herbe, tend la main à la peluche immobile.

— Au nom du gouvernement des États-Uniques, professeur, je vous souhaite un bon retour dans le monde que vous êtes en train de détruire.

— Et la faute à qui, pouffiasse ? riposte l'esprit élevé.

Qui m'a forcé la main, qui s'est débrouillé pour que j'arrive à temps ici pour saboter le Bouclier, avant qu'on dépuce mon cadavre?

— Traduction, me suggère la ministre.

— Il dit qu'il faut tout de suite foncer au tribunal pour sauver Brenda.

— Je n'en ai rien à secouer, de Brenda, me précise l'ours. Arrête de te disperser avec ces bonnes femmes, et concentre-toi sur moi. Je vais rester très peu de temps incarné dans cette peluche, j'ai des millions de choses à faire dans l'autre monde, alors écoute ce que j'attends de toi…

— En route! dis-je en le prenant sous le bras.

On retourne vers l'hélicoptère en retirant nos équipements de protection.

Sitôt après le décollage, Léo Pictone m'escalade pour venir brailler à mon oreille:

— Tu les recevais correctement, mes messages psychiques? Pour le vaccin, pour ta camarade de classe, pour le coup de l'Arbre totem…

Je force la voix pour couvrir le vacarme du rotor:

— Oui!

— À la bonne heure, tu as fini par faire des progrès! Je n'ai plus besoin de faire bouger ces fichues lèvres en peluche pour que tu m'entendes. Tu n'as pas idée de l'énergie que ça me consomme… C'est très difficile de se réaccorder aux vibrations terrestres: il faut que je me réinitialise, tu comprends. Bon, à partir de maintenant, on se parle uniquement par télépathie.

Lily Noctis, assise à côté du pilote, se retourne vers moi, m'interroge du regard. Je la rassure d'une moue compétente, mouline du doigt contre ma tempe pour lui indiquer que je suis en train de recevoir un message.

— Tu m'entends toujours ? J'étais en réanimation dans l'au-delà, en pleine phase de nettoyage par le vide quand pof ! le danger que tu courais m'a ramené dans ta dimension.

— Quel danger ?

— Ne parle pas, je t'ai dit : pense ! Projette-moi mentalement ce que j'ai manqué, tiens. Fais défiler tes souvenirs depuis mercredi : ça me fera un résumé.

Je ferme les yeux. C'est toujours désagréable pour moi quand il lit dans mes pensées, mais je n'ai pas le choix. Les soupçons qu'il a exprimés sur Lily Noctis arrivent en terrain si favorable que je ne peux que lui obéir.

Soigneusement, je reconstitue le film des événements, depuis que nous avons détruit le Bouclier. Il interrompt ma projection sur la scène d'autovaccination pendant le cours de M. Katz :

— Zoome sur le stick d'Antipoll, que je voie la composition.

Je fais le point sur la seringue, agrandis l'image autant que je peux.

— D'accord, soupire-t-il. C'est encore pire que ce que je pressentais.

— C'est-à-dire ?

Pas de réponse. Je répète ma question par transmission de pensée, en dessinant dans ma tête un point d'interrogation géant.

— Il y a des choses que je n'ai pas le droit de te dire, Thomas : tu dois les découvrir tout seul. Ça s'appelle le libre arbitre. Continue ton film.

Je reprends la projection : le marronnier qui s'abat sur le collège, Jennifer qui se végétalise et m'attaque à la manière d'une plante carnivore, mon père qui se métamorphose par amour pour la ministre du Hasard, notre expédition calamiteuse dans la Forêt interdite, l'espèce de flash-back que j'ai capté à l'intérieur de l'If d'Éden...

— OK, je vois, dit Pictone. Tu n'as qu'un seul moyen de t'en tirer et de sauver ceux que tu aimes : te laisser manipuler par Nox-Noctis en les conduisant où tu veux sans qu'ils s'en doutent.

— Et comment je fais ?

— Tu les amènes à changer leurs plans en leur suggérant un raccourci. N'oublie jamais qu'ils jouent avec toi, que tu es à la fois le pion et l'enjeu de la partie qu'ils disputent. Chaque bonne idée qui te vient au service du Bien renforce les puissances du Mal.

— Et c'est quoi, la bonne idée qui me vient, là ?

— Le Gland de la paix. Dis simplement à Noctis que je t'ai donné un seul message, de la part de Boris Vigor : « Pour enterrer la hache de guerre, il faut planter le Gland de la paix. »

Je regarde la vieille peluche boueuse à cheval sur mon épaule. Il appelle ça « se réinitialiser ». Je dirais plutôt qu'il devient gâteux. Pour un mort, au bout de quelques jours, ça doit être déconseillé de trop s'approcher des vivants. Ça crée des faux contacts et ça bugge.

— Rappelle-toi, Thomas. Boris Vigor, dans sa voiture, quand je lui ai transmis la volonté de sa fille Iris.

Je me rappelle, d'un coup, et aussitôt je percute. Iris était morte en tombant d'un chêne, alors l'ancien ministre de l'Énergie avait fait raser la forêt autour de sa maison. Par l'intermédiaire de ma peluche, l'âme d'Iris avait demandé à son père de planter un gland, pour qu'une nouvelle vie de chêne efface l'arboricide. La guerre végétale qui s'est déclenchée aurait-elle un lien avec cette affaire de famille?

— Transmets le message et tu verras.

J'hésite un instant, en regardant les feux de forêts militaires qu'on survole. Je me penche vers Lily, beugle à son oreille en soulevant son casque:

— Il est HS, comme fantôme. On dirait qu'il est coincé en boucle. Tout ce qu'il répète, c'est: «Pour enterrer la hache de guerre, il faut planter le Gland de la paix.»

— Intéressant, crie-t-elle, neutre. Ça te dit quelque chose?

— Rien du tout.

Un petit coup de patte dans mon dos valide mon mensonge de précaution. Elle réajuste son casque, fait signe au pilote, effectue des réglages.

Je me radosse à mon siège, regarde vers le sol. Sur plusieurs sites, des camions apportent des cercueils bas de gamme qui sont abandonnés sur les zones contaminées promises aux flammes. Je détourne les yeux. Leur faire partager le même brasier, c'est tout ce que l'armée a trouvé pour réconcilier les arbres et les hommes.

Un immense découragement me tombe dessus. Qui suis-je pour arrêter tout ça, rétablir la paix, sauver Brenda? Un préado malheureux ballotté entre la trahison de son père, l'arrestation de sa première amoureuse, les manigances de la seconde, la folie meurtrière de sa copine de classe et les divagations d'un fantôme en peluche…

— Ne doute pas, ordonne Léo Pictone dans ma tête.

Plus tu doutes, plus tu m'affaiblis. C'est ton audace, ton courage et ta confiance qui m'ont fait revenir parmi vous, d'accord ? Tu es la dernière chance de l'humanité, Thomas Drimm, alors ne flanche pas !

## 17

L'hélicoptère descend vers le toit du Palais de justice. Neuf soldats au garde-à-vous nous attendent, disposés en ligne. Leurs bérets s'envolent tandis qu'on se pose.

— Tu fais comme tu le sens, glisse Pictone dans un coin de ma tête, mais tu n'as pas l'impression que c'est un piège ?

Tout en débarquant, je lui réponds mentalement qu'on n'a pas le choix et que je suis en position de force. L'officier salue la ministre du Hasard, puis nous conduit vers un ascenseur qui s'arrête un étage plus bas.

— Vous n'êtes pas en avance, remarque Jack Hermak.

Froidement, je regarde le ministre de la Sécurité, de la Justice et des Questions sociales. De son côté, la punaise à moustache contemple avec une ironie pincée l'ours en peluche que je tiens sous le bras.

— Ravi de vous retrouver sur Terre, professeur. Je vois que vous avez résisté au broyeur.

— Je t'emmerde, lui répond l'ours.

— Il est ravi aussi, traduis-je.

— L'inconscience de votre petit protecteur, enchaîne

Hermak en fixant les yeux en plastique, est aussi héroïque que suicidaire, dans le contexte actuel. Mais bon, comme c'est un procès à huis clos, vos révélations ne sortiront pas de la famille.

Il se tourne vers Lily Noctis, et la déshabille des yeux au fil de ses ronds de jambe :

— Ma chère amie, vous êtes ici chez vous, cependant ne vous étonnez pas si la présidente de la Cour suprême a l'air de vous faire la tête. Ces juges indépendants, il faut toujours qu'ils aient des états d'âme.

— Mais c'est une espèce protégée, soupire Lily Noctis avec un sourire de compassion pour son collègue.

— Certes. Et nous avons eu beaucoup de souci pour organiser ce procès. Vous savez ce que c'est : l'armée voulait une Cour martiale, et les Espaces verts une juridiction civile. J'ai fait un mix des deux. Avec un jury populaire, pour qu'on n'aille pas accuser l'armée de vouloir étouffer l'affaire. Transparence, transparence ! Allez-y, la séance est commencée. Moi, je file à la télévision, pour commenter en direct le procès des végétalistes.

— Les végétalistes ? répète Noctis d'un air intéressé. Qu'est-ce ?

— Les jeunes collabos que je vais éradiquer d'urgence, pour trahison envers la race humaine. Pour le reste, je contrôle la situation, l'ordre est en train de se rétablir. Dînons, un soir, après tout ça.

— Avec plaisir.

— En libérant les âmes, cher professeur, reprend Hermak en s'inclinant vers l'ours, vous avez donné un souffle nouveau à l'industrie nationale. Pour produire de l'énergie, à présent, on ne recycle plus les morts : on torture les vivants. L'humanité vous dit merci.

Il glisse un ongle entre deux dents, comme pour chercher l'inspiration, ajoute :

— Cela étant, si l'envie vous prenait de nous aider à reconstituer le Bouclier d'antimatière, une grâce présidentielle pourrait éventuellement sauver Brenda Logan. Je vous souhaite un bon procès.

Il s'engouffre dans l'ascenseur. Quand les portes se sont refermées, Lily Noctis se penche à mon oreille.

— Le jour où éclatera ma révolution, me rassure-t-elle, il sera le premier à passer sur la chaise électrique.

— Il fera court-circuit, laisse tomber Pictone, sans illusions.

Les soldats nous conduisent sur un sol en marbre jusqu'à une double porte à colonnades où l'officier tape un code. Le battant marqué « Haute Cour Martiale Suprême » s'ouvre sur une immense salle aux banquettes vides ornée de lustres en cristal, boiseries, portraits officiels. Une sorte de maître d'hôtel accourt pour nous faire signe de rester où nous sommes : il nous placera plus tard.

Trois juges sont perchés au centre, sur un podium verni. À leur droite, une guérite au sommet de laquelle trône un vieux à robe rouge et brushing. À leur gauche, un jeune timide en robe noire qui se ronge les ongles devant une cage en verre.

Mon cœur s'arrête. Assise sur un tabouret derrière les vitres pare-balles, Brenda est immobile, voûtée, les cheveux pendants, le regard au sol.

— Courage, murmure ma vieille voix intérieure.

La main de Lily Noctis se pose sur ma nuque. Je me dégage d'un coup d'épaule.

— Numéro 7, monsieur l'avocat général ? interroge la juge du milieu.

C'est une grosse dame surmontée d'une boule de cheveux teints. Elle est drapée de rouge elle aussi, mais avec les manches en fourrure blanche. Elle porte une dizaine de décorations, et elle est armée d'un marteau.

— Récusé, madame la présidente ! tonne le vieux brushé.

Sur l'écran géant qui leur fait face, un homme se lève, et quitte la table où siègent en longueur cinq autres personnes à l'air hagard.

— Jurée numéro 8 ! lance la présidente de la Cour suprême. Maître ?

— Je la retiens, bredouille faiblement le timide qui a l'air d'assurer la défense de Brenda.

— Mon général ?

— Je la récuse ! réplique le brushé.

Coup de marteau. Une femme entre deux âges quitte la table sans demander son reste. Les quatre numéros restants subissent le même sort.

— Bien, conclut la juge suprême, vous pouvez éteindre l'écran. Le jury populaire ayant été récusé par l'accusation, nous nous retrouvons par défaut dans le cadre d'une Cour martiale. La parole est à la défense.

L'avocat se lève brutalement, renversant un dossier. Le regard fuyant, le ton quasiment inaudible, il bredouille :

— Le temps que soit constitué un nouveau jury, Votre Honneur, puis-je solliciter un renvoi ?

— On rêve, répond le général en rouge.

La présidente confirme d'un coup de marteau.

— Dans ce cas, Votre Honneur, ayant été commis d'office dans le cadre d'un procès civil, j'estime que je ne suis plus en mesure d'assurer la défense de la prévenue.

— Pas de problème, maître, lui dit Son Honneur. Merci de vous être déplacé.

Il s'incline, ramasse son dossier et s'éclipse aussitôt par une porte latérale, sans un regard pour sa cliente.

Brenda a relevé la tête. J'essaie de capter son attention. Les traits tendus, elle fixe l'avocat général comme à travers la lunette d'un fusil.

— Bien, reprend la suprême en reposant son verre d'eau. La parole est au premier témoin de l'accusation, le médecin colonel Flesch. Huissier, faites entrer.

Le type vêtu en maître d'hôtel nous écarte pour accueillir le responsable des vaccinations qui commentait la grippe V sur National Info. Le témoin s'avance jusqu'à la barre, fait le signe de Roue, jure de dire la vérité, et commence à déblatérer sur Brenda : à cause d'elle, vingt-quatre mille innocents ont déjà succombé au virus transmis par les arbres étrangers, et seule une peine exemplaire peut être à la hauteur de son crime contre l'humanité.

Brenda baisse à nouveau la tête. Coudes aux genoux, elle pose le front sur ses poings.

— Monsieur l'avocat général, des questions ?

— Non, Votre Honneur, j'ai eu ma réponse. Puis-je passer au réquisitoire ? enchaîne-t-il en regardant l'heure.

— Juste un instant. La parole est au témoin de moralité.

Le cœur en miettes, je fixe Brenda dans sa cage vitrée. Recroquevillée sur elle-même, le dos parcouru de frissons, elle n'a même pas senti que j'étais là. Ma grande blonde justicière et fantasque, bagarreuse et paumée, invivable et craquante. Mon top model au chômage, ma peintre inconnue, avec son corps de rêve à l'abandon et son talent sans autre fan que moi. Ma blessée rageuse que je regardais par ma lucarne, le soir, se passer les nerfs sur un punching-ball en le traitant de salaud. Ma solitaire forcenée qui partageait le monde des hommes en trois : les Tougs, les Trocs et les Trèms. Moi, je ne rentrais dans aucune catégorie. Tous les coups durs qu'elle avait reçus dans sa vie, les trahisons, les déceptions, les efforts pour rien m'avaient préparé le terrain : grâce aux Tout-Gris, aux Trop-Cons et aux Très-Mariés, j'avais trouvé ma place dans son cœur vide. Même si elle ne prenait pas mon amour au sérieux, il lui faisait du bien. Je l'entraînais dans l'incroyable, je lui demandais l'impossible et elle reprenait confiance…

Comment j'ai pu douter d'elle, lui préférer une manipulatrice en béton armé comme Lily Noctis ? Les charmes du pouvoir, de la séduction maléfique, de la flatterie… C'est un signe de maturité, au fond : je me suis fait avoir comme un homme. Comme mon père.

Brenda redresse la tête, m'aperçoit. Elle sursaute, esquisse un geste pour que je me sauve, puis elle découvre la ministre à mes côtés. Ses coudes retombent sur ses cuisses. Elle est épuisée, vidée de son énergie. Elle est déjà ailleurs, en avant de ce procès au verdict connu d'avance, résignée à son sort. Je lui montre un poing serré pour lui redonner le moral. Elle me répond par un pâle sourire, en secouant la tête. Elle se dit que c'est la dernière fois qu'on se voit.

Que lui répondre dans mes yeux ? Je lui envoie des images mentales, comme je le fais avec Pictone. Je lui montre notre avenir, toutes les belles choses qui nous attendent si on y croit. Regarde, Brenda, je te sors de ta cage en verre et, dès que je suis mineur émancipé, je t'épouse, on vit très heureux et on n'a pas d'enfants. Juste un ours en peluche, un vieux mort adopté qui nous facilite les choses de la vie quotidienne. Tu peins toute la journée des tableaux magnifiques et moi je les vends ; partout je t'organise des expos, tandis que Pictone influence les critiques d'art et les acheteurs. Il faut dire qu'on a réconcilié la végétation et les hommes, grâce à tes toiles magiques qui ont arrêté la guerre et valent maintenant une fortune. Du coup, avec tout l'argent qu'on récolte, on parcourt la planète à la recherche des quelques humains qui ont survécu à la Première Guerre mondiale des arbres, il y a cinquante ans. Et on leur dit qu'ils peuvent sortir de leurs cavernes car l'air est redevenu respirable, et on fait repartir l'histoire de l'humanité, tous les trois, loin des États-Uniques où la révolution de Lily Noctis n'aura fait que changer quelques têtes... Tu veux bien, Brenda ? Tu veux bien rêver cette vie avec moi ?

— J'ai dit : la parole est au témoin de moralité !

— C'est toi, me glisse Noctis à l'oreille.

La juge suprême et l'avocat général me fixent avec une impatience méfiante. Je m'avance jusqu'à la barre en métal, où l'huissier m'invite à faire le signe de Roue et à prêter serment.

— Répétez après moi : « Maître du Jeu qui êtes aux cieux, je jure de dire la vérité, toute la vérité, rien que la vérité. »

Je le jure, pour faire homologuer les mensonges que je vais dire.

— Sur demande expresse du gouvernement, articule d'un air pincé la suprême, la Haute Cour accepte d'entendre le témoignage d'un mineur qui se dit impliqué dans les faits. La parole est à la défense.

Elle se tourne vers la chaise vide, puis vers l'avocat général.

— En l'absence de questions de la défense, l'accusation peut interroger le témoin.

L'avocat général me toise comme une mouche dans son verre, me demande de décliner nom, âge et qualités. Je prends mon courage à deux mains, j'assieds l'ours en peluche sur la barre, et je décline :

— Pictone Léonard, de l'Académie des sciences, inventeur du Bouclier d'antimatière et de la puce cérébrale, quatre-vingt-huit ans, décédé, en séjour dans cette peluche qui m'appartient.

— Et vous êtes ? s'informe la juge suprême.

— Drimm Thomas, treize ans moins le quart, collégien. Je lui sers de traducteur.

La juge se tourne vers son collègue de droite qui esquisse une moue d'un air réservé, puis vers celui de gauche qui dort. Elle repasse la parole à l'avocat général.

— Si j'ai bien compris, mon garçon, se rengorge le vieux brushé, vous prétendez que votre peluche renferme l'esprit du professeur Pictone. Pouvez-vous le prouver ?

— Oui, mais y a que moi qui l'entends.

— Pouvez-vous le prouver ? répète-t-il, implacable.

— Il porte un slip jaune à bandes vertes, me glisse Pictone.

D'une voix neutre, je décris la pièce à conviction. La juge tourne un sourcil interrogatif vers l'avocat général, qui lui oppose un visage impénétrable. Il a peut-être oublié la couleur. Quoi qu'il en soit, ça m'étonnerait qu'il retrousse sa robe pour vérifier le bien-fondé de mon témoignage. Pictone aurait pu trouver une autre preuve.

— Mon général ? insiste poliment la suprême.

— Objection ! aboie-t-il.

— Retenue. Monsieur Drimm, au prochain incident de ce genre, vos parents seront poursuivis pour outrage à la Haute Cour. Veuillez préciser la nature des relations que vous eûtes avec feu le professeur Pictone.

Je prends ma respiration et je lâche d'un trait :

— C'est lui qui m'a obligé à détruire le Bouclier d'antimatière, pour que les âmes puissent quitter la Terre au lieu d'être recyclées en source d'énergie. Et il m'a forcé à engager Brenda Logan comme majeure pour qu'on me prenne au sérieux, parce qu'elle est médecin et qu'on ne m'aurait pas cru, sinon.

La sous-juge à droite de la suprême ajoute une note sur le papier devant elle. Vu son air distrait, ça doit être la liste de ses courses.

— Et pourquoi vous, jeune homme ? reprend sa patronne. Qu'avez-vous de si spécial pour qu'un scientifique d'un tel renom vous confie ce genre de mission ?

— Je l'ai tué sans le faire exprès, Votre Honneur, avec mon cerf-volant.

— Le jury appréciera, soupire l'avocat général en se tournant vers l'écran éteint.

Je lui précise, au cas où il n'aurait pas bien compris, que Brenda Logan est innocente et que, bon d'accord, il y a mes empreintes sur le bouton rouge qui a détruit le

Bouclier, mais le seul responsable est cette peluche hantée par le professeur Pictone.

— Vous plaidez donc la folie passagère, conclut la juge suprême.

J'accuse le coup, me tourne vers Lily Noctis. Elle a disparu. En un quart de seconde, je comprends que je me suis fait avoir. Son but n'était pas que je libère Brenda : elle voulait simplement se débarrasser de moi. Mineur ou non, si je suis fou, on ne me laissera pas repartir.

— Je te l'avais dit, ronchonne Pictone à l'arrière de mon crâne. Dès que je te signale un piège, tu fonces dedans.

Je croise le regard de Brenda. Elle se mord les lèvres en secouant la tête, effondrée pour moi. Je la rassure comme je peux, à travers la vitre qui nous sépare. Une condamnation, c'est au moins une chose qu'on partagera.

— D'autres questions, monsieur l'avocat général ?

— Non. Nous avons perdu assez de temps, Votre Honneur.

La suprême donne un coup de marteau.

— J'ordonne que le témoin soit livré aux autorités médicales pour examen psychiatrique. Quant à l'accusée Brenda Logan, elle est déclarée coupable de tous les chefs d'accusation, et condamnée à la peine de sort. Huissier, veuillez accomplir la sentence.

Un pan de mur coulisse, découvrant une grande roue multicolore que l'huissier actionne d'un mouvement solennel.

— Maître du Jeu qui êtes aux cieux, récite la juge en arrondissant les bras, nous vous confions le destin de l'accusée. Que la Justice immanente fasse son œuvre !

Tous les regards fixent les cases triangulaires qui défilent devant l'aiguille géante : 10, 20, 30, 50, 100, 200, Chaise électrique, Acquittement…

Les doigts crispés sur la patte arrière de Pictone, je guette le moment propice pour me ruer hors de la salle. Ce n'est pas dans une camisole de cinglé que je pourrai faire quelque chose pour Brenda.

— Attends, conseille la voix, ce n'est pas le moment. Je ne peux pas t'en dire plus, mais bientôt les circonstances vont t'aider.

L'aiguille tressaute de case en case, la grande roue ralentit, hésite entre Sursis et Non-lieu, se stabilise sur 10, revient à la case précédente et s'arrête. Cinq ans de prison ferme.

L'avocat général se dresse d'un bond et rugit :

— Le parquet fait appel !

Machinalement, je regarde les lames du plancher. Mais ce n'est pas la voix du bois qu'il entend. Pictone précise dans ma tête que le parquet, c'est comme ça qu'on appelle l'accusation. Et faire appel, ça veut dire exiger une condamnation plus lourde.

— Relancez la roue, soupire la juge suprême.

L'huissier est sur le point d'obéir lorsque la double porte s'ouvre avec fracas. Une cinquantaine de jeunes envahissent la salle en hurlant.

— Les végétalistes ! crie le troisième juge qui s'est réveillé en sursaut.

La bave aux lèvres, le visage couvert de poils verts, ils balancent les bras autour d'eux comme des lianes pour enserrer le cou des gardes qui poussent des cris, tirent dans le tas. Des soldats sous masque intégral surgissent avec des pulvérisateurs, gazent à bout portant les mutants qui s'abattent l'un après l'autre. Atterré, je les regarde se tordre de douleur sur le sol, essayant d'arracher les poils de leur visage. D'autres déboulent en renfort, s'agrippent aux masques des soldats qui lâchent leurs pulvérisateurs sous la toux et les éternuements.

Les juges, l'avocat général et le médecin colonel se sont enfuis par la porte de service. Je bondis sur le podium de la suprême, attrape son marteau et me précipite vers la cage en verre que j'essaie de briser de toutes mes forces.

— C'est de la vitre blindée, crétin! braille l'ours dans ma tête. Utilise tes pouvoirs, pas ta force!

Je m'immobilise, le marteau brandi. Réfugiée à l'autre extrémité de la cage, Brenda fixe sur moi un regard désespéré. Je tourne les yeux vers le mécanisme d'ouverture, un digicode. J'essaie de pénétrer ses circuits intégrés, de percer la combinaison. Les chiffres tournent et défilent dans ma tête. Je n'ai qu'à les laisser faire; à un moment leur assemblage ouvrira la porte…

Un choc terrible me fait rouvrir les yeux. D'un même mouvement, la forêt des mutants s'est précipitée contre la paroi de verre. Front collé, ils soufflent sur la vitre une haleine bruyante qui la recouvre aussitôt de buée – une buée verdâtre qui soudain fait fondre le verre comme une résine visqueuse. Brenda s'arrache du magma. Ils s'écartent d'elle, flageolant, agités de gauche à droite comme un champ d'herbes folles.

Le gaz pulvérisé par les soldats stagne en volutes rosâtres autour de nous. Les ados végétalisés tombent sur le côté, fauchés.

— C'est du Métanyx! s'écrie Pictone. Le pire des her-

bicides, aussi toxique pour l'homme que pour les plantes !
Sors d'ici, vite !

L'ours s'accroche à mon bas de pantalon. Mes jambes
mollissent, j'ai la tête qui tourne, mais une énergie décuplée se met à bouillir dans mes veines. J'attrape la main de
Brenda, l'entraîne vers la sortie. Elle trébuche, sans force,
me suit en zigzaguant au rythme de ma toux. Une alarme
stridente emplit les couloirs et les escaliers du Palais de
justice. Je m'arrête net devant les marches. Une fumée
épaisse monte du hall, où les végétalistes échappés de leur
procès ont mis le feu à des papiers, des dossiers, des robes
d'avocat. Les lances à eau renversent les pyromanes qui
s'enflamment en hurlant.

— L'ascenseur ! crie Pictone.

J'hésite. C'est déconseillé en cas d'incendie, mais on
n'a pas vraiment le choix. Mon bras droit se met à gratter
furieusement tandis qu'on s'engouffre dans la cabine. Je
presse la touche du toit-terrasse, remonte ma manche. Le
numéro de téléphone de Lily Noctis rougeoie sur mon
avant-bras — comme une réaction de mes anticorps.
A-t-elle voulu me livrer à la justice, ou bien organisé
l'évasion de Brenda en permettant celle des végétalistes ?
L'émeute et la violence de la riposte militaire vont-elles
déclencher sa révolution ?

L'hélicoptère attend sur le toit, les pales tournant
au ralenti, prêt à redécoller. La portière s'ouvre à notre
approche. Les flammes et la fumée s'échappent par les
fenêtres des étages inférieurs : impossible de revenir en
arrière. J'aide Brenda à se hisser dans le cockpit.

Mais ce n'est plus Lily Noctis qui est assise à côté du
pilote.

## 18

— Bonjour, Thomas Drimm. C'est ma demi-sœur que tu attendais, mais sois rassuré : elle n'a aucun secret pour moi. Sa petite révolution est sous contrôle avant même d'avoir vu le jour. Ce qui ne nous empêche pas elle et moi, chacun dans son style, d'être doublement à ton service.

Paniqué, je croise le regard de Pictone accroché à ma jambe. Il ne bouge pas. Aucun message d'alerte dans ma tête. Brenda, à bout de résistance, s'est affalée sur un siège. Olivier Nox fait un geste au pilote et l'hélico décolle.

— Votre retour parmi nous s'est bien passé, professeur ? Si j'en crois le message que vous avez transmis à Lily, nous allons être en mesure de calmer les arbres. « Pour enterrer la hache de guerre, il faut planter le Gland de la paix », c'est ça ? Je pense que j'ai ce qu'il vous faut.

Se tournant vers Brenda, il enchaîne :

— Je suis désolé qu'on vous ait infligé l'épreuve de ce procès, mais il fallait bien fournir un coupable à l'opinion publique. Votre évasion n'est pas qu'un rebondissement médiatique, je vous rassure. Ma demi-sœur voulait mettre à profit votre énergie révolutionnaire ; moi, plus prosaïquement, je vous offre la chance de vous racheter.

Brenda glisse un regard éteint vers moi. Je l'interroge en silence. Elle détourne les yeux vers Nox, et abaisse les paupières en signe de soumission.


L'hélico survole la Colline Bleue, se pose dans la cour d'honneur du ministère de l'Énergie. Cinq minutes plus tard, assis tout seul face à trente chaises, on me sert un goûter somptueux dans la salle à manger officielle. Mais je ne peux rien avaler, complètement noué.

Brenda me rejoint au bout d'un moment, douchée, parfumée, peignée, l'air toujours à bout de forces. On se regarde, moi entouré de mes gâteaux préférés et elle vêtue de vêtements neufs, dans sa taille et son style. Tout était vraiment prévu, mis en scène, décidé d'avance. Même nos réactions. Y avait-il un plan B, si je m'étais dégonflé, si Brenda avait craqué ?

— Ce n'est pas à moi de te répondre, fait Pictone au milieu de mes pensées. Mange un éclair au chocolat, au moins. C'était mon péché mignon.

Je pousse le chariot des pâtisseries vers Brenda, qui fait non de la tête. On tape à la double porte qui s'entrebâille. Une hôtesse nous informe que le ministre nous attend.

Elle nous conduit au sous-sol, dans une immense salle de contrôle où des centaines d'écrans surveillent les quatre coins du pays. Après avoir pris de nos nouvelles, Olivier Nox nous désigne, insolite au milieu des consoles de commandes, un petit pot en terre cuite.

— J'imagine que c'est de cela qu'il s'agit. Avant de

mettre fin à ses jours, mon regretté prédécesseur Boris Vigor avait exaucé le vœu de sa fille Iris. Devant moi, il a solennellement planté un gland dans ce pot pour effacer son crime contre la forêt. Pensez-vous qu'il faille aller plus loin, dans l'esprit de ce geste symbolique ?

Les idées s'imbriquent à toute allure dans ma tête. Faire semblant de me laisser manipuler pour emmener la manipulateur où je veux. Le conseil de Pictone trouve son application, sa jonction immédiate.

— Je sais où il faut le replanter, monsieur le ministre.

Mon regard plonge dans les yeux d'Olivier Nox, et j'enchaîne, en reprenant les mots qu'il a prononcés hier dans l'appartement de Brenda :

— L'Arbre totem.

Il me fixe avec une ombre de sourire. Il pense m'avoir amené plus vite que prévu à la conclusion qu'il souhaite. Pour le conforter dans son erreur, je me tourne vers Brenda :

— Le grand chêne que tu as peint, au milieu de la station-service. C'est lui, le chef de guerre. L'émetteur central. Celui qui envoie ses ordres d'attaque au monde végétal.

Brenda me regarde, abasourdie. Je renonce à la tentation de lui adresser un signe de connivence. Dans l'état d'épuisement nerveux où elle est, sa réaction risquerait de me trahir auprès de Nox.

— Attends, Thomas, bredouille-t-elle. Cet arbre, je l'ai inventé. C'est un fruit de mon imagination, c'est tout.

— Et si c'était le contraire ? S'il t'avait envoyé son image, lui, pour entrer en contact avec toi ? te convaincre de détruire le Bouclier d'antimatière, pour qu'il puisse contaminer nos arbres?

Elle secoue la tête, suffoquée par ma mauvaise foi, sans même avoir la force de protester. Je la comprends. Avec tous les efforts qu'on a déployés, Pictone et moi, pour en faire notre complice, je suis quand même gonflé.

L'air de rien, je demande à Nox:

— C'est possible de vérifier s'il existe en vrai, cet arbre?

Le ministre de l'Énergie aspire l'intérieur de ses joues, fait signe à un technicien qui aussitôt manœuvre sa console. Sur l'écran central, la Terre apparaît vue d'un satellite. Un zoom avant fulgurant nous projette au cœur d'une forêt qui recouvre des autoroutes et des villes, jusqu'à deux gratte-ciel envahis de lierre encadrant une station-service dévastée où un grand chêne a poussé entre les pompes à essence.

— C'est dingue, balbutie Brenda.

— Nous avons scanné votre tableau et introduit les données dans l'ordinateur central, explique Nox. Ce que vous appelez le « fruit de votre imagination » provient bien de cet arbre, non?

La photo de la toile de Brenda apparaît sur l'écran voisin. Le décor, la forme du chêne, les pneus passés à ses branches: tout concorde.

— Bravo, prononce Pictone dans ma tête.

Je retiens un sourire de victoire. Je suis bien allé dans la direction où Nox voulait m'entraîner. Et sa réaction confirme que j'avais raison: Brenda est juste un canal de transmission involontaire.

— Enfin, c'est impossible! se défend-elle en montrant

du doigt l'ours que j'ai posé sur une chaise. Il disait que le Bouclier d'antimatière bloquait la diffusion des ondes électromagnétiques !

— Il faut croire que les images mentales n'obéissent pas aux lois des ondes, soupire Nox. Les artistes reçoivent leur inspiration par des chemins que nous ne savons pas condamner.

— Mais pourquoi c'est tombé sur moi ? gémit Brenda, les mains sur les tempes.

— Vous êtes une peintre médium : vous captez, vous restituez, vous diffusez. Le Chêne de guerre ne pouvait rien transmettre aux arbres de notre pays, à cause du Bouclier : il vous a choisie comme intermédiaire. Mais ce n'est pas pour votre talent.

— C'est censé me rassurer ?

— Je veux dire : vous êtes attirante, révoltée, écœurée par le genre humain, formée aux arts martiaux, et psychologiquement vous occupez une position clé entre l'inventeur du Bouclier et son jeune assassin. Idéal pour servir la cause des arbres.

Elle soutient son regard, les mâchoires serrées.

— J'ai une question, monsieur Nox. Mon tableau n'est jamais sorti de chez moi. Comment vous avez fait pour le scanner ?

Le ministre s'incline de côté sur son accoudoir, se lisse le sourcil gauche en me regardant, comme s'il me laissait juge de la réponse la plus opportune.

— Je veux rentrer chez moi, articule Brenda avec une autorité froide.

— Officiellement, aux yeux de la justice, vous êtes en situation d'évasion, lui fait remarquer Nox. Le temps qu'on vous fasse bénéficier d'une amnistie pour service rendu à la Nation, la police a ordre de tirer à vue. Ce serait dommage. Ici, vous êtes en parfaite sécurité.

J'ajoute d'un air rassurant, comme si c'était un argument positif, que son appartement a été ouvert par la police secrète : ils ont tout saccagé et tout pris, sauf les tableaux.

— J'ai fait remettre une serrure et poser des scellés, complète Nox pour achever de la réconforter. Mais ce n'est pas un endroit digne de vous. Quand la paix sera revenue, vous aurez droit à un atelier d'État dans le quartier des artistes.

Elle ne réagit pas. Trop, c'est trop. On l'arrête, on la cuisine sous vide pendant des heures, on la juge en formule express pour la condamner à mort, on la fait s'évader à la faveur d'une boucherie végétale, et en échange on lui promet un atelier gratuit. Elle ferme les yeux et laisse aller sa tête contre le dossier. Nox en profite pour la dévisager avec une attention accrue qui me déplaît. Je lui demande où se trouve son Chêne de guerre.

— À Repentance.

Devant mon absence de réaction, il précise :

— La capitale de l'ancienne République populaire de Christianie.

— C'est loin d'ici ?

— Tu as l'air calé en géographie, dis-moi.

— Les pays morts, ça n'est plus au programme.

— Tout près de la frontière, au sud-ouest. Une heure et demie d'hélicoptère.

Sur un ton de naïveté assez convaincant, je demande pourquoi cet arbre veut détruire l'espèce humaine.

— C'est sa mission, répond Nox en se relevant pour arpenter la salle de contrôle. Quand les guerres de religion ont dévasté la planète, il y a cinquante ans, les seuls guides spirituels qui ont tenté de restaurer la paix étaient les chamanes. Ceux qui connaissaient nos liens profonds avec le monde végétal et les moyens de communiquer avec lui. Ceux pour qui Dieu était la somme des relations d'intelligence et d'amour entre les quatre règnes : minéral, végétal, animal et humain…

Je l'écoute en me retenant d'acquiescer. Mon père m'a bassiné toute mon enfance avec ces histoires de chamanes. Quand il lisait pour le Comité de censure les livres de botanique à interdire, il m'avait même mis un cactus sur ma table de chevet. Il disait : « Il faut que tu apprennes à rêver avec la plante. » Tout ce que j'ai fait, à l'époque, c'est me piquer chaque matin en éteignant mon réveil.

— Les chamanes, poursuit Nox, ont rassemblé toute leur mémoire, tout leur savoir, tous leurs secrets, et les ont confiés au grand chêne de Repentance – le plus vieil arbre du monde. Lorsque l'Islamia a envahi la Christianie, tous les chamanes se sont fait exterminer, et leur Arbre totem a été abattu. En mourant, il a émis le signal de destruction de l'engeance humaine, que tous ses congénères ont relayé.

D'un geste las, il désigne le tableau de Brenda qui est resté affiché sur le moniteur.

— Après l'extinction des Islamiens et des Christianais, il a repoussé au milieu de cette station-service. Il est deux fois plus grand que son âge, et il a gardé toute sa mémoire, sa programmation, son influence funeste que seul pouvait arrêter notre Bouclier d'antimatière.

Mentalement, je demande si tout cela est vrai. Cette

version n'a rien à voir avec le flash-back que m'a projeté l'If d'Éden. Pictone ne répond pas. L'ours en peluche gît de côté sur sa chaise, inerte, et la pensée du savant est absente de ma tête, évaporée ; je ne ressens plus rien. Il doit être occupé ailleurs, ou en train de se « réinitialiser », comme il dit. Fermé pour inventaire. Je me tourne vers Brenda qui lutte contre le sommeil dans son fauteuil. J'ai vraiment une fine équipe, là.

Revenant vers le ministre, je montre du menton avec une moue sceptique le pot en terre cuite sur la console.

— Et vous pensez que ce gland-là a les moyens de neutraliser le Chêne de guerre ?

— C'est ton spécialiste qui l'affirme, répond Olivier Nox en désignant la peluche avachie. Moi, je fournis le matériel, c'est tout. Dans la situation où nous sommes, aucune solution ne doit être écartée. Quand pourrez-vous partir ?

— Pardon, mais pourquoi c'est à nous d'aller planter ce gland ?

Le ministre de l'Énergie pousse un long soupir en se tournant vers Brenda qui a piqué du nez.

— L'Arbre totem a créé un lien avec ton amie. Il a ouvert un canal qui est l'unique chemin pour lui répondre. Mlle Logan a réactivé son influence en le peignant, et toi, tu as subi cette influence à travers le tableau ; vous seuls pouvez la désactiver.

Il prend le pot dans sa main gauche, creuse légèrement la terre par un mouvement circulaire de l'index droit, comme pour permettre au Gland de la paix de mieux germer. Puis il enchaîne :

— Je faisais fausse route, hier soir chez Brenda, quand

je t'ai dit qu'il fallait détruire ce chêne. Il renaîtra sans cesse, encore plus fort et déterminé, chaque fois qu'on le coupera. Ton père a raison.

Je sursaute.

— Vous avez parlé à mon père? Vous étiez à la réunion de cette nuit?

— Bien sûr. Il faut toujours prendre l'avis des experts.

Le malaise revient dans mon ventre. J'hésite à dénoncer sa demi-sœur, à lui dire comment elle a réussi à détourner mon père pour son usage personnel. Mais si Nox est au courant, voire s'il est complice, ce n'est pas comme ça que j'en apprendrai plus, que je saurai si c'est juste un jeu, une histoire de coucherie en passant, ou une stratégie dirigée contre moi.

— L'Arbre totem se nourrit de la cruauté qu'il subit, poursuit le ministre comme si de rien n'était. Ce n'est pas par la violence qu'on peut agir sur sa programmation. Uniquement par l'émotion. L'émotion la plus positive, la plus puissante dont un être humain soit capable. L'amour fou d'un père qui se sacrifie pour son enfant. Boris Vigor donnant sa vie pour aller secourir sa fille dans l'au-delà. Tu ne crois pas? Rien de tel pour rappeler à un arbre que l'homme n'est pas qu'un parasite dangereux.

J'acquiesce, une boule dans la gorge. Autant j'éprouve une certaine excitation à me mesurer à lui lorsqu'il est cynique, autant il me perturbe et m'anesthésie quand il joue les gentils. Je ne sais plus comment réagir. Exactement comme avec sa demi-sœur. Sauf que, dans le cas de Lily Noctis, j'arrive à identifier le problème : je suis obsédé par les femmes au-dessus de mes moyens, et c'est normal que je me retrouve à découvert. Lui, en revanche, je ne sais vraiment pas où il va puiser le trouble qu'il m'inspire.

Je me dérobe à son regard attentif, qui semble percevoir en direct et savourer tous les cas de conscience que je me pose. Les yeux plissés, il insiste en me tendant le pot en terre cuite :

— L'amour tout-puissant d'un père pour son enfant perdu… Non ?

Pourquoi me fixe-t-il comme ça, en appuyant sur chaque syllabe ?

— Je ne sais pas.

— Montre-toi le digne héritier de cet amour. En plantant ce gland au pied du Chêne de guerre, réactive la charge émotionnelle de Vigor lorsqu'il a voulu réparer son crime contre les arbres.

Une fois encore, j'essaie d'attirer l'attention de Pictone pour qu'il me dise ce que je dois penser de ce discours, mais rien. Volontairement ou non, il me laisse me débrouiller seul. Faire le tri des intuitions et des *a priori*, me forger une opinion, arrêter mon choix et prendre mes responsabilités. Moi qui me plaignais de traîner son fantôme comme une casserole, voilà que je me retrouve bien plus alourdi qu'allégé par son absence. Même si c'est pour mon bien, pour m'aider à voler de mes propres ailes. Être émancipé par un mort, je ne pensais pas que ça serait si dur à vivre.

J'attrape le pot en terre cuite. À quoi bon reculer, et pour aller où ? Je soupire, admirable et résigné :

— On est partis.

Olivier Nox entérine ma décision d'un haussement de

sourcils, avale son sourire et allonge le bras pour grattouiller mes cheveux. Le contact me glace de la tête aux pieds.

— Je pense qu'auparavant, une bonne nuit de sommeil ne sera pas de trop, murmure-t-il en contemplant mes équipiers hors service.

Il plonge sa main dans la poche de sa veste noire à liseré vert, me tend une carte à puce portant les couleurs et la devise des États-Uniques : rouge, noir, Passe et Manque.

— Je ne loge pas au ministère : les appartements privés de l'aile droite sont à votre disposition. Pour ceux qui aiment la déco d'inspiration sportive, mon prédécesseur avait fait des merveilles.

J'ai dissimulé de mon mieux la décharge d'adrénaline que j'ai reçue en refermant les doigts sur la carte magnétique. Si Pictone est devenu inopérant, peut-être que je pourrai rapatrier sur Terre, dans ses appartements privés qu'il aimait tant, l'esprit de Boris Vigor. Si ça se trouve, c'est lui seul qui a les moyens de m'aider. J'ai l'impression que Pictone a fait son temps : il n'est plus en phase avec moi, il ne correspond plus à mon évolution ni aux événements qui m'attendent. À chaque étape de la vie, il faut sans doute changer d'ange gardien.

— Mais si jamais tu te ravises, enchaîne Olivier Nox en me regardant empocher sa carte d'accès, un chauffeur est à ta disposition pour te conduire où tu veux, chez tes parents ou...

— Chez moi ! beugle soudain la voix de Pictone entre mes oreilles. Chez ma veuve ! Tout de suite !

Non mais ça va, là. Il fait le mort quand je l'appelle au secours, et il revient dès qu'il a besoin d'un moyen de transport. Nos rapports vont rapidement se dégrader, s'il continue comme ça. Par une série d'images mentales violentes, je lui rappelle qu'il n'est qu'une peluche déterrée que je peux très bien aller réinhumer dans le premier terrain vague venu.

— Quand vous serez prêts à partir, demain matin, reprend Nox, tu commanderas l'hélicoptère au numéro que tu trouveras sur ton portable. Vous aurez l'escorte et le matériel nécessaires…

— 114, avenue du Président-Narkos-III, vite ! s'impatiente Pictone en gueulant de toutes ses forces dans ma boîte crânienne. Il faut que je parle à Edna !

Je fais celui qui n'entend pas. Sa femme est veuve depuis cinq jours : on n'est plus à une heure près. Imperturbable, je demande à Olivier Nox une faveur sur un ton d'ultimatum. S'il veut que je supervise son opération Gland, je veux d'abord qu'on libère et qu'on guérisse Jennifer Gramitz.

Sans réclamer de précisions supplémentaires, le ministre de l'Énergie transmet un code au technicien qui saisit les chiffres. Sur l'un des écrans apparaît un logo d'hôpital militaire, puis une mosaïque d'images d'où s'extrait la photo de Jennifer.

Je dois faire un effort pour ne pas détourner la tête. Sanglée sur un lit-cage, le crâne cerclé d'électrodes, elle a les yeux fermés, la peau semée de bourgeons à demi éclos. Un début d'écorce est en train de se former au coin de ses lèvres, et son front est couvert d'un duvet semblable à un semis de gazon.

— Ton père nous a recommandé son cas, murmure Nox. Je l'ai soustraite à la justice pour la confier à la médecine. Mais il n'y a rien à faire, hélas, à part la tondre ou la tailler. Elle est presque entièrement végétalisée, Thomas.

Je déglutis, pour essayer de retenir mes larmes devant cette vision de ma pauvre copine. Elle aura si peu profité de la beauté que je lui ai rendue. À peine trente-six heures. Et je ne l'ai même pas laissée me draguer.

— Je suis désolé, mon grand, reprend Nox d'une voix de condoléances. Le virus de la grippe V a muté d'une façon aberrante chez les jeunes de ton âge. Sans doute à cause de la puberté, cette révolution intérieure qui a amplifié le phénomène jusqu'à l'inconcevable : la modification génétique spontanée des cellules. Le vaccin par Antipoll s'est révélé totalement inefficace. Les médecins seront poursuivis.

— Et pourquoi je n'ai rien attrapé, moi ?

Il me fixe droit dans les yeux. Avant qu'il ouvre la bouche, je sais qu'il va proférer un mensonge, et je prépare déjà une réaction de crédulité.

— Il faut croire que ta puberté n'est pas encore commencée, Thomas. Ou que tu es immunisé naturellement. Ou que les arbres te protègent, parce que tu as su déchiffrer leur message, avant que ce message devienne toxique… Et ils ont besoin de toi pour déchiffrer la suite. C'est la théorie de ton père et, ma foi, pourquoi pas ? Le résultat est là : tu fais partie des 20 % d'ados qui résistent à la pandémie.

Je me contente de hocher la tête avec un air modeste. L'explication à laquelle je crois est moins flatteuse et bien plus inquiétante : c'est le vaccin qui a transmis le virus. Si je résiste à la pandémie, c'est que je ne suis pas vacciné. Mais je préfère garder cette hypothèse pour moi, parce que si ce n'est pas une erreur médicale, c'est une tentative de génocide sur ma tranche d'âge, un véritable adocide, et un membre du gouvernement ne peut pas l'ignorer.

Une idée affreuse me vient d'un coup en fixant ses yeux couleur de golfe. Et s'ils étaient dès l'origine, sa demi-sœur et lui, les deux collabos en chef du monde végétal ? S'ils étaient envoûtés par les arbres pour déshumaniser l'espèce humaine ? C'est bien avant la destruction du Bouclier que le processus a débuté, en fait. On commence par nous contrôler avec les puces cérébrales, nous abrutir par le jeu obligatoire, le formatage idéologique, la peur omniprésente, la répression généralisée, l'interdiction de tout ce qui fait plaisir en dehors du bio et du bien-être, et on finit par nous transformer en légumes verts qui s'entre-tuent.

— Arrête avec ce genre de pensées ! ordonne Pictone dans mon cerveau. Je ne suis peut-être pas le seul à les entendre. Allez, chez moi, vite ! J'ai une urgence absolue !

Son ton finit par m'alarmer. Je me tourne vers le ministre et je lui commande une voiture. Avec une légère inclinaison du buste, un quart de sourire aux lèvres, sans même me demander la destination ni le bénéficiaire, il retrousse sa manche sur sa grosse montre multifonction, et il effleure une touche.

## 19

Une émotion décalée me ramène en arrière, tandis qu'on descend le perron du ministère. La limousine qui ouvre ses portières à notre approche, c'est la voiture personnelle du ministre de l'Énergie. L'Olive Pression II avec salon-bar et salle de sport. Celle-là même où, lundi, on a rencontré Boris Vigor, après le match de man-ball qu'il venait de perdre. Celle où mon ours lui a délivré le message posthume de sa fille Iris.

Le chauffeur demande où il doit conduire Mademoiselle et Monsieur, comme s'il ne nous connaissait pas. Il a changé de ministre, alors il a remis le compteur à zéro.

— 114, avenue du Président-Narkos-III, à Ludiland, merci.

La nuit tombe sur le couvre-feu. L'avantage des guerres, c'est qu'on roule mieux. Tout est lugubrement calme. Les arbres condamnés sur dénonciation nous regardent passer, marqués de leur étoile rouge. À une branche de tilleul est pendu un Toug en costume-cravate. Son attaché-case lui a servi de tabouret pour se passer la corde autour du cou. Peut-être un amoureux de la nature, un objecteur de conscience. Un écolo qui ne voulait plus voir ça.

Il y a beaucoup moins de soldats dans les rues. Évidemment, si on a arrêté tous les ados pour cause de grippe, ça sécurise. Le seul véhicule qu'on croise dans le quartier des affaires, c'est la camionnette bleue du Dépuçage, qui va décrocher le pendu et récupérer sa puce. Même si ça ne sert à rien. Même si son âme a déjà quitté le pays, et ne produira pas d'énergie au service de la communauté. L'administration est lente à réagir : on ne va pas changer ses habitudes comme ça, du jour au lendemain, ni mettre au chômage technique tous les récupérateurs de puces. La vie continue.

Brenda dort à mes côtés, sur la banquette en cuir blanc. L'ours a toujours l'air vacant et Pictone se tait, concentré sur je ne sais quoi. J'ai renoncé à trier mes pensées. Mais je n'arrive pas à me détendre, à relâcher la pression pour récupérer. Comme si l'épuisement nerveux de Brenda et les interruptions de conscience de Pictone renforçaient mon énergie malgré moi. Tout l'espoir du genre humain repose sur mes épaules sans le savoir, et tout l'espoir du monde végétal aussi, peut-être. Sans parler des jeunes de mon âge dont je suis l'un des derniers spécimens en liberté, l'un des derniers qui ne soient pas devenus hybrides. Je suis de plus en plus certain qu'ils n'ont pas muté par accident. Tout ça sent le complot, l'expérimentation médicale, le tri sélectif. Mais c'est impossible à prouver.

J'ai beau m'accrocher de toutes mes forces à l'espoir que je représente, le doute gagne du terrain dans la solitude où me laissent mes deux compagnons. Avec, pour seule arme de combat, un gland dans un pot en terre cuite. À part ça, tout va bien.

La limousine traverse le quartier chic de Ludiland, la longue avenue bordant la plage du casino où l'élite du pays, par principe de précaution, a fait bâcher les arbres résidentiels, les haies, les massifs… Fantômes de végétaux qui attendent sous leurs linceuls que les riverains crèvent de peur.

La maison de Pictone est tout illuminée, avec une dizaine de voitures dans l'allée, dont un corbillard à l'ancienne. Des silhouettes en deuil passent derrière les baies vitrées avec des verres, des petits-fours, des mouchoirs. L'ours s'est dressé sur la banquette et regarde sa famille, ses invités. Alors c'était ça, l'« urgence absolue » dont il nous rebattait les oreilles ? Sa veillée funèbre.

— Attendez-nous, dis-je au chauffeur.

J'attrape la peluche par une patte arrière, et je sors violemment.

— Il se passe quoi ? bredouille Brenda, réveillée en sursaut.

Elle regarde autour d'elle. Je suis trop énervé pour répondre. Vraiment, on n'a plus les mêmes valeurs, les morts et nous. Je m'épuise à tenter de sauver mon pays d'une guerre suicidaire, et feu le professeur Pictone ne songe qu'à écouter le bien qu'on dira de lui autour de son cadavre.

— Tu as vu ce corbillard minable ? C'est n'importe quoi ! Et mes funérailles nationales ?

Je ne réagis même pas. La Nation a peut-être d'autres priorités que rendre hommage au responsable officiel de la pandémie.

Je sonne.

— Pourquoi il nous ramène chez lui ? s'intéresse tout à coup Brenda. Il veut nous remettre des documents, des dossiers secret défense sur les arbres ?

— Ne rêve pas. Il vient se recueillir sur lui.

— Bon, fait-elle en s'adossant au pilier de l'auvent pour continuer sa nuit.

Au troisième coup de sonnette, un type à lunettes ouvre la porte, trente ans, méfiant, tête d'héritier. Il me jette à peine un regard, hausse un sourcil en dévisageant Brenda qui lui bâille au nez.

— Vous désirez ?

Je me retiens de lui dire que je rapporte l'âme de son défunt dans le plantigrade ci-joint.

— On vient voir Mme Pictone.

Sa bouche en cul-de-poule laisse tomber d'un ton à la fois dissuasif et prudent :

— Vous êtes ?

Brenda et moi échangeons un regard perplexe. Pour aller plus vite, je désigne la limousine au bout de l'allée. Il se tord le cou, aperçoit le fanion du ministère. Aussitôt il radoucit son visage tout en crispant son corps, dans le genre garde-à-vous servile de celui qui n'a rien à se reprocher. C'est pratique, les voitures officielles.

— Je suis le médecin du gouvernement, précise Brenda, dans un effort méritoire pour avoir l'air en forme. Je suivais le professeur pour raisons d'État. Condoléances.

— Merci, docteur. Louis L. Pictone, très honoré. Mais entrez donc. Mon grand-père est une grande perte.

— Faux-cul, ponctue l'intéressé dans mon crâne. Et

abruti, en plus. Il ressemble à sa façon de parler : radin, pressé, approximatif. Tout ce que j'aime.

On entre dans le grand salon envahi par une marmaille qui braille en s'arrachant des jouets. Un petit en short de deuil a découpé des ronds dans son masque antipollen pour se faire un loup de braqueur, et mitraille les autres avec une statuette en porcelaine, dont le socle fait office de canon.

— Le Ming ! s'affole l'héritier en désarmant vivement son rejeton. Et qu'est-ce que tu as fait à ton masque, Victor, tu es fou ? Victoria, change-le-lui, vite, il a troué ses filtres !

L'arrière-petit-fils ouvre la bouche pour hurler, stoppe net son caprice en découvrant la peluche dans ma main.

— Nounours ! glapit-il en me l'arrachant.

— Comme c'est gentil, me remercie son père. Ça va le calmer. Venez, ma grand-mère est en haut.

Je donne un coup d'œil hésitant à l'ours, que son descendant a transformé aussitôt en avion mitrailleur. Je le laisse en famille, et je rejoins dans l'escalier Brenda qui se fait cuisiner sur la grippe V :

— C'est vrai que Nordville est encore épargnée par la pandémie, docteur, comme le dit la télé ? Vous n'obligez pas votre grand garçon à porter un masque ?

— Les masques ne servent à rien, coupe-t-elle sèchement. La télé vous dira ce qu'il faut faire dans les heures à venir. Laissez-moi avec votre grand-mère : secret défense.

Il reste figé entre deux marches. Je le contourne et rejoins à contrecœur Brenda qui marche vers la chambre de Léo. J'ai beau être un peu remonté contre lui, j'appréhende de me retrouver devant sa dépouille.

Je n'ai pas revu le corps depuis que j'ai tenté de le faire disparaître en mer, et ce n'est pas ça qui va me remettre le moral à flot.

— Madame Pictone? murmure Brenda.

— Dr Logan! s'exclame la grande vieille aux cheveux bleus en jaillissant de son fauteuil. J'étais si inquiète! Où est mon mari?

Edna Pictone prend aussitôt conscience du caractère incongru de sa question. Vivement, elle se tourne vers la brochette de femmes qui veillent le corps avec elle, serrées sur une banquette dans l'ordre chronologique.

— Vous pouvez disposer! ordonne-t-elle. Et n'allez pas dire à vos hommes que je perds la boule: je m'interroge sur le devenir de l'âme de mon époux, c'est tout, j'ai le droit, non? Allez hop, retournez au buffet: je veux être seule avec notre médecin.

La brochette de robes noires se retire avec des acquiescements compréhensifs, qui s'achèvent en haussements de sourcils navrés pour prendre à témoin le corps médical.

— Beau rétablissement, se félicite Edna Pictone en me serrant la main. Ces rapaces ont décidé de me placer en maison de gâteux pour s'installer dans la villa: ce n'est pas le moment de leur donner du grain à moudre. Ça va, Jimmy?

Vu le contexte, j'évite de lui rappeler que je m'appelle Thomas. Ça va, oui. Ça va mieux. À présent je comprends l'urgence dont parlait le défunt. Ce n'est pas la vanité qui l'a ramené ici, c'est l'amour. En tout cas, le besoin de protéger sa veuve contre ses orphelins.

Je me tourne vers le cadavre, étendu dans son costume d'académicien sur l'un des lits jumeaux. Restylé par des spécialistes après son séjour dans la mer, le professeur Pictone repose entre les cierges d'un air repu, les mains croisées sur le nombril, comme s'il faisait la sieste en fin de repas. Ça me décale vraiment de le revoir sous cette forme. C'est presque un étranger, pour moi, dans sa version humaine. En se croisant sur la plage du casino, dimanche après-midi, on s'est dit quoi, deux phrases? «Ne joue pas au cerf-volant par un temps pareil, enfin, tu vas le déchirer!» et «Monsieur, ça va?», quand il s'est pris l'armature sur le crâne.

Je repense à toute la stratégie que j'ai déployée pour maquiller mon crime involontaire en suicide. Les galets dans ses poches, les ficelles tranchées de mon cerf-volant reliant ses chevilles à un bateau de pêche en partance… Grâce à quoi, pendant quatre jours, on a cherché en vain son corps pour le dépucer, pendant que son esprit apprenait à faire marcher mon ours.

— Où est Léonard? répète sa veuve, angoissée. Vous l'avez amené, au moins?

Je réponds qu'il est au salon. Elle se précipite vers le couloir.

— Madame, dit Brenda en la stoppant dans son élan. Je suis désolée de vous demander ça, mais je n'en peux plus. Je n'ai pas dormi depuis deux jours, mon appartement est sous scellés, et je viens de…

— Pas de problème, tranche Edna, vous êtes chez vous.

Et elle trottine avec sa canne vers l'escalier, pressée de retrouver la peluche qui lui a parlé d'amour, avant-hier, comme son époux ne l'avait jamais fait de son vivant.

Le temps de voir Brenda s'allonger sans manières sur le

lit jumeau libre, à un mètre du cadavre, je fonce rejoindre la vieille dame qui vient de pousser un hurlement :

— Léonard !

Vacillant sur sa canne, elle dévale l'escalier aussi vite qu'elle peut, en direction de l'arrière-petit-fils qui est en train de faire du découpage dans l'ours en peluche. Je la double, me rue sur le môme à qui j'arrache les ciseaux, déclenchant les protestations de ses parents : pour une fois qu'il se tenait tranquille…

— Dehors ! hurle Edna Pictone en se cramponnant à la rampe en fer forgé. Partez, tous ! Léonard vous déteste, on ne veut plus vous voir ! Allez toucher son héritage, si vous avez les moyens : il ne laisse que des dettes. Et ne perdez pas votre temps à essayer de me mettre sous tutelle ou à l'hospice : je suis chez moi ! Il a vendu la villa en viager, vous m'entendez ? Un viager sur deux têtes ! Vous reviendrez à ma mort. Allez, ouste !

Les femmes et les enfants battent en retraite. Le petit-fils, avec une dignité meurtrie, suggère qu'en temps de guerre, on pourrait passer l'éponge. Il baisse la tête pour éviter la canne qui fracasse la statuette sur la cheminée.

— Le Ming ! hurle-t-il, épouvanté.

— C'est un faux, le rassure-t-elle.

La porte claque et le silence revient. La vieille dame descend les dernières marches, boite jusqu'à la peluche éventrée. Elle éclate en sanglots, la serre contre son cœur.

— Mon Léonard… Enfin tu es là !

Les mots se figent sur ses lèvres. Elle vient de découvrir les deux Tougs en gris foncé qui essaient de se faire oublier près du buffet, une assiette de mignardises à la main.

— Vous êtes qui, vous ? attaque-t-elle en cachant machinalement la peluche dans son dos.

— La mise en bière, madame, répond l'un des croque-morts d'une voix pudique, la bouche pleine. Il ne faudrait pas trop tarder non plus, avec le couvre-feu.

— Revenez demain.

— Mais, proteste l'autre, on a un créneau à respecter pour l'incinération… Avec la grippe, il n'y a plus de passe-droit.

— Je m'en fiche ! tonne la veuve. Je le garde ! Il est garanti trois jours, pièces et main-d'œuvre, m'ont dit les maquilleurs.

— Les thanatopracteurs, corrige le croque-mort en chef avec un genre de respect vexé.

— Je le garde cette nuit, j'ai dit ! Rompez !

Les pompes funèbres reposent leurs assiettes et s'en vont, avec un regard de regret pour le buffet plantureux à peine entamé. Dès que la porte s'est refermée, Edna ramène la peluche devant son visage.

— Vas-y, Léonard, tu peux me parler : on est entre nous. Ça va ? Ne t'inquiète pas, je vais te recoudre. Comme tu m'as manqué…

Par discrétion, je vais m'asseoir à l'autre bout du salon, devant la télé. Je remets le son. National Info diffuse un reportage sur le procès des végétalistes. Mais ça n'a rien de semblable avec ce que j'ai vu au Palais de justice. Ils montrent juste les ados mutants jugés dans une cage en verre comme celle de Brenda, puis transférés en douceur vers l'hôpital, avec le témoignage du médecin colonel qui a bon espoir de les réhumaniser très vite en chambres stériles.

Pas un mot, pas une image sur leur tentative d'évasion, ni la riposte des militaires à coups d'herbicide, ni la manière incroyable dont ils ont réussi à libérer Brenda. On les fait passer pour des légumes sanguinaires, des meurtriers en puissance, des monstres irresponsables, mais moi j'ai vu leur humanité quand ils ont voulu sauver Brenda, j'ai bien senti qu'ils étaient toujours comme nous... Ou alors, c'était juste une illusion de sensibilité ? Comme dans l'expérience que m'a racontée mon père – ces plantes qui réagissent quand on ébouillante des crevettes vivantes à proximité, mais uniquement parce que ça les dérange à la manière d'une musique trop forte.

Sur le plateau des infos, le ministre de la Sécurité assure, avec la douceur convaincante des sadiques rassasiés, que la répression contre les adolescents n'est plus d'actualité : ce n'est pas ainsi qu'on pourra comprendre ni empêcher leur hybridation végétale.

— Les autopsies nous ont fourni suffisamment d'informations, conclut Jack Hermak en dépliant son sourire à cran d'arrêt. Place aux guérisons !

La caméra cadre en plan moyen le ministre des Espaces verts qui fulmine, sous-éclairé. Il bondit en voyant que c'est à lui.

— Quoi qu'il en soit, crache-t-il face public, les parents, les éducateurs et les thérapeutes doivent conduire immédiatement, dans l'intérêt de chacun et sous peine de prison, tous les mineurs au-dessus de dix ans, végétalisés ou non, à l'hôpital le plus proche de chez eux !

— Sans quoi, sourit son homologue de la Sécurité, il sera trop tard pour les sauver, les protéger contre eux-mêmes et préserver la vie des plus jeunes comme des plus âgés...

Je coupe le son, écœuré par ce cirque. Pourquoi passent-ils leur temps à jouer avec les nerfs des gens, à les rassurer puis à les affoler de nouveau par des mauvaises nouvelles aussi fausses, peut-être, que le sont les bonnes ? À nouveau, l'hypothèse que cette guerre des arbres est une manipulation humaine revient me prendre la tête. Mais ce n'est pas ici que j'aurai la réponse.

— Mange ! me dit Mme Pictone. On ne va pas laisser perdre.

Elle me dépose dans les mains une assiette débordant de petits-fours et canapés de toutes les couleurs.

— Toujours la guerre ? enchaîne-t-elle en éteignant la télé.

Je découvre soudain que je suis affamé. Je la remercie et je me mets à dévorer dans le désordre, du sucré au salé en passant par l'aigre-doux. Je trouve ça absolument délicieux. Le meilleur repas de ma vie.

— Pourquoi il ne me parle pas ?

Elle s'est assise dans le fauteuil à côté du mien, son mari déchiré sur le genou droit et sa trousse à couture sur le gauche. J'avale ma bouchée et je réponds :

— À moi non plus.

Ça ne la console pas, au contraire. Quand je pense à sa réaction, la première fois où je lui ai ramené son défunt sous forme de nounours ; la manière dont elle m'a claqué la porte au nez... Et puis la deuxième visite, avec Brenda, lorsqu'elle s'est mise à percevoir sa voix, parce qu'il lui apportait son cadeau d'anniversaire de mariage à titre posthume. Et je n'oublie pas le culot héroïque qu'elle a montré en identifiant à la morgue, devant la police, le corps d'un inconnu pour qu'il soit dépucé à sa place, et que l'âme de Léo puisse demeurer libre de nous aider jusqu'à la destruction du Bouclier.

Il y a chez elle autant de violence dans les situations de refus que dans le bonheur possessif, le sacrifice ou l'état de manque. Il n'a pas dû rigoler tous les jours, de son vivant.

— Réponds-moi, allez! ordonne-t-elle en lui enfonçant l'aiguille dans le ventre. Je te mets du fil bleu, c'est toujours ta couleur préférée, j'espère. Hein? Dis-moi quelque chose, allez... Au moins «oui». Ou «bonjour»... Qu'est-ce qu'il y a? Tu m'en veux d'avoir invité la famille? Tu fais la gueule, c'est ça? Tu es bien toujours le même.

Elle le reprise de plus en plus brutalement, casse le fil et laisse aller sa tête contre le dossier, fatiguée.

— Ne joue pas avec moi, Léonard, gémit-elle trois tons plus bas. Ils vont revenir te mettre en bière demain matin, et je n'aurai plus que cet ours... Restes-y, mon chéri, je t'en supplie... C'était si bon d'entendre ta voix sortir de ces lèvres en peluche..., de te voir bouger les pattes, de chercher ton regard dans des billes en plastique... Ne me laisse pas, Léonard. Ne pars pas avec ce corps qu'on va brûler... Je ne le supporterais pas. Je ne veux pas rester seule.

Elle plisse le front, se met à pleurer en silence. Devant son air désespéré, j'improvise:

— Quand on est mort, madame Pictone, il faut faire son deuil. Au début, on a le droit de s'attarder un peu, de rester avec ceux qu'on aime, mais après ça devient carrément dangereux. Il faut couper le cordon.

Elle s'est tournée vers moi, m'écoute en fronçant les sourcils.

— Dangereux ?

Je me lance, comme si son mari parlait à travers moi, et pourtant je n'entends rien. Rien que des mots qui me viennent du fond du cœur, comme si je les remontais d'une cave où je ne vais jamais :

— Il a trop de regrets, quand il est sur vos genoux... Quand il revoit sa maison, ses affaires, son cadavre, son bureau, vos bons petits plats... Et même ce qu'il n'aimait pas. S'énerver contre vos enfants, ça l'empêche d'évoluer dans le ciel, aussi... Il voulait absolument venir ici pour voir si on n'allait pas vous jeter à la rue. Mais vous êtes drôlement costaud, il est rassuré : vous n'avez pas besoin de lui pour vous défendre.

Elle tire un bout de mousse de la peluche éventrée, le caresse avec une infinie tristesse.

— Tu penses que, pour le salut de son âme, je dois lui lâcher les basques... C'est ça ?

— Un peu.

J'espère surtout récupérer pour moi tout seul le soutien et le savoir de son ex, mais en même temps je n'y crois plus vraiment. Et je sens que je n'en ai plus besoin. Pictone a fini sa mission : on doit lui lâcher les basques, comme elle dit, même si je ne vois pas trop ce que c'est. Il me faut d'autres protections, à présent. J'ajoute :

— Pensez aux beaux souvenirs que vous avez eus avec lui ; c'est comme ça que vous le retrouverez le mieux.

— Il n'y en a pas eu tellement, tu sais, des beaux souvenirs..., soupire-t-elle. Il faut être confronté à la mort pour comprendre à quel point on s'est gâché la vie pour rien. Sois heureux, toi, bonhomme ! ordonne-t-elle en retrouvant son ton normal.

Elle serre mon coude entre ses vieux doigts, ajoute avec un soupir en fixant le plafond :

— Et n'oublie pas d'être égoïste. Ne te sacrifie jamais à tes enfants, sinon tu le leur reprocheras toujours. Ne fais jamais passer la carrière de ton mari avant la tienne, les relations d'affaires avant l'intimité, le « comme-il-faut » avant le plaisir… Ne finis pas comme moi.

J'espère que j'ai encore un peu de marge. Mais je comprends ce qu'elle veut dire. Message reçu. Depuis combien de jours n'ai-je pas pensé à moi, à ce que je veux, à ce qui me fait du bien ? À force de faire passer le genre humain avant soi, on se perd de vue, elle a raison.

Je la regarde lisser du bout des doigts les balafres du vieux jouet mité, pelé, moisi par endroits.

— Tu me le laisses quand même ? demande-t-elle avec une timidité nouvelle. Mais je te promets : juste comme un doudou…

— On peut se partager la garde, dis-je sur un ton de conciliation, pour ne pas avoir l'air trop ému.

— Je t'aime.

Tout mon corps s'est crispé. La voix de Pictone a résonné comme un souffle. Un souffle chaud, léger, un écho prolongé dans ma boîte crânienne et mon cœur. Je ne sais pas si c'est pour moi ou pour Edna mais, dans le doute, je lui fais la passe :

— Je crois qu'il vient de dire qu'il vous aime.

— Merci, ajoute le souffle qui se répand dans tout mon corps à la manière d'une onde de joie.

La vieille m'attrape brusquement par la nuque et me plaque une bise brutale sur le front.

— Tu mens très mal, mais je te crois. Allez, hop, rentre chez toi. Ou dors ici, comme tu veux.

Un instant d'intense hésitation me fait flotter entre trois images. Brenda couchée là-haut dans le lit jumeau de la chambre mortuaire. Jennifer envahie de mauvaises herbes comme une tombe vivante à l'abandon. Et mes parents qui dînent tout seuls en face de ma chaise vide, croyant que je suis en culture de cellules à l'hôpital, isolé du monde pour le bien de l'humanité. Avec entre eux le secret pourri dont ma mère a déjà certainement capté la présence, si elle a quitté des yeux un instant sa télé. Cette autre femme qu'aime son mari, et qui est en train de détruire sa famille à coups d'avantages matériels et de lendemains qui chantent.

Où est ma place? Où est mon devoir? Où est mon urgence? Et comment trouver le chemin de ce bonheur égoïste dont la vieille dame vient de me passer commande?

— Je ne veux pas t'influencer, reprend Pictone dans ma tête, d'une voix de plus en plus lointaine. Mais si tu as besoin de moi ce soir, dépêche-toi, Thomas… Je ne pourrai plus revenir, ensuite.

Sa veuve se lève et retourne vers le buffet. Elle n'a pas pris sa canne. On dirait qu'elle marche mieux, depuis qu'elle s'est confiée. Je la regarde couper une grosse tranche de foie gras, disposer tout autour des éclairs au yaourt, des oiseaux farcis, de la dinde en gelée, des fruits confits, des cornichons et d'autres choses exotiques que je n'ai jamais vues.

— Je monte une assiette à la jeune femme, dit-elle.
Ce n'est pas que je me méfie, mais Léonard était tout de
même assez cavaleur. Remarque, je le comprends : entre
mon aiguille à repriser et le sommeil d'une jolie blonde,
il n'y a pas photo… En tout cas, ça me rajeunit d'être
jalouse.

Elle se retourne vers moi avec un sourire décalé dans
son visage aux rides noires et bleues, démaquillé par les
larmes.

— Alors, jeune homme, pour cette nuit… Qu'est-ce
que tu décides ?

# SAMEDI

La troisième tentation

## 20

*Ministère de l'Énergie, minuit*

Dans la salle de contrôle, une vingtaine d'écrans clignotent avec un signal d'alarme en sourdine. Sur chacun, l'image d'une des centrales de conversion d'énergie réparties sur le territoire. Les techniciens s'activent sur leurs consoles, silencieux, précis, tendus. L'un des écrans redevient normal. Le sourire fier du responsable disparaît trois secondes plus tard, quand la centrale se remet en alerte.

— Ça ne vient pas des convertisseurs, madame. C'est un problème à la source.

— Je sais.

Lily Noctis, les jambes croisées dans le fauteuil de son frère, fixe sa montre dont le cadran lui diffuse ses propres images.

— Terminal d'Impairville en surtension, annonce une voix de synthèse. Risque 3, arrêt conseillé de la centrale dans quinze minutes.

— Dois-je valider, madame la ministre ?

— Attendez un instant. Affichez-moi l'unité de production correspondante.

Un écran vierge s'allume sur une mosaïque d'images.

— Tu reconnais ? murmure Lily Noctis en levant les yeux vers mon point de vision. Pardon de troubler ton sommeil, mais tu es quand même concerné.

Elle retire une épingle de son chignon noir, et pianote sur le clavier miniature enchâssé dans le bracelet-montre. L'image de Jennifer sanglée sur son lit d'hôpital s'extrait de la mosaïque. Des lettres et des chiffres scintillent au coin de l'écran. L'épingle effleure une dizaine de touches, avec des tonalités harmonieuses. Jennifer bouge la tête, ouvre un œil.

— C'est ce que tu rêves de faire, Thomas, n'est-ce pas ? Fais-le, tu en as les moyens. Mais pas en rêve.

Au bout de quelques secondes, elle se retourne vers les techniciens et laisse tomber dans un soupir :

— Validez l'arrêt de la centrale.

La porte coulisse dans un chuintement, livrant le passage au ministre de la Sécurité et au médecin colonel des vaccinations.

— Que se passe-t-il ? glapit Jack Hermak.

Il se radoucit aussitôt en découvrant Lily Noctis au fauteuil de commandement. Des pulsions contradictoires se reflètent sur son visage chafouin.

— Ah bon, c'est vous qui m'avez convoqué ? Votre frère n'est pas là ?

— Il n'est pas disponible, ce soir. Je le remplace.

— Je vois, sourit le nabot à moustache. Vous pratiquez le roulement, vous tenez vos ministères en alternance. Un jour vous êtes le Hasard et lui l'Énergie, et le lendemain c'est le contraire.

— Ça vous pose un problème? s'informe-t-elle en retirant son épingle à cheveux du cadran de sa montre. Vous êtes le numéro trois du gouvernement, nous sommes les numéros un et deux. Je pense que ça répond à votre question, si c'en était une. Faites-moi le point sur les végétalistes.

Jack Hermak baisse les yeux, pour vérifier la brillance de ses chaussures.

— Nous avons un problème, soupire-t-il.

— Je sais.

Il relève la tête en direction des écrans qui clignotent, s'arrête sur la mosaïque de l'hôpital de Jennifer. Il écarte les bras en signe d'impuissance.

— Je ne comprends pas, Lily.

— Moi si. L'organisme de vos adolescents se révolte. Leur dominante humaine entre en conflit avec leur part végétale.

— C'est le but! Sans conflit, sans chaos, il n'y a pas de production d'énergie!

— Oui, mais les transformateurs n'arrivent pas à la réguler. Dans trois centrales sur cinq, j'ai surtension, débrayage et rupture d'alimentation. Votre avis, colonel Flesch?

— Ce sont peut-être les méthodes de production…, risque le médecin colonel, qui avait réussi jusqu'à présent à se faire oublier.

— Mêlez-vous de vos affaires! réplique Jack Hermak. Je torture les gens depuis trente ans; je n'ai pas de leçons à recevoir d'un médecin! Mais je reconnais les limites de la matière première, enchaîne-t-il sur un ton radouci à l'intention de la ministre. Déjà, avec les prisonniers de droit commun, complètement normaux, vous avez vu la difficulté pour fiabiliser les récupérateurs de souffrance…

— C'est pourquoi je vous ai suggéré d'utiliser l'énergie hybride, coupe Lily Noctis. Vous m'avez assuré que techniquement, ce serait d'un rendement très supérieur.

— Je vais virer mon conseiller technique, répond le ministre. Mais moi, ce que je dis depuis le début, c'est que nous faisons du bricolage ! La seule solution rationnelle, c'est de revenir au système précédent. C'est de reconstituer le Bouclier d'antimatière ! Nous avons récupéré l'âme de Pictone : je sais comment le forcer à coopérer. Il suffit de me confier Thomas Drimm ! La menace de la torture suffira à lui…

— Vous savez combien de temps et d'énergie il faut pour fabriquer la quantité nécessaire d'antimatière et la satelliser ? l'interrompt-elle. Pictone a mis dix ans, et à l'époque ce n'était pas un ours en peluche. Alors ne rêvez plus, Hermak. Nous avons développé une source d'énergie chaotique : stabilisons-la.

— Et de quelle manière ?

— Tuons ces jeunes.

Bouche bée, les deux hommes regardent la ministre qui a laissé tomber les trois mots sur un ton anodin, en ajustant une de ses mèches derrière son oreille gauche.

— Mais, balbutie le médecin, c'est… c'est…

Il s'interrompt, dépassé par l'ampleur du qualificatif qu'il cherche.

— C'est ?

— Mal, dit-il pour faire simple.

— Et alors ? sourit-elle. Le Bien procède du Mal.

— C'est surtout économiquement nul, fait remarquer Jack Hermak. Si nous faisons mourir tous ces jeunes pour fournir de l'énergie aux plus vieux, qui financera les retraites ?

— Les mêmes. Sur le plan énergétique, nous avons 80 % d'adolescents hybrides qui servent de fournisseurs, et 20 % qui seront consommateurs. Économiquement, c'est d'une logique et d'un rendement inattaquables. D'autant plus que nous avons sélectionné les meilleurs sur le plan génétique, social et financier. Ça ne changera rien aux ponctions pour les retraites.

— Il est vrai en outre, intervient le médecin pour racheter sa gaffe de tout à l'heure, que lorsque la vacci-puce est implantée, on lui transmet les ordres qu'on veut. Il suffit de modifier l'onde. Pour l'instant, on a unifié le signal pour tous les vaccinés, mais on peut augmenter, réduire ou supprimer l'hybridation. C'est très souple.

— Pardon de jouer les rabat-joie, fait Jack Hermak, mais je vous rappelle une simple évidence : si vous poussez l'hybridation jusqu'à tuer les fournisseurs, maintenant qu'il n'y a plus de Bouclier d'antimatière, leur âme nous échappera.

— Parce que pour vous, dit Lily Noctis d'une voix neutre, les végétaux ont une âme ?

Les deux hommes la fixent en silence. Elle poursuit :

— Si nous végétalisons entièrement nos ados avant de provoquer, disons, leur mort cérébrale, leur énergie restera captive et plus facile à réguler, non ? C'est le facteur psy-chosomatique qui nous crée de la surtension.

— Vous voulez dire, réfléchit le médecin, prudent,

que leur âme partira, mais que les fonctions vitales seront maintenues au niveau de leur ADN végétal ?

— En tout cas c'est une expérience à tenter, il me semble.

Comme elle est numéro deux du gouvernement, ils s'inclinent devant sa suggestion par un acquiescement des paupières, qui ne laissera aucune trace en cas de ratage qu'elle essaierait de leur imputer.

— Démonstration, enchaîne-t-elle. Je vous donne un code au hasard. XX2B12K238.

La scène que j'observe en plongée se distord un instant, puis devient d'une netteté accrue. C'est le code de Jennifer.

— Vous pouvez mettre cette jeune fille en coma dépassé, là, tout de suite ? vérifie la ministre.

— Oui.

— Et vous pourriez la dévégétaliser ?

— Oui. Mais ce serait plus long.

— J'ai tout mon temps. Faites le test.

Elle lui indique un poste de travail. Le claviste se lève vivement pour lui laisser la place.

La langue entre les dents, les doigts raides, le médecin colonel saisit des lettres et des chiffres que je m'efforce de mémoriser.

— Voyez, il suffit de renvoyer aux cellules de chaque organe la fréquence qu'elles émettent en conditions normales de fonctionnement. Ça supprime, de fait, le codage végétal qui crée l'hybridation.

— Finalement non, décide-t-elle en se tournant vers mon point d'observation. Nous verrons ça demain, à tête reposée. Merci de vous être dérangés, messieurs, dormez bien.

Ils se regardent, décontenancés, et prennent congé avec une froideur respectueuse.

— On ferme ! annonce-t-elle à la cantonade. Passez en mode automatique pour les délestages et coupures de courant.

Le personnel de la salle de contrôle s'exécute et se retire en moins d'une minute.

— Bien, soupire Lily Noctis en se laissant aller en arrière dans son fauteuil. Tu passes une bonne nuit, dans les draps de mon demi-frère ? C'est dommage que tu sois si près, à trois étages d'ici, et que tu ne puisses rien faire… Pourtant, là, mon p'tit chat, je t'ai donné tous les éléments qui te permettraient de contrecarrer nos plans. Quelle tristesse que tu ne saches pas t'en servir.

Elle promène la pointe de son épingle autour de ses ongles avec un soupir déçu.

— Ce n'est pas une franche réussite, jusqu'à présent, la formation permanente que tu suis dans ton sommeil. Nous faisons tout ce que nous pouvons, mais tu patines dans ton évolution, mon chéri, avec tous tes petits tracas amoureux. Au lieu de travailler tes pouvoirs, tu cultives ta vulnérabilité. Le versant lumineux qui t'affaiblit, malgré tous nos efforts… Il faudra bien qu'un jour tu te décides à réveiller en toi la part du Diable, Thomas, si tu ne veux pas faire mourir tous ceux qui t'aiment. Eh oui, que veux-tu, ils nous font écran, nous voudrions bien t'avoir un peu à nous… Tiens, justement, j'ai une proposition à te soumettre.

D'un coup d'épingle à cheveux sur sa montre, elle fait

apparaître mon père sur un écran de la salle, et ma mère sur un autre. Ils sont attablés devant la guerre télévisée, sans manger, sans rien dire, l'une absorbée dans ses amertumes et l'autre effondré par le bonheur adultère qui est en train d'empoisonner sa vie.

— Pauvre Robert… Avoir résisté à tous les échecs, toutes les répressions, toutes les désillusions, tous les délabrements… Je suis la seule bonne surprise de son existence, et contre cela il est sans défense. Totalement incapable de gérer la situation dans laquelle je l'ai mis. Coupable envers sa femme, désavoué par son fils, et il ne faut pas compter sur moi pour apporter du réconfort… Uniquement du désir et des obsessions. Tu connais. Donc, avec une prévision sur trente jours et un indice de confiance de quatre sur cinq, voilà ce que vous trouverez un matin au petit déjeuner.

Quelques effleurements d'épingle remplacent l'image sur l'écran de gauche. Mon père est couché sur son canapé-lit, bouche ouverte, regard fixe, une plaquette de cachets au milieu de ses bouteilles de scotch vides.

L'horreur de la vision brouille à peine l'image.

— C'est bien, Thomas, tu résistes. Il y a quelques jours encore, tu te serais réveillé en sursaut. Tu aurais eu tort, d'ailleurs, parce que j'ai un moyen d'éviter son suicide. Un seul, mais d'une efficacité absolue.

Elle marque une légère pause, puis reprend :

— Faire mourir ta maman dans son sommeil. Ça supprimera la culpabilité de ton papa, et comme tu n'auras plus que lui, ça lui remettra du plomb dans la tête. Si je puis dire.

Elle revient sur l'écran de ma mère, qui dort à présent en travers de son lit.

— Je joue quatre notes sur la fréquence de sa puce, reprend Lily Noctis en caressant le clavier de sa montre, et vous êtes tranquilles. Elle ne souffrira même pas.

Les deux images alternent sur les écrans, avec une régularité de métronome.

— Je n'ai malheureusement pas d'autre option à te proposer, Thomas chéri. Laquelle choisis-tu ?

## 21

Je me réveille en sursaut. Il me faut plusieurs secondes pour me rappeler où je suis, comment j'ai atterri dans ce décor d'un luxe incroyable, au fond de ce lit géant de soie bleue que j'ai trempé de sueur. Il est minuit et demi sur le réveil digital.

Les souvenirs de la soirée me reviennent en vrac. Je les démêle en me levant, les raccorde, les remets en ordre. La veillée funèbre chez les Pictone, le buffet génial, le sommeil de Brenda dans la chambre du cadavre, mon retour en limousine au ministère, mon installation dans les appartements privés…

— Si Monsieur dort la fenêtre ouverte, m'a prévenu la femme de chambre d'un air épanoui, il a la commande des moustiquaires sur la table de chevet gauche, mais attention de ne pas coincer les feuilles.

J'ai regardé les saules immenses qui venaient caresser de leurs lianes le contour des fenêtres. Ils avaient des colliers antigrippe, avec détecteurs intégrés sous alarme pour abattage immédiat en cas de poussée virale, m'a-t-elle expliqué pour que je passe une bonne nuit.

— M. le ministre adore ses saules, a-t-elle ajouté en tapotant les oreillers avant de sortir.

Cette phrase banale m'avait causé un vrai malaise, réveillant les doutes et les soupçons sur Nox que je trimbalais depuis des heures. J'ai attendu quelques minutes, puis j'ai quitté les appartements privés, ma carte magnétique à la main. J'ai suivi le couloir décoré de portraits de la famille présidentielle, jusqu'à une double porte matelassée que j'ai essayé d'ouvrir, en vain. L'écran du lecteur affichait : « Non autorisé ». J'ai fait demi-tour, essayé la porte d'en face. Même réponse. Je n'avais accès qu'à l'ascenseur par lequel j'étais arrivé, manœuvré par un liftier armé.

Je suis revenu me coucher, et j'ai sombré quelques heures dans un sommeil gluant et vide. C'était trop nul d'être à deux pas de la salle de contrôle du ministère, avec le code d'accès à la vidéosurveillance de Jennifer, et de ne rien pouvoir tenter pour elle.

Une angoisse soudaine la chasse de ma tête. Mes parents. Pourquoi mes parents ? Pourquoi je pense à eux, d'un coup ? Ils me croient en observation à l'hôpital, au secret, sous la haute protection de la ministre du Hasard. Il n'y a pas de souci à se faire. Papa doit cuver son histoire d'amour et maman sa journée d'infos. Pourquoi suis-je si mal en les imaginant ? Je me sens anxieux, coupable, en colère.

J'attrape mon portable. Non, je ne vais pas les appeler. Si jamais ils sont aux mains de la police… On ne sait pas, tout est possible dans ma situation. Après tout, la justice recherche Brenda, elle habite en face, on nous a vus ensemble… Ou peut-être que mon père a des ennuis à cause de notre mission foireuse dans la Forêt interdite.

Je compose le numéro de mon chauffeur. Il répond à la première tonalité, le souffle court. Je lui demande si je le réveille. Il répond avec une autorité embrumée qu'il est là pour ça.

— Une course dans l'immédiat, monsieur?

— Oui, Patrick, merci.

— Parfait, monsieur Thomas. Dans cinq minutes à l'entrée de l'AM.

Je raccroche. AM, ça doit être Accès Ministre. Voilà que le personnel me parle en code, à présent : je fais déjà partie de la famille. En cas de révolution, je suis cuit.

Je parcours cent mètres de moquette pour aller me passer un gant d'eau de Cologne sur le visage. C'est terrible, le pouvoir, comme on y prend vite goût. Sauf que ça ne diminue en rien les angoisses, et que ça en crée de nouvelles.

Le dîner est encore sur la table. Ils n'ont touché à rien. Je vois leurs visages tendus dans la direction de la télé, animés par les sautes d'image, les changements de lumière.

Un coup de vent fait rouler une boîte de conserve sur la chaussée, derrière moi. J'ai arrêté la limousine au coin de l'avenue, j'ai marché dans la rue déserte et je les observe par un trou de la palissade. C'est la première fois que je me dis que je les aime *ensemble*. Peut-être parce que mon père m'a blessé et que ma mère me touche – ce qui ne s'était jamais produit, je crois.

À quoi pensent-ils? À la guerre qui les réunit devant l'écran, à mon absence, à la femme qui s'est introduite dans notre foyer ? J'essaie de deviner, sur leurs expressions variant avec l'éclairage des infos, si mon père a parlé ou non de sa liaison. Je ne le sens pas. Il a un mouvement vers sa femme, au moment de prendre son verre d'eau, un effleurement de son poignet qui la fait sursauter. Elle le regarde avec surprise, sans hostilité. Il détourne les yeux. Après quelques instants, il prend une grande inspiration. Pour se donner du courage ou de la lâcheté. Mais où est le courage, où est la lâcheté – dans le silence qui fait semblant ou dans l'aveu d'une vérité qui va tout casser ?

Je sors mon portable. À la première sonnerie, mon père se lève d'un bond, renversant le verre d'eau, décroche.

— Thomas ? Ça va ?

— Oui, oui, je peux pas parler fort, j'ai pas le droit de téléphoner.

Ma mère jaillit de sa chaise, lui arrache son portable.

— Mon chéri, j'étais si inquiète… Qu'est-ce qu'ils t'ont fait, tu n'as pas eu trop mal ?

— Non, non, ils m'ont juste pris du sang, ils l'analysent, et ils m'injectent des trucs pour voir comment je réagis. Ils disent qu'ils sont contents.

— Et tu manges bien, c'est bon, tu es bien traité ?

— Super-luxe. Et vous, ça va ?

— Oui, mon chéri, les nouvelles sont bonnes. Les arbres n'ont plus fait de morts, les incendies ont réussi à stopper la progression de la grippe, ils disent qu'on pourra ressortir et mener à nouveau une vie normale d'ici quelques jours. Et ils ont trouvé un traitement pour guérir les végétalistes – grâce à tes anticorps, peut-être.

Je vois que les mensonges continuent à haute dose. Je lui demande de me repasser mon père. Elle m'embrasse, me remercie d'avoir donné des nouvelles mais me dit de n'appeler personne d'autre si je n'ai pas le droit : il faut respecter le secret défense. Elle ajoute qu'elle m'aime et qu'elle est fière de moi. Je réponds moi aussi, déstabilisé par la tendresse inquiète et faussement joyeuse que je sens dans sa voix. Elle tend le portable à papa. Et elle s'effondre sur la nappe, la tête dans ses bras croisés.

— Ta mère a raison : fais attention à toi, mon grand.

— Toi aussi. Fais attention à vous.

Je laisse passer un silence. Je le vois qui s'est crispé, les épaules remontées, rencogné sur le téléphone pour que son oreille étouffe ma voix. Je ne sais pas pourquoi j'ai dit ça. Pourquoi c'est si important, tout à coup.

— Oui, oui, répond-il pour me relancer en toute discrétion. Je vois ce que tu veux dire. Rassure-toi, je m'en occupe.

Mes lèvres tremblent. Je fais un effort terrible en ajoutant :

— Pardon pour ma réaction, papa, dans la forêt... Je m'y attendais pas, c'est tout, ça m'a fait peur... Je suis content si tu es heureux. Et c'est sympa d'avoir un secret, tous les deux. Mais ne fais pas de mal à maman.

— D'accord, mon vieux. Oui, oui, bien sûr, absolument.

— Je ne lui dirai jamais rien, si tu continues à faire semblant de l'aimer.

— Je ne fais pas semblant, Thomas.

Sa voix est nouée, presque inaudible. Il lui a tourné le dos, il est allé coller son front à la fenêtre pour qu'elle ne le voie pas pleurer. C'est moi qui ai droit à ses larmes. Sous l'éclairage du lampadaire de façade, il a pris dix ans, et en même temps il est comme un petit garçon. C'est la première fois qu'il me ressemble. Qu'il ressemble à celui que j'étais avant.

— Rien ne va changer, promet-il avec une douceur ferme. Ça ne sera que du bonheur en plus, tu verras. Et c'était formidable, ce moment avec toi dans la forêt.

Pour éviter la contagion des larmes, je demande sans transition :

— Le Chêne de Repentance, ça te dit quelque chose ?

— Bien sûr ! Le plus vieil arbre du monde. Le rêve de ma vie, avec tout ce que j'ai lu sur lui… Mais il est en Christianie, hélas : on ne peut pas y aller. J'espère qu'il est toujours vivant.

— Pourquoi ?

Dans son dos, je vois ma mère qui lui fait signe de raccrocher. Elle montre l'heure à son poignet, puis joint les mains contre son oreille pour qu'il me laisse dormir.

— Ça serait un peu long de t'expliquer ça au téléphone, Thomas.

— Dis à maman que tu me racontes une histoire pour que je m'endorme, comme quand j'étais petit, parce que là, tout seul à l'hosto, j'ai quand même un peu les boules.

Il s'exécute, puis il passe dans la cuisine pour ne pas lui gâcher le son de la télé. Et là, debout contre ma palissade, j'entends un récit qui bouleverse tout. Ma vision des choses, mes hésitations, ma stratégie…

— Allô ? Tu es toujours là, Thomas ?

— Oui, oui. Tu parlais d'un rituel. C'est quoi ?

— Je n'ai pas la mémoire infuse, tu sais… Et les livres des chamanes ont tous été détruits. Mais ça commençait par… Attends… C'était une formule rythmique. Il faut que je demande à ta mère. Ça m'avait tellement marqué, à l'époque, que j'en rêvais toutes les nuits. Je chantais en dormant, ça la réveillait, et longtemps elle m'a fredonné la formule comme une espèce de... enfin, de clin d'œil dans l'intimité, entre nous. Je vais lui demander, ne quitte pas.

Je le vois revenir au salon, lui parler à l'oreille. Alors ma mère a une réaction qui me sidère. Elle se lève lentement, lui passe les bras autour du cou, et l'embrasse comme dans les films que je n'ai pas le droit de voir.

— Pardon, ç'a été un peu long, dit-il en reprenant la communication, cinq minutes plus tard. Elle ne s'est pas souvenue tout de suite.

Je souris de ce mensonge. C'est fou comme le bonheur peut se fabriquer à partir des ingrédients les plus glauques : la tromperie, la culpabilité, le gâchis, le désespoir... Le Bien procède vraiment du Mal. Je ne sais plus où j'ai entendu cette phrase, mais elle résonne avec une force qui m'envahit tout entier.

— Tu as de quoi noter ? demande mon père.

Je grave dans ma tête la formule qu'il me fredonne. Par sécurité, je lui demande de répéter et j'enregistre sur mon téléphone, avec une petite grimace. Il chante vraiment faux.

— C'est important, la musique ?

— Bien sûr. C'est aux vibrations mélodiques que les arbres sont sensibles, pas au sens des mots. Le sens est important pour celui qui les prononce, c'est tout. Pourquoi tu m'as demandé ça, au fait ?

— Pour rien, papa. Bonne nuit.

— Et... Thomas...

Il laisse passer trois secondes, puis me dit :

— Merci.

Avec une modulation chargée d'une intensité coquine qu'il croit être le seul à percevoir. Sur le même ton, je réponds :

— Pas de quoi.

Une franchise complice est passée dans nos voix, au-delà de nos cachotteries. Une connivence d'hommes qui le bouleverse autant que moi, j'ai l'impression. Il raccroche.

J'ai décidé ce que je devais faire. Reste à savoir comment m'y prendre.

L'illumination me vient en regardant la fenêtre de ma chambre, où la veilleuse est branchée comme si j'étais là.

## 22

Je me suis fait reconduire au ministère. À chaque poste de contrôle, les gardes m'ont salué une nouvelle fois, sans se lasser. Seul le vigile en faction devant l'ascenseur des appartements privés a marqué, au niveau du sourcil droit, une réaction de surprise en voyant une jambe en latex dépasser de mon sweat. Je lui ai dit bonne nuit d'un air naturel.

Une fois sorti de l'ascenseur, j'ai extirpé la figurine qui me faisait un faux ventre et je lui ai dit :

— Bienvenue chez vous, monsieur le ministre.

Boris Vigor n'a pas bronché.

Arrivé dans le grand salon blanc, j'ai déposé sur un immense canapé le jouet caoutchouté que m'avait offert ma mère pour mon cinquième anniversaire. Je me suis assis à ses pieds, et j'ai entrepris de le réanimer.

— Vous êtes là, Boris ? On est dans votre ancien ministère, j'ai devant moi votre figurine où vous vous êtes réincarné mardi, vous vous rappelez ? Ensuite ils vous ont dépucé, votre âme s'est retrouvée dans un convertisseur d'énergie et j'ai rangé mon Vigor dans un placard. Mais depuis qu'on a fait sauter le Bouclier d'antimatière, je suppose que vous avez retrouvé votre fille Iris dans l'au-delà et que tout va bien. Simplement, là, j'aimerais que vous reveniez un moment pour m'aider à sauver des milliers d'enfants comme elle. D'accord ?

Je reprends mon souffle, étudie la physionomie béate du grand rouquin débile en tenue de man-ball sous son costume ministériel. Rien ne bouge. Ce n'est pas gagné. Pourtant, j'ai clairement perçu un appel dans ma tête, devant chez moi, au moment où j'allais regagner la limousine. Un appel qui ne venait pas de Pictone. J'ai traversé le jardinet de boue en me cachant, plié en deux, j'ai escaladé la gouttière sans bruit jusqu'à ma chambre, et je suis reparti avec l'ancien ministre en caoutchouc.

— Boris, je suis d'accord pour faire la chose qui vous tient le plus à cœur : aller planter dans le meilleur des endroits symboliques le chêne que votre fille vous a demandé, mais il faut que vous m'aidiez, en échange. Est-ce que vous êtes au courant de ce qui se passe ? Est-ce que vous avez suivi les infos, de là-haut ? La grippe V, les vaccins, les végétalistes…

Aucune réaction à la surface du caoutchouc. C'est vrai qu'il n'a ni l'intelligence ni les connaissances de Pictone ; je me rappelle combien ç'a été laborieux, mardi, de lui apprendre à manœuvrer ce jouet qui est pourtant sa reproduction parfaite en modèle réduit. Laborieux, mais il y est arrivé. Je me suis dit : ce n'est pas le genre de choses qu'on oublie.

À moins qu'il n'ait pas le droit ni les moyens de revenir sur Terre, actuellement. Si Pictone, à son degré d'évolution, a été obligé de se « réinitialiser », comme il dit, j'imagine le boulot pour un neuneu comme Boris Vigor s'il veut se mettre au niveau. D'un autre côté, vu que la majorité des gens qui meurent sont des crétins, peut-être qu'il est le roi du monde, là-haut. Et que ça l'embête de redescendre, avec les mauvais souvenirs qu'il m'a laissés.

Saisi d'une inspiration, je prends le pot du gland et je l'approche de son nez, comme on fait respirer des sels à une personne qui s'est évanouie.

— Faut pas… faire ça…, articulent péniblement les lèvres en latex.

Bingo !

— Monsieur le ministre, bonsoir, ça me fait drôlement plaisir de vous…

— Faut pas… faire ça, répète-t-il plus faiblement.

— Faire quoi ?

— Faut pas, conclut-il.

Et il glisse de côté dans le canapé.

Je le redresse, le secoue, le triture, sans aucun résultat. Qu'est-ce qu'il ne faut pas faire ? Le ramener sur Terre, lui faire sniffer le pot, aller planter son gland près de l'Arbre totem, sauver les végétalistes ? Je commence à en avoir marre des morts, moi ! Entre l'autre intermittent qui fait la peluche buissonnière et ce nase en latex qui réussit à me faire douter de tout en quatre mots, je suis bien barré. Je ne peux vraiment compter que sur moi. C'est le message qu'ils essaient de me faire passer, d'ailleurs : je n'ai plus besoin de l'au-delà, je me suffis à moi-même. Tu parles.

Je me relève, prends un grand bol d'air et marche à travers les appartements privés, sur la pure-laine épaisse comme une couche de poudreuse. C'est vraiment rageant d'être au cœur du gouvernement, là où tout se trame, et de rester à tourner en rond sur une moquette. Ma seule action de cette nuit ne va quand même pas se réduire à dormir dans les draps de soie d'un ministre!

Je vais à la salle de bains, me passe la tête sous l'eau, m'essuie avec la serviette moelleuse qui porte encore les initiales de Boris Vigor. Mon regard tombe sur la grosse montre en argent que j'ai repérée en arrivant, sur la tablette de marbre. Olivier Nox l'a oubliée. À moins que ça soit un test pour voir si je la pique. Un test... Le mot résonne bizarre, mais par rapport à autre chose.

Un poids écrase ma poitrine. J'ai mal au silence dans ma tête, à force de le creuser pour essayer d'en extraire la voix de Vigor ou Pictone. Il faut que je me décide à agir, que je tente n'importe quoi, sinon je vais devenir fou.

J'attrape la montre, la passe à mon poignet, referme le bracelet, le remonte vers mon coude pour qu'il tienne. Un tournis s'empare de moi, je me raccroche au lavabo, m'assieds sur le rebord de la baignoire. Pendant quelques instants je ferme les yeux, pour dominer le malaise. Puis j'étudie le cadran, les icônes, les fonctions. En appuyant au hasard, je fais coulisser un volet d'argent qui découvre un clavier tactile. Il faut être une fourmi pour se servir d'un truc pareil: en effleurant une touche, mon doigt en actionne dix.

Je me relève, cherche un accessoire pointu sur la tablette où s'alignent des dizaines de flacons pour rester beau, jeune et lisse, tous marqués des initiales BV. Je prends un cure-dent et, en retenant mon souffle, je saisis le code que Nox a composé tout à l'heure pour me montrer Jennifer dans son hôpital.

Un bruit de parasites retentit aussitôt, à côté. Je cours

dans le salon où l'immense écran mural s'est allumé, comme s'il était relié par wi-fi à la montre. Un voyant clignote sur le clavier du bracelet. Je le touche de la pointe du cure-dent.

Aussitôt, le visage de Jennifer apparaît à la place des parasites. Le même angle que tout à l'heure. Les mêmes bourgeons, le même duvet d'herbe au-dessus des yeux fermés, autour du casque à électrodes, le même début d'écorce au coin des lèvres… Et la même émotion dans ma gorge, la même rage. Si seulement je pouvais faire quelque chose…

Je vais dans le menu de la montre, j'enclenche sans y croire la fonction Info. L'écran mural se couvre aussitôt de lettres et de chiffres, autour du visage végétalisé. Chaque nom d'organe est suivi de deux mesures en hertz, séparées par un slash. À gauche la moyenne de normalité, sans doute, à droite une mesure terriblement éloignée, tantôt à la hausse, tantôt à la baisse. Comme si j'avais accès aux résultats d'analyses de mon amie.

Les dents serrées, je déplace le curseur jusqu'à l'un des chiffres de la deuxième colonne. Le foie. 50 hertz au lieu de 8,7. Mes gestes vont plus vite que ma pensée. Le cure-dent actionne la fonction Sélectionner/Modifier. Le chiffre blanc devient bleu. Le cœur battant, je remplace 50 par 8,7 et je valide. On peut toujours rêver.

Je recule d'un pas en voyant le résultat qui s'affiche. Je ne comprends pas. Qu'est-ce qui s'est passé ? J'ai émis une onde, et elle a modifié la fréquence du foie de Jennifer ? Ou du moins la fréquence nocive qu'ils lui envoient, si mes soupçons se confirment. Mais pour obtenir un tel résultat, il faudrait qu'elle ait une puce dans la tête. Et on a le même âge, à huit jours près : l'Empuçage, c'est dans trois mois. À moins…

Je tombe assis dans le canapé. À moins que la vaccination n'ait introduit des micropuces dans le sang, qui seraient allées se loger dans le cerveau. Des micropuces qui recevraient des ondes. Par envoi groupé. Pour rendre malade toute une génération. Pour la transformer en forêt. En pépinière d'expériences.

Je ferme les yeux, et presque aussitôt je me retrouve dans un tunnel rouge traversé de boules hérissées, de bâtons blancs, de spirales, d'hélices en mouvement, de machins indescriptibles… Comme si j'étais l'une des puces charriées par le vaccin.

— Il suffit qu'elle ait une densité inférieure à celle du sang, prononce la voix de Pictone dans l'écho du tunnel. Elle ira se coincer dans un capillaire de l'oreille interne, elle sera indélogeable et servira d'antenne, pour recevoir tous les signaux qu'on voudra lui envoyer par micro-ondes pulsées.

Je rouvre les yeux, saute sur mes pieds. Il est là ! Il m'inspire, il me guide. Il m'avait prévenu, tout à l'heure, à sa veillée funèbre : « Si tu as besoin de moi ce soir, dépêche-toi… Je ne pourrai plus t'aider, ensuite. »

Je me branche sur l'image de l'ours en peluche, pour renforcer la connexion, et je reprends mon action sur la montre. Cette fois, je sens clairement le cure-dent se déplacer de lui-même où il faut, comme s'il anticipait mes décisions, guidait ma main.

J'aligne toutes les mesures hertziennes de Jennifer sur les fréquences émises en conditions normales par chacun de ses organes. Une fenêtre s'ouvre pour me demander si je veux continuer. Je confirme. Ça me fait accéder à un autre menu plus complexe, qui donne des analyses ADN, des taux de vibration d'acides aminés… Je ne comprends rien. Et puis soudain c'est l'illumination. L'horreur. Il y a deux colonnes. À gauche : « Protéines sujet », à droite : « Protéines saule ». Les mesures sont quasiment identiques.

Un saule. Ils veulent changer Jennifer en saule ! Réaliser pour de vrai les *Métamorphoses* d'Ovide que me récitait mon père… Mais ils sont complètement dingues ! Ils transforment la poésie en manipulation génétique !

— Le cytochrome C ! clame Pictone. C'est le pigment respiratoire qui reçoit et diffuse l'information virale. C'est lui qui agit sur le métabolisme énergétique. Vire sa fréquence, allez ! Voilà ! Détends tes doigts, maintenant ! il faut qu'on aille plus vite… N'écoute plus, fais le vide, laisse-toi faire. Suite !

Je clique sur l'onglet Suite. Et la liste s'allonge, à droite : « Protéines ortie », « Protéines chèvrefeuille », « Protéines laurier », « Protéines droséra »… Des combinaisons de plantes urticantes, grimpantes, vénéneuses, carnivores…

Je pousse un cri entre mes dents serrées, pour évacuer la rage. Puis je sélectionne, dans le menu Outils, la fonction Suivi des modifications. Pour chaque fréquence végétale, je clique à chaque fois sur Afficher, Annuler, Valider, jusqu'au moment où j'ai ramené les protéines de Jennifer à leur état vibratoire d'origine.

Je souffle un instant. Si seulement ça marchait, si je pouvais guérir tous les jeunes à partir de cette montre… Après tout, si la programmation des vaccinés s'est effectuée de manière globale, rien n'empêche de transférer les corrections sur le même mode. J'ouvre une nouvelle fenêtre, je vais dans le menu général de la montre, et je parcours l'Historique des actions. Des liens apparaissent par milliers. Mon bras chauffe sous le bracelet. Je noircis la case Sélectionner tout. Supprimer? Cure-dent. Confirmer? Cure-dent. Et j'envoie.

Je me laisse retomber dans le canapé, la tête vide, complètement épuisé. Je ne ressens plus la présence de Pictone, cette espèce de renfort dans l'accélération de ma pensée, l'enchaînement de mes gestes. C'est fini. L'écran s'est éteint.

La tension redescend peu à peu, sans diminuer la rage. Refiler aux ados par micro-ondes des gènes de végétaux et faire accuser les arbres, mais c'est dégueulasse! Quel but ils poursuivent? Nous réduire au silence, nous transformer en énergie verte? Après les morts, les jeunes? Place au tout-recyclable! Mais dans quel monde je vis?

Je ne sais pas si ma tentative de déprogrammation a marché. En tout cas, le clavier de la montre ne répond plus. Un bug, une fin de batterie, ou une sécurité que j'ai activée sans m'en rendre compte avec mes manips. Mon ordre a-t-il eu le temps de se transmettre?

Même si c'est le cas, je ne me fais pas trop d'illusions. Dès demain matin, ils découvriront qu'on a craqué leur système et ils rétabliront la programmation. Sans compter qu'ils verront d'où vient l'attaque: ils remonteront aussitôt jusqu'à la montre d'Olivier Nox, c'est-à-dire jusqu'à moi. Il vaut mieux ne pas trop s'attarder ici.

Je défais le bracelet, me dirige vers le broyeur que j'ai repéré dans le bureau du fond. Ils croiront que c'est la femme de ménage, par inadvertance.

Je me ravise au dernier moment. D'une part, ça ne serait pas très sympa ; elle pourrait avoir des ennuis comme terroriste. Et d'autre part, j'ai mieux. Je reviens vers le canapé, je redresse l'ex-ministre en latex, je le tourne vers l'écran mural, je lui dépose la montre sur les genoux et je lui coince le cure-dent entre le pouce et l'index. Ils en concluront ce qu'ils veulent. Au moins, il aura servi à quelque chose.

J'attrape un fruit confit dans la corbeille de la bibliothèque, pour reprendre des forces, je lèche le sucre sur mes doigts, et je vais chercher mon portable sur la table de chevet.

— Pardon de vous réveiller, Patrick, dis-je en mastiquant la mandarine.

— Non, non, monsieur Thomas, au contraire, se réjouit la voix embrouillée du chauffeur.

— Je n'arrive pas à dormir : il y a trop de silence. Vous êtes libre ?

— Avec plaisir. Nous retournons chez vos parents ?

J'hésite. Je lui dis de venir me prendre à l'AM dans cinq minutes : je déciderai en route.

## 23

Une lumière est allumée, au premier étage, côté mer. La fenêtre est ouverte. Edna Pictone s'y accoude, regarde le clair de lune, se penche en entendant la voiture. Elle fume. Au-dessus de la voie publique et pendant le couvre-feu : elle risque une double peine.

Un petit geste amical, en me voyant descendre sur le trottoir. Elle n'a pas l'air surprise. Elle me fait signe de patienter, referme la fenêtre.

Je renvoie mon chauffeur, en lui promettant que cette fois je ne le réveillerai plus.

— Je suis en service, monsieur, me répond-il d'un ton presque vexé.

Je regarde la limousine s'éloigner, puis je m'avance vers la porte qui s'ouvre au bout d'une minute.

— Déjà fatigué de la politique ? me lance Edna en robe de chambre, clope au bec. Ça me fait bien plaisir, allez. Il ne faut pas s'approcher de ces hyènes.

J'entre vite, pour éviter qu'un soldat du couvre-feu la voie fumer à proximité d'un mineur – prison ferme.

— Je ne vous dérange pas, madame Pictone ?

— Je n'arrive pas à fermer l'œil, de toute façon. J'envie le Dr Logan.

Elle retourne vers l'escalier, voûtée, mal assurée sur sa canne. Je demande, aussi neutre que possible, si Brenda est toujours à la même place.

— Non, elle s'est levée d'un coup, il y a deux heures, comme une somnambule, et elle est allée finir sa nuit dans le bureau de Léonard. C'est là où je l'envoyais dormir, les soirs où il ronflait. Il avait gardé son lit d'étudiant, en souvenir : soi-disant qu'il y avait découvert les secrets de l'antimatière. Dans les bras de qui, je préfère t'épargner la liste.

Elle s'appuie un instant contre le mur, pour apaiser les reproches qui sont devenus des beaux souvenirs, maintenant qu'il est mort. Je me demande si Léo est réellement venu me prêter main-forte, tout à l'heure, ou si c'est la mémoire de ce qu'on a vécu ensemble qui travaille en moi, sans qu'il y soit pour rien. Bien sûr, j'ai l'air de connaître des tas de choses que j'ignore, mais de là à être sûr qu'elles viennent de lui… Je ne sais même pas qui je suis, au fond. Parfois j'ai l'impression que mon père, que j'aime le plus au monde, est un étranger, une erreur dans ma vie, que ma mère est un obstacle et les filles de mon âge une perte de temps. C'est juste en présence de Brenda, de Lily Noctis et d'Olivier Nox que, chaque fois, j'ai l'impression de reconnaître dans leurs yeux un reflet qui me ressemble. Mais ce n'est jamais le même reflet. Comme un miroir brisé qui me renvoie des morceaux de moi qui ne vont pas ensemble.

Qu'est-ce qui m'attire, en fait ? L'aventure, les femmes, le pouvoir, le côté inaccessible et mystérieux ? Ou quelque chose de plus glauque, de plus dangereux que j'essaie d'oublier en faisant toujours le gentil.

Bon, je crois qu'il faudrait vraiment que je dorme, là. Je ne tiens plus debout, et j'en viens à douter de tout, même de moi. C'est dire.

— Il y a la chambre des garçons, reprend la vieille dame en me voyant bâiller. C'est ce que j'ai de moins lugubre à te proposer. Quoique… On y a élevé deux générations, et tu as vu le résultat.

Au lieu de la rampe, elle s'accroche à mes épaules et on se hisse avec autant d'efforts l'un que l'autre. En même temps, c'est la première sensation de douceur que j'éprouve depuis longtemps. C'est bon de soutenir une vieille qui vous écrase. La seule grand-mère que j'ai eue, côté maternel, c'était une bikeuse qui ne supportait pas les plus jeunes qu'elle, et qui s'est fait aplatir à deux cents à l'heure sur sa moto par un semi-remorque. Dans le journal, ils ont marqué la vitesse à la place de son âge. «Elle doit être contente», a dit mon père en guise d'hommage.

— Tu seras bien? s'inquiète Edna en m'ouvrant le grenier.

C'est une pièce de rêve, avec cinq lits, des jeux partout, des consoles hyper-top et au moins trente livres, même pas cachés. Le fantasme absolu, pour un fils unique élevé dans la dèche.

— C'est ce que j'ai trouvé de mieux dans ta taille, fait-elle en montrant négligemment un pyjama rayé plié sur l'un des lits.

— Vous saviez que j'allais revenir? dis-je, une boule dans la gorge.

— Non, c'était juste au cas où. Tu m'as dit de faire des

projets, de me tourner vers l'avenir au lieu de m'abrutir à questionner une peluche. Moi, je t'écoute. Tu te réveilles à l'heure que tu veux, conclut-elle en refermant la porte.

Je murmure un merci à peine audible. Et je me déshabille, et j'enfile le pyjama qu'elle m'a choisi, et je me glisse dans le lit qu'elle m'a préparé. Comme si j'étais seul au monde et que j'avais enfin trouvé une famille d'accueil.

Mais qu'est-ce qui m'arrive? C'est fou de se sentir redevenir d'un coup un petit garçon, quand la minute d'avant on était une espèce d'ado en crise essayant de se calquer sur des adultes à haut risque. Pourquoi je n'ai jamais eu quelqu'un comme Edna dans ma vie? Pourquoi j'ai grandi entre un frigo et une épave? Un frigo qui avait honte de moi, parce que je n'étais pas montrable. Et une épave que je me forçais à aimer, parce qu'il faut bien être fier de quelqu'un lorsqu'on est rejeté par les autres, sinon à quoi on sert?

Je ne sais pas pourquoi je suis si dur avec mes parents, d'un coup, alors qu'il y a deux heures à peine j'ai senti de leur part un amour nouveau. Un amour uni autour de moi. Peut-être qu'on est quittes, à présent: je n'ai plus d'efforts à faire, je n'ai plus à prendre sur moi, alors tout ressort.

Je me retourne d'un coup de fesses. Mais jamais ça va se calmer un peu, ma vie? J'ai assez à faire, avec les missions insensées qu'on me confie et les amours impossibles que je me colle sur le dos, sans en plus remâcher des rancunes de gamin qui n'est pas né où il aurait dû.

Je remonte la couette, et j'éteins la lumière sur ce décor de famille nombreuse qui me parle tellement plus que le luxe froid des appartements ministériels. Il me parle, mais je n'ai rien à lui dire. C'est trop tard. J'aurai peut-être vécu cent vies en une seule, avant d'être majeur, mais je serai quand même passé à côté de l'essentiel.

C'est idiot, cette phrase. Si seulement je savais ce que c'est, l'essentiel. Des parents qui s'entendent, des frères et sœurs, de la joie bête, des amours simples, des plaisirs égoïstes?

Non, je préfère ne pas savoir, finalement. Pas envie de retourner en arrière pour jouer au jeu des « si ». C'est fini, le passé. Je veux du neuf. Je veux me refaire. Je veux dormir. Et arrêter de rêver. Ça me laisse quoi, les rêves? Rancune, regrets, ras-le-bol : je reviens sur Terre et je compare. Et je tire un trait, et je garde pour moi. Toujours faire passer les autres avant, toujours me mettre à leur place pour oublier qu'on ne m'a jamais rien donné...

J'en ai marre d'être moi. Sans savoir ce que je suis.

*Ministère de l'Énergie, appartements privés, 6 h 66*

La figurine de Boris Vigor est assise à la même place, tournée vers l'écran éteint, la grosse montre en argent sur ses genoux de latex. Il ne peut pas bouger. Il est prisonnier de ce retour dans son image terrestre. Même la petite Iris n'a plus les moyens de faire revenir son papa dans le paradis qu'elle lui a préparé. Et qu'il ne voit plus. Et qu'il est incapable de retrouver, tellement il n'est occupé que de lui. Il est prisonnier de la matière, du mensonge, du danger auquel il expose malgré lui Thomas Drimm. Et le reste du monde. Ce qui reste du monde, et qui bientôt ne sera plus rien. À cause de lui. De son erreur. De son aveuglement. De sa bêtise.

Le poids de tout ce qu'il découvre depuis qu'il est décédé le paralyse. À quoi bon tout comprendre, si on ne sait rien en faire, si on ne peut rien changer ? Faites que ma mort s'arrête, pitié. Faites que la vie continue pour les autres, et qu'on me laisse disparaître dans le néant. C'est tout ce que je mérite, le néant. C'est tout ce que je suis, le néant. Laissez-moi rentrer chez moi. Me dissoudre. M'oublier.

Olivier Nox revient dans le salon en finissant une mandarine confite. Il écoute d'une pensée distraite la prière qui émane du jouet en caoutchouc. Il ramasse sa montre, la rattache à son poignet. Il prend le cure-dent, sourit, déloge un fragment de sucre.

— Vous êtes parfait, dit-il en attrapant son prédécesseur par un pied. J'ai vraiment bien fait de vous tuer ; votre degré d'évolution est un régal. Le néant que vous appelez de vos vœux n'existe pas, Boris. Il n'y a que l'Enfer, et ça n'a rien d'une fournaise : c'est un garde-manger. Votre détresse est mille fois plus succulente pour moi qu'un fruit confit.

Il marche jusqu'au bureau, la figurine au bout du bras.

— Pourtant, je ne devrais pas vous le dire, mais il y a toujours une porte de sortie à mon garde-manger. Il y a toujours une forme de rachat pour liquider ses remords. À condition de trouver l'acquéreur, bien sûr. Vous voyez de qui je veux parler. Vous avez raté la première négo, c'est normal : sous votre apparence d'imbécile – et en plus ici même, dans le décor symbole de votre imposture terrestre, sur le lieu de votre décès, pour ne rien arranger… Vous n'aviez aucune chance d'entamer des pourparlers avec Thomas. Tant que vous ne serez pas libéré de vous-même, Boris Vigor, vous ne serez qu'un poids mort.

Il ouvre la trappe du broyeur de documents, le met sous tension.

— Allez, je vous aide.

Il lâche la figurine. Un bourdonnement bref, quelques

spaghettis de caoutchouc qui s'enroulent dans la corbeille à papier.

— Mais soyez vigilant : je ne vous laisse qu'une seule chance, ajoute-t-il en retournant vers la salle de bains.

Il se brosse les dents, regarde avec une lueur d'ironie les initiales de feu Boris Vigor sur les crèmes anti-âge. Puis il se rince la bouche et se contemple dans le miroir.

— Je suis très fier de toi, Thomas Drimm.

Avec une répulsion qui s'estompe aussitôt, je constate combien cette phrase me fait du bien, allège l'angoisse que diffusait la scène avec le jouet en caoutchouc. Je me sens pris dans une gangue moelleuse, sucrée, collante. Fruit confit éclaté sous les dents.

Le sourire d'Olivier Nox s'allonge pour prononcer avec gourmandise :

— Je t'aime.

— Nous t'aimons, renchérit dans la glace le reflet de Lily Noctis.

Et les deux visages se renvoient leur image, jusqu'à se confondre dans un seul et même sourire où je me dissous.

## 25

Le soleil entre à flots dans la chambre des garçons. Un soleil qui joue sur les rideaux, dessine sur le parquet des couples qui dansent. Il doit être au moins midi.

Je me redresse sur un coude. Je n'en reviens pas. Je me suis endormi le moral à zéro, en colère contre tout, et j'ai passé la meilleure nuit de ma vie. Sans ce malaise en creux, ces cauchemars sans souvenir, ce poids vide que je traîne chaque matin jusqu'au petit déjeuner.

Je m'étire en gémissant de bien-être, dans ce lit douillet qui sent le pop-corn et la vieille basket. Un vrai lit d'enfance heureuse, d'adolescence sympa, sans prise de tête ni peine de cœur. Je me sens aimé, ce matin. Par cette maison, cette ambiance inconnue, ce silence accueillant… J'ai oublié les projets, les missions, les soucis. Comme si j'étais un autre, dans ce pyjama trop petit. Comme si tout ce à quoi je tenais m'était tombé du cœur, telle une vieille peau. J'ai fait ma mue, quoi. Si c'est la puberté qui commence, franchement, je n'ai rien contre.

Je prends une douche, je m'habille et je descends.

Edna Pictone est assise à la cuisine, son mari en

peluche adossé à la casserole au-dessus de laquelle elle pèle des patates. Deux plateaux de petit déjeuner sont préparés, en attente. J'en conclus que Brenda fait la grasse matinée, elle aussi.

Ça sent le café, le thé au lait, le chocolat chaud, le bacon, les crêpes… Tout à la fois, au choix. Tout ce qui est interdit pour la santé. C'est incroyable, l'atmosphère de cette maison. On n'y fait pas de cauchemar, on se réconcilie avec soi et le monde. La guerre n'existe plus, ce matin, ni les infos, ni les ministres, ni les parents, ni même les arbres. Juste l'impression d'un temps immobile où il fait si bon se laisser aller.

— Uniquement à titre de doudou, rappelle Edna en désignant l'ours de la pointe de son couteau. Je t'écoute, tu vois. Bien reposé ? Tu as meilleure mine.

Je m'assieds près d'elle. J'adore cette mamy revêche qui ne dit jamais bonjour ni au revoir. Peut-être pour avoir l'impression d'être moins longtemps seule.

— J'ai décommandé les croque-morts, enchaîne-t-elle. Pour qu'on vous laisse dormir. Léonard a tout son temps : ils le mettront en bière un autre jour. Profitez de la vie, les enfants. Tu as vu ce beau soleil ?

Je regarde le plateau avec un bol rose. Moi j'ai le bleu, un vieux en porcelaine ébréchée marqué Louis. Le petit-fils à lunettes qui voudrait la mettre à l'hospice. Pas besoin de boire dans son bol pour connaître ses pensées. Je me demande comment on peut être aussi désagréable et coincé, avec une grand-mère pareille. Peut-être qu'elle n'est bien qu'avec les étrangers, au fond. Elle se rattrape, ou elle compense.

Je me relève pour aller compléter le plateau autour du bol rose.

— Elle d'abord ? Et galant avec ça. Tu lui montes ?

J'acquiesce. Elle me cligne de l'œil. Je la remercie d'une moue. Elle aurait soixante ans de moins, je serais raide amoureux d'elle.

Faut que j'arrête, moi.


Je gravis lentement l'escalier en faisant attention de ne rien renverser. Après trois toc-toc et ouvertures de mauvaises portes, je finis par trouver le bureau de Léo. J'entre, et je ravale mon bonjour. Brenda dormait, la tête dans ses mains. Elle se redresse soudain, en position de karaté.

— C'est moi ! dis-je vivement, pour la rassurer.

Elle fixe le plateau avec un air meurtrier, puis rencontre mon regard et se radoucit. Elle s'étire, me dit que c'est la première fois qu'un homme lui apporte le petit déjeuner au lit. J'adore qu'elle m'appelle un homme. Sauf qu'elle n'est pas au lit. D'une voix courtoise de room service, je me permets de lui faire remarquer qu'elle est assise au bureau de Pictone. Elle paraît découvrir les feuilles chiffonnées sur lesquelles elle a passé la nuit, et le vieux stylo coincé entre ses doigts. Elle le pose, se frotte les yeux.

— Incroyable comme j'ai bien dormi. Ça change.

Elle se lève et s'étire, le corps en étoile, faisant sauter un bouton de son chemisier. Elle croise mon regard, hausse un sourcil, amusée, puis se félicite :

— Aucune courbature, rien ! Ah, on est mieux que dans le corps d'un ours !

Je la dévisage avec horreur. Elle tournoie, les mains sur les hanches.

— Les formes d'une jolie nana, c'est quand même plus sympa à manœuvrer que des pattes en peluche. Vu de l'intérieur, tu as bon goût, Thomas Drimm. Je comprends que tu aies craqué.

Elle se fige, me toise de côté, savoure ma stupeur en se mordant le sourire. Brusquement elle tape dans ses paumes :

— Je t'ai eu ! Pas mal, non ? Dommage qu'Edna ait raté ça : je pense que j'étais vachement crédible en Pictone.

Je pose le plateau sur le bureau, éponge ce que j'ai renversé en grommelant. Puis je fais semblant de rire jaune, pour ne pas la décevoir. Ni l'inquiéter. Parce que je viens de voir l'écriture sur les feuilles. Et je l'ai reconnue. J'ai bien peur qu'elle soit encore plus «crédible en Pictone» qu'elle ne l'imagine.

Elle revient s'asseoir pour dévorer son petit déj. J'ai tout mis, au choix : café, thé, chocolat, crêpes, confitures, bacon et compote. Tandis qu'elle mélange de bon cœur, j'essaie de déchiffrer en douce, sur les feuilles que j'ai ôtées de sous le plateau, l'écriture microscopique et chevauchée du vieux. Je n'y arrive pas. C'est encore plus illisible que la recette de destruction du Bouclier d'antimatière qu'il m'avait rédigée avec ses doigts d'ours.

Qu'a-t-il voulu dire à Brenda ? Ou me dire à travers elle, en utilisant son canal de médium – comme l'avait fait avant lui l'Arbre totem. Ce qui est bien avec Brenda, c'est qu'elle est comme moi : on se sert de nous sans se gêner, sans un merci, sans même nous dire pourquoi.

Je me demande ce qui empêche Pictone de me parler directement, désormais. Est-ce vraiment la dernière fois que je l'ai entendu, cette nuit ? Je n'arrête pas de penser à sa phrase qui sonne comme un adieu : « Je ne pourrai plus t'aider, ensuite… » Qu'est-ce qui a changé entre nous ? Lui, ou moi ?

— Tu as le pot ? s'informe Brenda, la bouche pleine.

— Le pot ?

— Le pot du gland qu'on va planter à Repentance.

— Non, je l'ai laissé au ministère. Je crois que ce n'est pas une bonne idée.

— Moi si. J'y ai bien réfléchi, cette nuit. Iris Vigor se tue en tombant d'un chêne, son père fait raser la forêt en représailles, l'âme de la petite le supplie d'effacer ce crime en plantant un gland : je reçois toutes ces infos en peignant et ça déclenche une guerre. Alors stop ! Je fais le ménage. Si mon seul moyen de pouvoir à nouveau peindre tranquille sans servir de vide-ordures à l'au-delà, c'est d'aller atomiser l'enfoiré de chêne à pneus qui s'est invité sous mon pinceau pour nous filer ses virus, je prends ! Simplement on y va seuls, toi et moi.

J'ouvre des yeux ronds.

— Et comment on fait ?

— Olivier Nox me file un hélico : j'ai trois cents heures de vol.

Mes yeux s'agrandissent encore.

— Toi ?

— Eh oui, moi, dit-elle en allant se regarder en transparence dans une grande photo sous verre de Pictone jeune.

Elle sort un chouchou de la poche de son jean, attache ses cheveux en queue-de-cheval.

— Je ne suis pas résumable au mannequin sans boulot qui habite dans un gourbi en face de chez toi. Il y a une vie avant la mort sociale, Thomas. J'étais médecin humanitaire, je soignais les plus pauvres que nous dans les provinces de l'Est. Je faisais équipe avec…

Sa voix se lézarde, elle enchaîne en se retournant :

— … avec un Trèm, tu te rappelles ?

— «Très-Marié», oui.

— Doublé d'un Jteup.

— «J'te prends pour une conne» ?

— Voilà. Je l'aimais comme une dingue, il m'a appris à piloter, et puis au bout de trois cents heures… bonsoir.

— Il est retourné avec sa femme ?

— Il s'est trouvé une assistante plus jeune. J'ai ouvert un cabinet là où j'ai pu, dans ta banlieue merdique ; dès que j'ai eu fini de payer mes droits d'ouverture on me l'a fermé, parce que j'avais refusé de dénoncer mes patients dépressifs – la suite, tu la connais. Bon, on y va. J'ai besoin d'action, moi, mon ange.

Elle m'embrasse sur le front, et sort du bureau en clamant :

— Edna, je peux prendre la salle de bains ?

Pendant qu'elle était sous la douche, je suis allé porter à Edna Pictone les feuilles d'écriture automatique griffonnées par Brenda. La vieille dame m'a serré contre elle dans un élan de gratitude, m'a repoussé pour contempler, incrédule et radieuse, les trois pages de pattes de mouche – comme si c'était une lettre d'amour égarée qu'elle recevait des années plus tard.

J'ai demandé au bout d'un moment :

— Qu'est-ce qu'il dit ?

Elle a replié les feuilles.

— Je ne sais pas. Déjà lui, il avait du mal à se relire. J'essaierai avec une loupe. Ça n'en sera que meilleur.

Elle a enfoui le courrier dans son tablier de cuisine, et elle a regagné sa casserole d'épluchures où l'ours en peluche montait la garde.

— Ça faisait bien trente ans que tu ne m'avais pas écrit, a-t-elle murmuré avec un regard de tendresse pour son doudou.

## 26

Contre toute attente, Olivier Nox a dit oui à tout. Il a juste ajouté :

— À vos risques et périls. Après tout, c'est une histoire entre vous et l'Arbre totem. Vous serez peut-être plus en sécurité si vous vous présentez à lui sans arme et sans escorte. De toute manière, nous restons en liaison radio.

— Et les équipements de survie ?

— Tout est à bord. Vous verrez ce que vous indiquent les détecteurs de nocivité. Mais, d'après les avions renifleurs de l'armée qui survolent la Christianie depuis deux jours, il n'y a plus de danger.

— Précisez, a demandé Brenda.

— Vous pourrez respirer sans crainte. Quand les arbres n'ont plus d'hommes à tuer, docteur, ils cessent de leur être fatals. Au bout de cinquante ans, leurs émissions de pollens et d'ondes se sont adaptées à leur nouvel environnement. C'est la loi de l'évolution, je ne vous apprends rien : la nature élimine les fonctions qui sont devenues inutiles. Vous êtes prêts ? Voici votre plan de vol.

Dans la cour d'honneur, à côté de l'hélicoptère du

ministre, il y avait un modèle militaire, plus gros, kaki, armé jusqu'aux dents.

— L'Arachide Razor 12 ! s'est réjouie Brenda. 800 CV, dix heures d'autonomie, brouilleur de radars, lance-ogives et détourne-missiles intégrés ! Thomas, je t'adore !

J'aurais préféré que ce soit pour des raisons un peu plus personnelles. Et je me suis quand même demandé, à nouveau, si elle était dans son état normal ou si Pictone s'était embarqué à son bord en clandestin.

Mes doutes se sont dissipés en vol. C'était bien elle. Chewing-gum à bouche ouverte sous ses lunettes noires et sa casquette de travers, elle enchaînait les confidences vitriolées par-dessus le bruit du rotor. Enfin on avait un peu de temps, entre nous. Même si c'était juste pour échanger nos malheurs. Elle m'a raconté son orphelinat, ses foyers d'accueil, les cours de boxe afin de se défendre contre les pères adoptifs, son engagement dans l'armée pour apprendre la médecine à prix coûtant. Et puis ses amours : les déceptions, les trahisons, les fonds du gouffre. Après le médecin humanitaire, elle était tombée sur un peintre, encore plus Trèm et Jteup. Sur un photographe de mode, ensuite. Un vrai Troc, celui-là : trop con pour lui briser le cœur à long terme, mais elle avait gardé son carnet d'adresses. D'où son deuxième métier de top model en kit – les pieds, les mains, les seins pour des gros plans de pub –, métier qu'elle estimait aussi raté que sa carrière de médecin. Mais à chaque amour foireux, au moins, elle avait appris quelque chose.

Moi, je lui ai raconté mon enfance. Les bitures de mon

père et les amertumes de ma mère, la culture interdite qu'il m'inoculait en douce et les cures de désintox intellectuelle qu'elle m'infligeait pour que je m'intègre dans notre monde. J'ai évoqué, d'un air faussement détaché, mes difficultés à gérer la passion que j'inspirais à Jennifer. Puis je lui ai raconté la Forêt interdite, l'espèce de vision en flash-back que j'avais captée à l'intérieur de l'If d'Éden, pour finir par l'histoire entre mon père et Lily Noctis. Sans trop forcer, je laissais entendre combien ça me fracassait que la ministre soit amoureuse de lui, pour voir si ça rendait Brenda jalouse. Mais visiblement, elle s'intéressait davantage au point de vue de mon père.

— En fin de compte, Thomas, les mecs ont besoin qu'on les trouble, pas qu'on les rassure. Ils reprennent des forces avec les filles claires, et après ils vont se troubler ailleurs, c'est tout.

— Ça dépend des mecs, ai-je dit sans trop me mettre en avant.

Elle m'a demandé de préciser la manière dont mon père m'avait décrit son coup de foudre. J'en ai rajouté dans le côté nunuche poétique et ringard, pour qu'on passe à autre chose. Si elle aussi se mettait à flasher sur l'intello des bois, j'avais du souci à me faire.

Perdue dans sa rêverie, elle a caressé la mitrailleuse du tableau de bord en soupirant :

— Je n'aurais pas détesté inspirer ce genre de passion, dans ma vie...

Je me suis retenu de lui dire que ça lui arriverait, quand je serais en âge, si on sortait entiers de cette aventure. À la place, je lui ai raconté comment j'avais déprogrammé les protéines végétales de Jennifer. Elle n'écoutait plus.

Elle croyait que j'inventais, comme un Jteup. Que je voulais juste me faire mousser. J'ai détaillé mes manips informatiques pour être pris au sérieux, et j'ai vu que je commençais à l'intéresser.

Et puis on s'est tus, parce qu'on approchait de la frontière. Les kilomètres de forêt brûlée, les tanks abandonnés, les charniers... J'ai fermé les yeux. Elle aussi, j'ai l'impression, parce qu'on a brusquement piqué du nez. Elle a redressé en me priant de l'excuser.

— Contrôle à Puma Cendré, a grésillé une voix dans la radio. Un problème?

D'un revers brutal, Brenda a arraché la radio et l'a balancée par son déflecteur ouvert. Sidéré, je lui ai demandé ce qui lui prenait.

— Aucune confiance. L'armée m'a appris une seule chose, Thomas.

J'ai avalé ma salive, je lui ai demandé laquelle.

— Aucune confiance.

Après quelques instants, elle a ajouté:

— On a une mission à remplir, toi et moi. Ensuite, on se barre dans une direction différente de celle du plan de vol.

— Pourquoi?

— Parce que je n'ai aucune envie d'être arrêtée en me posant à Nordville. J'ai un hélico: je le garde. Il me reste quelques potes dans les camps humanitaires de l'Est, ils sauront me planquer. En plus c'est le désert, là-bas. Ça me changera de la forêt.

J'ai balbutié:

— Et moi?

Elle a mis ses lunettes noires sur le bout du nez pour me regarder dans les yeux.

— Toi ? Tu es mon otage. Ils voient toujours en toi le porte-mémoire de Pictone : tu es trop précieux pour eux. Ça leur ôtera l'envie de nous balancer une roquette.

Devant mon air catastrophé, elle a nuancé la situation par un coup de coude :

— Tu es mon otage, mais tu restes mon copain. Non ?

— Si, j'ai bredouillé en me jurant que, si je sortais vivant de cette histoire, les femmes c'était fini.

Et puis elle m'a pris la main, et elle a serré très fort. Ça ne m'était pas spécialement destiné en tant qu'otage-copain. C'était surtout parce qu'on venait de dépasser la limite infranchissable : ce qui constituait jusqu'à mercredi matin le Bouclier d'antimatière. À part les avions renifleurs de l'armée, on devait être les premiers autorisés à s'aventurer dans la partie secrète de la planète. Celle qui était sortie des programmes scolaires depuis cinquante ans. Celle d'où l'homme, officiellement, avait disparu.

Pendant une dizaine de minutes, on n'a pas trop vu de différence. C'était la forêt, comme chez nous, beaucoup plus touffue et sauvage, mais c'était la forêt quand même : un décor connu.

Tout a changé quand on s'est mis à survoler ce qui restait d'une civilisation.

## 27

C'est le plus beau paysage que j'aie vu de ma vie, et il n'a plus rien d'humain. La forêt a envahi, recouvert, digéré la ville. Les arbres poussés dans les immeubles ont fait éclater les fenêtres sous leurs branches. Lierre, vigne vierge, chèvrefeuille et glycine ont colonisé tous les murs. Les chaussées sont craquelées, soulevées par les racines, recouvertes de mousses. Le tracé des rues se perd dans la jungle urbaine. Les voitures rouillées ont disparu sous les feuillages.

On vole à très basse altitude, nos plans sur les genoux, cherchant des repères dans la cité fantôme qui s'appelait Repentance. Tout ce qui reste de la population, c'est le sourire des visages publicitaires aux trois quarts effacés, sur les panneaux de verre étoilés d'impacts. Aucun cadavre n'est visible. Aucun squelette. Les oiseaux, surtout les goélands et les corbeaux, semblent être les seules présences. Ils ont nettoyé le reste.

Brenda s'est mise en rotation lente au-dessus de la station-service identifiée par le satellite. Les branches du grand chêne, baguées de pneus comme sur le tableau, ne portent aucun oiseau, à la différence des autres. Rien ne bougeait dans le feuillage, avant que le souffle du rotor ne s'approche. Je demande, pour rester dans le concret :

— On les lui a accrochés, ces pneus ?

— Non, il a dû pousser à l'intérieur d'un tas. Logiquement, c'était après la disparition des hommes. Sinon le pompiste l'aurait arraché. Enfin, il me semble…

L'hélicoptère oblique vers l'immeuble le moins haut du quartier, se pose sur un toit de gravier envahi d'herbes jaunes. Dès que le moteur s'arrête, on perçoit le bourdonnement. Les abeilles. Des millions d'abeilles qui pollinisent, butinent et font du miel que personne ne mange plus.

On se regarde. On se sent de trop dans ce monde qui prouve que l'être humain ne sert à rien. Nos mains se joignent, comme pour justifier notre présence par la chaleur d'une émotion, d'un contact.

Après avoir vérifié sur les détecteurs la qualité de l'oxygène, on se décide à sortir de l'hélico. Dans son sac à dos, Brenda emporte le pot du gland. À part ça, on n'a pas d'arme. Mais on ne va pas non plus passer la nuit : on plante, on fait une prière, et on s'en va.

L'atmosphère est lourde, oppressante, un peu âcre. Pas du tout l'air pur qu'on attend dans un pays sans pollution ni poubelles.

À l'extrémité du toit, derrière une corde à linge où ne restent plus que des pinces, une porte en fer est entrebâillée. On descend un escalier de bois qui est revenu à la vie, entre les champignons, les mousses et les graines germées qui le retransforment en arbre.

Arrivés dans la coulée d'herbes hautes qui a dû être

jadis une rue commerçante, on cherche nos repères aériens, et on se dirige vers la station-service. Sur notre passage, les goélands et les corbeaux se posent pour nous observer, à l'affût. Cinquante ans d'absence ont enlevé à notre espèce le pouvoir de la peur. Que sommes-nous, pour les charognards qui ont repris le rôle des éboueurs ? Des cadavres en attente.

— Ça va, Thomas ?

— Ça va. Toi aussi ?

Le besoin d'entendre nos voix. De marquer le territoire dans ce silence bruissant de feuilles et d'abeilles.

— Brenda, pourquoi il n'y a pas de squelettes ?

— J'imagine que les gens, quand l'air est devenu toxique, se sont enfermés chez eux. Regarde : tous les stores, tous les volets sont fermés.

On ramasse des branches mortes pour écarter les ronces jusqu'à la station-service.

— Je peux ? demande Brenda à un mûrier.

Elle cueille deux mûres, m'en tend une. C'est fou comme on s'habitue vite. Après quelques minutes de présence dans ce monde post-humain, on se conduit déjà comme des étrangers polis, en situation irrégulière, qui essaient de se faire adopter. On regarde où on pose nos pieds pour écraser le moins d'herbes possible, on salue les fleurs, on demande pardon aux branches qu'on écarte. Comme faisait mon père dans la Forêt interdite.

— Tu sens une hostilité, Thomas ?

Je réponds non. J'ai même l'impression qu'on est *connus*, ici. Qu'on est déjà venus, et qu'on a laissé un bon souvenir. Brenda a capté ce décor à distance devant sa toile, et moi je m'y suis projeté en aimant le tableau.

Curieusement, les visions d'attaque qu'il m'avait inspirées n'ont pas lieu d'être, sur place. Je regarde en toute sérénité la bouche d'égout d'où avait jailli la liane pour m'attirer dans le sous-sol, me transformer en casse-croûte pour racines. Peut-être que j'ai désamorcé ma peur. Ou que j'ai su me faire apprivoiser.

On s'arrête à l'entrée de la station-service. Le grand chêne, dans l'axe où Brenda l'a peint, étale son ombre au-dessus des pompes descellées et des carcasses de voitures incorporées dans la terre.

— Je l'avais bien réussi, quand même, murmure-t-elle.

Sa réaction me fait sourire. La fierté de l'artiste qui reprend le dessus. Elle ajoute :

— Il n'a pas l'air mauvais.

— Il ne l'est pas, Brenda. Nox a menti ou il se trompe, et j'ai fait semblant de le croire.

— C'est-à-dire ?

— Je ne sais pas pourquoi il voulait absolument que je sois en présence de cet arbre. Que je le considère comme notre ennemi. Ou il est sincère, ou il essaie de m'entuber, ou sa sœur le manipule. Mais ce chêne, c'est notre plus grand allié.

Avec les mots que mon père a employés au téléphone, hier soir, quand je le regardais en cachette, je lui dévoile le scoop que j'ai gardé pour moi tout le long du vol : la véritable histoire de l'Arbre totem. Depuis la nuit des temps, le vieux chêne qui renaît à chaque mort nettoie, désinfecte, convertit la cruauté et la bêtise humaines en pouvoir d'excuse, en force de pardon. C'est pour ça qu'il a toujours attiré les sacrifices religieux, les pendaisons, les bûchers de sorcières. Il accueille. Il soulage les victimes, il purifie les coupables : il prend sur lui. C'est dans ce but qu'il s'est fait peindre par Brenda. Pour que l'œuvre d'art diffuse dans notre monde pourri le message d'amour qui nous a amenés ici.

Là où j'attendais de l'émerveillement, elle réagit avec un mélange de déception et d'impatience :

— Mais qu'est-ce qu'on doit faire, alors ? Si ce n'est pas lui le chef de guerre, à quoi ça sert de lui planter le Gland de la paix ?

— Ça sert au repos d'une âme.

— L'âme de qui ?

— Boris Vigor.

Elle me dévisage, bouche bée, souffle coupé.

— Attends, on a couru tous ces dangers, on a fait tout ce chemin juste pour faire plaisir à ce tocard ?

— Pour lui enlever son remords. Comme ça il sera peut-être plus efficace pour nous aider. Cet arbre, c'est un convertisseur, je t'ai dit, un multiplicateur d'amour. C'est pour ça qu'on est ici, avec toutes nos forces réunies. L'amour de Boris pour sa fille, mon amour pour toi, ton amour pour les choses que tu peins…

— Tu as mis quoi, en numéro deux ?

— C'est pas le moment, Brenda. Hier, dans la salle de contrôle du ministère, tu as dit quelque chose de super important.

— Ça m'arrive. C'était quoi ?

— Tu as demandé comment tu avais pu recevoir l'image mentale de ce chêne d'un pays voisin, quand le Bouclier d'antimatière était encore en activité. Alors qu'il était censé arrêter toutes les ondes à nos frontières, pour éviter que les arbres étrangers nous flanquent la grippe V.

Elle fronce les sourcils.

— Et qu'est-ce que je voulais dire par là ?

— Que si les bonnes ondes sont passées – les ondes de création –, les mauvaises auraient dû passer aussi. Donc les arbres ne nous en ont pas envoyé. Donc ils ne nous ont pas déclaré la guerre.

— Attends, Thomas… La grippe V, elle existe, tu as bien vu…

— Elle existe, oui. Et j'ai vu ce qu'on nous a montré. Mais les reportages à la télé, ça se trafique. Et la maladie, ça peut très bien s'envoyer par les puces cérébrales. Et par le vaccin, pour les moins de treize ans.

— Tu ne vas pas recommencer ton délire avec Jennifer ?

— Si.

Elle s'assied sur la racine apparente qui a descellé la pompe gas-oil.

— Thomas… tu veux dire que le gouvernement rendrait les citoyens malades pour qu'ils détruisent leurs arbres ? Et qu'il transformerait les ados en végétaux hybrides, en légumes dangereux pour pouvoir les arracher à leur famille ? Mais c'est dingue, enfin, pourquoi ? Dans quel but ? Et regarde autour de toi, d'abord ! Tu vois bien qu'il n'y a plus aucune vie humaine, dans ce pays. Tu vois bien que les arbres ont pris le pouvoir !

— Non. Je vois qu'ils ont remplacé les gens parce qu'ils n'étaient plus là, c'est tout. Mais peut-être que c'est notre pays qui a envoyé des bombes végétales pour faire accuser la nature. Des bombes fabriquées à partir des protéines que les arbres utilisent pour se défendre contre les insectes, et que des savants ont génétiquement modifiées pour qu'elles tuent les humains.

Elle prend son front dans ses mains, crispe la bouche pour ranger mes arguments dans sa tête.

— Mais pourquoi on est là, alors ? Si ce chêne ne nous a rien fait…

— On doit demander pardon aux arbres, Brenda.

— Pardon de quoi ?

— Du mal qu'on a cru qu'ils nous faisaient. On doit nettoyer, Brenda. Nettoyer les pensées de guerre, de peur et de folie qui ont envahi notre pays. Et c'est le pouvoir de cet arbre, si on le lui demande.

Elle relève les yeux, me sonde de son regard un peu moins angoissé. On dirait que je l'ai convaincue. J'aimerais l'être aussi. J'ai éprouvé un bizarre malaise au fil de mes explications. Comme s'il y avait un danger à l'intérieur même des mots. Et si mon père s'était trompé ? Et si le rituel que je m'apprêtais à accomplir était piégé ? Et si la vérité que je croyais avoir découverte n'était qu'une couche supérieure de la manipulation ?

Je confie mes doutes à Brenda. Elle réfléchit, coupée dans son élan de confiance, presque coupable de s'être laissé influencer par ma certitude. Du coup, ça me remotive. Il ne faut pas non plus que la parano nous aveugle dès qu'on se met à y voir clair.

— Fais attention, Thomas. Je ne veux pas que tu prennes de risques à cause de moi.

Je hausse les épaules pour la rassurer, l'air habitué : je n'ai pas besoin d'elle pour prendre des risques. Elle développe : le grand chêne est venu à moi par ses pinceaux ; elle se juge totalement responsable de la relation qu'il a nouée avec moi. Je m'abstiens de protester. Je ne déteste pas qu'elle soit un peu dépendante. Elle enchaîne :

— Je sens que tu as raison, que cet arbre est tout à fait innocent et bénéfique, mais peut-être qu'on risque de le métamorphoser. Tout ce qu'on sait de ce gland, c'est ce que Nox nous en a dit. Boris Vigor l'a planté dans un pot devant lui pour exaucer le vœu de sa fille – mais d'où il vient, ce gland ? Tu paries que c'est Nox qui l'a fourni ? Vigor était un tel crétin buté, de son vivant ; il n'a pas changé.

Je confirme. Elle insiste :

— Il s'est fait avoir. Ou alors, pire : c'est Nox qui a inventé tout ça. Pour que notre compassion envers la petite Iris nous fasse gober son plan tordu.

Quelque chose s'est figé dans ma tête. Un arrêt sur image. Assis de travers sur le canapé du ministère, le Boris en latex essaie, au prix d'un effort colossal, d'animer le caoutchouc pour me mettre en garde. *Faut pas faire ça.*

— Tu es en train de dire quoi, Brenda ? Que Nox ne veut pas stopper la révolte des arbres, mais la provoquer, la rendre *réelle* après l'avoir inventée ? En se servant de nous ? Son Gland de la paix, ça serait une déclaration de guerre ?

— Demande au totem. Si vraiment tu as développé ce pouvoir d'entendre les arbres de l'intérieur, comme avec l'If d'Éden, vas-y. Moi, tout ce que je ressens, c'est une émotion artistique devant le tableau que je peins, c'est tout. Les arbres ne me parlent qu'en peinture, et on n'a pas le temps. Vas-y, toi, avant qu'on décide quoi que ce soit. Interroge-le. J'ai confiance en toi, Thomas. Tu es la première personne à qui je dis ça. Et j'ai raison de te faire confiance, je le sais.

Je hoche la tête. Je suis bouleversé par ses paroles. Peut-être qu'elle ne m'aime pas vraiment, parce que je suis trop jeune, mais elle me comprend, et c'est encore meilleur. Parce que l'amour, ça part en général sur un malentendu et puis ça déraille, ou ça s'use. Mais là, si je reste le même, elle n'arrêtera jamais de me comprendre et de me faire confiance. Et comme je n'ai aucune intention de changer...

Le cœur battant, je m'approche du grand chêne. J'enserre le tronc, je me colle à l'écorce et je ferme les yeux. Je le salue, je me présente : Thomas Drimm, amoureux des arts et des arbres, on s'est parlé dans un tableau et maintenant je suis venu faire connaissance dans la vraie vie – enfin, la « vraie vie », justement, c'est le problème... Avec tous les mensonges qu'on me débite, j'aimerais bien savoir où est la vérité, alors je vous demande l'autorisation d'entrer dans votre mémoire.

Je rassemble ma pensée, je la concentre, je la compacte, je l'enferme dans une bulle de conscience que je projette hors de ma tête, comme un satellite de moi-même, tout en fredonnant le chant rituel que m'a appris mon père la nuit dernière :

— *Toi qui sens, toi qui sais, toi qui aimes, entends-moi et pardonne. / Fais de mon mal un bien, de mes maux un remède. / Pour que nous ne formions qu'un / Et que tout soit dans le Tout pour que rien ne s'arrête.*

Je m'entends répéter trois fois la mélodie qui pulse dans ma voix et mes veines. Puis la sensation de l'écorce contre mon front s'inverse, et la perception s'éloigne à mesure que l'arbre me fait pénétrer en lui. Le temps s'arrête, je m'écoule dans son espace. De cercle en cercle, il me laisse voir tout ce que ses racines ont capté, et les racines de ses racines, et la mémoire de ses mémoires au fil de ses vies successives, depuis l'apparition de l'homme sur Terre. Comme si l'être humain n'était qu'un prolongement de sa pensée, un rêve de l'arbre…

À travers les fibres, je me laisse porter par un chemin de sève qui m'entraîne jusqu'à une tache étoilée, une sorte de moelle où nos pensées fusionnent. À nouveau, je baigne dans cet incroyable courant d'amour qui est plus que de l'amour, comme une sorte de connaissance qui rend tout compatible, nécessaire, lumineux…

Mais soudain une force me tire en arrière, m'expulse de la tache étoilée, m'entraîne dans un tourbillon de souffrance et de haine, de supplication, de sang, de flammes… Des éclairs déchirent le ciel, des gens courent, se tiennent les poumons, s'écroulent, meurent. Et les arbres demeurent. Ils n'y peuvent rien. Leur détresse et leur solitude s'accrochent à moi ; une parole poignante essaie de me retenir dans ma chute :

— N'oublie jamais la vérité… Jamais… Ne laisse pas gagner l'oubli… Sauve l'amour, Thomas… L'amour…

La voix lâche prise, ma chute se poursuit. L'aspiration vers le silence, le noir, la matière vide… Tout s'arrête. Quelque chose de terriblement froid m'emprisonne, me dilue, me fige.

## 28

## Cœur du chêne, temps mort

Bienvenue, Thomas Drimm. Bienvenue dans ce qu'on appelle le « bois parfait ». Le cœur de l'arbre. C'est-à-dire la partie morte, la mémoire qui lui sert de squelette. Aucune émotion, ici, aucun travail de croissance. Le restant du chêne me rejette, refuse de traiter mon information, d'intégrer ma forme d'intelligence. C'est la seule zone à laquelle j'aie accès. La zone du temps figé. C'est là que je t'attendais.

Maintenant que cet arbre t'a révélé sa véritable nature, je n'ai plus de raison de te mentir. Puisque tu procèdes de moi. De nous. Nox et Noctis, les deux faces du Diable, complémentaires et nécessaires. Tu vois tantôt l'une et tantôt l'autre, au gré des tentations qui éclairent le chemin que nous voulons te faire prendre. Car c'est le chemin qui t'est destiné. Celui qui mène à ta raison d'être. Il faut que tu la connaisses, afin de pouvoir éventuellement la refuser et la combattre, si c'est ton choix.

Tu es l'instrument du Mal, Thomas Drimm. Chaque

fois que tu crois faire le Bien, tu sers les intérêts du Diable. Mais ça ne marche que si tu demeures libre d'agir selon ta conscience. C'est la règle de mon Jeu.

Donc, je t'ai donné rendez-vous dans ce « bois parfait », la perfection de la mort, pour un petit point d'information. Tu auras tout oublié à ton réveil, comme d'habitude, sauf ce que ton inconscient aura décidé de conserver sous forme d'intuition, de « voix intérieure », pour t'aider à agir sur la réalité.

Nous commençons par le commencement ? Au début était la Lumière. Si aveuglante qu'on ne voyait rien – et de toute manière il n'y avait personne pour voir ce rien, car tout était dans Tout et la notion d'observation n'existait pas, puisqu'il n'y avait pas d'observateur. Aucun esprit critique.

C'est là que j'interviens. L'observateur, c'est le Diable. Celui qui divise pour rendre perceptible. Celui qui donne conscience de l'existence de Dieu. Pour le meilleur et pour le pire. Car avoir conscience de Dieu, c'est avoir conscience de soi, et donc détourner la loi de la Création vers l'accomplissement personnel de chacun. Or tout ce qui vit n'est qu'une seule et même structure, animée par un seul but : l'accroissement de la connaissance à travers l'amour. Enfin, ça, c'était avant que j'arrive. Avant que l'inconscient collectif, comme vous dites si joliment, me donne naissance.

Vos premiers dieux sur Terre étaient des arbres. Ils se sont nourris de vos croyances, de vos prières, de vos rêves et de vos haines. Les arbres amplifient tout ce qu'ils reçoivent, le synthétisent, le restituent… Au début, l'espèce humaine savait les écouter. Mais, au fil de son évolution, elle ne s'est plus intéressée à ce qu'ils voulaient exprimer ; uniquement à ce qu'ils pouvaient produire. Elle n'a plus vu dans les forêts que du bois pour se meubler, se chauffer, cuire son manger, fabriquer ses maisons, ses bateaux, ses travées de chemin de fer... L'homme a oublié l'arbre en se servant de lui. Les dieux de la forêt sont partis en fumée – sauf celui dans lequel nous nous trouvons, le dernier qui s'accroche, qui s'obstine à renaître de ses cendres et à diffuser son message. Ses vieilles valeurs d'amour et de bonté qui n'ont jamais favorisé que le Mal, car l'illusion du Bien fragilise. Tu ne trouves pas, Thomas ?

Comment en est-on arrivé au monde où tu as vu le jour ? Pourquoi ai-je pris le pouvoir, et dans quel but ? L'humanité courait à sa perte. Les religions s'étaient coupées de leurs racines et dérivaient comme des troncs morts, naufrageant toutes les embarcations humaines. Ça devenait lassant, à la longue. La notion de divinité était en train de tuer l'homme, Dieu n'était plus qu'une source de conflits : c'était à moi de réagir. Mais je ne pouvais pas sauver tout le monde. L'Arche de Noé, tu connais. C'est toujours la seule et unique solution, en cas de crise majeure. On réunit quelques spécimens avant de détruire le reste, et on les laisse refaire souche pour régénérer la Création.

C'est ce que j'ai entrepris avec les États-Uniques. Une réserve humaine. Dotée par mes soins des plus bas instincts et des pires intentions, pour prouver une fois de plus que le fumier est le meilleur des engrais pour que naissent et prospèrent des fleurs pures – comme toi. Les plus intéressantes à pervertir.

Je commence donc par créer le chaos universel en poussant les religions à leurs dernières extrémités. Je les dresse les unes contre les autres, tout en favorisant les conflits internes, les luttes fratricides ; j'inspire des attentats suicide, des guerres saintes et de justes représailles – j'adore ce genre de vocabulaire. Bref, je fous le bordel. Et je répands la peur, surtout : la meilleure de mes armes. Bien plus fiable que la haine qui repose sur le sentiment de supériorité. Ça, j'ai eu le temps de méditer sur mon échec d'autrefois, avec les idéologies qui prônaient l'avènement du surhomme. Tous ceux qui se croient les plus forts finissent vaincus par ceux qui font de leur faiblesse une raison de survivre. C'est une loi contre laquelle je ne peux rien, alors je la contourne. Et puis l'autodestruction est tellement plus distrayante à mettre en scène que les rapports de force…

Je me serai bien amusé, Thomas, avec le genre humain. Je n'ai pas toujours été le tout-puissant marchand de puces cérébrales de votre société robotisée. Je m'adapte aux différentes cultures. C'est conseillé, lorsqu'on est immortel. J'ai été sorcier chez les peuples premiers, maître à penser chez les intellectuels, guide révolutionnaire lors des changements de régime, roi des marchés boursiers à l'ère capitaliste, empereur du textile quand les voiles islamiques ont envahi le monde…

Mais le moment était venu de faire du neuf. Par quoi pouvais-je remplacer les religions, pour cimenter une nouvelle civilisation ? Le hasard. Le culte du hasard. La mythologie de la victoire au jeu, conçue comme le produit de la force mentale. Une valeur spirituelle, évaluée par un quotient de puissance ludique qui sélectionnerait les dirigeants. Bref : la ludocratie. Un monde gouverné par la dictature de la chance, de la paix sécurisée, de l'inculture générale, du formatage et de la surveillance au service du bien-être. Votre monde. Les États-Uniques.

Mais il n'y a pas d'Arche de Noé sans déluge. J'ai réussi à persuader le premier des Présidents Narkos que les puissances étrangères voulaient nous envahir, que les nations religieuses alentour avaient lancé une guerre sainte contre le jeu, et qu'il fallait une riposte préventive. Je ne voulais pas d'un conflit nucléaire ou chimique qui aurait affecté l'environnement. J'ai préféré une mort bio. Une mort verte. L'humain serait détruit par le végétal.

Mais, comme tu as fini par le comprendre, ce ne sont pas les arbres qui l'ont voulu. Je me suis servi d'eux, c'est tout. J'ai synthétisé les protéines grâce auxquelles ils éliminent leurs prédateurs, et je les ai adaptées à l'homme. À partir de leurs défenses naturelles, j'ai conçu la bombe V, qui a rendu mortel pour l'organisme humain l'oxygène produit par les arbres à partir du gaz carbonique. Il a suffi d'envoyer les missiles exploser dans la stratosphère, avant de refermer sur ton pays le Bouclier d'antimatière mis au point, grâce à mes crédits de recherche, par ton cher ami Pictone. Un Bouclier qui vous protégerait des retombées comme des contre-attaques.

Ainsi j'ai partagé la planète en deux : les neuf dixièmes réservés à la nature redevenue sauvage, et le reste consacré à ma réserve humaine. Un mini-monde sous cloche pour concentrer mes expériences.

Avec les États-Uniques, j'ai recréé le Paradis perdu – c'est-à-dire, pour moi, l'Enfer retrouvé. J'ai joué au jeu des Tentations. Ayant épuisé vos ressources énergétiques traditionnelles, alliez-vous, si je vous en donnais la possibilité technique, emprisonner et recycler l'âme de vos défunts pour en tirer une énergie propre ?

Deuxième Tentation : si je fais saboter le Bouclier et que je vous persuade que vos arbres, contaminés par la flore étrangère, sont devenus dangereux pour la santé, allez-vous les détruire ? Quitte à vous détruire vous-mêmes ?

Et enfin, troisième Tentation : si vos enfants se végétalisent et s'en prennent à vous, allez-vous les éliminer à leur tour ? L'humanité est-elle prête pour le grand suicide ?

C'était juste une expérience, Thomas. Une vérification. Elle a dépassé mes espérances. Ou devrais-je dire mes craintes ? Car vois-tu, le problème, c'est que tout cela m'ennuie. Et me fait dépérir. Si, si. Dans un monde où chacun fait le jeu du Mal, ma puissance s'ankylose par manque de résistance. D'où la nécessité de réveiller les forces du Bien endormies par la peur et le confort, en me créant l'ennemi idéal. Toi. Je te raconterai un jour comment je m'y suis pris : le moment de cette révélation-là n'est pas encore venu.

En tout cas, n'oublie jamais que tu es libre. Je t'ai mis en situation, mais je ne t'ai pas programmé. Sinon, où serait le plaisir, la surprise, l'enjeu ? J'ai organisé ta rencontre avec Léo Pictone, j'ai fait en sorte que ton cerf-volant le tue pour que tu puisses entendre son fantôme et choisir ou non de l'écouter. Allais-tu détruire le Bouclier d'antimatière, afin que nous puissions passer à la suite de mon plan ? Délicieux suspense.

Face à tes pulsions de justicier ballotté par l'amour, j'ai enchaîné les concours de circonstances et les mises

à l'épreuve : les vaccins à micropuces, la chute du marronnier sur ton collège, la métamorphose de Jennifer,
la résurrection calamiteuse de ton père, l'évasion de
Brenda... Tous les défis, les pièges, les tentations que,
sous les traits de Nox ou de Noctis, j'ai soumis à ton bon
vouloir.

Je te le répète, Thomas, tu es libre de t'opposer à moi.
Libre de décider. Vas-tu prolonger l'espèce humaine, ou
parachever le grand retour du règne végétal ? L'homme ne
sera-t-il pas plus heureux s'il vit enfin en harmonie avec
la nature, c'est-à-dire s'il renonce à lui-même ? S'il arrête
de détruire pour rien, de se suicider collectivement. S'il
redécouvre l'intelligence de l'immobilité, l'harmonie,
l'interaction avec son environnement... S'il cesse de se
disperser pour retrouver le sens du Tout.

Ce gland que tu es venu planter, c'est celui de la paix
car c'est celui de l'oubli. L'oubli de soi, des autres, de
l'amour, de la pitié, du pardon... Le retour aux valeurs
végétales, où c'est le plus fort qui gagne, et puis voilà.
J'ai chargé ce futur chêne de toutes les amnésies qui me
livreront enfin la Terre. Car Dieu est amour, d'accord,
mais c'est un propriétaire qui n'habite pas l'immeuble. Et
moi, pour l'instant, je ne suis que le gardien. Il touche les
loyers ; je me contente des étrennes.

Ton père t'a parlé de la Genèse, tu te souviens ? Ève a
croqué la pomme ; toi tu planteras le gland. Je l'ai poussée
à goûter au fruit de la Connaissance du Bien et du Mal ;
toi tu vas faire germer l'oubli de l'amour. Dans l'intérêt
général. Car c'est l'amour qui est la cause de toutes les
souffrances que l'homme s'inflige, quand il refuse de
m'écouter. Tu en sais quelque chose. Imagine ta vie, si tu

ne souffres plus à cause de tes parents, de Brenda, de Jennifer... Comme cette vie sera douce, légère et cohérente, si tu ne fais plus qu'assouvir tes besoins pour soigner ta croissance – la morale de l'arbre. Tu ne souffriras plus, et tu ne feras plus souffrir ceux qui t'aiment. Quel soulagement, quelle délivrance pour tout le monde...

Il suffit que tu plantes le Gland de l'oubli au milieu des racines du Chêne d'amour, cet émetteur surpuissant qui n'en finit pas de contrecarrer mes plans, d'arrêter les guerres, de réclamer justice, de susciter l'entraide, de diffuser les fausses nouvelles de l'espoir, de vous sauver pour rien...

Allez, Thomas Drimm, retourne dans ton corps de jeune homme et prends ta décision. En connaissance de cause. Car ma cause est la tienne, mon fils.

## 29

— Qu'est-ce qui t'arrive, Thomas ? Regarde-moi !
Thomas ! Réponds !

Je reprends mes esprits, je me décolle du tronc. Le
Gland. Planter le Gland.

— Que s'est-il passé, dans l'arbre ? Il t'a dit quelque
chose ? Réponds-moi, enfin !

Je la repousse. La pelle. Creuser. Des mains retiennent
le manche.

— Je n'aime pas cette expression, Thomas. Tu n'es
plus toi-même. Rends-moi cette pelle... Non !

Elle recule d'un bond, se protège du coude. J'abaisse
la pelle, me retourne, avance au milieu des racines appa-
rentes du chêne. Un coin de terre meuble, entre le bitume
crevassé qui s'effrite. Creuser.

Les bras m'emprisonnent. Je me dégage, balance un
coup de pelle. Elle tombe. Je recommence à creuser.
Oubli. Oubli. Sauver le monde qui meurt d'amour. Qui
meurt à cause de l'amour. Oubli. Creuser. Je n'aime plus.
Je suis libre. Libre comme l'oubli.

Profond. Assez profond. Là, au carrefour des racines.

La place de pousser. Le jeune chêne va épuiser le vieux. En grandissant, il le déracinera. Oubli. Planter.

Je me retourne. Elle a les doigts dans la terre du pot, elle fouille, elle arrache le gland. Non ! Elle se sauve, je cours. Trop vite. Les herbes, les branches… Le mur. Elle s'arrête, s'adosse, me fait face. Elle me défie. Elle sourit. Elle mâche.

Non ! Le chêne ! Mon chêne ! Rends-le-moi ! Crache ! Je me jette sur elle, on roule dans les herbes. Je frappe, elle résiste, elle me bloque. Son poids sur moi. Sa bouche ouverte, à pleines dents. Les derniers fragments qu'elle croque… Le Chêne de l'oubli qu'elle avale…

Non, Brenda… Pourquoi ?

Elle rit. Elle rit, elle me serre. Mordre. Les fragments du chêne sur ses lèvres. Mordre… Elle m'empêche. Oubli… Amour… Oubli…

Le rire se fige. Elle vacille. Les yeux se ferment. Tout son poids sur moi, soudain. Mon souffle s'arrête. J'essaie de me dégager.

— Brenda ! Brenda !

Le manque d'air, l'affolement, et comme une espèce de délivrance, en même temps… Qu'est-ce qui m'est arrivé ? Qu'est-ce qui lui arrive ? Brenda !

Je réussis à me dégager de son corps, je me redresse, je la retourne. Elle ne bouge plus. Elle respire, mais c'est tout. Je lève ses bras, ils retombent. Je soulève ses paupières, elles se referment. Je la secoue, la pince, la gifle. Rien. Ce n'est pas du sommeil. Elle est dans le coma.

Je me relève. Des battements d'ailes, des cris d'oiseaux, tout autour. Ils approchent, ils tournoient, ils se posent. Ce n'est pas possible… Que va-t-on devenir,

seuls humains dans ce monde ? À deux heures d'hélicoptère de chez nous – et comment repartir si elle ne se
réveille pas ?

Je chasse du bras un corbeau qui est venu se poser sur
elle. Et je m'agenouille à son chevet. Brenda. Elle n'a
jamais eu l'air si belle et si paisible, son sourire de victoire
encore accroché aux lèvres… Comme si elle m'avait sauvé.
Et c'est le cas, peut-être. Je ne comprends pas ce qui s'est
passé, dans le chêne. Je me suis fait piéger, envoûter, mais
par quoi ? Par qui ?

Je verrai plus tard. On ne va pas rester dans cette forêt
vierge, avec tout ce qui s'affaire autour de nous pour nous
bouffer. Déjà, ce que je vois me glace le sang, les centaines de corbeaux et de goélands qui nous ciblent, mais
j'imagine sans peine les serpents et les autres saletés qui
rampent vers nous, cachés par les hautes herbes.

Dans cette ambiance, je n'arriverai jamais à me concentrer pour faire entrer ma pensée dans le corps de Brenda,
et tenter de la réveiller de l'intérieur. De toute manière,
avec ce qui m'est arrivé dans l'Arbre totem et dont je n'ai
aucun souvenir, je n'ai plus confiance en mon pouvoir. Si
j'ai une chance de sauver Brenda, c'est de l'extérieur.

Je la soulève par les aisselles, j'essaie de tirer. Je ne
pensais pas que c'était si lourd, une femme. Je n'arriverai
jamais jusqu'à l'hélico. Et pour quoi faire, de toute façon ?
On ne s'improvise pas pilote à mon âge. Non, il faut
que je la réanime. Que je trouve de l'eau, de l'alcool, des
outils, je ne sais quoi. Mais cinquante ans sans personne,
j'imagine l'état des fournitures.

Je rassemble des branchages, construis une espèce de
hutte au-dessus de Brenda pour la protéger des préda-

teurs, et je fonce à l'intérieur de la station-service. Voir au moins si elle peut servir d'abri.

Je me fige à l'entrée du garage. Un nuage de frelons tourne autour d'une vieille guimbarde qui leur sert de nid, débordante d'alvéoles, entre les araignées géantes qui ont tissé des hamacs au-dessus du pont élévateur. Un monde sans hommes, c'est beau vu du ciel, mais sur place, merci. Je préférerais encore des rats, des fauves, des chiens-loups… Je me demande s'il ont disparu, eux aussi, parce qu'ils étaient devenus trop proches de l'homme, qu'ils respiraient le même air que lui.

Je suis en train de tourner les talons lorsque mes yeux tombent sur le truc à roulettes qui sert à se glisser sous les voitures. La toile plastique est en miettes, mais l'armature rouillée paraît solide. Je la vérifie du pied, la prends du bout des doigts, rafle au passage des sangles et des san-dows plus cuits les uns que les autres, mais la quantité compensera.

Des rapaces sont déjà en train de s'attaquer aux branchages. Je les chasse à coups de sangle, démonte ma hutte de protection. Brenda n'a pas bougé, toujours aussi paisible, malgré les fourmis rouges que j'évacue aussitôt en raclant sa peau et ses vêtements avec la visière de sa casquette. Il faudrait que je la déshabille pour déloger les planquées, mais ce n'est pas le moment ni l'endroit : ça l'exposerait encore plus et ça risquerait de me déconcentrer.

Je fais riper son corps sur le mini-sommier à roulettes, l'attache comme je peux, et je commence à traîner l'engin à travers les broussailles et le bitume défoncé de la station.

Ça pèse toujours une tonne, mais ça se manœuvre mieux. Cela dit, je me vois mal monter l'escalier avec cet attelage.

Je m'arrête pour reprendre mon souffle, m'assieds sur un pneu. Je lève les yeux. Les pales de l'hélico dépassent de l'angle du toit, me narguent au soleil de plomb. Qu'importe : j'ai un but, un espoir, et même si c'est de la folie ça m'évite de sombrer dans la panique.

Je me relève, empoigne les montants du traîneau qui se déboîte à moitié. Merci la rouille. Les sangles tiennent, au moins. Je me penche pour déposer un baiser furtif sur les lèvres de Brenda, histoire de profiter quand même un peu de la situation pour me redonner du cœur au ventre, et je reprends ma progression sous la chaleur de bête qui me transforme en fontaine.

Arrivé dans le hall de l'immeuble, je m'effondre sur la première marche. On va dire que j'ai déjà réussi l'impossible. Au moins, ici, il fait frais et il n'y a pas d'oiseaux. Pause.

La tête entre mes genoux, le sang cognant dans mes tempes, j'écoute les battements de mon cœur qui finissent par ralentir. Quand un semblant de silence est revenu, je tends l'oreille à mon cerveau. Léo, s'il vous plaît. Vous êtes là ? Ne me laissez pas tomber, pas maintenant. Je suis peut-être quelqu'un d'exceptionnel, d'accord, mais je n'ai même pas treize ans. Comment ça se pilote, un hélicoptère ?

Pas de réponse. Je me lève soudain, vérifie si Brenda respire toujours. Ça va, le souffle est régulier, mais c'est le seul truc qui marche. Qu'est-ce qui l'a mise dans cet état ? Je ne sais pas quelle saloperie nous a refilée Nox, mais ce n'était pas un gland normal.

J'hésite à fouiller ma mémoire pour comprendre ce qui s'est passé. Je sens que c'est dangereux de trop creuser et que je dois rester disponible, si Pictone daigne enfin se manifester dans ma tête. Peut-être qu'il s'économise, au fond, qu'il attend que je sois installé aux commandes de l'hélico pour être opérationnel.

Cette lueur d'espoir me redonne un coup de fouet. Je reprends le traîneau, calcule la largeur de l'escalier. Ça ne passera pas, même en travers. Dans l'ascenseur non plus. De toute façon, vu les câbles électriques qui pendouillent, rongés de partout, je ne me fais pas trop d'illusions.

J'ôte les sangles et les sandows, et dispose Brenda sur mon dos comme on porte un matelas. Ça cogne sur les marches et la rampe, mais j'arrive à la hisser, mètre après mètre, en gueulant entre mes dents serrées pour me redonner de la force.

Le soleil est déjà bas quand on arrive sur le toit. Encore heureux qu'elle ait choisi l'immeuble le moins haut du quartier. Je m'accorde un moment de repos sur le gravier moussu. Tout mon corps est un énorme lumbago agité de crampes, mais ça va. Reste à hisser les cinquante kilos de ma chérie dans le cockpit. Un détail avant le début des vrais problèmes.

## 30

J'ouvre la portière et je positionne Brenda contre la carrosserie bombée. Cette fois, pour varier les plaisirs, j'essaye de la pousser. Comme je n'arrive à rien, je monte à bord, j'attrape un harnais, une corde que je passe dans la poulie, je mets le contact, et je la treuille à l'intérieur. Voilà. Au niveau des commandes de l'engin, c'est tout ce que je sais faire.

J'attache Brenda sur mon siège de tout à l'heure, je m'installe et je regarde autour de moi. Bon. Des dizaines d'interrupteurs, de tirettes, de leviers, dans tous les coins, et rien n'est étiqueté. Je cherche dans les vide-poches un mode d'emploi, un catalogue, une check-list… Mais c'est un appareil militaire, pas un hélico-école.

OK. En l'absence de doc, laissons faire l'invisible. J'empoigne les manettes façon joy-stick, je ferme les yeux, je m'efforce de faire le vide et j'attends. À vous, Pictone.

Rien. J'éteins, je remets le contact, je bascule deux, trois interrupteurs qui ont l'air importants. Aucun effet. Je les remets en position d'origine et je pousse un soupir, découragé. Et puis soudain, je me rappelle que si j'ai le pouvoir d'introduire mon esprit dans le corps humain et le tronc des arbres, je peux le faire aussi dans les circuits électroniques. Ça a marché, hier matin, avec le portail de la Forêt interdite. J'ai visualisé le verrou magnétique, l'intérieur du câblage, j'ai dit : « Thomas Drimm », et ça s'est ouvert.

Je retente le coup. Raté. J'essaie à l'envers, « Drimm Thomas », ce n'est pas mieux. « Brenda Logan » non plus, ni « Léo Pictone ». Visiblement, ça ne sert à rien de personnaliser. Alors je prononce d'un ton solennel, les yeux fermés, concentré sur les pales du rotor que je pénètre de toute ma force mentale pour les mettre en mouvement :

— Décolle !

Échec. Il faut peut-être que je respecte l'ordre des commandes. Je prends ma respiration, me focalise sur les fils qui vont du contact à l'allumage.

— Démarre.

Pas plus de succès. J'essaie tous les termes disponibles dans ma mémoire, de « Préchauffe » à « Tourne » en passant par « Moteur » et « Action ». Toujours rien. On n'a peut-être plus de carburant — mais si, je dis n'importe quoi : Brenda a fatalement vérifié qu'on avait de quoi faire l'aller-retour. Moi, en tout cas, je suis en panne d'inspiration.

Je laisse retomber mes mains en gonflant les joues. Abandonné des vivants, des morts et des machines. C'était bien la peine de m'entraîner dans toute cette histoire, de me donner toute cette formation de super-héros de l'invisible, pour me laisser en carafe devant un problème aussi bêtement matériel : j'ai un hélico, je ne sais

pas m'en servir, et ma pilote a mangé un gland neurolep-
tique.

Les abeilles et les mouches cognent contre le verre du
cockpit. Ça m'étonnerait que ça soit pour proposer leur
aide. En plus le vent s'est levé, la carrosserie commence à
tanguer très fort. S'il y avait une tour de contrôle, elle me
refuserait le décollage. On se console comme on peut.

Je ferme les yeux pour ne pas pleurer. Je suis seul,
désespérément seul, à vingt centimètres de la femme de
ma vie qui s'arrête ici. On va mourir de faim, de soif, de
peur ou de malaria – j'imagine la nuit, dans cette ville
fantôme, avec les moustiques géants qui vont se glisser
dans les conduits d'aération. Elle encore, elle ne souffrira
pas – c'est toujours ça. Et puis les rapaces éclateront les
vitres et nettoieront l'habitacle. La version light, c'est
qu'une rafale de vent nous balance du toit et qu'on soit
tués sur le coup.

J'espère qu'au moins on se retrouvera dans l'au-delà, et
que la différence d'âge ne sera plus un problème. Allez,
disons-nous qu'en mourant, je gagne du temps. Je t'aime,
Brenda. À tout de suite.

Je lui prends sa casquette, je l'enfonce sur mes yeux, et
je lâche prise.

Et puis non, ça serait trop nul! J'ai détruit un Bouclier d'antimatière, j'ai déprogrammé des milliers d'ados
végétalisés, je ne vais pas baisser les bras devant un simple
hélico sans pilote sous prétexte que je n'ai pas le mode
d'emploi! Léo Pictone, réponds! C'est mon dernier avertissement, sinon tu auras notre agonie sur la conscience
et tu pourras toujours te «réinitialiser», comme tu dis,
on te fabriquera un enfer tellement pourri que tu regret-

teras d'être mort. Réponds! Si tu m'entends, s'il te reste un gramme d'humanité et de reconnaissance pour mes services rendus, fais quelque chose… Tout de suite! Matérialise-toi, prends les commandes de mon corps pour faire décoller ce foutu engin, ou alors téléporte-nous – ça doit être dans tes cordes, non?

Allez, sois pas salaud. Je me livre à toi, Léo. En souvenir de ce qu'on a vécu depuis que je t'ai tué, ne me laisse pas tomber. OK? Je n'ai plus que toi…

— Fallait pas.

Je fais un bond sur mon siège. Le coup de joie machinal en entendant parler dans ma tête retombe aussi sec. C'était à peine audible, mais j'ai bien peur d'avoir reconnu la voix.

— Fallait pas… faire ça…

Ah non, pas lui! Soyez sympa, au standard, passez-moi Léo Pictone, pas Boris Vigor! On n'arrivera jamais à décoller, avec cette andouille.

— À cause de moi… Le gland…

— Oui, d'accord, Boris, mais c'est fait: c'est fait. On passe à l'avenir, OK? Vous savez piloter?

— Non.

— Ben foutez le camp, alors! Laissez la place à ceux qui savent! Passez-moi Pictone!

— À cause de moi…

Je tape du poing sur le tableau de bord, excédé. Mais qu'il libère la ligne, ce con!

— Aie… confiance, Thomas… On est tous connectés…

C'est ça, oui. J'imagine son équipe de man-ball, qui pousse dans les vestiaires de l'au-delà pour donner un coup de main : «Moi aussi j'veux essayer, les mecs ! Où c'est qu'j'appuie ?» On va se crasher au bout d'un mètre.

— En… dors-toi… Laisse faire l'équipe… Laisse-nous prendre ton corps.

J'hésite. Trente-sept billes humaines rembourrées qui ont passé leur temps sur Terre à rebondir de case en case sur une roulette géante pour se loger dans le numéro misé par le public, ça donne moyennement envie de se laisser posséder. Mais après tout, c'est ce que j'ai demandé. Évidemment, je serais plus en confiance avec Pictone ; chaque fois qu'on a bossé en binôme, ça a plutôt bien fonctionné, même si ensuite ça s'est fini en cata. Mais si le vieux n'est pas dispo, je ne vais pas non plus refuser l'aide de ses semblables pour lui laisser l'exclu.

— *Fais dodo… Thomas, mon p'tit frère…*

Et allons-y pour la berceuse. On ne peut pas vraiment dire qu'il ait fait des progrès dans l'au-delà, le Vigor. Mais c'est plutôt gentil, et peut-être que, dans un sauvetage de ce genre, la gentillesse est plus efficace que la compétence…

Je me tourne vers Brenda. Ma Belle à l'hélico dormant… Si je n'arrive pas à te réveiller, je vais essayer de te rejoindre dans le sommeil, et on va leur laisser une chance, qu'est-ce que tu en penses ? Au pire, si Vigor et son équipe n'arrivent pas à nous faire démarrer, j'aurai toujours gagné une sieste, et récupéré des forces pour tenter l'impossible : enclencher toutes les commandes à la fois pour trouver au hasard le système de décollage, quitte à larguer les missiles sous nos fesses. Et si je me plante, on reviendra au programme précédent : nos retrouvailles dans un autre monde.

Je viens, ma Brenda. Un dernier baiser pour la route,

dans la paume de ta main, comme les grands. Je resserre ta ceinture de sécurité, je boucle la mienne, et allons-y.

Je pose les doigts sur les commandes, je cale ma nuque sur le dossier, et j'attends le sommeil pour livrer mon corps à leur science – c'est l'espoir qui fait vivre.

— Merci de me faire confiance, Thomas, murmure dans mes pensées qui s'engourdissent la voix de Boris.

Elle est beaucoup plus dense et précise, comme si, en m'en remettant à lui, je le rendais moins nul. Je voudrais lui répondre, mais je ne peux pas. Je suis tétanisé, paralysé. Calme et plus vraiment là. J'entends au loin, par-dessus le souffle étouffé de l'allumage :

— Tu sais, le Gland de l'oubli, ce n'est pas moi… C'est Nox qui l'a sorti de sa poche pour que je le plante dans le pot, avant de me tuer. Il avait besoin de le charger avec trois énergies contraires : mon désespoir, ma force d'amour et ma puissance d'aveuglement.

La voix s'emballe, joyeuse, monte en régime avec la poussée des moteurs.

— Mais tu as effacé tout ça, Thomas ! Tu as gagné… Pour ma petite Iris, pour nous tous ! Tu entends ? Toute l'équipe est derrière toi ! Allez, mon pote, on s'arrache !

Un bruit lointain de ventilateur m'accompagne tandis que je perds connaissance.

# DIMANCHE

L'Avenir s'écrit au passé composé

## 31

Officiellement, tout cela n'a pas eu lieu.

Je m'appelle Thomas Drimm, j'ai toujours treize ans moins le quart et je viens de sortir de l'hôpital. Après trois semaines d'isolement en chambre stérile, on a réussi à fabriquer à partir de mes anticorps, d'après National Info, le vaccin idéal contre la grippe V. Sauf qu'entre-temps, elle a disparu.

La paix est revenue. Les végétalisés sont en convalescence, ils reprennent figure humaine. Jennifer ne veut pas encore se montrer, mais, vu les textos qu'elle m'envoie, elle est déjà redevenue boulet comme avant. Et encore, elle ignore qu'elle me doit sa guérison.

Mon père est venu me chercher à la sortie de l'hôpital, dans sa limousine de fonction. Il est entré au gouvernement, sur proposition de Lily Noctis. J'ai appris qu'elle a remplacé son demi-frère qui va passer en Cour martiale, paraît-il, pour entente avec l'ennemi pendant la Guerre végétale. De toute manière, elle et lui, c'est du pareil au même. La révolution qu'elle nous promettait, c'est quoi ? une promotion pour elle. À présent, elle est à la fois ministre de l'Énergie et du Hasard, et elle a fait de mon père son secrétaire d'État aux Ressources naturelles. De sa fenêtre, il voit le bureau de ma mère, au ministère d'en face. Elle est directrice de la Moralité à l'Inspection générale des casinos. Souvent, ils déjeunent ensemble à la table de Lily Noctis. Ça se passe très bien.

J'ai trouvé mon père profondément changé. Serein et charmeur, équilibré et content de soi. Il a commencé par me dire qu'il avait eu très peur, il y a trois semaines, en entendant sur National Info qu'un hélico s'était crashé en mer, au large de Ludiland, avec à son bord une femme et un ado inanimés. Va savoir pourquoi, il avait tout de suite pensé à moi. Mais sa ministre l'avait rassuré : j'étais toujours au secret à l'hôpital, je n'avais pas bougé de ma chambre.

À quoi bon lui dire la vérité, si cette version officielle lui convient ? Mes trois semaines d'isolement sont un tunnel dont j'émerge avec peine. On m'a donné plein de médicaments, de reconstituants, de drogues qui ont brouillé mes repères. Je me souviens de tout, mais je ne sais plus ce qui est réel ou non. En tout cas, je suis redevenu maître de mes pensées. Ni la voix de Léo Pictone ni celle de Boris Vigor n'ont plus fait d'intrusion dans ma tête. Un seul mot, en revanche, me revenait chaque matin au réveil, de manière obsessionnelle. Je ne l'avais jamais entendu, il ne m'évoquait rien, et pourtant je sentais que c'était terriblement important.

— Papa, c'est quoi, un chronographe ?

— *Chronos*, le temps ; *graphein*, écrire. Étymologiquement, je dirais : un appareil qui écrit le temps. Pourquoi ?

Je suis resté évasif. Après avoir isolé par la séparation

blindée le compartiment chauffeur, il a ajouté, avec des éclairs dans les yeux, qu'il avait écouté mon conseil et qu'il était parfaitement heureux dans sa nouvelle double vie. Et même, il était retombé amoureux de ma mère, depuis qu'il avait trouvé le bonheur ailleurs.

J'étais content pour elle. Pour lui aussi. Pour moi, c'était autre chose. J'avais quitté l'hôpital, mais Brenda y était restée. Les médecins disaient qu'elle ne sortirait pas du coma. C'était plus qu'un coma, d'ailleurs. Personne ne comprenait. D'après les scanners et les analyses, elle était en train de s'embaumer toute seule, comme si elle n'avait mangé depuis des années que de la résine et des glands. En voulant sauver le Chêne d'amour, elle s'était condamnée.

Je vais la voir, souvent. Au début, j'essayais de la soigner de l'intérieur, mais mes capsules de pensée concentrée s'engluaient dans sa résine ; je n'arrivais à rien et ça me flanquait le bourdon. J'avais beau me démener, son état restait stationnaire.

Alors maintenant, je me contente de lui parler. Je lui donne de mes nouvelles et de celles du monde, en forçant dans les deux cas sur l'optimisme. La seule chose vraie, c'est que la cote de ses tableaux grimpe de jour en jour, parce qu'elle est morte ou tout comme. Les collectionneurs sont sûrs qu'elle ne peindra plus, m'a expliqué mon père, alors c'est un bon investissement. Mais quand même, les galeristes attendent qu'on la débranche avant de l'exposer. Alors dans l'immédiat, sur mon conseil, il a fait acheter quarante-cinq toiles par son ministère. Pour qu'elle ait de quoi payer ses frais de coma, vu qu'elle n'a pas de mutuelle.

Sans mon père, je ne sais pas comment j'aurais traversé cette période. Son bonheur soulève des montagnes – en tout cas, des collines. La seule chose qui lui manque, c'est de quoi trinquer à sa résurrection. Mais l'alcool c'est le passé, alors il fait la fête à l'eau gazeuse.

Toute la semaine, il parcourt les bois et les champs avec des orchestres symphoniques, des formations de jazz et des groupes de rock. Il sonorise les forêts et les cultures, pour améliorer la croissance et le rendement. Je l'accompagne, souvent, comme je suis en vacances et que c'est une idée à moi.

Je me suis dit que, si l'on avait pu modifier nos protéines par des ondes végétales nocives, on pouvait le faire aussi, mais de manière bénéfique, en direction des végétaux. Les chercheurs du ministère m'ont écouté d'une oreille distraite, puis, tout à coup, ils se sont mis à me traduire en langage compliqué ce que je venais de leur expliquer de façon claire.

En gros, disent-ils, chaque acide aminé émet une fréquence particulière ; il suffit donc d'assembler ces notes pour en faire une musique, qui sera celle de la protéine complète. Du coup, lorsque les plantes captent les vibrations de cette mélodie, elles se mettent à produire par résonance la protéine en question. Suivant l'air qu'on leur joue, ça stimule leur croissance, leurs défenses naturelles ou leur saveur.

Les résultats ont été spectaculaires sur les tomates, qui se sont mises à pousser plus vite, plus belles et meilleures, sans arrosage ni engrais ni attaques de parasites.

Quant aux haricots, ils ont clairement préféré le rock à la lumière, choisissant de pousser vers les enceintes plutôt qu'en direction du soleil.

Adapté aux arbres, ce procédé permet de décupler leur activité électrique et, du coup, le surplus de production qui ne leur est pas nécessaire est récupéré par nos centrales et nos usines. Fini de recycler les morts ou les ados : désormais, ce sont les arbres qui sont nos producteurs d'énergie.

Avec le feu vert de Lily Noctis, mon père voulait appliquer tout de suite à l'échelon planétaire cette nouvelle industrie écolo-musicale, baptisée par lui «Système Orphée». Auparavant, j'ai tenu à demander son autorisation au Chêne d'amour, sur le tableau de Brenda.

Il m'a dit OK, par une série d'images mentales assez rassurantes sur le futur que nous allions inventer. C'est ainsi que, symboliquement, les arbres et les hommes ont signé un traité de coopération économique. Sur un tableau pas tout à fait achevé qui, lui, ne verrait peut-être jamais la signature de Brenda.

L'avenir s'était remis à sourire, sauf le sien. Pourtant l'espoir allait revenir, mais par un chemin du passé.

## 32

Un dimanche matin, je suis allé rendre visite à la veuve Pictone. Comme si elle m'avait quitté la veille, elle m'a dit d'aller me faire une tartine dans la cuisine. Elle était très occupée par le vernissage de Léonard, qui serait exposé à partir de la semaine prochaine au musée privé de la Colline Bleue, réservé aux membres du gouvernement et à leur famille. J'ai fini par comprendre qu'elle avait fait don à l'État de son mari – du moins de l'ours en peluche, afin d'éviter ce qu'elle appelait son « excès de fétichisme ».

— Tu vois, Thomas, je t'ai écouté. Je le connais : il ne reviendra jamais dans ce doudou. Il préfère mener la grande vie chez les morts, alors, comme tu me l'as conseillé, je lui lâche les basques. Mais je n'allais pas non plus le jeter.

J'ai quand même demandé, pour la forme, ce que c'était exactement, des basques.

— Les pans d'une queue-de-pie.

Ça ne m'a pas vraiment avancé, mais j'étais content de la revoir. Et puis j'aimais bien imaginer mon vieil ours rafistolé trônant sur un coussin derrière une vitre, avec l'étiquette « Ici a séjourné après sa mort l'âme du professeur Pictone, inventeur du Bouclier d'antimatière ». On oublierait vite son côté terroriste. Ça me faisait plaisir pour sa mémoire, même s'il m'avait oublié.

C'est là qu'Edna Pictone m'a fait, sans le savoir, le plus beau cadeau de ma vie. Le plus terrible, aussi.

— Tiens, à propos, j'ai déchiffré le message. Tu sais, les gribouillis que la pauvre Brenda avait notés dans le bureau de Léonard, le soir de sa veillée funèbre.

Elle est allée chercher les feuilles et une recette de cuisine, au dos de laquelle elle avait rédigé la traduction – d'une écriture tout aussi illisible. Elle m'a fait la lecture, en imitant à s'y méprendre la voix aigrelette de son défunt :

— « Réécris ton histoire, Thomas. Reviens au point de départ, et essaie autre chose. Une autre version, une autre gestion de ta vie, qui conduira à une fin différente. Chacun de nos choix, chacun de nos actes crée un futur possible que nous pouvons ouvrir et développer. Le tout est de trouver le carrefour important de ton existence, afin de changer d'embranchement au bon endroit. »

Elle abaisse la recette du lapin à la moutarde, m'interroge d'un coup de menton. J'acquiesce. Je vois très bien le carrefour, oui.

— « Rappelle-toi le vieux stylo, dans le carton à souvenirs sous le lit de ta mère, entre ta timbale et ta tétine. Le premier cadeau que t'avait fait ton père, quand il a renoncé à écrire. Ta mère te l'avait confisqué, de peur que tu te blesses. Rappelle-toi comme je l'ai configuré. »

Edna relève les yeux avec une moue de curiosité. Pressé d'avoir la suite, je lui décris rapidement les deux excroissances en corne qui avaient jailli du stylo, sous les pattes de l'ours. Un T et un D, mes initiales, utilisant la même barre verticale. Il avait parlé du T comme d'une coupelle pour recevoir les ondes d'en haut, et le D serait une serpe qui me couperait des mauvaises influences. Puis il avait remis le stylo dans le carton, en me disant que le moment n'était pas encore venu.

— C'est bien lui, ça ; toujours des promesses, commente Edna.

Elle pose la recette sur une tablette de radiateur, et attrape sa canne pour aller au salon. Je la talonne en demandant :

— Je peux avoir la fin ?

— Oh, tu as le temps, c'est le cas de le dire.

Elle prend une cigarette dans un coffret, l'allume, regarde avec nostalgie la fumée descendre vers moi, et retourne lentement à la cuisine.

— « Ce stylo, reprend-elle, a désormais le pouvoir d'arrêter le temps actuel, et d'en créer un autre. Du moins, c'est toi qui as ce pouvoir. Le chronographe n'est qu'un instrument... » Quoi ?

Elle m'a senti sursauter en entendant le mot qui hante mes rêves. Je lui fais signe de poursuivre.

— « ... un instrument qui te permet de fixer ton intention, de canaliser ton inspiration et de la mettre en forme. Toutes les découvertes que j'ai faites de mon vivant sur la matière et le temps, réactualisées depuis l'au-delà, je les ai transférées dans ton stylo. Ce sera notre seul contact, à présent, notre seul trait d'union, la seule manière dont je pourrai t'aider, si tu en découvres le mode d'emploi.

À toi de jouer, Thomas Drimm. À toi d'écrire. C'est ton seul moyen de ramener Brenda à la vie. »

J'étais partagé entre l'espoir et la consternation. D'abord, j'espérais que ma mère n'avait pas balancé mon carton à souvenirs, pendant le déménagement. On habitait maintenant une villa en marbre à piscine débordante, et il n'y avait plus que du neuf autour de nous.

Cela dit, là, sur le moment, c'est la consternation qui gagnait. Si seulement Brenda avait pu déchiffrer le message qu'elle avait reçu en écriture automatique, elle aurait su qu'elle courait un danger, elle se serait méfiée, et elle ne serait pas dans le coma, aujourd'hui.

Mais si l'avenir est écrit, peut-on le changer? À moins que justement, pour le changer, il faille l'écrire.

C'est ce que je fais, depuis ce matin. Au passé composé. Je recompose.

« Tout a commencé un dimanche, à cause de XR9. C'était mon seul copain, et c'était un cerf-volant. Le plus sauvage de toute la plage, avec ses couleurs violette et rouge zébrées de bandes noires. Il filait comme un éclair, se cabrait au moindre coup de vent, et je sentais toutes ses vibrations dans mon corps à travers les ficelles qui le reliaient à mes manettes de contrôle. Il était libre comme l'air, et pourtant j'étais son maître. J'adorais.

J'avais la plage pour moi tout seul, à cause du vent force 8. À travers le brouillard de pluie qui me collait aux yeux, j'ai deviné une silhouette qui marchait dans ma direction. C'était un vieux.

— Ne joue pas au cerf-volant par un temps pareil, enfin, tu vas le déchirer!

Pour avoir la paix, j'ai réduit la voilure et j'ai actionné l'enrouleur qui a fait descendre XR9. Mais brusquement le vent a changé de sens, l'aile s'est rabattue et a foncé en piqué vers le sol. Schblog! Le vieux s'est écroulé sous le choc. XR9 a rebondi, et... »

Je relève les yeux, ma phrase en suspens. Je crois bien que c'est là, le carrefour. Qu'est-ce que je décide?

Je passe le T du stylo sur le bout de mon nez, je me gratte la joue avec les pointes du D. Le papier m'hypnotise, tout imprégné du décor que je reconstitue. Les mots tracés comme des vagues m'appellent; j'oscille sous le vent de la scène entre le présent qui me raccroche à la table et les phrases qui vont refaire l'avenir.

« ... et s'est planté dans le sable à côté de sa tête.

— Monsieur, ça va?

Je me suis agenouillé au-dessus de lui. Il y avait un trou dans son crâne, et la marée venait diluer les gouttes de sang qui s'en échappaient... »

Je barre les sept dernières lignes et je regarde sur le papier Léo Pictone enroulé dans sa veste à carreaux, avec son parapluie qui lui sert de canne, ses trois mèches trempées, ses lunettes tordues au bout du nez. Par-dessus les verres couverts de buée, il regarde le préado à bourrelets qui réduit sa voilure.

Que se passera-t-il si je ne le tue pas? Est-ce que nos chemins se recroiseront? Est-ce que je resterai ce gros flan sans intérêt ni avenir, qui essaie d'oublier son poids en faisant voler un bout de toile? Dois-je renoncer au héros que je suis devenu pour que Brenda se réveille? Mais dans ce cas, lorsqu'elle ouvrira les yeux, on ne se sera pas rencontrés, et elle ne me reconnaîtra plus.

« ... j'ai deviné une silhouette qui marchait dans ma direction. C'était un vieux.

— Ne joue pas au cerf-volant par un temps pareil, enfin, tu vas le déchirer ! »

Je crispe la main sur mon stylo pour retenir XR9 qui piquait droit sur son crâne. Le déchirer, oui. C'est la solution. Quelqu'un le dirige à distance, j'en ai eu la preuve le surlendemain. Quelqu'un a donné rendez-vous à Pictone ici même à midi cinq, pour qu'il soit tué par mon cerf-volant. Mais si je commande au vent de déchirer la voilure, ça neutralisera le système de téléguidage.

Je rature, je me concentre sur la description de la tempête, l'usure de la toile, le point de rupture. Voilà. Reprenons :

« À travers le brouillard de pluie qui me collait aux yeux, j'ai deviné une silhouette qui marchait dans ma direction. C'était un vieux.

— Ne joue pas au cerf-volant par un temps pareil, enfin, tu vas le déchirer ! »

La plume s'immobilise sur le point d'exclamation.

Que sera ma vie, si je renonce à le tuer ?

# III

# LE TEMPS S'ARRÊTE À MIDI CINQ

« Chaque fois qu'un événement se produit,
l'univers se scinde en de multiples copies,
chacune abritant une réalité différente. »

Hugh EVERET (1930-1982),
physicien, mathématicien.


« J'ai cru qu'en changeant de château, je
changerais de fantôme. »

Jean COCTEAU (1889-1963),
poète.

# MARDI

Et si le passé dépendait de moi?

## 1

*Ministère de la Sécurité, Division 6, cellule 50, 15 heures*

C'est ton dernier jour dans ce monde, Thomas Drimm. D'ici quelques heures, tu auras fait basculer ton destin exactement comme je le voulais. Tu penses en avoir fini avec moi. Tu penses qu'Olivier Nox n'est plus qu'un condamné en sursis dans la cellule haute sécurité où il croupit grâce à toi. Mais tu devrais le savoir, mon cher enfant : plus tu me combats, plus tu me renforces. Tu crois toujours incarner les puissances du Bien, mais tu n'es que l'instrument du Mal.

Dans l'espoir de sauver une femme, tu t'apprêtes à commettre l'irréparable. Tu es certain de détenir l'arme absolue : un stylo qui arrête le temps. Un stylo qui a le pouvoir de réécrire le passé, de créer un monde parallèle où tu pourras effacer les drames que tu as causés, et reconstruire la réalité selon tes vœux. Pour le bien de ceux que tu aimes – crois-tu.

C'est la dernière phase de ton initiation, Thomas. Celle qui fera d'un garçon plein de bonnes intentions le digne héritier du Diable. Et qui me permettra enfin de te passer le flambeau.

## 2

Heureusement, c'est les vacances, alors je passe tous mes après-midi auprès de Brenda. Il n'y a plus que moi dans sa vie. Et elle ne s'en rend même pas compte.

Ma grande blonde inaccessible est allongée sur un matelas qui ondule comme un serpent toutes les vingt secondes. Je pensais que c'était un truc pour la réveiller, mais l'infirmière m'a expliqué que c'était juste pour empêcher les escarres. Ils appellent comme ça les morceaux de peau qui meurent lorsqu'on reste au lit trop longtemps.

Je la contemple et le remords est encore plus fort que l'amour. C'est à cause de moi qu'elle est dans le coma. Si seulement elle pouvait m'entendre… Alors je lui parle. Chaque fois que je viens la voir, je lui répète notre histoire pour qu'elle comprenne combien je me sens coupable ; je la gave en espérant qu'elle finira par en avoir marre et se réveiller pour me dire je te pardonne, OK, tu me lâches un peu ? Mais visiblement, je ne lui ai pas encore assez bourré le crâne. Ou alors elle est déjà hors de portée.

Il paraît qu'il y a des gens qui ont mis dix ans à sortir du coma. J'ai le temps. D'un autre côté, c'est un peu glauque à dire, mais ça m'arrange plutôt. Dans dix ans, on n'aura plus de différence d'âge. Je serai un homme et je pourrai l'épouser. Si je l'aime toujours. Évidemment, entre-temps, j'aurai connu d'autres femmes, et peut-être que je l'aurai oubliée. Mais j'essaie de m'enlever cette idée de la tête, si jamais Brenda entend mes pensées. J'ai assez de remords sur le cœur sans m'en coller des préventifs.

Alors je ressasse. Je lui rappelle notre rencontre, nos combats, les dangers qu'on a bravés ensemble et la victoire qui l'a mise dans cet état. À chaque fois, je m'améliore, je développe mon récit en trouvant des raccourcis plus parlants ; j'essaie de lui donner envie de revenir parmi nous, de me retrouver, de renouer le fil de notre histoire. Je la prends à témoin, je tente de la faire sourire, je lui demande son avis. J'en oublie que je parle tout seul.

— Bonjour, c'est Thomas. On est mardi, il fait beau, 19 degrés, tu t'appelles Brenda Logan, tu es blonde, tu as des yeux caramel et des muscles incroyables, mais ça serait bien que tu les fasses un peu fonctionner. Tu habites Nordville, capitale des États-Uniques, je suis ton voisin d'en face et tu es une peintre géniale. Tu disais que tu valais pas un rond de ton vivant, mais là je te fais vendre plein de tableaux, comme ça tu as les moyens de rester dans le coma aussi longtemps que tu veux. Mais ça serait mieux que tu économises. Tu te coûtes un mois de loyer par journée de sommeil, je te signale. T'as autre chose à faire avec ton pognon que de te laisser racketter par l'hosto, non ?

Je marque un temps pour lui laisser méditer l'argument, au cas où. Et j'aborde la partie un peu moins marrante de notre histoire. Pictone, le cerf-volant, l'ours,

Olivier Nox, le Bouclier d'antimatière, son sabotage… Je m'interromps pour lui laisser le temps d'assimiler, éventuellement. Le bruit de sa machine à respirer emplit le silence. Les yeux toujours rivés sur ses paupières closes, je reprends :

— Sauf que le Bouclier avait un but secret. C'était comme une cloche à fromage, qui nous protégeait des pollens avec lesquels la forêt avait détruit l'homme sur le restant de la planète.

Je marque une nouvelle pause. Je ménage le suspense et les rebondissements, même si apparemment ça ne sert à rien. Chaque mouvement de son visage est un faux espoir, dû au matelas électrique.

— C'est grâce à toi qu'on a arrêté la Guerre des Arbres. C'était un coup fourré d'Olivier Nox, ça aussi. Quand j'ai découvert la vérité, il a voulu m'empoisonner. Tu m'as sauvé la vie en avalant à ma place cette saleté qui te fait dormir depuis trois semaines.

Je reprends mon souffle, et j'enchaîne en caressant sa main :

— Mais les médecins n'ont trouvé aucun poison connu dans ton corps. Pour eux, il n'y a rien à soigner. Tu as le droit de te réveiller, quoi. Parce que je suis trop malheureux tout seul, à me dire que sans moi tu serais pas dans le coma. Voilà. Tu m'en veux pas trop ?

Le silence qui suit est un peu lourd à digérer. J'avale ma salive en la regardant. J'ai essayé de la soigner de l'intérieur, bien sûr – une des choses que m'a apprises Pictone quand il s'est empeluché dans mon ours. Mais j'ai perdu cette faculté d'agir par la pensée sur les cellules du corps – en tout cas avec Brenda. C'est peut-être l'âge qui m'a fait perdre mon pouvoir. La puberté qui mobilise mon énergie pour des trucs indépendants de ma volonté, genre les poils qui poussent, la voix qui déraille et les filles qui se déshabillent dans ma tête. Me projeter dans le corps de Brenda, je ne le fais plus de la même manière.

Alors, cet après-midi, je suis venu avec mon stylo. Sans la quitter des yeux, je pose la plume en haut d'une feuille blanche. Et j'attends. Ce stylo, c'est ma dernière chance. Si je n'ai pas les moyens d'améliorer l'avenir, il faut que je refasse le passé.

Depuis dix jours, je tente de modifier cinq secondes. Les cinq secondes qui, sur la plage du casino, séparent les derniers mots prononcés du vivant de Pictone et l'impact de mon cerf-volant sur son crâne. Cinq secondes qui ont fait basculer mon destin et qui, jusqu'à présent, résistent à toutes mes ratures, à toutes mes corrections. Je n'arrive à rien, tout seul. Il me faut un renfort d'énergie.

Je rapproche ma chaise du lit, je pose mon bloc de feuilles sur le ventre de Brenda. Je serre son poignet dans ma main gauche et je pose la plume sur le papier. Aide-moi à te réveiller, s'il te plaît. Je veux te retrouver comme avant. Supprimer la mort de Pictone qui m'avait obligé à sonner chez toi. Même si, du coup, dans cette vie de remplacement, je ne suis plus pour toi qu'un voisin insignifiant qui n'a aucune raison de t'adresser la parole, aucun prétexte pour dominer sa timidité. Tant pis. Je préfère que tu vives sans savoir que j'existe, plutôt que de rester là à te regarder dormir.

Je lâche ta main et je ferme les yeux pour quitter cette chambre, cet hôpital, cet après-midi.

## 3

XR9 se cabre sous les bourrasques, enchaîne les figures acrobatiques. Je sens toutes ses réactions dans mon corps, à travers les ficelles qui le relient à mes manettes de contrôle. Il est libre comme l'air, et pourtant je suis son maître. J'adore.

Du fond de la plage déserte, le vieux marche dans ma direction, déséquilibré par sa canne-parapluie qui s'enfonce dans le sable. Les paupières toujours closes, je transforme l'image en phrase, alignant la cadence de sa démarche sur celle des mots que j'écris à l'aveuglette, soumettant la vitesse du vent au rythme de ma plume.

— Ne joue pas au cerf-volant par un temps pareil, enfin, tu vas le déchirer !

Sa voix aigrelette vibre dans mes doigts. Je réduis la voilure aussitôt, actionne l'enrouleur pour amorcer la descente. Mais brusquement l'aile se déchire et fonce en piqué sur le sol. Schplof ! Le nez du cerf-volant s'est enfoncé dans le sable, aux pieds du vieillard.

— Non mais, tu veux me tuer, ou quoi ?

Je lui demande pardon. Il hausse les épaules, emmitouflé dans sa veste à carreaux, avec ses trois mèches hirsutes, ses lunettes tordues et ses petits yeux fourbes. Je le regarde s'éloigner dans le brouillard.

Dès qu'il a disparu, je sors à tâtons mon portable de ma poche, cramponné à cette nouvelle version de notre rencontre, et je rappelle le dernier numéro composé.

— Bonjour, madame, je peux parler au professeur Pictone?

— Toujours mort, répond sa veuve d'un ton crispé. Je garnis une tarte, là, ça t'ennuie de me lâcher cinq minutes?

Je rouvre les yeux et rebouche le stylo en soupirant:

— OK, Edna. Je me mets sur Pause.

— Tu peux carrément aller te balader, mon grand. Pas besoin d'attraper la crampe de l'écrivain: tu t'épuises pour rien. Même si tu réussis à te convaincre que tu n'as pas tué Léonard, ça ne me fera pas oublier qu'il est mort.

Je m'empresse de raccrocher, avant que le défaitisme de la vieille dame ne me contamine. Je n'aurais pas dû la mettre dans la confidence, l'appeler dix fois par jour pour vérifier si j'ai réussi à épargner son mari. Elle n'est pas seulement sceptique: elle est contre. La perspective de reprendre la vie commune avec son défunt, dans un autre espace-temps, n'a vraiment pas l'air de l'emballer. Mais je vais finir par y arriver, je le sais. À force de concentration, j'empêcherai *pour de vrai* Pictone de recevoir mon cerf-volant sur le crâne. J'ouvrirai cet autre futur possible où il rentre chez lui en râlant contre ces gosses mal élevés qui n'écoutent rien. Cet autre futur où je pourrai refaire ma vie sans l'ours, sans la Guerre des Arbres ni le coma de Brenda. Cet Autre futur où, quand je téléphone à Edna

Pictone, elle ne sait pas qui je suis. Évidemment, si je n'ai pas tué Léo, elle n'a aucune raison de me connaître. Je n'ai pas sonné à sa porte, cinq semaines plus tôt, pour lui donner la peluche squattée par son défunt.

J'adore Edna, ce grand cheval à cheveux bleus qui a aussi bon cœur que mauvais caractère. Je sais bien que je lui pompe l'air avec mes coups de téléphone, mais si je baisse les bras, qui lui ressuscitera son homme ? Je suis sûr qu'elle l'aime encore, malgré tous ses défauts, et que ce n'est pas elle qui bloque le pouvoir du stylo en doutant de moi.

En fait, je crois savoir où est le problème. Si le chronographe ne parvient pas à imposer une nouvelle version de ma rencontre avec Pictone, c'est que la scène a eu un témoin. Celui qui nous observait à distance, je suppose, après avoir trafiqué mon cerf-volant. Car la mort du savant n'était pas un accident, j'en ai eu la preuve en découvrant le système de téléguidage à la jointure des ailes. Ce n'est pas le vent qui est à l'origine du drame. Quelqu'un a voulu tuer, à travers moi, l'inventeur des puces cérébrales et du Bouclier d'antimatière. Comment lutter contre le souvenir que l'assassin a de son crime ? Un souvenir qui fige la scène et neutralise les effets de mon imagination.

L'assassin, je sais qui c'est. Olivier Nox. Depuis que sa demi-sœur s'est emparée du pouvoir, l'ancien ministre de l'Énergie est en prison pour haute trahison, enfermé au secret avant de passer en Cour martiale. Je me dis que seule sa mort pourrait rendre la vie à Pictone. C'est un peu trash, comme espoir, mais c'est le dernier qui me reste.

Je remonte le drap sous le menton de Brenda. Je lui dépose un baiser doux au coin des lèvres, et j'enfouis le stylo dans ma poche. Je vais laisser le passé tranquille, le temps d'aller chez elle pour arroser ses plantes. Au moins, là, quand j'agis en versant de l'eau dans un pot de terre, il se passe quelque chose. Les fleurs se redressent, et les feuilles arrêtent de mourir.

## 4

La seule chose qui me donne l'impression d'être un homme, c'est d'avoir dans ma poche les clés d'une femme. Et ce n'est pas seulement pour l'arrosage. Si je laissais le courrier s'entasser dans sa boîte aux lettres, elle serait cambriolée aussi sec. Je connais la vie, dans cette banlieue pourrie où j'ai vécu si longtemps.

Je referme la porte, dépose les factures du jour sur la pile d'enveloppes en attente. Puis je vais remonter le store du salon. Après un coup d'œil aux tableaux de Brenda que la poussière recouvre au fil des jours, je passe dans sa chambre. Je dis bonjour au lit défait. Je contourne le punching-ball, ouvre la fenêtre. Et je m'y accoude pour regarder mon ancienne baraque, où une autre famille de pauvres s'est entassée dès notre départ.

Il y a trois ados dans mon ex-chambre. C'est rare, avec la crise des naissances. Ou alors ce sont trois familles en coloc. Le plus petit accroche un tee-shirt mouillé à la lucarne, comme je le faisais autrefois. Je croise son regard lugubre. Il détourne la tête. Il n'a même pas de Brenda à se mettre sous les yeux, lui, pour aérer son quotidien.

Je referme la fenêtre. C'est drôle, maintenant que Lily Noctis a pris ma mère sous son aile et mon père dans son lit, maintenant qu'on est logés aux frais du gouvernement dans une villa en marbre à piscine débordante, j'ai la nostalgie de cette vie minable qui tenait au cœur. J'en viens même à regretter mes kilos en trop qui, à l'époque, me destinaient à une carrière dans un standard téléphonique. Les gros n'ont pas droit à un métier visible, dans notre société, pas plus que les dépressifs nerveux. Atteinte à l'image, au moral de la Nation. À présent que je suis un plat-du-bide aux joues creuses qui a tout pour être heureux, je me sens plus que jamais fond-du-gouffre et bouffi de l'intérieur.

Je vaporise le parfum de Brenda autour de moi pour que ça fasse habité. L'odeur reprend possession des lieux et je vais un petit peu mieux. Je me sers un verre de Biopepsi Light dans la cuisine hypercrade, où les cafards de l'évier escaladent les piles d'assiettes à spaghettis fossilisés. Chaque fois, je résiste à la tentation de faire la vaisselle. Brenda n'était pas ce qu'on appelle une femme d'intérieur. Je préfère lui laisser son désordre intact, si jamais elle se réveille amnésique. Ça l'aidera à se souvenir. Moi, en tout cas, ça m'aide.

Je retourne au salon, m'enfouis dans le fauteuil défoncé où deux chaussettes de sport occupent l'accoudoir gauche. Et je me mets à contempler le tableau sur le chevalet. Ce chêne immense poussant à l'intérieur d'une station-service à l'abandon. Ce chêne qui était venu sous le pinceau de Brenda pour nous appeler à l'aide.

La température a baissé. Comme si la pièce avait changé de saison, sous l'influence de l'arbre qui perd ses feuilles d'automne sur le tableau. J'ai très froid, tout à coup. Je retourne dans la chambre de Brenda. J'enfile un de ses pulls, avec l'impression qu'elle me prend dans ses bras. Au moment de refermer le placard, j'entends un bruit dans l'entrée. Un frottement métallique. Le grincement de la porte. Mon sang se glace. Des voleurs, la police ? J'ai laissé la clé dans la serrure : inutile d'essayer de me cacher. Je cherche une arme autour de moi. Les haltères de Brenda. Le punching-ball sur pied qui pourrait me servir de bélier pour foncer à travers le salon, histoire de les prendre par surprise et de dévaler l'escalier en appelant au secours.

J'en suis encore à peser le pour et le contre quand deux types en survêt et cagoule jaillissent dans la chambre. Je me précipite vers la porte. L'un me chope par le coude, l'autre me plaque dos à lui, applique un chiffon sur mon nez. Je sens aussitôt une espèce d'éboulement dans ma tête. Ma main libre se débat, cogne au hasard, plonge dans ma poche. À tâtons, j'enlève le capuchon du stylo. Mes doigts s'agitent aussi vite que possible, mais mes pensées sont de plus en plus lentes. Je vois ma main sortir de ma poche, la pointe du stylo s'enfoncer dans le bras qui me serre la gorge. Un cri étouffé, l'étau qui se desserre. J'essaie de me dégager et je m'écroule sur le sol.

Quand je rouvre les yeux, l'appartement est vide. Aucun bruit. J'attends un moment pour être sûr, la joue sur le parquet, le nez irrité par la poussière. Puis je me relève, du mou dans les gestes et du flou devant moi. Je me traîne jusqu'à la cuisine. Je bois un verre au robinet, m'asperge le visage. La mémoire me revient soudain. Je me précipite dans la chambre, cherche le stylo. Il a roulé contre un mur. La plume a l'air intacte. Je m'empresse de la vérifier sur une enveloppe de facture. Le glissement sur le papier me paraît normal, mais l'encre est rouge. Le sang du type que j'ai piqué au bras.

À la fin du *d* de *Brenda*, mon écriture redevient noire. Je plie la feuille dans ma poche pour ne pas laisser de traces. La blessure aura-t-elle des conséquences sur mon agresseur ? L'encre du chronographe dans les veines peut-elle ouvrir un monde parallèle ? C'est peut-être la marche à suivre pour moi : écrire sur le vif. Tatouer dans ma chair la nouvelle réalité que je veux vivre… Cette idée glauque me donne une excitation bizarre.

C'est alors que je me rends compte de la catastrophe. Les chevalets sont vides. Les murs nus. Tous les tableaux de Brenda ont disparu. Le seul moyen de payer sa chambre d'hôpital. Le dernier espoir de financer son coma. Je n'ai plus rien à vendre pour la maintenir en vie.

Je me laisse tomber dans son fauteuil. Que faire ? Porter plainte ? Elle n'avait sûrement pas de quoi être assurée contre le vol. J'entoure mes épaules pour me réfugier dans l'odeur de son pull. Et je vais remplir une casserole pour arroser les plantes. Qu'au moins ma venue ait servi à autre chose qu'à permettre un casse.

Je repars avec une question plus forte que la colère. Mes agresseurs ont-ils volé ces tableaux par hasard parce que la porte était ouverte, ou bien m'ont-ils suivi pour profiter de ma clé ? Comme ça il n'y a pas d'effraction. Juste mon témoignage, qui peut se retourner contre moi. Je suis le seul à avoir la clé de l'appartement de Brenda :

j'ai très bien pu vendre ses tableaux pour me faire de l'argent de poche. Que prouve un mot en rouge sur une feuille de papier? Qui prendrait la peine d'extraire du prénom *Brenda* l'ADN de l'agresseur pour le rechercher? La police a autre chose à faire – et elle est peut-être dans le coup. Brenda sait que le ministre de la Sécurité a participé au complot d'Olivier Nox. Ils ont tout intérêt à ce que l'hôpital la débranche, faute d'argent. De là à conclure qu'on a piqué ses tableaux pour qu'elle meure...

Avant de repartir, je prends un tournevis dans sa boîte à outils. Une feuille d'essuie-tout enroulée autour du manche pour ne pas laisser mes empreintes, je fracture la serrure. Puis je tire la porte derrière moi. J'introduis ma clé, vérifie qu'elle ne tourne plus. Au moins, quand la police enquêtera sur le cambriolage, elle ne pourra pas dire que je suis le seul suspect.

J'abandonne le tournevis dans le caniveau devant l'immeuble, avec une pensée pour les plantes que je n'arroserai plus.

## 5

Une pluie fine s'est mise à tomber, histoire de me plomber un peu plus. J'ai gardé sur moi le pull de Brenda, en évitant de me dire que c'est tout ce qui me restera d'elle. Les gouttes de pluie polluées par les carburants bio m'ont déjà volé son odeur : le pull ne sent plus que la friture de légumes.

Je marche sur les trottoirs défoncés, longeant les squats murés couverts d'affiches où des familles joyeuses prennent un petit déjeuner allégé sous le slogan : *Santé, Prospérité, Bien-Être !* Les rues sont désertes. Pas de jeunes qui traînent ou qui manifestent assis, au milieu de la chaussée, pour dénoncer la répression des marches contre la violence policière.

En regagnant la station de métro, je fais un crochet par le terrain vague où habite Jennifer. La grande caravane sans roues aménagée par son père est décorée de géraniums morts. Les stores sont baissés. Jennifer ne me parle plus, depuis que j'ai déménagé. Elle ne répond pas à mes textos. Elle est encore en convalescence, elle ne veut voir personne. Mais j'entends du bruit dans la caravane. De la musique et des voix.

Je tape à la porte. La musique et les voix s'interrompent aussitôt. Plus aucun signe de vie. Je tape à nouveau. Au bout de trois minutes, Jennifer ouvre, descend de la caravane et referme derrière elle.

— Tu veux quoi ?

Elle a encore des marques sur le visage, des boutons et des sparadraps, et elle a repris les dix kilos que je lui avais fait perdre grâce à la méthode Pictone. Je lui dis bonjour avec un sourire dégagé, lui demande comment elle va.

— Ça se voit, non ?

— Je peux entrer deux minutes, ou t'es pas toute seule ?

Elle me répond de ne pas traîner là : je ne suis plus du quartier. Sous-entendu : je ne suis plus des leurs. Je n'insiste pas. Elle doit fabriquer des tracts et fomenter des trucs avec mes anciens voisins. Préparer des actions contre le gouvernement. Depuis que mon père en fait partie, je suis assimilé.

— Allez salut, dit-elle.

Je hoche la tête. Elle me regarde désormais comme un ennemi de classe. Elle ne le sait pas, mais ce qui nous sépare est bien plus profond. Elle agit au présent pour changer l'avenir ; je veux modifier le passé. On n'a plus rien à se dire. Elle tourne le dos. Pour vérifier que tout est bien fini entre nous, je lance quand même sur un ton d'espoir :

— On se voit à l'Empuçage ?

Elle me jette un regard froid par-dessus son épaule. On est nés la même semaine, et normalement on doit nous implanter notre puce à la même session. Elle avait prévu depuis toujours une mégateuf pour qu'on entre ensemble dans le monde des adultes : accès libre à Internet, aux machines à sous, aux boîtes de nuit, au Crédit Jeune que seules permettent les puces cérébrales... Mais visiblement, elle a rallié le camp des antipucistes. Elle ne veut plus se faire implanter.

Elle remonte dans sa caravane et me referme la porte au nez. Je repars vers la station de métro. Personne ne veut plus de moi, ici. Je serre dans mes poches le prénom de Brenda écrit en lettres de sang sur une facture et le stylo qui m'a servi d'arme blanche. Il ne me reste qu'à rentrer chez moi. *Chez moi.* Deux mots qui n'ont plus de sens.

Je ne pensais pas que ma mère pourrait changer aussi vite. Toutes ces années où elle était conseillère en psychologie au casino de la plage, aidant les gagnants du jackpot à surmonter leur choc, l'amertume la faisait vieillir à vue d'œil. Elle en voulait à la terre entière de n'être pas à la place qu'elle méritait, d'avoir un mari alcoolique et un fils préobèse qui bloquaient son dossier d'avancement. Mais l'aigreur était sa source d'énergie. Tout était la faute des autres et finalement c'était valorisant : le sort s'acharnait contre elle parce qu'elle était la meilleure, voilà.

Du jour où ses rêves se sont réalisés, elle a commencé à sombrer. Il faut la comprendre. Son mari a cessé de boire, son fils a perdu quinze kilos, et aujourd'hui elle est directrice de la Moralité à l'Inspection générale des casinos. Elle a un bureau géant au ministère du Hasard, quatre cents inspecteurs sous ses ordres. Et elle n'a rien à faire, sinon mettre sa signature au bas des courriers qu'on écrit pour elle. En plus, elle n'est même pas obligée d'aller au bureau. Depuis le début du mois, elle se fait apporter à la maison les papiers à signer. Le reste du temps, elle bronze au bord de la piscine à débordement. Quand je l'embrasse, elle sent l'alcool. C'est peut-être pour remplacer papa. Dans mon cœur, en tout cas, c'est chose faite.

Depuis qu'il vit avec sa ministre, je ne le reconnais plus. Le rebelle ivre mort à l'idéal intact, le prof de lettres obsédé par les écrivains censurés et la culture interdite est devenu, par amour pour Lily Noctis, un valet de la dictature. Un pigeon qui roucoule. Un esclave de prestige, aveuglé par le rôle qu'on lui fait jouer. Secrétaire d'État aux Ressources naturelles. Il croit en son action, et il s'imagine que je suis fier de lui. Mais ça, c'était *avant*, quand j'étais le seul à comprendre pourquoi il se détruisait. Aujourd'hui, on m'envie d'avoir un père comme lui. Il a trouvé un sens à sa vie, et il ne se rend même pas compte qu'il est en train de me perdre.

— Bonsoir, maman.

Elle relève le nez de son matelas. Le soleil se couche mais elle bronze toujours, avec sa crème anti-cancer de la peau qui ne laisse passer que les bons UV. Elle ôte ses lunettes noires, se redresse pour me tendre sa joue.

— Tu as décidément une chance incroyable, soupire-t-elle. Devine ce qui t'arrive.

Je hausse les épaules. Je vais être habillé gratuit par une marque, j'ai gagné un camp de vacances dans un endroit de rêve, une admission dans un collège de luxe pour enfants de ministres ? Mes doigts se crispent sur le chronographe dans ma poche. Il faut absolument que je m'évade dans un monde parallèle. Cette réalité où tout me sourit, sauf ce qui m'importe, est de plus en plus invivable.

Elle me tend l'enveloppe officielle qui, en équilibre sur son verre de vodka, protège les mouches de la noyade. Puis brusquement elle me serre contre elle, m'écarte, me regarde avec ses yeux rougis.

— Ça y est, mon chéri. Tu vas devenir un homme.

Je n'aime pas du tout son ton. Un mélange de fierté machinale, de résignation et d'angoisse maternelle auquel je ne suis vraiment pas habitué. Avec appréhension, je saisis l'enveloppe ouverte, sors le document administratif, et mon cœur s'arrête. Ça y est : l'horreur, la cata, la méga-tuile. Le jour J est arrivé, avec huit semaines d'avance.

— Tu te rends compte, Thomas ? souligne-t-elle d'un air grave.

Je me rends compte, oui. Le ministère de la Jeunesse nous informe que je suis convoqué à la cérémonie officielle d'Empuçage de la Colline Bleue, lundi 12 août à quinze heures, où j'aurai l'honneur de figurer dans la promotion de la Saint-Oswald.

— Quelle consécration pour notre famille ! soupire-t-elle. Toute l'élite de la jeunesse sera là, en présence de Miss États-Uniques junior, sous le haut patronage du Président. Son petit-fils Oswie sera empucé le même jour que toi, c'est une chance inouïe d'être de la même promotion...

— Mais j'en ai rien à battre, maman ! J'ai pas encore treize ans, moi ! Ils ont pas le droit de m'avancer comme ça de huit semaines, c'est illégal !

— C'est ton père qui t'a fait ajouter sur la liste, réplique-t-elle avec dureté. J'ai beau avoir toutes les raisons du monde de lui en vouloir, je suis bien obligée de reconnaître qu'il vient d'assurer ton avenir. C'est comme ça que la société fonctionne, Thomas. Par piston, par codes et par clans. Les Empucés de la Saint-Oswald, c'est une confrérie qui te protégera toute ta vie.

Elle pose la main sur mon épaule, comme on intronisait les chevaliers, du bout de l'épée, dans les romans d'aventures interdits que mon père me filait en cachette, au temps où on vivait ensemble, quand il n'était rien et que j'étais tout pour lui.

— Te voilà admis dans le grand monde, conclut-elle en se remettant à plat ventre : je n'aurai plus de souci à me faire. Qu'est-ce que ça change pour toi, à huit semaines près ?

Je détourne les yeux. Ça change tout. Avec une puce dans la tête, je serai repérable, traçable, influençable, quoi que je fasse et où que j'aille – y compris dans le passé. Il me reste six jours pour fuir mon époque, recommencer ma vie à partir du mois dernier et sauver Brenda.

— Qu'est-ce qui t'arrive, Thomas ? Regarde-moi. Tu peux tout me dire, tu sais.

C'est nouveau, ça. Je relève les yeux. Pour donner le change, faire oublier la violence de ma réaction, je demande d'un ton dégagé :

— J'avais rien d'autre, au courrier ?

— Ça, dit-elle en montrant la direction de son verre de vodka. C'est arrivé la semaine dernière, je ne sais plus si je t'en ai parlé, mais je suppose que tu es au courant par ailleurs. C'est pour ce soir, non ?

Avec lenteur, redoutant un nouveau piège, je prends le carton d'invitation qui lui sert de dessous-de-verre.

*Madame Lily Noctis, ministre de l'Énergie et du Hasard,*
*Monsieur Robert Drimm, secrétaire d'État aux Ressources*
*naturelles,*
*vous prient de bien vouloir assister au vernissage de l'exposi-*
*tion privée :*
          Léo Pictone, une vie pour la science,
*au musée des Grands Hommes et Femmes, Colline Bleue.*
*Tenue de soirée – cocktail.*

J'abaisse le carton. Ce n'est pas la première fois qu'elle
oublie, qu'elle perd ou qu'elle jette, après les avoir ouverts,
les courriers que m'envoie mon père. J'imagine que c'est
de la jalousie. Pour mon Empuçage, évidemment, c'est
différent. Elle est invitée en tant que mère en activité, pas
en tant qu'épouse à l'abandon. Mais pour le vernissage
Pictone, patronné par mon père et sa maîtresse, elle espère
visiblement que, prévenu à la dernière minute, je déciderai de rester à la maison.

— Tu veux venir avec moi, maman ?

Elle se redresse et me dévisage de ses yeux vides. Après
quelques secondes, elle lève la main pour effleurer ma
joue, la laisse retomber.

— Non merci, j'ai du travail. Embrasse ton père.

Elle remet ses lunettes noires, renfonce le nez dans
le coussin du transat et recommence à bronzer au soleil
couchant.

Le cœur lourd, je traverse la maison inachevée où elle
a fait interrompre les travaux à cause du bruit. Sur l'écran
mural du salon, branché en permanence sur National
Info, se déroule une cérémonie officielle. Ça se passe

au stade de man-ball. Je m'arrête un instant devant les équipes au garde-à-vous. Le ministre des Sports annonce à la tribune d'honneur le lancement du championnat des minimes. Vu le taux de mortalité chez les joueurs, c'est un excellent moyen d'empêcher les jeunes de mon âge de se rebeller avant l'Empuçage. Tous ceux qui sont pris en flagrant délit de comportement antisocial ont le choix entre la prison ou la réinsertion par le man-ball. Les survivants gagnent de quoi nourrir leurs parents, et les tués leur coûtent moins cher : c'est comme ça que le gouvernement lutte contre la crise.

Une mini-pouffe à couronne, talons aiguilles et maillot de bain défile sous une pancarte géante : *LE JEU C'EST LA VIE*. Son écharpe rouge et noir aux couleurs du drapeau national précise, des fois qu'on n'aurait pas compris, qu'il s'agit de Miss États-Uniques junior. Une collabo de mon âge, choisie par ordinateur pour symboliser le bonheur sain et les forces vives de ma génération – ça me dégoûte. D'autant plus que son corps de rêve ne va pas du tout avec son air de princesse en otage, et qu'elle me fait pitié presque autant qu'elle m'excite.

Je quitte brusquement le salon. Ses petits seins qui pointent de part et d'autre de l'écharpe sont en train de me détourner de mon objectif, et ce n'est vraiment pas le moment. Entre Jennifer qui me prend pour une taupe et Brenda qui n'est plus qu'un légume, inutile d'aggraver la nullité de ma vie amoureuse.

Je monte me changer dans ma chambre qui ne ressemble à rien. Prédécorée ado, trois fois trop grande pour les cartons contenant ma vie d'avant – que je n'ai même pas déballés. Derrière la rambarde en laiton du balcon, je vois la limousine des soirées de gala s'arrêter devant notre portail. Je retire le pull de Brenda, le plie délicatement, le sniffe une dernière fois pour me donner des forces. Mais son parfum n'est pas revenu. Le pull ne sent que la pluie, le métro, la laine.

J'ouvre le placard empli d'affaires neuves que mon père m'a fait livrer par le styliste de Lily Noctis, comme plus rien ne m'allait depuis que j'avais perdu quinze kilos. Je m'habille en vieux, costume gris foncé et cravate gris clair. La glace me renvoie l'image d'un futur empucé qui a sa place garantie dans la société. Un Toug. Comme disait Brenda. Un Tout-Gris.

Je remets mes baskets, pour garder un peu de personnalité. Et puis, au dernier moment, je retire la veste et la cravate, et je sors d'un des cartons du déménagement mon vieux blouson de quand j'étais gros. Ma deuxième peau, mon ancienne vie. La carapace de faux cuir beige qui dissimulait mes bourrelets et dans laquelle je flotte, à présent, à tous points de vue. On me prendra comme je suis.

Le chauffeur me dit bonsoir d'un air guindé en m'ouvrant la porte arrière de la limousine. Je monte à l'avant, pour montrer à la fois que je ne suis plus un enfant et que je ne suis pas encore un adulte officiel.

Cela dit, cette invitation tombe vraiment bien. Une seule personne peut m'expliquer le fonctionnement du stylo à remonter le temps. Et le vernissage de l'exposition consacrée à sa mémoire est sans doute mon unique chance de renouer le contact. Connaissant le caractère de Léo Pictone, je suis sûr que son esprit va refaire un saut sur terre pour écouter l'hommage qu'on lui rendra.

## 6

*Ministère de la Sécurité, Division 6, cellule 50, 17 heures*

Tu es prévisible, Thomas. Du moins, tu réponds toujours à mon attente. Chaque fois que je déclenche une attaque contre toi, tu progresses dans la colère, la violence et la compréhension du Mal. Tu te raccroches encore à de vieux points de repère qui te ramènent en arrière, mais tu sens bien qu'ils ne te correspondent plus. Le sentiment d'injustice que tu ressasses te prépare à ce qui va suivre. Au cadeau que je te réserve. Après le désespoir, l'impuissance et le renoncement qui t'ont éloigné de tes valeurs refuges, tu vas bientôt être confronté au plus subtil des pièges : l'amour. Pas le fantasme irréalisable que tu poursuivais avec Brenda. Non, la simple évidence d'une âme sœur qui va débouler dans ta vie pour te laisser croire que tout est possible, et te faire tomber d'encore plus haut.

Mais avant cela, tu dois faire peau neuve. T'affirmer en tant qu'être autonome. Tuer le père, comme on dit.

## 7

La limousine franchit la grille d'honneur de la Colline Bleue. Le musée des Grands Hommes et Femmes se trouve dans un parc où des sculptures en forme d'arbres ont remplacé les vrais. Juste en face du ministère de la Sécurité.

Mon ventre se serre. À quelques dizaines de mètres sous terre, dans l'une des cellules antiterroristes de la Division 6 où l'on m'a torturé le mois dernier, doit croupir Olivier Nox. Mis au secret, en instance de jugement. Faut-il vraiment attendre son exécution ? N'y aurait-il pas un autre moyen d'effacer de sa mémoire ma rencontre avec Pictone, pour que je puisse la modifier ?

Mon téléphone sonne. Je regarde l'écran et m'empresse de décrocher. Je comptais prendre mon père à part tout à l'heure pendant le vernissage, pour qu'il fasse reporter mon Empuçage ; autant le lui demander tout de suite. Mais il ne me laisse pas le temps d'aborder le sujet.

— Oui, Thomas, je t'appelle par rapport à Brenda Logan. Tu l'as vue récemment ?

Mon visage se détend. C'est sympa de prendre de ses nouvelles, avec tout le travail qu'il a.

— Oui, oui, papa, cet après-midi. Ça va, c'est toujours stationnaire.

— Parce qu'il y a un souci, enchaîne-t-il. Je n'ai que deux minutes, je suis obligé de faire bref, mais voilà. Comme elle n'a pas de famille ni d'assurance coma, tu m'as demandé de faire acheter ses tableaux par le ministère au titre du mécénat artistique, tu te souviens ?

Je confirme. Surtout ne rien lui dire. L'important est que le montant de la vente soit viré au plus vite sur le compte de Brenda. Comme ça, quand on découvrira le vol des tableaux, c'est le ministère qui sera propriétaire : il fera jouer son assurance et tout le monde sera gagnant.

— Seulement, on a un problème, Thomas. Lily refuse de signer l'ordre d'achat.

— Quoi ? Mais pourquoi ?

— Parce que je dépends de son ministère. Au Contrôle des finances, de mauvaises langues pourraient prétendre que Brenda est ma maîtresse et que je l'entretiens avec des fonds publics. Tu sais comment sont les gens. Politiquement, il faut comprendre la réaction de Lily.

Je crispe les doigts sur le téléphone sans pouvoir réagir. La voiture s'arrête devant le musée.

— Bref, conclut-il, j'ai parlé avec les médecins de Brenda : ils acceptent de lui accorder une prolongation jusqu'à vendredi, pour que tu aies le temps de lui dire au revoir. Mais ensuite, financièrement, ils sont obligés de la débrancher.

— Attends, c'est pas possible ! On va trouver une solution !

Il pousse un soupir.

— Écoute, bonhomme, sois raisonnable. Je comprends ton attachement à Brenda, mais sa peinture n'a aucune cote : tu ne trouveras jamais d'acheteur dans le privé.

Je baisse les yeux. Les mensonges que j'allais lui opposer redescendent au fond de ma gorge.

— De toute manière, achève-t-il avec douceur, si les médecins la maintiennent en survie artificielle, c'est uniquement pour facturer la chambre. Ils savent très bien qu'elle est en coma dépassé et qu'elle n'en sortira jamais, ils me l'ont dit. Je suis vraiment désolé, mon grand. Mais il faut que tu regardes la réalité en face.

Je raccroche. Je n'en veux plus, de sa réalité. Je vais m'en fabriquer une neuve. Sans lui.

— On est arrivés, me rappelle le chauffeur avec un brin d'impatience.

J'ouvre brutalement la portière. Je ne suis même plus déçu par l'attitude de mon père. Il a cru me préparer à la fatalité ; il n'a fait que renforcer ma détermination.

## 8

La salle Léo-Pictone est pleine de glandeurs décorés, verre à la main, qui attendent l'ouverture du buffet en faisant semblant de s'intéresser aux travaux scientifiques présentés dans les vitrines. La seule qui attire un peu leur curiosité, c'est celle où Edna a tenu à exposer mon ancien ours. Par respect de la vérité ou par provocation, elle a marqué sur l'étiquette destinée aux visiteurs : *Ici a séjourné après sa mort l'âme du professeur Pictone.* Elle écrit si petit que la censure n'a pas remarqué.

— Ravie que tu sois là, mon petit Thomas, me glisse-t-elle, saucissonnée dans une tenue trop jeune pour elle. Tu as recueilli ce parasite de Léonard avec un dévouement que je n'oublierai jamais, tu le sais. Mais maintenant il a quitté ce bas monde, et la vie continue. Je te présente – comment je vais te le présenter ? Allez, disons mon cavalier. Thomas Drimm, Warren Bolchott.

Ah d'accord. Ça m'avait étonné qu'elle fasse don de la peluche à l'État, après avoir tellement insisté pour que je la lui remette, mais je comprends mieux, maintenant. Un nouvel homme est entré dans sa vie : elle met l'ours au musée. Une manière assez classe de se débarrasser d'un souvenir en ayant l'air d'honorer sa mémoire. Elle a même posé sur la truffe les lunettes tordues qu'on voit sur la photo murale de son mari en version humaine.

Je me laisse broyer la main par le vieux cow-boy poivre et sel qu'elle a poussé vers moi avec une fierté de gamine. Jambes arquées, bras en équerre et regard à l'horizon, le nommé Warren Bolchott se tient comme s'il était à cheval.

— En forme, gamin ? me lance-t-il en me décoiffant avec ses gros doigts.

Le genre jovial qui joue les papys cool pour se mettre à la portée des djeuns – tout ce que j'aime.

— Alors, il paraît que tu es passionné par les travaux de ce vieux brigand de Léo ? Je suis professeur, moi aussi.

Je lui demande de quoi.

— Mécanique des fluides, répond-il d'un air égrillard avec un coup de coude à Edna.

— Il est trop petit pour comprendre, Warren, minaude-t-elle sur un ton de reproche flatté.

En tout cas, je suis assez grand pour me rendre compte qu'elle s'est fait enfumer par un coureur de veuves. Il doit s'imaginer que Pictone a laissé à Edna assez d'argent pour deux, et elle ne l'a pas détrompé. Je suis un peu déçu, mais ce n'est pas sa faute : chacun se débrouille comme il peut, quand il s'agit d'être moins seul. Moi, pour me tenir compagnie, je parle bien à une femme dans le coma.

— Comment tu le trouves ? me demande-t-elle à l'oreille tandis que son vieux gigolo va lui chercher à boire.

— Joker, dis-je pour éviter de lui faire de la peine.

— Au moins il est gentil, soupire-t-elle sur un ton de résignation, comme si les vacheries de son défunt lui manquaient d'autant plus.

Je tourne la tête. Mon père vient d'arriver. En smoking blanc, il escorte avec un sourire radieux sa ministre, vêtue d'une robe fendue dans tous les sens qui représente un puzzle dont les pièces se désassemblent à chaque pas. Elle m'aperçoit, m'adresse un petit signe de loin, avec son regard en coin toujours aussi explosif. Je réponds d'un hochement de tête, l'air distrait. Quand je pense que ce canon à neige, cette bombe glacée avait réussi à me faire oublier Brenda pendant au moins trois jours. C'est vraiment con, un homme – même à mon âge.

Mon père, lui, ne m'a pas vu. Il a foncé directement faire ses courbettes au Président à vie qui, assis de travers dans son fauteuil roulant, a le sourire fixe et l'œil rond des jours de fête, quand on le bourre de produits dopants pour l'exhiber sans qu'il s'endorme.

— Mes respects, Monsieur le Président. Je me réjouis de vous voir en si bonne forme. Vous aussi, Monsieur le Vice-Président, enchaîne-t-il à l'adresse de son fils.

Le numéro deux du pays le toise comme une fiente de pigeon sur son pare-brise. À soixante ans passés, Oswald Narkos Junior collectionne les vieilles voitures et les jeunes filles, en attendant de reprendre le flambeau paternel qui n'en finit pas de s'éteindre.

— Lily Noctis m'a dit que vous vous intéressiez à la peinture, laisse-t-il tomber entre ses lèvres gonflées façon limaces.

— À titre privé, uniquement, s'empresse son secrétaire d'État aux Ressources naturelles.

— Mais cette Brenda Logan n'est pas répertoriée dans *Le Guide de l'art national*. Attention à vos investissements, Drimm. Restez dans les valeurs sûres.

— Je m'y emploie, Monsieur le Vice-Président. Votre nouveau cabriolet Porsche de 2018 est une merveille.

— Je veux que mon fils apprenne à conduire sur une vraie voiture d'autrefois, virile et brutale, enchaîne le collectionneur en voyant s'approcher le petit rouquin de mon âge qui dirigera un jour le pays.

— C'est vraiment devenu un beau jeune homme, s'extasie mon père.

J'ai honte de lui. Je ne supporte pas le courtisan machinal qu'il est devenu. Il a toujours craché sur les puissants, et aujourd'hui c'est juste pour leur cirer les pompes.

— Il se fait iech, papy, déclare Oswie Narkos en marchant vers son grand-père qui s'endort, bave aux lèvres. Allez, on bouge.

Le ministre de la Sécurité, en charge de la télécommande présidentielle, oriente le fauteuil roulant vers l'héritier de la dynastie qui s'empare du boîtier, pousse un curseur, presse une touche. Le fauteuil roulant part à fond la caisse, percute une plante verte. Oswie se tourne vers son père avec un sourire suave :

— Oups, j'ai raté un virage : un point de moins.

— Oswie, enfin ! Tu n'es plus un enfant !

— Bien vu. Allez, je me casse, c'est nul comme teuf.

— L'adolescence est une calamité, soupire le ministre de la Sécurité, qui a rattrapé de justesse la télécommande lancée par l'héritier.

— Il est vraiment temps qu'on l'empuce, grommelle le Vice-Président en vérifiant que les roues de son père n'ont pas subi de dommages. Ce n'est pas en se rebellant qu'on donne l'exemple au peuple. Vous en savez quelque chose, Drimm.

Mon père agrandit son sourire comme s'il avait reçu un compliment. L'angoisse me serre le ventre. Il n'a toujours pas remarqué ma présence. Ou alors il fait semblant de ne pas me voir, à cause des tableaux de Brenda. Il faut que je lui parle seul à seul.

— Le petit Thomas! Quelle heureuse surprise!

Décidément, c'est la soirée des têtes à claques. Je me retourne vers l'autre faux-cul à cheveux gras qui me sourit de toutes ses dents neuves. Anthony Burle, inspecteur de la Moralité au ministère du Hasard. Il contrôlait ma mère, quand elle travaillait au casino : une fois par mois, il venait la tripoter en échange des bonnes notes qu'il lui donnait au classement des fonctionnaires. Je regarde la main poisseuse qu'il me tend.

— Vous me remettez? s'inquiète-t-il devant mon air fermé.

— Je vous remets où?

Il prend ma vanne pour une blague amicale, glousse poliment en se tapotant le plexus, puis, comme je regarde ailleurs, il me demande d'un ton anxieux si ma maman est là. Je me retourne vers lui.

— Non, pourquoi? Vous avez un problème?

Je le fixe dans les yeux pour le plaisir de le voir se liqué-fier.

— C'est-à-dire… Je pense que ses services ont fait une légère erreur : je suis classé B depuis cinq ans sur l'échelle de la Fonction publique, et je viens de recevoir un courrier me notifiant que je suis déclassé.

— Ah oui ? dis-je avec un grand sourire intéressé.

— À l'échelon F, murmure-t-il comme s'il m'annonçait une catastrophe nationale. Et la notification porte la signature de votre maman. Je sais qu'elle est très débordée par ses nouvelles fonctions, mais je lui ai laissé plusieurs messages et elle ne m'a pas rappelé.

— Quand on l'appelle de l'échelon F, c'est normal, dis-je avec une amabilité sadique.

— Je ne comprends pas, fait-il du haut de sa bonne conscience. En quoi ai-je démérité ?

Je l'invite à aller se plaindre directement à la ministre.

— C'est ce que j'ai fait : mon épouse la connaît. Mais Mme Noctis m'a dit que c'était du seul ressort de votre maman. Comment dois-je m'y prendre, à votre avis ?

Je lui réponds qu'à mon avis c'est foutu.

— Je comprends. Vous me conseillez de m'adresser plutôt à votre papa.

— Mon père ? Pourquoi mon père ?

— Eh bien, fait-il d'un air doucereux, compte tenu de sa proximité avec ma ministre...

J'en ai marre soudain des sous-entendus de cette sousmerde que j'ai moi-même rétrogradée de B en F dans les dossiers de ma mère, l'autre matin, au bord de la piscine. Elle avait oublié de se venger de toutes les années d'humiliation qu'elle lui doit, et j'ai réparé l'injustice. D'un ton neutre, je lui balance que s'il n'est pas content, il y a de la place à l'échelon G. Et je le plante là pour aller choper mon père au coin du buffet.

— Thomas ? s'étonne-t-il. Que fais-tu là ?

Je lui rappelle qu'il m'a invité. Il rougit, détourne le regard. J'en déduis que seule Edna Pictone m'a mis sur sa liste. Je comprends. Il n'aime pas que je le voie dans l'exercice de ses fonctions. Il sent que je le juge et ça lui fait mal, parce qu'il sait que j'ai raison.

Ravalant mes rancœurs, je m'efforce de lui sourire comme avant, au temps de notre complicité, de nos révoltes contre la société, contre les bien-pensants à privilèges, contre ma mère qui nous gonflait avec ses principes et ses concessions… J'ai besoin de lui ce soir et ça me gêne, vu ce qu'il est devenu, mais bon. Je n'ai pas le choix.

— Thomas… j'espère que tu ne m'en veux pas trop, pour ce que je t'ai dit au téléphone par rapport à Brenda. Si je peux faire quoi que ce soit…

Je saute sur l'occasion :

— Ah oui, tiens, à propos… J'ai reçu ma convocation pour l'Empuçage. Tu peux me faire dispenser ? Ou me reporter, en tout cas.

Il a un haut-le-corps qui renverse sur sa manche trois gouttes de son jus d'orange.

— Tu plaisantes ? fait-il avec un regard nerveux autour de lui. J'ai eu assez de mal à te faire intégrer la promotion de la Saint-Oswald. Tous les notables du pays vendraient leur âme pour que leurs enfants y figurent, je ne sais pas si tu te rends compte. Surtout l'année où l'on empuce le petit-fils Narkos…

— Mais ça me va pas, la date.

— Tu te fiches de moi, là ? C'est un événement historique, Thomas. Retransmis en direct sur National Info, en programme obligatoire ! L'occasion pour moi de rassembler et de reconstruire toute la jeunesse du pays autour de mon projet Énergie Arbre. Je travaille sur mon discours depuis dix jours : tu vas en avoir un aperçu tout de suite…

Il me repousse pour serrer la main que lui tend ce gluant d'Anthony Burle. Deux mots dans le creux de son oreille et voilà mon père qui hoche la tête, qui emboîte le pas au rétrogradé. Et je le vois qui écoute, qui prend des notes, qui rassure l'ancien amant de sa femme. Je leur tourne le dos, écœuré. Les yeux rivés sur la vitrine de l'ours, je supplie en silence mon vieux copain Pictone de revenir sur terre. Je ne supporte plus les vivants.

Sur l'estrade, un huissier tapote le micro pour faire taire l'assistance et annonce avec grandiloquence :

— Monsieur le secrétaire d'État aux Ressources naturelles.

Mon père malaxe l'épaule de Burle avec une moue confiante, puis saute sur l'estrade où il sourit d'un air niais en attendant que les applaudissements s'arrêtent. Après quoi il prend une longue inspiration et déclame sur un ton aussi artificiel que convaincu :

— Monsieur le Président, Monsieur le Vice-Président, mesdames et messieurs les ministres, chers amis de la science, c'est une page d'histoire qui se referme aujourd'hui, mais qui à jamais restera gravée dans nos mémoires. Oui, je l'avoue, c'est particulièrement émouvant pour moi de rendre hommage ce soir au génial physicien à qui nous devons la première révolution énergétique nationale : Léo Pictone.

D'un geste reconnaissant, il fait taire les bravos des affamés du buffet qui espéraient que le discours était déjà fini.

— Car, à l'époque, enchaîne-t-il, c'était une idée forte

d'utiliser, à la mort des citoyens, l'énergie mentale accumulée dans leur puce pour faire marcher les usines et les
centrales électriques. Mais c'était aussi une atteinte aux
droits de l'homme, aux droits de l'âme. Désormais, nos
chers défunts pourront reposer en paix. En accord avec
ma ministre de tutelle, Lily Noctis, je serai bientôt en
mesure d'annoncer que cent pour cent des besoins énergétiques de notre pays seront couverts par les arbres, grâce
à la stimulation de leur activité électromagnétique récupérée par nos capteurs. Fini de recycler les morts – ou, pire,
les jeunes. Ces adolescents dont certaines sommités de
l'État, sous l'influence d'Olivier Nox, tentèrent naguère
d'exploiter la puberté. Honte à ceux qui ont essayé de
transformer l'explosion hormonale en énergie de remplacement, au mépris de la santé de ces pauvres cobayes.

Il se tourne vers Jack Hermak qui, sourire au garde-
à-vous, soutient son regard avec un air de cocktail parfaitement dégagé. Il a échappé de justesse à la purge, ce rat
putride. En s'acharnant sur son ancien complice Olivier
Nox, il a jusqu'à présent sauvé son poste et sa peau et il
s'efforce de se faire oublier tant que Robert Drimm est le
favori de Lily Noctis.

Je regarde mon père sous un jour différent. Peut-
être qu'il n'a pas changé, finalement. Peut-être qu'il se
contente de saisir l'opportunité du pouvoir pour mettre
en pratique ses idées révolutionnaires et qu'il manipule
ceux qui croient se servir de lui. En tout cas, il vient de se
livrer en public à une véritable provocation. Comme personne n'écoute, ce n'est pas trop grave. Seule Lily Noctis
fronce les sourcils avec un petit sourire en suivant l'évolution de son attaque. Elle se tourne vers la caméra de

National Info qui enregistre le discours, glisse un regard en biais à Jack Hermak, puis me prend à témoin avec une moue complice. Je réprime un frisson. Il ne faut pas jouer au plus malin avec ces gens-là. Si ça se trouve, ils ont simplement utilisé mon père dans leurs querelles de pouvoir et maintenant ils vont le faire tomber pour détournement de fonds publics, achat de tableaux volés… Comme ça ils m'enlèveront mon dernier allié.

— Et que dire, poursuit-il, galvanisé par ses propres paroles, que dire de ces pratiques en vigueur dans les prisons, visant à torturer les détenus pour recycler l'énergie de leur souffrance ? Je viens de les interdire.

Cette fois, Jack Hermak arrête de sourire. En tant que ministre de la Sécurité, c'est lui qui fournit la matière première – en touchant sa com' au passage, j'imagine.

— Oui, mes chers concitoyens, grâce aux arbres, nous allons libérer les jeunes, les morts et la population carcérale de tout prélèvement énergétique ! martèle-t-il de plus belle en postillonnant dans le micro. Ainsi nous réaliserons le rêve de Léo Pictone !

Il balance les bras en avant sur la dernière syllabe, pour lancer l'ovation. Tout le monde l'applaudit poliment, sauf Edna qui trouve que la mémoire de son défunt méritait quand même mieux que de servir de prétexte à un discours politique. Elle s'avance vers l'estrade pour lire d'un air pincé son petit mot de remerciement, mais déjà l'huissier escamote le micro tandis que l'assistance se précipite vers le buffet où viennent d'arriver les plats chauds. Edna replie son papier, dépitée, cherche du regard son nouveau compagnon, qui joue des coudes au deuxième rang de la foule en se bourrant de nems.

Qu'est-ce que je fous au milieu de ces gens? Je retourne vers l'exposition qui n'intéresse plus personne. Le moral dans les chaussettes, je m'arrête devant mon ours désaffecté. J'appuie le front contre la vitrine et je prononce dans ma tête:

— Aidez-moi, Léo... Où que vous soyez, aidez-moi à comprendre comment marche le chronographe. Aidez-moi à me tirer de ce monde avant qu'on m'empuce, aidez-moi à ne plus vous tuer sur la plage, à sauver Brenda...

Je glisse un œil alentour. Personne ne fait attention à moi. Je recolle le front à la vitrine et murmure entre mes dents serrées:

— J'ai raison, pour votre mort? C'est le témoin qui bloque? C'est la mémoire de Nox qui m'empêche de modifier la scène?

Aucune réponse. Je revois tous les moments passés avec lui, nos conflits, nos espoirs, nos mésaventures, nos exploits, nos fous rires... Il me manque tellement, ce vieux ronchon qui squattait mon jouet d'autrefois.

— Allez, répondez-moi, Léo.

Rien. Il m'avait prévenu, dans son dernier message: *Ton stylo, ce sera notre seul contact, à présent, notre seul trait d'union, la seule manière dont je pourrai t'aider, si tu en découvres le mode d'emploi.* Mais le stylo ne marche pas et la peluche qui a bouleversé mon destin n'est plus qu'un bout de matière sans âme.

Je suis tout seul, cette fois. Avec, à deux pas d'ici, dans une cellule du ministère de la Sécurité, le responsable de la situation, l'homme qui a détruit nos vies et qui m'empêche de les reconstruire. Il faut que je tente le tout pour le tout.

Lily Noctis s'approche et me demande d'un ton faussement détaché, en effleurant la vitrine de ses ongles au vernis rouge sang :

— Des nouvelles de Pictone ?

Je contemple la créature qui m'a volé mon père, plus vénéneuse que jamais dans sa robe en pièces de puzzle et je lui réponds du tac au tac :

— Des nouvelles de votre frère ?

Elle se redresse, légèrement crispée, sur la défensive.

— Olivier Nox est au secret, dans l'attente de son procès, pourquoi ?

Sans hésiter une seconde, je me lance :

— Il faut que je le voie.

Sa seule réaction est un pincement au coin des lèvres.

— Qu'est-ce que tu lui veux ?

— Je suppose qu'il va être condamné.

— Évidemment. Et sans doute électrocuté en direct au journal de 20 heures pour haute trahison. Tu dois être content, non ? Tu as failli mourir à cause de lui.

Je prends une longue inspiration et j'improvise :

— Justement. Je veux lui accorder mon pardon. Sinon ça va recommencer comme avec Pictone.

Elle me considère un instant en aspirant l'intérieur de ses joues.

— Tu as peur qu'Olivier, une fois exécuté, revienne te hanter pour mendier son absolution ?

— Exactement.

Elle hoche la tête, pensive, presque amusée. Elle gobe le prétexte. Il faut dire que je suis assez crédible, avec mon air buté et ma mâchoire en avant.

D'un claquement de doigts, elle appelle le ministre de la Sécurité qui accourt aussitôt. Encore fragilisé par les menaces contenues dans le discours de mon père, il demande avec empressement en quoi il peut nous être utile.

— Jack, notre ami Thomas souhaiterait s'entretenir avec mon frère. Vous l'emmenez?

L'énormité de la demande n'a pas l'air d'étonner le petit ministre à talonnettes et tête de fouine. Il se rengorge.

— Avec plaisir, Lily.

Elle lui prend des mains la télécommande du fauteuil présidentiel, ajoute:

— Laissez-les seuls, si Thomas vous le demande: j'en prends la responsabilité.

Hermak hausse un sourcil et pivote vers moi.

— Vous voulez bien me suivre, jeune homme?

En lui emboîtant le pas, je croise le regard de mon père. Ce que j'y vois me bouleverse. Sa vigilance, son anxiété – même une sorte d'encouragement. Il abaisse les paupières en signe de connivence, comme pour me rappeler que si j'ai le moindre problème avec ces gens, il est là pour me protéger. Alors il aurait fait tout ça *pour moi*? Il jouerait le jeu du pouvoir pour assurer ma sécurité, neutraliser mes anciens persécuteurs, les transformer en paillassons sous mes pieds? Il n'a pas perdu de vue son idéal, il n'est pas aveuglé par la réussite, il n'a pas vendu son âme au Diable – simplement il l'a donnée en garantie. Pour moi.

Ébranlé par cette hypothèse qui change tout, je me laisse piloter d'ascenseur en couloir par le ministre de la Sécurité, jusqu'aux sous-sols de la Division 6. J'y étais venu en état d'arrestation, le mois dernier, pour subir une séance de torture mentale – à présent, je vais inverser les rôles.

## 9

La Division 6 est déserte. À chaque grille, à chaque porte, à chaque sas, Jack Hermak se met sur la pointe des pieds en orientant son crâne vers le lecteur de puce. Il finit par m'ouvrir une salle de contrôle qui s'allume, à notre entrée, dans un bourdonnement de clim. Une console transparente monte en pente douce vers une mosaïque d'écrans. Cinquante images fixes. Cinquante détenus haute sécurité enchaînés dans leur cellule individuelle, endormis ou en train de manger, de pisser, de pleurer.

— L'étage Premium, commente Jack Hermak. Réservé aux dignitaires et aux patrons qui ont trahi l'intérêt supérieur de la Nation.

Il s'assied devant les commandes, effleure, sélectionne Nox Olivier dans le menu Détenus. Un clic, et l'ancien ministre de l'Énergie s'affiche en gros plan sur l'écran central. Ça fait bizarre de voir celui qui était encore, il y a quinze jours, l'homme le plus puissant du pays, enchaîné dans une salopette orange. Je ravale l'émotion incongrue que je ressens. C'est pire que de la pitié, en plus ; c'est une espèce d'indignation solidaire qui n'a vraiment rien à faire dans ma tête.

Le beau jeune homme aux longs cheveux noirs serrés sous le calot de prisonnier lève les yeux en direction de la caméra. Ses traits sont tirés, mais son regard affiche une sérénité presque narquoise. Le ministre de la Sécurité lui lance :

— Nox, vous avez une visite.

Je me penche à l'oreille du nabot pour lui demander les renseignements techniques dont j'ai besoin pour torturer le prisonnier. Hermak laisse échapper un petit hoquet de surprise, puis s'illumine.

— Ah bon ? C'est pour ça que tu as voulu le voir… Très bien. Ce n'est pas moi qui te jetterai la pierre.

Avec un sourire gourmand, il m'explique le fonctionnement de son terminal, comme s'il s'agissait d'une console de jeu.

— Tu ouvres cette application et tu entres le code que voici. C'est un code-fréquence en lien direct avec sa puce cérébrale. Tu choisis la forme de douleur en touchant l'écran. Abdominale, cardiaque, musculaire, respiratoire, etc. Tu la doses avec ce curseur. Mais tu ne dépasses pas la zone verte.

— Et pour être sûr qu'il ne raconte pas de salades, je fais quoi ?

Il me scrute avec une méfiance soudaine.

— Tu veux savoir *quoi*, exactement ?

— Quel poison il a donné à mon amie Brenda Logan. Et avec quel antidote on peut la sortir du coma.

— C'est tout ? fait-il, déçu.

— C'est tout ce qui compte pour moi.

Il vérifie dans mon regard la sincérité de ma voix. Si cette demande ne l'inquiète pas davantage, ça veut dire qu'il n'existe aucun antidote. Avec un petit son nasal pour souligner l'insignifiance de mon enjeu, il me désigne le terminal de contrôle.

— Tu programmes la sécrétion d'ipsotonine dans son cerveau, ici. C'est l'hormone de la vérité. Elle agit instantanément sur le plaisir du coming out. Tu sais ce que c'est, le coming out?

— En gros.

— La jubilation provocatrice qu'éprouve l'ego lorsqu'il dévoile un secret.

— Merci. Vous pouvez nous laisser?

Il jette un œil à Nox qui demeure impassible sur l'écran, fixant la caméra de surveillance. Après un temps d'hésitation, Hermak me répond:

— Je suis dans le bureau d'à côté, si tu as besoin de quelque chose.

Sur le seuil, il se retourne et me glisse avec une sorte de connivence espiègle:

— Ne me l'abîme pas trop.

Je le rassure d'une moue de professionnel. Dès que la porte se referme, je dévisage l'homme qui a causé tous mes malheurs et qui représente mon seul espoir.

— Vous m'entendez, Nox?

— Bonsoir, Thomas, dit-il d'un ton égal. Tu viens me dire adieu ou assouvir ton instinct de vengeance?

Je réponds d'un clic dans la région abdominale. Il crispe les mâchoires, à peine, sans cesser de sourire. Son sang-froid est impressionnant. Il se comporte exactement comme lorsque j'étais à sa merci. Pas question de me laisser attendrir. Je lui rebalance une décharge électrique en poussant le curseur, pour bien vérifier que je suis connecté à sa puce. Il sursaute, cette fois. Bien. On progresse. Je sélectionne l'hormone de vérité et je lui en balance les fréquences à dose maximum.

Les coudes sur la console, le menton sur les poings, j'observe son visage qui à nouveau se détend, peu à peu. J'enchaîne :

— Nom, prénom, date de naissance.

— Nox, Olivier, né le 6 juin 1945.

Je sursaute. Il se fout de moi, là : ça lui ferait plus de cent ans. J'ai dû me tromper en cliquant, lui envoyer des fréquences de hasch ou d'ecstasy. Tandis que j'annule ma programmation et que je la recommence avec soin, il continue à délirer sur un ton exalté :

— Je suis venu au monde dans un pays qui s'appelait l'Allemagne. Ma sœur et moi avons été conçus en éprouvette dans un laboratoire, durant l'effondrement du IIIᵉ Reich. Nos concepteurs devaient passer le relais à des forces neuves. C'est ainsi que la puissance du Diable se transmet, en binôme ; c'est ainsi qu'elle se régénère au fil des âges. Nos concepteurs – nos parents, si tu préfères – avaient porté au pouvoir un garçon assez prometteur nommé Adolf Hitler ; nous nous devions, Lily et moi, de faire au moins aussi bien. Avant de mettre en place la dynastie Narkos, nous avons commencé par installer divers dictateurs tout autour de la planète, puis nous avons attisé les guerres de religion…

Je repousse les souvenirs de mythologie qui remontent dans ma mémoire. Toutes ces légendes des civilisations disparues, absentes de l'enseignement scolaire, que me racontait mon père en cachette : les fascistes, les Soviétiques, les islamistes… Mais aujourd'hui ce n'est pas le passé qui m'intéresse. Je valide ma nouvelle programmation, observe les effets sur Nox. Il se tait, à présent, le souffle court, fixant la caméra d'un air impatient.

L'hésitation fourmille dans mes doigts. Je suppose que Jack Hermak m'espionne depuis le bureau voisin. Il va falloir jouer serré. Je commence en douceur, pour donner le change :

— Brenda Logan est dans le coma à cause de vous, c'est ça ?

— Absolument.

— Y a un moyen de l'en sortir ?

— Aucun. Toutes ses fonctions vitales se détruisent petit à petit. Elle en est consciente, sans rien pouvoir communiquer et c'est le pire des enfers intérieurs. Si tu veux abréger ses souffrances, débranche-la.

Je reviens au menu Douleurs, clique sur l'icone Coliques néphrétiques. Curseur au max. Il pousse un hurlement, tombe à genoux en pressant les mains sur son ventre. Je réduis l'intensité pour qu'il puisse continuer à me répondre.

— Revenons sur la plage, le jour où j'ai rencontré Pictone. C'est bien vous qui avez fait installer un système de téléguidage sur mon cerf-volant.

— Oui, grince-t-il, les dents serrées.

— Pour que je tue Pictone.

— Oui.

— Comment vous pouviez être sûr que ça marcherait ? Sa grimace s'accentue. Je diminue à nouveau l'onde de souffrance pour allonger son temps de réponse. Et je répète ma question.

— J'étais sur le front de mer, dans ma voiture, répond-il, le souffle court. Au moment où tu as fait descendre ton cerf-volant, j'en ai pris les commandes, comme on pilote un drone.

J'avale ma salive. C'est impressionnant de voir comment son impatience d'avouer combat sa douleur, sa difficulté d'élocution.

— Et si Pictone avait survécu?

— J'aurais trouvé autre chose.

— Mais pourquoi vous vouliez que je le tue?

Il ne répond pas. J'augmente la fréquence de douleur rénale transmise à son cerveau. Il plisse le front, serre les genoux et les poings. Froidement, je répète:

— Pourquoi vous vouliez que je le tue?

— Pour créer entre vous ce lien posthume qui allait servir mes intérêts.

— Comment vous saviez que j'allais réagir comme ça?

— Que tu allais immerger son corps avec des galets dans les poches pour faire croire à un suicide? Je ne le savais pas. Je l'espérais. Je te testais, en fait.

— Pourquoi?

Un profond soupir me répond.

— Ce qui m'intéressait, c'était surtout la manière dont tu allais te positionner. Par rapport à ton crime, par rapport à l'âme de Pictone qui allait te harceler, par rapport à ma sœur et à moi… Quel beau chemin tu as fait, mon grand!

Je retiens mon doigt qui brûle de lui exploser le bide. Concluons, avant que l'autre nain rapplique.

— Quand vous pilotiez mon cerf-volant dans votre voiture, vous étiez seul?

— Oui.

— Il n'y avait pas d'autre témoin?

— Non.

— Pas de chauffeur, pas de passants?

— Rien.

— Merci.

Je reviens au menu Douleurs, clique sur Sélectionner tout et monte au maximum l'intensité. Sur le cadran à ma gauche, l'aiguille entre dans le rouge. Il se renverse sur son lit, se plie en deux, se tord en poussant des cris de bête. Et puis, tout à coup, je me dis que sa mort n'est pas la solution la plus sûre. Je cours chercher Hermak en prenant l'air confus:

— Je crois que j'ai fait une fausse manœuvre.

Il se précipite. Avec des gestes nerveux, il annule ma programmation, rétablit les fréquences à leur juste niveau. Nox retombe sur le côté en silence, hors d'haleine, les yeux clos.

— Je t'avais dit de rester en limite du rouge! glapit le ministre.

Jouant l'affolement, je confie d'une voix blanche:

— Il ne répondait plus, d'un coup. J'ai flingué sa mémoire?

Hermak avale ses lèvres, vérifie dans la fenêtre Antériorité des actions. Il fait non de la tête, soulagé, revient au menu principal.

— Vous êtes sûr?

— Si je te le dis! Pour provoquer l'amnésie, il faut activer cette fréquence-là. Aucun danger, sinon.

— D'accord. C'est dingue, ce truc. Un clic et c'est le trou noir ?

— Oui. NON ! hurle-t-il soudain.

Trop tard. J'ai cliqué sur la ligne qu'il avait bleuie pour me la montrer. Nox a un sursaut, ouvre des yeux étonnés, fronce les sourcils, clappe de la langue comme s'il cherchait à identifier un goût dans sa bouche. Puis il regarde d'un air perplexe les chaînes qui le relient au mur.

— Tu as vu ce que tu as fait, connard ? piaille Hermak.

— Y a qu'à déprogrammer, non ?

— On ne peut pas ! hurle-t-il, véhément. C'est une procédure qu'on applique en urgence, en dernier ressort ! Définitive ! Black-out total !

— Ah merde…

— Tu as complètement vidé sa mémoire, fils de pute !

— Restez poli, j'ai pas fait exprès !

— Mais c'est un légume, maintenant ! s'égosille-t-il d'une voix suraiguë. Un légume !

— Et alors, ça change quoi ? D'façon vous alliez l'électrocuter.

— Mais on n'exécute pas les gens comme ça ! beugle-t-il, choqué. Il faut un tribunal, des questions, des aveux, du suspense ! Un procès diffusé en direct ! Qu'est-ce que tu fais des audiences et des espaces publicitaires ? Comment tu veux qu'il intéresse les téléspectateurs, s'il ne se souvient plus de rien ?

— Vous lui balancerez des fausses réponses dans sa puce. C'est ce qui était prévu, non ?

Le teint cramoisi, la mâchoire pendante, il me considère avec un mélange d'horreur et de fascination. J'incarnais le Bien pour lui jusqu'à présent, les forces naïves qu'il manipule, réprime et censure. Si j'adopte ses méthodes pour prendre l'avantage sur son terrain, il se retrouve sans prise.

— On retourne au musée, Jack ? Merci pour votre collaboration.

Son visage décomposé ne réagit pas. C'est peu dire que je prends un pied de géant. Je me retourne vers l'écran central, jette un dernier regard au gâteux précoce qui observe ses mains en se demandant à qui elles appartiennent.

— Et tu es fier de toi, articule péniblement Hermak.

Très. Maintenant que j'ai supprimé la mémoire de l'assassin, je suis libre d'annuler le meurtre.

## 10

L'exaltation est retombée au long des couloirs, avec le recul. Je ne me reconnais plus. Du moins, je découvre sans cesse les faces cachées de mon caractère, et il y a vraiment de quoi être perturbé. C'est même bizarre que je ne le sois pas davantage.

Je croyais que j'étais quelqu'un de bien. Content quand les gens que j'aime sont heureux autour de moi et les autres le plus loin possible. Je ne savais pas combien c'est jouissif de faire du mal à un ennemi. De se venger face à face. De jouer avec sa peur et sa souffrance, de le voir diminué, implorant. Et le kif suprême, c'est de l'épargner pour qu'il vous dise merci. De ce côté-là, j'ai un peu merdé, mais bon. Je débute.

Cela dit, je ne suis pas non plus un sadique, je crois. Un dominant, plutôt. J'ai passé douze ans de ma vie dans le rôle d'une victime, et je découvre que c'est si facile de changer d'emploi. Il n'y a pas de vocation, finalement ; il n'y a que des opportunités.

Jack Hermak s'est laissé distancer dans le couloir, donnant ses ordres au téléphone pour que le service de gestion des puces programme d'urgence, dans le cerveau de Nox, des réponses de nature à maintenir l'audience de son procès télévisé qui s'ouvre demain. Il me rattrape en rangeant son portable et me glisse avec des airs de carpette :

— Si Lily Noctis vous demande ce qui s'est passé…

— Je vous couvrirai.

Je l'ai rassuré sur un ton inquiétant. Je le tiens, il le sait, et j'en profite. J'adore. La trouille de celui qu'on protège est encore plus douce à ressentir que la peur de celui qu'on punit.

Quand on regagne la salle d'exposition, Edna Pictone est sur le point de s'en aller. Elle m'envoie un baiser distrait en me croisant. Son cow-boy me grattouille les cheveux, comme tout à l'heure. Ils n'ont pas remarqué mon changement. Rien de ce que j'ai fait ne transparaît sur mon visage. Il faut dire qu'ils n'ont plus rien à fiche de personne, ces deux-là. Ils se dirigent vers le vestiaire, main dans la main, leurs vieux doigts entortillés dans l'urgence de ne pas se laisser voler le peu de temps qu'il leur reste.

— Ça s'est bien passé ? s'informe Lily Noctis.

Je me retourne. Elle plonge dans mon regard avec un sourire de curiosité narquoise. Je réponds d'un ton ferme :

— Très bien.

— C'est-à-dire…, nuance le ministre de la Sécurité. Il y a eu un petit problème informatique, lorsque Thomas s'est…

— Ne me gâchez pas la soirée, Hermak, interrompt-elle. Nous verrons demain. L'essentiel est que notre jeune ami ait pu régler son problème avec mon frère.

Et elle me cligne de l'œil, comme si elle savait ce que je viens de faire. J'ignore quel jeu elle joue avec moi, mais il y a dans sa manière de me fixer une espèce de fierté complice qui me perturbe. De sa démarche chaloupée, elle retourne au buffet dévasté par les pique-assiettes. Je cherche mon père. En fouillant des yeux les recoins de l'expo, je croise le regard de cette boule puante d'Anthony Burle. Il vient aussitôt vers moi, son verre vide à la main, me confie :

— Je suis embarrassé. Votre papa m'a conseillé d'invi...

Je le coupe :

— Où est-il ?

— Aux toilettes, je suppose. Il m'a quitté brusquement, au milieu d'une phrase, il avait l'air indisposé. Peut-être les toasts aux fruits de mer... Mais auparavant, pour mon problème, il m'a conseillé d'inviter votre maman à dîner.

Je fronce les sourcils. Il poursuit :

— Seulement je me dis que, dans le contexte, ça risquerait d'être mal interprété... Qu'en pensez-vous ?

Je dévisage le déclassé de l'échelon F. Pourquoi mon père lui a-t-il dit ça ? Pour l'envoyer dans le mur, ou parce qu'il souffre de la solitude de sa femme ?

— Que dois-je faire, à votre avis ? insiste-t-il, complètement paumé.

Je lui réponds que ça ne me regarde pas.

— Si, un petit peu... Il m'a dit de vous inviter avec votre maman, pour que vous connaissiez ma belle-fille. Elle a votre âge.

Je retiens ma réaction. Ça manquait, ça. Mon père veut me caser, ou quoi ? Ça ne lui suffit pas de nous avoir abandonnés, il veut en plus qu'on se console en famille chez ce pervers.

— Comment fait-on? C'est vous qui transmettez l'invitation à votre maman?

Les yeux dans les yeux, je lui réponds:

— Oubliez-nous, disparaissez de notre vie, et je me débrouille pour qu'elle vous remette à l'échelon B. C'est clair?

Le visage congestionné, il se répand en remerciements, tout en m'assurant que sa belle-fille sera très heureuse de me rencontrer et que je ferai beaucoup d'envieux. Je lui tourne le dos. Complètement bouché, ce type. Le degré zéro de la psychologie. Comment ça peut faire carrière, un nase pareil?

Je me dirige vers la sortie. Lily Noctis et Jack Hermak me suivent des yeux avec une espèce de fierté amusée. Le malaise me reprend. Il y a vraiment une atmosphère bizarre, ce soir. Comme un complot dont je serais le centre. Plus je m'efforce de manipuler mes ennemis, plus j'ai l'impression d'être un pion qu'ils manœuvrent.

Soudain j'aperçois mon père. Et je pile sec sur le parquet, dans le couinement de mes baskets. Il dodeline, hagard, débraillé, sur le seuil de la salle. On dirait Olivier Nox quand je lui ai vidé la mémoire. Les bras ballants, il cherche autour de lui, croise mon regard sans s'y arrêter, comme si on ne se connaissait pas, et il se laisse tomber sur un cube.

Je m'approche de lui, la gorge nouée. Je suppose qu'il s'est remis à boire, pour échapper à cette sangsue de Burle qui lui pompait l'air avec ma mère. En un instant, je redécouvre intactes la tristesse, la honte et la révolte solidaire qui ont empoisonné mon enfance, quand je le voyais se détruire de verre en verre. Et, en même temps, je suis tellement heureux de le retrouver tel que je l'aime. Tel que j'ai appris à l'aimer *quand même*.

Le buffet est vide, les gens s'en vont, critiquant le traiteur qui a vu trop juste et l'expo qu'ils n'ont pas pris la peine de regarder. Je me plante devant mon père, avec un sourire désolé, sans espoir ni reproche. Il pose les coudes sur ses genoux, enfouit le front dans ses mains. Il fuit la confrontation. Il ne veut pas qu'on le juge, il ne veut pas se justifier. D'accord.

Je retourne vers la vitrine du fond. Avec un petit tapotement sur le verre, je dis bonsoir à Pictone, et à tout à l'heure. Par écrit. Maintenant que j'ai effacé la mémoire de son assassin, rien ne m'empêchera de lui sauver la vie, dans le nouvel univers que je vais nous créer.

— Sors-moi de là !

Je sursaute, recule d'un pas. Rien n'a bougé sur le museau de l'ours. Il sourit toujours d'un air idiot avec son nœud papillon de travers, ses lunettes tordues et son allure mitée, mais la vieille voix a retenti avec une force incroyable dans ma tête. Je murmure :

— Léo… c'est vous ?

— Évidemment, crétin, qui veux-tu que ce soit ? Allez, sors-moi de là, vite ! Le temps presse !

— Mais… on n'est pas seuls…

— Eh bien reviens cette nuit, et vole-moi !

Je regarde Lily Noctis qui discute avec Jack Hermak. Les soldats qui montent la garde à chaque fenêtre. Mon père avachi sur son cube. Le directeur du musée qui lui parle dans le vide. Apparemment, personne n'a remarqué mon état de choc. Et je suis le seul à entendre la voix de Pictone.

— Vole-moi! répète-t-il en détachant les syllabes.

Je marmonne entre mes dents:

— Mais ça va pas? On est dans le musée privé du gouvernement, y a des alarmes partout…

— Débrouille-toi. On ne peut rien faire l'un sans l'autre, tu le sais bien!

J'avale ma salive, bouleversé par ce cri du cœur qui me ramène au temps où je croyais tout possible. Il a senti que, sans lui, je n'arriverais pas à faire marcher le chronographe. C'est pour ça qu'il veut que je le vole.

— OK. Ne bougez pas, surtout.

— Pourquoi tu voudrais que je bouge? Pour faire la danse du ventre dans ma vitrine?

Je retourne vers mon père, qui me regarde approcher avec une sorte d'appréhension. Je lui demande si je peux dormir chez lui, au ministère. Je vois dans ses yeux une grande perplexité. Pour simplifier, je lui dis que j'ai un problème avec ma mère.

— Un problème? répète-t-il en haussant un sourcil, comme si c'était inhabituel. Quel problème?

Son air envapé me fait répondre d'un ton sec:

— Si tu étais à la maison, tu le saurais. Je peux pas m'occuper d'elle tout le temps, papa. Faut que tu m'aides.

— Demandez la garde alternée, les garçons, dit Lily Noctis en venant se glisser entre nous.

Mon père l'interroge du regard. Elle pose une main sur mon épaule et me dit avec une charité crispante:

— Il y aura toujours une chambre pour toi au ministère, mon lapin. Préviens ta mère.

Je leur tourne le dos en sortant mon portable. Elle répond à la troisième sonnerie. Au son de sa voix, je comprends que je la réveille. J'aurais mieux fait de rentrer demain matin en lui apportant un croissant : elle n'émerge pas avant dix heures.

— Je suis fatigué, maman, je peux dormir là ?

— « Là », c'est où ? bredouille-t-elle, le ton pâteux.

— Chez papa.

— Chez papa, c'est ici ! Avec nous ! Tu dis : « chez l'autre pétasse », comme ça, là, c'est clair.

Je ne la contrarie pas. Vu le niveau sonore, elle a dépassé le taux d'alcoolémie des soirées habituelles. J'espère qu'elle n'essaie pas de s'aligner sur la consommation de papa les derniers mois, avant qu'il arrête d'un coup. J'ai envie de lui dire : ce n'est pas la peine que tu continues à te soûler pour deux, puisqu'il s'est remis à boire.

— Je rentrerai tôt, maman, je t'apporterai un croissant.

— Non merci. Bonne nuit à tous.

Elle raccroche. J'éteins mon portable, le cœur lourd. Quand j'aurai sauvé Brenda, il faudra vraiment que je m'occupe de ma mère. Mais que faire ? Où est le carrefour, pour elle, dans sa vie, le mauvais embranchement qu'elle a pris ? Le mariage, les efforts pour assagir mon père ? La course à la réussite professionnelle, les plans drague de son inspecteur de la Moralité qu'elle a renoncé à repousser dans l'intérêt de sa carrière ? Ma naissance ? Elle serait peut-être devenue une femme très bien, sans l'obligation d'élever un boulet. Ou pas.

Allez, concentrons-nous sur moi. Je ne peux pas tout

changer pour tout le monde. Au moins essayer de réparer ce dont je suis vraiment responsable.

Avant de quitter l'expo, je vais m'asseoir dans un fauteuil du carré VIP, le temps de remonter mes chaussettes. Et j'en profite pour oublier mon portable sous un coussin.

## 11

Dans les appartements privés du ministère, Lily Noctis m'ouvre une porte au fond d'un couloir. Une chambre de fille, plafond pistache et murs roses, avec des posters de chanteurs, une collection de poupées, trois placards de fringues haute couture taille dix ans, et une terrible odeur de renfermé.

— Je croyais qu'on l'avait vidée, remarque-t-elle.

Elle embrasse mon père sur la bouche, sans cesser de me fixer, comme si elle marquait son territoire.

— Je vais terminer un dossier, je te rejoindrai, lui dit-elle en l'écartant. Fais de beaux rêves, Thomas.

Mon absence de réponse la défie, mais elle s'est déjà éclipsée. J'observe le décor, les dents serrées. Elle m'a donné l'ancienne chambre d'Iris. Quand elle est morte, Boris Vigor a interdit qu'on y touche. Je cherche le regard de mon père qui, d'un air gêné, se dirige vers la fenêtre pour aérer. Le courant d'air agite les toiles d'araignées, déplace les moutons de poussière sur le parquet.

— Il faut qu'on parle, me dit-il.

— D'accord.

Je prends un air ouvert, bienveillant, prêt à tout entendre. Il me fait la bise, et il s'en va en refermant la porte dans son dos. Il la rouvre au bout de dix secondes. Je n'ai pas bougé. Il dit en me regardant les genoux :

— Pardon, mais… je ne sais pas ce que je fais là.

J'attends qu'il développe. Comme rien ne vient, j'essaie de l'aider à amorcer les confidences :

— Tu regrettes, par rapport à maman ?

Il détaille longuement la pièce, pousse un soupir interminable.

— Je ne sais pas ce que je fais là, répète-t-il sur le même ton.

Son regard quitte les murs roses, revient sur mes genoux, remonte brièvement jusqu'à mes yeux.

— Je ne sais pas ce que je fais avec cette femme.

Eh ben. Si sa ministre entend ça, il va se faire remanier très vite.

— Tu as recommencé à boire, papa ?

Il ouvre la bouche, me dévisage d'un air attentif, comme si la réponse était dans mes yeux.

— Je ne sais pas, murmure-t-il avec la même angoisse.

Et il ressort. Je reste un moment immobile, très perplexe. Jamais je ne l'ai vu comme ça après une cuite. Au contraire, ça le rendait toujours intarissable, démesuré, brillant… J'hésite à le rattraper dans le couloir. Et puis je me raisonne. Ce n'est pas au présent que j'ai les moyens de l'aider. Ce qu'il faut, c'est que je supprime sa rencontre avec Lily Noctis. Et comme cette rencontre est liée à la mort de Pictone, je ferai d'une pierre deux coups.

J'entreprends de fouiller les placards de la petite fille disparue. Dans une boîte à secrets, je découvre trois vieilles tablettes de chocolat au lait. Ça devrait faire l'affaire.

Je passe dans la salle de bains style conte de fées, avec jeux de miroirs à l'infini et flacons de cristal de toutes les couleurs. Je remplis le lavabo d'eau chaude, j'y plonge les carrés de chocolat, puis je retourne vers le petit lit à baldaquin presque entièrement recouvert de peluches. Un vrai show-room classé par ordre de taille, du singe à la girafe en passant par le tigre et le rhinocéros – toutes ces espèces disparues que je n'ai connues qu'à la télé. Au rayon ours, je prends le modèle le plus approchant, sauf qu'il est blanc. Mais, une fois trempé dans le chocolat dilué, ça va déjà mieux.

Essorage, sèche-cheveux. Après quoi j'attaque l'ours polaire aux ciseaux, à la pierre ponce et au gant de crin pour le patiner, lui donner un minimum de ressemblance. Puis j'appelle le standard du ministère. À l'employée de permanence, j'explique que je suis le fils de Robert Drimm et que j'ai oublié mon portable au musée.

— Je vous envoie quelqu'un, monsieur.

Je remercie, je raccroche. C'est là qu'un terrible coup de fatigue me tombe dessus. La tension qui se relâche après l'enchaînement de conflits, de décisions et de remises en cause qui m'a fait vieillir de dix ans en une soirée. Ce n'est pas le moment de flancher ; il faut que je récupère. Je m'allonge un instant au milieu de la ménagerie.

Le lit se creuse et les animaux déséquilibrés chavirent sur moi. Je pense à l'Arche de Noé, ce paquebot à bestiaux qui revenait souvent dans la bouche de mon père, au temps où il me racontait des histoires pour que je m'endorme. L'Arche de Noé. C'était bien avant les États-Unics, à l'époque où l'être humain faisait ses premiers pas sur terre. Dieu, le machin qui existait alors à la place du Hasard – un vieux barbu dans les nuages qui avait créé le monde pour se changer les idées –, s'était mis à casser son jouet qui ne l'amusait plus. Il avait déclenché tremblements de terre et déluge afin d'éliminer toutes ses créatures, en ne gardant que deux exemplaires pour chaque espèce : plus c'est rare, plus ça prend de la valeur pour les collectionneurs. Je m'identifiais. Je me voyais bien dans le rôle du dernier mec de l'humanité.

Chargé d'appliquer les consignes, Noé, le capitaine de l'Arche, avait embarqué sa cargaison de spécimens dans son musée flottant, pendant que le déluge noyait la planète. Ensuite, le bateau avait percuté un iceberg et Noé s'était fait boulotter par une baleine. Je ne me rappelle pas la fin parce que je m'étais endormi en me disant que, de toute façon, je ne voyais pas bien l'intérêt d'être le seul humain sur terre, vu que le Barbu avait oublié de me donner une femme pour la continuité de l'espèce et que mon seul avenir, en cas de survie, ça serait gardien de zoo.

## 12

*Ministère de la Sécurité, Division 6, cellule 50, 22 h 15*

J'ai adoré le plaisir avec lequel tu m'as torturé. J'en ai savouré les moindres nuances. Plus ma douleur t'apportait de satisfaction, plus je faisais semblant de souffrir. Tu en as eu pour ta faim.

Bien avant notre premier face-à-face, mon cher Thomas, tu te demandais pourquoi le Mal t'attirait, toi qui te croyais un type si bien. Tu viens d'avoir confirmation de ta nature profonde. Celle que tu combats depuis ta prime enfance à cause de ton éducation – ces valeurs révolues de justice, de liberté, d'idéal humaniste que t'a inoculées le pauvre type qui t'a élevé jusqu'à présent. Mais tu sens bien que tout cela est terminé, que tous ces jolis principes ringards ne répondent plus à tes problèmes, à ta lucidité, à tes attentes. Tu avais besoin de cet apprentissage chez les gentils pour choisir le Mal en connaissance de cause. Il fallait que tu constates que la bonté, quand elle va de pair avec l'intelligence, ne mène qu'à l'échec, à l'amertume, au renoncement. Voire à la trahison. Voilà pourquoi je t'ai choisi cette famille. Et pourquoi je te la casse à présent, afin que tu prennes ton envol. Quand tu comprendras ce qui a mis Robert Drimm dans un tel état cette nuit, tu n'auras plus de raison de te raccrocher aux branches.

Tout cela est excellent pour moi, Thomas. J'ai puisé beaucoup de puissance dans nos affrontements ; j'ai récupéré et converti toute l'énergie positive dont je t'ai vidé. Et ce n'est qu'un début.

Tu as réussi la première partie du programme, dans ce qui était pour toi, jusqu'à présent, la seule réalité disponible. Maintenant, il me reste à parfaire ta formation dans les mondes parallèles, où tu pourras tester ton pouvoir de destruction. Tu verras, la puissance de la pensée, quand on sait s'en servir, est sans commune mesure avec le poids des actes qu'on accomplit dans la vie quotidienne. C'est pour cette raison que le chronographe est arrivé entre tes mains. Robert Drimm l'a trouvé « par hasard », te l'a transmis sans connaître son pouvoir, Léo Pictone l'a activé en croyant bien faire ; à présent c'est à toi de jouer, Thomas. Le stylo qui arrête le temps, c'est le seul sceptre qui vaille. Le sceptre du Diable. Il est à toi. Et tu es sur le point d'en trouver le mode d'emploi.

Évidemment, au stade actuel de ton évolution, tu ne pouvais décider de t'en servir que pour de « bonnes raisons ». Sauver Brenda. C'est pourquoi j'ai fait en sorte de la plonger dans le coma. Maintenant, les choses sérieuses vont commencer. Je m'en délecte par avance. Tu n'as aucune idée des catastrophes que tu vas déclencher dans la vie des gens que tu aimes. Et cette fois, tu ne pourras t'en prendre qu'à toi, puisque tu auras *réécrit* leur destin.

C'est la dernière étape de ton apprentissage. Car on

est le produit de la réalité que l'on crée. Il faut que tu connaisses la haine, Thomas, celle que tu vas inspirer à juste titre et celle que tu éprouveras de manière inexplicable – mais l'explication, c'est moi. Les gènes de l'ange déchu que tu portes en toi.

Elle m'a bien plu, ta version de l'Arche de Noé. Très personnelle, même si tu n'es pas allé jusqu'au bout de tes intuitions. C'est toi, en fait, Noé. Le néo-Noé. Et le Maître du Hasard, celui qui a remplacé ton Dieu barbu qui s'ennuie, c'est moi. J'ai supprimé les religions dans la raison et le cœur des hommes pour préparer ton règne, celui du Mal absolu. Le mien était très relatif. Tu embarqueras dans ton vaisseau le dernier espoir de l'humanité, et tu le saborderas.

Mais pour l'instant, réveille-toi et mène à bien ce que tu as projeté. J'avais juste besoin de me reconnecter à toi dans ton sommeil, quelques instants, pour infléchir légèrement ce que tu ressens pour moi. Tu crois m'avoir transformé en zombi sans mémoire, et tu t'étonnes de ne pas en éprouver de remords. Mais c'est normal : tu n'as fait que te venger de ce que je t'ai fait subir.

Là, tu vas découvrir peu à peu l'état de manque. Je vais te manquer, oui. Comme adversaire, d'abord, puis comme personnalité de référence. C'est le meilleur moyen pour moi de mettre en place ma succession.

Je me réveille d'un bond. On tape à la porte. Je regarde l'heure. J'ai dormi à peine dix minutes et je suis en forme comme si j'avais fait une nuit complète. Bizarre.

Je saute sur mes pieds, planque dans mon blouson l'ours blanc teint en brun, cours ouvrir. Un policier aux allures de valet de chambre me présente sa carte et ses respects.

— Lieutenant Federsen, Service de protection des personnalités. À votre disposition pour aller récupérer votre portable.

Il ajoute qu'il pleut très fort : mieux vaut prendre le réseau de souterrains interministériels. Je le suis jusqu'à l'ascenseur en me disant que c'est quand même assez pratique dans la vie, d'avoir un père au gouvernement.

Au moment où il lève le doigt pour appuyer sur le bouton, ma gorge se noue. Un pansement rougi dépasse de sa manche. Exactement à l'endroit où j'ai planté le stylo dans le bras de mon agresseur, chez Brenda. Je dois fournir un effort gigantesque pour entrer dans la cabine avec lui sans afficher la moindre réaction.

— Tout va bien, monsieur ?

J'acquiesce, l'air dégagé, un peu distant – le genre habitué à subir la présence collante des gardes du corps. Ce pansement est peut-être juste un hasard, une coïncidence. Mais si c'est l'un des voleurs en cagoule qui m'a suivi chez Brenda pour lui voler ses tableaux, le fait qu'on lui ait confié ma surveillance à visage découvert confirme cette impression de complot qui me prend la tête.

Et s'il était chargé par Jack Hermak de m'éliminer, de cacher mon cadavre dans un recoin du souterrain ? Ma seule parade : le naturel, la vigilance, l'effet de surprise. Je garde les mains dans les poches et le regard en coin. S'il tente le moindre geste suspect, je ressors le stylo et, cette fois, je le lui plante dans le cœur.

L'ascenseur s'arrête au cinquième sous-sol. Il approche son crâne d'un lecteur de puce. Une porte en acier coulisse, se referme derrière nous. D'un pas nonchalant, il me précède sous les voûtes baignées d'une lumière d'aquarium. Nous franchissons plusieurs carrefours sans fléchage. Pour garder sa méfiance en sommeil, je lui dis que sans lui, je me serais perdu depuis longtemps. Il répond que c'est un honneur. D'un ton creux, administratif. Au fil des couloirs, je commence à me détendre un peu, sans relâcher mon attention. Je suis presque sûr qu'il a vu mon regard sur son pansement. Mais sa seule préoccupation semble être de cacher la mastication de son chewing-gum dès qu'on approche d'une caméra de surveillance.

Arrivé au musée, il ordonne de couper l'alarme pour que je puisse aller chercher mon téléphone.

— Voulez-vous que je vous accompagne, monsieur ?

me propose mollement le vigile qu'on dérange en plein match.

— Non, non, merci, je sais où je l'ai oublié, j'en ai juste pour deux minutes.

Avec reconnaissance, il se rassied devant son écran où les joueurs de man-ball, propulsés du haut de leur rampe, tressautent sur leur roulette géante. Notre équipe locale mène par six morts à zéro, annonce-t-il à mon policier qui se réjouit du massacre avec une fierté citoyenne.

Je monte l'escalier de marbre, traverse la galerie des portraits officiels, d'Oswald Narkos I$^{er}$ jusqu'à son arrière-arrière-petit-fils, le rouquin à peau de yaourt qu'on empucera en même temps que moi lundi prochain. Je tourne à gauche dans la direction marquée *Léo Pictone, une vie pour la science*, et j'entre dans la salle d'expo.

— Tu as mis le temps, ronchonne l'ours derrière sa vitrine.

Je fais semblant de soulever au hasard les coussins des fauteuils installés dans le carré VIP, inquiété par les caméras fixées aux quatre coins du plafond.

— Elles ne fonctionnent que lorsque l'alarme est sous tension, s'impatiente Pictone. Dépêche.

J'empoche mon portable et j'inspecte sa vitrine.

— Il n'y a pas de serrure?

— Non. Ouvre sur le côté. L'autre.

J'écarte la paroi de verre aimantée. Il se dresse lentement, vacillant, ankylosé. Je l'attrape d'une main, le dépose sur une espèce de sarcophage en verre grossissant, qui renferme le prototype de la puce cérébrale qu'il a mise au point, quarante ans plus tôt. Puis j'abaisse la fermeture éclair de mon blouson, et je procède à l'échange des peluches.

— Ils ne vont pas être déçus, les visiteurs, marmonne Pictone. Qu'est-ce que c'est que cette horreur ?

— Un ours blanc avec une teinture chocolat au lait.

— Et tu trouves ça ressemblant ?

— Ça va l'être.

Je lui enlève son nœud papillon, pour l'attacher au cou de son homologue polaire.

— Thomas, il est grotesque ! Absolument pas crédible. Personne n'irait le confondre avec moi !

Je grince entre mes dents :

— Faut pas non plus exagérer, Léo. Sorti de la famille, personne ne vous connaît en tant qu'ours.

— Ce n'est pas une raison pour me dépouiller ! Rends-moi ce nœud papillon ! Mes particules subatomiques ont investi cette peluche dans sa globalité, je ne supporte pas que tu compromettes l'intrication quantique !

Il recommence déjà à me gonfler, le revenant de l'Académie des sciences. Je riposte :

— Si vous voulez que je vous vole, c'est la seule solution : je vous remplace à l'identique et j'accessoirise votre doublure, sinon je me fais gauler et vous avec !

— Tu n'avais qu'à lui acheter le même nœud !

— La prochaine fois, vous me préviendrez vingt-quatre heures à l'avance, que j'aie le temps de faire les boutiques.

D'un air contrarié, il me regarde cravater le modèle d'expo. Il remue ses lèvres décousues, tire sa langue en feutre, pétrit nerveusement sa mousse à la base du cou. Il retrouve peu à peu toute sa mobilité, comme aux premières heures de sa mort. Il s'est complètement rematérialisé. Je demande :

— Pourquoi vous êtes revenu, Léo ?

— Ce n'est pas le nœud papillon en lui-même qui me manque, rabâche-t-il. Le problème, c'est que ça m'attaque dans mon intégrité. Ma conscience s'est répartie dans tous les atomes composant cette peluche, c'est pourtant simple à comprendre ! Si tu me retires des atomes, il faut que je me reconfigure... De toute manière, nœud ou pas nœud, les gardiens découvriront immédiatement la substitution !

— Sans vouloir être vexant, je crois qu'ils s'en foutent un peu.

— Moi non !

— Vous arrêtez de me chauffer ? Si c'est comme ça, je vous remets dans la vitrine et vous faites un transfert.

— Un transfert ?

— Vous déménagez votre conscience. Vous changez d'ours.

— Ne dis pas n'importe quoi. J'ai mis assez de temps à me rendre compatible avec le tien !

— Ça vous ennuie de parler moins fort ?

— Tu es le seul à m'entendre.

— Justement : je suis pas sourd.

— Aïe ! Mais c'est ça, arrache-moi les poils ! Veux-tu me rendre mes lunettes !

— Vous n'en avez plus besoin : c'est juste de la déco.

— C'est tout ce qui me reste de mon vivant ! C'est un souvenir !

— Justement. Le passé, c'est lui, dis-je en posant les lunettes sur la truffe de l'ours blanc chocolaté. À nous l'avenir.

Et je le fourre dans mon blouson.

— C'est pénible, la puberté. Je te préférais avant.

— Moi, j'espère que vous êtes plus chiant mort que vif!

Il se raidit contre mon tee-shirt.

— Pourquoi tu dis ça?

— Vous verrez.

Je referme la vitrine et me dirige vers la sortie.

— Tu as une voiture? s'enquiert-il.

— J'ai treize ans.

— Une voiture avec chauffeur, andouille.

— Pour quoi faire?

— Pour aller chez moi.

— On ne va pas chez vous. J'ai une chambre au ministère.

Plaqué contre mon ventre, il se tait. Ça fait du bien. Sa voix de casserole me gave autant qu'elle m'a manqué. Je me retourne pour vérifier la position de son remplaçant dans la vitrine et je quitte la salle.

— Va t'exploser sur le 27, connard, vas-y, ouais! braillent les supporters sous les voûtes du grand escalier. Il s'est pété la nuque, génial! Neuf à zéro!

— Merci de votre gentillesse, dis-je au vigile qui réactive l'alarme, tandis que les ramasseurs évacuent de la roulette le cadavre de l'homme-bille.

Dans un silence ponctué de commentaires sur le match, le lieutenant Federsen me reconduit au ministère à travers les sous-sols. La présence retrouvée de mon vieil allié sous le blouson efface mes peurs de tout à l'heure.

— Votre blessure n'est pas trop grave, lieutenant?

dis-je en posant la main sur le pansement caché par sa manche.

Ses mâchoires se contractent. Je joue avec le feu, même si j'ai l'avantage de la surprise. Avec un sang-froid parfait, il me remercie de ma sollicitude et me rassure : ce n'est qu'une piqûre de moustique qui s'est infectée.

— J'ai parlé à votre ministre, tout à l'heure.

Il se tait, sans marquer de réaction. J'enchaîne sur le ton le plus naturel possible :

— Il n'y aura pas de sanctions contre les voleurs, à condition qu'ils me rendent les tableaux de Brenda Logan.

— Laisse tomber, intervient la voix de Pictone.

— Les tableaux sont brûlés, monsieur, me répond le lieutenant d'un air neutre. Brenda Logan était une terroriste avec laquelle un membre du gouvernement et son fils ne sauraient avoir le moindre lien. J'ai appliqué les ordres du ministre de la Sécurité, dans le cadre de votre protection. Autre chose ?

Je n'insiste pas, la nausée au ventre. C'était ma dernière chance de pouvoir agir pour Brenda dans ce monde-ci. Rien ne me retient plus, désormais.

Devant l'ascenseur des appartements privés, Federsen me quitte en me souhaitant de beaux rêves, avec l'ironie sereine de ceux qui se croient hors d'atteinte. Pauvre nase. L'encre de mon stylo-chronographe est en train de t'empoisonner le sang, j'espère. Et, sans t'en douter, tu viens de m'aider à récupérer celui qui, seul, peut faire de cette arme improvisée le moyen d'accès à un autre monde.

Sitôt revenu dans la chambre rose, j'installe Pictone

devant un bloc de papier à lettres fleuri à l'entête d'Iris Vigor, je sors mon stylo et je m'assieds face à lui en disant :

— Alors ? Je m'y prends comment ?

Le savant croise les pattes et me contemple avec toute la perplexité de son regard en billes de plastique.

— Tu t'y prends comment pour faire quoi ?

— Pour retourner sur la plage dimanche 30 juin à midi cinq, au moment où je vous ai tué.

— Pour quoi faire ?

— Pour ne plus vous tuer.

Il reste un instant immobile, mâchoire pendante, puis glapit soudain :

— Mais je veux rester mort, moi ! J'ai trop de choses urgentes à gérer !

— Quoi ? Enfin… C'est pour ça que vous m'avez dit « Vole-moi » ! Pour m'apprendre à utiliser le chrono-graphe !

Ses pattes se figent en arc de cercle.

— Vous êtes revenu sur terre pour m'aider, non ?

— Oui, fait-il mollement. Mais ça dépend de ce que tu as en tête.

— C'est vous qui m'avez dit que je devais réécrire mon histoire avec ce stylo qui arrête le temps pour en créer un autre !

— Ah bon ?

— C'est vous qui l'avez configuré ! Vous m'avez dit : « Il suffit que tu trouves le carrefour important, afin de changer d'embranchement au bon endroit. »

— Et j'ai dit ça quand ?

— Vous l'avez dicté par écriture automatique à Brenda, la nuit où on a dormi chez vous avant de partir pour Repentance, la forêt vierge où elle est tombée dans le coma.

— Ah oui? Je ne me souviens plus.

Je gonfle les joues en rebouchant le stylo. Un mort alzheimer. Ça manquait, ça. Ou alors il fait la grève des souvenirs. Il va me dire que c'est ma faute s'il n'est pas complet, qu'il lui faut son nœud pap' et ses lunettes pour se remettre en phase.

— Qui est Brenda?

Je le regarde au fond des billes, atterré. Il a malheureusement l'air sincère.

— Mais enfin, Léo, qu'est-ce qui vous arrive? C'est la fille géniale qui nous a aidés à faire sauter le Bouclier d'antimatière!

— C'est loin, tout ça, grommelle-t-il.

— Comment, c'est loin? Y a même pas un mois!

— Mais tu m'énerves! On n'est plus sur la même échelle de temps, crétin! Pendant que j'étais absent de cet ours, j'ai vécu douze millions d'expériences, engrangé des tonnes de connaissances d'une galaxie à l'autre, traversé des cohortes de trous noirs pour contribuer à l'équilibre de notre système solaire – qui est sur le point de se désintégrer d'ici quinze milliards d'années, je te le signale en passant: il y a urgence! Et voilà qu'on me ramène ici dans cette peluche à la noix pour régler un problème tellement ridicule à l'échelle des énergies du cosmos…

Ses fesses décollent du bureau où s'abat mon poing.

— C'est pas ridicule, la vie d'une femme! Brenda est dans le coma parce que je vous ai tué et la seule chance que j'aie de la sauver, c'est dans le monde parallèle que je peux créer si j'annule votre mort ! C'est vrai ou pas ? C'est vous qui l'avez dit ou non ?

— J'ai l'impression de revenir à la maternelle, soupire-t-il. Oui, bien sûr, il y a des ouvertures temporelles différentes à chaque décision qu'on prend et des univers multiples en découlent, mais enfin c'est le b-a-ba.

— Eh ben je veux y aller, moi, dans ce b-a-ba ! Jusqu'à présent ça n'a rien donné, je ne suis pas arrivé à changer le passé. Mais là, j'ai lavé le cerveau d'Olivier Nox pour me laisser le champ libre.

Il plisse le front.

— Quel rapport ?

— Concentrez-vous un peu, merde ! Franchement, ça vous réussit pas, le cosmos. Vous vous rappelez qui c'est, Olivier Nox, quand même ?

— Vaguement.

— Le salaud qui s'est emparé de vos inventions pour les exploiter ! Pour transformer les vivants en marionnettes et les morts en énergie ! Et c'est lui qui a trafiqué mon cerf-volant pour que je vous tue ! OK ? Il a observé toute la scène de notre rencontre sur la plage. Toujours OK ? Donc il vous a vu mort, il s'en souvenait et ça figeait la situation : impossible pour moi de la changer.

Il m'observe en silence, les pattes ballantes. Il me trouve débile ou bien je l'épate, c'est difficile à dire, vu la courte gamme d'expressions que lui fournit son regard en plastique.

— Comment sais-tu cela, Thomas ?

J'adopte un air modeste, au cas où.

— C'est le principe majeur de la physique quantique ! déclame-t-il avec le poil qui se dresse. La démonstration qui m'a valu d'être élu à l'Académie des sciences : un phénomène n'existe que par l'observateur qui le constate !

— Eh ben voilà ! dis-je en lui présentant ma paume pour qu'il y claque la sienne. Grâce à moi, il n'y a plus de témoin.

Il garde ses pattes le long de la panse.

— Tu es consternant, mon pauvre Thomas. Même si ton témoin était mort, ça ne changerait rien au résultat. L'événement qu'il a observé est définitivement validé, impossible à modifier. D'autant plus que tu *sais* que tu as été observé. Tu n'as même pas le pouvoir de l'ignorance.

Le stylo me tombe des doigts.

— Mais comment je peux faire, alors ?

Du bout de sa patte gauche, il repousse vers moi le chronographe.

— À quelle heure suis-je mort, tu as dit ?

— Midi cinq.

— Prends-moi à midi trois. Là, je suis encore modifiable. Tant qu'il ne s'est rien passé de définitif, tu as une marge de manœuvre. Mais respecte l'intégrité de l'instant T.

— C'est-à-dire ?

— Évite l'anachronisme. Sois vierge de ton futur. À midi trois, tu ne sais pas que je vais mourir. Et moi non plus. Si tu pars de l'idée que tu vas empêcher l'événement de midi cinq, tu le projettes en avant de ta conscience et tu le rends incontournable.

Je regarde le gros stylo en corne brillante orné de mes initiales.

— Je fais comment, alors ?

— N'anticipe rien. Remets-toi *exactement* dans

tes sentiments de midi trois. L'accident de cerf-volant n'a aucune raison de se produire, à l'instant où l'on se rencontre. Sinon tu fausses la situation de départ et ton ouverture temporelle ne mène à rien.

— Mais si je réussis à créer un univers parallèle… Le monde où on est, en ce moment, je n'y serai plus ?

— Je ne sais pas. C'est un modèle théorique, mon vieux, ce que je t'expose. Je n'ai jamais fait l'expérience. Allez, viens !

Il saute du bureau, loupe son atterrissage sur le tapis, se relève et marche en tanguant vers la porte.

— Allons chez moi.

Je le chope par une oreille pour le remonter à hauteur de mon visage.

— Pourquoi chez vous ?

— Y a de mauvaises ondes, ici. Et puis je serai dans mon élément. J'ai besoin des repères de ma vie d'avant ; ça m'aidera à me réactualiser. Mon identité terrestre s'est diluée, tu comprends, avec l'étape cosmique que je viens de franchir. Léo Pictone n'était plus qu'une infime parcelle d'infini ; j'avais atteint l'universel, la fusion quantique avec les atomes de toute la Création ! Je n'avais plus rien de bassement individuel… Et paf ! tu me ramènes sur terre à cause de ton problème de Brenda. Alors, si tu veux que je t'aide à réussir ton voyage dans le temps, il faut que je me repictonise. Allez hop, à la maison !

Je décroche le téléphone en soupirant, appelle le standard.

— C'est encore moi, dis-je à la dame de permanence.

Un silence. Je précise :

— Le fils de Robert Drimm. Je rentre chez moi : il me faut un chauffeur.

— Avec plaisir, monsieur Drimm.

Et ce n'est pas une formule de politesse : je perçois dans sa voix une vraie satisfaction à l'idée que je me barre, comme ça je ne la dérangerai plus.

— Tu as pris de l'aplomb, constate l'évadé du musée tandis que je le replanque dans mon blouson. C'est bien. Tu en auras besoin.

## 14

Sous le défilé des nuages masquant et démasquant la pleine lune, la limousine descend la Colline Bleue. Dès qu'on a franchi les triples grilles de la cité gouvernementale, c'est la vraie vie qui reprend son cours. Les bagarres de rue entre supporters, comme à chaque fin de match. Les camionnettes du service de Dépuçage qui continuent de récolter les morts pour les recycler, tant que la loi sur les Droits de l'âme n'est pas promulguée. Et les commandos qui pourchassent, matraquent et embarquent dans leurs fourgons de ramassage scolaire les jeunes rebelles qui ne respectent pas le couvre-feu des moins de treize ans.

Et puis ça se calme, dès qu'on s'éloigne des abords du stade. Seules patrouillent devant les bars encore ouverts les Brigades antibuveurs et antifumeurs, parmi les camions poubelles qui escamotent les sans-abri pour dégager les trottoirs avant l'arrivée des premiers joggeurs.

Planqué dans mon blouson à l'arrière de la limousine, indifférent à la face cachée de notre société du Bien-Être obligatoire, l'ours me donne ses instructions à travers la doublure :

— Tu racontes à Edna que tu t'es disputé avec tes parents, et tu lui demandes de t'héberger pour la nuit, sans lui dire que je suis là. Sinon ça fera tout un foin et on a besoin de se concentrer, tous les deux. Tu me réintroduis clandestinement chez moi, quoi.

Ça a l'air de beaucoup l'exciter. Je suis un peu moins enthousiaste, mais je suis bien obligé de lui faire confiance.

La voiture s'arrête avenue du Président-Narkos-III, au cœur d'un de ces quartiers riches truffés de caméras où il ne se passe jamais rien.

— Dis au chauffeur de t'attendre, Thomas.

— Pourquoi?

— On ne sait jamais.

Je n'aime pas trop son ton de prudence. Je sens qu'il me cache quelque chose.

— Je serai dans quel état, pendant mon voyage? Un genre… un genre de coma?

— Aucune idée. En théorie, si tu réussis à ouvrir un monde parallèle, ce sera un monde superlumineux.

— C'est-à-dire?

— Tout s'y déroulera plus vite que la lumière. Le reste, j'attends de voir.

— Mais quand vous étiez en balade dans le cosmos, vous, comment ça se passait?

— Aucun rapport: je suis mort. Je n'ai plus de corps d'attache, à part cette peluche qui n'est qu'un pied-à-terre. Toi, tu vas sans doute te dupliquer. Cloner ton corps astral, te fabriquer un avatar pour l'envoyer dans un trou de ver.

— Un trou de ver? Dans le sens de «ver de terre»?

— C'est le nom que donnent les astrophysiciens aux déformations du tissu de l'espace-temps, qui permettent de connecter un univers parallèle à un autre. Parce que le temps est un millefeuille où passé, présent, futur ne sont que des couches superposées.

— Et c'est mon stylo qui va ouvrir ce trou de ver dans le millefeuille?

— On va voir.

— Vous viendrez avec moi?

Il ne répond pas. Je répète ma question.

— C'est *ton* passé que tu veux changer, Thomas. Moi, le mien me convient très bien: je risquerais de t'influencer. Mieux vaut que je reste ton garde du corps dans ce monde-ci.

Je demande au chauffeur de rester en attente. Il acquiesce, habitué aux caprices des rejetons de ministres qui circulent en voiture officielle. Il a dû voir bien pire qu'un ado qui révise à mi-voix son programme de physique, le nez dans l'échancrure de son blouson.

Je referme la portière. La maison est silencieuse. Aucune lumière.

— Sonne! ordonne le plantigrade en sortant la tête pour s'accouder à ma fermeture éclair.

— Et si on les réveille?

Je me mords les lèvres, confus de ma gaffe. Pourvu qu'il n'ait pas fait attention au pluriel.

— *J'espère* qu'on les réveille, grogne-t-il.

J'évite de commenter. Il n'est pas dupe. Au vernissage de son expo, il a parfaitement capté l'intimité entre sa veuve et son ancien collègue Warren Bolchott. Il enchaîne:

— Je préfère les imaginer en train de dormir que de faire des choses qui, à leur âge… Enfin, bon. Passons.

Je le regarde, désolé. Il écarte les pattes, fataliste. Malgré moi, je monte la main pour lui grattouiller le pelage entre les oreilles. Histoire d'exprimer un peu de solidarité masculine. Il se dérobe, se renfonce dans mon blouson.

— Ne t'en fais pas pour moi : j'ai appris à me détacher de ces choses. Je suis devenu un pur esprit. Une conscience cosmique.

Edna Pictone ouvre à la troisième sonnerie, l'air endormi, serrée dans un vieux peignoir délavé qui bouloche. Pas vraiment glamour. Elle doit être seule.

— Je ne vous dérange pas ? dis-je sur un ton soulagé.

— Si, comme d'hab. Un problème ?

— Oui, entre mes parents. Une mégacrise. J'en ai vraiment ras-la-couette.

— Et tu veux que je t'accorde l'asile politique, sourit-elle dans un bâillement. Bon, tu connais le No Man's Land.

— Le ?

— Le dortoir des petits-enfants. J'ai laissé tes draps de la dernière fois. Allez, bisous, je retourne finir ma nuit.

Je referme la porte, et monte l'escalier derrière elle en tapotant l'ours à travers mon blouson, pour le rassurer sur la fidélité de sa veuve. Edna oblique sur le palier du premier, vers sa chambre. Je continue en direction des combles, dépasse le dortoir, entre dans le bureau de Pictone. Il s'extrait de mon blouson, descend en rappel le long de la fermeture éclair et pousse un long soupir nostalgique en atterrissant au milieu de ses dossiers.

— Rien n'a changé, fait-il avec satisfaction tandis qu'il

contemple les piles de bouquins et de classeurs effondrées les unes sur les autres. C'est drôle, tu vois, c'est le seul endroit où…

Sa voix s'étrangle, reprend :

— … le seul endroit où, une fraction de seconde, j'ai oublié que j'étais mort.

Il frissonne en croisant les pattes pour chasser l'émotion.

— Allons-y, décide-t-il. Comment tu t'y es pris, jusqu'à présent, avec le chronographe ? Montre-moi.

Je m'assieds dans son grand fauteuil en velours articulé, et je me ménage un petit coin d'espace dans le foutoir qui encombre sa table. Je sors le stylo de ma poche, le débouche, le pose en haut d'un bloc de feuilles. Je dis :

— Je ferme les yeux, je m'imagine sur la plage quand on s'est rencontrés et je réécris la scène.

— C'est tout ? fait-il en s'accoudant sur un tas de documents qui s'écroule.

Je le regarde avec une moue incertaine. Il enchaîne en se redressant :

— Ce n'est pas une baguette magique, ton stylo. Juste un amplificateur. Il reçoit et diffuse les ondes électromagnétiques de ton cerveau : des photons messagers, qui vont s'intriquer à une vitesse superlumineuse pour ouvrir un monde parallèle. C'est clair ?

— Non.

— Bon, on repart à zéro. Ferme les yeux.

Renonçant au jargon scientifique, il adopte un ton d'hypnotiseur, voix de basse veloutée et lenteur persuasive :

— Je vais compter de 1 à 4. Laisse partir ta conscience

en arrière. Efface tout ce que tu as vécu depuis ce dimanche 30 juin où tu vas bientôt atterrir. Rien n'existe des événements postérieurs, d'accord ? 1. Recale ta mémoire. Tu y es ? Tu n'as pas d'autre souvenir récent que la matinée de ce dimanche où tu décides de faire voler ton cerf-volant malgré la tempête. Alors je dis : 2. Maintenant que ta mémoire est focalisée sur dimanche 30 juin midi trois, laisse-la sortir de ton corps d'aujourd'hui, comme une fumée aspirée par la feuille de papier… Voilà. Et je dis : 3. Ça y est : le temps s'est amorcé à l'approche du carrefour décisionnel que tu vas prendre. Je vais dire 4, et tu n'auras plus qu'à écrire les mots qui viennent sous ta plume : c'est le papier qui parle et tu lui réponds. Tu y es ? On est dimanche 30 juin, sur la plage, il est midi trois. Et je dis : 4.

Le silence laisse place au sifflement du vent.

— Écris sans rouvrir les yeux. Laisse courir la plume sans y penser. Tu vois se former dans la brume la silhouette d'un senior ?

— Oui.

— Tu le croiseras dans vingt secondes. Tu sens les manettes dans tes mains, tu sens les vibrations des ficelles, l'accélération du cerf-volant ?

— Oui.

— Dès que le senior inconnu t'adressera la parole, lâche ton cerf-volant. Tu n'as rien d'autre à faire. Oublie tout le reste et laisse la scène partir sur cette nouvelle base. Vis-la pleinement, totalement. Réagis tout de suite aux événements, ne freine en rien tes réflexes, agis en direct sans aucun recul… Et surtout, surtout, n'hésite pas. Sinon l'ouverture temporelle se referme.

Les derniers mots se diluent dans la brume. Le bruit du vent recouvre et remplace le crissement du stylo. Je distingue de mieux en mieux la silhouette de senior qui marche à ma rencontre.

— Ne joue pas au cerf-volant par un temps pareil, enfin !

Je sursaute, mes doigts s'ouvrent et les manettes de contrôle m'échappent. Je relève vivement la tête. Les zébrures jaunes et violettes disparaissent dans les airs.

— C'est malin ! râle le vieux. Tu aurais pu tuer quelqu'un, abruti !

Je le regarde s'éloigner, paralysé d'émotion. Un craquement me fait tourner la tête. Par une brève trouée dans le brouillard, j'aperçois le cerf-volant qui s'est pris dans le grand saule planté sur la jetée du casino. Je cours aussitôt pour essayer de le récupérer. Mes bourrelets ballottent, m'épuisent, quelle galère d'être gros… J'arrive hors d'haleine au pied du saule. Je tente de l'escalader, mais le tronc n'offre aucune prise. J'attrape une poignée de lianes pour essayer de me hisser. Une branche casse et me tombe dessus.

Je me retrouve assis sur le dallage ensablé, parmi les grigris que les joueurs viennent offrir au vieil arbre qui a la réputation de porter chance. On l'appelle le Saule gagneur.

Je me relève, perplexe. Le cerf-volant entremêle ses ficelles dans les lianes qui s'agitent en tous sens. Je ne vois pas quelle suite donner à l'histoire. Courir derrière le vieillard – mais pour lui dire quoi ? Aller demander une échelle et du renfort au casino – mais à quoi bon ? La voilure claque, se gonfle et faseye, la tempête a encore forci, le cerf-volant se sera détaché de l'arbre d'ici que je revienne…

Un grand sentiment d'abattement me laisse adossé au tronc. Une tristesse lourde, une vraie nostalgie. La conscience de mon impuissance, le poids du destin sans espoir qui m'ancrait dans la monotonie du quotidien, avant que je tue Pictone. J'ai réussi à l'épargner : je devrais être content. Mais le souvenir de la vie minable que je menais avant de le tuer me tombe sur l'estomac.

Je cligne des yeux. Je regarde le stylo couché sur la feuille. Je suis de retour au présent. D'accord. J'étais prévenu, pourtant. J'ai hésité. Et j'ai anticipé ; j'ai pollué mon nouveau passé avec la mémoire de mon ancien futur. L'ouverture temporelle s'est refermée. Je me suis fait expulser comme on jaillit d'un rêve, la gorge sèche, le cœur battant, au milieu d'images qui se délitent à mesure que la réalité se réinstalle…

Je sursaute. L'ours n'est plus là. Un mélange d'espoir et de panique me saisit. Ai-je tout de même réussi ? Ai-je ouvert un trou de ver qui m'a ramené en accéléré dans un présent différent ?

Je regarde la pendule sur le bureau. C'est bien ça. Je me retrouve à mon point de départ, quasiment à la même heure, mais en ayant supprimé la mort de Pictone et toutes ses conséquences. Trop fort !

Sauf que… Sauf que je ne suis pas gros. Problème. J'aurais réussi à perdre quinze kilos en un mois, sans l'aide de mon ours hanté ? J'ai du mal à y croire. Cela dit, il suffit d'aller vérifier discrètement. Si Léo Pictone est en train de dormir dans son corps humain aux côtés de son épouse, je n'ai plus qu'à quitter en douce cette maison où je n'ai aucune raison de me trouver.

Un hurlement me fait bondir. Une voix d'homme, à l'étage en dessous.

— Léonard ! s'écrie Edna en écho. Mais qu'est-ce qui te prend ?

Son de clochette, bris de verre, meubles qui se renversent. Je me précipite hors du bureau, me penche par-dessus la rampe. Warren Bolchott surgit de la chambre conjugale, dans un pyjama bleu frappé des initiales LP. Il dévale les marches en criant, poursuivi par l'ours en peluche qui gesticule en agitant une clochette.

— Reviens, Warren ! beugle Edna en les coursant. N'aie pas peur, ce n'est rien, c'est Léonard !

La porte de la maison s'ouvre à la volée. Je retourne dans le bureau, consterné. Le front contre la fenêtre, je vois le soupirant d'Edna détaler dans la rue, pyjama au vent, jusqu'à sa voiture qui démarre sur les chapeaux de roues. L'instant d'après, c'est l'ours qui traverse les airs au-dessus du perron, balancé par sa veuve.

— Non mais on rêve ! Tu ne t'es jamais occupé de moi de ton vivant, et maintenant je devrais continuer à crever de solitude en hommage à ta mémoire, c'est ça ?

L'ours percute la grille, rebondit, atterrit dans une flaque.

— Tu as failli tuer Warren en lui sautant sur le ventre, il est cardiaque ! Et tu le sais bien ! C'est pour ça que tu t'es sauvé du musée, vieux salaud ! Je ne veux plus jamais te voir, Léonard, tu entends ? Retourne au ciel et fous-moi la paix !

— Silence ! braille un voisin.

— Ta gueule ! lui crie Edna.

En se dévissant la tête pour lui répondre, elle voit que le bureau sous les combles est éclairé. Je me retire prestement de la fenêtre. Mais déjà résonne sa cavalcade dans l'escalier. Je remets le capuchon du chronographe, replie ma feuille de route. J'empoche le tout et, résigné, je sors sur le palier pour affronter la furie.

— C'est toi qui l'as ramené ici ! Mais tu es de quel côté, Thomas ? J'ai quatre-vingts ans, j'ai le droit de refaire ma vie, non ?

Et elle me flanque dehors à mon tour sans écouter les explications que je lui donne – ça vaut mieux, d'ailleurs, tellement je m'empêtre dans les trous de ver dont elle n'a rien à battre.

— Une vraie réussite ! se réjouit l'ours dans la flaque où il gît. Tu aurais vu la tête de ce vieux débris… Mais quel culot : il me prend ma femme, mon pyjama, mes pantoufles… Et puis quoi encore ? Non, ce qu'il veut, en réalité, je vais te le dire, c'est la combinaison de mon coffre. Pour me piquer mes travaux inédits, les publier sous son nom et se faire élire à mon fauteuil de l'Académie des sciences ! Emmène-moi chez lui, tiens, 12, avenue de la Guerre-Préventive, que je le hante encore un coup pour le dissuader de revenir.

Je le ramasse, l'essore et le remets dans mon blouson. Il m'a bien arnaqué. Il n'en a rien à fiche de moi, du sort de Brenda, de l'avenir du monde. Conscience cosmique mon cul. Il est en régression complète. Je croyais que la mort, c'était une forme de croissance : on évolue, on grandit, on apprend peu à peu à se détacher de la Terre et des biens matériels… Pas lui. Il n'y a que son ego, son chez-soi, ses petites affaires et son fauteuil d'académicien qui le branchent. S'il m'a obligé à le sortir du musée, c'est uniquement pour pouvoir virer son remplaçant de ses pantoufles. Je veux qu'il m'aide à corriger le passé, et lui il ne pense qu'à se servir de moi pour faire le ménage au présent. C'est mal barré, notre collaboration.

— 12, avenue de la Guerre-Préventive, dis-je au chauffeur en claquant ma portière.

— Merci, jubile l'autre en s'étirant dans mon blouson. Alors, comment ça s'est passé, ton ouverture temporelle?

— La ferme.

— Ça ne pouvait pas réussir du premier coup, je le savais, c'est normal. Tu t'es posé des questions au lieu d'agir, tu as fait resurgir tes souvenirs au lieu de créer du neuf, et tu es revenu. La prochaine fois, je te donnerai…

— J'ai dit: la ferme.

Il n'insiste pas. Je me débrouillerai tout seul. J'ai compris la leçon: il ne me faut aucun témoin. Pas plus au présent qu'au passé. Je m'étais focalisé sur Nox, sur sa mémoire qui neutralisait mon imagination, mais ce n'était pas la seule cause d'échec. Mes premières tentatives ont raté parce que j'avais mis Edna Pictone dans la confidence. Pire: je m'étais soumis à son verdict. Je lui demandais sans cesse si son mari était de nouveau vivant grâce à moi, alors qu'elle savait qu'il était mort par ma faute. En ne me croyant pas, elle torpillait la nouvelle réalité que j'essayais d'imposer. Et là, cette nuit, Pictone s'en foutait que je le sauve un mois plus tôt: il n'avait d'autre objectif que de m'envoyer balader dans le passé, pendant qu'il allait marquer son territoire dans le lit de sa veuve.

Mais c'est très bien, finalement. Je sais désormais que

je ne peux me fier qu'à moi-même ; j'ai mis en évidence les obstacles, les pièges, les alliances illusoires qui se retournent contre moi. Maintenant j'envisage un autre genre de renfort qui, je le sais par expérience, sera beaucoup plus fiable que les arrière-pensées humaines.

— À quoi tu songes, là ? interroge l'ours.

Je m'empresse de faire le vide dans ma tête, en cas d'intrusion. Aucune envie qu'il lise mes pensées. Je me retourne pour suivre des yeux un groupe d'ados coursé par une bande d'uniformes en jean. La Brigade de protection des mineurs.

— Ils ont tort de s'en prendre comme ça aux jeunes, laisse tomber la peluche sur un ton de prophétie.

— Vous vous intéressez aux jeunes, maintenant ?

— Je m'intéresse à toi. Tu t'en rendrais compte si tu étais un peu moins négatif. Mais c'est de ton âge.

Je ne réplique même pas. Il enchaîne sur un ton radouci :

— Tu me trouves un peu trop terre à terre, je le sens bien. Mais si j'en fais des tonnes avec Warren Bolchott, dis-toi que c'est aussi par pudeur. Une façon de détourner la souffrance.

Son ventre en mousse se gonfle, et il pousse un long soupir.

— Eh oui, mon vieux. Finalement, il aura fallu que je meure pour découvrir combien je tiens à cette fichue Edna. Les boulets que tu traînes dans ta vie te manqueront, un jour, tu verras…

La limousine s'arrête devant un petit pavillon sans jardin. Les trois fenêtres du rez-de-chaussée sont éclairées.

— C'est mieux si tu ne sonnes pas, conseille mon

boulet. Tu vas m'aider à monter sur le toit, comme ça je passerai par la cheminée. Bonne stratégie, non ? se réjouit-il d'un air à nouveau revanchard. Ça va l'achever, le cardiaque.

Je descends sur le trottoir, attrape le stratège par la truffe pour l'extraire de mon blouson.

— Tu as entendu ce que j'ai dit, Thomas Drimm ?

J'ai entendu, oui. Et je préfère qu'il soit redevenu tête à claques. Je n'ai pas les moyens de me laisser attendrir par son émotion. Pas le droit de me laisser détourner de mon urgence.

Je me dirige droit vers l'entrée. La porte est équipée d'une chatière et je l'y fourre, sans me soucier de ses protestations, avec un coup de pied au cul pour abréger les adieux.

— Amusez-vous bien.

Et je remonte en voiture.

— Au casino de Ludiland, s'il vous plaît.

Pendant le quart d'heure que dure le trajet, ma détermination et ma confiance reprennent le dessus. Je ferme les yeux pour retrouver l'image de Brenda dans la nuit de son coma. J'arrive. Ne t'inquiète pas. Je sais qui va m'aider à te redonner vie.

# TEMPS 1

## Le prisonnier du millefeuille

## 15

La lune éclaire le casino d'une lueur laiteuse. Au-dessus de la plage, une demi-douzaine de personnes font la queue pour enlacer le Saule gagneur en échange d'un jackpot. J'attends que le dernier joueur, sa prière achevée, soit parti vers les machines à sous. Et je m'approche à mon tour du vieil arbre à vœux. Le seul témoin qui reste de ma rencontre avec Pictone. C'est sur lui que je dois m'appuyer. Pour que le témoin devienne mon allié.

Je repense à ton premier tableau, Brenda, le grand chêne de la station-service. À tous les messages qu'il t'avait fait passer à travers ta peinture. Bien avant les expériences effectuées par mon père, c'est toi qui m'as appris comment communiquer avec les arbres.

Le ventre collé au tronc, le front contre l'écorce, j'essaie d'entrer en contact. Je demande son aide au saule. Je l'implore d'effacer de sa mémoire la mort de Léo Pictone, ainsi que les dommages que mon cerf-volant a causés à ses branches dans mon précédent essai de réécriture. Puis je fais le vide, attendant une réponse.

C'est une image qui me vient. Un morceau d'écorce

et un cercle de feuillage entourant mon stylo. En même temps, je ressens dans la colonne vertébrale une espèce de frémissement joyeux. L'arbre n'est pas mécontent de m'aider. Ma requête le dépayse. Ça le change des demandes de jackpot, des obsessions de pognon et des superstitions déçues qui font l'ordinaire de ses jours. Il n'a jamais eu les moyens ni l'envie d'influencer une machine à sous; sa réputation magique n'est qu'une légende inventée et diffusée par la Direction des jeux, en réponse au casino concurrent de Nordville-Centre qui se vante de posséder dans ses jardins une statue porte-bonheur.

Je m'écarte de l'arbre, rouvre les yeux pour l'examiner. Ses feuilles en languettes sont trop étroites pour que je puisse y inscrire plus de trois mots. Mais le liquide qui goutte de leur extrémité pourrait peut-être me servir d'encre… Une encre invisible qui me permettrait d'écrire la nouvelle réalité qu'on imposerait ensemble.

Je lui demande l'autorisation de prélever quelques morceaux d'écorce et l'extrémité d'une liane. Mes gestes ne rencontrent pas de résistance. J'hésite un instant à m'asseoir contre son tronc pour commencer à rédiger mon voyage dans le temps. Mais déjà de nouveaux joueurs, derrière moi, attendent que j'aie fini mon rituel pour effectuer le leur.

Je regagne la limousine. Pour recréer la plage du mois dernier, il me faut un endroit silencieux, solitaire et neutre. Ma nouvelle chambre. La villa inachevée, sans âme ni souvenirs, où ma mère se dilue dans la vodka. Je donne l'adresse au chauffeur.

Au-dessus d'un gobelet, je presse les tiges et les feuilles du saule. Puis je vide le stylo de son encre polluée par le sang du lieutenant Federsen, et je remplis le réservoir avec le peu de sève que j'ai recueilli. Le cœur battant, je pose la pointe de la plume sur l'un des morceaux d'écorce disposés devant moi. Et je murmure, avec toute la concentration possible :

— Saule gagneur, fais-moi remonter le temps. Ouvre-moi ta mémoire du jour où j'ai tué Léo Pictone, et aide-moi à la modifier, si tu veux bien. Pour créer un autre univers, pour donner une seconde vie à tous les arbres qui sont morts à cause de cet accident. Pour empêcher le gouvernement de déclarer la guerre au monde végétal. Nous sommes le cinquième dimanche du mois dernier, d'accord ? Et il est midi trois.

J'attends, les yeux fermés. L'écho des phrases dans ma gorge me laisse un goût bizarre. Je ne sais pas ce que j'attends, mais on dirait que des choses se mettent en place. Un léger fourmillement dans mon bras droit qui s'engourdit. Comme si, à l'intérieur de mes veines, la sève de l'encre prenait le relais de mon sang.

L'image du saule se dissipe peu à peu derrière mes paupières closes. Je sens la plume s'enfoncer dans la face interne de l'écorce, ce que mon père appelle l'aubier. Je m'efforce d'oublier tout ce que je sais du futur, afin d'écrire en *temps réel*. De décrire ce que nous voyons, l'arbre et moi, derrière mes paupières closes. Nous sommes dimanche 30 juin, midi trois. Une silhouette de vieux s'avance vers moi sur la plage, dans les bourrasques de brume.

— Ne joue pas au cerf-volant par un temps pareil, enfin !

Je ne sens plus mes doigts, mon stylo. En revanche je grelotte de froid, je suis lourd, boudiné dans mes vêtements. J'ai à nouveau quinze kilos de plus. Ça marche. Je sens que ça marche. Je me concentre sur la voilure du cerf-volant. L'usure de la toile autour de la pastille métallique du téléguidage. Déchire-toi… Déchire-toi…

Le cerf-volant s'abat dans un sifflement. Un choc violent sur mon crâne. Le sable dans ma bouche. Je suis tombé sous le choc.

— Je t'avais prévenu, bon sang ! Ça va, tu es blessé ?

Je me redresse brusquement, empêtré dans mes ficelles. J'ai une douleur terrible à la tête, mais je réponds avec enthousiasme :

— Non, non, ça va super ! Merci !

Impossible de retenir ce cri du cœur. Le vieux me regarde de travers, hausse les épaules. Je viens de commettre une bourde. J'aurais dû lui répondre que je me sens très mal, au contraire, que j'ai des vertiges, comme ça il m'aurait accompagné à l'hôpital – ou, mieux encore, chez Brenda, une spécialiste dont je lui aurais donné le nom… Quoique. Vu la manière dont il a déjà tourné les talons, il n'y a pas trop d'illusions à se faire. De son vivant aussi, il détestait les jeunes.

— Monsieur… Vous allez bien, vous ?

Mes doigts ont agrippé son coude. Je ne peux pas le laisser repartir. Avec tout ce que je sais de son caractère, il faut que je l'apprivoise par des points communs et que je trouve un prétexte pour lui faire rencontrer Brenda. À quoi rime qu'elle soit vivante dans cet univers, si on n'a rien à vivre ensemble ?

Il dégage son bras.

— Je vais bien, oui. Allez, rentre chez toi, gamin. Que ça te serve de leçon !

Et il continue son chemin, boitillant dans le sable avec son parapluie-canne. Je regarde la brume se refermer sur lui. Il m'arrive quelque chose de très bizarre. Je me sens déchiré comme le cerf-volant : une partie de moi est ce gros flan en survêt couvert de sable humide, et l'autre le préado svelte et torturé qui écrit sur un morceau d'écorce, un mois plus tard. Je continue à vivre les deux situations en simultané, mais une inversion complète s'est produite : j'ai réintégré mon corps du mois dernier tout en possédant, comme un pressentiment, la mémoire de ce qui s'est passé depuis la mort de Pictone.

Mais désormais, il est vivant. Combien de temps vais-je conserver ces souvenirs de ce qui *aurait pu* se produire ? Les nouveaux événements qui découleront du sauvetage de Pictone vont-ils prendre le dessus, déteindre sur moi ? La réalité parallèle que je viens de créer va-t-elle me transformer de l'intérieur, comme elle a déjà modifié mon physique ?

J'éternue, resserre ma capuche. Plus aucune sensation physique de la chambre où j'écrivais sur l'écorce de saule, dans un mois, dix minutes plus tôt. C'est comme un rêve dont le souvenir commence à s'effacer. Tant mieux ! J'ai une mission, une urgence. J'ai construit cette nouvelle réalité dans un but précis : empêcher l'enchaînement de circonstances qui a abouti au coma de Brenda. Mais, en même temps, je ne peux pas renoncer à tous les moments formidables qui sont nés de ma rencontre avec Pictone. Ni en priver l'humanité. Ce qu'il faut, c'est que j'arrive à créer, de son vivant, la relation qu'il a nouée avec moi à titre posthume dans l'univers d'avant.

De toutes mes forces, je me lance à sa poursuite.

— Monsieur... S'il vous plaît !

— Quoi encore ?

Je ralentis, arrivé à sa hauteur.

— Je peux marcher un moment avec vous ?

— Pour quoi faire ?

— On va dans la même direction.

Il s'arrête, me jette un regard goguenard.

— Et comment tu sais où je vais ?

— Vous rentrez chez vous, avenue du Président-Narkos-III. Je suis un passionné de physique, je vous ai reconnu : vous êtes le professeur Pictone.

Son visage se referme aussitôt.

— Absolument pas, réplique-t-il. Tu confonds.

Et il s'engage dans l'escalier qui monte vers la route. Je reste immobile, désarçonné. Que faire ? Je ne peux pas laisser notre relation s'arrêter là. Mais sur quelle base repartir ? J'ai les moyens de lui prouver qui il est, mais ça ne serait pas très malin de le faire, s'il souhaite garder l'incognito.

Et puis, soudain, je me rappelle la raison pour laquelle il est venu sur la plage à midi : un de ses collègues lui a donné rendez-vous. Un des savants qui complotent avec lui pour détruire le Bouclier d'antimatière. Mais c'était un rendez-vous bidon, une ruse imaginée par Olivier Nox pour nous mettre en présence. Du coup, maintenant qu'il a survécu, il va attendre pour rien.

C'est ma chance. Mon seul moyen de créer un lien avec lui, ça sera de lui faire croire que, moi aussi, on m'a posé un lapin.

Arrivé sur la route, il se retourne pour voir si je le suis. Aussitôt, je me dirige vers le cerf-volant, je le ramasse et le replie en regardant autour de moi, comme si j'attendais quelqu'un.

— Ça va, Thomas?

Je sursaute, pivote. C'est David le pêcheur, là-bas sur le ponton, qui s'apprête à prendre la mer. Je résiste au réflexe d'aller le rejoindre. En l'aidant à larguer les amarres, la dernière fois, j'avais accroché mine de rien à son bateau de pêche les ficelles du cerf-volant, afin qu'elles entraînent au large le cadavre de Pictone attaché à l'autre bout...

Je me reprends, chasse les images et les sentiments anachroniques qui m'ont soudain parasité. Il faut absolument que je reste dans les circonstances présentes, sinon je n'arriverai jamais à contrôler le futur de rechange que je viens de mettre en place. Zappons David. D'un autre côté, c'est le premier témoin de la nouvelle situation où j'ai entraîné Pictone: sa présence va aider sans doute à la *fixer*. Je lui réponds:

— Salut, David! Pas trop galère de sortir avec ce temps?

— Pas le choix. Dis donc, tu t'es pris un sacré pain dans la tronche! Ça ira?

Je ressens un frisson de joie. Il vient de valider la scène. La réalité *prend*, autour de moi, comme un ciment.

— Oui, oui, c'est rien. Bonne pêche!

J'abandonne le cerf-volant et je cours rejoindre Pictone qui s'est assis sur un banc, plongé dans les applications de son portable. Il relève les yeux et me dévisage, sur ses gardes.

— Qu'est-ce que tu veux, encore ?

— Vous attendez quelqu'un, monsieur ?

— Non.

La réponse me prend au dépourvu. Si je m'aligne sur lui en disant « moi non plus », ça ne nous mènera nulle part comme point commun. De toute façon, j'étais vraiment naïf de croire qu'il allait faire des confidences à un inconnu. Changeons de stratégie :

— Excusez-moi, mais je me sens pas très bien…

— Rentre chez toi, je t'ai dit.

— J'sais plus où c'est.

L'idée de génie. Le coup de cerf-volant m'a fait perdre la boule. Je m'assieds près de lui, sans qu'il proteste. Il me regarde en biais tout en rangeant son portable.

— Comment tu t'appelles ?

— J'ai oublié.

— Thomas, me renseigne-t-il d'un air aimable.

Tout mon corps s'est tétanisé. J'arrive à prononcer d'un air banal :

— Vous me connaissez ?

— Je ne suis pas sourd. Le marin-pêcheur vient de t'appeler Thomas, et tu as répondu. Donc ce n'est pas la peine de jouer les amnésiques.

Je prends l'air choqué par son accusation, le temps de trouver un argument pour me défendre.

— Qu'est-ce que tu espères, gamin ? Que je vais t'emmener chez moi pour que tu me détrousses ? Fiche le camp, si tu ne veux pas d'ennuis avec la police.

Je pousse un long soupir. Pas simple de recréer entre

nous des rapports harmonieux, dans ce nouveau contexte. Franchement, c'était moins compliqué de le tuer et de lier connaissance après coup.

— Monsieur… il faut me croire.

— Moi aussi, quand je te dis de te barrer en vitesse.

C'est terrible d'avoir partagé tant de combats et d'amitié avec lui quand il était en peluche, et de le sentir aussi hostile en chair et en os. Au risque de fragiliser le moment présent, il faut que je lui donne une preuve de ce que nous avons accompli ensemble. J'ai eu tort de ne pas jouer d'emblée la sincérité. Avec ses tonnes de travaux sur l'espace-temps, il est tout à fait capable d'admettre que je suis en provenance d'un autre futur. Il ne faut pas que je le sous-estime. Après tout, je suis la démonstration vivante de ses théories. Ça ne pourra que le flatter.

— Professeur Pictone… c'est vous qui êtes venu me chercher, quand vous étiez mort.

Je marque un temps. Il ne montre aucune réaction, à part un coup d'œil par-dessus mon épaule. Il n'a pas écouté. Je me racle la gorge et je m'apprête à répéter, plus fort et plus lentement. Il était peut-être dur d'oreille, de son vivant.

— Je t'avais prévenu, soupire-t-il.

Un fourgon noir à gyrophare déboule sur le boulevard de la Mer, entre le casino et les attractions du Luna Park. J'hallucine. À tous les coups, il a composé le 303. Le numéro de la Brigade antimineurs. Je m'empresse de lui dire que je ne lui veux aucun mal, au contraire : je viens de lui sauver la vie. Il se raidit.

— De quoi tu parles ?

Il me faut absolument un argument massue, pour éviter qu'il porte plainte. Je me lance :

— Je sais ce que vous préparez, Léo Pictone.

— Et je prépare quoi ?

— Vous voulez détruire le Bouclier d'antimatière.

Il sursaute, sort vivement de sa poche une oreillette de MP5 qu'il s'enfonce dans un geste nerveux. Puis il m'attrape le poignet, livide.

— Qu'est-ce que tu racontes ?

Je répète deux tons plus haut, par-dessus les percussions qui s'échappent de son oreillette :

— Vous voulez détruire le Bouclier d'antimatière. Faut surtout pas le faire, en tout cas pas de la manière que vous avez prévue : y aura des milliers de victimes !

Il jette un regard angoissé derrière lui. Les flics à l'uniforme en jean ont jailli du fourgon, foncent sur un grand-père qui achète une gaufre à son petit-fils. Ils se sont trompés de mineur ; je gagne un répit. J'enchaîne :

— De toute façon, le gouvernement vous surveille et vous n'arriverez à rien. Faut me faire confiance, Léo. Je suis le seul qui peut vous protéger. Je vous recontacterai.

Des cris s'élèvent à l'entrée du Luna Park. Les flics se sont fait agresser, ripostent. Je me lève pour filer avant qu'ils me repèrent. Pictone me retient d'une poigne incroyablement forte, vu son gabarit de cacahuète, et me rassied brutalement sur le banc. Je suis trop surpris pour réagir. Son regard sévère s'adoucit peu à peu. Un sourire dérisoire soulève un coin de ses lèvres.

— Un môme. Ils m'ont envoyé un môme. Tu diras à tes employeurs que je méritais mieux. Si tu les revois un jour.

— Quels employeurs?

— Olivier Nox et compagnie. Je me trompe?

Je le dévisage en restant vague. D'un côté, il me soupçonne, mais de l'autre, il se dévoile. Je n'ai pas forcément choisi la stratégie la plus nulle.

— Écoutez, Léo, celui qui m'envoie, c'est vous. Dans l'univers d'où je viens, vous êtes mort et vous m'avez aidé à revenir ici le jour de notre rencontre.

— Et comment ai-je fait? s'intéresse-t-il, le regard rétréci.

— Ben… C'était assez technique. Disons qu'avec un stylo, vous m'avez appris à creuser un trou de ver dans un millefeuille.

Machinalement, j'ai employé les mots les plus simples pour qu'il comprenne, en oubliant que c'est lui le savant. D'un autre côté, autant lui resservir le discours qu'il m'avait tenu: ça le mettra en confiance.

— Un millefeuille, répète-t-il en me scrutant, perplexe.

— Oui, le temps c'est un gâteau à plusieurs couches. Là, j'en ai rajouté une. Superlumineuse.

— Bon après-midi, jeune homme, dit-il avec douceur d'un air amorti, en retirant son oreillette. Tu es bien gentil de t'intéresser à un vieux papy.

Je ne comprends pas son changement de ton. Je ne vois pas à quoi il joue, tout à coup.

Deux flics m'arrachent du banc et m'attachent des menottes, un canon électrique sur la nuque.

— Racketteur, drogué, dépressif nerveux? s'informe le troisième, un colosse avec un panneau de sens interdit jaune tagué sur le ventre.

— Non, non, s'empresse Pictone en souriant d'un air gâteux. Il me disait juste que je suis très sympathique et très beau.

— Gérontophile, traduit le flic en effleurant un chiffre sur l'écran de sa tablette. Code 40.

— 21, corrige un de ses collègues à l'uniforme décoré d'un signal de verglas fréquent. Racolage d'un vieux sur la voie publique, c'est code 21.

— 'tain, ça change tout le temps, se plaint le dernier, garni d'un Stop dans le dos. Comment tu veux qu'on s'y retrouve ?

Il se retourne vers moi, me demande mon nom avec une agressivité croissante. Ils ont dû massacrer leur tagueur, mais visiblement ça ne les a pas calmés. Je commence à paniquer. L'univers que j'ai créé à partir d'un stylo et d'une écorce de saule me paraît beaucoup trop crédible, tout à coup. Il faut absolument que je le fragilise, sinon il risque de se refermer sur moi, avant que j'aie pu le remettre sous contrôle.

— Ce n'est pas la peine de m'arrêter, dis-je à la Brigade des mineurs avec une autorité calme. Je ne suis pas de votre monde.

— Injure aux représentants de l'ordre, c'est toujours code 5 ? questionne Sens interdit.

Je précise d'une voix un peu plus cassée que je viens d'une autre réalité.

— Et démence juvénile, conclut Verglas fréquent. Code ?

— Ça n'existe plus, dit Stop. La catégorie a été supprimée. Tu mets « délire alcoolique », code 51 : ça regroupe tout.

— Pour une fois qu'ils simplifient. Vous portez plainte, monsieur ?

— Pourquoi, y a une récompense ? s'informe gentiment Pictone en étirant son sourire de neuneu.

— Laisse tomber, conseille Verglas fréquent à son collègue en m'entraînant vers le fourgon.

Je n'essaie même pas de résister. Cet univers parallèle, c'est comme les sables mouvants : plus on se débat, plus on s'y enfonce. Il faut que je reste léger, sûr de moi. Ma vraie vie, c'est de l'autre côté de l'écorce. Au bout des mots que je suis en train de graver dans un morceau de bois. Si je m'arrête d'écrire, ce monde s'efface et je me retrouve dans ma réalité d'avant. Allons-y. Je ferme les yeux, je visualise le stylo que je rebouche. *Saule gagneur, ramène-moi d'où je viens...*

Ma joue cogne le plancher en tôle. La porte se referme. Le fourgon démarre.

## 16

Bon, inutile de se raconter des histoires : j'ai un énorme problème. Je ne me sens plus du tout dédoublé, je n'ai plus la moindre information en provenance de mon point de départ. Tout à l'heure encore, je percevais très bien la part de moi qui était aux commandes de ce monde virtuel, stylo en main. C'est fini. J'ai l'affreuse sensation d'être prisonnier de cette masse graisseuse qui me plombait la vie, avant que je tue Pictone. Plié en deux sur le plancher du fourgon de police, je me dis que je ne pourrai plus jamais sortir de cette peau qui est redevenue la mienne.

— T'as fait quoi, toi ? demande une voix qui mue.

Je ne réponds pas. Je garde les yeux fermés, concentré sur l'image que j'essaie de réactiver : Thomas tout mince qui écrit de la fiction dans sa chambre au premier étage d'une villa de millionnaire. Un coup de pied dans les bourrelets m'arrache un cri.

— Tu m'réponds ou j't'éclate, merdoc !

Je relève les yeux. Un piercé-tatoué aux cheveux en pointes gélifiées est assis sur la banquette latérale, à côté d'un crâne rasé avec une ombre de moustache. Ils doivent être à peine plus vieux que moi, mais beaucoup plus graves : en plus des menottes, ils ont un cadenas au-dessus des chevilles pour les empêcher de marcher. Je leur dis que je suis militant antipuciste. Ils se détendent.

— T'es comme nous, c'est cool.

— Faut pas qu'on lui parle, t'es con ! s'affole son pote. Sinon on va se choper un code 14. À partir de trois mecs, on est groupuscule terroriste !

J'acquiesce. Heureusement qu'il me reste un minimum de psychologie : j'ai tout de suite senti que c'étaient des politiques. Des plus de treize ans qui ont décidé de sécher l'Empuçage, de ne pas se rendre à leur convocation. Les objecteurs d'inconscience, comme on les appelle. Pour leur bien, on va leur laver le cerveau dès que leur puce sera implantée, sinon ils seraient capables de s'ouvrir le crâne pour essayer de l'arracher – c'est arrivé souvent, au journal de 20 heures, ces mutilations volontaires.

De toutes mes forces, j'essaie de me raccrocher au monde d'où je viens. J'essaie de me faire oublier, de ne plus exister dans le regard de ces fictifs. Je me relève pour leur tourner le dos. Et je me fige. Une fille de notre âge est assise toute seule sur la banquette d'en face, menottée comme nous, en train de pianoter sur ses genoux avec un sourire absorbé. C'est le plus joli visage que j'aie jamais vu. Presque trop. Avec des yeux vert pâle et des cheveux noisette coupés à la diable, comme pour compenser l'harmonie de ses traits. Elle me donne une impression de déjà-vu ; j'ai dû la croiser dans ma vie d'avant, sans m'attarder sur ce fantasme hors de portée. Je remarque des traces jaunes au bout de son pouce droit. Le genre de taches que laisse une bombe de peinture à taguer. C'est sûrement elle qui a transformé les flics en panneaux de signalisation routière.

Elle sent mon regard, immobilise ses doigts, me dévisage en diminuant son sourire. Ses yeux sont incroyables, presque transparents. Je lui dis bonjour. Elle écarte son blouson fluo en s'aidant du menton et de sa menotte gauche. Sur son tee-shirt pend une tablette en bandoulière. Elle l'effleure, et de grosses lettres apparaissent sur l'écran :

*Bonjour, je m'appelle Kerry et je suis muette.*

Je lui exprime d'une moue maladroite que je suis désolé pour elle. Avec des signes à l'ampleur réduite par la chaîne qui relie ses poignets, elle m'indique que je peux lui parler de vive voix, moi : elle n'est pas sourde. J'acquiesce, la gorge serrée par ses petits gestes entravés. Les menottes, c'est la pire des censures pour une muette.

— C'est sympa, lui dis-je, de réviser le code de la route sur le dos des flics.

Elle dissimule, avec une moue de modestie, son pouce jauni entre l'index et le majeur.

— L'aut' qui s'la pète « j'vais m'la pécho », ricane le crâne rasé. T'as vu d'qui tu vas t'prendre un râteau, gras-duc ?

Je fronce les sourcils en dévisageant Kerry. Et soudain je la reconnais, malgré ses cheveux massacrés et sa tenue de zonarde. En surimpression, je la vois avec faux cils, talons aiguilles, écharpe en strass et couronne, paradant au stade de man-ball devant les caméras. C'est Miss États-

Uniques junior. Ça fait bizarre de la voir en civil. Surtout, j'ai du mal à comprendre qu'une célébrité comme elle s'amuse à taguer la Brigade des mineurs. C'est plutôt le genre de provoc désespérée des anonymes qui n'ont pas d'autre moyen de se sentir exister. Je lui dis :

— Enchanté.

Elle agite l'index et se désigne du pouce en inclinant la tête pour me répondre, sauf erreur, qu'elle est encore plus enchantée que moi. Je rougis. Gros comme je suis à ce moment de ma vie, elle se fout de moi. Ou alors elle n'est pas simplement muette : elle est myope. Ses gestes s'enchaînent et je perds le fil de ce qu'elle me dit.

Je me détourne. Il faut que j'arrête de m'intéresser à elle : je vais me faire piéger. Je n'appartiens pas à sa couche de millefeuille, je suis juste un squatter dans ce passé où j'ai modifié un événement qui a changé toute la donne. Je ne maîtrise plus rien, je dois absolument retourner d'où je viens, au carrefour de ma vie où j'ai encore pris un mauvais embranchement. Mais si jamais j'ai une touche avec un canon pareil, je suis foutu. Toute l'énergie qu'il me faut pour reprendre le pouvoir sur le temps s'est dispersée, en quelques secondes, dans ces yeux translucides où je me sens si bien.

Le coup de foudre. La tuile. La mégacata complètement hors sujet. Je serre les dents, paupières refermées, dans les cahots du fourgon. Cela dit, Miss États-Uniques junior existe *aussi* dans ma vie d'origine. Qu'est-ce qui m'empêche de la rencontrer pour de vrai dans le futur d'où je viens ? Et si jamais elle est portée sur les gros, je n'aurai qu'à reprendre mon poids actuel.

Le cœur soulagé, je recompose mon image qui écrit sur

l'écorce de saule, un mois plus tard. Rien ne me retient plus ici. Je suis venu dans cet univers par ma volonté et ma concentration : j'en repartirai par le même chemin. *Saule gagneur, rapatrie-moi dans le Thomas d'origine.*

On dirait que ça marche. Les bruits autour de moi s'éloignent. J'ai l'impression d'être moins lourd, moins dense, de me diluer de l'intérieur. J'ignore ce qui va se passer. Je vais probablement me dématérialiser. Mais ce temps parallèle va-t-il s'interrompre si je le quitte, ou continuer sans moi ? Je ne sens plus les cahots du four-gon. Je sombre peu à peu dans une torpeur beaucoup plus douce que prévu. Un demi-sommeil confiant, bardé de certitudes. Il n'y a rien d'autre à faire. C'est un simple reflux qui me ramènera à mon point de départ.

Une pression me fait sursauter. Je rouvre les paupières, croise le regard inquiet de Kerry. Elle m'a pris la main, comme pour m'empêcher de perdre connaissance. Mais il y a autre chose au fond de ses yeux. On dirait qu'elle veut me retenir dans ce monde. Comme si elle avait senti que je venais d'ailleurs et qu'il ne fallait pas que j'y retourne. Lentement, elle me fait non de la tête. Puis elle se met à battre des cils.

Alors, un bouleversement se produit en moi. Le contact de ses doigts déclenche un courant de joie dans mes veines, une sensation de liberté, d'apesanteur, de détachement. J'ai des visions de murs qui tombent, de prisons qui s'ouvrent, de ministères en feu. Puis les flashs se calment, s'espacent, se diluent. Je suis grand, je suis vieux, je marche avec elle dans un monde en ruine baigné de douceur, d'intelligence, de bonté... C'est ça, le futur qui m'attend dans cet univers-ci ?

Le fourgon s'arrête. Les portes s'ouvrent, les policiers nous font descendre brutalement. Je cligne des yeux, aveuglé par le soleil qui est brusquement sorti des nuages. Puis je reconnais les lieux. La Colline Bleue. À moins de cent mètres, le ministère de l'Énergie, où Boris Vigor n'a pas encore été remplacé par Lily Noctis – qui n'a donc pas fait de mon père son secrétaire d'État aux Ressources naturelles. Je ne peux compter sur personne.

Trois jeeps de l'armée se garent devant nous. Le chef de brigade nous trie rapidement et donne les destinations aux soldats : les deux empuçables sont envoyés au ministère de la Santé, Kerry au département Relations publiques de l'Éducation nationale et moi-même dans un service dont le nom de code ne me dit rien.

Je me tourne vers elle, juste avant qu'on nous sépare. Il n'y a aucune peur dans son regard. Juste un clin d'œil rassurant. Puis, très bref, comme une piqûre de rappel, le même battement de cils par lequel, dans le fourgon, elle m'a transmis ses visions. Je n'ai pas d'autre explication. Jamais je ne me suis senti aussi en phase avec quelqu'un. Même Pictone, lorsqu'il m'envoyait des informations mentales, c'était brouillon, conflictuel, saccadé…

Un des soldats soulève Kerry comme un plot. La confiance et la dignité avec lesquelles elle se laisse jeter à l'arrière de la jeep me laissent sans voix. Complètement déchiré par la séparation, la rupture du lien qu'elle vient de créer entre nous. Comment un tel sentiment peut-il naître en moins d'un quart d'heure ?

Deux soldats m'entraînent vers le ministère de la Sécurité. Entrée des fournisseurs. Mais, cette fois, je n'ai pas droit aux sous-sols de la Division 6. L'ascenseur me conduit au dernier étage. Une salle de réunion dans le ciel, avec murs et plafond en verre si foncé que les lampes sont allumées en plein soleil.

Assis avec raideur dans un fauteuil dix fois trop grand pour lui, Jack Hermak me détaille attentivement. Menotté au centre de la pièce, je fais semblant de ne pas le connaître. Il se présente, puis me désigne à la silhouette enfouie à contre-jour dans un canapé blanc.

— L'individu dont nous parlions. Il s'appelle Thomas Drimm.

— Bonjour, jeune homme. C'est gentil d'avoir accepté notre invitation.

Je m'efforce de rester impassible. Olivier Nox décroise les jambes, les allonge sur la table basse devant le canapé. Il dirige l'entreprise qui fabrique et implante les puces cérébrales, me déclare-t-il posément, et il est ravi de faire ma connaissance. Je hoche la tête, la gorge nouée au souvenir de l'interrogatoire sadique que je lui infligerai dans un mois. M'efforçant d'oublier le zombi qu'il va devenir après mon lavage de cerveau, je lui demande d'un air innocent ce que j'ai fait de mal.

— Rien, au contraire, laisse-t-il tomber en tapotant les doigts devant son nez.

— Nous allons te montrer un petit film, dit le ministre de la Sécurité, tandis que l'éclairage de la salle se tamise.

Je me tourne vers le mur d'écrans où je me vois une heure plus tôt, en train de manœuvrer mon cerf-volant sur la plage en pleine tempête. Je retiens mon souffle. Les images rétiniennes doivent provenir directement du cerveau de Pictone, transmises par sa puce au moment de notre rencontre.

— Ne joue pas au cerf-volant par un temps pareil, enfin! s'écrie le vieux en voix off.

L'instant d'après, je reçois l'armature en pleine tête et je m'écroule. Ça fait un drôle d'effet de découvrir la nouvelle version de la scène à travers le champ visuel de mon ex-victime.

— Tu sais qui est cet homme? s'informe Jack Hermak.

J'hésite. Mieux vaut que je fasse l'étonné, pour gagner du temps.

— Comment vous avez eu ces images?

— C'est moi qui pose les questions, coupe le ministre.

Le plus neutre possible, je réponds que j'ai cru reconnaître le célèbre savant qui a inventé le Bouclier d'antimatière: il est au programme de ma classe, au collège. Mais il m'a déclaré que ce n'était pas lui.

— Comment sais-tu qu'il veut détruire son invention? enchaîne Hermak.

La sueur inonde mon col. Je ne tourne vraiment plus rond, depuis le coup que j'ai pris sur la tête. Ils ont capté mes confidences à Pictone, évidemment. Je répète lentement la question d'un air attentif, comme s'il m'avait posé une devinette:

— Comment je sais qu'il veut détruire son invention...

Le silence retombe entre nous, ponctué par les ongles d'Hermak battant la mesure sur son sous-main.

— Et que signifie: «C'est vous qui êtes venu me chercher quand vous étiez mort»? intervient Olivier Nox de sa belle voix creusée.

Les phrases se bousculent dans ma tête. Je ne vois absolument pas que répondre sans me trahir.

— C'est un code secret, c'est ça ? claironne Hermak d'un air malin.

Je hausse un sourcil. Puis je baisse les yeux aussitôt, me gardant bien de démentir. Il enchaîne, content de lui :

— Pictone a reçu un appel codé lui donnant rendez-vous sur la plage. C'est toi qui es venu. Donc ma question est : qui t'a envoyé et pour lui dire quoi ?

Je réfléchis à toute allure, tout en faisant l'idiot pour gagner du temps :

— Mais j'étais en train de jouer avec mon cerf-volant, moi, c'est tout… Je ne lui ai jamais donné rendez-vous !

— C'est ton père qui t'a envoyé comme messager auprès de lui, alors ?

Je tombe des nues. Je répète d'un air abruti :

— Mon père ?

— Inutile de nier, crache Hermak. Il était jusqu'à l'année dernière conseiller littéraire au Comité de censure. Il est le seul à avoir lu le livre interdit où Pictone s'en prenait au gouvernement et prônait la destruction du Bouclier ! Ton père s'est rallié à lui, c'est un terroriste !

— Absolument pas ! dis-je en me dressant.

Et j'improvise sur ma lancée, en m'aidant de la colère pour trouver le ton juste :

— C'est moi qui pirate ses fichiers pour lire en cachette les bouquins interdits, parce que j'adore lire et qu'il n'y a plus que de la daube en vente libre, c'est tout ! Quand j'ai reconnu Pictone, je me suis rappelé l'histoire du Bouclier, mais j'en ai rien à fiche, moi ! Je lui en ai juste parlé pour être poli. Résultat : il appelle les flics. Ça m'apprendra à être gentil avec les vieux !

Hermak échange un regard en biais avec Nox, et se détend brusquement en revenant vers moi.

— Bravo, gamin. Tu as prouvé ta bonne foi.

Je m'efforce de souffler d'un air rancunier, pour confirmer son verdict. Je ne comprends plus rien. Il bluffe, ou il n'a pas entendu la suite de ma conversation avec Léo ?

— Et tu as brillamment réagi au test, achève Hermak. Comme tu as pu t'en rendre compte, ce vieux monsieur est extrêmement irascible et méfiant. Mais je crois que tu feras l'affaire.

Je retiens ma respiration en attendant la suite. C'est Nox qui prend le relais, d'une voix lente et douce :

— Ce que nous allons te demander, Thomas Drimm, c'est de devenir ami avec Léo Pictone. Pour nous rapporter deux ou trois renseignements, et surtout pour lui transmettre certains messages.

J'essaie de ne pas réagir. À quoi rime ce revirement ? Nox a voulu que je tue Pictone pour me faire manipuler par son fantôme – dans quel but, je l'ignore toujours. Et voilà qu'à présent, il veut que ce soit moi qui le manipule de son vivant. Cela dit, comme le vieux me prend déjà pour un espion, j'ai tout intérêt à accepter. Je n'aurai même pas besoin de jouer un double jeu : il me refilera exprès de fausses infos, que je transmettrai la conscience tranquille.

D'un air important, je déclare :

— D'accord, mais à une condition.

Hermak tressaute dans son fauteuil, se tourne d'une pièce vers Nox qui sourit d'un air intéressé en me fixant, comme s'il appréciait ma réaction. L'espace d'un instant, j'ai l'impression qu'il n'est pas dupe des circonstances présentes, qu'il se trouve comme moi dans la situation d'un immigré clandestin du futur.

— C'est moi qui fixe les conditions! glapit le nain de la Sécurité.

Négligeant son intervention, Nox me demande:

— Que veux-tu en échange de ta collaboration?

Les yeux dans les yeux, je lui parle de la jeune fille qui était avec moi dans le fourgon de la Brigade des mineurs. Nox tourne un regard interrogatif vers le ministre de la Sécurité, qui lui glisse d'un air crispé:

— L'idole de sa génération... Kerry Langmar, Miss États-Uniques junior.

Je remarque une acuité nouvelle dans le visage de Nox. L'autre continue de sa voix hachée:

— Une chipie de moins de treize ans, qui vient de m'agresser une brigade avec une bombe de peinture.

— C'est de la provocation ou elle est idiote? l'interroge Nox, très neutre.

— Elle est surdouée, réplique Jack Hermak d'un ton amer. Première en tout et transformée en mini-miss par sa famille. Une chance inouïe pour elle, en plus: elle est muette. Je ne comprends pas pourquoi elle fout son avenir en l'air. Crise d'adolescence, conclut-il en haussant les épaules.

— Ça s'arrangera à la Saint-Oswald quand on l'empucera, le rassure Nox qui promène un ongle au coin de son sourire.

— Si le Président m'autorisait à implanter des puces

avant treize ans, grince le ministre de la Sécurité, je supprimerais en huit jours la délinquance juvénile.

— Danger mortel, lui rappelle Nox, au stade de croissance prépubère. Les essais nous l'ont prouvé. Il serait ennuyeux de perdre trop d'enfants, vu la baisse de la natalité.

— On voit que ce n'est pas vous qui devez les arrêter, riposte Hermak.

Je me racle la gorge pour me rappeler à leur bon souvenir. D'un ton froid, j'exige qu'on libère Miss États-Uniques junior et qu'on mette à ma disposition une limousine. Le ministre me regarde d'un air de poisson crevé. C'est vrai, il n'est pas encore habitué au pouvoir que j'exerce sur lui dans la réalité d'où je viens.

— Tu te prends pour qui, sale môme ? me crache-t-il au visage. Je vais te montrer comment ça se traite, un mariole dans ton genre. Les petits provocateurs en herbe, moi, je les tonds !

— Nous allons faire ce qu'il demande, coupe Olivier Nox.

Hermak se tourne vers lui, son rictus figé dans un air d'incompréhension. Mais on ne discute pas les ordres de celui qui est encore, en cette fin juin, l'homme le plus influent du pays. Nox n'a qu'à glisser un mot à l'oreille du Président pour provoquer un remaniement ministériel.

— Lieutenant Federsen ! lance Hermak dans son interphone.

Puis il se plante devant moi :

— Une voiture va t'emmener chez Pictone, et tu lui rapporteras notre conversation. Il t'a fait arrêter : tu n'as qu'à lui balancer que c'est sa faute si nous t'obligeons à jouer les espions. Compris ?

— Demande-lui, enchaîne Nox, comment tu dois réagir par rapport à nous et ce que tu dois nous raconter. Gagne sa confiance. Nous te dirons ensuite ce que tu dois en faire.

— Mais rappelle-toi que tu n'as pas les moyens de nous doubler, achève Hermak. Si tu essaies quoi que ce soit, je ferai mourir ta petite Kerry avec des sévices atroces, que tu ne pourrais même pas imaginer dans tes pires cauchemars.

On tape à la porte. Le policier que je blesserai dans un mois chez Brenda entre et se met au garde-à-vous. Le ministre lui explique sa mission. Federsen me fixe avec la même sérénité narquoise que lorsque j'essaierai de le faire chanter, la nuit de l'exposition Pictone.

Olivier Nox passe derrière moi, pose la main sur mes cheveux. Une douleur fulgurante éclate dans mon crâne. Je hurle, me retourne d'un bond.

— Main de fer dans un gant de velours, apprécie Hermak.

Les ondes de souffrance irradient et se dissipent. Je reprends mon souffle. Je regarde Nox qui, impassible, a sorti son portable où il sélectionne une application. Il approche l'appareil de mon crâne, comme s'il voulait prendre une photo de ma bosse.

— Venez voir, murmure-t-il d'un ton soucieux.

Hermak se lève, sourcils en alerte, contourne son bureau pour consulter le portable au-dessus de ma tête.

— Je n'y connais pas grand-chose. Il y a un problème ?

Au lieu de lui répondre, Olivier Nox me colle son

téléphone sous le nez. L'écran est occupé par une espèce d'IRM pleine de masses en couleurs qui palpitent.

— Ton cerf-volant ne t'a pas loupé, commente-t-il, neutre.

Je lui réponds sèchement que je n'ai même pas saigné. J'ai une bosse, oui, merci, je suis au courant, mais elle ne me fait pas mal quand on évite d'appuyer dessus.

— Je crois qu'il aurait mieux valu que tu saignes, soupire-t-il en pointant le doigt sur une grosse tache au milieu de l'image. Je suis désolé, Thomas. Ça s'appelle un anévrisme. Une poche de sang qui peut éclater dans ton cerveau à n'importe quel moment et causer ta mort.

Il pose les mains à plat sur mes épaules.

— Mais chacun est en sursis, sur cette terre, n'est-ce pas ? Il suffit d'en tirer un sentiment d'urgence. Allez, file, jeune homme. Et deviens vite ami avec Pictone, si tu ne veux pas que la petite Kerry finisse défigurée. Ce serait dommage de devoir réélire une Miss…

## 17

Recroquevillé sur la banquette arrière de la voiture de police, ballotté entre l'angoisse et les scrupules, j'essaie de trouver une issue de secours. J'ai beau examiner la situation sous toutes les coutures, c'est l'impasse absolue. Je n'ai pas d'autre solution que de retourner en arrière, de faire une nouvelle version de cette journée.

Mais quelque chose me retient. Et si cette poche de sang dans ma tête était une chance ? Le meilleur moyen d'aborder Brenda en tant que médecin, et de raccorder ensuite notre histoire avec Pictone. Il ne faut pas que j'oublie que cet univers est le produit de mon *choix*; il a peut-être une logique intérieure qui va dans mon sens.

J'ai donné au lieutenant Federsen l'adresse de la banlieue pourrie où Brenda est encore mon seul rayon de soleil, à la lucarne de ma chambre. Que je décide ou non de repartir, je veux la revoir en vie. Je fais arrêter la voiture à deux rues de chez nous, par discrétion.

— Attendez-moi ici, lieutenant. Faut que je retrouve les notes de mon père sur le bouquin de Pictone, sinon je serai pas au niveau.

— Pas d'embrouilles, on t'a prévenu !

Je rassure mon officier traitant. C'est comme ça qu'on appelle un agent secret qui est en relation avec un espion, m'a-t-il appris à la sortie du ministère, en me donnant sur l'avant-bras un coup de tampon magnétique. Un signal GPS, m'a-t-il indiqué d'un air entendu. Pour la traçabilité des jeunes suspects non encore équipés de puce.

— Je n'en ai pas pour longtemps, lieutenant.

Je longe la palissade de l'ancienne usine de cigarettes électroniques aux fenêtres murées, je tourne à gauche sur le boulevard encombré de caravanes de locataires expulsés. J'évite de passer devant celle de Jennifer, qui me sauterait dessus dans ce passé où on est encore des amis pour la vie.

Ma rue est déserte. D'un doigt décidé, je presse le nom de Brenda sur l'interphone. Pas de réponse. Au bout de trois minutes, je me résigne et traverse la chaussée défoncée, comme si je rentrais chez moi. Ça me fait drôle de retrouver notre maison minable, avec la petite voiture déglinguée de mon père dans le carré de terre battue qui nous servait de jardin. Je m'approche sans bruit de la fenêtre du salon. Il me tourne le dos, voûté, attablé entre les copies à corriger et sa bouteille de whisky. Il boit deux fois plus que d'habitude, le dimanche, pendant que ma mère travaille au casino et que je pilote mon cerf-volant. C'est fou l'effet que ça me fait de le revoir dans cette vie plombée qui me manque si fort, je m'en rends compte à présent. De revenir au temps où j'étais un ado normal, avec des parents juste au-dessus du seuil de pauvreté et un avenir inexistant.

J'ai terriblement envie d'entrer pour embrasser mon père comme il était avant. Et en même temps, j'ai peur de m'incruster dans ce passé recomposé qui ne mène à rien, si Brenda n'est pas là. Ce passé où, une bombe à retardement dans le cerveau, je risque de mourir d'un instant à l'autre à la place de Pictone – ce n'était vraiment pas le but du voyage.

Je recule vers la rue. Que va-t-il se produire, si je retourne de l'autre côté de mon stylo ? Je me demande toujours si cette bifurcation de la réalité va continuer sans moi, ou s'arrêter comme une route en construction quand il n'y a plus d'argent. Car le vrai problème, c'est Kerry. Si le Thomas actuel ne joue pas les agents doubles auprès de Pictone, elle sera torturée à mort. Je me suis lancé dans ce monde parallèle pour sauver une personne, et mon premier résultat c'est d'en condamner une autre. Y a-t-il une fatalité, une loi des drames qui doit se rééquilibrer à chaque fois ? Est-ce que le futur influence le passé ?

Un coup de freins me fait sursauter. Je me retourne d'un bond vers le vélo qui vient de piler devant moi.

— Mais il est malade, çui-là ! C'est pas à reculons qu'on traverse la rue !

Complètement déstabilisé, je dévisage Brenda Logan. Elle a un bonnet sur la tête et un jean troué. J'ai oublié comme elle était banale, au temps où elle cachait sa beauté pour qu'on lui fiche la paix. C'est peut-être mon amour qui l'a embellie. Ça me déchire de la voir debout, en pleine forme et l'air si triste, dans la vie galère qu'elle menait avant que j'y mette le feu avec mon ours hanté. Je lui avais rendu sa combativité, son enthousiasme, son goût du danger.

— Hé, je te parle, Ducon ! Tu peux faire gaffe, non ?

Je ne sais quoi répondre. Ce n'est pas du tout comme

ça qu'on s'était rencontrés. C'est le lendemain, quand on lui avait volé sa roue de vélo. Que faire, sans cette situation d'accroche? Elle ne me connaît pas, elle ne m'a jamais remarqué depuis deux ans qu'on habite en face. Il vaudrait mieux que je tourne les talons sans lui parler, pour éviter que mon trop-plein de sentiments ne me bloque dans cette scène dont je n'ai pas le mode d'emploi. Mais c'est plus fort que moi. Tandis qu'elle regarde la maison d'où je viens, j'ouvre la bouche pour expliquer mon problème au cerveau. Elle me prend de vitesse en désignant la lucarne de ma chambre.

— C'est toi qui me mates, le soir, quand je me déshabille?

Je dis non, pris de court. Elle hausse les épaules, se remet en selle pour regagner son immeuble. J'essaie de compenser mon mensonge par un truc gentil:

— Montez votre vélo dans l'appart: y a des mecs qui piquent les roues, en ce moment.

Elle bloque ses freins, se retourne.

— C'est une menace?

Je lui rends son regard, estomaqué. Je réponds:

— Ben non. Si j'étais ce genre de mec, je vous dirais pas ce genre de truc.

Et je m'apprête à enchaîner sur la poche de sang dans mon crâne.

— Tu veux quoi? lance-t-elle, agressive. Du pognon, et tu me protégeras de tes complices? C'est ça? Tu me rackettes?

Je réplique, indigné:

— Mais non! Je vous préviens pour vous rendre service, c'est tout!

— Te fous pas de moi, OK ?

— Hé ! dis-je en me désignant du pouce, y a pas écrit « Jteup » !

Elle crispe les doigts sur son guidon, me fixe au fond des yeux. La boulette. L'énorme boulette.

— Y a pas écrit *quoi* ?

Je me sens rougir. Il ne me reste plus qu'à jouer le tout pour le tout. Le coup de la coïncidence. Le point commun.

— Jteup. Ça veut dire « J'te prends pour une conne ».

— Et comment tu le sais ?

— Ben... c'est un mot que j'ai inventé.

Elle me balance une baffe.

— C'est toi qui m'as piqué mon courrier, sale racaille ! Si tu recommences, je te fracasse, c'est clair ?

Elle me repousse avant que j'aie le temps de protester, remonte en selle et donne un coup de pédale rageur.

Bon. S'il me fallait une raison de plus pour me barrer de ce monde, je suis servi. Totalement irrattrapable, ce qui vient de se passer. Elle tourne la tête pour me lancer que si jamais... Un coup de klaxon m'empêche de connaître la suite. Une voiture vient de l'éviter in extremis en débouchant du carrefour à toute allure, s'arrête devant chez nous. Ma mère ouvre sa portière sans même couper le moteur, court jusqu'à la porte en criant à mon père que je me suis fait arrêter par la police. Une employée du casino l'a prévenue, et elle essaie de le joindre depuis une heure. Vingt secondes plus tard, il s'engouffre avec elle dans la voiture qui repart en trombe.

Je m'adosse au mur, dans le renfoncement où je me suis planqué. J'ai failli intervenir pour les rassurer, par réflexe, mais je ne veux plus m'impliquer dans cette vie qui tourne au cauchemar. Quant à Brenda, elle a disparu dans son immeuble avec son vélo sous le bras.

Je ferme les yeux et je visualise le Thomas *réel* qui, stylo en main, est en train de créer cette succession d'horreurs sans le vouloir. Une douleur soudaine emplit mon crâne. Mes jambes flageolent, un vertige me soulève le cœur, le décor tourne autour de moi. Mais je suis toujours là. Cette poche qui grossit dans mon cerveau peut-elle compromettre mon retour au présent ? La souffrance m'empêche de m'abstraire. Je suis pris au piège. Seul le professeur Pictone pourrait m'aider à quitter cette couche de millefeuille, mais comment gagner sa confiance, le convaincre et l'émouvoir à partir d'une rencontre aussi foireuse ?

Soudain, c'est l'illumination. La solution est là, à quelques mètres, et je n'y pensais même pas. Je n'ai qu'à reproduire pour le retour les conditions qui m'ont fait voyager à l'aller. Le stylo-chronographe et l'écorce de saule.

Les parents ont fermé la porte à clé, malheureusement, avant de partir à mon secours. Grimaçant, le souffle court, j'entreprends d'escalader la gouttière. J'avais oublié l'effort que ça me demandait, au temps où j'étais gros, chaque fois que je faisais le mur. Je soulève la lucarne toujours entrouverte à cause des odeurs de moisissure, et je bascule sur la vieille moquette cloquée. Sans m'attarder à la nostalgie de mon ancienne chambre, je la traverse en trois enjambées et dévale l'escalier jusqu'à celle des parents.

Je m'agenouille à gauche du lit, j'attrape le carton

à souvenirs sous le sommier, le porte à la lumière. Le vieux stylo est à sa place, entre mes souliers de bébé, ma tétine et ma timbale. Mais il n'est pas configuré.

Je laisse aller ma tête contre le matelas. C'est épuisant, ces sursauts d'espoir qui retombent sans cesse en coups de cafard. Évidemment qu'il n'est pas configuré : c'est l'ours pictonisé qui a fait jaillir mes initiales du capuchon en corne. Ce stylo est tout à fait ordinaire, tant que Pictone est vivant. C'est alors qu'une phrase me revient en mémoire. Une phrase qu'il a prononcée ici même, tandis qu'il le frottait entre ses pattes : « Il me parle, cet objet, alors je lui réponds… »

Je calme ma respiration. Je reproduis ses gestes en répétant ses mots. Et je tends l'oreille au stylo. Quelques secondes s'écoulent dans le silence rythmé par les passages de camions. Puis j'entends comme un souffle me demander mon nom. Je réponds aussitôt. Et je sens le capuchon pousser des excroissances entre mes doigts. Comme des bourgeons qui jaillissent en accéléré, formant un T puis un D. Le chronographe attendait que je m'adresse à lui, que je me présente. Pictone ne l'avait pas rendu magique ; il l'avait simplement activé, en me servant d'intermédiaire. Mais alors, d'où viennent les pouvoirs du stylo ? Mon père connaissait-il son secret quand il me l'a offert ?

Bon, je verrai ça plus tard, lorsque je serai de retour *chez moi*. J'empoche le chronographe, je remets le carton sous le lit, et je remonte dans mon ancienne chambre pour redescendre par la gouttière.

Le lieutenant Federsen m'attend devant la maison,

les bras croisés, les fesses sur le capot de sa voiture. Il me demande avec son petit air goguenard si j'ai trouvé mon bonheur. Je lui montre le chronographe.

— C'est le stylo du professeur Pictone. Il l'a perdu sur la plage, il est tout content de le récupérer. Je viens de l'appeler, je lui ai donné rendez-vous devant le casino.

— Mais tu es fortiche, toi, dis donc.

— Merci.

Tout le temps du trajet, à mi-voix, je feins de m'entraîner à rouler dans la farine le vieux savant que je suis chargé d'espionner. Ça dissuade mon officier traitant de me faire la conversation.

— Je descends là, garez-vous de l'autre côté de la place, lui dis-je lorsqu'on arrive à Ludiland. S'il vous voit, il va se méfier.

— T'as vite pris le pli du métier, se félicite-t-il en mettant son clignotant. Rejoins-moi quand t'as fini de le cuisiner, que je te débriefe.

Dès que la voiture s'est éloignée, je m'approche du Saule gagneur. Je lui rappelle qui je suis – du moins je l'informe de l'aide qu'il m'a apportée le mois prochain pour me faire revenir en ce dimanche 30 juin. Je ramasse un gobelet, lui prélève un peu de sève pour le réservoir du stylo. Puis je lui détache un morceau d'écorce et je m'assieds, adossé à son tronc. Les yeux fermés, concentré à l'extrême, j'entreprends aussitôt de rédiger sur la petite surface de l'aubier, en superposant les mots :

*Ramène-moi d'où je viens, Saule qui m'as aidé à partir. Je suis en train d'écrire dans ma nouvelle chambre le point de départ de ce monde parallèle, qui va disparaître dès que je rouvrirai les yeux.*

# 18

Je reste immobile, un long moment, la respiration lente. Les bruits de circulation se sont estompés. Je me sens léger, beaucoup plus léger. Lentement, je soulève les paupières, découvre mes doigts serrés autour du stylo. Sur le bout d'écorce devant moi, la plume a creusé l'aubier, les phrases illisibles se chevauchent. Je redresse la tête, tenaillé entre l'espoir et l'angoisse.

OK. C'est bon. Je suis dans la chambre neuve meublée par les cartons de déménagement, chez ma mère. Aucune douleur, aucune bosse sur mon crâne. Je bondis jusqu'au miroir qui me renvoie mon image d'ado svelte à bout de nerfs. Je suis raccord. Avec simplement, dans la tête et dans le cœur, une mémoire supplémentaire. Une mémoire aussi détaillée que celle que laissent certains rêves. Tout cela a-t-il vraiment eu lieu ?

Je regarde le réveil sur la table de chevet. À quelques minutes près, c'est l'heure où je suis parti. J'ai vraiment du mal à y croire. La demi-journée que j'ai passée dans cet univers parallèle n'a duré que le temps d'écriture sur l'écorce.

Je vais prendre une douche, me rhabille en me récitant le fil des événements. Une sonnerie me fait sursauter. Je fonce dans le couloir, dévale l'escalier de marbre. Quand j'arrive à la porte d'entrée, ma mère vacille dans son peignoir en soie devant l'écran du visiophone, occupé en gros plan par mon ours. Une voix furibarde sort du haut-parleur :

— Professeur Warren Bolchott. Cette chose appartient à votre fils ! Mettez-la sous clé, madame, sinon je porte plainte pour harcèlement moral !

Le soupirant d'Edna Pictone coince la peluche entre deux barreaux du portail, remonte dans sa voiture qui repart. Ma mère tourne vers moi son regard flageolant et laisse tomber d'une voix de somnifère :

— Tu n'étais pas parti ?

Je m'empresse :

— Je suis revenu, maman. Je suis là, tout va bien, va te recoucher, il est tard.

Elle referme un œil, désigne d'une main molle l'écran éteint du visiophone :

— Tu gères.

Je la regarde zigzaguer vers sa chambre. Il faudrait vraiment qu'elle arrête de mélanger les tranquillisants et l'alcool. Je sors dans la nuit, traverse le jardin préfabriqué avec son jet d'eau qui pisse en parapluie, et j'extrais l'ours des barreaux du portail.

— Ça a marché ? s'informe-t-il.

Je hausse les épaules, dépité. Si la peluche parle, c'est que Pictone est aussi mort qu'avant : le fait de l'avoir épargné dans un autre espace-temps n'a eu aucune incidence sur ce monde-ci. Je me contente de demander en guise de réponse :

— Comment vous m'avez retrouvé ?

— Quand il m'a découvert chez lui, cet escroc de Bolchott est devenu hystérique. Il a appelé Edna pour qu'elle vienne me récupérer sur-le-champ. Elle n'a pas aimé son ton. Elle lui a donné ta nouvelle adresse en disant que tu étais mon propriétaire, qu'il n'avait aucun égard pour elle et qu'elle ne voulait plus entendre parler de lui. Je crois que j'ai bien pourri leur couple.

Il s'interrompt un instant pour se frotter les pattes.

— À présent, elle le traite comme si c'était moi. Finalement, la meilleure solution, pour un cocu, c'est d'arriver à ce que l'amant se comporte comme un mari.

— Mais vous n'êtes pas cocu, Léo : vous êtes mort.

— Justement. Je suis irremplaçable. Je crois qu'elle a compris, ce coup-ci.

— Enfin, c'est dégueulasse ! Pourquoi vous l'empêchez de refaire sa vie ?

— Je refais ma mort, moi ? Non. Et ce n'est pourtant pas l'envie qui me manque ! Ni les occasions, crois-moi ! Au lieu de me gâcher l'au-delà dans une peluche pour veiller sur ma veuve, je pourrais très bien rattraper le temps perdu avec Gwendoline. Elle n'attend que ça !

— C'est qui, Gwendoline ?

— L'étudiante que je courtisais désespérément à vingt ans. Elle est libre, aujourd'hui. Écrasée par un chasse-neige, il y a un demi-siècle. Elle a eu le temps de regretter son erreur : si elle m'avait épousé à la place de son moniteur de ski, elle aurait mené une vie quand même plus exaltante, et je n'aurais pas été obligé de me consoler avec cette emmerdeuse d'Edna.

— Eh ben lâchez-la, Edna, si elle vous gonfle autant! Elle a le droit de se consoler, elle aussi, non? Arrêtez d'être jaloux de son bonheur!

— Mais je m'en fous, de son bonheur – quel bonheur, d'abord? Je ne suis pas jaloux: je la protège! Si je fais tout pour éloigner Bolchott, c'est qu'il ne pense qu'à me voler mes travaux! Ce n'est pas ma veuve qui l'intéresse, c'est mes archives! Tu n'as pas compris? Tu es aussi aveugle qu'Edna, mon pauvre garçon.

Je referme la porte de la maison, grimpe l'escalier en le tenant par une patte arrière. Il ne faut pas que je me laisse prendre la tête par leurs scènes de ménage. J'ai trop de leçons à tirer de la couche de millefeuille d'où j'émerge à peine.

J'entre dans ma chambre, le pose sur la table entre l'écorce et le chronographe, m'assieds en face de lui. L'air circonspect, il regarde le morceau de bois creusé par la plume à l'encre incolore.

— J'ai beaucoup de choses à vous raconter, Léo.

Il relève la truffe, me conseille d'aller porter des fleurs à Edna, tout à l'heure, pour m'excuser de l'avoir ramené en cachette au domicile conjugal.

— Ça te permettra de vérifier si Bolchott a piqué le brevet que je m'apprêtais à déposer quand je suis mort.

Je le coupe, excédé:

— Je m'en fiche, de Bolchott! Ça vous intéresse ou pas, ce que j'ai fait pour vous sauver?

— Épargne-moi les trémolos, grogne-t-il en haussant

ce qui lui tient lieu d'épaules. Tout ce qui compte pour toi, c'est la vie de Brenda.

— C'est moi qui me suis pris le cerf-volant dans la tronche à votre place, je vous signale! Vous êtes complètement sain et sauf, dans le monde d'où je viens. Et je vais vous dire un truc: vous ne gagnez pas à être connu, de votre vivant!

— Tu as réussi à ne pas me tuer? fait-il brusquement, d'un air attentif.

— Parfaitement! C'est moi, maintenant, qui risque de crever d'une rupture d'arrivisme!

— Anévrisme, corrige-t-il machinalement. C'est une tumeur formée par le sang échappé d'une artère.

— Je sais, merci! Et je vous confirme: mort ou vif, vous êtes le même chieur!

— Un exemple?

Je soutiens son regard de plastique. Apparemment, je l'intéresse davantage que je ne le choque.

— Donne-moi un exemple, insiste-t-il.

— C'est pas ce qui manque! dis-je en redoublant de rancœur. Quand j'ai pris le cerf-volant en pleine poire, tiens, au lieu de m'emmener à l'hôpital, vous m'avez dénoncé aux flics pour racolage.

— J'ai fait ça? s'exclame-t-il d'un ton épanoui. Tu as raison: c'est bien moi. C'est exactement le genre de réaction que j'aurais eue si j'avais survécu. Merci, Thomas, merci.

Il avance vers moi en m'ouvrant les pattes. Je le rassieds brutalement sur la table.

— C'est pas « merci » que je veux entendre, c'est « pardon »!

— Pardon, oui, d'accord. Mais rappelle-toi que j'attendais quelqu'un. Un rendez-vous secret pour fomenter un complot contre le gouvernement. Je n'allais pas m'encombrer d'un gamin pot de colle.

— Même blessé ?

— J'étais comme ça, tu l'as bien vu. Je détestais les mômes, et j'avais autre chose en tête que de m'apitoyer. Cela dit, je suis fier de toi. Tu ne te rends pas compte du bonheur que tu me donnes !

— Vous parlez de quoi, là ?

— De ma théorie ! Ma théorie sur les univers parallèles qui peuvent s'ouvrir à chaque carrefour de la vie ! Passé, présent, futur sont des réalités simultanées s'écoulant à des vitesses différentes, qui peuvent se multiplier et se modifier à l'infini ! Ce n'était qu'un modèle théorique, et voilà que tu l'as mis en pratique. Tu viens de prouver que j'avais raison !

— J'hallucine, là.

— Mais non ! Raconte !

Je le dévisage, atterré.

— Attendez. Vous ne m'avez pas renvoyé dans le passé pour sauver Brenda… Juste pour vérifier votre théorie !

— Ben oui. Mais bon. Si ça peut aussi sauver Brenda dans cet univers-là, tant mieux.

Je renonce à m'énerver. Il a tellement bonne conscience que ça ne servirait à rien. Il faut que j'arrête d'espérer de sa part autre chose que de l'intelligence et des solutions techniques.

— Question cruciale, d'abord, Thomas : tu es resté longtemps dans cet univers ?

— Je ne sais pas… Une minute ou deux.

— Et en heure locale ?

— Une bonne partie de l'après-midi.

— Excellent ! Tu as donc vécu une véritable immersion dans un univers à la densité progressive – tu t'en es rendu compte ?

— Oui.

— Raconte !

Avec une froideur précise, je lui décris tout ce qui s'est passé *là-bas*, entre le moment où j'ai prolongé sa vie et celui où j'ai interrompu l'univers parallèle.

— Tu n'as rien interrompu du tout, mon vieux, fait-il d'un air refroidi. L'enchaînement des circonstances que tu as initié continue à ton insu, autour d'un Thomas qui n'est plus qu'un avatar autonome. Le contexte que tu as créé n'était pas viable pour toi, et surtout il était défavorable à notre relation. Oublie.

L'image de Kerry me traverse la tête. Si ce monde continue sur sa lancée et que je – disons : le Thomas de cet univers – ne rapporte pas à Nox les renseignements qu'il attend sur Pictone et ses complices, alors Kerry sera torturée jusqu'à la mort. Comment *oublier* ? Comment fuir ma responsabilité ?

— Il vaut mieux tout reprendre de zéro, conclut le plantigrade. Fort de ta première expérience, tu vas revenir au carrefour temporel : notre rencontre sur la plage. Et tu vas ouvrir un deuxième univers parallèle, sur de meilleures bases. Un Temps 2, si tu veux, où tu éviteras ton coup de cerf-volant sur la tête et mon réflexe d'autodéfense. Mais réduis au maximum les réminiscences.

— Les ?

— Le souvenir des événements du Temps 1. Sinon tu provoqueras inconsciemment leur répétition.

Je lui parle du danger auquel j'ai exposé Kerry Langmar. Il m'interrompt dès qu'il voit que ça ne le concerne en rien.

— Évite de te disperser, Thomas. Reste concentré sur *un* problème : le nôtre. Sinon tu ouvriras douze mille univers parallèles pour essayer de soulager les misères de toutes les filles que tu croises, et nous en serons toujours au même point, toi, moi et Brenda.

Je ne trouve rien à répondre. Il a sûrement raison. Autant laisser mourir Kerry dans le Temps 1, et lui fabriquer un avenir plus riant avec moi dans le Temps 2.

— D'autres questions ?

— Non, Léo.

— Donc, lorsque tu vas refaire notre rencontre sur la plage, oublie la version d'origine mais tires-en les conséquences.

— C'est-à-dire ?

— Ne me tue pas, mais blesse-moi. Comme ça tu me ramèneras chez moi, je te serai reconnaissant, Edna aussi, et ça débouchera sur une relation beaucoup plus constructive. Peut-être que nous arriverons, toi et moi, à libérer les âmes prisonnières du Bouclier d'antimatière sans déclencher les terribles conséquences que nous connaissons. Que *tu connais*, du moins, et contre lesquelles tu essaieras de me mettre en garde.

— Mais comment je fais, par rapport à Nox et Hermak ?

— À quel point de vue ?

Avec un brin d'irritation, je lui rappelle qu'il est sous

surveillance constante, de son vivant, et que sa puce céré-brale leur transmettra tout ce qu'on se dit, tout ce qu'on fait. Il se gratte l'arrière-train, pensif, puis déclare :

— Tu as raison, il faut brouiller les signaux. Si je suis assommé par le cerf-volant, fouille dans la poche droite de ma veste, prends mon oreillette MP5 et fourre-la-moi.

Je le regarde, sceptique.

— La musique, ça brouille les signaux ?

— Pas la musique : j'ai programmé sur l'oreillette des ultrasons qui parasitent la fréquence de ma puce. Cap-tations sonores et visuelles boguent immédiatement. Je m'en servais chaque fois que je rencontrais un de mes comploteurs.

Je hoche la tête en aspirant mes lèvres. Je comprends pourquoi Nox et Hermak ne m'ont interrogé que sur les premières phrases échangées avec Pictone. Dès que j'avais abordé son projet de détruire le Bouclier, il s'était enfoncé son MP5 dans l'oreille. Je le lui raconte. Et je me félicite du caractère confidentiel que je donnerai à notre discus-sion, cette fois, dès le début.

— Ce n'est pas pour autant que tu réussiras à me convaincre, marmonne-t-il d'un air sombre. Je te souhaite bien du courage, avec le vieux casse-noix que j'étais.

Je le regarde, mal à l'aise. Je ne sais pas quand il est le plus toxique : lorsqu'il me fiche en rogne ou lorsqu'il m'attendrit.

— Allez, hop, enchaîne-t-il. Au travail !

Du bout de la voix, je pose la question qui m'obsède :

— Ce qui m'arrive dans le Temps 1 ou dans le Temps 2, ça peut influencer le vrai temps ?

— N'emploie pas le mot « vrai » : tout est relatif. Le

présent que nous vivons en ce moment, appelons-le le Temps Zéro. Il ne peut pas y avoir d'influence, non, sauf au niveau de ta sensibilité et de ta perception des choses. Puisque toi seul détiens la mémoire de l'univers parallèle que tu as ouvert.

— Mais *pourquoi* il ne peut pas y avoir d'influence ?

— Parce que le temps est un millefeuille, Thomas, je te l'ai déjà dit ! Tu peux ajouter autant de couches que tu veux, ce que tu fais dans la couche du dessus n'affecte en rien les couches inférieures. C'est comme ça. C'est une loi qui s'appelle la mécanique quantique.

— À quoi ça sert, alors, d'agir dans un univers parallèle ?

Il s'étire langoureusement.

— À le rendre habitable. À en faire ton pays d'adoption, comme un immigré clandestin qui s'intègre.

— Mais si ça ne se passe pas comme je veux… j'aurai toujours la possibilité de repartir ?

Il soupire en faisant la moue, croise les pattes.

— L'ouverture temporelle tend à se refermer au fil des heures, tu en as fait l'expérience. Tu aurais eu de plus en plus de mal à quitter le Temps 1. Tu aurais fini par perdre la conscience du Temps Zéro – la conscience du Thomas ici présent, celui qui est en train de parler avec un ours en peluche abritant le physicien qu'il a tué.

— Et ce Thomas du Temps Zéro, alors, il serait devenu quoi ?

— Le zombi que j'ai vu tout à l'heure dans mon bureau, mais à temps complet. Une espèce d'autiste au dernier degré, qui passe son existence à écrire mécaniquement des mots illisibles sur une écorce. Tu m'as apporté la preuve que j'attendais, Thomas. On est libre de changer d'univers, de mener une vie parallèle. Mais on ne peut agir *consciemment* avec son corps physique que dans une seule réalité à la fois. C'est pourquoi il faut être sûr qu'on a choisi la bonne.

— Et il se passe quoi, dans l'univers parallèle, si jamais… ?

Les mots se coincent dans ma gorge.

— Si jamais quoi ?

— Si jamais je meurs.

La réponse tombe au bout de trois secondes :

— Je ne sais pas. Évite.

# TEMPS 2

Autre temps, autres meurtres

— Ne joue pas au cerf-volant par un temps pareil, enfin !

Je manœuvre les manettes, guette le sifflement d'air. Deux secondes, trois... Je me jette sur l'inconnu au moment où l'aile s'abat sur lui. Il pousse un cri. Je me redresse, arc-bouté sur son corps.

— Monsieur, ça va ?

Il ne répond pas, les yeux fermés. J'empoigne les revers de sa veste, je le secoue. Le sang coule au-dessus de son oreille. Et merde. On se retrouve dans la situation d'origine. Tout ce que j'ai réussi à changer cette fois, c'est l'emplacement de sa blessure. Dix centimètres sur la gauche. Autant raturer tout de suite, annuler ce Temps 2 pour créer un Temps 3. Mais il y a un problème. Je me suis déjà trop incarné dans la scène : je sens davantage entre mes doigts le tissu de sa veste que le contact du stylo.

J'essaie de m'abstraire, d'effacer la sensation du vent glacial, la conscience de mes kilos en trop, de repousser l'élan de panique qui m'envahit. On dirait que c'est de plus en plus difficile de rebrousser chemin, à chaque fois que je réenclenche la scène.

Je sursaute. Ses narines ont bougé. Il respire! Il n'est pas mort, juste assommé. Je m'empresse de lui enfoncer son brouilleur MP5 dans l'oreille, puis je me précipite vers le ponton où le pêcheur s'apprête à larguer les amarres.

— David! Au secours!

Il m'entend, coupe son moteur.

— Thomas? Qu'est-ce qui se passe?

— J'ai blessé un type avec mon cerf-volant, David! Il ne bouge plus!

— Ah merde!

Il rattache son bateau, me suit en courant jusqu'à ma victime, dont il prend le pouls aussitôt. J'observe l'oreillette brouilleuse en priant pour qu'elle soit aussi efficace que me l'a certifié l'ours.

— Ça va, il respire! J'appelle le poste de secours, décide-t-il en sortant son téléphone.

Je ne lui laisse pas le temps de composer le numéro:

— Non, non, ils préviendraient l'hôpital!

Il abaisse son portable, me dit que justement il faut l'emmener aux urgences.

— Surtout pas, David!

— Ben pourquoi?

— Je le connais, c'est un dépressif nerveux: ils vont l'achever!

Il marque un temps, regarde le vieillard avec une tristesse solidaire. Lui aussi, quand sa femme l'a quitté, il a fait une dépression qu'il a eu beaucoup de mal à cacher, pour conserver son travail. Les gens qu'on envoie dans les camps de remise en joie, on les remplace tout de suite et c'est rare qu'ils reviennent. Quant aux vieux qui dépriment, le ministère du Bien-Être économise les frais de séjour : ils sont directement euthanasiés pour ne pas contaminer l'entourage. Mon argumentation tient le coup. J'enchaîne :

— J'ai une voisine, elle s'est fait radier de l'Ordre des médecins parce qu'elle refusait de donner le nom de ses dépressifs nerveux à la Sécurité sociale. Elle le soignera sans le dénoncer. Viens, on le porte dans ta bagnole.

Il tourne vers moi un regard hésitant, consulte sa montre. Il me rappelle que, dans le cadre de la lutte contre la pollution au mercure, il est obligé d'aller ramasser les poissons morts à heure fixe, sinon il perd son boulot. Il me conseille de téléphoner à ma voisine : elle viendra chercher le patient.

— Elle a juste un vélo.

Il soupire, se relève.

— Écoute, Thomas, le mieux, c'est que tu voies avec ta mère, OK ? Allez, bonne chance.

Je reste la bouche ouverte, tandis qu'il retourne vers son bateau. Je ne m'attendais pas du tout à ce genre d'échec. J'ai beau le fixer en me concentrant de toutes mes forces pour l'obliger à changer d'avis, rien ne se passe. Il a disparu dans la brume. Je n'ai vraiment aucun pouvoir, dans ces mondes parallèles. Une fois que j'ai corrigé l'événement initial, ça devient une réalité comme une autre. Le fait de changer une carte ne modifie pas la règle du jeu.

Je me retourne vers Pictone toujours inanimé. Ma mère est la personne la mieux à même de conduire ma victime chez Brenda, c'est vrai. Sauf qu'elle ne verra que son intérêt, à ce moment-là de sa vie. Et son intérêt, si j'ai blessé quelqu'un, c'est de me protéger en tant que mineur, pour éviter que mon coup de cerf-volant ne lui retombe dessus.

D'un autre côté, je ne dois pas influencer ce nouvel avenir par une idée préconçue, un a priori. David m'a déçu, ma mère peut me surprendre agréablement. Laissons-lui une chance.

Je cours jusqu'au casino. À gauche de la porte tambour, le vieux physionomiste dévisage en souriant les joueurs qui entrent, comme s'il les reconnaissait malgré sa maladie d'Alzheimer.

— Physio, c'est moi. Thomas, le fils de Mme Drimm.

— Heureux de vous revoir.

Je lui réponds moi aussi, dans un élan ému. C'est bon de le retrouver en vie. C'est lui qui m'a appris à reconnaître les coquillages et les oiseaux, quand j'étais petit et qu'il en restait encore quelques-uns. C'était mon seul copain d'enfance. J'espère que les changements que je suis en train d'opérer lui éviteront de finir à cause de moi, dans trois jours, au fond d'un congélateur.

— Si ça ne t'ennuie pas, maman veut que tu nous aides à transporter un joueur qui a eu un problème.

Aussitôt, il me suit sur la plage sans poser de questions. On s'arrête devant le savant assommé sur le sable, dans la position où je l'ai laissé. Je vérifie sa respiration, je soulève ses paupières. Ses yeux sont comme ceux de Brenda dans le Temps Zéro. Mais ses lèvres remuent en bredouillant des choses inaudibles. Si c'est un coma, il n'a pas l'air très profond.

Physio passe le bras de ma victime autour de ses épaules et on l'emporte vers le parking souterrain. Au premier sous-sol réservé à l'administration, on l'installe dans la voiture de ma mère. Je lui boucle sa ceinture, je referme la portière, et on se dirige vers l'ascenseur.

En arrivant dans le grand hall, j'embrasse Physio et je le remercie. Il me répond qu'il a été heureux de me revoir.

Je traverse l'immense salle des machines à sous, me faufile entre les joueurs qui prient le Hasard à voix haute pour essayer de l'influencer. Entre le Domo Alligator et les Poker Flash, je pousse la porte marquée *Réservé au personnel*. Je fonce dans le couloir administratif et j'entre dans le bureau de ma mère avec un air dramatique. Elle se dresse brusquement, éjectant de son chemisier les doigts d'Anthony Burle assis sur la table. Je recule, mortifié. Évidemment, sans toutes mes manips pour faire disparaître le cadavre au fond de l'océan, je suis arrivé en avance sur la dernière fois.

— On frappe avant d'entrer ! glapit-elle.

— Justement, nous parlions de toi, s'empresse le haut fonctionnaire de l'échelon B en reboutonnant sa veste. Ta maman m'expliquait ton problème de surcharge pondérale.

Il décolle ses fesses du sous-main et me toise avec une bienveillance fielleuse.

— Je lui ai dit de ne pas s'en faire : tu deviens un petit homme, il faut juste rééquilibrer tes hormones…

— Tu vois ! souligne ma mère.

— Tu as entendu parler du Dr Macrosi ? C'est le meilleur nutritionniste du pays…

— Merci. Maman, y a un problème avec papa. Tu peux venir?

Elle blêmit dans la seconde, présente ses excuses à l'autre enflure qui les accepte avec une moue déconfite, et elle sort vivement du bureau pour me rejoindre dans le couloir.

— Qu'est-ce qu'il a fait, encore? attaque-t-elle.

Je la rassure sans ralentir: ce n'est pas mon père qui pose problème, mais un client du casino. Je n'ai pas voulu en parler devant son contrôleur, pour éviter qu'elle ait des ennuis.

— Ce n'est quand même pas un suicide? s'affole-t-elle.

— Non, non. Juste un crime.

— Ah bon, fait-elle, soulagée.

C'est sa hantise, le suicide des joueurs. Carrément une faute professionnelle.

— Qu'est-ce qui s'est passé, Thomas?

Tout en appelant l'ascenseur du parking, je lui explique que, sans le faire exprès, j'ai assommé avec mon cerf-volant un type qui sortait du casino et que, s'il meurt, on va m'accuser de crime involontaire. Livide, elle m'agrippe et me broie le coude.

Je la rassure en lui rappelant que, par bonheur, on a en face de chez nous une ancienne médecin radiée pour non-dénonciation de malades dépressifs: jamais elle n'ira nous balancer aux flics si on lui donne le vieux à soigner.

— Mais toi... il... il t'a identifié?

— Ben non: t'as vu le brouillard. Seulement, si on l'emmène à l'hôpital, ils se rendront compte que c'est un cerf-volant qui a fait ça. Et, sur le mien, ils trouveront le même sang que sur son crâne.

— C'est épouvantable !

— Eh oui ! je confirme en évitant de trop me réjouir. Heureusement qu'on a Brenda.

— Brenda ?

— Le Dr Brenda Logan. On lui dira que c'est un dépressif qui s'est jeté sous tes roues, et voilà. Elle se débrouillera. Je veux pas que t'ailles en prison à cause de moi, maman.

Je la pousse dans l'ascenseur et j'appuie sur premier sous-sol. Elle me fixe, abasourdie. Évidemment, elle n'est pas préparée. En l'espace d'un instant, son gros nul docile s'est transformé en chef de famille.

— Il est mort ! s'affole-t-elle en découvrant le corps inerte assis de travers sur le siège passager.

— Non, non, c'est bon. Un petit coma léger.

— Et qu'est-ce qu'il fait dans ma voiture ?

— Tout va bien. C'est Physio qui m'a aidé à le mettre, il a déjà oublié. Tu vois, on a du bol dans not' malheur.

Je lui ouvre sa portière avant de monter à l'arrière. Elle vérifie que son passager respire et démarre en trombe.

Je laisse aller ma nuque contre l'appuie-tête, pour prendre une petite pause. Je ne suis pas mécontent de moi, globalement. Tout cela me semble assez logique et pas mal emmanché. Reste à savoir comment Brenda réagira.

— Me faire ça juste aujourd'hui ! ressasse ma mère en s'engageant sur le boulevard qui longe Luna Park. Le jour où j'étais à deux doigts de t'obtenir un rendez-vous chez le plus grand des nutritionnistes !

Je sursaute, me retourne vivement. Un blouson fluo, des cheveux noisette. Je viens d'apercevoir Kerry sur le trottoir du Luna Park. Elle ne s'est pas fait embarquer par les flics, donc – du moins, pas encore. Mais qu'importe : elle ne risque rien de grave, si elle ne m'a pas rencontré. Elle monte dans une voiture blanche que lui ouvre de l'intérieur un type qui doit être son père. Pas le genre très cool, vu la brutalité avec laquelle il l'engouffre dans l'habitacle.

Je me force à détourner les yeux. J'aimerais tellement la revoir. Mais l'ours a raison : ce n'est pas le but du voyage. On se retrouvera plus tard. Ici ou dans un autre univers, si je rate encore celui-ci…

— Je n'ai vraiment pas la vie que je mérite, soupire ma mère en mettant son clignotant sur la rocade qui mène à l'autoroute.

Je résiste à l'envie de lui dire que, dans l'avenir d'où je viens, tous ses rêves sont exaucés : elle est riche, haut placée, je suis maigre, son mari ne boit plus, et elle est encore plus fond-du-gouffre. Pas sûr que ça lui remonte le moral.

— Et ta Dr Machin, comment tu la connais ?

J'improvise :

— Je m'étais renseigné, par rapport à papa… Elle a guéri un max d'alcooliques dans le quartier.

Ses lèvres se mettent à trembler dans le rétro, et elle détourne les yeux pour dépasser un convoi de l'armée.

— Je sais que tu n'as pas une vie très drôle, Thomas, et que ça se répercute sur ton poids… Mais je ne peux plus rien pour ton père.

— Il va peut-être rencontrer quelqu'un, dis-je sur un ton rassurant.

Elle laisse échapper un hoquet de mépris.

— Lui? Ne rêvons pas, mon pauvre Thomas. Qui voudrait d'un homme dans cet état?

Je me mords les lèvres. Pourquoi ai-je toujours ce réflexe à la con de prendre l'avenir que je connais pour argent comptant, alors que je suis venu dans l'espoir de le modifier?

L'autoroute est bloquée. Un barrage de police, loin devant. Je commence à m'angoisser grave. Pictone est toujours stationnaire dans son coma, mais je ne me sens plus du tout relié à mon corps de départ. J'ai même du mal à m'imaginer maigre. Si l'ouverture temporelle se referme, j'ai intérêt à ne pas rater cette vie. Si j'oublie d'où je viens, le chronographe et la sève du saule ne pourront plus rien pour moi, puisque je ne saurai pas quoi leur demander.

Les flics en armes remontent les files de voitures à l'arrêt, contrôlent les passagers, fouillent les coffres. Ma mère panique, avale un cachet par minute, répète d'une voix névrotique ma version des faits en changeant de ton à chaque fois: ce suicidaire s'est jeté sous ses roues, elle a freiné en catastrophe mais sa tête a heurté la calandre, elle l'emmène chez un médecin.

— Dis que c'est un accident, maman. Sinon, ils vont l'embarquer.

— Eh bien, qu'ils l'embarquent! Ce n'est pas mon problème, enfin! Tu n'avais qu'à détruire ton cerf-volant, ils ne seraient jamais remontés jusqu'à toi! Mais qu'est-ce qui m'a pris de t'écouter?

— Calme-toi, ils arrivent…

— À tous les coups, c'est lui qu'ils recherchent! Un

témoin vous a vus le charger dans ma voiture, il nous a dénoncés, et maintenant ils vont croire qu'on veut se débarrasser du cadavre…

— Un cadavre, on l'aurait jeté dans la mer avec des galets dans les poches, dis-je en craquant à mon tour, on le promènerait pas sur l'autoroute ! En plus il est vivant, maman, vivant !

J'attrape sur la plage arrière sa casquette promotionnelle *Casino de Ludiland : Je donne à qui demande*. Et je l'enfonce sur le crâne du vieux pour cacher sa blessure.

— Voilà, il dort ! Et arrête de crier, tu vas le réveiller.

Elle se calme en vidant ses poumons, les doigts crispés sur le volant, affiche un sourire dégagé. Les flics ouvrent les portières, nous jaugent et nous saluent. Ils portent l'uniforme en jean de la Brigade des mineurs. Ils doivent chercher des antipucistes.

— Contrôle d'identité ! annonce l'un d'eux en approchant du chignon de ma mère son lecteur de puce.

Notre nom qui s'affiche sur l'écran le fait sourciler. Mes orteils se recroquevillent. Maman a raison : ils doivent être au courant pour Pictone. Mais ils n'ont marqué aucune réaction en le voyant dans notre voiture. Je ne comprends pas. Le contrôleur d'identité s'éloigne pour téléphoner.

— Il a un bon sommeil, le pépé, remarque un de ses collègues.

— Il a fait la fête toute la nuit, improvise ma mère.

— C'est bien. Ouvrez le coffre.

Ils retirent les packs d'eau, les bidons, le tapis de sol, la roue de secours, me font sortir pour démonter la banquette arrière.

— C'est un contrôle de routine? s'informe ma mère d'un ton poli qui sonne parfaitement faux.

— Non.

Ils nous montrent une photo sur écran. Mon cœur s'arrête.

— Si vous croisez cette jeune fille, vous appelez le 303.

— Promis. N'est-ce pas, Thomas?

J'acquiesce en dominant mon tremblement. Ils nous laissent ranger la voiture, s'attaquent à la suivante. Qu'est-ce qui s'est passé? Kerry a tagué leurs collègues au Luna Park et s'est s'enfuie, c'est pour ça que son père l'a escamotée à toute allure dans la voiture blanche? Ça me paraît quand même un peu excessif, comme dispositif policier, pour un simple tag.

On replace la banquette arrière et on attend que les autos devant nous redémarrent. Je m'efforce de chasser Miss États-Uniques de mes pensées. C'est une autre histoire, un autre monde. Dans celui-ci, je ne suis pour rien dans son destin. On ne se connaît pas, et je dois rester concentré sur Pictone et Brenda.

— Tu ne me refais jamais un coup pareil, Thomas! Jamais!

Avec les bouchons, on met un temps fou à sortir de l'autoroute. Tandis que ma mère égrène pour se passer les nerfs tous les griefs accumulés contre moi depuis ma naissance, je révise dans ma tête les informations que je vais donner à Brenda.

Au coin de notre rue, un coup de freins brutal m'envoie dans le siège de Pictone. Devant nous, trois flics en tenue d'intervention sortent de la maison en entraînant mon père, menottes aux poignets, l'engouffrent à l'arrière de leur voiture. Par réflexe, ma mère ouvre sa portière pour se précipiter, mais la présence du blessé l'en dissuade. Déjà la voiture de police démarre sur les chapeaux de roues et part dans l'autre sens, tourne au coin du camping d'expulsés qui sert de faubourg à notre banlieue.

On échange un regard atterré. Elle dit :

— Qu'est-ce qu'il a fait, encore ?

J'ai un geste d'incompréhension. Puis je m'entends décider brusquement :

— Je m'occupe du vieux. Toi, tu fonces derrière les flics pour savoir où ils emmènent papa. Allez, bouge !

Comme une zombie, elle m'aide à déposer l'assommé devant chez Brenda, récupère la casquette du casino, remonte au volant et se lance à la poursuite de la police. Avec un mélange d'angoisse et de fierté, je regarde sa voiture disparaître en grillant les stops.

## 20

Le cœur dans la gorge, je presse la touche de l'inter-phone. Pas de réponse. J'insiste. Rien. Si Brenda n'est pas là, j'abandonne ce monde pendant qu'il est encore temps. Tout s'enclenchait bien, pourtant. Sauf l'arrestation de mon père, que je ne m'explique pas. Même si Hermak et Nox, comme dans le Temps 1, le soupçonnent d'être un terroriste allié à Pictone, pourquoi l'arrêter *lui* en me laissant franchir un barrage avec leur physicien rebelle ? Ça sent le piège à plein nez.

Abandonnant le vieux sous l'interphone, je me résigne à traverser pour aller récupérer le chronographe sous le lit de ma mère, lorsque j'entends :

— Oui, quoi ?

Le genre de voix qui sort de la douche. Aussitôt mes résolutions volent en éclats. Je dis bonjour docteur, je suis un voisin et j'apporte un blessé.

— Je ne suis plus médecin.

— Justement : c'est la police qui l'a tabassé.

Un silence. Puis un grésillement ouvre la porte. Je m'empresse de tirer Pictone par les pieds jusqu'à l'ascenseur. Une pancarte *En panne* est accrochée à la poignée. Avant que j'aie eu le temps de retourner à l'interphone, j'entends une cavalcade dans l'escalier. Sans un regard pour moi, Brenda charge le blessé sur son épaule et remonte les marches. Je lui emboîte le pas.

— Qui t'a dit que j'étais médecin? me demande-t-elle après un bref coup d'œil dans le tournant de l'escalier.

Je suis vraiment heureux qu'elle ne m'ait pas encore reconnu, cette fois-ci. Mais, fort du ratage de notre rencontre dans le Temps 1, je préfère prendre les devants pour éviter qu'elle ne m'assimile à un petit mateur à deux balles.

— Je suis Thomas Drimm, votre voisin d'en face. Je vous regarde souvent par ma lucarne, pour savoir comment vous allez. Parce que le jour où ils vous ont enlevé votre plaque de médecin, j'ai cru que vous alliez vous jeter par la fenêtre.

Pas de réaction. J'ai dû encore faire une gaffe. Elle monte une dizaine de marches avant de rouvrir la bouche:

— C'est ton grand-père?

Je réponds d'une traite:

— Non, non, c'est un rebelle qui prépare un attentat avec mon père. Les flics ont cru qu'il était mort, alors ils sont repartis en le laissant par terre, mais j'ai vu qu'il respirait. Mon père, lui, ils l'ont embarqué.

Pas mal, comme version. Je dois à la fois l'attendrir, la concerner et faire vibrer sa corde révolutionnaire. Elle pousse sa porte avec les pieds du vieux, me fait signe de dégager la table d'auscultation qui sert d'étagère à ses pots de peinture. Je débarrasse. Elle allonge Pictone, désinfecte sa plaie, lui pose un pansement. Puis elle lui retire sa veste et sa chemise, commence à l'examiner.

Je retiens vivement sa main qui allait lui retirer l'oreillette. Elle me dévisage, surprise. Sans hésiter, je lui révèle le rôle antiespionnage du MP5. Je vois passer dans ses yeux l'ombre d'un gros doute. Évidemment, comme tous les opposants normaux, elle est encore loin d'imaginer la puissance de contrôle et d'action à distance que les puces cérébrales donnent au gouvernement. Avec un naturel désarmant, je lui murmure :

— Pourquoi j'inventerais tout ça ?

Elle hausse les épaules.

— Si ce que tu racontes est vrai, ils n'ont qu'à se brancher sur ma puce à moi pour nous écouter.

— Ils pourraient, mais ils ne savent pas qui vous êtes. Je suis le seul à vous connaître. Et je n'ai pas été suivi.

Ni mon ton de certitude ni l'émotion qui a fait trembler l'avant-dernière phrase n'ont l'air de l'impressionner. On dirait qu'elle s'en fout. J'avais oublié combien, avant que j'arrive dans sa vie, elle était désabusée, revenue de tout et sans autre but que sa survie financière au jour le jour. Et puis bon, là, elle a une urgence médicale et je ne compte pas trop à ses yeux, pour l'instant, c'est normal : je ne suis que le fournisseur.

Je la regarde sortir sa trousse de soins d'un placard à chaussures, prendre la tension du vieux Pictone, le piquer avec une seringue qu'elle introduit dans un appareil à analyser le sang. Il ne réagit à rien. Même pas lorsqu'elle lui donne un coup de marteau sur le genou. Un deuxième, encore plus fort. Je suggère d'une voix timide :

— Faudrait peut-être pas le casser davantage.

— Je vérifie ses réflexes. La blessure crânienne est superficielle, il y a une autre raison à son coma. Passe-moi le sucre en poudre.

J'obéis, en refoulant l'émotion d'entendre dans sa bouche le mot « coma ». C'est si bon de la voir en vie, en mouvement dans son appartement. C'est si bon de sentir son parfum s'échapper de son corps, et pas du flacon que je vaporise dans le vide quand je viens arroser ses plantes.

Elle vérifie les résultats qui s'affichent sur l'écran de son analyseur de sang.

— C'est bien ce que je pensais, dit-elle en attrapant un paquet de sucre en poudre. Tu aurais pu me le dire, qu'il est diabétique.

— Je n'étais pas au courant.

C'est vrai : l'ours en peluche s'est plaint de beaucoup de choses, mais pas de ça. Il faut dire qu'une fois mort, le diabète, ce n'est plus vraiment un problème.

Elle lui ouvre les lèvres avec deux doigts, lui verse dans la gorge la moitié du paquet de sucre. Un peu perplexe, je me demande si on l'a vraiment radiée de l'Ordre des médecins pour des raisons politiques, ou simplement parce qu'elle était nulle.

— Le diabète, explique-t-elle, c'est trop de sucre dans le sang. Mais quand tu en manques, tu tombes dans les pommes.

J'acquiesce, de plus en plus inquiet, tandis qu'elle attrape la bouteille de whisky aux trois quarts vide posée sur un chevalet. Elle introduit le goulot dans la bouche de son patient, et verse une rasade. Puis elle le secoue pour bien mélanger. Les yeux toujours fermés, il se met à tousser tout en se tortillant. C'est assez particulier comme remède, mais ça a l'air efficace.

Avant qu'il ne revienne parmi nous, j'attire Brenda à l'écart pour lui confier à mi-voix que le diabétique qu'elle vient d'avoir l'honneur de sucrer, c'est le professeur Pictone, inventeur du Bouclier d'antimatière qu'il s'apprête à détruire. Elle ouvre des yeux ronds. Je précise :

— Il a découvert que le Bouclier sert à retenir les âmes des morts pour les recycler en source d'énergie. Donc, en tant que révolutionnaire, il veut créer une crise énergétique pour renverser le gouvernement.

— Qu'est-ce que je fais là ? glapit le révolutionnaire en se dressant d'un coup sur la table d'auscultation.

— Une minute, lui dis-je en enchaînant à l'oreille de Brenda : Mais sans mon père, moi, j'ai pas les moyens de gérer leur révolution. Vous voulez bien m'aider ?

Elle me dévisage avec, dans son beau regard caramel, une succession d'incrédulité, de méfiance et d'excitation.

— T'es pas banal, toi, murmure-t-elle.

Et, dans sa bouche, c'est le plus beau des compliments.

— Aïe ! crie le vieux en touchant son pansement, les yeux rivés sur moi. Mais c'est le môme de la plage ! J'en étais sûr : il m'a flanqué son cerf-volant sur le crâne, cet abruti !

Brenda se retourne d'une pièce vers lui, puis me fixe à nouveau, sourcils froncés.

— Ça veut dire quoi, ça ?

J'explique à mi-voix :

— C'est la version officielle, comme il ne vous connaît pas. Il ne sait pas dans quel camp vous êtes.

— Où je suis, là ? braille-t-il en descendant de la table d'auscultation. Vous êtes qui, vous ?

Je présente :

— Dr Brenda Logan, rayée de l'Ordre des médecins parce qu'elle est du côté des rebelles, comme vous. C'est pour ça que je vous ai amené ici, professeur Pictone. Y a pas de problème : on peut parler devant elle.

Il enfouit prestement la main dans sa poche pour prendre son MP5, se rend compte que l'oreillette est déjà en place dans son conduit. Je lui confirme que j'ai préféré d'emblée brouiller les émissions de sa puce. Abasourdi, il lance à Brenda :

— Mais qu'est-ce que c'est que ce môme ?

Elle écarte les bras avec une moue d'ignorance. Je rappelle à Pictone qu'il avait rendez-vous sur la plage avec un complice, pour construire un canon à protons dans l'intention de détruire le Bouclier d'antimatière. Sa réaction est fulgurante. Il me saute dessus, me plaque au mur.

— Qui t'a dit ça ?

J'hésite. Si je réponds « vous », il faudra que je lui révèle devant Brenda que, dans un autre espace-temps, il est mort et s'est réincarné en ours. C'est prématuré. Je dois gagner sa confiance en restant crédible ; ensuite je pourrai lui avouer progressivement la vérité.

— Qui t'a dit ça ? répète-t-il, hystérique.

J'improvise :

— Mon père. Il a infiltré le gouvernement pour aider les rebelles. Mais Olivier Nox a compris qu'il mène un double jeu…

Il sursaute, lâche mon col.

— Tu connais Olivier Nox ?

— De nom, uniquement. C'est lui qui vous a volé vos inventions, qui s'est servi des puces et du Bouclier pour s'emparer du pouvoir. Mon père voulait vous prévenir que Nox a découvert votre complot, c'est pour ça qu'il vous a donné rendez-vous sur la plage, tout à l'heure, avec le mot de passe et le langage codé, seulement il s'est fait dénoncer, alors j'y suis allé à sa place pour vous donner le message…

— De la part de qui m'a-t-il appelé ? coupe le physicien, concentré sur mes réactions.

Je marque un temps. Le regard de Brenda, médusé, va de lui à moi avec un mouvement régulier d'essuie-glace. Je cherche dans ma mémoire. Je dis :

— Je ne sais pas… L'un des collègues qui complotent avec vous… Peut-être Henry Baxter, le directeur du Centre de production d'antimatière. Tous les deux, vous n'êtes pas d'accord sur la façon de détruire le Bouclier. Lui, il fait une fixette sur la fusion du lithium…

Pictone ne réagit pas, de plus en plus blême.

— C'est vrai ? lui demande Brenda d'une voix blanche.

Sans répondre, il me lance, les yeux dans les yeux :

— Et moi ?

— Vous ?

— Quelle est ma théorie ?

Je ferme les yeux pour retrouver ses termes précis :

— « Le faisceau de protons, lorsqu'il entrera en contact avec les antiprotons satellisés dans le Bouclier, provoquera sa rupture par résonance… »

— Ridicule ! coupe Pictone. Ça ferait sauter la Terre !

— « … tandis que l'inversion de trajectoire matière/

antimatière dans l'anneau de stockage évitera le danger d'explosion. »

Il soutient mon regard, très perturbé. Évidemment, ce n'est qu'une fois mort qu'il aura trouvé cette solution. Je le vois qui commence à réfléchir à toute allure, à enchaîner les calculs dans sa tête, tandis que son regard devient complètement absent.

— Bien sûr…, siffle-t-il en souriant dans le vide. Admettons que je monte l'impulsion électrique à 100 000 ampères…

Je m'empresse de casser l'espoir que je viens de lui donner imprudemment :

— Sauf qu'il faut surtout pas faire ça ! Parce que détruire le Bouclier, ça libérera les âmes, d'accord, mais du coup la souffrance des morts ne sera plus une source d'énergie, alors le gouvernement, pour empêcher la crise, se mettra à torturer les vivants. Il…

— Donnez-moi de quoi noter ! lance Pictone à Brenda, sans écouter ce que je dis.

Elle, elle boit mes paroles, complètement perturbée. Elle lui désigne un vieux bloc d'ordonnances où elle marque la liste des courses. Il se précipite dessus, arrache la première feuille et noircit la suivante avec des calculs, des équations, des flèches.

— La voilà, bien sûr, la solution… Pourquoi n'y ai-je pas pensé avant ?

Je m'empresse de répondre :

— À cause des victimes ! Ce que vous cherchez, c'est une solution pacifique…

— Il n'y a pas de révolution sans victimes ! Ce qui m'importe, c'est de libérer le pays !

— Mais votre complot est découvert! Nox va essayer de vous tuer!

— Raison de plus pour ne pas perdre une minute!

Je suis consterné. Il n'entend que ses propres idées, il est fermé à toute discussion. Il était vraiment plus facile à vivre une fois mort.

— Vous avez de l'insuline? demande-t-il à Brenda.

— Non.

— Ramenez-moi chez moi, il me faut une piqûre, dit-il en reprenant le fil de ses calculs. J'habite 114, avenue du Président-Narkos-III, à Ludiland.

Je m'interpose :

— D'accord, mais avant, écoutez-moi deux minutes! Parler devant votre veuve, ça sera pas évident.

— Ma veuve?

— Votre femme, je veux dire. Avant de détruire le Bouclier, il faut mettre en place la nouvelle source d'énergie que mon père a découverte. Les arbres. Il suffit de convertir leur activité électrique en…

— Tu ne peux pas la mettre en veilleuse, deux minutes? m'interrompt Brenda. Tu nous soûles avec tes histoires.

Je me retiens de lui balancer que mes histoires, c'est destiné à lui éviter de finir en coma débranché sur un matelas d'hôpital. On sonne à la porte. Je me retourne vers Brenda, affolé. Elle attrape une batte de base-ball dans le porte-parapluie.

— Coucou! fait une voix de gorge veloutée, sur le palier.

Brenda fronce les sourcils, va ouvrir. Un jeune type à

chemise blanche lui sourit, les mains dans les poches, le torse en avant et la tête de côté.

— Ah merde, dit-elle d'une petite voix.

— Heureux de te voir également, répond-il en plissant les paupières, dans le genre moi aussi j'ai de l'humour.

C'est Arnold, le directeur de casting qui lui a donné le rôle des pieds dans la pub du déodorant Sensor.

— On a rendez-vous, non ? fait-il avec reproche à Brenda en détaillant ses cheveux qui pendent, son jogging et ses baskets en ruine.

— Oui, répond-elle, enfin, j'sais pas… On n'avait pas dit demain ?

Il se raidit.

— Ben oui, demain aussi, pour le match. Mais ce soir, on dîne.

Elle hésite, croise mon regard, le dévisage à nouveau.

— C'est bon, j'en ai pour deux minutes. On déposera mes amis à Ludiland.

— Mais, fait-il dans un hoquet, c'est dans la direction opposée. Et j'ai réservé pour la demie.

— Eh ben tu changes de resto.

— Chut ! leur dit le diabétique.

Il s'est arrêté de noter, a plié les ordonnances dans sa poche et continue à réfléchir en fixant le mur, tassé sur un pouf. Brenda disparaît dans la salle de bains. J'enlève une jupe d'un tabouret, j'invite Arnold à s'asseoir et je lui demande ce qu'il veut boire, comme si j'étais le maître de maison. Il me répond rien merci, l'air vexé. Je lui présente Pictone, il ne réagit pas, et je les laisse se taire pour aller dans la chambre de Brenda répondre au téléphone qui vibre dans ma poche.

Assis sur le lit défait, je décroche ma mère qui m'annonce d'une voix nouée qu'elle est au QG de la Brigade criminelle. Mon père a été arrêté sur plainte de parent d'élève, c'est tout ce qu'elle a réussi à savoir. Elle est certaine que c'est lié à son problème d'alcool. Il est en garde à vue, elle essaie de trouver un avocat. Mes doigts se crispent sur le téléphone. C'est un prétexte, cette plainte : son arrestation a fatalement un lien avec Pictone et moi. Mais ça ne change rien aux conséquences : s'il a été dénoncé pour enseignement en état d'ivresse, c'est le retrait immédiat du permis d'instruire et le placement d'office en camp de désintoxication à l'autre bout du pays.

— Je te rappelle, Thomas.

Comment je vais faire pour le sortir de là ? Sans l'aide du fantôme de Pictone, je ne suis plus qu'un ado isolé. Mais quelque chose de complètement nouveau m'arrive depuis que j'ai retrouvé Brenda. Une confiance de fer. Une détermination en béton armé. Je veux réussir cet univers, et m'y installer. Je sens que c'est le bon – celui où je pourrai donner le meilleur de moi-même. Et chaque obstacle renforce ma décision.

Je rejoins Brenda dans la salle de bains.

— Ta mère ne t'a pas appris à frapper ? s'informe-t-elle en se maquillant l'œil gauche.

— À frapper qui ?

Ma tentative pour détendre l'atmosphère fait flop.

— Arrête ton cirque, dit-elle. Ça me fout les boules, les petits surdoués.

Je la rassure : je suis nul en tout.

— Tu es en quelle classe ?

— Prépa chômage, dans un collège poubelle.

Elle me regarde dans la glace en haussant les sourcils. Je crois que j'ai marqué un point.

— Et tes connaissances scientifiques, elles viennent d'où, de ton père ?

Je baisse les yeux.

— Il est vraiment... ce que tu dis ?

— Je viens d'avoir des nouvelles. Ils l'envoient dans un camp.

Elle immobilise son crayon à paupières.

— Les salauds. Je suis désolée, Thomas.

— Merci.

— Ne parle de rien devant Arnold. Ce n'est pas un mauvais type, mais...

Elle laisse sa phrase en suspens pour attaquer son œil droit. C'est la première connivence qu'elle installe entre nous. J'ai réussi. J'en chialerais, tellement c'est génial. Je laisse aller mon regard sur sa silhouette cambrée, un peu lourde, ses muscles impressionnants qui vont si mal avec son air paumé. Mais j'ai beau tenir à elle comme avant, elle ne me fait plus le même effet. Depuis que j'ai croisé la route de Kerry, je la trouve moins craquante que touchante. Ce n'est plus de l'amour impossible que je ressens pour elle, c'est de l'amitié puissante. Je n'ai pas l'âge de la rendre heureuse, je le sais, mais je ne supporterais pas de la perdre.

— Ne pleure pas, murmure-t-elle.

— Excusez-moi.

— Ce n'est pas la super-forme, moi non plus, mais si je peux t'aider...

Je redresse le menton, pince les lèvres pour reprendre le dessus.

— Je suis désolé de vous pourrir la soirée, docteur.

Elle me sourit avec un soupir fatigué.

— Au contraire. Je suis obligée de dîner avec Arnold pour qu'il me branche sur des pubs, mais c'est un Troc.

Je feins l'étonnement :

— Un quoi ?

Je la laisse m'expliquer qu'elle partage les hommes en plusieurs catégories : les Tougs, les Trèms et les Trocs. D'un air captivé, je demande à quoi ça correspond, pour le plaisir de réentendre la phrase gravée dans mon cœur depuis notre première rencontre. C'est fou, cette nostalgie que j'ai d'elle en sa présence.

— Les Tout-Gris, les Très-Mariés et les Trop-Cons. Sans oublier les Jteups.

Pas question de me faire gauler, cette fois-ci. Je répète en plissant les yeux :

— Jteups ?

— J'te-prends-pour-une-conne.

— Et Arnold, il fait partie des deux dernières catégories ?

— Exactement.

Elle finit son œil, se penche sur moi et me demande gravement :

— Je te classe dans laquelle, toi ?

Je prends un air penaud pour lui répondre que je suis un Tout-Seul aux prises avec des problèmes trop lourds pour mon âge, et que ça serait génial si elle était mon alliée. Parce que j'essaie de bien faire et de rendre service à tout le monde, mais ça me retombe toujours dessus à chaque fois et je ne sais plus où j'en suis.

Elle m'observe, perplexe. Puis elle se redresse en me disant qu'elle était comme moi, à mon âge. Et elle reprend son maquillage en me conseillant de changer de caractère assez vite, si je ne veux pas finir comme elle.

## 21

Je retourne au salon, fracassé par la manière dont Brenda s'identifie à moi. Assis où je l'ai posé, le Troc joue aux échecs sur son portable. Pictone a sorti le sien, le rallume et fait défiler ses contacts comme s'il donnait des baffes à l'écran tactile.

— Elle est prête ? s'informe Arnold.

Je dis qu'elle arrive et je m'assieds près du vieux savant pour tendre l'oreille, tandis qu'il tapote nerveusement son genou en attendant qu'on décroche.

— Allô oui ? lui répond une voix d'homme angoissée.

— Qui est à l'appareil ? sursaute Pictone.

— Papy ! Mais où es-tu ?

— Louis, je peux savoir pourquoi tu réponds sur le portable de ta grand-mère ?

— Tu avais disparu ! Mamy est folle d'inquiétude, elle m'a appelé au secours, je suis venu aussitôt, on t'a laissé douze messages…

— Tout va bien, coupe le vieux d'un ton excédé. Tu peux rentrer chez toi : j'arrive.

Il raccroche, éteint son téléphone et croise mon regard.

— La famille, commente-t-il, crispé. Comment tu t'appelles, au fait ?

— Thomas Drimm.

Il se rejette en arrière, comme si je l'avais électrocuté.

— Drimm ? Tu as un rapport avec le Robert Drimm qui a interdit mon livre ?

Je précise à voix basse que ce n'était pas contre lui. Mon père travaillait pour les rebelles comme agent double au Comité de censure, c'était le seul moyen pour lui d'avoir accès à la littérature d'opposition, il faisait des fausses fiches de lecture pour autoriser les bouquins, mais il s'est fait choper, alors on l'a viré et, là, on vient de l'arrêter.

— En route, les garçons ! lance Brenda en surgissant, jupe serrée et veste boutonnée jusqu'au menton.

Le Troc saute sur ses pieds. Pictone, lui, se lève lentement en me détaillant d'un air critique. Il se méfie de moi, d'un coup. Je préfère. Ça va peut-être le détourner de la recette de destruction du Bouclier que je lui ai soufflée malgré moi. Il m'empoigne soudain pour m'entraîner à l'écart.

— Tout ce que tu m'as dit sur le canon à protons, ça ne vient pas de mon livre et personne d'autre que moi ne pouvait arriver à cette conclusion.

Les yeux dans ses yeux, je confirme.

— Comment tu as fait ? Et pourquoi, tout à l'heure, tu as dit « ma veuve » ?

Je pousse un soupir de soulagement. Il est mûr pour entendre la suite. Mais j'ai besoin de ma pièce à conviction. Je dis à Brenda que je fais vite un saut chez moi : je les retrouve dans la voiture. Je dévale l'escalier, traverse la rue, pousse la porte que les flics ont laissée ouverte. Et je m'arrête, tétanisé.

La maison est sens dessus dessous. Ils ont vidé les placards, renversé les tiroirs, éparpillé les documents, le courrier, les copies corrigées. C'est bien ce que je pensais. Quand on accuse un prof d'alcoolisme, on ne fouille pas dans ses papiers.

Saisi d'une angoisse violente, je cours dans la chambre de ma mère, me jette à plat ventre pour attraper sous son lit la caisse de mes souvenirs d'enfance. Ouf. Le chronographe est toujours à sa place, entre la timbale et la tétine. Je le prends, si jamais ça tournait mal. Mais aussitôt une espèce de malaise me creuse le ventre. Il ne faut pas que j'aie cette réaction de prudence. Céder au Principe de précaution, ça revient à programmer l'échec, comme l'expliquait mon père à ses élèves quand ils planquaient des antisèches avant un exam. Avoir dans sa poche le moyen d'arrêter le temps, ça le gâche. On se dit que rien de ce qu'on vit n'est grave, puisqu'on a les moyens, au moindre problème, de s'échapper dans un autre univers. Du coup on est moins déterminé, moins présent, moins efficace. Je n'ai pas envie de passer mon adolescence à sauter d'un espace-temps à l'autre, en recommençant indéfiniment ma rencontre avec Pictone pour retrouver Brenda.

Je remets le stylo à sa place. Klaxon. Le Troc s'impatiente. Je grimpe dans ma chambre, qui a subi le même sort que le rez-de-chaussée. Tout est par terre, mais apparemment rien ne manque. Je me penche pour ramasser l'ours en peluche. Je le planque dans mon blouson et je redescends en courant.

Quelque chose m'arrête au rez-de-chaussée. Une odeur. Une senteur de cannelle et de réglisse qui ne fait pas partie de la maison. C'est un parfum que j'ai déjà senti, pourtant, mais sans pouvoir me rappeler où. Trop doux pour être celui d'un flic, en tout cas. Mais qui l'a laissé, alors? C'était diffus, quand je suis entré; ça me paraît soudain beaucoup plus dense.

— Qu'est-ce que tu glandes? me lance Brenda sur le pas de la porte.

Elle s'arrête net en découvrant le bazar laissé par la perquisition. Très bon pour ma crédibilité. Je précise:

— Les flics.

— Ils t'ont volé quelque chose?

— Juste mon père. Mais si tu m'aides, on me le rendra.

Elle me regarde avec ce mélange de bienveillance et de dureté qui me fait fondre à chaque fois. Ce n'est pas de l'apitoiement, ni de la solidarité que je lui inspire. C'est une colère qui se réveille et se greffe sur moi. En m'aidant, elle va se venger de beaucoup de choses. L'orphelinat, la trahison de son amoureux quand elle était médecin humanitaire, les persécutions policières… Tout ce qu'elle m'a confié dans l'hélicoptère, avant qu'on atteigne la forêt vierge où elle est tombée dans le coma. Ces confidences qui étaient pour moi le plus beau des trésors. La clé de son cœur…

Le Troc s'énerve sur son klaxon.

— Nous arrivons! lui crie-t-elle en ressortant.

Je lui emboîte le pas, dopé par ce «nous». La première personne du pluriel. Brenda. La première personne qui me conjugue au pluriel. Je ne sais pas quel sera mon avenir, ici ou ailleurs, mais je refuse de l'imaginer sans elle. Je refuse de retourner dans un monde où les médecins la tueront dans trois jours.

## 22

On roule en musique dans le coupé d'Arnold. Il conduit à la sportive, sa main droite passant du levier de vitesse au genou de Brenda. Elle se tient recroquevillée contre la portière, tournée vers l'arrière.

— C'est le 114, dit Pictone. Derrière le grand cèdre.

La voiture s'arrête dans un coup de freins disproportionné. La belle maison en verre et bois blond est tout éclairée.

— Tu nous attends, Arnold ? demande Brenda en ouvrant sa portière.

— Évidemment, ronchonne le Troc. Je vais pas aller dîner tout seul.

— Je lui fais sa piqûre et j'arrive, dit-elle en rabattant son dossier.

Elle aide le vieux à s'extraire du coupé. Il redresse ses lunettes, prend appui sur sa canne, flageole. Elle le soutient le long de l'allée, tandis que je les double pour aller sonner. Le carillon retentit, aussitôt suivi par des claquements de talons.

— Qui est là ? beugle Edna Pictone derrière la battant.

Je réponds bonsoir madame, je m'appelle Thomas Drimm et on vous ramène votre mari.

— Léonard ! glapit-elle en ouvrant la porte. Mais qu'est-ce qui t'a pris, tu ne pouvais pas prévenir ?

— Dr Logan, se présente Brenda. Il a eu un malaise.

— Et voilà ! Toujours à faire le jeune homme, à sortir sans son insuline ! Vous lui avez fait une piqûre ?

— J'ai stabilisé son taux de sucre, répond Brenda sans s'appesantir. Il a voulu qu'on le ramène ici pour l'injection.

— Je me doute, grince-t-elle. Il vous a dit qu'il n'avait pas confiance dans les médecins, je suppose. Je suis la seule à savoir lui enfoncer l'aiguille dans la fesse, paraît-il. La seule qualité qu'il me reconnaisse.

— Tu ne vas pas commencer, grogne son mari. Je suis fatigué.

— Tu montes t'allonger, tu te déculottes et tu m'attends. Allez hop !

— Ne me parle pas comme ça devant des étrangers, Edna !

— Tu les as remerciés, au moins ?

— Remerciés ? Un cerf-volant sur la gueule et un kilo de sucre en poudre que je vais mettre un mois à éliminer, il faut peut-être que je les rembourse, pendant que j'y suis !

— Papy, enfin tu es là ! s'écrie Louis Pictone en surgissant du salon, portable à la main. Victoria t'embrasse, j'étais en train de la rassurer…

— De la consoler, oui ! jette le vieux, brusquement ragaillardi par l'agressivité. Ce n'est pas aujourd'hui que vous allez hériter, les enfants. Navré.

Le trentenaire dégarni à lunettes carrées baisse la tête et rempoche son portable. Je l'ai connu plus vaillant, au décès de son grand-père. Il découvre Brenda, la salue en rougissant parce qu'elle est témoin de son humiliation, ou simplement parce qu'elle est vraiment top dans sa tenue de soirée antidrague.

— Au fait, Louis, reprend le papy. Avant que j'oublie, pour le prêt que tu m'as demandé, c'est non. Tu peux rentrer dîner chez toi sans remords : ça ne sert plus à rien de faire le gentil.

— Allez, venez dans votre chambre ! dis-je en le prenant sèchement par le bras. Obéissez à votre femme, un peu.

Souffle court, désarçonné par mon accès d'autorité, il se laisse entraîner dans l'escalier. Edna me suit des yeux, surprise et pas mécontente de voir un jeune moucher son vieux chieur.

— Troisième porte à gauche sur le palier, me lance-t-elle.

— Je sais.

— Tu sais ? sursaute Pictone. Et comment tu sais ?

— J'étais à votre veillée funèbre.

Il s'arrête entre deux marches. Je le tire brutalement. J'en ai marre de tourner autour du pot en supportant son caractère de cochon. Je le pousse dans sa chambre et l'allonge sans ménagement.

— Bon, je vais être clair. Vous êtes mort y a cinq semaines, et depuis je me casse le cul à vous aider, alors un peu de respect, OK ? C'est vous, dis-je en sortant de sous mon blouson ma pièce à conviction. C'est la peluche où vous vous êtes réincarné, dans l'espace-temps d'où je viens.

— Enchanté, dit-il en serrant la patte de l'ours.

— Vous ne me croyez pas ? C'est vous qui m'avez envoyé dans cet univers parallèle où vous êtes encore vivant ! Comment j'inventerais un truc pareil ?

Il me fixe attentivement, la respiration sifflante.

— Ce n'est pas à moi de te répondre, moustique.

— Vous voulez une preuve ?

— Ta fesse ! ordonne Edna en entrant, seringue à la main.

— La voilà, la preuve ! dis-je en désignant sa femme. Son bracelet de famille, celui qui est dans le coffre à la banque. Vous y avez rajouté en cachette huit diamants comme cadeau d'anniversaire, pour ses quatre-vingts ans qu'elle aura dans deux mois.

— Léonard, c'est vrai ? s'écrie Edna en manquant lâcher la seringue.

Pictone me dévisage, bouche ouverte. Elle répète sa question d'une voix qui se fissure, au bord des larmes. Je me tourne vers elle et je précise :

— Pour acheter les diamants, il a bazardé son assurance vie. Juste avant de mourir.

— Léonard, c'est vrai ? répète Edna d'une voix qui n'a plus rien de fissuré.

Le vieux me regarde, la mâchoire tremblante, hésitant visiblement entre plusieurs réactions.

— Ma piqûre ! beugle-t-il.

— Dis-moi que tu n'as pas fait ça ! hurle-t-elle.

— Qu'est-ce qui se passe ? s'affole le petit-fils en surgissant, Brenda sur ses talons.

— Comment ça, «juste avant de mourir»? m'attaque la vieille en prenant soudain conscience de la fin de ma phrase.

— Tu vois bien qu'il raconte n'importe quoi! lui balance son mari. Soi-disant qu'il vient du futur où je suis devenu cette peluche!

— N'essaie pas de noyer le poisson! coupe-t-elle. Oui ou non, as-tu revendu ton assurance vie?

— Ça ne te regarde pas! Pique-moi, c'est tout ce qu'on te demande.

Elle le dévisage un instant en silence, les lèvres tremblantes, puis répond d'un ton suave:

— Ça ne me regarde pas non plus.

Elle laisse tomber la seringue, l'écrase d'un coup de talon, pivote et quitte la chambre.

— Mamy! s'étrangle Louis.

— Pas de souci, le rassure Brenda. Il y en a tout un stock à la cuisine. Je reviens.

Je la regarde courir vers l'escalier. C'est impressionnant comme elle s'adapte vite. Il a suffi que je déboule comme un ouragan dans sa vie en panne pour réveiller en elle l'aventurière, la généreuse, la battante. C'est bien la seule chose que j'aie réussi, jusqu'à présent, dans cette réalité-là.

— Essaie de te calmer, papy, tu as très mauvaise mine…

— Je t'ai dit de foutre le camp, Louis! réplique Léo. Je t'ai déshérité le jour de ton mariage, il me semble que j'ai été assez clair, non?

— Mais on ne parle pas d'argent, là…

— Je t'avais dit mot pour mot: «Si tu épouses la fille Bolchott, plus jamais tu ne franchiras cette porte!»

— Bolchott ?

J'ai sursauté en répétant le nom, malgré moi.

— Oui, Bolchott ! glapit le vieux en tournant vers moi son rictus de haine. Mon ancien assistant, le pire salopard de la création, celui qui a vendu mes inventions à Oliver Nox. Ne me dis pas que tu le connais, lui aussi ? Allez, laisse-nous, Louis ! Rentre chez ta femme, j'ai à parler avec ce môme.

Le visage du petit-fils devient écarlate. Il marche vers la porte, puis fait soudain demi-tour, revient se planter devant le lit.

— Très bien. Juste une dernière chose à te dire. Tu es sans doute un génie qui aura fait avancer la science, mais tout le reste, tu le détruis. Ta famille, tes amis, tes collègues… Personne n'a le droit de pousser dans ton ombre ! Papa et moi, on aurait pu être des grands physiciens comme toi, on aurait pu travailler ensemble, mais tu avais tellement peur qu'on te dépasse que tu nous as cassés, humiliés, mis sur la touche ! Tu as décidé qu'on n'était que des concurrents et des rapaces, qu'on était sur terre pour te voler ton argent, tes idées, ta célébrité, comme ça tout ce que tu faisais contre nous, c'était pour te protéger ! C'est parfait, imparable ! Tu ne veux plus me voir ? Très bien, tu ne me verras plus ! Sauf à la télé, quand on m'arrêtera pour faillite, parce que le prêt que je t'avais demandé, c'était pour sauver ma chocolaterie et mes quatre salariés. Eh oui, tu avais raison : je n'avais pas les épaules pour fonder une entreprise ! Tu as toujours eu raison. Et rassure-toi : ma femme m'a quitté pour échapper à la saisie de nos biens, je ne serai plus le gendre de personne ! Je te souhaite une belle fin de vie.

D'une volte-face brutale, il sort en percutant Brenda qui, accourue avec une nouvelle seringue, s'est figée sur le seuil en entendant craquer le chocolatier.

— Pardon, bonne soirée, lui lance-t-il dans une espèce de sanglot étranglé.

Elle le retient, le scrute au fond des yeux avec une anxiété de médecin.

— Ça va?

— Très bien, dit-il en se dégageant, très digne. Ce n'est pas moi, l'urgence.

— Vous voulez qu'on vous dépose?

— C'est gentil, non merci, répond-il en se dirigeant vers l'escalier.

— Ma piqûre! beugle Pictone.

Brenda hésite une seconde, court rattraper Louis sur la première marche. La main sur son bras, elle lui chuchote:

— Ce n'est pas contre vous, mais, par rapport à son diabète, il faudrait vraiment qu'il arrête les chocolats.

Il la regarde comme si elle le retenait au-dessus du vide. Il a l'air bien plus troublé par les doigts sur sa manche que par la mise en garde. Il bredouille en s'efforçant de lui sourire, avec beaucoup de douceur dans la tristesse:

— Je vous rassure: il n'en mange plus, depuis que j'en fabrique.

Brenda soutient son regard, incline la tête de côté et murmure:

— Dommage.

Pas gênée de se contredire. Je suis sorti dans le couloir et je les observe. Il se passe quelque chose entre eux, c'est clair, et je ne sais pas comment je dois le prendre. Il y a du neuf dans les yeux de Brenda. Un mélange d'attendrissement et de provocation. Une expression que je ne lui ai jamais vue. Des sentiments que je n'ai pas l'âge de lui inspirer.

— Ça vient, oui ? s'impatiente le diabétique.

— Je vous laisse mes coordonnées, reprend-elle. Au cas où.

À lui de compléter la phrase. Au cas où votre papy referait une crise. Au cas où il vous resterait des chocolats à solder. Au cas où vous auriez envie de me revoir.

— Vous êtes top model ? s'étonne-t-il en relevant les yeux de la carte de visite.

— Faut bien manger.

Je les regarde s'empêtrer dans leur poignée de main, et je me sens bizarrement léger. Peut-être que la joie de vivre qui est revenue d'un coup dans le regard de Brenda, au contact de ce dépressif encore plus nerveux qu'elle, l'écartera du chemin qui mène au coma. Peut-être que l'intérêt de ces voyages dans les univers parallèles, ce n'est pas le résultat des actions que je mène, mais des émotions que je crée. En arrêtant de vouloir garder Brenda pour mon usage futur, en cessant de l'enfermer dans un amour impossible, je libère peut-être son destin.

— J'attends ! s'époumone Pictone.

Elle prend une longue inspiration en regardant Louis descendre les marches, puis revient dans la chambre au pas de charge.

— Ça vous ferait mal d'éprouver un sentiment ? balance-t-elle à Léo. Il vous ouvre son cœur, il vous appelle au secours, et pas un mot ! Pas un geste ! Aucune réaction ! Vous n'avez vraiment rien à lui répondre ?

L'autre la toise un instant, puis se retourne sur le ventre, déboutonne son pantalon et baisse son caleçon.

— La gauche, précise-t-il.

Brenda mord ses lèvres en me regardant. Je confirme d'une moue que la fibre familiale n'est pas la qualité dominante du diabétique. Elle lui pique la fesse avec autant de concentration que si elle jouait aux fléchettes.

— Aïe ! hurle Pictone. Pouvez pas faire gaffe, non ?

— Je ne suis pas votre femme. Allez porter plainte au Conseil de l'ordre, si ça peut vous détendre : je suis déjà radiée.

Elle retire l'aiguille, lui remonte son caleçon et me tend la main.

— Allez, je file, sinon le Troc va se liquéfier derrière son volant. Tiens-moi au courant, pour ton père.

Je la suis des yeux. Quoi qu'il arrive, j'ai noué un lien avec elle. Même si ce n'est qu'un rôle de trait d'union. J'ai reconstitué les conditions de notre rencontre, en mieux. Si j'arrive à faire libérer mon père et à apprivoiser Pictone, ce monde deviendra plus habitable, en tout état de cause, que celui où l'hôpital la débranchera vendredi pour faire des économies.

— Donne-moi un verre d'eau, petit...

Le vieux s'est redressé sur un coude, tourné vers moi. Son expression a changé. Il est calme, tout à coup. Trop calme. Je me demande ce qu'il mijote.

— Je suis un monstre, c'est ça ? me demande-t-il dans un soupir. C'est ce que tu penses, toi aussi. Mais les gens mous comme mon petit-fils, il faut qu'on les secoue, c'est la seule manière de les faire avancer... Non ?

Il prend le verre que je lui tends, le porte à ses lèvres, en renverse la moitié dans son cou, retombe sur le traversin avec un air épuisé.

— Bon, maintenant qu'on est seuls, toi et moi, dis-moi la vérité. Techniquement, comment j'ai fait ?

— Comment vous avez fait quoi ?

— Pour t'envoyer dans un monde parallèle.

Je le dévisage. Un grand poids me tombe du cœur.

— Vous me croyez, alors ?

— Raconte-moi, et je te dirai. J'ai fait l'andouille devant les autres parce que ça ne les regarde pas – de toute façon, ils n'ont jamais cru à mes travaux sur les univers multiples, et ils s'en foutent. Je t'écoute.

Je prends ma respiration, je m'assieds sur son lit, et je lui relate tout ce qui s'est passé entre nous, dans le Temps Zéro et dans le Temps 1. Je lui résume nos aventures, je lui décris ses réactions posthumes, je lui récite ses théories, ses découvertes. Les sourcils froncés, les rides agitées de spasmes nerveux, il écoute avec une attention croissante. À plusieurs reprises, il avale sa salive avec difficulté, comme si mon récit avait du mal à passer. Il se racle la gorge. Il tousse. Puis il m'interrompt :

— Rien de ce que tu me dis n'est une preuve scientifique.

— Et la solution pour détruire le Bouclier, vous l'aviez découverte de votre vivant, non ? Comment j'aurais pu l'inventer ?

Il m'attrape le bras et serre très fort, les larmes aux yeux.

— Et elle marche, cette solution ? Tu me garantis qu'elle marche ? Je ne crois plus en moi, Thomas, depuis tant d'années… Je fais semblant pour ne pas faire pitié, mais on m'a tout pris, tout volé… Même mon petit-fils ! Warren Bolchott l'a monté contre moi, tu es témoin ! C'est tellement facile de ne voir en moi qu'un vieux gâteux parano… Alors donne-moi une raison, je t'en supplie, *une* raison objective de te croire ! Prouve-moi que je ne suis pas fini, que mes théories sont vraies !

— Bien sûr qu'elles sont vraies ! Sinon Bolchott n'aurait pas mis le grappin sur votre femme pour les piquer…

Il se dresse d'un coup.

— Bolchott ! Edna est avec Bolchott ?

Je bats en retraite aussitôt, pour le rassurer :

— Non, non, pas encore. Après votre mort.

Il attrape soudain son bras gauche, puis se prend la poitrine à deux mains, se plie en deux. Je demande, inquiet :

— Ça ne va pas ?

Il tourne vers moi un regard effaré.

— Thomas… je… je ne peux plus respirer.

Il est tout blanc, le menton tremblant.

— J'ai… j'ai mal !

Je panique, tout à coup. J'appelle sa femme. Pas de réponse. Je me lève pour courir la chercher. Il me retient, de toute la force de ses doigts refermés sur mon poignet.

— Reste. C'est… c'est la fin, je le sens. J'ai déjà fait deux infarctus : c'est le bon, cette fois. Edna… avec Bolchott. Ce n'est pas possible ! Jure-moi… d'empêcher ça…

Bouleversé, je fixe son regard qui chavire. Je jure. Il sourit faiblement, cherche son souffle en roulant des yeux hagards.

— Il… est encore plus cardiaque que moi, Bolchott… C'est… c'est pas juste.

De ma main libre, je caresse sa tempe inondée de sueur.

Une force inconnue monte dans ma gorge. Un calme, une certitude que je n'ai jamais connus. Je dis :

— N'ayez pas peur. C'est rien, la mort... C'est rien qu'un déménagement.

J'attrape l'ours, le lui pose sur la poitrine.

— On a déjà vécu ça, Léo... Votre âme va juste quitter votre corps pour entrer dans la peluche. Et moi je serai là pour vous réceptionner. Je vous expliquerai le mode d'emploi, comme ça on gagnera du temps. Ça sera cool...

Il secoue la tête, le menton tremblant. Je poursuis, de plus en plus doux, retenant les larmes dans ma voix :

— Vous allez découvrir plein de choses dans le cosmos. Et puis fini le diabète, les piqûres, les rhumatismes... Fini les disputes avec Louis, la guerre avec Edna. Et Bolchott, je vous raconte pas comment on va lui pourrir la vie...

Il me fixe de son regard qui devient flou. Je ne sais pas si je pleure de sa détresse ou de la mienne. Plus j'essaie de lui adoucir ce moment, plus je me sens lourd. Ses lèvres remuent, se referment, se figent. Sa tête glisse de côté. Je retiens mon souffle, le temps d'être sûr qu'il a cessé de respirer.

Puis, soudain, je m'en veux terriblement. Je me jette sur lui, je lui cogne le cœur à deux mains. Je le masse dans un mouvement de pompe, comme on apprend en cours de secourisme. J'essaie même le bouche-à-bouche. Peine perdue. Je m'arrête, hors d'haleine.

Je l'ai tué. À quoi rime de m'être donné autant de mal pour l'épargner avec mon cerf-volant, si c'était pour le faire mourir par une simple phrase ? Je suis nul. Je suis maudit. Ou alors… Ou alors c'était la seule solution pour que j'arrive à mes fins.

Je contemple l'ours qui est tombé sur la descente de lit. Je le ramasse, le glisse entre les doigts raidis du savant, et je les laisse en tête à tête, pour que le transfert s'opère.

À pas lents, je redescends l'escalier. La voix d'Edna s'échappe de la cuisine. Elle téléphone à la compagnie d'assurance vie, accuse le personnel, exige réparation. Je toque doucement à la porte. Elle me fait signe de me barrer. J'insiste, par un geste pas vraiment classe mais explicite : mon pouce qui trace une ligne horizontale devant ma gorge.

— Tu vois bien que je suis occupée, non ? Va jouer.

Et elle me tourne le dos. Je veux bien respecter sa douleur, mais il faudrait d'abord que je lui en fasse part. On sonne à la porte.

— Je vous répète que c'est de l'abus de faiblesse ! écume-t-elle au téléphone. Il n'a plus toute sa tête, vous l'avez quand même remarqué ! Jamais vous n'auriez dû liquider son contrat d'assurance sans m'en avertir ! Comment ça, « c'était une surprise » ? Ne quittez pas.

Elle me bouscule pour aller ouvrir la porte. Deux types en combinaison turquoise et mallette noire lui tendent une carte plastifiée.

— Bonsoir, madame, Unité mobile de Dépuçage, condoléances.

— Vous faites erreur, dit-elle en refermant la porte. C'est le 114, ici.

Un pied se glisse entre le battant et le chambranle.

— Absolument, confirme le deuxième type. Pictone Léonard, 114, avenue du Président-Narkos-III. Sa puce vient d'émettre le signal de décès. Désolé que vous l'appreniez comme ça.

Il lui tend une tablette où palpite un voyant rouge sur un plan du quartier. En haut de l'écran à droite, Pictone fait la gueule avec vingt ans de moins sur une photo surmontée de son état civil.

— On patrouillait sur le front de mer, achève-t-il sur un ton de compassion.

Edna ouvre la bouche, lâche son téléphone, lève une main et s'affaisse, évanouie. Avant que j'aie pu réagir, les deux types l'enjambent.

— Où est le défunt? me demande celui qui porte la mallette.

Je leur désigne le jardin de derrière. Dès qu'ils sont sortis, je me rue dans l'escalier, fonce jusqu'à la chambre où je m'enferme. Je bondis vers le lit, j'arrache l'ours aux mains du cadavre et je le secoue.

— Ça y est, vous êtes dedans?

Je tends l'oreille, scrute le regard en plastique, malaxe le ventre en mousse. Aucune réaction. Le téléchargement doit être en cours. Je me retourne vers Pictone, angoissé.

— Vite! Dépêchez-vous, Léo... S'ils vous prennent votre puce avant que vous soyez passé dans l'ours, c'est foutu...

Les mots se coincent dans ma gorge. Sur le traversin à côté de son crâne, l'oreillette du MP5 émet en sourdine sa fréquence brouilleuse. J'ai dû la faire tomber en essayant de le réanimer. C'est à cause de moi que les récupérateurs d'énergie ont pu capter le signal d'alerte émis par la puce, quand l'alimentation du cerveau a cessé.

— T'as de la chance d'être mineur! gueule l'employé turquoise en défonçant la porte.

— Tentative d'obstruction au recyclage des puces, c'est vingt ans de prison, me rappelle son collègue.

Il pose sa mallette sur le lit, en sort une foreuse. Avec une précision routinière, il l'appuie sur le crâne de Léo, perce, enfonce, aspire. Fschtt, blop, gling! La puce heurte les parois de la capsule en verre.

— Condoléances quand même, me glisse-t-il en refermant sa mallette.

Et ils s'éclipsent. Figé au milieu de la chambre, j'attends le bruit de leur camionnette qui redémarre. Sans y croire, je monte l'ours à hauteur de mon visage.

— Léo… vous êtes là?

Le museau en peluche demeure inexpressif. Que faire, à présent, sans son aide? Ce monde parallèle n'est plus qu'une voie de garage. L'ours au bout du bras, je redescends dans le vestibule. La veuve gît toujours évanouie au centre du tapis, à côté de son téléphone où l'assureur s'impatiente. Je n'ai pas le courage de gérer la situation. Et puis ça ne sert plus à rien.

Je pose l'ours sur le cœur de la vieille dame. Et je repars dans le jour qui décline, après avoir prévenu les voisins.

## 23

La tempête a faibli, mais les rues sont toujours désertes. Je marche sur le front de mer en direction de la station de métro. Au passage, je m'arrête devant le saule du casino et lui prélève le morceau d'écorce nécessaire à mon retour. Voilà. Il ne me reste plus qu'à regagner la maison et déboucher mon stylo. En espérant que je n'ai pas abusé de mon temps de présence. Je n'ose imaginer ce que serait ma vie dans ce monde sans Pictone mort ou vif, si jamais l'ouverture temporelle s'était refermée.

Il faudrait que je coure jusqu'au métro, mais je suis totalement épuisé. À deux doigts de renoncer, de me résigner à mon sort. Après tout, je suis peut-être destiné à vivre une vie *normale*. Ici, dans cette réalité artificiellement recréée qui est devenue plus vraie que nature. Une vie où le souvenir de mes exploits, de mes aventures de super-héros à mi-temps finira par s'estomper, comme un rêve inaccessible. Une vie où je resterai gros, où je redeviendrai un raté. Une bouche inutile dans un monde foutu. Une vie sans avenir, mais tranquille.

Tranquille... Que devient mon père, pendant ce

temps, dans sa prison ? Si son arrestation est liée à moi, la police n'a plus de raison de le garder, maintenant que Pictone est mort pour de bon. C'est le seul point positif, avec Brenda que je ne risque plus de mettre en danger.

Je me planque soudain derrière le tronc du saule. À cent mètres de moi, sur la plage, elle marche avec Louis. Ils ont dû virer le Troc et son coupé sport. Ils se racontent leur vie. Ils font des gestes. Ils refont le monde. Quand ils se touchent en parlant avec les mains, ils prennent des distances aussitôt, et puis se rapprochent au fil des pas. J'entends des bribes entre les rafales de vent :

— Non seulement les mecs ont toujours vécu à mes crochets, mais en plus ils me reprochaient de se sentir dépendants…

— Et moi ! Ce vieux radin refuse de me prêter le moindre centime, et c'est moi qui passe pour un rapace !

— Pardon, mais c'est mieux que de passer pour une conne.

— Sans me vanter, je cumule les deux.

— Vous savez parler aux femmes…

Je ne vais pas les déranger avec la mort de Pictone. Ça peut attendre. Le début d'une histoire d'amour, on va dire que c'est prioritaire. Même si ça me flanque une tristesse pas possible, je suis tellement confiant dans l'avenir de Brenda avec ce type que, bon, j'en serais presque heureux pour deux. Sauf que là, je me sens vraiment en exil. En trop. Plus rien à faire dans ce monde. Au moins, dans le Temps 1, j'avais un enjeu : sauver Kerry des griffes de Nox…

Les doigts serrés sur le morceau d'écorce dans ma poche, je me mets à courir vers la station de métro.

La maison est vide, le désordre intact. Je referme la porte, allume toutes les pièces pour faire plus gai. Le parfum de réglisse et de cannelle est toujours là, encore plus dense que tout à l'heure. On dirait qu'il provient du bureau de mon père. J'entre dans l'ancien placard qu'il partage avec l'aspirateur. Nez aux aguets, j'examine le réduit. Son ordinateur et ses dossiers ont disparu. Il ne reste que les copies qu'il était en train de corriger dans son vieux rocking-chair. L'une d'elles est posée à l'écart. En haut de la page calligraphiée à l'encre violette, il a inscrit de sa vilaine écriture en dents de scie :

*18/20. Excellente compréhension du texte et des intentions de l'auteur. Mais ne relâchez pas votre style quand vous devenez lyrique : la froideur précise convient mieux à la lucidité de votre analyse.*

Mon cœur se serre tandis que je déchiffre à voix haute. Je ne dirais pas que je suis jaloux, mais j'aurais bien aimé, moi aussi, provoquer chez mon père ce mélange d'admiration et de sévérité. Je n'ai jamais ressenti chez lui que de l'indulgence, du parti pris. Il s'efforce d'oublier que je suis nul au collège, et il m'aime comme je suis. Peut-être que s'il m'avait demandé l'impossible, je serais devenu digne d'être aimé. Moi aussi, je suis lucide.

La copie est datée de la veille. Mes yeux se posent machinalement sur le nom de l'élève. Et je reste abasourdi. Ce n'est pas possible ! Il n'y a pas d'indication de classe. Juste le parfum de plus en plus en présent.

— Thomas…

Mes doigts se figent sur la feuille. J'ai entendu mon

prénom dans un souffle, comme si l'écriture violette m'appelait. Une voix faible, enrouée, qui répète les deux syllabes avec insistance.

Je fais un bond de côté, soulève le tapis. Je glisse les doigts entre deux lames de pin vermoulu et j'ouvre la trappe dissimulée dans le parquet. La lampe s'allume tandis que je descends l'échelle. Le doigt sur l'interrupteur, assise par terre dans la planque de mon père au milieu des rayons de livres interdits, Kerry me regarde approcher.

— Thomas, répète-t-elle de sa voix déraillante.

Les questions se bousculent dans ma tête. Elle sait qui je suis ? Elle n'est plus muette ? Comment est-elle arrivée ici ? Les genoux serrés contre sa poitrine, elle me fixe avec un mélange de crainte et d'espoir.

— Je suis Kerry, une élève de ton père.

Je n'en reviens pas. Comment un petit prof sous-évalué dans un collège poubelle aurait-il comme élève Miss États-Uniques junior ? Il lui donne des cours particuliers ? Mais pourquoi me l'a-t-il caché ? On se disait tout, à l'époque.

— Qu'est-ce que tu fais là ?

J'ai parlé avec une brusquerie que je me reproche aussitôt. Les mâchoires tremblantes, elle soutient un instant mon regard, puis elle appuie le front sur ses genoux, le corps secoué de frissons. Désemparé, je m'assieds près d'elle, le nez empli de son parfum. Sans relever la tête, elle articule lentement de sa voix mal assurée qui peine sur les voyelles :

— M. Drimm m'a dit… que je pouvais compter sur lui… en cas de problème…

J'attends qu'elle poursuive. Au bout d'un moment, je demande :

— Et c'est quoi, le problème ?

— Mon beau-père.

Je suis complètement déstabilisé par cette manière de parler. Ce timbre fissuré qui va si mal avec son physique sublime. On dirait une voix de vieille, mais toute neuve. En rodage.

— Ton beau-père ?

— Il est mort.

Le dernier mot s'est brisé. Je laisse passer quelques instants, puis je pose la main sur son bras pour lui dire que c'est triste. Elle sursaute comme si je l'avais brûlée.

— Au contraire ! Mais c'est l'horreur.

J'essaie de trier les informations. Il y a sur son visage en état de choc autant d'exaltation que de panique.

— Qu'est-ce qui s'est passé, Kerry ?

— Il a essayé de me violer, je me suis débattue, il m'a poursuivie avec le couteau à pain, et il s'est embroché en tombant.

Elle s'interrompt pour calmer sa respiration, se racle la gorge et me raconte la suite, plus lentement, de sa voix qui prend de l'assurance au fil des phrases. En le voyant immobile, le regard fixe, elle s'est entendue crier. Pour la première fois depuis des années. Elle a retrouvé l'usage de la parole, enfin. Parce que dès son plus jeune âge, quand il venait la voir dans sa chambre, la nuit, il lui répétait : «Tu ne diras jamais rien à personne. » Elle avait trop honte de ce qu'il lui faisait. Et quand elle avait essayé d'en parler, sa mère l'avait traitée de menteuse. Le silence s'était refermé sur son secret. Il avait bloqué les mots dans sa gorge comme une rivière qui gèle.

Je l'écoute, aussi atterré par les horreurs qu'elle me raconte que par son ton détaché, comme si elle parlait d'une autre. Je n'en reviens pas qu'elle soit aussi naturelle avec moi, aussi en confiance. C'est comme si on poursuivait, en version sonore, notre échange de la dernière fois dans le fourgon de police. Mais c'est impossible qu'elle m'ait reconnu. C'est impossible qu'elle se souvienne de cet autre passé que j'ai créé. Le principe des univers parallèles, c'est d'être parallèles, justement, a dit Pictone. De ne jamais se croiser.

Je demande, le plus neutre possible :

— D'où tu me connais, Kerry ?

Elle pousse un long soupir, se plonge dans l'observation de ses baskets au lieu de répondre. Soudain l'image de mon père embarqué par les flics me revient de plein fouet.

— Tu es là depuis longtemps ?

— J'sais pas. J'ai sauté dans le métro : six stations. M. Drimm a juste eu le temps de me planquer dans cette cave en me disant de ne pas bouger. Et puis la police est venue l'arrêter, j'ai pas compris pourquoi. Tu as des nouvelles ?

Je secoue la tête. Je déglutis avec peine, et je formule la question que je lis dans ses yeux :

— Qu'est-ce qu'on va faire ?

Elle soutient mon regard.

— Je vais pas rester là, sois tranquille. Je veux pas lui faire d'ennuis. Mais… il fallait que je te parle, Thomas.

Je ressens un truc bizarre avec toi. Comme si j'avais pas le droit de…

Sa phrase se coince.

— De quoi ?

— De faire comme si tout ça… Laisse tomber.

Je n'insiste pas. J'ai déjà du mal à comprendre les femmes ; c'est encore pire avec les filles de mon âge. Elle fait claquer sa langue, le front à nouveau appuyé contre ses genoux. Puis elle répète ma question de tout à l'heure, comme pour effacer ce qui précède :

— D'où je te connais ?

Elle me fixe au fond des yeux, semble hésiter un instant, puis elle dit :

— Ton père me parle souvent de toi, quand il me donne des cours. Il m'a montré des photos.

Je sonde son regard. Je dis :

— Et… c'est tout ?

— Oui, c'est tout. Pourquoi ?

Je sens qu'elle est sincère et qu'elle ment à la fois. Elle me cache des choses, comme si brusquement elle se méfiait de mes réactions. Elle est sur la défensive. Pire que ça. Dans ses yeux, une espèce de rancune a succédé à la confiance. Je commence à avoir des doutes, moi aussi. Je lance :

— Depuis quand vous vous connaissez ?

— Un an, à peu près.

J'essaie de maîtriser l'agressivité qui monte en moi.

— Et pourquoi il te donne des cours particuliers ?

Elle me toise, puis se détourne avec un soupir.

— J'ai pas l'impression que tu m'aies reconnue, toi…

Je suis Miss États-Uniques junior. C'est important, la

culture générale, précise-t-elle sur un ton dérisoire. Pour
la suite de ma carrière. Mon beau-père a dit à M. Drimm :
« Je veux qu'elle soit la première en tout. »

— C'est ton beau-père qui l'a engagé comme prof ?

Elle a un geste d'impatience.

— Évidemment !

Elle me l'a balancé au visage comme si j'y étais pour
quelque chose. Elle ajoute :

— Ça t'étonne ?

— Pourquoi ?

Elle serre les bras autour de ses épaules, soupire d'un
ton plus calme :

— Jamais il n'a été aussi violent. C'est à cause de toi.

J'ai un sursaut. Je ne comprends plus rien, là.

— À cause de moi ?

— Il est venu me chercher au Luna Park beaucoup
plus tôt que prévu et complètement frustré, parce que tu
les avais interrompus.

Je fronce les sourcils en la dévisageant. C'est de plus
en plus incohérent, ce qu'elle raconte. L'état de choc. Je
demande sans la brusquer :

— Interrompus… ? J'ai interrompu qui ?

— Lui et ta mère dans son bureau du casino, d'après
ce que j'ai compris. Du coup, il m'a ramenée à la maison,
et il s'est jeté sur moi pour se passer les nerfs, voilà. J'étais
bien obligée de me défendre.

Je sens un courant glacé descendre le long de ma
nuque.

— Tu veux dire que ton beau-père, c'est… c'est
Anthony Burle ?

Elle hoche la tête, le regard dans le vide. OK. Je comprends mieux la situation. Engager le mari de sa maîtresse pour donner des cours particuliers à sa belle-fille, c'est bien le genre de ce pervers.

Je laisse aller ma tête contre le mur avec un soupir de découragement. Quoi que je fasse dans ces mondes parallèles, décidément, ça déclenche un drame. J'abats mon poing en grinçant entre mes dents :

— Mais jamais ça s'arrêtera !

Je sens la main de Kerry se poser tout près de mon poing. Je rouvre les yeux. Elle me détaille avec anxiété. Elle se méprend sur ma réaction, évidemment. Elle regrette de s'être confiée à moi, vu l'effet que ça me fait. Comment lui expliquer qu'on n'est pas dans la vraie vie ? C'est faux, d'ailleurs. Pour elle, *c'est* la vraie vie. Elle n'en connaît pas d'autre. Je cherche un moyen d'atténuer ce qu'elle a subi, sans trop le minimiser non plus.

— Thomas, il faut que je te dise quelque chose. Ça va te paraître assez dingue, mais… Voilà : on n'est pas dans la vraie vie.

J'en reste sans voix. Exactement les mots que j'ai failli prononcer. Je la fixe et j'ai l'impression de me regarder dans un miroir, en fille. La tête dans les épaules, le menton rentré, les sourcils en mouvement. Tout à fait la mimique que j'aurais eue en lui disant cette phrase. Pour en avoir le cœur net, je lance :

— Et c'est quoi, si c'est pas la vraie vie ?

Elle pousse un long soupir, aspire ses lèvres, puis reprend :

— Un univers parallèle. Un monde virtuel où je me suis échappée.

J'ouvre la bouche, sidéré. Elle devance ma réaction :

— Mais si, c'est possible! Je vais essayer de t'expliquer, d'accord?

Ravalant mes propres explications, j'acquiesce d'un signe de tête. Et, avec un émerveillement croissant, je l'écoute s'empêtrer dans son récit:

— La mort de Burle, ça se passera dans un mois, en réalité, la première fois. Alors, pour empêcher que ça m'arrive, je suis revenue en arrière, aujourd'hui. Tu me suis?

Je hoche la tête. Mieux que ça: je la précède. Le cœur à cent à l'heure, je demande:

— Et pourquoi aujourd'hui?

Elle écarte les mains.

— C'est le jour où j'aurais pu arrêter ce cauchemar, si j'avais pris la bonne décision. Dénoncer Burle aux flics en me fichant du mal que ça ferait à ma mère.

— D'accord! dis-je dans un élan d'enthousiasme, en claquant la main dans sa paume.

Elle fronce les sourcils avec un mouvement de recul.

— Tu me crois, ou tu fais semblant?

— Évidemment je te crois!

— Pourquoi?

— Continue.

— T'es sûr que tu te fous pas de ma gueule?

— Sûr. Qui t'a parlé des univers parallèles, Kerry?

— Attends. Laisse-moi raconter dans l'ordre. Quand l'aut' salaud s'est embroché sur le couteau la première fois, dans un mois, je suis restée complètement scotchée, à regarder son cadavre. Et puis tout à coup, j'ai entendu une voix dans ma tête. *Sa* voix. Son fantôme, j'sais pas, son âme… Il m'a dit de prendre mon stylo et d'imiter son écriture.

Elle se tait un instant, pour me laisser le temps de digérer les derniers mots. Je lui fais signe que c'est bon.

— Il m'a dicté une lettre d'adieu, reprend-elle : « Je ne supporte pas l'humiliation d'avoir été dégradé à l'échelon F. Je demande pardon à ceux que j'aime. »

J'en reste bouche bée. Ce n'est quand même pas à cause de son déclassement qu'il s'est jeté sur Kerry ! Ce n'est quand même pas ma faute, une fois de plus !

— Il voulait qu'on croie à un suicide, précise-t-elle devant mon air sonné. Il ne voulait pas qu'on m'accuse de l'avoir tué. Le remords, quoi… Il voulait me protéger.

— Il voulait protéger sa mémoire, ouais ! Il préférait passer pour un désespéré plutôt que pour un violeur pédophile.

— Tu crois ? murmure-t-elle, dépitée.

Je suis désolé de lui enlever sa seule consolation, mais je connais la psychologie des morts. Je m'empresse de relancer :

— Et après ?

— Après, les Dépuceurs ont sonné à la porte avec leur matos, ils ont appelé la police. Moi j'ai prévenu ma mère à son travail, et puis…

Elle laisse sa phrase en suspens. Je la termine :

— Et puis tu es venue te planquer ici.

— Non. Ça, c'est une variante d'aujourd'hui.

Le mot me fait tiquer.

— Une variante ?

Elle prend sa respiration en me fixant d'un air anxieux.

— C'est pas simple, ce que j'essaie de te faire comprendre, Thomas. Oui, j'ai écrit une variante. J'en ai écrit plein. Avec ça.

Je n'en crois pas mes yeux. Elle vient de sortir de sa poche un chronographe identique au mien – sauf que les excroissances du capuchon forment un K et un L.

— Tu vois, ça : mes initiales… Pendant que j'écrivais la fausse lettre de suicide, juste avant l'arrivée des Dépuceurs, elles ont poussé comme des bourgeons sur une branche. D'un coup, en accéléré. Alors la voix de Burle s'est remise à parler dans ma tête. Il m'a dit…

Elle déglutit, pose la main sur mon bras pour me préparer à la révélation. Je poursuis à sa place :

— « Chacun de nos choix, chacun de nos actes crée d'autres futurs possibles, que nous pouvons ouvrir et développer. Le tout est de trouver le carrefour important de notre existence… »

C'est à son tour de me regarder avec une stupeur totale. Puis elle achève de sa voix enrouée :

— « … afin d'y retourner et de changer d'embranchement au bon endroit. » Comment… comment tu sais ce qu'il m'a dit ?

Je me lève, lui désigne l'échelle. On remonte dans le bureau, et je l'emmène jusqu'à la chambre de ma mère. À genoux sur la carpette, je tire de sous son lit le carton des souvenirs d'enfance.

— Je le crois pas, murmure-t-elle en découvrant mon stylo. C'est le même ! Le même, avec tes initiales ! Mais qui te l'a donné ?

— Mon père. Et toi ?

— Pareil.

Je fronce les sourcils.

— Tu veux dire : ton père ?

— Non, le tien.

Je me relève d'un bond.

— Le mien, je l'ai jamais connu, dit-elle sur un ton d'excuse. Il est mort juste avant que je vienne au monde.

Je hoche la tête, incapable de formuler un commentaire. Et on se regarde, les bras ballants, avec nos deux cadeaux similaires. Je n'en reviens pas de vivre la même situation qu'elle, de me retrouver sur un pied d'égalité avec la plus belle fille du monde. Et, en même temps, j'ai l'impression qu'on est complètement manipulés. Trahis dans ce qu'on a de plus cher. Quel sens donner au geste de mon père ? J'arrive à prendre une voix dégagée pour demander :

— Tu l'as depuis quand, ce stylo ?

— Depuis ma naissance.

Le monde s'effondre sous mes pieds.

— Attends… Tu me dis que tu as rencontré mon père y a un an.

— Oui. C'était un cadeau de ma marraine, je ne m'en étais jamais servie. Moi, les trucs de vieux… Ton père est tombé dessus, la première fois qu'il est venu me donner un cours. Ça lui a fait un effet dingue. Il m'a dit que c'était un hasard incroyable, mais qu'en réalité il n'y a pas de hasard. Il a voulu que j'utilise ce stylo pour faire mes devoirs, parce que c'était un signe extraordinaire – sans m'en dire plus. Je comprends sa réaction, maintenant.

Moi aussi. S'il ne m'a jamais parlé de Kerry, c'était pour éviter de me rendre jaloux. Il s'était trouvé l'élève rêvée, l'enfant idéale. Je n'en avais rien fait, moi, du stylo qu'il m'avait offert – et ça valait mieux, vu la nullité de mes copies. Je l'avais même totalement oublié, avant que Pictone le transforme en machine à remonter le temps.

Mais était-ce vraiment l'œuvre de Pictone ? A-t-il causé ce prodige avec ses doigts d'ours, ou a-t-il simplement capté l'information ? Les phrases qu'il m'a dites pour activer le chronographe, Kerry les a entendues mot pour mot, relayées par la voix d'Anthony Burle. Comme si les deux stylos se servaient des morts pour transmettre leur mode d'emploi.

— À quoi tu penses, Thomas ?

— À nos chronographes.

— Tu appelles ça comme ça ?

— Toi non ?

On se regarde, désarçonnés par cette première différence. C'est fou comme on s'habitue vite aux situations les plus impossibles. J'enchaîne :

— En grec ancien, ça veut dire...

— « Écrire le temps ».

Je baisse les yeux. C'est vrai qu'on a le même prof. Mais je n'ai pas dû retenir le centième de ce que lui a appris mon père.

— On est quoi, Thomas ? On est des aliens, des mutants ? Pourquoi ça nous est tombé dessus, cette histoire d'univers parallèles ? Et ton père, qu'est-ce qu'il fait entre nous, c'est quoi son rôle ?

Je calme le jeu. Il faut prendre les problèmes l'un après l'autre. Je lui raconte dans quelles circonstances j'ai découvert, de mon côté, les pouvoirs du stylo. Je lui raconte comment j'ai tué le vieux savant sur la plage, et tous mes efforts sans succès depuis, pour qu'il survive à notre rencontre.

Elle pousse le même soupir que moi.

— Bienvenue au club. Moi, mon beau-père, ça fait trois fois que je le tue.

Je compatis. Elle enchaîne :

— Le carrefour où on revient toi et moi, donc, c'est le même jour. C'est ce dimanche 30 juin.

Je confirme. À ce stade, il ne s'agit plus d'une coïncidence, mais d'un miracle ou d'un complot. Avec nos voix qui se chevauchent, on reconstitue la version initiale de cette journée qui a fait basculer nos destins. Pendant que mon cerf-volant zigouillait Pictone, son beau-père la déposait au Luna Park, à trois cents mètres du casino, puis il allait rendre visite à ma mère. Et, tandis que j'envoyais au fond de l'océan le cadavre du physicien, Kerry taguait une patrouille d'antimineurs pour se faire arrêter. Le moyen le plus simple qu'elle avait trouvé pour être emmenée chez les flics, afin de dénoncer les attouchements de son beau-père. Mais elle avait renoncé, elle avait retiré sa plainte. Et il s'était tenu à carreau pendant un mois, jusqu'à la tentative de viol où il s'était embroché sur le couteau à pain.

— Mais pourquoi tu as retiré ta plainte ?

Elle soulève les épaules, les laisse retomber d'un air fataliste.

— J'y peux rien, Thomas. Les flics ont appelé ma mère, qui est venue me chercher… Avec Burle. Devant elle, j'ai pas pu… J'ai pas pu soutenir son regard. Elle est tellement incapable d'imaginer comment il me traite quand elle n'est pas là. J'ai laissé croire que j'avais menti. Que je m'étais inventé des circonstances atténuantes pour avoir tagué les flics.

— C'est nul !

— Je sais. Mais ça la tuerait, ma mère, de regarder la vérité en face. Quand Burle, devant elle, m'a pardonné avec un bon sourire en disant que c'était rien, juste une petite crise d'adolescence, tu aurais vu comme elle était heureuse… Tout cet amour dans ses yeux, toute cette admiration pour lui… Qu'est-ce que tu aurais fait, à ma place ? Burle était arrivé dans sa vie comme un sauveur, il m'avait élevée comme sa fille, il avait fait de nous une vraie famille… Elle m'a dit : « Que ça te serve de leçon ! »

Je laisse passer un silence, la gorge nouée. Puis je réattaque avec un sourire conciliant :

— Mais quand tu refais cette journée avec le chronographe, tu maintiens ta plainte pour qu'on le mette en prison.

— Oui. Sauf que je tombe sur un mec qui fout mon plan par terre.

J'avale ma salive. Je suppose que c'est moi, le mec en question. L'instant d'après, je mesure la portée de la phrase. J'articule, sur la pointe de la voix :

— Tu veux dire que… tu te rappelles quand on s'est rencontrés, dans le fourgon de police ?

— Bien sûr. Mais jamais j'aurais cru que toi, tu t'en souviendrais.

Je maîtrise l'émotion comme je peux. Ce qu'on vient de découvrir change toute la donne. Le plus neutre possible, je lui demande ce qui lui est arrivé, lorsqu'on nous a séparés sur l'esplanade de la Colline Bleue. En quoi ai-je « foutu son plan par terre » ?

— J'ai déposé ma plainte, et je l'ai maintenue quand ma mère est arrivée avec Burle. Alors elle leur a raconté que le Comité des Miss me mettait une telle pression que j'avais pété un câble, mais qu'ils devaient passer l'éponge parce que, dans six semaines, je patronnerais l'Empuçage de la Saint-Oswald aux côtés du Président, et qu'il fallait éviter tout scandale. Moi, pour empêcher qu'ils me relâchent, j'ai menacé de tuer Burle dès qu'on serait dehors. Et j'ai balancé des appels à la révolution. Les flics ont répondu que, de toute façon, ils avaient reçu des ordres : un de mes fans, arrêté en même temps que moi, avait accepté de leur servir d'indic à condition qu'ils me libèrent. Ils m'ont libérée.

Je n'en reviens pas. Ils l'ont libérée grâce à moi. Le soulagement me donne des ailes. Tous mes remords s'envolent. Je balbutie :

— Je suis tellement content pour toi…

— Y a pas de quoi. Dès que maman nous a déposés à la maison pour retourner à son travail, Burle a arrêté de jouer le beau-papa compréhensif. Il m'a tabassée à cause de ma plainte, avec un rapport d'expertise plié en deux, pour que ça ne laisse pas de marques. Ça l'a excité comme jamais, et il a fini embroché sur le couteau à pain avec un mois d'avance.

Je serre les poings pour contenir ma rage, tellement je m'identifie, tellement ces catastrophes anticipées correspondent à celles que je déclenche de mon côté.

— Je suis désolé, Kerry… Qu'est-ce que tu as fait, alors ?

— J'ai repris mon chronographe, comme tu dis, pour me tirer de ce monde à la con. J'ai essayé celui-ci, et tu as vu le résultat.

Je m'assieds sur le lit. Elle se pose à côté de moi. On

a besoin d'un break, d'un peu de recul pour analyser ce qui nous arrive, comprendre pourquoi nos destins sont à ce point enchevêtrés, dans toutes ces variantes qu'on rate.

— Kerry… tu l'as tué quand, exactement, dans le monde réel ?

— Je ne l'ai pas *tué*, corrige-t-elle, butée. C'est un accident maquillé en suicide. Point barre.

— D'accord, mais c'était quel jour ?

— Mercredi 7 août.

— À quelle heure ?

Elle a un geste vague.

— Le matin.

— On n'est pas partis dans le passé en même temps, alors ?

Elle fronce les sourcils, étonnée par l'éclat de joie dans ma voix. Je précise :

— Moi, c'est mardi 6 dans la nuit. Attends, ça peut tout changer !

Elle se mord les lèvres, attrape brusquement mon poignet.

— Qu'est-ce que tu veux dire ?

— Je reviendrai au présent *avant* la mort de Burle. Et je pourrai l'empêcher.

— Empêcher quoi ?

— Sa mort.

Elle me fixe dans un mélange d'espoir et d'incrédulité.

— Comment ça ?

— J'ai un moyen imparable, avec ma mère. Fais-moi confiance.

Son sourire l'illumine et se résorbe presque aussitôt.

— Attends, Thomas… Si Burle reste vivant, il ne

m'expliquera pas le fonctionnement du chronographe. Donc, je ne partirai pas dans le passé. Et on ne se rencontrera pas.

— On se rencontrera lundi 12, à l'Empuçage. Moi aussi, je suis de la promotion de la Saint-Oswald.

— Mais je ne te reconnaîtrai pas!

— Et alors? On fera connaissance.

Bouche ouverte, elle me fixe de son regard qui s'embue. Et elle me serre brusquement contre elle.

C'est là qu'on a entendu la voiture.

## 24

Bruit dans la serrure. Kerry se planque aussitôt sous le lit.

— Thomas ! crie ma mère.

Je cours au-devant d'elle.

— Tu as des nouvelles, pour papa ?

Elle se laisse tomber sur une chaise, le visage défait. Elle contemple sans réaction le désordre du salon, le contenu des tiroirs éparpillé sur le sol. Elle dit d'une voix vide :

— Il n'est pas accusé d'alcoolisme.

— Génial !

— Il est accusé de meurtre.

En m'efforçant de garder mon sang-froid, je balbutie :

— Le meurtre de qui ?

Elle articule lentement, en fixant le papier peint :

— D'Anthony Burle. On l'a trouvé poignardé chez lui, avec une fausse lettre de suicide et des traces de bagarre. Ton père donnait des cours particuliers à sa belle-fille. La police pense qu'Anthony l'a surpris alors qu'il tentait de la violer. La petite a disparu.

J'encaisse le choc, pétrifié. Avant que j'aie trouvé

que répondre à ce tissu d'énormités, Kerry jaillit de la chambre.

— Mais c'est complètement faux! M. Drimm n'y est pour rien, il n'était même pas là! C'est Burle qui voulait me violer, je me suis défendue, c'est comme ça qu'il est mort!

Ma mère la fixe avec un regard halluciné. Soudain son visage s'illumine. Elle bondit sur son portable avant que j'aie le temps de réagir.

— Lieutenant Federsen! beugle-t-elle. C'est Nicole Drimm, mon mari est innocent!

Federsen? Mon agresseur de chez Brenda. Mon officier traitant du Temps 1. L'homme de confiance de Jack Hermak.

— Raccroche, maman!

Je lui saisis le bras. Elle me repousse violemment, achève dans un cri:

— L'assassin d'Anthony Burle, c'est sa belle-fille, elle vient d'avouer, elle est chez nous, là, devant moi, venez vite!

J'échange un regard désespéré avec Kerry. C'est moins du désespoir que de la résignation, d'ailleurs. En tout cas, on pense la même chose. J'attrape brusquement ma mère, je lui arrache son téléphone, je l'engouffre dans le placard où je la boucle à double tour.

— Thomas, qu'est-ce qui te prend, tu es fou? Ouvre-moi!

J'éteins le portable et j'empoche la clé. Je prends la main de Kerry, je l'entraîne vers l'escalier. On grimpe les marches, on s'enferme dans ma chambre pour s'isoler des cris et, d'un commun accord, on sort nos stylos. Je demande :

— C'est quoi, ta formule de retour ?

— J'en ai pas. J'écris l'adresse et la date, ça suffit.

Mes doigts s'immobilisent sur le capuchon. Évidemment, c'est plus simple. Elle s'installe sur ma chaise, devant la planche à tréteaux qui tient lieu de bureau. Elle cherche du papier, trouve dans mon livre de maths « La femme-fenêtre », un poème à deux vers que m'a inspiré Brenda fin mai. Elle retourne la feuille, pose sa plume.

— Et toi, comment tu fais pour revenir ? demande-t-elle.

— J'ai ça, pour l'aller-retour.

Je prends le bout d'écorce dans ma poche, m'assieds d'une fesse sur l'espace qu'elle me laisse. Une tache rouge s'étend sous la pointe de sa plume. Elle croise mon regard, devance ma question :

— C'est quoi, ton encre ?

— La sève du saule près duquel j'ai tué Pictone. Et toi ?

Elle pince les lèvres, détourne les yeux. Je suppose que c'est le sang de son beau-père.

— C'est lui qui m'a dit de m'en servir, réplique-t-elle, comme si mon silence était un reproche.

Sur un ton conciliant, je banalise : moi aussi, j'ai écrit mes premiers mots avec le sang de cette ordure de lieutenant Federsen. Y aurait-il un lien entre la pollution sanguine de nos stylos et la malédiction qui frappe nos univers parallèles ? On n'a pas le temps de se prendre la tête avec ça. Elle ferme les paupières, se concentre, écrit d'une traite son adresse, son jour et son heure de départ. Je redescends sur l'écorce, enfonce ma plume dans l'aubier. Une sirène de police retentit. Kerry crispe les doigts.

— Ça ne marche pas! s'affole-t-elle.

— Calme-toi. Faut rester zen pour se téléporter. Faut faire le vide, effacer ce qu'il y a autour…

— T'es marrant, toi! Si les flics me chopent et qu'ils m'enferment sans stylo, je fais quoi, moi, je fais quoi?

— Kerry! C'est cool, j'suis là…

— Dis-moi ce qu'il faut écrire, Thomas! supplie-t-elle. J'ai trop la pression: ça suffit pas, mon adresse…

Je réfléchis. La sirène se rapproche.

— J'écris quoi? hurle-t-elle.

Je la calme d'une pression sur sa main gauche et je lui personnalise ma propre formule:

— Ramène-moi d'où je viens, Sang d'Anthony Burle qui m'as aidée à partir. Je suis en train d'écrire ces mots chez moi…

L'œil sur son adresse rouge sang, je continue à dicter d'une voix égale:

— … 11, place Constance, tour Victoire, entrée D…

Les doigts de nos mains libres se croisent avec force, tandis qu'elle martèle à mi-voix ce qu'elle finit d'écrire:

— … Quarantième étage droite, mercredi 7 août entre dix heures et…

Je la retiens soudain.

— Attends! Quand tu vas revenir au présent, ça sera à l'instant même où tu es partie, OK?

Elle se dégage, impatientée.

— Oui, je sais! J'ai bien vu, les autres fois. Tu me déconcentres!

— Mais cet instant-là, Kerry, je vais le modifier!

Laisse-moi partir en premier. Je serai de retour dans la nuit de mardi, comme ça je pourrai agir *en temps réel* sur ton mercredi matin !

— Mais les flics arrivent ! crie-t-elle. J'me tire !

J'insiste, exalté, sûr de moi :

— On n'arrive pas à changer le passé comme on veut, Kerry ! Mais on peut changer le présent !

— J'ai pas le temps !

La sirène est de plus en plus forte, de plus en plus proche. J'objecte en désignant son chronographe :

— Bien sûr que si, tu as le temps ! Il est sous tes ordres, le temps !

Elle s'obstine :

— J'veux pas que les flics me trouvent !

Tout en bloquant son poignet d'une main ferme, je la raisonne :

— Ils vont d'abord entendre gueuler ma mère et la délivrer, avant de monter à l'étage. Ça leur fait deux portes à défoncer. Moi j'ai besoin d'une minute, mardi soir, pas plus ! Le temps de donner un coup de fil.

— À qui ?

— À Burle ! Fais-moi confiance, Kerry : il ne sera plus du tout le même avec toi, mercredi matin !

La sirène s'interrompt d'un coup. Elle panique.

— Ne me laisse pas tomber, Thomas, craque-t-elle en se serrant contre moi. Ne me laisse pas ! J'ai besoin de toi !

Un courant de bonheur traverse mon gros corps mou. Jamais une fille ne m'a dit ça. Je refoule l'émotion qui me submerge et je répète :

— Fais-moi confiance ! Tu me laisses une minute d'avance, promis ?

Je dépose un baiser sur sa joue et je lui tourne le dos. Les yeux fermés, je me concentre et commence à écrire à voix haute :

— Ramène-moi d'où je viens, Saule qui m'as aidé à partir. Je suis de nouveau mardi 6 août, juste avant minuit, 124, avenue Sérénité à Nordville, en train de créer dans ma chambre ce monde parallèle d'où je serai parti dès que je rouvrirai les yeux.

Le dernier son qui me parvient est la sonnette de la porte d'entrée. Silence total, ensuite, un long moment. Je ne m'entends plus respirer. Puis une rafale éclate. Une autre. Partout dans mon dos, les bruits de mitraille. Je reste immobile, le cœur battant.

C'est l'arrosage automatique de notre nouvelle maison.

Je rouvre les yeux, lentement. Mon regard brouillé tombe sur le stylo enfoncé dans l'écorce, remonte le long de mon bras, redescend vers mon ventre à nouveau plat, mon jean trop grand.

— Alors ? interroge l'ours adossé à ma lampe de bureau. Comment ça s'est passé ?

Je lance pour toute réponse :

— Quelle heure est-il ?

— La même que tout à l'heure, répond-il en haussant ses épaules en mousse. À trois minutes près.

Je me lève d'un bond, me précipite sur mon portable. Pourvu que Kerry ne soit pas repartie en même temps que moi, et qu'elle ne soit pas non plus restée coincée dans mon ancienne chambre… De toutes mes forces, j'annule la vision des flics défonçant la porte, lui arrachant le chronographe, lui passant les menottes. Non, il n'est pas trop tard. Il ne *peut* pas être trop tard.

Je dévale l'escalier en marbre jusqu'au bureau de ma mère, fouille dans ses dossiers. La lettre de Burle. La lettre où il se plaint d'avoir été déclassé à l'échelon F. Voilà. Je compose en trois secondes le numéro de portable qu'il a souligné.

— 'llô? bredouille une voix endormie.

— C'est Thomas. J'ai parlé à ma mère : elle vous a sacquée à cause de Kerry. OK? Si vous signez un papier comme quoi vous ne la toucherez plus jamais, on vous remet à l'échelon B. C'est clair? On sera chez vous demain à la première heure.

— Mais…, proteste l'autre dans un bâillement.

— Y a pas de « mais » !

— Thomas? fait la voix de ma mère sur le seuil. Qu'est-ce qui se passe?

Je fais volte-face en concluant dans le portable :

— À demain.

Elle flageole dans sa chemise de nuit froissée, appuyée d'une épaule au chambranle. Je raccroche et cours la prendre dans mes bras.

— Qui est-ce?

— Un ami. Tout va bien, maman. Je gère. Va dormir, il est à peine minuit.

Elle se laisse reconduire jusqu'à son lit, affalée sur mon épaule. Je la recouche dans un élan de tendresse compensatoire, au souvenir de la violence avec laquelle je l'ai jetée au fond du placard, quelques minutes plus tôt, dans un autre univers.

Je remonte dans ma chambre et je programme mon réveil à six heures.

— Si je te dérange, tu le dis.

Je me retourne vers l'ours qui patiente d'un air de reproche, pattes croisées sous ma lampe. Il enchaîne :

— Je vais comment ?

Je le dévisage sans répondre. Il précise :

— Dans le monde d'où tu viens ! J'ai survécu, ça va ? Je me porte bien ?

Alors une colère irrépressible éclate dans ma bouche :

— Mais on s'en fout ! C'est pas vous, le sujet du voyage, merde !

— Ben quand même ! s'insurge-t-il dans un hoquet.

Je me laisse tomber sur mon lit, épuisé, et je lui récapitule en version compacte les événements du Temps 2 : sa blessure légère sur la plage, son coma diabétique, les soins de Brenda, son retour chez lui, mes efforts méritoires pour lui faire piger ce qu'il m'avait expliqué à titre posthume, ses rapports tendus avec son petit-fils…

— Je n'étais pas quelqu'un de très facile, soupire-t-il avec nostalgie.

Je me retiens de lui dire que ça ne s'est pas arrangé avec la mort.

— Louis était particulièrement consternant, il faut dire. J'ai dû le massacrer, quand il m'a balancé toutes ces vacheries en ta présence.

— Non.

— Ça m'étonne de moi. Je n'étais pas du genre à me laisser insulter en public.

— En fait, vous aviez un autre souci un peu plus grave…

— Lequel? fait-il, sur la défensive.

Avec ménagement, je lui raconte sa réaction en apprenant que Warren Bolchott vivait avec sa veuve.

— Tu m'as sorti ça comme ça? s'étrangle-t-il. Mais quelle andouille! Qu'est-ce que j'ai dit?

— Pas grand-chose, en fait…

— Précise!

J'étouffe un bâillement et je pose ma tête sur l'oreiller pour achever mon rapport. Il m'interrompt en plein récit de son infarctus:

— Quoi? Ne me dis pas que je suis quand même mort!

— Ben si. J'ai tout essayé: le massage cardiaque, les baffes, le bouche-à-bouche… Rien à faire.

Il se dresse sur ses pattes arrière, furibard.

— Donc, je me suis retrouvé dans cet ours, comme en ce moment! C'est malin!

— Non.

— Comment ça, «non»?

En luttant contre le sommeil, je lui résume la suite: l'arrivée des Dépuceurs, la capture de son âme et la peluche qui reste vide. Il saute sur mon lit.

— Retourne là-bas immédiatement! ordonne-t-il en désignant le chronographe.

Je décline l'invitation: j'ai une chose urgente à faire demain matin dans ce monde-ci, et il faut que je dorme.

— Tu te fous de moi ou quoi? C'est moi, l'urgence!

J'ouvre la bouche pour lui expliquer le drame de Kerry, mais il enchaîne:

— Pas question que je meure comme ça! C'est trop idiot! Tu avais enfin réussi notre rencontre, tu étais arrivé à me convaincre… Il faut que tu retournes sur la plage, que tu recommences mon accident et que tu refasses exactement le même parcours jusqu'au moment où vous me ramenez chez moi. Mais ne me parle surtout pas de la trahison d'Edna, et fais-moi prendre trois Cardiogyl à titre préventif.

— Demain, dis-je en me retournant d'un coup de fesses.

Et j'éteins ma lampe. Il la rallume.

— Tu plaisantes, j'espère ?

— Absolument pas ! J'ai pas arrêté de courir d'un monde à l'autre, je suis complètement crevé.

Il ôte le capuchon du stylo.

— Ça te prendra vingt secondes. Le temps que tu passes dans les univers parallèles est imperceptible, vu d'ici, tu le sais bien ! Avec le décalage horaire, ton voyage, aussi long soit-il, ne dure que le temps d'écrire ta phrase de départ dans l'écorce. Qu'est-ce que ça te coûte, vingt secondes, pour aller me sauver et déprogrammer le coma de Brenda ? Je tiens à elle, moi aussi, figure-toi !

Le salaud. Il a suffi que j'entende le prénom pour que mes résolutions partent en vrille. Mais je résiste. C'est à moi de le convaincre.

— Je n'y crois plus, Léo. C'est un piège, ces univers parallèles. On n'échappe pas au futur qu'on connaît ! Ce qui s'est passé, ça se *repasse* ! Si je n'arrive pas à vous garder en vie, si je n'arrive pas à protéger Kerry, je peux changer tout ce que je veux : Brenda retombera dans le coma pour une autre raison, et voilà !

Il saute soudain de la table, escalade mon lit, enfourche ma cuisse droite et me scrute, la truffe aux aguets.

— Kerry? Qu'est-ce qu'elle vient faire là? Ne me dis pas que tu es allé revoir ta Miss Crevette!

Je rectifie d'un ton raide:

— Miss États-Uniques junior.

— Donc, tu l'as revue! Au lieu de te consacrer à moi, tu es retourné la draguer! Mais tu es complètement obsédé!

Je soutiens son regard de plastique.

— C'est une fille géniale, et qui a des problèmes vachement pires que les vôtres, je vous signale!

— Eh bien vas-y, d'accord! lance-t-il en me désignant mon bureau. Va la retrouver!

Il me prend vraiment pour une tasse. Je réplique:

— Pas besoin. C'est elle qui me rejoint.

Ses poils se dressent.

— Ça veut dire quoi, ça?

Au point où j'en suis, ce n'est plus la peine de rester en mode jardin secret. Je lui raconte la découverte incroyable de nos situations jumelles. Il me dévisage, tétanisé.

— Comment ça... elle a un chronographe? Le même que le tien?

— Oui. À part les initiales.

— Et comment elle l'a eu?

— C'est sa marraine qui le lui a donné.

— Sa marraine? Et c'est qui, sa marraine? s'énerve-t-il.

Il couche ses oreilles et enchaîne aussitôt, trois tons plus bas, comme s'il se répondait à lui-même:

— Ah non... Ce n'est pas possible!

— Quoi?

*Thomas Drimm*

Tempête sous le crâne en peluche. Il m'inquiète, tout à coup.

— Léo?

— Rien, fait-il. Dors.

Il descend du lit, remonte sur ma chaise et revisse le capuchon du stylo.

— Qu'est-ce qui vous prend?

— C'est un piège! glapit-il. Ta Miss Crevette, c'est elle le piège!

Ça y est, il est reparti dans la parano. Dès que je m'intéresse à une autre personne que lui, il faut qu'il me la démolisse. C'est terrible d'être exclusif à ce point. Et ce n'est même pas de la jalousie, c'est de l'abandonnite. Il a tellement peur que je l'oublie, quand j'ai une fille dans la tête… Il n'a pas tort, d'ailleurs.

— Écoute, Thomas, je n'ai pas le droit de te dire pourquoi, à cause de ton libre arbitre, mais tu dois absolument éviter de revoir Kerry Langmar. Dans les univers parallèles comme dans la réalité présente. Promis?

— Ça vous regarde pas, Léo!

— Mais je veux te protéger, moi, c'est tout!

— Vous feriez mieux de vous occuper de votre petit-fils!

Il a un haut-le-cœur.

— Louis? Laisse-le où il est, celui-là! Il n'en avait rien à fiche de moi, tu l'as bien vu! Et aucun respect depuis mon décès! Il n'est même pas venu à mon vernissage!

— Vous l'avez déshérité!

Il envoie une patte par-dessus son épaule.

— Y avait pas d'héritage.

— Pourquoi vous l'avez empêché de travailler avec vous?

— Il n'avait pas sa place dans la physique.

— Parce qu'il était meilleur que vous?

— C'est ça, prends son parti! Ça me tue, ça!

— Eh ben restez mort! Vous êtes vraiment un sale égoïste.

— Moi?

Je me retourne contre le mur, excédé.

— On n'a rien à faire ensemble, Pictone! L'un pour l'autre, on est une perte de temps, à tout point de vue!

— Mais j'ai besoin de toi, moi!

— C'est Louis qui a besoin de vous! Et vice versa! C'est avec lui que vous devez passer votre mort, pas avec moi.

— Non mais de quoi je me mêle? C'est moi qui décide de ma postérité!

— Justement! Louis, il est capable de continuer vos travaux, d'arranger le passé, de sauver le monde! C'est un scientifique, lui!

— Reconverti dans le chocolat.

— C'est lui, votre héritier, pas moi! Bonne nuit. Demain, j'irai vous rendre.

J'éteins. Il ne rallume pas.

Ma décision est prise: je ne fuirai plus le présent, je l'affronterai. Seul. Je me battrai pour Kerry dans la vraie vie. Et si je ne peux plus rien faire pour Brenda, je dois l'accepter. Accepter de la perdre. Accepter de vivre du neuf, au lieu de refaire indéfiniment ce passé qui ne mène à rien.

# MERCREDI

La clé du passé n'ouvre pas le futur

*124, avenue Sérénité, 5 h 36*

J'aime bien les pensées sur lesquelles tu t'es endormi. La rupture que tu as consommée avec ton pauvre initiateur qui ne pourra plus rien pour toi, désormais.

C'est la dernière fois, Thomas. La dernière fois que je te rends visite dans ton sommeil. Ton apprentissage s'achève. Douloureuse expérience, n'est-ce pas ? Eh oui, on se croit le maître du temps, et c'est le pire des esclavages.

Tu n'y peux rien : ta conscience importe dans chaque univers parallèle tous les drames et les dilemmes dans lesquels tu te débats. Tu peux créer n'importe quel espace-temps différent de ta mémoire, il ne sera jamais conforme à ton attente. Toujours tu le pollueras. Tu l'as compris : redistribuer les cartes ne changera jamais rien à l'issue de la partie. C'est dans le présent qu'il faut agir, Thomas. Faire éclater toute la révolte issue de ces impasses, toute la violence accumulée par les injustices et les espoirs déçus dont je te gave. Pour le bien de notre cause. Pour le bien du Mal.

Ta rencontre avec Kerry n'aura fait que conforter tout cela. C'est bon, n'est-ce pas, de se découvrir une âme sœur. De se sentir unis par les ressemblances, la confiance, les épreuves… C'est tout l'attrait du piège.

Allez, je te rends à ton sommeil réparateur. Tu avais bien besoin de reprendre des forces, pour être au sommet de ta forme aujourd'hui. La révélation qui t'attend sera le dernier cap que tu auras à franchir. J'ignore comment tu vas réagir, dans quel sens tu prendras ce bouleversement de tous tes repères. C'est un délicieux suspense pour moi. Tout l'intérêt du choix que je te laisse. Tout le plaisir de l'inconnu – si rare à mon niveau, tant les humains sont prévisibles. L'incertitude, c'est le luxe du Diable. Et jusqu'à présent, de ce côté-là, tu m'as plutôt comblé.

Sois à la hauteur de mes espérances, Thomas, tu ne le regretteras pas. Du moins, tu auras des compensations.

Elle est jolie, ta nouvelle maison. Le lever du soleil se reflète sur les baies vitrées, les premiers rayons touchent la surface de la piscine, irisent les éventails liquides de l'arrosage automatique.

Je regarde le fourgon blindé qui redémarre, s'éloigne sur cette belle avenue Sérénité où s'alignent, au milieu de leurs pelouses, les villas de fonction des hauts dignitaires du régime. Je défroisse ma veste. Les attachés de presse du ministère de la Sécurité, pour que je sois présentable au cours de mon procès télévisé, m'ont aimablement rendu mes vêtements civils et mon bracelet-montre. À partir des fonctions du cadran, il m'a suffi de transmettre quelques influx aux puces cérébrales de mes convoyeurs pour qu'ils me déposent devant chez toi, et continuent leur route à vide en direction du Palais de justice. Ils n'auront aucun souvenir de ce léger détour et seront bien surpris, à l'arrivée, en découvrant qu'il n'y a plus personne à l'arrière de leur fourgon. Sur National Info, la traque issue de mon évasion compensera, j'espère, la perte des recettes publicitaires qu'aurait générées mon procès en direct. Personne ne reverra Olivier Nox – en dehors de sa famille d'accueil.

Je m'approche de la grille. Je neutralise l'alarme par deux clics sur ma montre, j'escalade les barreaux, je traverse le jardin entre les zones de pluie mécanique et je vais m'installer, au-dessus du local technique de la piscine, dans la jolie dépendance que l'architecte a aménagée en chambre d'amis. Excellente cachette, vu la solitude dans laquelle vous vivez.

Ta mère et toi me trouverez en temps voulu. D'ici là, je vous laisse à vos occupations. Vous allez franchir une étape cruciale dans vos rapports, aujourd'hui. Une étape dont tu me croiras le grand perdant.

À tout à l'heure.

## 26

Le réveil déchire mon sommeil. Six heures. Il fait déjà clair à l'extérieur. Je me lève, étonné par mon sentiment de bien-être. Par la douceur du silence. J'appelle, je cherche. Rien. L'ours en peluche a disparu. Le chronographe aussi.

Pris d'une angoisse brutale, je me précipite vers la porte-fenêtre entrebâillée et je sors sur le balcon. Cinq mètres plus bas, le massif de pétunias fraîchement planté est un champ de ruines.

Je traverse ma chambre, dévale l'escalier, fonce jusqu'à la centrale d'alarme. Sur le menu, je sélectionne les images enregistrées par les caméras de surveillance. Recherche arrière. Aux premières lueurs de l'aube, je vois l'ours reculer jusqu'aux pétunias, en jaillir et décoller vers le balcon. Je passe en mode Lecture. Il s'écrase dans les fleurs, se relève, marche vers les grilles en portant le chronographe comme un fusil à l'épaule.

Je change d'axe. Dans le champ de la caméra 3, je le retrouve en train de se faufiler entre les barreaux. Il s'arrête sur le trottoir, attend l'arrivée de la benne à ordures robotisée. Entre deux mouvements de la grue soulevant les conteneurs pour les vider dans le broyeur, je vois mon fugueur sauter sur le marchepied arrière. La benne sort du champ.

J'espère qu'il a tiré la leçon de mon engueulade et qu'il a décidé de se rapatrier chez son petit-fils. Mais pourquoi avoir emporté le stylo ? Pour m'empêcher de retourner dans le passé ou pour tenter d'y envoyer quelqu'un de plus fiable ?

Bon, je n'ai pas le temps de m'appesantir. Je cours à la cuisine préparer le petit déjeuner de ma mère. C'est mieux comme ça, finalement. S'il ne m'avait pas piqué le chronographe, je l'aurais sans doute détruit pour m'éviter la tentation de la fuite en arrière – tentation d'autant plus forte depuis que je la partage avec Kerry. La tentation de nous réécrire un destin sur mesure, un destin à quatre mains. Mais jamais ça ne marchera. Jamais nous ne réussirons à fabriquer un présent satisfaisant en agissant uniquement sur le passé. Quand on sait qu'on peut améliorer sa vie en supprimant ce qui ne va pas, rien ne va plus : on n'est jamais content, on veut toujours autre chose, et du coup on ne fait que des ratures, on n'avance plus.

J'ai envie d'une vraie histoire avec Kerry Langmar dans le présent, et surtout dans l'avenir. Je n'oublie pas Brenda. Mais les rallonges imaginaires que je lui donne, en refaisant notre passé, ne valent pas mieux que la survie artificielle dans laquelle les médecins la maintiennent. C'est à elle de décider, du fond de son coma, si elle veut revenir ou non parmi nous d'ici vendredi. Quand j'essayais d'entrer en communication mentale avec elle dans sa chambre d'hôpital, je ne lui ai jamais demandé son avis.

J'ai toujours décidé pour elle ce qui était le mieux pour moi. Pour moins souffrir de son absence. Maintenant que c'est le cas, grâce à ma rencontre avec Kerry, je me dis que Brenda préfère peut-être ne pas se réveiller, à cause des séquelles du coma. Et il n'y a pas que de l'hypocrisie dans cette conclusion, sinon elle ne me donnerait pas aussi mauvaise conscience.

Mais c'est comme ça : dorénavant, je vais me contenter de prier pour elle, et je vais vivre ma vie. Assumer ce que je suis aujourd'hui, avec mon poids de vieilles souffrances et cette légèreté toute neuve que je dois à Kerry. En espérant qu'elle sera prête, comme moi, à se passer du pouvoir du chronographe.

Évidemment, on a l'échéance du 12 août. L'Empuçage qui nous attend, elle et moi. L'insertion dans cette société du contrôle absolu à laquelle on voudrait tant échapper. Mais il y a une autre forme de pouvoir que l'influence sur le temps. Je commence à réfléchir à l'action d'éclat que nous permettrait la promotion de la Saint-Oswald. La première victoire de ma vie, celle que je m'apprête à remporter sur un salaud de violeur pédophile, sera le brouillon de mes prochains combats. Je n'ai plus besoin d'ours en peluche, de stylo à remonter le temps. Je me suffis à moi-même. C'est ça, devenir un homme.

Tandis que le thé infuse, je m'assieds pour rédiger la lettre que ma mère dictera à Anthony Burle. Au septième brouillon, je m'accorde une minute de pause. La tête au creux de mes bras croisés, je ferme les yeux, épuisé. Pas simple de piéger un adulte avec de simples mots.

Je me redresse brusquement, regarde l'horloge du four. Deux heures, j'ai dormi deux heures! Et l'autre salaud qui m'attend chez lui! Cela dit, ce n'est pas plus mal de le laisser mariner dans l'angoisse. En tout cas, il ne risque pas de s'en prendre à Kerry, avec ce que je lui ai balancé au téléphone.

Je rajoute de l'eau chaude dans le thé de ma mère, je dispose sur le plateau les deux tasses, les tartines, le beurre antigraisse, le miel de synthèse et mon projet de lettre, et je cours la réveiller.

— Maman, « harcèlement sexuel », y a deux *l*?

— Demande à ton père, grogne-t-elle, le nez dans l'oreiller.

— Tu as bien dormi? Il fait une super-journée. Tu ne remarques rien?

Elle se redresse sur un coude, cligne des yeux devant l'écran de son réveil.

— C'est tôt…

— Je parlais pas de ça.

Je dépose le plateau sur la couette. C'est la première fois que je lui apporte le petit déjeuner au lit. Il lui faut quelques secondes pour prendre en compte la prestation.

— C'est gentil, s'étonne-t-elle. En quel honneur?

Je lui remplis sa tasse, je lui beurre sa tartine, j'y étale une cuillère de miel, et j'attends qu'elle ait avalé deux bouchées pour lui faire un point rapide de la situation. La tartine tombe dans le thé.

— À l'échelon F? s'affole-t-elle. J'ai déclassé Anthony Burle à l'échelon F?

— Non, c'est moi. J'ai imité ta signature, parce que j'étais jaloux de lui par rapport à papa.

Ma franchise la tétanise. J'enchaîne :

— Mais bon, j'ai beaucoup changé, tu sais. Papa s'est mis avec une autre femme, tu as le droit de vivre ta vie, toi aussi. Simplement, je ne veux pas qu'on te fasse du mal. Et Burle, c'est le pire des salauds. Ça fait des années qu'il pourrit la vie de sa belle-fille. Il n'a même pas essayé de nier. Je te lis ce qu'il est prêt à signer.

Je prends la dernière version de mon brouillon et je déclame :

— « Chère Madame Drimm, à la ligne, moi Burle Anthony, virgule, je reconnais que je suis coupable de harcèlement sexuel sur ma belle-fille Langmar Kerry (entre parenthèses : moins de treize ans), point. Je jure de ne plus jamais recommencer, virgule, en échange de mon reclassement à l'échelon B. »

J'abaisse la feuille et commente :

— Pas mal, non ? Comme ça non seulement il avoue son crime, mais en plus tu peux l'accuser de chantage à la promotion si jamais il ne tient pas sa parole.

Elle vide sa tasse d'un trait, repousse le plateau et me dévisage avec horreur.

— Comment tu peux te livrer à des jeux pareils, Thomas ? Tu es complètement infantile ! Anthony Burle a peut-être ses défauts, comme tous les hommes, mais jamais il n'irait toucher une gamine ! Il adore les enfants ! Comment j'aurais fait pour t'élever, moi, sans sa générosité, quand ton père sombrait comme une épave et ruinait ton avenir en jouant les rebelles ?

Je prends un air protecteur pour lui tendre son peignoir.

— Tu ne me crois pas ? Tu sautes sous la douche et

on file chez lui : il nous attend. Et je te signale qu'on lui sauve la vie, mine de rien : il aurait très mal fini, à force de se croire intouchable.

Sans même me regarder, elle attrape à tâtons son portable sur la table de chevet, compose un numéro en mémoire et appuie sur la touche haut-parleur. Son visage hypertendu s'affaisse quand une voix de femme lui répond :

— Allô oui ?

Elle met plusieurs secondes à trouver la salive nécessaire, tandis que la voix s'impatiente avec des brisures :

— Allô, qui est à l'appareil ?

— Vous êtes Mme Burle ? Ici Nicole Drimm, directrice de l'Inspection générale des casinos au ministère du Hasard. Pardon de vous déranger, mais...

Tonalité. La femme a raccroché. Ma mère se tourne vers moi, estomaquée.

— Normal, dis-je en me relevant. Elle a toujours pris le parti de son mari. Comme si sa fille inventait exprès les saloperies qu'il lui fait. Tu me crois, maintenant ?

Elle bondit hors du lit, fonce dans la salle de bains. Elle en ressort comme une tornade, vêtue d'un pantalon blanc et d'un chemisier rouge, tenant dans ses bras cinq bouteilles de vodka neuves qu'elle va balancer dans la poubelle. Elle se retourne, me saisit aux épaules.

— Merci, Thomas. J'arrête de souffrir pour rien. On a mieux à faire tous les deux – à commencer par redresser les torts !

Et elle m'embrasse violemment sur le front.

Je la suis dans le garage, les lèvres gercées par le sourire. Finalement, ça servait à ça, d'aller modifier le cours du passé. Ce n'est pas le contenu des univers parallèles qui importe, c'est l'énergie avec laquelle on en revient. L'énergie contagieuse, bénéfique ; la seule capable d'améliorer le présent.

Cinq minutes plus tard, elle roule à tombeau ouvert sur le boulevard en grillant tous les feux. Je m'en veux un peu : j'aurais dû appeler son chauffeur du ministère avant de la remettre sur pied.

— Les hommes sont vraiment des fumiers ! grince-t-elle entre ses dents toutes les vingt secondes, l'accélérateur au plancher.

Je me demande ce qui la choque le plus dans le comportement de Burle. Est-ce qu'elle réagit comme une mère par rapport à Kerry, ou bien en tant que femme par rapport à elle-même ?

Dix fois, on est obligés de changer d'itinéraire, à cause des avenues barrées par la police. Une vraie tension règne dans la ville. Le moindre groupement de population est immédiatement cerné par des brigades casquées et des barrières mobiles.

— Mais qu'ils enferment tous ces gens et qu'on en finisse ! écume la redresseuse de torts, qui klaxonne dans les bouchons dès qu'elle aperçoit un flic, désignant sa cocarde ministérielle pour qu'il lui dégage la route.

C'est fou comme on prend vite l'habitude du pouvoir, même quand il est tout petit. Mais ce n'est pas forcément une tare, le pouvoir : tout dépend de ce qu'on en fait. Ça commence vraiment à me démanger, quand je vois l'état de la société. Je ne peux plus me contenter d'agir à l'échelon individuel.

Place Constance, une centaine de jeunes manifestent

en silence, assis à l'ombre de leurs pancartes. La main bloquée sur son klaxon, ma mère fonce dans le tas. Les rebelles n'ont que le temps de se jeter de côté, en lâchant leurs pancartes qu'elle écrase à coups de volant.

Je me retourne, affolé. Les manifestants hésitent à nous courser. Mais les Brigades antiémeutes sont postées aux quatre coins de la place, avec des chars d'assaut et des canons à eau. Le chef des rebelles lance un appel vibrant au mégaphone :

— Ne répondons pas aux provocations ! Nous sommes un sit-in non violent, je répète : non violent ! Nous sommes protégés par la loi sur la Liberté d'expression passive ! Ne sortons pas du cadre légal : ils n'attendent que ça !

On abandonne la voiture au pied de la tour Victoire. Au pas de charge, on longe les tentes où les locataires expulsés pour délit de pauvreté ont fixé des boîtes aux lettres, avec leur nom et leur ancien numéro d'étage. Vu le nombre d'habitants sur le trottoir, les Burle doivent être parmi les derniers à pouvoir payer leur loyer.

— On ne sait plus dans quel monde on vit, crache ma mère en franchissant, avec un regard indigné, la double porte en verre démolie à coups de masse.

L'ascenseur aux miroirs tagués de têtes de mort nous dépose au quarantième étage. Je me dirige d'office vers la seule porte qui ne soit pas murée par des parpaings. Je sonne. Silence. Aucune réaction à l'intérieur. Ma mère m'écarte brusquement, écrase le doigt sur la sonnette comme si c'était son klaxon. Je me retrouve contre la baie vitrée du palier. En bas, sur la place, les manifestants flageolent et tombent. On les a gazés, ou ils ont reçu dans leur puce cérébrale un code-fréquence paralysant. Seuls les plus jeunes affrontent les canons à eau qui les dispersent. Le cœur serré, je regarde les corps entremêlés qui roulent sous la pression des jets, poussés vers un camion-benne.

La porte finit par s'ouvrir. Une femme sans âge, boudinée dans une robe noire, les yeux rougis, nous dévisage d'un air tendu.

— Nicole Drimm! lui notifie ma mère, très raide. Vous m'avez raccroché au nez.

L'autre agite les lèvres, prend sa respiration, fond en larmes en nous tournant le dos. Puis elle lève lentement la feuille de papier qu'elle serre entre ses doigts et lit d'une voix hoquetante :

— «Je ne supporte plus l'humiliation d'avoir… d'avoir été dégradé à l'échelon F… Je demande pardon à ceux… à ceux que j'aime… »

Elle abaisse la lettre, articule sur le même ton :

— Vous l'avez tué, madame.

Et elle s'éloigne dans le couloir. Ma mère tourne vers moi un visage effaré.

— Et merde, dis-je d'une petite voix.

Elle me balance une baffe terrible et fonce à la poursuite de Mme Burle.

Je croise le regard de Kerry, qui est arrivée dans l'entrée. Je me sens pâlir malgré ma joue qui bout. Je m'entends bredouiller :

— Kerry, c'est moi… Thomas Drimm.

Elle hoche la tête, sans la moindre surprise. Elle me reconnaît comme je la reconnais. Pourtant j'ai quinze kilos de moins, ce matin. Elle, elle est raccord. Avec la même dignité paumée, la même détresse lucide. Et sa tablette en bandoulière.

Je balbutie à voix basse :

— Je comprends pas, Kerry… Il est… il est quand même mort ?

Elle écrit sur son écran :

*Ça t'étonne ?*

— C'était une simple erreur administrative de mes services, madame Burle. Toutes mes condoléances. Je le reclasse immédiatement à l'échelon B et je fais valoir ses droits à la retraite anticipée avec effet rétroactif, pour que vous touchiez sa pension de réversion.

Pendant que l'ancienne maîtresse console la veuve devant le cadavre, de l'autre côté de la cloison, je plaide ma cause à l'oreille de Kerry :

— J'ai fait ce que j'ai pu pour empêcher, je te jure… Dis-moi quelque chose.

Elle me répond par un double point suivi d'une parenthèse qui fait la gueule. Je repousse sa tablette. Je lui rappelle que, dans le Temps 2, la mort de son beau-père lui avait rendu l'usage de la parole. Elle serre les mâchoires, les yeux baissés. Je lui prends le bras. Elle se dégage. J'insiste :

— Vas-y, reste pas comme ça… Essaie de parler, Kerry… C'est l'occasion ou jamais !

Elle remonte le visage, me défie du regard. Lentement, elle décolle ses lèvres. Elle essaie. Rien. Elle force. Un chuintement rauque monte de sa gorge. Comme une eau qui a du mal à revenir dans la canalisation après une longue coupure.

— Pas… encore, articule-t-elle péniblement dans le creux de mon oreille.

Et elle enchaîne en silence du bout des doigts sur son clavier tactile :

*Ça ferait un choc de trop pour maman. Et puis quand je parlerai, ça sera juste pour toi. Rien à dire à ceux qui n'ont pas voulu m'entendre.*

Une larme tombe sur l'écran de la tablette. J'évite de trop regarder Kerry pour éviter la contagion. Ça ne pleure pas, un mec. Ou alors juste de l'intérieur. Je relève quand même les yeux. Son air de guerrière butée me touche tellement. Son genre désarmée qui résiste. C'est comme une Brenda à mon âge, à ma taille. Une Brenda faite pour moi.

Mais ce n'est pas trop le moment. Revenons au sujet. La tête rentrée, j'enfonce les poings dans mes poches avec un sifflement de rage.

— J'comprends pas que Burle t'ait sauté dessus avec ce que je lui ai balancé ! Je l'ai eu au téléphone à minuit pile, je lui ai parlé à demi-mot, et il a très bien percuté !

Elle recule d'un pas, écrit :

*Tu lui as dit quoi ?*

Je lui répète mes menaces, aussi fidèlement que je peux. Elle fronce les sourcils.

*Tu as appelé quel numéro ?*

Je sors mon portable, touche l'icone Appels émis, désigne la première ligne. Elle oriente la tablette vers moi :

*C'est pas son téléphone.*

Je me récrie :

— Mais si ! C'est lui-même qui a donné ce numéro sur sa lettre de réclamation à ma mère !

Ses doigts s'énervent sur la tablette :

*À tous les coups, c'est le numéro de son avocat !!! Tu l'as réveillé à minuit avec des menaces de mec défoncé, il t'a pris pour une erreur, il s'est rendormi. Tu es vraiment nul !*

J'accuse le coup. Mais je réplique, vexé, dans un réflexe de légitime défense :

— Et toi, t'es bien certaine que t'as fait comme je t'avais dit ? Tu m'as laissé rentrer hier soir avant de revenir ce matin ?

Elle réplique à toute allure sur cinq doigts :

*Oui ! Tu étais si sûr de toi que j'ai fini par croire que tu avais raison. Mais si on s'est rencontrés dans les mondes parallèles, c'est que j'y étais partie avec le chronographe, et donc que j'avais déjà tué Burle, puisqu'il m'avait filé le mode d'emploi une fois mort, alors tu me lâches, OK ? Tu as vu l'état de ma mère ?*

J'envoie la main en avant pour écrire :

*Elle n'avait qu'à te protéger !*

Virant mes doigts de son clavier, elle répond :

*Elle venait d'arriver à son boulot quand je lui ai appris le drame, elle est rentrée comme une dingue et elle a trouvé la lettre ! C'est déjà assez la merde à cause de toi sans que tu en rajoutes une couche !*

Je riposte :

*Dis donc, t'es quand même gonflée, c'est toi qui as écrit la fausse lettre de suicide qui m'accuse !*

Elle pianote :

*Et en quoi elle t'accuse ?*

Je pose les doigts pour avouer que c'est moi qui ai rétrogradé le pédophile à l'échelon F, mais une explosion me prend de vitesse. Une autre. On fonce dans le salon, bousculant nos mères en prière devant le corps. On ouvre une fenêtre, on se penche.

Apparemment, les rebelles se sont emparés d'un char d'assaut et roulent au ralenti vers le cordon de police, qui riposte à coups de roquettes. Le char continue sa progression d'escargot, imperturbable, mais le rez-de-chaussée de la tour a été touché par les tirs. Des flammes s'échappent de l'entrée.

— Ils sont malades, on va griller ! hurle ma mère qui nous a rejoints à la fenêtre.

Je me tourne vers le cadavre, dont les flics ont dû interdire le déplacement en attendant l'enquête. Dans l'axe du couteau à pain, sur la table basse, je repère le bloc-notes où Kerry a écrit, avec un sang d'encre, l'amorce de son voyage dans le temps. Le chronographe gît sur le parquet, en trois morceaux, écrasé à coups de talon. Je vois qu'elle en est arrivée aux mêmes conclusions que moi : ça ne sert à rien de s'évader dans un passé recomposé qui, malgré tous nos efforts, finira aussi mal que le présent où l'on se retrouve ensuite au même point. Sauf que là, si la tour flambe, on n'aura plus d'autre solution de repli que se jeter dans le vide.

On se mesure du regard, tandis que nos mères appellent au secours, penchées aux fenêtres. Tournée vers moi, Kerry soupire entre ses dents, secouant la tête comme si la guerre civile était de ma faute. Je ne la reconnais plus, depuis qu'on est dans notre univers d'origine. Peut-être parce que je n'ai plus les moyens d'agir, et elle m'en veut. Elle a vu de quoi j'étais capable, dans les mondes parallèles. Je n'ai pas le droit de la décevoir.

Désespérément, je cherche une idée. J'entends soudain

des bruits de rotor. Comme si j'y étais pour quelque chose, je désigne à Kerry les gros hélicoptères de l'armée qui ont surgi dans le ciel au-dessus de la place. Le premier tire un missile antichar, le deuxième lâche un filet plombé sur les manifestants, le troisième tournoie pour se poser au sommet de notre tour.

Deux minutes plus tard, des soldats surgissent dans l'appartement, mitraillette en bandoulière, nous regroupent sans ménagement et nous évacuent.

— Anthony! hurle Mme Burle. On ne peut pas abandonner Anthony!

— Les pompiers s'en chargeront! décide le chef du commando, tandis que les autres nous poussent vers les escaliers.

On débouche sur le toit terrasse, on se laisse embarquer dans le gros hélico qui redécolle. Tout en bas, sur la place, les canons à eau se sont retournés contre les flammes qui ravagent le bas de la tour, embrasent les tentes des locataires expulsés qui essaient de s'enfuir, pris en étau entre le feu et l'eau.

Je détourne les yeux vers la femme en treillis qui a surgi du poste de pilotage. Mme Burle se précipite au-devant d'elle, la prend dans ses bras en sanglotant:

— Vous êtes venue! Merci, merci pour la petite…

— Condoléances, répond Lily Noctis en l'écartant pour aller caresser les cheveux de Kerry. Sois forte, mon ange. Tu seras en sécurité au ministère. Je te jure que la personne qui a poussé ton père au désespoir va le regretter.

Et elle se dirige vers moi en glissant au passage à l'attention de ma mère:

— Vous êtes virée pour homicide involontaire par déclassement abusif. Bonjour, Thomas. Je compte sur toi pour soutenir ma filleule.

En état de choc, figé sur la banquette latérale de l'hélico, j'essaie d'assembler les éléments d'une situation qui m'échappe de toutes parts. C'est elle, alors, sa marraine? Lily Noctis, la femme qui m'a pris mon père. C'est elle qui a donné à Kerry un chronographe identique à celui qu'il m'avait offert... Mais qu'est-ce que ça veut dire? À quoi rime ce complot? C'est comme si tout s'était enchevêtré, ligué autour de Kerry et moi pour préparer notre rencontre au pire moment de nos vies – ces deux morts dont on s'est crus responsables...

Noctis m'attrape par le bras, me fait lever et m'entraîne au fond de l'hélico, parmi les caisses d'armes et de médicaments.

— Nous avons un problème, Thomas, me dit-elle gravement. Nous en avons même deux.

Je sonde son visage dur aux traits creusés, essayant de savoir ce qu'elle entend par «nous». Elle parle au nom du gouvernement ou elle s'associe à moi? Elle avale ses lèvres mauves, jette un coup d'œil pour vérifier que personne ne nous entend. Et me déclare sur un ton où la connivence le dispute au reproche:

— Mon demi-frère, avec qui tu t'es entretenu longuement hier soir, tu te souviens? Il vient de s'évader.

Je me récrie:

— C'est impossible! Je l'ai...

Je m'interromps à temps. Elle soutient mon regard avec un sourire narquois. Dans la seconde, je comprends qu'elle est au courant de tout. Un ongle posé au milieu de mon front, elle dessine une cible à mesure qu'elle achève ma phrase :

— … Tu l'as transformé en zombi, tu lui as vidé sa mémoire en craquant le code de sa puce, grâce à la complicité de Jack Hermak – c'est ce que tu allais me répondre, mon poussin ?

Je ne démens pas, tout en m'efforçant de garder une expression de virilité imperturbable. Elle poursuit sur le même ton :

— Sauf qu'Olivier et moi, nous fabriquons les puces cérébrales et nous concevons leurs fonctions, certes, mais nous n'en portons pas.

Je la dévisage, ahuri. Elle enchaîne :

— Ça veut dire qu'Hermak est toujours aux ordres de mon frère. Il va me le payer.

Je revois Olivier Nox hurlant sous la douleur à hautes fréquences que, depuis ma console de torture, je croyais diffuser dans sa puce. Je balbutie :

— Vous voulez dire qu'il… qu'il n'est pas amnésique ? Il a fait semblant ?

— Absolument. Mais ton action, hélas, a porté ses fruits.

Je fronce les sourcils. Elle précise sa dernière phrase :

— Les options que tu as programmées, elles ont été activées pour de bon. Mais sur la puce d'une autre personne.

Sans me laisser le temps d'encaisser ce nouveau coup, elle m'assène froidement :

— Tu te souviens du code que t'a indiqué Jack Hermak ?

Je m'efforce de le reconstituer. Je crois me rappeler les

trois premières lettres, un ou deux chiffres… Elle pianote sur le mini-clavier tactile apparu sur le cadran de sa grosse montre.

— Ce ne serait pas ce code-là, par hasard?

Je me penche. Dans le doute, je fais signe que c'est possible. Elle effleure l'icone Accéder à, et mon cœur s'arrête.

Sur le cadran sont apparus le visage et le nom de mon père.

*124, avenue Sérénité, 10 h 15*

Tout arrive en temps et en heure, tu vois, Thomas. Lorsque tu reviendras chez ta mère et que tu me découvriras dans la dépendance, tu ne seras définitivement plus le même. Et je pourrai enfin me reposer sur toi.

La clinique Président-Narkos-II est réservée aux membres du gouvernement et aux dignitaires de l'armée. Je patiente en face d'un comptoir d'accueil, à l'étage des soins psychiatriques. Devant moi passent au ralenti, cramponnés à leur potence de perf' ou à leur déambulateur, d'anciens ministres hagards et des généraux en pyjama. Lily Noctis m'a déposé avec un mot de recommandation pour le chef du service.

— Ne disons rien à ta mère, Thomas, pour l'instant. Attendons de voir l'évolution. Mais je suis confiante. Dès que j'ai compris la situation, j'ai réinitialisé sa puce. Sa mémoire fonctionne à nouveau. Elle est vide, mais opérationnelle. Nous n'avons qu'à lui rappeler ses souvenirs.

J'ai exigé de le voir seul. Elle n'a pas insisté. Elle est repartie avec ses deux protégées, pour les reloger dans ses appartements privés du ministère. J'ai évité le regard de Kerry. Je ne suis plus capable d'éprouver autre chose que l'horreur de ce que j'ai fait sans le savoir.

Mon père. J'ai torturé mon père à distance. J'ai détruit sa vie intérieure, sa personnalité. Et je ne m'en suis même pas rendu compte, quand je l'ai retrouvé ensuite à l'exposition Pictone. Je me suis dit qu'il avait recommencé à boire, qu'il s'était cuité au point de ne plus savoir qui j'étais ni ce qu'il faisait là.

Je suis un monstre. C'est quoi, le bilan de mon existence? Un désastre, une hécatombe. En essayant de ressusciter les morts, je n'ai fait que détruire les vivants. Le présent est en ruine, l'avenir est foutu et je n'ai plus les moyens de me sauver dans le passé.

— Le docteur n'est pas là, dit l'hôtesse d'accueil en regardant le nom que Noctis a marqué sur sa lettre de recommandation. C'est pour?

Je ravale mes larmes, réussis à articuler d'une voix posée :

— Je viens voir Robert Drimm.

Elle demande en saisissant le nom :

— Grade ou fonction?

— Secrétaire d'État aux Énergies… aux trucs naturels, j'sais plus…

— Aux *Ressources* naturelles, corrige-t-elle, un œil sur son écran. Accès restreint à la proche famille. Vous êtes?

— Son fils.

— Contrôle, me dit-elle en désignant le lecteur de puce fixé au comptoir.

— J'ai moins de treize ans.

— Documents d'identité.

— J'ai rien sur moi.

— Test.

Elle me tend un coton-tige. Je le glisse sous la langue, le lui rends. Elle l'insère dans un décodeur, compare les données sur l'écran. Elle pince les lèvres et laisse tomber :

— Vous n'êtes pas son fils.

Je hausse les épaules, réponds qu'elle a dû faire une fausse manip.

— Il n'y a pas d'erreur possible avec l'ADN, dit-elle en tournant son ordinateur vers moi. Vous avez un certificat d'adoption?

Médusé, je fixe les deux fiches d'identité génétique qui se partagent l'écran.

— Thomas! s'exclame mon père sur un brancard sortant de l'ascenseur. Enfin tu es là!

La joie qu'il m'ait reconnu remplace un instant l'angoisse que m'a filée l'hôtesse.

— Je remonte de l'IRM, tout va bien: j'ai un cerveau de jeune homme. Viens, on va dans ma chambre.

— Il n'est pas habilité, monsieur! proteste l'autre tache en quittant son comptoir pour nous courser.

— J'ai le droit de voir mon fils, non?

— Mais...

— Je suis à la chambre 429, rappelle-t-il au brancardier. C'est dans l'autre sens.

Le costaud en blouse vérifie le numéro sur le dossier, admet l'erreur d'un air coincé, fait pivoter le brancard en roulant sur le pied de l'hôtesse.

— Quand je leur dis que je récupère vite, me sourit mon père.

Je contourne la fille en fureur qui ne s'intéresse plus qu'à la trace sur sa chaussure. Et je pars dans le couloir en essayant de me persuader que son décodeur d'ADN a chopé un virus informatique, c'est tout. Mais le doute qu'elle m'a mis est plus fort que le soulagement de voir mon père en si bonne forme.

— Ne t'inquiète pas, dit-il quand on se retrouve seuls dans sa chambre. J'ai juste eu un petit bug entre ma puce et mes neurones. Tu as quel âge? enchaîne-t-il, soucieux.

Ma gorge se noue. Je réponds :

— Presque treize.

— Tu as reçu ta convocation, alors. Je vais t'obtenir un sursis. Au prochain Conseil des ministres, j'exigerai qu'on procède à une vérification générale des puces avant d'en implanter de nouvelles. Ce qui m'est arrivé ne doit plus jamais se reproduire.

Je lui réponds doucement qu'on m'empuce lundi 12.

— Lundi 12! s'écrie-t-il en fixant le calendrier qu'il a pris sur sa table de chevet. Mais c'est dans cinq jours! Promotion de la Saint-Oswald… C'est quoi?

— Une fête nationale, papa. Les enfants de l'élite qui reçoivent leur puce des mains du Président. C'est pour ça que tu m'as mis sur la liste…

— Très bien, je t'enlève.

— Non. Attends…

Il cherche dans mes yeux la raison de mon refus. Une nouvelle fois, je me suis vu avec Kerry sur un balcon au-dessus d'une foule. Une révolution en marche. Un monde en ruines qui se reconstruit… Je détourne la tête.

— Qu'est-ce qui t'arrive, Thomas? Tu es toujours comme ça, ou c'est de me voir dans cet état?

Il faudrait que je lui avoue la vérité sur son «bug», mais je n'y arrive pas. Je lui dis que j'ai besoin de réfléchir, pour la Saint-Oswald.

Il repose le calendrier sur les piles de dossiers, de bouquins, de journaux, d'albums photo qu'il est en train de compulser pour se remettre au courant de l'actualité et de lui-même. Pendant le silence qui suit, je retourne dans ma tête la phrase qui m'obsède. Même s'il a oublié la réponse, je ne peux pas faire l'impasse sur la question :

— Papa… Comment je suis venu au monde ?

Il se détend aussitôt, me regarde en biais avec une lueur goguenarde.

— Tu n'es pas un peu vieux pour poser ce genre de question ?

— Non, j'veux dire… J'ai été inséminé ?

— Comme tout le monde, oui, d'après ce que je lis, fait-il en désignant l'Histoire officielle des États-Uniques. Le taux de fécondité a tellement chuté que l'insémination artificielle est devenue un principe de précaution obligatoire. C'est le seul moyen de sauver l'espèce humaine et le système de retraites. Paraît-il.

— Et… pour inséminer… comment on fait, techniquement ?

— Tu as peut-être le temps, non ? se marre-t-il en me grattouillant les cheveux. C'est une chose formidable d'être père, mais il vaut mieux d'abord être majeur, faire la fête et rencontrer une femme. Tu ne crois pas ?

— C'est juste pour savoir.

— Ne mets pas la charrue avant le taureau.

Il s'interrompt pour écouter ce qu'il vient de dire, sourire en suspens, me demande d'un ton sérieux :

— J'avais de l'humour, non ?

— Oui.

— Merci. Techniquement, le futur père donne sa semence dans un centre de natalité. Elle est dynamisée, renforcée et transmise in vitro à l'ovule de la mère.

— Et… il y a souvent des erreurs ?

— Je suppose que non ; les contrôles sont stricts. Pourquoi ? ajoute-t-il soudain, à mi-chemin entre l'ironie et la détresse. Tu as des doutes ? Tu te sens moins mon fils, depuis que je suis diminué ?

Je me jette sur le lit, me plaque contre son corps dans un élan plus fort que tout.

— Au contraire, papa ! Je suis là. Je serai toujours là…

Je sens sa respiration sur mon nez, son cœur contre le mien, mes larmes sur ses joues. Il referme les bras dans mon dos. Il murmure :

— Je t'aime.

— Moi aussi…

Il m'écarte, dans un réflexe de pudeur ou de scrupule. Il me dit gravement, les yeux dans les yeux :

— Mais si un jour tu as un doute, et si ça te pose un problème… on fait un test de paternité.

Je me récrie :

— Ça va pas, non ? Pas besoin de ces conneries pour savoir qui on est !

Il me regarde longuement, me remercie en abaissant les paupières. Est-ce qu'il savait, avant son accident, qu'il n'était pas mon père ? L'a-t-il oublié comme le reste ? Non. Je ne le sens pas. J'ai tous nos souvenirs dans la tête, moi, et jamais il ne m'a donné l'impression que je n'étais pas de lui. Jamais il n'a montré la moindre réaction bizarre chaque fois que sa femme lui disait devant moi, comme le pire des reproches : « C'est bien ton fils ! »

— Et comment va ta mère ?

J'ai une moue. Il se gratte la nuque, me demande en plissant le front :

— De toi à moi… Lily Noctis, je l'aime vraiment ?

— C'est ta vie privée, papa.

— Bien sûr. Tu as raison.

Gêné, il attrape un dossier sur la table de chevet.

— À part ça, mes collaborateurs me disent que je prépare une grande loi pour faire produire l'électricité par les
arbres, mais je n'ai pas retrouvé mes notes. Et personne
n'est capable de m'expliquer de façon claire mes travaux.
Je t'en ai parlé ?

Je m'abstiens de lui dire que c'était une idée à moi.
La révélation que j'avais eue en combattant dans la forêt
vierge avant le coma de Brenda. Le ton neutre, je lui rappelle que chaque protéine végétale émet une fréquence
particulière : il suffit de les assembler bout à bout pour
fabriquer une musique qu'on joue à l'arbre. L'orchestra-
tion et les amplis stimulent son activité électrique, et on
n'a plus qu'à récupérer le surplus pour nos centrales.

— Je suis quand même assez génial, se réjouit-il.

— Assez, oui.

Il termine de noter ce que je lui raconte, puis relève la
tête. À mesure qu'il m'observe, il s'assombrit un peu.

— Quel était le problème, exactement ? Entre ta mère
et moi. Je veux dire : pourquoi je l'ai quittée ?

Vaste sujet. Autant commencer par la fin. Je lui raconte
comment sa maîtresse vient de virer sa femme en lui
reprochant la mort de son ancien amant.

— Pardon ?

— On n'avait pas une vie très simple, papa.

— L'amant de qui ? De Lily ou de Nicole ?

— C'était pas vraiment un amant. Juste un harceleur
sexuel. Du coup, on l'a déclassé, maman et moi, il l'a mal
pris, et il s'est suicidé. C'est pas une perte, mais comme

c'était le père de Kerry Langmar, à qui tu donnes des cours particuliers, et que Lily Noctis c'est sa marraine, elle a viré maman.

Très perturbé, il s'efforce d'assembler les pièces du puzzle en griffonnant des noms, des flèches et des points d'interrogation. Je lui propose doucement :

— Tu veux que je recommence ?

— Non, ça va… J'essaierai d'intervenir auprès de Lily, en faveur de ta mère. Tu crois que ça peut s'arranger ?

— Tout peut s'arranger, dis-je en forçant l'optimisme.

Je revois maman à notre descente d'hélicoptère, tout à l'heure. Sa réaction quand Noctis lui a dit que ce n'était pas la peine qu'elle aille vider son bureau. La froideur méprisante avec laquelle un type du ministère lui a tendu ses objets personnels dans un carton. Je leur ai dit que c'était moi le coupable, pour qu'elle garde son travail. J'ai dit que j'avais déclassé Burle en imitant sa signature, mais maman a démenti. Elle assume avec fierté l'injustice qu'elle subit. On dirait qu'elle se venge de quelque chose. En tout cas, elle n'a plus à ramper devant la pétasse qui lui a offert la réussite sociale en échange de son mari. Elle m'a dit : « Va déjeuner avec ton père, je n'ai pas faim. » Je l'ai regardée se diriger vers les grilles de sortie, quitter le paradis artificiel du pouvoir, regagner la vraie vie des vraies gens. Je l'ai admirée, pour la première fois de ma vie. Mais je ne sais pas ce qu'elle va devenir. Je ne suis pas très optimiste.

— Je vais peut-être aller la retrouver, papa.

— Vas-y, mon grand. Ils me gardent en observation deux ou trois jours. Tu sais où je suis : tu reviens quand tu veux.

Je l'embrasse et je me relève. Au moment où je vais sortir, mon regard tombe sur la télé qui marche en silence. Le visage d'Olivier Nox occupe l'écran, surmonté d'un bandeau : *Très dangereux.* Je m'arrête, prends la télécommande.

— Je le connais ? s'informe mon père.

Je monte le son. Ils racontent son évasion, les recherches qui jusqu'à présent n'ont rien donné. Ils rappellent son itinéraire : l'industriel surdoué, le ministre éminent, le traître insoupçonnable au service des rebelles...

— C'est vrai, Thomas, ou c'est de l'intox ?

Je réfléchis en silence. Tout ça me paraît bidon – la comédie habituelle des médias au service du gouvernement. Mais ça ne fait que renforcer la vérité. L'insupportable vérité que je sens grossir comme une tumeur au fond de mon cœur. Tout me revient. Le moindre détail de mes discussions avec Nox. Nos affrontements. Le trouble que je ressens en sa présence. Le respect incompréhensible qu'il m'inspire entre deux élans de haine. Cette double personnalité qui s'empare de moi dès que je le regarde. Je suis sa marionnette. Il me manipule depuis toujours.

— Ça ne va pas, Thomas ?

J'éteins la télé.

— Le stylo que tu m'as offert quand j'étais petit, papa... D'où il venait ?

Il sourit, écarte les mains :

— Si tu as la réponse, je suis preneur.

J'ai la réponse, mais je la garde. Si le chronographe de Kerry est un cadeau de Noctis, en toute logique le mien provient de Nox. La conclusion qui s'impose me déchire et me dope à la fois. Je ne suis plus seul, face à mes deux ennemis. Mais quelle sera la réaction de Kerry ?

Je lui envoie illico un texto, pour qu'elle me rappelle dès qu'elle sera seule. Les salauds. Ils ont mis en scène notre venue au monde, nos drames, nos révoltes, notre rencontre dans les univers parallèles… Mais quel est leur but ? En tout cas, la tension qui m'a opposé à Kerry ce matin est la pire des erreurs. Il faut qu'on redevienne alliés, pour cesser d'être victimes. Pourvu qu'elle réagisse comme moi…

Avant de partir, j'embrasse encore une fois mon *vrai* père. Celui que j'aime, celui que j'assume, celui que je valide en connaissance de cause.

— Reviens vite, Thomas.

Je lui demande s'il a besoin de quelque chose.

— Ma vie, dit-il en reprenant sa documentation.

## 29

Je m'y attendais un peu, vu son état : ma mère n'est pas rentrée à la maison. Pourtant, je sens une présence. L'atmosphère est devenue complètement oppressante. Le silence écrase mes tempes, me noue le ventre.

Je ressors dans le jardin. Quelque chose guide mes pas. Un instinct, un appel. Je n'ai pas peur. Je n'ai même pas de colère. Juste de l'impatience. L'envie d'en avoir le cœur net. Le besoin de savoir.

La dépendance, au-dessus du local technique de la piscine. La chambre d'amis. Je fais le tour du petit bâtiment carré. J'entends un couinement, léger, régulier. Charnière qui grince et bois qui craque. Je connais. Et ça, je n'aime pas du tout.

J'ouvre la porte d'un coup. *Il* est assis dans le vieux rocking-chair de papa. Son fauteuil de lecture, que j'ai glissé dans notre camion de déménagement pour garder quelque chose de lui. Quelque chose d'avant.

— Depuis le temps que j'attends ce moment, laisse tomber Olivier Nox sans se retourner vers moi.

Il se balance au ralenti devant la télé muette qui diffuse

des images de son passé. Le prix de l'Innovation remis à l'entreprise Nox-Noctis. Le procès pour vol d'invention perdu par Léo Pictone. L'inauguration de la nouvelle usine de puces. Un gala au bras de sa demi-sœur. Un barbecue avec la famille du Président Narkos. La sortie de son premier Conseil des ministres. Son arrestation pour trahison, à la fin de la Guerre des Arbres.

Il a toujours le même visage, la même jeunesse. Comme Lily Noctis. Son double au féminin. J'observe la manière dont elle le regarde s'éloigner entre les soldats, menottes aux poignets. L'ombre de sourire qu'ils échangent. Ils n'ont jamais été ennemis. Ils m'ont joué la comédie de la rivalité, de la rupture.

— Tu tiens le choc, commente-t-il.

Il s'étire. Il est vêtu d'un peignoir de bain neuf qu'il a pris dans le placard.

— Tu as le droit d'être en colère, Thomas. Tu as le droit d'avoir peur, aussi. De te sentir intimidé en présence du Diable. Avec moi, tu sais qu'il est inutile de cacher quoi que ce soit, mon fils.

Je ne dis rien. Je reste là à l'observer de la tête aux pieds. Je le détaille. Je le décompose. Je l'isole. Je le vide de son importance. Il est beau, très beau, mais je n'ai rien de lui. J'ai les yeux de ma mère et le caractère de Robert Drimm. Je me fiche que ce tordu me croie son enfant. Je me fiche qu'il se prenne pour le Diable. C'est son problème. S'il m'a donné la vie, tant pis pour lui : je la garde et je ne lui dois rien. Mais je ne lui en veux pas. Il lit dans mes pensées ? Aucune importance. Au contraire. Je sais maintenant comment le combattre. Du moins comment ne plus le laisser déteindre.

— Tu ne m'en veux pas ? s'étonne-t-il.

— Non, je vous remercie. Vous vous êtes donné beaucoup de mal pour moi. Ça me touche.

Il me regarde, troublé. Lentement, il caresse l'accoudoir du rocking-chair.

— J'admire ton orgueil. C'est bien. C'est capital, comme péché. Indispensable. Je suis fier de toi, mon garçon.

J'attaque sur un ton de provoc :

— Vous allez faire quoi ? Me reconnaître ?

Il perd pied, une fraction de seconde. Il se reprend aussitôt, recommence à se balancer.

— Pas si vite, Thomas, pas si vite. La génétique n'est rien d'autre qu'un code qui peut s'activer ou pas. Tant de facteurs entrent en compte... Tu dois faire tes preuves, tu n'es pas encore à la hauteur de ce que j'attends. Mais tu progresses à vue d'œil. Seulement, tu prends le problème à l'envers : c'est à toi de me reconnaître. De me reconnaître comme ton maître, afin de briguer mon héritage.

Il guette ma réaction. Je vais me servir un verre d'eau. Je redresse un tableau en le mettant un peu plus de travers, dans l'autre sens. Il poursuit, amusé de mes efforts pour simuler le détachement :

— J'ai fait mon temps, dans tous les sens du terme. Cent cinquante ans d'incarnation, nous trouvons cela suffisant, ma demi-sœur et moi. C'est assommant, l'immortalité, tu ne tarderas pas à t'en rendre compte. On en fait si vite le tour. Il faut se régénérer ponctuellement dans un autre corps, c'est le seul remède contre l'ennui. Et c'est ta principale raison d'être. Eh oui, tu ne t'en doutes pas, mais ta pureté est une source de jouvence. En te polluant, comme on dit, je me ressource.

Il pousse un soupir d'aise et passe les mains dans ses longs cheveux noirs.

— C'est très agréable de préparer sa succession. De susciter des choix, des vocations… De trouver un repreneur. Tu verras, un jour.

Il pivote pour me regarder en face.

— Enfin, si tu acceptes de renoncer à ta part d'humanité, bien entendu. C'est la dernière décision qu'il te reste à prendre. Ensuite, tout ira tout seul. Mais pour l'instant, tu as encore le choix.

Il joint les mains devant son nez, tapote le bout de ses doigts.

— Tu peux t'asseoir près de moi et nous pouvons refaire le monde, Thomas. Je te donnerai le mode d'emploi des hommes, les secrets du pouvoir et du détachement. Je t'expliquerai le rôle qui t'attend – oh, pas celui d'un démon sanguinaire, sois tranquille. Celui d'un maître de maison qui assure l'ambiance, sert et dessert ceux qui répondent à son invitation. Je te laisserai les clés de la maison. Les clés qui ouvrent toutes les portes.

Il laisse passer un silence. Je ne le relance pas.

— Tu veux diriger le pays? Rien de plus simple. Je te donne les codes du Président et du Vice-Président, et tu transmets des ordres à leurs puces, comme tu l'as fait hier soir avec Robert Drimm. C'est ainsi que j'ai transformé le vieux Narkos en gâteux inamovible: j'envoie dans son cerveau un dosage de fréquences paralysantes pour qu'il demeure à la fois inopérant et présentable. La statue du héros national qui assure la stabilité des institutions. Quant à son fils, j'en ai fait l'éternel héritier qui ronge son frein, et qui se venge du temps qui passe en consommant de la chair fraîche avec d'autres possédés de son acabit – comme notre regretté Anthony Burle. Et l'histoire continuera avec le petit-fils : j'ai pourri à jamais leur dynastie, tout en leur donnant les moyens de détruire toute forme d'opposition. Le pouvoir absolu entre les mains de mes marionnettes, c'est tout ce qui m'amuse, Thomas. La dictature sous contrôle. Mais périodiquement, on a envie d'une petite révolution pour pimenter le cours des choses. Tu verras, quand tu seras à ma place.

Il attend que je réagisse. Je me contente de soutenir son regard.

— Tu peux également renier tes origines. Appeler la police, là, tout de suite, me dénoncer. C'est ton libre arbitre. Je ne me défendrai pas. Je me laisserai arrêter. Puis je disparaîtrai quelques années, histoire de me créer un autre descendant... J'ai le temps pour moi.

— Et Kerry ?

Son sourire s'efface dans une longue inspiration.

— Je te retourne la question, Thomas. Qu'en penses-tu ? C'est exaltant, n'est-ce pas, d'avoir enfin trouvé son double... Son âme sœur.

— C'est vous qui avez activé nos chronographes ?

— Indirectement. Quand nous ne souhaitons pas intervenir nous-mêmes, nous disposons d'une matière première inépuisable : l'ego et le vice. Rien de plus facile que d'agir à travers des âmes comme celles de Pictone ou Burle. Ta chère Kerry s'est bien débrouillée, elle aussi, dans les univers parallèles. Nous ne sommes pas mécontents du test. Il est assez prometteur, votre binôme.

— Elle est en train d'avoir le même genre de discussion, c'est ça ? La même scène, avec Lily Noctis.

— Je vois que tu as compris comment nous fonctionnons. La même scène, oui, à une différence près. Kerry, elle, a toujours côtoyé sa véritable mère, même si elle ne voyait en elle qu'une marraine trop peu présente. La transmission s'opère mieux de cette manière, entre femmes. Admiration, identification, frustration, rivalité ponctuelle... Entre hommes, c'est juste un bras de fer. Ce n'est pas le plus jeune qui gagne, c'est le plus vieux qui s'incline.

Je ne le laisse pas revenir sur son territoire. Je le ramène où je veux. Il aime les bras de fer ? Il va être servi.

— Et ma mère ? Vous éprouvez quoi, pour elle ?

Il me regarde de côté avec une lueur d'amusement.

— Je l'ai choisie sur des critères purement subjectifs : sa beauté inemployée, son intelligence qui tourne à vide, son potentiel d'amertume et sa capacité de nuisance. Tout ce qu'il fallait pour t'élever de travers, pour te préparer à ton destin. Mais, soyons honnête, je l'ai surtout choisie pour son mari. Celui qui allait t'apprendre la culture, l'intégrité, la rébellion, l'admiration déçue et la compassion inconditionnelle. Sans lui, tu ne serais qu'un petit revanchard illettré pour qui le Mal n'est pas une fin, juste un moyen. Et je nourris quand même d'autres ambitions pour toi.

— Et Josette Burle ?

— Une simple mère adoptive, elle. Sélectionnée pour son bon cœur, son besoin d'amour et sa lâcheté. Toutes ces faiblesses humaines contre lesquelles nous souhaitions vous vacciner, Kerry et toi, en vous immergeant dans ces familles d'accueil soigneusement choisies. Le mélange d'attachement, de déception, de honte qu'elles vous ont inspiré, c'était le meilleur chemin pour vous conduire à la haine.

— Ça sert à quoi, la haine ?

— À avancer, Thomas.

— Pour aller où ?

— Si nous le savions, soupire-t-il en écartant les mains. Notre rôle, c'est de maintenir l'équilibre des forces. Et l'univers est composé de 95 % de matière noire. Nous en sommes les gardiens. Dieu ne détient plus que 5 % du capital. Même pas une minorité de blocage.

— Et c'est quoi, Dieu ?

— L'ancien régime. La force d'amour et d'organisation qui a débouché sur la haine et le bordel – qu'il nous appartient de gérer. Mais tu n'es pas obligé de te cantonner à des questions d'ordre général, Thomas. Tu n'as rien à me demander de plus… personnel ?

— Non.

Il creuse les reins dans le rocking-chair, les mains nouées derrière la nuque.

— Je sens que tu brûles d'en savoir davantage sur nos origines…

— Non merci.

Je tourne les talons et je ressors. En passant devant la baie vitrée, je vois son regard déçu qui me suit le long de la piscine, en direction du portail. Eh oui, mon gars. Le problème, quand on a décidé de former un successeur, c'est qu'on se met en situation de dépendance. C'est le seul avantage que j'ai sur toi, et tu n'as pas fini d'en payer le prix. Tu m'as donné *les clés*, comme tu dis. Mais pas celles que tu crois.

## 30

Je n'ai pas mis longtemps à retrouver ma mère. J'ai suivi à la fois mon instinct et le calcul des probabilités. Lorsqu'on n'a plus d'avenir devant soi, c'est normal, on retourne en pèlerinage dans le passé, là où l'on était quelqu'un. Je viens de sortir du métro et je reconnais sa silhouette assise sur un banc, toute droite, de l'autre côté de la place, face au casino. Elle ne bouge pas. Elle ne fait rien.

Je m'apprête à traverser quand mon téléphone sonne. Kerry, enfin ! Je lui ai envoyé douze textos depuis que j'ai quitté la maison. Je prends l'appel si vite que je fais tomber mon portable. Je le rattrape avant qu'il touche le sol.

— Kerry ! Tu m'entends ?

— Super bien ! Toi aussi ?

La bonne nouvelle, c'est qu'elle s'est remise à parler. La mauvaise, c'est le ton de sa voix. À la fois enthousiaste et faux.

— Thomas, je viens d'apprendre un truc génial !

Très mal à l'aise, je cherche les mots pour lui ouvrir les yeux sans la braquer. Mais déjà elle enchaîne :

— Je ne suis pas la fille de Josette ! Elle m'a juste élevée ! Tu sais qui c'est, ma vraie mère ? Lily Noctis !

Je ne dis rien, consterné. Et puis je comprends, tout à coup. Si elle parle faux, ce n'est pas à cause de sa voix rouillée par des années de silence. C'est parce qu'elle joue la comédie.

— Kerry… Noctis est avec toi ?

— Comme tu dis : c'est top !

Je murmure :

— On a un vrai problème.

— Je sais ! se réjouit-elle.

— Il m'arrive la même chose avec Nox.

— C'est trop génial ! J'ai raconté à Lily tout ce que m'a fait Burle : elle est total vénère contre Josette qui ne m'a pas crue ! Et tu sais quoi ? Elle veut que je vive avec elle et ton père ! J'l'adore ! On pourra se voir quand on veut, toi et moi !

— Tu te rappelles l'endroit où tu étais avant qu'on se rencontre, dans le Temps 1 ?

— C'est cool !

— Viens dès que tu peux. J'y suis.

— OK, moi aussi. J'ai des mégatonnes de trucs à te raconter, sauf le plus génial, mais c'est un secret, j'ai pas le droit d'en parler ! On s'appelle et on se voit très vite, genre demain ou après-demain, comme t'as dit. Allez, bisous-bisous.

Je raccroche, un peu soûlé. J'aimais bien, finalement, quand elle était muette. Mais la parole, c'est comme la nourriture : lorsqu'on a été privé longtemps, on se jette dessus.

Je longe les manèges du Luna Park, traverse en direction du casino. Cela dit, je suis bluffé par la manière dont elle encaisse le choc. La vitesse avec laquelle elle a réagi. Moi encore, j'étais préparé. Mais d'un autre côté, chez elle, c'est le soulagement qui domine. L'aveuglement de Josette qui la traitait de menteuse quand elle accusait Burle, c'est sans doute moins douloureux si ça ne vient pas d'une vraie maman. Moi, Robert Drimm, je n'avais que de l'amour à lui reprocher. Cet amour si lourd à porter, dans l'état où je le voyais pendant mon enfance. Ç'aurait été plus simple de lui en vouloir, d'avoir honte de cette épave agressive qui faisait le vide autour de moi. Mais on s'est construits sur le pardon, Kerry et moi. Dans la situation où l'on se retrouve aujourd'hui, c'est peut-être notre meilleur atout.

Je m'assieds sur le banc à côté de ma mère, à l'ombre du Saule gagneur. Son visage immobile fixe la fenêtre de son ancien bureau, au deuxième étage. J'aspire une grande bouffée d'air chimique en provenance de l'océan. Il va falloir jouer serré, mais je n'ai pas d'autre solution.

— J'ai une bonne nouvelle, maman.

Elle me décoche un regard en biais, puis le redirige vers sa fenêtre. Elle ne demande même pas de quoi il s'agit. Je poursuis d'un ton joyeux :

— On a un invité, à la maison.

Elle hausse les épaules.

— Quelle maison ? C'est un logement de fonction, Thomas : il faut qu'on le rende. Pour aller où.

Ce n'est même pas une question. Je réponds :

— Il n'y a qu'à demander à papa : il dira à Noctis de nous donner un délai, le temps qu'on trouve autre chose.

— Je ne veux plus avoir de contact avec lui. C'est clair ? Toi, tu fais ce que tu as envie de faire.

Je laisse passer trois secondes de silence, et je pose la main sur son bras :

— D'accord, je lui parlerai. Mais je ne lui dirai pas qu'on a un invité.

Elle me regarde, agacée.

— C'est quoi, cette histoire d'invité ? Tu n'as pas recueilli un chien perdu, encore ? Tu sais bien que c'est interdit, qu'il faut tous les piquer pour éviter la grippe canine !

Je prends une petite voix, dont je suis seul à mesurer l'ironie :

— Ce n'est pas un chien, non. Mais il est perdu.

— Tu fais ce que tu veux. Moi, de toute façon…

Elle baisse les yeux sur le carton posé à ses pieds. Ses objets personnels rendus par le ministère. Sa bouteille d'eau, sa tablette, son paquet de chewing-gums, ma photo dans un cadre. Une vieille photo du temps où j'étais gros, coupée au-dessus du double menton pour que j'aie l'air aux normes. Ça m'attendrit presque, aujourd'hui, la honte qu'elle avait de moi. Je lui file une bourrade pour la redynamiser.

— Ça te plairait, de te venger de Lily Noctis ?

Elle se remet droite.

— Sois réaliste, Thomas.

— Je le suis. On n'a plus rien à perdre, donc on peut prendre des risques.

— Pourquoi tu dis ça ?

— Il te plaira beaucoup, notre invité. Évidemment, il est poursuivi par toutes les polices, mais on n'ira jamais le chercher dans une maison qui appartient au ministère de sa sœur.

Elle se cabre, m'attrape le poignet dans un sursaut :

— Olivier Nox ? Tu n'as tout de même pas caché Olivier Nox ?

— Eh si. Son ennemi juré. Il y a une heure, il est venu nous demander asile. J'ai pensé que tu serais d'accord.

Elle tourne la tête, vérifie que personne ne peut nous entendre.

— Mais… Pourquoi nous ? Pourquoi il est venu chez nous ?

— C'est un secret, maman. Il m'a demandé de ne pas t'en parler tout de suite. J'ai dit OK, pour le mettre en confiance.

Elle me dévisage, abasourdie. Dans son regard, l'incompréhension cède peu à peu la place aux hypothèses.

— Tu veux passer un accord avec Noctis ? Échanger son frère contre ma réintégration ? C'est pour ça que tu l'as recueilli ?

Visiblement, ça lui plaît bien comme explication. Ça lui redonne des couleurs. Je m'empresse de la détromper.

— Mais pourquoi tu fais ça, alors ? lance-t-elle avec une vraie déception.

Je la prends par l'épaule et l'attire contre moi.

— Une bonne action, maman. C'est important de faire une bonne action.

## 31

Je vais lui acheter un sandwich, et je la laisse digérer la situation sur son banc pour rejoindre Kerry qui vient d'annoncer son arrivée par un texto. Je l'aperçois à l'entrée du Luna Park, au pied de la grande roue. Elle court à ma rencontre, me saute au cou.

— Mon frère, tu es mon frère! C'est génial!

Elle me serre de toutes ses forces. Je l'écarte, désarçonné.

— Pourquoi tu dis ça?

— Parce qu'on sera copains pour la vie, sans qu'il se passe rien entre nous : on est tranquilles!

Elle se raidit, regarde mes doigts crispés sur ses hanches. Je comprends que je lui fais mal et je réduis la pression.

— Tu comprends, Thomas, c'est pas contre toi, mais tu es quand même un mec. Et après ce que j'ai vécu avec Burle…

Je l'interromps pour mettre les choses au point. Désolé de la refroidir, mais si Nox est mon père et Noctis sa mère, je ne suis pas son frère, mais son cousin. Et encore, même pas : Noctis est juste la demi-sœur de Nox.

— M'en fous, t'es mon frère !

Et elle plaque sa bouche sur la mienne, se recule aussitôt avec un sourire radieux. Bon, OK. Si c'est ce qu'elle appelle la fraternité, je n'ai rien contre.

— Elle est pas top, la vie ?

Je confirme. Sauf qu'apparemment, on est les descendants du Diable. Je le lui rappelle avec un maximum de diplomatie. Elle hausse les épaules.

— Tu y crois, à ces conneries ? C'est deux pauv' mythos, c'est tout. Deux tarés qui se la pètent en se faisant des plans gothiques. Mais plus diable que Burle, ça se peut pas, et regarde comment il a fini. Faut pas qu'on me cherche, moi ! T'as vu, quand je t'ai appelé, comme je l'ai roulée dans la farine, la gothique ?

Je ne discute pas. En fait, elle a raison. Moi aussi j'ai commencé par minimiser, d'instinct, pour affaiblir l'adversaire. Mais à trop le minimiser, on le sous-estime. Et ça le renforce.

— Écoute, Kerry, ils sont peut-être mytho, mais tu as vu les pouvoirs qu'ils se trimbalent. Le chronographe, tout ça… Et l'immortalité, on n'a pas de preuves, OK, mais c'est vrai qu'ils ne vieillissent pas. Ils ont cent cinquante ans, d'après Nox. Alors si on est comme eux…

— On n'est pas comme eux ! s'énerve-t-elle en me poussant contre la grille du train fantôme. On est à moitié humains, nous !

— Mais eux aussi, justement ! C'est comme ça qu'il fonctionne, le Diable, depuis que le monde existe ! Il se duplique ! Il fonctionne en binôme, sinon il s'emmerde.

L'immortalité, quand t'es seul, c'est mortel – et même là, ils en ont marre d'être sur le terrain : ils veulent faire jouer les remplaçants.

— J'suis pas débile, j'ai compris ! Avant eux, c'était déjà eux dans d'autres corps sous d'autres noms, et là ils nous refont le coup du copier-coller. Adieu les Nox-Noctis, bonjour les Drimm-Langmar !

— Si on l'accepte, Kerry ! Uniquement si on l'accepte ! Ils ont été clairs là-dessus. Le mien en tout cas.

— C'est vrai, admet ma demi-cousine en glissant les mains dans les poches de son jean. Bon, qu'est-ce qu'on fait, concrètement ?

J'écarte les bras dans un signe d'évidence :

— Le Bien. Pour lutter contre le Mal, c'est ce qu'y a de plus rapide.

— Et qu'est-ce qu'on peut faire de bien ?

— Déjà, se donner du mal pour ceux qu'on aime. Et pour les autres aussi. Pardonner à tout le monde et créer de l'amour, quoi.

Elle se gratte le nez, sceptique :

— C'est un plan de gonzesse.

— Pas du tout ! Le Diable, il se nourrit de la haine. Donc l'amour, ça le tue !

Elle fronce les sourcils, brusquement soucieuse :

— Attends… Mais on devient quoi, nous ? Si on est diables à 50 %, c'est du suicide !

J'examine l'argument, perturbé. Et puis je le démolis :

— Écoute, quand on arrache les mauvaises herbes, ça aide les bonnes à mieux pousser et à prendre toute la place. Non ?

— Et vice versa, t'as raison. Si on arrache le Bien, il ne

pousse plus que du Mal. C'est ce qu'ils attendent de nous, ces enfoirés. Comment on fait, alors ?

— Tu continues ton numéro avec Noctis, comme tout à l'heure : tu la gaves d'admiration, d'amour filial, de trucs de fille, j'sais pas…

— T'inquiète. Et toi ?

— Pareil avec Nox, en version mec. Le bras de fer, le jeune qui est total respect devant le vieux qui s'incline, tout ça… Et je lui prépare un plan bien glauque avec ma mère. Je t'expliquerai.

— Tu m'offres une barbe à papa ?

Il y a du vague à l'âme dans sa voix, derrière le sourire. Je regarde le comptoir où elle s'est arrêtée. Le patron discute avec la femme du stand de tir, à côté. J'attrape une tige sur le présentoir, la glisse dans la centrifugeuse à mousse rose, et je la lui tends. On reprend notre marche, en partageant les filaments de faux sucre qui s'évaporent dans la bouche.

— Comment ça s'est passé, demande-t-elle, avec Robert Drimm ?

Je lui raconte la scène à la clinique. Ses yeux luisent de haine quand elle entend le coup fourré que m'a fait Nox, en m'amenant à torturer mon père sans que je le sache.

— Robert, c'est un homme génial, soupire-t-elle. Ses cours de littérature, c'est tout ce qu'il y avait de bien dans ma vie.

Je ne sais pas quoi répondre. Elle essuie son nez où le sucre a tissé des toiles d'araignées roses. Elle laisse passer un moment, puis :

— Tu sais, Thomas, il m'arrive un truc bizarre. Je me suis toujours forcée à aimer quand même Josette, parce que c'était ma mère. À lui trouver des raisons, des excuses… Là, je ne suis plus obligée. Et, en même temps, ça change tout. Je commence à la comprendre, tu vois. Elle travaillait chez Noctis, y a treize ans. Elle ne pouvait pas avoir de bébé, elle a adopté celui de sa patronne qui avait autre chose à faire : c'était parfait pour toutes les deux. Et puis elle a perdu son mari, alors Noctis lui a présenté Burle… Pour que j'aie un père de remplacement.

Elle me reprend la barbe à papa, avant que j'aie pris trop d'avance.

— Elle l'a aimé comme une dingue, ce pourri. Elle ne pouvait pas croire ce qu'il me faisait. Tout ce qu'elle voyait, c'est ce qu'il dépensait pour que je sois la plus belle, la plus intelligente, la première… Mais je lui en veux moins, d'un coup, c'est marrant, parce qu'au début elle m'a *choisie*. C'était un vrai acte d'amour, ça, non ? Je vais peut-être commencer à l'aimer pour de bon, maintenant que j'ai le choix, moi aussi.

Je hoche la tête, son émotion en travers de ma gorge. C'est tellement ce que j'ai ressenti en face de Robert Drimm, tout à l'heure, après avoir découvert que j'étais le fils d'un autre.

On se prend la main en silence. Elle finit par murmurer ce que j'allais lui dire :

— C'est Josette et Robert, nos vrais parents. Ceux qui nous ont élevés. Nox-Noctis, c'est juste des fournisseurs.

Je renchéris d'une voix sombre :

— Mais ils viennent reprendre leurs fournitures.

Elle me saisit vivement aux épaules, me retourne vers elle.

— On ne leur doit rien, Thomas, tu es d'accord ?

Je confirme. Elle poursuit :

— Tu sais ce que je crois, même ? Tu sais ce qu'on va décider ? Qu'on n'est *pas du tout* les enfants de ces deux bouffons.

— Mais on a la preuve que si !

— Non, Thomas. On a juste la preuve que tu n'as pas l'ADN de Robert et que j'ai été adoptée par Josette : elle me l'a dit. Mais on peut avoir n'importe quel autre parent que Nox et Noctis !

Je me mords un ongle, déstabilisé. Je ne dirais pas « déçu », mais quand même… C'est bizarre comme on s'habitue vite aux pires choses. Et comme on a du mal à s'en défaire ensuite.

— Faut pas se raconter d'histoires, Kerry…

— Je suis bien d'accord : on s'en tient aux faits. Comme ça on est sûrs de rester libres, de pas se laisser influencer par les liens du sang et tout ce bazar. Chez les diables, y a peut-être pas besoin de se reproduire ! Il suffit de recruter ! Je suis peut-être juste un bébé volé par Noctis dans une couveuse, moi. Et toi, Nox a très bien pu trafiquer la fiche génétique de Robert, pour te faire croire que tu n'es pas de lui !

Je serre les poings en soutenant son regard et je lui cogne l'épaule :

— Tu es géniale ! Merci, Kerry !

— Autre chose ? dit-elle gaiement, avec un salut militaire.

J'exprime aussitôt l'idée qui me traverse :

— Oui, dis donc, y a un truc qu'on peut faire en urgence, tiens ! C'est direct.

— Quoi ?

— Le métro. Neuf stations, tu descends à Liberté-Nord et tu m'attends au 45, avenue de la Première-Paix-Mondiale. Je raccompagne ma mère à la maison et je te rejoins. Je crois que j'ai trouvé la solution, Kerry. Mais sans toi, j'y arriverai pas. Je t'expliquerai sur place.

Elle me retient.

— Tu veux que je te dise encore un truc?

Sa voix est toute grave et son œil rieur.

— Vas-y.

— Dans les univers parallèles, je trouvais que tu étais trop, mais là t'es pas mal non plus.

— Moi aussi. Je veux dire : toi non plus.

— Et encore, t'as rien vu.

Je lui tends les lèvres. Elle me présente sa paume. J'y claque la mienne, et on se quitte en étant les plus forts du monde.

## 32

Franchement, je ne pensais pas que ma mère pourrait m'épater comme ça un jour. Je lui ai tout raconté, dans le métro qui nous ramenait à la maison. La mort de Pictone sur la plage, mes démêlés avec l'ours en peluche, mes voyages dans le temps... Et elle m'a cru. C'est normal, d'un autre côté. Quand la réalité nous ferme la porte, on devient plus ouvert aux choses qui nous dépassent. Lorsque plus rien de connu n'existe, à quoi bon refuser l'inconnu ?

Tout était vrai dans mon récit, sauf la fin. J'ai inventé que Nox était un type formidable, le Bien personnifié, le contraire absolu de sa demi-sœur – d'où le complot qu'elle avait imaginé pour le faire enfermer. Aux abois depuis son évasion, complètement paumé, il était venu, en désespoir de cause, se réfugier chez la femme dont il rêvait depuis treize ans.

— De quoi tu parles, Thomas ?

J'ai pris mon souffle et je lui ai sorti d'une traite :

— C'est pas mon père, papa. C'est une erreur. Au centre d'insémination, ils se sont trompés de tube. Quand ils s'en sont rendu compte, ils ont prévenu Nox, parce que c'est un type important. Ils lui ont dit chez qui son tube était allé : M. et Mme Drimm. Il a répondu que vous pouviez me garder. Simplement, il ne voulait pas qu'on vous révèle la vérité – encore moins son identité, à cause de l'héritage. Forcément : j'aurais pu le réclamer. T'imagines les milliards que ça représente, l'entreprise Nox-Noctis ?

Écrasée d'horreur sur son strapontin à la première phrase, elle a très vite repris figure humaine, avant de se décomposer à nouveau en entendant la conclusion. Elle a tapé du pied, elle a sifflé entre ses dents :

— Les salauds !

Et visiblement ça désignait ceux qui lui avaient caché la vérité, pas ceux qui s'étaient trompés de tube. Sans transition, elle m'a demandé depuis quand j'étais au courant.

— Une heure et demie. Nox me l'a dit quand je l'ai découvert dans la chambre d'amis.

— Et les preuves ? a-t-elle bondi. Il a des preuves génétiques ?

— Il dit que oui. Et il a plein de remords à cause de nous. Mais si les flics le rechopent et qu'il est exécuté, l'État lui prendra tous ses biens. Alors il va nous dire comment récupérer l'argent qu'il a planqué. Qu'est-ce qu'on fait, maman ? On le garde ? On le sauve ?

Elle a plongé dans mon regard avec un frisson de revanche, une lueur de joie hystérique.

— Et comment, on le sauve ! C'est ton héritage, Thomas !

Et puis elle s'est reprise aussitôt, par amour-propre ou par égard pour moi. Elle est restée silencieuse un moment, les poings serrés, les lèvres tremblantes. Je lui ai demandé si ça allait. Elle a attendu que les voyageurs de la rame regardent ailleurs, ensuite elle a repris d'un ton plus doux :

— Pour toi aussi, mon chéri, ç'a dû être un choc terrible d'apprendre cette histoire. Le fils de Nox…

J'ai répondu par une petite moue modeste :

— Je gère, maman. Je gère. Mais faut que tu m'aides.

— Attends ! bondit-elle. Où veux-tu qu'on le cache ? Le ministère va nous reprendre la villa !

— J'ai demandé à Robert, c'est bon : Noctis nous la laisse pour l'instant.

— Et si la police le découvre ? Ils nous arrêteront pour non-dénonciation de criminel !

— Ben non ! Il squatte la maison d'amis : on n'est pas au courant, on n'y va jamais.

— Et tu penses qu'ils nous croiront ?

— C'est hyper dangereux, maman, je suis d'accord. Mais y a pas d'autre solution. Ou alors on le dénonce tout de suite.

— Non, a-t-elle murmuré au bout d'un moment. Tout le monde a droit à sa chance.

Et, dans ses yeux, il y avait autre chose que la revanche et la cupidité.


Quand j'ai ouvert la chambre d'amis, j'ai eu un choc. Nox n'était plus dans le rocking-chair. Il était assis en tailleur sur le sol, au milieu de la pièce, les yeux fermés, les mains sur les genoux. Il avait changé. Sa peau était moins ferme, ses joues plus creuses, il y avait des mèches blanches dans ses cheveux qui paraissaient moins épais. Il respirait à peine.

Ma mère le regardait depuis le seuil, anxieuse, perplexe.

— Il est en méditation ?

J'ai eu soudain très froid dans ma tête.

— Non, maman. Il transfère.

Je ne sais pas pourquoi j'ai dit ça. L'image m'est venue avant les mots. Je l'ai vu en train d'installer dans mon cerveau ses fichiers, son imagerie, sa mémoire… Je lui ai balancé un violent coup dans l'épaule, qui l'a renversé sur le tapis.

— Thomas, tu es fou ? s'est affolée ma mère.

— Je gère.

Nox a rouvert les yeux avec une expression de désarroi, d'absence. Il s'est relevé en plusieurs temps, le souffle court. Lorsqu'il s'est retrouvé face à moi, je lui ai déclaré d'une voix sèche :

— Je vous présente la maman de votre fils. J'en reviens pas qu'elle vous pardonne de lui avoir caché la vérité, toutes ces années. Vous méritez vraiment pas la pitié qu'on a pour vous.

Et je les ai laissés seuls. Je me suis dit que j'étais quand même gonflé de prendre un risque pareil. Mais j'avais décidé de faire confiance à tout ce que Nicole Drimm avait de pire en elle, au service de la meilleure des causes : défendre son petit garçon. Et ce n'est pas un demi-diable en préretraite, devenu pour elle grâce à mes confidences une mauviette innocente, qui allait faire le poids face au devoir d'une mère.

## 33

Kerry a l'air moyennement cool lorsque je la rejoins avenue de la Première-Paix-Mondiale. Avant que j'aie pu m'excuser pour mon retard, elle attaque :

— C'est bien ici que tu m'as donné rendez-vous ?

— Oui.

— Dans un hôpital.

— Ben oui.

— Tu veux qu'on fasse des examens pour voir si on est encore humains ?

Je la détrompe. Je lui raconte Brenda Logan. Le coup de cœur impossible de ma fin d'enfance, notre alliance autour de l'ours Pictone, nos combats, son coma inexplicable contre lequel les médecins ne peuvent rien, mes efforts sans succès pour la réveiller en lui parlant.

— Et tu penses qu'elle t'entend ?

— À deux, on y arrivera peut-être mieux, Kerry. C'est pour elle que je suis parti dans les univers parallèles. Mais c'est toi que j'ai trouvée. Tu vois, lui redonner la vie, je pense que c'est le plus bel acte d'amour qu'on puisse faire.

Et on n'a plus que deux jours : ils la débranchent vendredi. Pour des histoires de pognon.

— Tu la kiffes toujours ? s'informe-t-elle, très neutre.

— Pas de la même façon. Mais si t'es jalouse, c'est génial. Tu fais l'impasse et tu décides qu'il faut qu'on la sauve quand même, quitte à réveiller une rivale. Ça, c'est du vrai amour ! Désintéressé, j'veux dire. Si tu as du Diable en toi, rien de mieux pour le zapper !

Elle me regarde en secouant la tête, le souffle coupé par mon culot.

— T'es pas vrai, comme mec.

— Je préfère quand tu me dis que j'suis trop.

— Un peu limite, là, je trouve.

— Je trouve aussi, mais ça t'aide à moins craquer pour moi.

— Je confirme.

On se toise et on se sourit, comme des mômes qui jouent à la guerre en attendant mieux. C'est fou la force qu'on se donne, quand on est ensemble.

— D'accord, dit-elle. Je vais te la réveiller, ta Vieille au bois dormant.

Je la fais entrer dans la chambre 513. On s'approche de Brenda, qui me paraît plus maigre que la dernière fois. Plus creusée, mais moins pâle. Je lui présente Kerry.

— J'ai beaucoup entendu parler de vous, lui dit-elle en forçant l'amabilité. Alors, quel est le problème ?

Elle fait mine d'écouter la réponse. Dans le bruit régulier de la machine à respirer, je la regarde hocher la tête, gravement. Qu'est-ce qu'elle me fait, là ? Le coup de la télépathie ? C'est à mon tour d'éprouver un pincement de jalousie. Je ne sais pas si Kerry se fiche de moi ou si elle vient réellement d'entrer en contact avec Brenda. Ça serait la meilleure, ça. Avec tous les efforts que j'ai faits pour lui parler sans réponse. Qu'elle se confie à une inconnue sous prétexte que c'est une fille, ça me choquerait quand même un peu. Mais je l'espère de tout mon cœur. Je risque :

— Elle te dit quoi ?

— Rien. C'est moi qui lui parle.

— Et tu lui dis quoi ?

Elle pousse un soupir, s'assied sur le matelas électrique qui ondule sous ses fesses.

— OK, mademoiselle Logan. Thomas vous kiffe à mort, mais il est trop jeune et ça vous fait flipper qu'il se plombe la vie à cause de vous, au lieu de regarder les filles de son âge, alors vous avez décidé de rester dans le coma. C'est ça ? J'aurais fait pareil, à votre place. C'est un truc que les mecs peuvent pas comprendre. Mais ça y est, c'est bon : il m'a rencontrée, y a plus de souci. Maintenant, vous serez juste une vieille copine. Vous pouvez revenir.

Je l'ai écoutée, sidéré par son incompréhension – ou sa clairvoyance. Sa vacherie, en tout cas. Mais peut-être qu'elle a raison. Peut-être que c'est la seule technique efficace, dans ce genre de cas, pour déclencher une réaction. L'électrochoc.

Elle prend la main gauche de Brenda, au-dessous de la perfusion. D'un geste, elle m'ordonne de l'imiter. Je m'assieds de l'autre côté du lit et je saisis la main droite.

— Allez, décide-t-elle, on se concentre et on lui envoie des bonnes pensées.

Je ferme les yeux. Je ne sais pas ce qu'elle lui raconte. Moi, comme « bonne pensée », je visualise Louis Pictone, une boîte de chocolats à la main, attendant qu'elle se réveille pour lui faire goûter ses spécialités. Je veux que tu sois heureuse avec lui, Brenda. C'est un type fait pour toi. Si tu savais comme tu l'as trouvé craquant, dans un autre monde… Une fois que j'aurai réglé les problèmes en cours, je te l'amènerai. Si tout se passe comme je l'espère, en ce moment, il est en train de se réconcilier avec son grand-père en peluche, et ça fera de lui un amoureux beaucoup plus cool. Mais bon, là, je ne peux pas tout gérer en même temps, et il faut vraiment que tu fasses un effort. Tu n'as plus les moyens de rester dans le coma, Brenda. Après-demain, ils vont te débrancher. Mon père a tout fait pour que son ministère achète tes tableaux, mais… ça n'a pas marché. Alors reviens. Maintenant. Et tu recommenceras à peindre. Et ta guérison miraculeuse, ça te fera une telle pub que tes toiles vaudront de plus en plus cher. Et comme ça tu pourras financer la révolution qui te fait rêver depuis toujours…

— C'est la fin des visites, lance une voix.

Je rouvre les yeux. Sur le seuil de la chambre, l'infirmière nous sourit avec un air désolé. Kerry cligne des paupières. Elle se relève, lentement, les yeux sur Brenda, comme si elle quittait une amie. Je demande :

— Tu sens du bon ?

Elle dit d'une voix étrange :

— Je reviendrai demain. Mais… d'après Brenda, c'est mieux si je viens seule.

J'hésite entre plusieurs réactions. Je me contente de lui demander pourquoi.

— Écoute, tu en fais ce que tu veux, mais je crois que

j'ai reçu une info… Elle te remercie de lui parler, seulement elle dit que tu as mieux à faire pour elle.

— Moi ?

— Elle dit…

J'attends la suite. Elle me dérobe son regard et achève en fixant le visage immobile sous les tuyaux gris :

— Elle dit que tu dois t'occuper des vivants.

Les mots creusent un trou dans mon ventre. Et puis soudain la douleur résignée qu'ils ont déclenchée se change en évidence. Si son état n'est pas dû au poison ni à la magie noire, il existe une troisième hypothèse. Et, dans ce cas, un seul moyen d'agir.

## 34

Les jours suivants ont été à la fois une course contre la montre et un retour aux sources. J'ai suivi le conseil : je me suis occupé des vivants. Robert Drimm, en premier. Je lui réapprends sa vie, ses goûts, ses colères et ses joies. J'insiste sur le bien qu'il a fait à Kerry Langmar, la plus douée de ses élèves, la petite sœur rêvée que j'ai découverte grâce à lui. Sa seule réussite en tant que prof.

Il en a les larmes aux yeux. Il se sent un type chouette dans mon regard, à mesure qu'il récupère sa personnalité. Un type normal avec ses limites, ses échecs, ses quelques succès, ses rares bonheurs et ses rêves qui reprennent corps. Retrouvant l'énergie brouillonne avec laquelle il m'a élevé, j'essaie de le remettre à niveau. Les deux seules choses que je lui cache, c'est la vérité sur Lily Noctis et le fait que j'ai détruit sa mémoire en agissant sur sa puce.

Il me fait confiance, prend tous ses souvenirs pour argent comptant, les restocke en vrac au même titre que ses connaissances intellectuelles. Mais de ce côté-là, j'ai beaucoup plus de mal. Un homme comme lui, c'est moins difficile de lui redonner sa mémoire que sa culture.

Je dois fournir un effort gigantesque pour me souvenir de tout ce qu'il m'a appris et le lui restituer. Comme il ne sait plus où il a caché ses livres interdits après son déménagement, je ne peux compter que sur moi-même. Et sur son indulgence.

Mais le plus important, c'est ce que j'invente. Je lui reprogramme des souvenirs de passion folle et tendre avec Lily Noctis, très au-dessus de l'excitation intello qu'il puisait dans leur relation, avant son accident de mémoire. Et je lui dévoile la merveilleuse surprise qu'elle nous prépare. Anthony Burle étant mort et sa veuve hors service, Noctis a recueilli Kerry en tant que marraine. Comme ça, il pourra finir de l'élever avec elle. On sera une double famille interchangeable : le rêve de sa vie. Et de la mienne. Kerry entre lui et Lily, moi entre maman et Olivier, en alternance ou ensemble : on décidera en fonction de nos désirs d'ados.

— Olivier ? Qui est-ce ?

— Le mec que maman a rencontré depuis que tu es parti. Mais il ne faut pas en parler à Lily, pour l'instant : c'est son demi-frère. Et ils sont fâchés à mort.

— Ça je sais, oui, elle me l'a raconté.

— On essaiera de les réconcilier, mais faudra la jouer subtil.

— Je te laisse faire : c'est toi qui tiens les commandes.

Il y a dans son regard une lueur d'enfance que je ne lui ai jamais vue. Celle que j'ai perdue, sans doute, mais c'est bien qu'il l'ait retrouvée. Il ajoute en s'étirant :

— C'est drôle, tu sais, le sentiment que j'ai… C'est délicieux, même. Je me sens libre comme l'air, au bout de ta corde. J'ai l'impression d'être ton cerf-volant.

Une bouffée d'angoisse m'envahit soudain. Je ne lui ai pas parlé de mon cerf-volant, j'en suis sûr. Est-ce qu'il fait semblant d'être amnésique, pour voir de quoi je me souviens, ce qui m'a rendu heureux et ce que j'invente à la place du reste?

Je répète, sur le ton le plus banal possible:

— Mon cerf-volant?

— Oui. Tu l'as toujours?

Il feuillette l'album photo, s'arrête à la page où, dans ma période préobèse, je joue sur la plage avec ce qui allait devenir l'arme du crime. Rassuré, je referme l'album.

— C'est le passé, papa. Maintenant, faut qu'on pense à notre nouvelle vie. Elle va être formidable.

— Si tu le dis, je te crois.

Je m'efforce de partager son optimisme. Il est hyper fragile, mon plan, je le sais bien. Mais quelle arme utiliser contre le Diable, à part l'amour?

— Tu sais, Thomas, j'ai dit à Lily que j'étais inquiet pour Kerry et toi, par rapport à la Saint-Oswald. Elle me dit que j'ai tort: toutes les puces sont fiables à 100%. Ce qui m'est arrivé, d'après elle, ça ne peut être qu'un code-fréquence envoyé par son demi-frère.

— Et pourquoi il t'aurait fait ça? je demande, l'air de rien.

— Pour se venger d'elle.

Je saute sur l'argument:

— Bien sûr, papa, c'est évident! Pour l'atteindre dans ce qu'elle a de plus cher: toi.

— Voilà.

Développant sur ma lancée, j'improvise:

— Je comprends pourquoi il est si gentil avec moi,

depuis qu'il a flashé sur maman. Il n'arrête pas de me demander pardon, et je ne savais pas de quoi. Tu vois : c'est toujours l'amour qui finit par gagner.

Il sourit, me serre contre lui.

— J'en suis certain, Thomas.

J'aimerais l'être. Mais le bien que je lui fais me donne la force d'y croire.

Du côté de ma mère, les choses avancent de façon plus sournoise. Quand elle regarde Nox, il n'y a plus seulement, dans sa ligne de mire, mon statut d'héritier génétique par erreur. Je vois bien l'impact exercé sur elle par ce réfugié à domicile que je lui ai offert, ce dominant en déroute à la merci de son bon cœur. Un si beau mec, si puissant hier encore et brusquement rejeté par tout un pays. Le père caché de son fils. Le pire ennemi de la pouffe qui lui a piqué son mari. C'est normal qu'il la fasse craquer. Elle se contente pour l'instant d'observer ses fissures.

Je ne l'avais jamais vue amoureuse – à part deux ou trois fois, avant ma naissance, sur les photos de mariage. Je l'ai un peu coachée, pour qu'elle se maquille mieux et qu'elle s'habille mode. On fait les courses pour Nox. On le ravitaille, on lui achète du linge et un rasoir. On joue à la poupée avec le réfugié de la chambre d'amis. Elle se met à lui mitonner des petits plats bien lourds, elle qui n'a jamais cuisiné qu'au micro-ondes. Elle embellit à chaque repas.

Nox, lui, comme je l'avais prévu, s'étiole. Passé les premiers moments de surprise et d'amusement, il a très vite éprouvé les effets secondaires de ce trop-plein d'amour qu'on déverse sur lui. Les attentions d'un fils clandestin qui pardonne. La gratitude d'une femme délaissée qui n'a jamais connu que la rancœur, le harcèlement ou la tromperie, et qui découvre enfin, grâce à lui, le fantasme. Elle rajeunit au fil des heures. Il vieillit à vue d'œil.

Kerry applique la même recette au ministère, avec une réussite comparable. Mon père et elle construisent autour de Noctis la plus merveilleuse des cellules familiales. Prise entre ces deux feux d'amour qu'elle s'efforce en vain d'éteindre, la marraine se consume de l'intérieur et commence à accuser son âge. Elle se retranche le plus souvent dans sa chambre, prétextant des migraines.

Mon père ne s'en formalise pas. Il nage à contre-courant dans un bonheur qui stimule sa puissance de travail. Il planche nuit et jour avec sa nouvelle conseillère jeunesse, Kerry, sur le discours qu'il prononcera lors de la promotion de la Saint-Oswald. L'annonce de la nouvelle politique énergétique centrée autour des arbres. Ce discours, c'est pour lui la plus belle des lettres d'amour qu'il puisse écrire à la femme de sa vie pour la remercier de lui avoir donné le pouvoir. Le pouvoir d'améliorer le monde.

Noctis ne sort plus de ses appartements privés. Dans la poubelle, Kerry a trouvé des poignées de cheveux. Moi aussi, dans la chambre d'amis. Notre plan fonctionne.

Ou alors ils s'appliquent à nous le faire croire.


Mes parents se parlent à nouveau. Ils échangent leurs inquiétudes et leurs hypothèses sur le vieillissement accéléré qui affecte le frère et la sœur depuis vingt-quatre heures. Ma mère redoute une maladie génétique dont elle a vu les images sur le Net : la progéria. Aucun des deux n'accepte de voir un médecin. Ils disent qu'ils ne se sont jamais sentis mieux, et s'enferment pour qu'on les laisse tranquilles. Kerry et moi trouvons que ça ressemble de plus en plus à une mue. À une métamorphose, comme chez les insectes. Sauf que là, ils n'ont pas besoin de cocon. Et leur mutation se résume à la déchéance physique.

Quand ma mère me demande d'un air désespéré ce qui peut mettre Olivier dans un tel état, je réponds d'une voix navrée :

— L'amour.

Elle éclate en sanglots. Elle ne pense même plus à la part d'héritage que je serais en droit d'attendre de mon père naturel. Elle a projeté sur lui ses frustrations d'épouse, ses déceptions de mère. Elle se purifie en offrant tout son amour à un débris, et il en crève.

À moins que ce ne soit un piège.

## 35

Au milieu de tous les stress que nous donne ce complot contre le Mal, je viens d'avoir une bonne surprise. Je me suis réveillé avec une boule dans le ventre, parce qu'on est vendredi. Le dernier jour de Brenda. C'est là que j'entends un coup de sonnette à la grille. Louis Pictone. L'air rayonnant, un paquet sous le bras. Il se présente, me rappelle qu'on s'est vus brièvement le mois dernier, à la veillée funèbre de son grand-père. Je lui serre la main en disant oui bien sûr, poli. Je me souviens surtout de la manière dont il a balancé ses quatre vérités à Léo dans un monde parallèle, mais lui non, évidemment. Il me tend l'ours emballé dans un journal.

— Je suis venu vous le rendre.

Difficile de faire la part, dans sa voix, entre nostalgie et bon débarras. J'avais vu juste, alors. Après m'avoir quitté en emportant le chronographe, la peluche s'est repliée chez son héritier biologique pour l'envoyer, à ma place, vérifier ses théories sur les univers multiples. Je demande, certain de la réponse :

— Ça s'est mal passé entre vous ?

— Au contraire !

Avec des accents lyriques, il me raconte comment le papy réincarné en jouet est venu taper à la fenêtre de la chocolaterie, mercredi matin, pour faire la paix.

— J'ai failli tomber en syncope dans mes pralinés, Thomas. Moi qui ne croyais ni aux fantômes ni à la psychokinésie…

— La quoi ?

— La cinétique quantique intentionnelle.

— C'est-à-dire ?

— La faculté d'animer la matière par l'énergie de la pensée. J'en suis resté comme deux ronds de ganache.

— Ganache ?

— Crème à base de cacao fondu et de crème fraîche.

Il vaut mieux ne pas être pressé, avec lui. Déjà son grand-père était complexe, mais lui, il faut réclamer les sous-titres à chaque phrase.

— Et donc ?

— Et donc ça y est : j'ai l'équation !

— L'équation de quoi ?

— De la cinétique quantique intentionnelle. La démonstration de la loi physique de la psychokinésie ! Il me l'a dictée. C'est lumineux, lumineux !

— Tant mieux.

— Et vous n'imaginez pas les applications dans l'industrie ! Avec ce que rapporte un tel brevet, je vais sauver la chocolaterie ! J'ai couru le déposer à l'Impic.

— À ?

— L'Institut mondial de la propriété intellectuelle et commerciale. On est tombés sur le père de ma femme, du coup. Warren Bolchott. Il venait déposer le même brevet, à partir des brouillons qu'il avait volés chez papy, mais je suis arrivé le premier : je l'ai grillé ! Papy était heureux, vous ne pouvez pas savoir !

Je me doute. Je suis content que Léo ait renoué avec le petit-fils qu'il avait si mal traité de son vivant. Même s'il est allé le trouver pour des raisons pas vraiment désintéressées.

— Quel dommage qu'il ait attendu l'au-delà pour découvrir les joies d'être grand-père, soupire Louis. Quand je pense que je le prenais pour un radin sans cœur ! Mais non ! S'il refusait de me faire un prêt, c'est que Bolchott lui avait tout volé, et il préférait passer pour un méchant plutôt que pour une victime ! Voilà où ça mène, l'orgueil ! Enfin… Heureusement que vous étiez là.

Il se met à déchirer le papier d'emballage en poursuivant :

— Il m'a tellement parlé de vous que j'ai l'impression que vous êtes son petit-fils, vous aussi.

Sur un ton détaché, je lui demande ce qu'est devenu le chronographe.

— Le ?

— Le stylo avec mes initiales. Il l'a pris pour aller chez vous.

Il hausse les sourcils, secoue la tête.

— Non. Il est venu les pattes vides. C'est ennuyeux… Vous y teniez, à ce stylo ?

— Plus maintenant.

Il finit de déballer son grand-père, le pose sur une chaise de jardin et lui dit adieu avec une petite tape mélancolique sur la truffe.

— Vous êtes sûr que vous ne voulez pas le garder ?

— Non, non, il est vide. Papy a fini, il est reparti. Après m'avoir spécifié : « Va rendre son ours à Thomas Drimm ; moi, j'ai neuf cents milliards de galaxies à explorer. » Sa dernière action ici-bas, ç'a été de faire chanter Warren Bolchott. Il m'a demandé de vous répéter ses propos, d'ailleurs : « Tu as le choix, Bolchott : ou bien Louis va dénoncer tes vols de brevets à l'Académie des sciences, ou bien tu finances le coma du Dr Logan. »

— Quoi ?

— Vous savez qui c'est ? Tant mieux. Papy lui a fait régler un an d'avance à la caisse de l'hôpital, pour une suite *single*. Bon, il faut que je file, j'ai rendez-vous avec mamy, je l'emmène déjeuner. On a un point commun, elle et moi, enfin ! Elle a plaqué Bolchott et ma femme divorce. Je viens de signer les papiers.

Je le retiens. Je parviens à déglutir, à lui demander en ravalant mon émotion :

— Vous êtes libre, alors ?

Il me rend mon regard, un sourcil levé.

— Libre ? Non. Je suis seul, c'est tout.

Je laisse passer trois secondes, par délicatesse, avant de glisser :

— Parce que je peux vous présenter quelqu'un, sinon.

Il ôte ses lunettes rectangulaires, les essuie avec sa cravate.

— C'est gentil, mais je ne suis pas très sociable.

— Une super-top en pièces détachées, qui en a marre des Trocs et des Trèms.

— Une… ?

— Une femme.

Il a fallu que j'insiste, mais quand je lui ai montré la photo sur mon téléphone, ç'a été plus simple. Je guette sur son visage l'effet que Brenda avait produit sur lui dans un monde parallèle. Et je ressens une impression de déjà-vu, mais c'est la mienne. Au premier regard, il vient de me refaire un coup de foudre. Comme dans le Temps 2.

Il me rend le téléphone en s'informant, l'air neutre :

— Et pourquoi vous pensez à moi, par rapport à elle ?

J'évite de préciser que c'est elle qui a gagné un an de coma gratuit. Je dis :

— Elle adore les chocolats, et elle a très bien connu Léo dans sa version nounours.

Il ouvre des yeux ronds en fixant la peluche.

— C'est vrai ?

Je réponds qu'il ne faut pas faire attendre les rencontres, dans la vie. Mais ça serait bien qu'on passe par la chocolaterie pour qu'il lui prenne un petit ballotin.

Son sourire fait plaisir à voir. À peine s'il diminue le temps de prononcer :

— Et mamy ?

— Je la préviens qu'on sera un peu en retard.

Il secoue la tête, puis la hoche, et me dit avec une grande simplicité :

— Je te suis.

En passant devant la piscine, je vois le réfugié de la maison d'amis qui nous espionne au coin du rideau. Je lui fais coucou avec la main. Il me paraît encore plus voûté et décrépit qu'au petit déjeuner. Chaque fois que je me sens heureux en faisant du bien à quelqu'un, il prend un nouveau coup de vieux. J'adore. Au moins, cette fois, j'ai la preuve que c'est bien lui que je torture.

Quoique…

On se pose toujours la même question, Kerry et moi : est-ce qu'ils dépérissent parce qu'on les expose à des sentiments d'amour toxiques, ou juste parce qu'ils abandonnent peu à peu leur enveloppe actuelle pour infiltrer la nôtre ?

En entrant dans la chambre, Louis a laissé tomber son ballotin. Assise au coin du lit, Kerry racontait à Brenda la longueur de jupe autorisée et les couleurs tendance de l'été. J'ai fait les présentations. L'homme grâce à qui tu ne seras pas débranchée.

— C'est elle… c'est elle le Dr Logan ? a bredouillé Louis.

— Oui, mais elle est très demandée, a dit Kerry. Il vaut mieux prendre une option tout de suite.

J'ai ramassé les chocolats. Il me regardait faire avec un air de détresse totale.

— Mais pourquoi tu m'as emmené ici, Thomas ?

— Pour lui donner envie de se réveiller.

Je l'ai vu rougir. Kerry a confirmé d'un sourire. Puis elle a décrit à Brenda le trentenaire effacé, d'une manière si flatteuse qu'il est devenu encore plus cramoisi. Je l'ai invité à s'asseoir.

— Elle… nous perçoit ? s'est-il informé.

— Évidemment, a répondu Kerry. Vous pouvez lui parler directement.

Il s'est assis en hochant la tête. Après quelques secondes

de silence embarrassé, il s'est mis à manger ses chocolats les moins écrasés, tout en expliquant leur aspect et leur goût à l'intention de Brenda. On s'est regardés en retenant notre souffle, Kerry et moi, partagés entre l'attendrissement et le fou rire. Il parlait avec tant de saveur de ses ganaches et de ses fourrages liqueur que Brenda, si elle l'entendait, allait prendre trois kilos par les oreilles.

— Ah oui, au fait! s'est-il interrompu en avalant d'un coup sa griotte au kirsch. Papy m'a légué quelque chose pour toi avant de partir, Thomas, je n'y pensais plus.

— Quoi donc?

— Une maxime. Il a dit qu'elle était très importante.

Il a ouvert des guillemets avec ses doigts et m'a déclamé sur un ton solennel:

— « La clé du passé n'ouvre pas le futur. »

J'attendais la suite. Il a refermé les guillemets.

— C'est tout?

— C'est déjà pas mal, a-t-il répliqué, presque vexé de me voir minimiser l'héritage du grand-père.

J'ai objecté un peu sèchement:

— Il me disait le contraire, l'autre jour.

— Il a pas mal évolué, avec moi, a répondu Louis d'un petit air mutin. Quand je lui ai demandé si elle s'appliquait à moi aussi, cette maxime, si je devais tourner le dos au passé et ne plus penser qu'à l'avenir, il m'a répondu quelque chose qui m'a beaucoup touché. Lui qui avait toujours minimisé mon intelligence, de son vivant, il m'a dit: « Seul le pouvoir de la pensée peut libérer le cerveau. »

Le déclic. Kerry et moi en train de nous adresser à la foule sur un balcon du palais présidentiel, le jour de la Saint-Oswald. L'image mentale qui n'arrête pas de m'obséder. C'est un message de Pictone. Une validation.

Le portable de Kerry a bipé. Le mien aussi, trois secondes après. À l'expression de son visage, j'ai compris qu'on était en train de recevoir le même texto. J'ai répondu à ma mère affolée qu'on arrivait tout de suite.

— Vous me laissez seul avec Brenda ? s'est ému Louis en redevenant écarlate.

Je suis sorti sans répondre. Je lui avais confié la clé de mon passé ; à moi d'ouvrir le futur avec Kerry.

## 36

La chambre d'amis était vide. Au pied du rocking-chair, il y avait la montre d'Olivier Nox. Et un petit tas de cendres. Le même qu'avait trouvé mon père dans la salle de bains de Lily Noctis.

— Ils sont tombés en poussière, tu crois? a murmuré Kerry.

— J'espère.

En tout cas, on a fait comme si. On a laissé Robert et Nicole refuser cette hypothèse. Se persuadant l'un l'autre que le frère et la sœur avaient fui dans l'intention de ne plus imposer leur déchéance physique, ils sillonnaient la ville pour remettre la main sur eux. Je me disais que ce serait peut-être le moyen de ressouder leur couple. De réveiller entre eux les sentiments qu'ils avaient éprouvés pour les deux disparus. De se retrouver en les cherchant.

Nous, on a ramassé les cendres et on est allés les disperser dans la mer, sur la plage du casino. Là où tout avait commencé.

Il faisait beau, pas trop chaud, un vrai temps de vacances. On a regardé les vagues diluer le souvenir de ces deux puissances de l'Ombre qui, peut-être, nous avaient donné le jour. Combien de temps Olivier Nox et Lily Noctis mettraient-ils à sombrer dans l'oubli?

— Tu crois qu'on les a vraiment tués à coups d'amour?

— Je ne sais pas, Kerry.

Je me demandais surtout s'ils étaient vraiment morts. Ou déjà recyclés.

— Tu te sens différente?

— Non… Et toi?

— Non plus. Ça fait un vide, c'est tout, de ne plus avoir d'ennemis.

On a écouté l'écho de ma phrase. Peut-être que l'absence était leur ultime moyen d'exister. C'était la véritable question qui risquait de nous hanter, désormais: que signifiait leur disparition? Que nous avions vaincu le Diable, ou que nous reprenions le flambeau?

— Thomas. Les cheveux qu'ils ont perdus… J'ai demandé à l'hôpital une analyse ADN. J'aurai les résultats demain. Si tu ne veux pas les connaître, je les garderai pour moi. Mais j'ai besoin de savoir.

Moi, j'avais besoin d'agir. Le nettoyage par le vide que nous venions d'accomplir était nécessaire, mais pas suffisant. Même si Nox et Noctis n'étaient plus de ce monde, ce qu'ils en avaient fait leur survivrait. Sauf si nous transformions notre victoire individuelle en combat collectif. Le vrai pouvoir de la pensée n'est pas, comme nous l'avions cru, l'influence qu'elle exerce sur le temps et les univers parallèles. Ce n'est pas en modifiant le passé qu'on améliore l'avenir. C'est en agissant au présent. De manière concrète et brutale. Le vrai pouvoir, c'est celui qu'on prend.

Il nous restait trois jours avant l'Empuçage. Trois jours pour préparer un plan.

J'ai sorti de ma poche la montre d'Olivier Nox. Au moment de la balancer dans la mer, j'ai senti un blocage, un scrupule, une espèce d'intuition. Kerry fixait comme moi le cadran multifonction. J'ai promené mes doigts sur les boutons latéraux, les commandes tactiles. Une fenêtre s'est ouverte sur l'écran. Soudain j'ai compris. J'avais dans la main la clé qui allait ouvrir le futur.

Ou le piège qui se refermerait sur nous.

## 37

Ma mère s'est résignée. Elle m'a dit que Nox et Noctis avaient mis fin à leurs jours en s'arrangeant pour qu'on ne retrouve pas leurs corps. Je n'ai pas répondu.

On termine nos valises. Elle a reçu son congé avec effet immédiat : ne travaillant plus pour le gouvernement, elle doit rendre son logement de fonction. Le nouveau bénéficiaire vient d'arriver en limousine officielle. Il ouvre sa portière. C'est mon père. Elle le contemple, interloquée.

— Désolé, Nicole, j'aurais dû te prévenir, mais j'ai préféré te l'annoncer de vive voix.

Il lui explique qu'il a dû évacuer les appartements privés du ministère, pour laisser la place au remplaçant de Lily Noctis. Comme cette villa venait de se libérer sur le serveur interne du gouvernement, il a sauté dessus avant qu'un collègue ne s'y installe.

— Mais elle est bien trop grande pour moi. Vous pouvez rester, si la cohabitation ne vous dérange pas. Je me contenterai de la chambre d'amis, dans la dépendance.

Elle reste un moment à le fixer, les lèvres agitées. Il ajoute que nous pouvons aussi, éventuellement, héberger

Kerry et sa mère qui se retrouvent à la rue. Ça dissipera les ambiguïtés, précise-t-il : nous aurons moins l'impression, tous les trois, d'un retour à la case départ. D'une tentative désespérée pour recoller les morceaux, comme si rien ne s'était passé. Elle lâche ses valises et se jette dans ses bras.

Kerry sort à son tour de la voiture, me cligne de l'œil. On n'a pas mal manœuvré. Mais le plus délicat reste à faire.

C'est nous qui avons préparé le dîner. On a servi les parents, on les a regardés manger au son de la télé. Une émission spéciale sur Oswie Narkos, qui ferait ses débuts officiels dans la vie publique lors de la promotion de la Saint-Oswald. Du haut de ses treize ans, l'héritier du pays commentait les moments importants de son existence. Il réagissait au reportage sur sa maman décédée quand il était bébé. Il nous faisait découvrir son jardin secret où il élevait des grenouilles, et il se réjouissait d'être empucé après-demain pour être pleinement intégré dans la société qu'il dirigerait un jour.

— Robert, où tu en es avec ta demande d'enquête sur les bugs de puces ?

— Elle a été rejetée, Nicole. Impossible de pénétrer dans l'Unité centrale de contrôle. Les statistiques sur les incidents de fonctionnement sont classées secret défense. Lily m'a menti : il y a un vrai problème. Je suis très inquiet pour les enfants.

Kerry est allée coucher sa mère. Quand elle est revenue, j'ai coupé le son de la télé et on a tout raconté à mes parents. La vraie nature de Nox et Noctis, nos découvertes sur leurs stratagèmes pour nous réunir, détruire nos familles et nous faire croire qu'on était leurs enfants. Ils nous écoutaient en retenant leur souffle. Je me suis empressé de préciser:

— Pas d'angoisse, au niveau de l'ADN.

— On a fait analyser leurs cheveux, a dit Kerry. C'étaient deux mutants dégénérés. Des genres de clones. Incapables de se reproduire.

Les mains de mes parents se sont cherchées sur la nappe. Leurs doigts serrés faisaient de leur mieux pour annuler les peurs anciennes, les illusions coupables et les faux espoirs des dernières semaines. J'ai préféré passer sous silence *l'autre* test génétique, celui qui excluait que je sois le fils biologique de Robert Drimm. En revanche, sur la pointe des mots, je lui ai confirmé que son accident cérébral n'était pas dû à un bug accidentel de sa puce, mais à un code-fréquence qu'on lui avait envoyé exprès.

— C'était bien Nox, donc.

— Indirectement, papa.

— C'est-à-dire?

— C'était moi.

Et je lui explique les circonstances, mes raisons, mon mode opératoire, mon erreur de cible provoquée par Nox avec la complicité de Jack Hermak. Kerry complète mes aveux en lui rapportant les confidences qu'elle a extorquées à Noctis sur l'Unité centrale de contrôle des puces.

— Je te demande pardon, papa.

Il ne relève pas. Tout ce qu'il voit, c'est la conséquence de ces programmations cérébrales à l'échelon d'une population. Son amnésie avait effacé tous ses soupçons, ses intuitions parano du temps où il était le rebelle que je suis devenu aujourd'hui.

— Je porte plainte immédiatement contre Hermak! lance-t-il en abattant son poing sur la table.

Sa femme lui rappelle avec un haussement d'épaules que c'est le ministre de la Sécurité.

— Il faut taper plus haut, Robert! Décapiter le régime! Faire sauter le Président et sa clique, tous ces pervers narcissiques qui nous manipulent, nous rendent esclaves de nos pulsions!

Si on ne la freine pas, l'horreur que lui inspirent à présent les sentiments qu'elle a éprouvés pour Nox risque de la transformer en kamikaze. Je lui dis de nous faire confiance : on s'en occupe.

— En tout cas, jamais vous ne serez empucés! Robert, fais-les rayer immédiatement de la promotion de la Saint-Oswald!

— Non, maman. C'est une occasion inespérée.

— Ce matin, renchérit Kerry, c'était la répétition générale de la cérémonie. J'ai parlé à Oswie. Il marche avec nous.

Elle se tourne vers l'écran où le petit rouquin récite au journaliste, entre deux vannes bien lourdes, un discours sur la force morale qu'on développe quand on grandit sans référent maternel.

— Tu ne peux pas lui faire confiance, enfin, Kerry! s'insurge ma mère. Qu'est-ce que tu as en commun avec cet abruti?

— Le père d'Oswie et mon beau-père, c'était le même genre d'obsédés pédophiles. Pourquoi vous croyez que j'ai gagné l'élection des Miss junior?

Un silence de gêne retombe sur sa voix fissurée. Je prends le relais, j'explique que la Vice-Présidente Narkos est morte de chagrin à cause des saloperies de son mari.

— Résultat : Oswie est aussi bourré de haine envers son père que de complexes envers les filles, reprend Kerry. Il est dingue de moi et j'en fais ce que je veux. Mais c'est tout sauf un nase.

Je confirme. Au départ, moi aussi, je croyais que l'héritier du pays ressemblait à son physique. Un cure-dent avec une tête molle, une peau de yaourt, le menton fuyant et les cheveux taillés au rasoir pour faire viril. Mais je suis revenu sur mon jugement, ce matin, en le rencontrant à la répétition. C'est un hyperémotif, beaucoup plus intelligent que prétentieux. Un dépressif de naissance qui se protège derrière son humour à deux balles. Un perfectionniste honteux qui bosse toutes les nuits en cachette sur des projets de réforme, pour le jour où il sera Président. Il est tombé sur le cul quand on lui a dit la vérité sur les puces cérébrales. Comme tout le monde, il croyait qu'elles servaient juste de moyen de paiement, de code d'accès, de carte d'identité et de dossier médical… Il est fou de rage. On ne pouvait pas rêver meilleur allié.

— Il a treize ans, rappellent les Drimm sur un même ton sceptique.

— Comme nous, oui. C'est maintenant qu'on peut frapper. Après, ça sera trop tard.

Je sors de ma poche la montre d'Olivier Nox, la pose sur la nappe. J'ai passé des heures à explorer la mémoire de ce miniterminal, à étudier ses fonctions, ses applications, à maîtriser son pouvoir. Je suis prêt. On leur expose le coup d'État qu'on prépare. De phrase en phrase, leurs visages se métamorphosent.

— Vous êtes totalement fous! s'écrie Robert.

— Totalement! confirme Nicole.

Leur ton d'enthousiasme efface tout ce qui a pu nous séparer : les malentendus, les mensonges, les renoncements… Il ne reste plus que l'espoir et le trac démesurés qu'on partage tous les quatre en achevant de mettre sur pied le plan de la dernière chance.

Les parents dorment. J'entends remuer Kerry dans la chambre qu'on lui a aménagée de l'autre côté de ma cloison. Je ne sais pas si elle s'agite dans son sommeil ou si elle pense à moi avec ses doigts comme je le fais en ce moment. Je voudrais tellement que notre coup d'État réussisse, pour qu'on ait le droit de s'offrir une simple histoire de notre âge. Mais peut-être que ça restera un rêve, un brouillon qu'on écrit cette nuit, chacun de son côté, dans le mystère de nos corps qu'on n'aura même pas eu le temps de connaître. Peut-être qu'on est condamnés à un destin exceptionnel pour que les autres puissent mener enfin une vie normale. On sera des héros de la révolution. Des martyrs. On aura des statues, des rues à nos noms qui ne se croiseront même pas.

Un grattement contre le chambranle. Je bondis hors du lit, enfile un caleçon, ouvre lentement ma porte sans autre bruit que les battements de mon cœur. Elle est vêtue d'un pull de ma mère. Elle me tend sa tablette.

— Mon discours et le tien. Dis-moi ce que tu en penses. C'est juste un premier jet.

## 38

La salle des fêtes du palais présidentiel est pleine d'invités prestigieux qui plastronnent devant les caméras de National Info. Le direct vient de commencer. Nous sommes trente-quatre ados triés sur le volet, comme on dit, attendant notre minute de gloire. Le moment où le Vice-Président, après avoir lu son hommage à saint Oswald Narkos Ier, fondateur de sa dynastie, nous remettra notre puce dans un écrin doré numéroté, avec le diplôme de la Saint-Oswald qui nous donnera accès aux carrières les plus enviées de la société. Les techniciens en combinaison turquoise, munis de leurs canons-seringues à implants, équiperont en premier Oswie. Puis l'ordre alphabétique jouera, sauf pour Miss États-Uniques junior, qui embrassera chacun des nouveaux empucés avant de retirer brièvement sa couronne pour recevoir son implant.

Du moins, c'est ce qui était prévu lors de la répétition. En réalité, dès que le Vice-Président aura commencé son discours, j'activerai le code secret de sa puce, que m'a fourni la montre de Nox dans le menu Contacts favoris. Et je neutraliserai dans son cerveau le centre de la parole et du mouvement, comme je m'y entraîne depuis vingt-quatre heures en étudiant l'application Réglages. Son fils prendra alors sa place au micro pour dévoiler au pays toute la vérité. Il expliquera que cette montre, mise au point par le fabricant des puces cérébrales, est en lien avec l'Unité centrale de contrôle, qui a tout pouvoir pour ôter la parole, la mémoire, la santé ou la vie à n'importe qui.

Au nom du gouvernement, Robert Drimm exigera aussitôt de son collègue de la Sécurité l'ouverture d'une enquête, l'interdiction de tout nouvel Empuçage et le démantèlement des systèmes de contrôle au nom du Principe de précaution. Oswie appuiera sa demande. Mis au pied du mur devant des millions de téléspectateurs, Hermak sera obligé d'obtempérer.

Ma mère me fixe avec la fierté meurtrie des victimes qui n'ont plus que leur enfant pour prendre leur revanche sur le monde. Mon père, lui, cache son angoisse derrière un air confiant. Il sait de quoi je nous vengerai en attaquant sciemment le cerveau d'un autre. Il a tenté en vain de me dissuader d'employer cette arme du Diable, mais il a reconnu qu'on n'avait pas d'autre solution.

Je cherche le regard de Kerry. Elle pose pour les photographes, cambrée, une main sur la hanche, l'autre inclinant légèrement sa couronne sur ses cheveux plaqués au gel. Petite icône fatale, superficielle et bien élevée, si différente de la vraie Kerry. Et si pareille à moi, l'ado endimanché dans son costume de Toug, qui joue sa dernière carte en singeant l'assurance bêcheuse des futurs promus de la Saint-Oswald. Ces rejetons de l'élite qui attendent leur puce comme un trophée d'entrée dans un avenir sans nuage.

Le cocktail d'ouverture touche à sa fin. Tiré à quatre épingles dans son fauteuil roulant, droit comme un i, sa ceinture de sécurité remplacée pour l'occasion par des velcros qui le plaquent à son dossier, le vieux Président Narkos est dans un de ses bons jours, le regard brillant et la mâchoire à peine pendante. Des bulles se forment au coin de ses lèvres à chaque dignitaire que lui présente le chef du protocole. Jack Hermak tient discrètement la télécommande du fauteuil présidentiel, qu'il déplace en direction des invités pour entretenir une illusion d'autonomie.

Par la porte-fenêtre ouverte sur le balcon d'honneur, on entend la foule des militants réclamer avec ferveur une apparition de la famille régnante. Les ingénieurs du son amplifient autant qu'ils peuvent leurs clameurs joyeuses, pour couvrir les slogans hostiles beuglés depuis le bas de la Colline Bleue. Derrière les grilles électrifiées, les jeunes antipucistes manifestent depuis l'aube, régulièrement arrosés par les canons à eau qui peinent à refroidir leur ardeur. En arrivant tout à l'heure dans le minibus blindé avec les autres promus de la Saint-Oswald, j'ai croisé le regard de mon ancienne amie Jennifer, au premier rang des manifestants. Elle a craché sur ma vitre, avant d'être refoulée par les matraques de la Brigade des mineurs.

Le Vice-Président adresse un signe d'agacement au ministre de la Sécurité. Aussitôt Jack Hermak empoche sa télécommande pour ajuster son oreillette. Planqué derrière une plante verte, je l'entends ordonner à mi-voix :

— Pas de répression policière un jour de fête nationale ! Repliez la Brigade et montez au niveau 9 toutes les puces des 13-18 du voisinage. Qu'ils aillent massacrer les moins de treize ans qui manifestent : ça passera pour une guerre entre bandes rivales.

Les mâchoires crispées, je regarde le Vice-Président approuver d'un battement de paupières. Puis il s'approche de Kerry. Avec son bronzage lifté, son brushing teint et ses yeux de goret, il la jauge comme s'il calculait un rapport qualité / prix. Elle le salue, glaciale. L'air protecteur, il lui redresse sa couronne d'un gros doigt qui tremblote. Il a beau jouer l'autorité souveraine, il y aura toujours en lui plus de vice que de président.

— Toutes mes condoléances pour votre beau-père, ma petite Kerry. Ce cher Anthony n'avait aucun secret pour moi, ajoute-t-il en lui rajustant son écharpe de Miss. En sa mémoire, comptez sur moi pour subvenir à tous vos besoins…

Je serre de rage, dans ma poche droite, la montre qui va le rendre muet d'ici quelques minutes. Et l'impensable se produit. Entre mes doigts, je n'ai plus soudain qu'un tas de cendres. Je tourne un regard de détresse vers Kerry, au moment même où ses yeux m'appellent au secours. Je me reprends. Je la rassure d'une moue. Je pivote vers mes parents qui m'encouragent avec une intensité vibrante. J'essaie de capter l'attention d'Oswie qui piaffe d'impatience, les feuilles de son discours cachées sous les brandebourgs de son uniforme de l'École de guerre. La sueur inonde mon col. Ne rien montrer. Faire comme si j'avais toujours la situation en main. Trouver une autre idée. Vite !

Les supporters massés sous le balcon marquent une pause, fatigués d'ovationner pour rien. Du coup, on entend les mégaphones des antipucistes beugler au loin leurs appels à la révolte des jeunes. Le Vice-Président pose ses doigts boudinés sur l'épaule de Kerry et grasseye :

— Dans trente secondes, vous me rejoindrez sur le balcon avec mon fils. Pour détourner les impatiences de votre génération, rien ne vaut un peu de rêve, non ? Une idylle précoce… Tenez la main d'Oswie en saluant. Les médias feront le reste.

Et il franchit la porte-fenêtre. Des acclamations de moyenne envergure accueillent son apparition au balcon. Il n'est rien qu'un éternel dauphin en attente : les militants attendent son père, leur héros national, leur Président à vie, le vainqueur de la Guerre préventive qui a détruit le reste du monde pour assurer leur tranquillité. Ils s'inquiètent de sa santé, de la stabilité qu'il incarne face à la jeunesse contestataire.

Garé près du buffet, parfaitement dans l'axe, le vieux Narkos pique du nez sur ses médailles de criminel de guerre. Alors un élan d'une force incroyable s'empare de moi. Mes gestes se succèdent avec une rapidité froide et précise, comme si je les avais répétés durant des mois. Je m'approche de Jack Hermak, toujours absorbé par les informations de son oreillette. Glissant les doigts dans sa poche, j'actionne la télécommande du fauteuil roulant. Marche avant, vitesse maximum. Aussitôt, le vieux dirigeant fonce droit sur son fils en train d'agiter la main pour augmenter l'ardeur de la foule. Alerté par les cris de l'assistance, Hermak se retourne vers le balcon. Affolé, il empoigne aussitôt sa télécommande, essayant de stopper à coups de pouce frénétiques le Président roulant qui franchit la porte-fenêtre.

Bras levé dans son salut figé, le Vice-Président fait

volte-face en entendant le sifflement du moteur électrique. Le fauteuil le percute de plein fouet. Sous l'impact, le corps du vieux Narkos arrache ses velcros, décolle de l'assise, heurtant le torse de son fils qui s'accroche à lui et bascule dans le vide en hurlant.

La clameur de la foule s'interrompt net. Un silence total retombe sur les deux cadavres disloqués cinq étages plus bas. National Info les cadre en plan serré sur l'écran mural de la salle des fêtes. Leur flaque de sang commune s'étend des crânes éclatés jusqu'au premier rang des militants qui reculent.

Dans la salle pétrifiée, tout le monde fixe le ministre de la Sécurité, qui rempoche vivement la télécommande qu'il braquait l'instant d'avant. Je crie :

— C'est un attentat !

— Arrêtez-le ! hurle Oswie.

Tous les policiers présents se ruent sur leur ministre, qui proteste en vain que c'est juste un faux contact : il appuyait sur Freinage. Le lieutenant Federsen s'empresse de le neutraliser d'un coup de Taser, lui passe les menottes et l'évacue en lorgnant dans ma direction pour m'assurer de sa loyauté.

J'interroge du regard Kerry et Oswie. On est dans le même état. Dépassés par la situation, mais prêts à la retourner par tous les moyens possibles. On n'a plus rien à perdre. Au pas de charge, on sort tous les trois sur le balcon. Galvanisé par l'effet du premier ordre qu'il a donné de sa vie, le petit rouquin parcourt l'horizon de droite à gauche, puis il rugit dans le micro :

— Peuple des États-Uniques !

Il marque un temps, impressionné par son écho tonitruant dans les enceintes autour de l'esplanade. Pour l'encourager, Kerry lui serre le poignet, tandis que je pose une main ferme sur son épaulette. C'est trop tard pour reculer. Alors, sur un ton de plus en plus assuré malgré la voix qui mue, le petit orphelin en uniforme trop grand pour lui proclame :

— Un terrible drame vient de coûter la vie au Président et au Vice-Président. L'enquête confirmera s'il s'agit d'un attentat causé par le ministre de la Sécurité. Conformément à la Constitution des États-Uniques, je suis donc à partir de maintenant votre Président par intérim. En tant que mineur, je demanderai à la Haute Cour suprême de désigner comme Premier ministre régent…

Il s'interrompt en croisant son regard en gros plan sur l'écran géant qui domine l'esplanade. Un trac soudain le paralyse. Je lui souffle :

— Robert Drimm.

Il détourne les yeux de son image, déglutit et enchaîne avec une conviction martiale :

— … Robert Drimm, l'actuel secrétaire d'État aux Ressources naturelles ! C'est le seul en qui j'ai confiance, dans ce gouvernement de boloss pourris qui vont dégager vite fait ! Tout va changer avec moi ! Tout !

Son poing s'abat sur le drapeau recouvrant la balustrade. Relevant le menton, souriant d'un air illuminé aux millions de gens qui l'écoutent en état de choc sur National Info, il reprend :

— Fini, la dictature ! Vous aurez des élections libres, comme autrefois ! Je vous promets l'égalité, la culture et le Désempuçage pour tous ! J'ordonne l'interdiction des jeux obligatoires qui vous abrutissent et je rétablis le droit à la dépression nerveuse! Et je vous interdis d'applaudir! Vous ne serez jamais plus payés pour ça, au contraire: on foutra des amendes aux lèche-culs! Je veux qu'on arrête ce cirque!

L'apprenti Président reprend son souffle dans un silence de plomb. On entend juste le cliquetis des talons aiguilles de ma mère, qui pousse sur le balcon son mari éberlué par le rôle qui vient de lui être confié.

— À présent, enchaîne le futur chef d'État, je pense en premier aux jeunes comme nous qu'on réprime, qu'on tabasse, qu'on rend débiles dans des écoles de chômeurs! Et je passe la parole à celle que tout le monde croyait muette. À la voix de la jeunesse et de la liberté qui prennent les commandes à partir d'aujourd'hui. À mon amie Kerry Langmar! Un cerveau top niveau qu'on obligeait à jouer les Miss Tebées pour exciter les pédophiles au pouvoir!

Kerry s'approche du micro, bouleversée. Elle lève les yeux vers les nuages pour oublier la foule, la télé, la pudeur, l'humiliation déguisée en compliment. Et je l'entends articuler avec une lenteur émue le discours qu'on a réécrit ensemble hier soir, dans ma chambre, au lieu de nous embrasser comme des ados normaux.

— Citoyennes et citoyens des États-Uniques, la peur, le désespoir et la résignation m'empêchaient de parler librement, comme vous, dans ce pays où la joie de vivre obligatoire était la pire des dictatures. Mais même le fait de penser en silence, c'était un crime qu'ils vous faisaient payer, ces ordures. Parce que les puces qu'on a failli nous implanter aujourd'hui leur permettent de contrôler nos sentiments et notre santé. Maintenant, c'est à vous d'agir.

Thomas Drimm va vous expliquer. C'est grâce à lui que la révolution est en marche.

Elle me laisse le micro. Je me racle la gorge et je lance :

— Bonjour ! Je dédie notre victoire à la mémoire du professeur Léo Pictone, le premier qui a cru en moi, qui m'a ouvert les yeux et m'a donné le mode d'emploi pour libérer vos cerveaux. Voilà ce qu'il faut faire. Vous tous sur cette place, et vous qui nous regardez sur votre écran partout dans le pays, vous allez maintenant concentrer vos pensées sur une seule chose : l'Unité centrale de contrôle des puces. C'est la tour en verre collée au ministère de la Sécurité, là-bas, avec les antennes géantes et la grosse parabole.

Toutes les têtes se tournent vers l'endroit que j'indique. Et la tour en verre apparaît en direct sur l'écran géant de l'esplanade, filmée par les drones de National Info. Preuve que la chaîne du gouvernement a choisi notre camp – pour l'instant. Je n'ai pas une seconde à perdre. J'enchaîne :

— C'est depuis cette Unité centrale que chacune de vos puces reçoit les codes-fréquences qui vous rendent obéissants, malades, joyeux, violents, qui peuvent vous faire commettre des meurtres ou vous tuer quand vous devenez gênants. Mais l'énergie électromagnétique de votre cerveau a les moyens d'inverser le flux ! D'envoyer des ondes, elle aussi !

Dans mon dos, je sens la main de mon père presser mon épaule en guise de soutien, de mise en garde, de danger, je ne sais pas. Il ne faut pas que je dévie de mon cap. J'avale ma salive et je poursuis :

— Si la puce vous transforme en récepteurs, elle vous

permet aussi d'agir en émetteurs! OK? Parce que vos neurones sont imbriqués dans vos puces! Et plus vous serez nombreux à vous concentrer, plus la charge mentale sera puissante! Alors envoyez des ondes de colère, de révolte et d'espoir vers l'Unité centrale. Surchauffez les circuits! Faites sauter le terminal!

— Vous pouvez y arriver! renchérit Kerry. Réveillez votre force intérieure! Libérez vos esprits!

— Faites comme moi! ordonne Oswie à son peuple. Concentrez-vous!

Il contracte ses muscles et retient son souffle en fermant les yeux, écarlate. Sur l'écran, son visage serré plein cadre évoque davantage la constipation que la concentration mentale. Je me permets de lui rappeler à l'oreille qu'il n'a pas vraiment besoin de s'épuiser, vu qu'il n'a pas de puce émettrice.

— Je montre l'exemple! me réplique-t-il sèchement.

Je me retire avec discrétion de l'image pour le laisser seul en gros plan. Il ne faudrait pas trop le pousser, celui-là, pour qu'il reprenne le pli des traditions familiales. Kerry m'attrape discrètement la main, hors champ, me glisse dans le creux de l'oreille :

— J'te kiffe.

Je suis trop scotché pour prononcer une banalité comme « moi aussi ». Je me contente de répondre à la pression de ses doigts.

Les caméras continuent à cadrer Oswie qui est en passe de battre un record d'apnée. Dans un silence total, la foule se concentre comme lui. Les jeunes rebelles se sont tus eux aussi, de l'autre côté des grilles. Je pense à Jennifer. Elle doit bien s'en vouloir de s'être autant trompée sur moi. Son crachat de tout à l'heure va lui rester en travers de la gorge, mais je m'en fous. La plus belle fille du monde m'a dit j'te kiffe. J'évite de trop penser à Brenda. J'espère que Louis Pictone est à ses côtés devant la télé de sa chambre, qu'il lui commente les images et qu'elle arrive à capter, du fond de son coma, cette révolution que j'aurais tant aimé vivre avec elle. Avant.

Le silence a envahi l'esplanade, la ville – le pays tout entier, d'après les correspondants de National Info qui parlent de traumatisme absolu, de recueillement, d'hommage ému à nos Présidents disparus. Le bandeau qui défile sous nos images en direct répète en boucle la nouvelle de la mort des Narkos. Mais pas un commentaire sur la révolution antipuciste déclenchée par leur héritier constitutionnel.

— On fait quoi, s'il ne se passe rien ? chuchote Robert Drimm dans mon dos.

Au fil des secondes, son inquiétude me gagne. Louis Pictone, qui avait interrompu hier matin la confection de ses gâteaux pour effectuer des calculs, était formel : cinq cent mille cerveaux échauffant leur puce en direction de l'Unité centrale suffisent, en termes de puissance électromagnétique, à causer une surtension fatale aux émetteurs de contrôle. On l'a cru, nous. Mais les minutes passent et rien ne se produit. Je commence à paniquer, figé sur le balcon.

Partis du ministère de l'Armée, une dizaine de tanks gravissent la colline pour encercler le palais présidentiel. Leur progression filmée par les drones occupe désormais le plein écran : nous ne sommes plus qu'en médaillon dans un coin de l'image, figés comme des figurants sur notre balcon.

La mort dans l'âme, je me dis que Léo Pictone avait eu raison d'inciter Louis à abandonner la science pour la chocolaterie : il s'est trompé dans ses calculs. La tour de l'Unité de contrôle résiste à l'attaque des ondes cérébrales. Ou alors trop peu d'empucés ont fait l'effort de se concentrer.

Les chars stoppent sur l'esplanade. Les tourelles manœuvrent, les canons se pointent vers notre balcon. Aussitôt, la foule se disperse dans un mouvement de panique, dévale la Colline Bleue. Oswie recule, blême, et court soudain se réfugier dans la salle des fêtes où il ne reste plus personne. Notre libérateur national aura tenu moins d'une minute, face aux canons. Mes parents pressent mon épaule et celle de Kerry. On ne bouge pas. On est prêts à mourir, unis, pour une liberté qu'on ne connaîtra jamais. À moins que les téléspectateurs ne prennent notre parti, que le désir de nous sauver ne décuple leur puissance mentale…

Sur l'écran géant de l'esplanade, les images disparaissent d'un coup, remplacées par le logo de National Info. C'est fini. Kerry cherche un espoir dans mes yeux. Je la prends par la taille, la serre contre moi. On a fait ce qu'on a pu. Notre révolution n'aura servi qu'à remplacer la famille régnante par une dictature militaire.

L'explosion nous projette au sol.

## 39

*Quelque part dans l'au-delà, temps mort*

Apparemment, pour nous, c'est une défaite. Nous n'aurons pas fait souche. Nox et Noctis se seront désincarnés sans avoir trouvé de repreneurs. Et c'est la Lumière qui triomphe de l'Enfer...

La réalité est un peu moins simplette.

Vois-tu, la plus grande force du Diable, c'est de faire croire tantôt qu'il existe, tantôt qu'il n'existe plus. Or il n'est que l'assemblage des énergies négatives qu'on lui envoie, qui le structurent et développent son pouvoir de rayonnement. Plus on lui demande, mieux il est à même de donner. Mais si les hommes utilisent sa puissance au service d'un projet positif, tout se retrouve déséquilibré.

Jusqu'à présent, Thomas, chaque fois que tu as voulu faire le Bien, ça s'est retourné contre toi. Là, en commettant un double meurtre, tu as cassé l'emprise du Mal. Et c'est un terrible gâchis.

Nous pensions que l'armée allait profiter de l'occasion. Mais l'explosion de l'Unité de contrôle, sa destruction par les forces mentales du peuple, a tout changé. Face à l'impossibilité d'utiliser désormais les puces pour neutraliser leurs opposants, les généraux ont renoncé à prendre le pouvoir. Ils ont prêté serment au mini-Président Oswie et à ce crétin d'écolo qui te sert de père. Le processus démocratique est engagé. Crois-tu. Mais c'est rarement la liberté qui remplace la dictature, Thomas ; c'est une autre forme de dictature. Tu verras.

Notre seul espoir réside dans tes remords. S'ils te gâchent la vie, si les désillusions qui te guettent sur ton chemin stupidement généreux les ravivent au fil du temps, alors je renaîtrai en toi, comme Kerry redonnera vie à Lily Noctis. Car notre but ultime est d'assurer notre descendance à travers nos élus – ceux que nous tentons de persuader qu'ils sont nos enfants. Mais vous n'êtes que des intermédiaires, tous les deux, mes pauvres chéris. La génération sacrifiée. Celle qui s'imagine bâtir un monde meilleur et qui, du coup, engendre d'excellents diables. Nous devons constamment régénérer l'espoir des hommes pour alimenter leur potentiel de déception – notre meilleur réservoir d'énergie.

Cela étant, cet agaçant bonheur en dents de scie qui te lie à Kerry ne faisait pas partie de notre plan, et nous sommes moyennement confiants dans notre avenir. Il est à craindre que vous soyez mal partis, tous les deux, pour enfanter de la noirceur. Ce sont les hommes qui, habituellement, nourrissent les forces du Diable. Mais c'est nous qui, cette fois, sommes victimes du facteur humain.

Vous réunir fut une erreur. Vous séparer sera notre but. Les épreuves que nous vous avons infligées n'ont pas réussi à changer votre nature ; la victoire que vous avez remportée y parviendra peut-être. Vous êtes deux anges terrestres qui se croient guidés par les forces de la Lumière, et nous ne cesserons jamais de vous attaquer dans ce que vous avez de plus cher, pour vous faire douter, vous écœurer, vous assombrir et vous éteindre.

## 40

Dès que j'ai reçu le message, j'ai laissé mes parents mettre sur pied le Conseil de la Révolution avec Oswie. Kerry a tenu à m'accompagner. On a sauté dans une jeep qui a mis plus d'une heure à atteindre l'hôpital, tellement la foule nous acclamait. Aussi bien les jeunes en liesse que les adultes aux puces déconnectées. Même les casseurs qui pillaient les magasins pour fêter la victoire de la démocratie s'interrompaient pour scander nos prénoms.

L'explosion de l'Unité de contrôle avait eu une conséquence immédiate, qui pour moi éclipsait presque la réussite de notre coup d'État : Brenda venait de se réveiller. Preuve que je ne m'étais pas trompé : le poison inconnu qui la maintenait dans le coma n'était qu'un signal électromagnétique émis en direction de sa puce.

C'est drôle, les moments qu'on a le plus attendus ne ressemblent à rien, quand ils arrivent. Comme si on les avait tellement vécus en rêve qu'on en avait épuisé le contenu.

Le matelas n'ondule plus sous son corps. La machine à respirer a disparu, les tuyaux sont débranchés. Seule dans sa chambre, Brenda cligne des paupières, décolle ses lèvres, regarde autour de moi avant de s'arrêter dans mes yeux. Pas de réaction. Ses mots. Je guette ses mots. Ses premiers mots. Faites qu'elle sache encore parler. Faites qu'elle me reconnaisse. « Phase de récupération. » C'est tout ce que les médecins ont su me dire.

Son regard continue à explorer la pièce, s'attarde sur la boîte de chocolats vide, puis remonte vers Kerry qui vient de me rejoindre. Brenda ouvre la bouche, remue ses lèvres, mais sa voix ne répond pas. À peine un filet d'air.

— Ne t'inquiète pas, lui dit Kerry, je te réapprendrai à parler.

Les paupières de Brenda s'abaissent, se rouvrent. Elle secoue la tête, prend une longue inspiration, me fait signe d'approcher. Je me penche sur ses lèvres, tends l'oreille.

— On… est le… combien ?

Un silence disproportionné suit ces paroles insignifiantes qui m'ont retourné le cœur. Chaque syllabe était comme un appui d'alpiniste qui assure sa prise.

— Le 12 août, finit par répondre Kerry.

— Ton anniversaire, Thomas… C'est bientôt ?

Je retiens l'émotion qui brûle mes yeux.

— Oui, Brenda.

L'angoisse envahit son regard. Elle pointe l'index dans ma direction, grimace sous la douleur de l'effort.

— Sauve-toi… Ne les laisse pas t'implanter leur puce !

L'infirmière entre, nous dit de revenir demain : il ne faut pas fatiguer la patiente. Tandis qu'elle nous pousse vers la porte, j'ai juste le temps de dire à Brenda que, pendant son sommeil, j'ai arrosé ses plantes et renversé le gouvernement: non seulement personne ne se fera jamais plus empucer, mais le ministère de la Culture achètera tous ses prochains tableaux.

Au bout du couloir envahi de manifestants blessés, on tombe sur Louis Pictone qui jaillit de l'ascenseur, affolé. Il nous raconte qu'il était en pleine préparation d'une mousse au chocolat quand des lettres se sont formées à la surface: *FONCE À L'HÔPITAL!* Pour lui, le sens du message est aussi clair que sa provenance.

— Si papy m'a prévenu, c'est qu'elle vient de mourir. C'est ça?

Kerry gonfle les joues et me fait signe de la rejoindre au plus vite: on a quand même une guerre civile à gérer. J'attends que les portes de l'ascenseur se soient refermées sur elle, et je me retourne vers le pauvre gars qui pleure déjà la femme qu'il n'a pas eu le temps de séduire.

— Non, Louis. Tu l'as réveillée.

Il me dévisage avec une stupeur incrédule.

— Comment ça, «je l'ai réveillée»?

— Ce que tu lui as dit sur tes chocolats, ça lui a donné envie… Son premier regard, en ouvrant les yeux, ç'a été pour ta boîte vide. Mais ne la gave pas trop.

L'air rayonnant et le geste nerveux, il se recoiffe, rentre son ventre dans le pantalon, déboutonne sa veste de cuistot pour se rendre un peu plus sexy.

— Ça va, je fais illusion?

Je lui balance une bourrade pour faire illusion, moi aussi. Comme si j'étais cool. Donner à un autre la femme qu'on a aimée, ça secoue bien plus que d'assassiner deux dictateurs.

— Elle est à toi, Louis. Enfin… je te la prête une dizaine d'années. Mais tu me la rends en bon état, promis ? Je veux dire : tu me la rends heureuse.

Il soutient mon regard, hoche la tête gravement.

— Promis.

Négligeant les protestations de l'infirmière, il s'engouffre dans la chambre et referme dans son dos. Je reste immobile un moment devant la porte. Puis, le cœur brisé, je vais rejoindre Kerry pour qu'elle me le recolle.


Au milieu des voitures incendiées par la joie du peuple, on a échangé notre premier baiser. J'essayais d'entortiller sa langue sans que nos dents s'entrechoquent. Pas évident. Mais curieusement agréable, malgré l'angoisse de passer pour un débutant qui n'assure qu'à moitié. Au bout d'une éternité qui n'était pas loin de la crampe, elle a décollé nos lèvres et m'a contemplé avec une espèce de perplexité. Hésitant entre le détachement viril et la fierté romantique, j'ai murmuré d'une voix aussi chaude que possible :

— C'est quand même mieux que dans les rêves, non ?

Elle a répondu :

— Non. Mais un jour ça le sera.

Et, main dans la main, on est partis dans les rues, au milieu des casseurs et des pilleurs de vitrines, finir de gagner notre guerre en attendant de commencer pour de bon notre amour.

# Table

I. La fin du monde tombe un jeudi . . . . . . . . . . . .   9

II. La guerre des arbres commence le 13 . . . . . . . . 359

III. Le temps s'arrête à midi cinq . . . . . . . . . . . . . 651

Didier van Cauwelaert
dans Le Livre de Poche

*L'Apparition*                                                  n° 15481

Le 12 décembre 1531, l'image de la Vierge Marie apparaît
devant témoins sur la tunique de Juan Diego, un Indien
aztèque. Quatre siècles plus tard, des scientifiques découvrent,
dans les yeux de cette Vierge, le reflet des témoins de l'apparition. Embarrassé par les querelles d'intérêts qui se déclenchent
autour de la canonisation de Juan Diego, le Vatican charge
Nathalie Krentz, ophtalmologue qui ne croit en rien, d'aller
réfuter le miracle. Impliquée malgré elle dans les combats
secrets que se livrent scientifiques, politiques et princes de
l'Église, poursuivie par l'esprit de Juan Diego qui, retenu sur
Terre par les prières qu'on lui adresse, ne rêve que d'oubli,
Nathalie finira par trouver ce qu'elle n'espérait plus : un sens à
sa vie...

*Attirances*                                                   n° 30875

Un écrivain harcelé par l'étudiante qui lui consacre une thèse ;
un peintre qui s'accuse de tuer les femmes à distance avec ses
pinceaux ; une maison qui envoûte jusqu'à la folie ceux qui s'y
attachent... Faut-il résister à l'attirance ? Et si l'on y cède, est-ce
pour se fuir ou pour se retrouver ? Liées par un même secret,
trois passions vénéneuses où culmine le talent d'un des plus
grands auteurs français d'aujourd'hui.

*Cheyenne* n° 13854

On peut tomber amoureux à onze ans, et pour la vie. C'est ce qui est arrivé au héros de ce livre. Dix ans plus tard, il a retrouvé Cheyenne, le temps d'une nuit trop brève à l'issue de laquelle elle a disparu. Le jour où il reçoit une carte postale d'Anvers, revêtue de son seul nom, il part pour la Belgique, ne doutant pas qu'elle l'appelle… Prix Goncourt 1994 pour *Un aller simple*, Didier van Cauwelaert nous donne ici une histoire d'amour où le sourire, loin de briser l'émotion, ne fait que rendre plus humains et plus proches des personnages porteurs de blessures secrètes. Une alchimie subtile qui nous envoûte d'un bout à l'autre du roman.

*Cloner le Christ?* n° 30797

C'est la plus grande énigme du monde, ou la plus belle arnaque de tous les temps. De la quête du Saint-Graal aux manipulations génétiques, le sang de Jésus n'a jamais nourri autant de fantasmes qu'à notre époque, où certains voudraient remplacer l'eucharistie par le clonage. Mais quelle réalité se cache derrière ces fantasmes? Le même sang imprègne-t-il vraiment les reliques de la Passion – Linceul de Turin, Suaire d'Oviedo, Tunique d'Argenteuil? Si elles sont authentiques, comment s'explique l'incroyable conservation des globules rouges et blancs que les biologistes y ont découverts? L'ADN attribué à Jésus est-il réellement exploitable? Et quel est le but de ceux qui, aujourd'hui, tentent le diable en voulant réincarner Dieu? Quand j'écrivais *L'Évangile de Jimmy*, en 2004, j'ignorais à quel point le sujet de mon roman était déjà devenu réalité.

*Corps étranger* n° 14793

Peut-on changer de vie par amour, devenir quelqu'un de neuf sous une autre identité, sans sacrifier pour autant son existence habituelle? C'est ce que va oser Frédéric. À dix-huit ans, il avait publié sous le nom de Richard Glen un roman passé inaperçu, puis il avait renoncé à l'écriture; il avait conquis Paris d'une autre manière... Mais, un jour, une jeune étudiante de Bruges envoie une lettre à ce pseudonyme oublié, à cette part de lui-même en sommeil depuis plus de vingt ans. De tentations inconnues en bonheurs d'imposture, il va s'inventer dans les yeux de Karine un autre passé, un autre présent, rendre Richard Glen de plus en plus réel, de plus en plus vivant... deux personnalités peuvent-elles se partager un corps? Avec son humour et sa tendresse implacable, le romancier d'*Un aller simple*, prix Goncourt 1994, nous entraîne dans un récit poignant qui explore le rêve secret de beaucoup d'entre nous.

*La Demi-Pensionnaire* n° 15055

Que faire lorsqu'on tombe amoureux d'une jeune femme au cours d'un déjeuner, et qu'on découvre au dessert qu'elle se déplace en fauteuil roulant? Hélène est Lion ascendant Lion, championne de voltige aérienne. C'est la fille la plus sexy, la plus joyeuse et la moins facile que Thomas ait jamais rencontrée... Arraché à sa routine, malmené, envoûté par cette «demi-pensionnaire» qui l'initie à la vraie liberté, il comprendra au bout du compte que c'est lui qui vivait comme un infirme. Et qu'une femme assise, parfois, peut aider un homme à se relever. Prix Goncourt 1994 pour *Un aller simple*, Didier van Cauwelaert nous offre ici un roman d'amour fou, drôle et tendre, salué par la critique comme une de ses grandes réussites.

*Double identité*                                    n° 33354

Martin Harris avait deux passions : sa femme et une plante. Je suis seul aujourd'hui à pouvoir les sauver. Mais comment protéger une femme lorsqu'on est traqué sans relâche par les services secrets ? Et comment libérer une plante médicinale volée aux Indiens d'Amazonie par le numéro un mondial des cosmétiques ? Une plante qui pourrait guérir des milliers de malades et qui, victime d'un brevet exclusif, ne sert qu'à fabriquer la plus chère des crèmes antirides.

*L'Éducation d'une fée*                              n° 15326

Que faire lorsque la femme de votre vie décide de vous quitter parce qu'elle vous aime ?
Comment sauver le couple de ses parents quand on a huit ans ? Une fille à la dérive peut-elle devenir une fée parce qu'un petit garçon a décidé de croire en elle ? Avec la force, l'humour et le style qui ont fait le succès de tous ses romans, Didier van Cauwelaert, prix Goncourt pour *Un aller simple*, nous montre une fois encore comment le quotidien le plus cruel peut basculer dans le merveilleux, et la détresse ouvrir le chemin d'une seconde vie.

*L'Évangile de Jimmy*                                n° 30639

« Je m'appelle Jimmy, j'ai 32 ans et je répare les piscines dans le Connecticut. Trois envoyés de la Maison-Blanche viennent de m'annoncer que je suis le clone du Christ ».

*La Femme de nos vies*                              nº 33616

Nous devions tous mourir, sauf lui. Il avait quatorze ans, il était surdoué et il détenait un secret. Moi, on me croyait attardé mental. Mais ce matin-là, David a décidé que je vivrais à sa place. Si j'ai pu donner le change, passer pour un génie précoce et devenir le bras droit d'Einstein, c'est grâce à Ilsa Schaffner. Elle m'a tout appris : l'intelligence, l'insolence, la passion. Cette héroïne de l'ombre, c'est un monstre à vos yeux. Je viens enfin de retrouver sa trace, et il me reste quelques heures pour tenter de la réhabiliter.

*Hors de moi*                                       nº 30280

« J'ai tout perdu, sauf la mémoire. Il m'a volé ma femme, mon travail et mon nom. Je suis le seul à savoir qu'il n'est pas moi : j'en suis la preuve vivante. Mais pour combien de temps ? Et qui va me croire ? »

*Le Journal intime d'un arbre*                      nº 32915

« On m'appelle Tristan, j'ai trois cents ans et j'ai connu toute la gamme des émotions humaines. Je suis tombé au lever du jour. Une nouvelle vie commence pour moi – mais sous quelle forme ? Ma conscience et ma mémoire habiteront-elles chacune de mes bûches, ou la statuette qu'une jeune fille a sculptée dans mon bois ? Ballotté entre les secrets de mon passé et les rebondissements du présent, lié malgré moi au devenir des deux amants dont je fus la passion commune, j'essaie de comprendre pourquoi je survis. Ai-je une utilité, une mission, un moyen d'agir sur le destin de ceux qui m'ont aimé ? »

*Karine après la vie*                                               n° 30002
(Maryvonne et Yvon Dray)

L'histoire vraie que vous allez lire est la plus étrange qui puisse
arriver à un romancier, comme si la réalité avait décidé de l'inviter dans ce que d'habitude il invente. Karine a vingt-sept ans.
C'est une jeune fille d'aujourd'hui qui vient d'obtenir son
diplôme de commerce et s'apprête à partir en vacances avant
d'entrer dans la vie active. Un accident de voiture en décide
autrement. Ses parents, qui pensent que tout s'arrête après la
mort physique, sont brisés par le drame. Jusqu'au jour où ils
commencent à recevoir des messages… Du magnétophone à
l'ordinateur, de l'écriture automatique à la matérialisation sup-
posée de son image devant des dizaines de témoins, Karine
Dray semble utiliser tous les moyens à sa portée pour continuer de faire entendre sa voix, avec l'énergie, le rire et les impatiences qui émanaient d'elle sur terre. Mais quel but
poursuit-elle? Dans quel voyage veut-elle entraîner les vivants?

*La Maison des lumières*                                            n° 32199

À vingt-cinq ans, Jérémie Rex, boulanger à Arcachon, est entré
dans un tableau de Magritte. Là, il a retrouvé pendant quatre
minutes trente la femme de sa vie, au temps où elle l'aimait
encore… Mais comment recréer le bonheur dans la réalité?

*La Nuit dernière au XV^e siècle*                                   n° 31759

Comment vivre une histoire d'amour avec une jeune femme
du XV^e siècle, quand on est contrôleur des impôts de nos jours
à Châteauroux? C'est tout le problème de Jean-Luc Talbot, qui

était un homme normal, rangé et rationnel… jusqu'à la nuit dernière, où tout a basculé. Est-il rattrapé par une passion vécue au Moyen Âge, ou victime du complot diabolique d'un contribuable?

### Le Père adopté                                              n° 31240

«La première fois que tu es mort, j'avais sept ans et demi.» Quels drames et quels enjeux faut-il pour qu'un enfant décide de gagner sa vie comme écrivain, à l'âge où l'on perd ses dents de lait? En révélant ses rapports avec son père, Didier van Cauwelaert nous offre son plus beau personnage de roman. Un père à l'énergie démesurée, à l'humour sans bornes et aux détresses insondables, qui a passé sa vie à mourir et renaître sans cesse. Un père redresseur de torts et fauteur de troubles. Drôle, émouvant et tonique, *Le Père adopté* est un merveilleux récit des origines et un irrésistible appel à inventer sa vie en travaillant ses rêves.

### Le Principe de Pauline                                     n° 34051

Pauline a un grand principe, dans la vie: l'amour sert à construire une véritable amitié. Maxime et moi en sommes la démonstration vivante. Nous aurions pu nous contenter d'aimer la même femme, d'être des rivaux compréhensifs… Mais non. Maxime, pour appliquer le principe de Pauline, a voulu devenir mon protecteur. Et c'est ainsi qu'un voyou à la générosité catastrophique a pris en main le destin d'un romancier à problèmes…

*Rencontre sous X*  n° 30094

Elle est la star montante du X. Il est une gloire déchue du foot. À dix-neuf ans, ils ont tout connu, tout défié, tout subi. Au milieu des marchands d'esclaves qui transforment les êtres humains en produits dérivés, ils vont se reconnaître, se rendre leurs rêves, leur rire, leur dignité.

*Les Témoins de la mariée*  n° 32525

Cinq jours avant son mariage, notre meilleur ami meurt dans un accident. Sa fiancée arrive de Shanghai, elle n'est au courant de rien. Nous nous apprêtions à briser son rêve, et c'est elle qui va bouleverser nos vies.

THOMAS DRIMM

1. *La fin du monde tombe un jeudi*  n° 32798

«Je m'appelle Thomas Drimm, j'ai treize ans moins le quart, je n'ai l'air de rien, mais je suis en train de sauver la Terre.» Thomas Drimm vit dans une société «idéale» où le bio, le diététiquement correct et la chance font loi. Mais un beau jour, cet ado ordinaire, nul en tout et en surpoids, d'un coup de cerf-volant, tue accidentellement le professeur Pictone. Et le scientifique de se réincarner dans l'ours en peluche de Thomas! Il confie alors au jeune garçon un secret terrifiant, celui de l'antimatière… Brenda, sa belle et impétueuse voisine, est la seule à lui venir en aide, et c'est tiraillé entre les sautes d'humeur de la jeune femme et l'esprit parano du vieux savant que Thomas va découvrir l'exaltant et périlleux destin réservé aux superhéros.

2. *La guerre des arbres commence le 13*          nº 32799

« En voulant sauver le monde, j'ai peut-être condamné l'espèce humaine... » Thomas Drimm, treize ans moins le quart, est passé du rang de superhéros clandestin à celui d'ennemi numéro 1 des États-Uniques. Par sa faute, les végétaux, devenus toxiques, semblent avoir programmé l'extermination des humains. Que veulent les arbres ? Comment entrer en communication avec eux ? Et, surtout, comment les réconcilier avec nous ? Plongé au cœur d'un complot diabolique, Thomas dispose de quatre jours pour arrêter la plus hallucinante des guerres.

*Un aller simple*          nº 13853

Aziz est né en France, de parents inconnus. Recueilli par les Tziganes des quartiers nord de Marseille, il a grandi sous la nationalité marocaine n'ayant pas les moyens de s'offrir un faux passeport français. Professionnellement, il s'est spécialisé dans les autoradios : il les vole et les revend. Sa vie bascule le jour où le gouvernement décide une grande opération médiatique de retour au pays. Le voilà confié à un jeune et idéaliste « attaché humanitaire », chargé d'aller le « réinsérer dans ses racines », et qui lui demande où se trouve son lieu de naissance. Le doigt d'Aziz montre au hasard, sur la carte du Maroc, une zone vierge du Haut-Atlas. Et l'aventure commence... Avec ce voyage initiatique, cette histoire d'amitié imprévisible entre deux êtres qui n'auraient jamais dû se rencontrer, Didier van Cauwelaert nous donne un roman drôle et poignant, qui a obtenu le prix Goncourt en 1994.

## Un objet en souffrance                                    n° 9708

L'un, Simon, vendeur de jouets dans un grand magasin, est
désespéré de ne pouvoir donner d'enfant à sa femme. L'autre,
François, homme d'affaires impitoyable au pouvoir immense, a
toujours refusé d'être père. Quelle relation s'établit entre ces
deux hommes que tout sépare, et qui n'auraient jamais dû se
rencontrer ? Comment et pourquoi François va-t-il échouer
dans un obscur hôpital de la Creuse, devant une pile de
*Playboy* et un paquet de Kleenex, pour venir en aide à Simon ?
Telle est l'étrange histoire que nous conte Didier van Cauwelaert dans cette comédie féroce et bouleversante.

## La Vie interdite                                          n° 14564

*« Je suis mort à sept heures du matin. Il est huit heures vingt-huit
sur l'écran du radio-réveil, et personne ne s'en est encore rendu
compte. »* Ainsi commence l'aventure de Jacques Lormeau,
trente-quatre ans, quincaillier à Aix-les-Bains. Comment
parviendra-t-il à se faire entendre, à se glisser dans les pensées
de la femme qu'il aime, dans les rêves de son fils ? Comment
échappera-t-il à ceux qui le retiennent avec leurs mesquineries,
leurs rancunes, leurs fantasmes ? Sur quoi débouche la mort ?
Le romancier d'*Un aller simple*, prix Goncourt 1994, nous
entraîne, au fil d'un suspense mêlant l'humour et l'émotion,
dans le fascinant voyage qui – peut-être – nous attend tous.

*Du même auteur :*

*Romans*

*LES SECONDS DÉPARTS :*

VINGT ANS ET DES POUSSIÈRES, 1982, prix Del-Duca, Le Seuil et Points-Roman

LES VACANCES DU FANTÔME, 1986, prix Gutenberg du Livre 1987, Le Seuil et Points-Roman

L'ORANGE AMÈRE, 1988, Le Seuil et Points-Roman

UN ALLER SIMPLE, 1994, prix Goncourt, Albin Michel et Le Livre de Poche

HORS DE MOI, 2003, Albin Michel et Le Livre de Poche (adapté au cinéma sous le titre *Sans identité*)

L'ÉVANGILE DE JIMMY, 2004, Albin Michel et Le Livre de Poche

LES TÉMOINS DE LA MARIÉE, 2010, Albin Michel et Le Livre de Poche

DOUBLE IDENTITÉ, 2012, Albin Michel et Le Livre de Poche

LA FEMME DE NOS VIES, 2013, prix des Romancières, prix Messardière du Roman de l'été, prix Océanes, Albin Michel et Le Livre de Poche

JULES, 2015, Albin Michel

ON DIRAIT NOUS, 2016, Albin Michel

*LA RAISON D'AMOUR :*

POISSON D'AMOUR, 1984, prix Roger-Nimier, Le Seuil et Points-Roman

UN OBJET EN SOUFFRANCE, 1991, Albin Michel et Le Livre de Poche

CHEYENNE, 1993, Albin Michel et Le Livre de Poche
CORPS ÉTRANGER, 1998, Albin Michel et Le Livre de Poche
LA DEMI-PENSIONNAIRE, 1999, prix Version-Femina, Albin Michel
    et Le Livre de Poche
L'ÉDUCATION D'UNE FÉE, 2000, Albin Michel et Le Livre de Poche
RENCONTRE SOUS X, 2002, Albin Michel et Le Livre de Poche
LE PÈRE ADOPTÉ, 2007, prix Marcel-Pagnol, prix Nice-Baie des Anges,
    Albin Michel et Le Livre de Poche
LE PRINCIPE DE PAULINE, 2014, Albin Michel et Le Livre de Poche

*LES REGARDS INVISIBLES :*

LA VIE INTERDITE, 1997, Grand Prix des lecteurs du Livre de Poche,
    Albin Michel et Le Livre de Poche
L'APPARITION, 2001, prix Science-Frontières de la vulgarisation scien-
    tifique, Albin Michel et Le Livre de Poche
ATTIRANCES, 2005, Albin Michel et Le Livre de Poche
LA NUIT DERNIÈRE AU XVᵉ SIÈCLE, 2008, Albin Michel et Le Livre
    de Poche
LA MAISON DES LUMIÈRES, 2009, Albin Michel et Le Livre de Poche
LE JOURNAL INTIME D'UN ARBRE, 2011, Michel Lafon

*Récit*
MADAME ET SES FLICS, 1985, Albin Michel (en collaboration avec
    Richard Caron)

*Essais*
CLONER LE CHRIST ?, 2005, Albin Michel et Le Livre de Poche
DICTIONNAIRE DE L'IMPOSSIBLE, 2013, Plon et J'ai Lu
LE NOUVEAU DICTIONNAIRE DE L'IMPOSSIBLE, 2015, Plon

*Beaux-livres*

L'ENFANT QUI VENAIT D'UN LIVRE, 2011, Tableaux de Soÿ, dessins de Patrice Serres, Prisma

J.M. WESTON, 2011, illustrations de Julien Roux, Le Cherche-Midi

LES ABEILLES ET LA VIE, 2013, prix Véolia du Livre Environnement 2014, photos de Jean-Claude Teyssier, Michel Lafon


*Théâtre*

L'ASTRONOME, 1983, prix du Théâtre de l'Académie française, Actes Sud-Papiers

LE NÈGRE, 1986, Actes Sud-Papiers

NOCES DE SABLE, 1995, Albin Michel

LE PASSE-MURAILLE, 1996, comédie musicale (d'après la nouvelle de Marcel Aymé), Molière 1997 du meilleur spectacle musical, à paraître aux éditions Albin Michel

LE RATTACHEMENT, 2010, Albin Michel

RAPPORT INTIME, 2013, Albin Michel

Le Livre de Poche s'engage pour
l'environnement en réduisant
l'empreinte carbone de ses livres.
Celle de cet exemplaire est de :
2 kg éq. CO$_2$
Rendez-vous sur
www.livredepoche-durable.fr

**PAPIER À BASE DE
FIBRES CERTIFIÉES**

Composition réalisée par MAURY-IMPRIMEUR

Achevé d'imprimer en octobre 2016 en Italie par
La Tipografica Varese Srl - Varese
Dépôt légal 1re publication : novembre 2016
LIBRAIRIE GÉNÉRALE FRANÇAISE
21, rue du Montparnasse – 75298 Paris Cedex 06